CB068974

A ilha deserta

Gilles Deleuze

A ILHA DESERTA
e outros textos

Textos e entrevistas (1953-1974)

Edição preparada por David Lapoujade

Organização da edição brasileira e revisão técnica:
Luiz B. L. Orlandi

ILUMI*/*URAS

Copyright © 2002:
Giles Deleuze
© Les Editions de Minuit,
avec l'année de parution en France

Copyright © desta edição e tradução:
Editora Iluminuras Ltda.

Tradução:
Luiz B.L. Orlandi, Hélio Rebello Cardoso Júnior, Lia Guarino, Fernando Fagundes Ribeiro,
Cíntia Vieira da Silva, Francisca Maria Cabrera, Tiago Seixas Themudo, Guido de Almeida,
Peter Pál Pelbart, Fabien Lins, Tomaz Tadeu, Sandra Corazza, Hilton F. Japiassú, Roberto Machado,
Rogério da Costa Santos, Christian Pierre Kasper, Milton Nascimento, Daniel Lins

Capa:
Marcelo Girard

Revisão:
Ariadne Escobar Branco

Revisão técnica:
Luiz B.L. Orlandi

Dados Internacionais de Catalogação na Publicação (CIP)
(Câmara Brasileira do Livro, SP, Brasil)

Deleuze, Gilles, 1925-1995.
 A ilha deserta : e outros textos / Gilles Deleuze ; edição preparada por David Lapoujade ; organização da edição brasileira e revisão técnica Luiz B. L. Orlandi. — São Paulo, Iluminuras, 2006 (4. reimp., 2019).

 "Textos e entrevistas (1953-1974)"
 ISBN 85-7321-248-9

 1. Deleuzes, Gilles, 1925-1995 2. Deleuze, Gilles, 1925-1995 - Entrevistas I. Lapoujade, David. II. Orlandi, Luiz B. L. III. Título.

06-1859
CDD-194

Índices para catálogo sistemático:
1. Deleuze, Gilles : Obras filosóficas : Filosofia francesa 194

2019
EDITORA ILUMINURAS LTDA.
Rua Inácio Pereira da Rocha, 389 - 05432-011 - São Paulo - SP - Brasil
Tel./Fax: 11 3031-6161
iluminuras@iluminuras.com.br
www.iluminuras.com.br

Índice

Nota sobre a tradução deste livro 11
APRESENTAÇÃO (por David Lapoujade) 13
  [Trad. de Luiz B. L. Orlandi]
1. Causas e razões das ilhas desertas [Manuscrito dos anos 50] 17
  [Trad. de Luiz B. L. Orlandi]
2. Jean Hyppolite, *Lógica e existência* [1954] 23
  [Trad. de Luiz B. L. Orlandi]
3. Instintos e instituições [1955] 29
  [Trad. de Hélio Rebello Cardoso Júnior]
4. Bergson, *1859-1941* [1956] 33
  [Trad. de Lia Guarino]
5. A concepção da diferença em Bergson [1956] 47
  [Trad. de Lia Guarino e Fernando Fagundes Ribeiro]
6. Jean-Jacques Rousseau – Precursor de Kafka, de Céline e de Ponge [1962] ... 73
  [Trad. de Hélio Rebello Cardoso Júnior]
7. A idéia de gênese na estética de Kant [1963] 79
  [Trad. de Cíntia Vieira da Silva]
8. Raymond Roussel ou o horror do vazio [1963] 99
  [Trad. de Hélio Rebello Cardoso Júnior]
9. Ao criar a patafísica, Jarry abriu caminho para a fenomenologia [1964] ... 103
  [Trad. de Hélio Rebello Cardoso Júnior]
10. "Ele foi meu mestre" [1964] 107
  [Trad. de Francisca Maria Cabrera]
11. Filosofia da *Série Noire* [1966] 111
  [Trad. de Francisca Maria Cabrera]
12. Gilbert Simondon, *O indivíduo e sua gênese físico-biológica* [1966] ... 117
  [Trad. de Luiz B. L. Orlandi]
13. O homem, uma existência duvidosa [1966] 123
  [Trad. de Tiago Seixas Themudo]
14. O método de dramatização [1967] 129
  [Trad. de Luiz B. L. Orlandi]
15. Conclusões sobre a vontade de potência e o eterno retorno [1967] ... 155
  [Trad. de Luiz B. L. Orlandi]
16. A gargalhada de Nietzsche [1967] 167
  [Trad. de Peter Pál Pelbart]
17. Mística e masoquismo [1967] 171
  [Trad. de Fabien Lins]

18. Sobre Nietzsche e a imagem do pensamento [1968] 175
    [Trad. de Tomaz Tadeu e Sandra Corazza]
19. Gilles Deleuze fala da filosofia [1969] 185
    [Trad. de Luiz B. L. Orlandi]
20. Espinosa e o método geral de Martial Gueroult [1969] 189
    [Trad. de Luiz B. L. Orlandi]
21. Falha e fogos locais [1970] 203
    [Trad. de Hélio Rebello Cardoso Júnior]
22. Hume [1972] 211
    [Trad. de Guido de Almeida]
23. Em que se pode reconhecer o estruturalismo? [1972] 221
    [Trad. de Hilton F. Japiassú]
24. Três problemas de grupo [1972] 249
    [Trad. de Cíntia Vieira da Silva]
25. "Aquilo que os prisioneiros esperam de nós…" [1972] 261
    [Trad. de Tiago Seixas Themudo]
26. Os intelectuais e o poder (com Michel Foucault) [1972] 265
    [Trad. de Roberto Machado]
27. Apreciação [1972] 275
    [Trad. de Luiz B. L. Orlandi]
28. Deleuze e Guattari explicam-se [1972] 277
    [Trad. de Luiz B. L. Orlandi]
29. Hélène Cixous ou a escrita estroboscópica [1972] 293
    [Trad. de Fabien Lins]
30. Capitalismo e esquizofrenia (com Félix Guattari) [1972] 295
    [Trad. de Rogério da Costa Santos]
31. "E quanto a você? Que são suas 'máquinas desejantes'?" [1972] 307
    [Trad. de Fabien Lins]
32. Sobre as cartas de H. M. [1973] 309
    [Trad. de Francisca Maria Cabrera]
33. O frio e o quente [1973] 313
    [Trad. de Christian Pierre Kasper]
34. Pensamento nômade [1973] 319
    [Trad. de Milton Nascimento]
35. Sobre o capitalismo e o desejo (com Félix Guattari) [1973] 331
    [Trad. de Luiz B. L. Orlandi]
36. Cinco proposições sobre a psicanálise [1973] 345
    [Trad. de Cíntia Vieira da Silva]
37. Faces e superfícies [1973] 353
    [Trad. de Christian Pierre Kasper]
38. Prefácio ao livro *L'Après-Mai des faunes* [1974] 357
    [Trad. de Daniel Lins]
39. Uma arte de plantador [1974] 363
    [Trad. de Christian Pierre Kasper]

Bibliografia geral dos artigos (1953-1974) 367
Índice onomástico 375

Observações técnicas:
1. Além de destaque inicial dos nomes dos tradutores em ordem alfabética, cada um deles aparecerá transcrito no final de cada texto traduzido.
2. Entre colchetes, aparecerão eventuais notas do tradutor [NT] ou do revisor técnico [NRT].
3. As notas do responsável pela preparação da edição francesa, o professor David Lapoujade, serão personalizadas pelas iniciais DL.
4. As notas do próprio autor, Gilles Deleuze, serão indicadas apenas por algarismos arábicos.
5. Para facilitarmos consultas, confrontos e a localização dos nomes constantes do índice onomástico, colocamos entre colchetes, ao longo dos textos, os números da paginação da edição francesa original.

Nota sobre a tradução deste livro

Luiz B.L. Orlandi

*Este livro de Gilles Deleuze (1925-1995) mereceu dos tradutores um cuidadoso tratamento. Nosso cuidado consistiu em fazer todo o possível para preservar o modo como, em cada texto aqui reunido, a enunciação das idéias se deixou afetar pela variação das circunstâncias que as envolviam. Circunstâncias muito especiais (aliás, assinaladas com exemplar pertinência pelo preparador da edição francesa da obra, professor David Lapoujade), e que acabaram levando a delicadas escolhas de termos para conceitos que se exprimiam, por vezes de maneiras diversas, ao longo do tempo. A rigor, essas escolhas eram inevitáveis, porque este livro é ritmado por uma pluralidade de problemas que se impuseram ao pensamento de Deleuze (1925-1995) entre 1953 e 1974. São problemas criados de maneira intensiva em intersecções de elevado teor polêmico: uma das dimensões desse cruzamento compõe-se de distintos acontecimentos que marcaram época, seja de um ponto de vista cultural, como o advento de obras ditas estruturalistas, por exemplo, seja de um ponto de vista político, destacando-se Maio de 68, a mudança das relações entre intelectuais e os poderes etc.; a outra dimensão das intersecções geradoras dos problemas que pulsam nesta coleta de textos tão heterogêneos é constituída pelas primeiras grandes obras que Deleuze escreveu até 1974, conjunto este situado entre seu conhecido estudo dedicado a Hume (*Empirismo e subjetividade*) e o seu tão falado livro escrito em companhia de Félix Guattari,* O Anti-Édipo. *Entre ambos aparecem aquelas obras que levaram o pensamento da diferença a uma rara aliança de radicalidade e de sistematização conceitual, destacando-se tanto* Diferença e repetição *e* Lógica do sentido *quanto seu* Nietzsche e a filosofia, *seu pequeno convite à leitura de Kant, seu* Proust e os signos, *seu* Bergsonismo, *sua* Apresentação de Sacher-Masoch *e seu* Espinosa e o problema da expressão. *Esses escritos já tornavam possível a tematização de novas relações em filosofias, ciências e artes, mas criavam também todo um campo de novas indagações nesse complexo domínio que é o dos combates na imanência dos encontros disparatados. Pois bem, as traduções aqui oferecidas aos leitores procuraram corresponder à importância e à variabilidade desses textos entendidos como indispensáveis entrelinhamentos que dão consistência às intersecções apontadas acima.*

Apresentação

David Lapoujade

Este primeiro volume reagrupa a quase totalidade dos textos de Gilles Deleuze publicados na França e fora dela entre 1953 e 1974, desde o aparecimento de Empirismo e subjetividade, *sua primeira obra, até os debates subseqüentes à publicação de* O Anti-Édipo, *escrito com Félix Guattari. No essencial, esta compilação compõe-se de textos já publicados – artigos, resenhas, prefácios, entrevistas, conferências – mas que não figuram em obra alguma já existente de Deleuze.*

A fim de não impor uma opinião preconcebida ao sentido ou à orientação dos textos, adotamos uma ordem estritamente cronológica. Uma classificação temática teria tido, talvez, a vantagem de inscrever-se na linhagem da compilação denominada Conversações *e de um projeto de bibliografia redigido por volta de 1989[DL], mas isso teria tido a desvantagem maior de alimentar a crença na reconstituição de algum livro "de" Deleuze ou que ele teria projetado.*

As únicas condições fixadas por Deleuze – e que respeitamos, evidentemente – são as seguintes: não publicar textos anteriores a 1953, nada de publicações póstumas ou de inéditos. Entretanto, o leitor encontrará alguns textos publicados aqui pela primeira vez, mas estão todos mencionados no esboço de bibliografia de 1989.

Assim, esta compilação procura tornar disponíveis textos quase sempre pouco acessíveis por se encontrarem dispersos em revistas, jornais, obras coletivas etc. Por razões evidentes, excluímos deste conjunto certos textos. Portanto, não figuram no presente volume:

- as publicações anteriores a 1953;
- os cursos, seja qual for a forma dada a eles (quer tenham sido publicados conforme transcrições de materiais sonoros ou visuais ou resumidos pelo próprio Deleuze, como, por exemplo, o curso de 1959-1960 sobre Rousseau, redigido por Deleuze para o Centro de Documentação Universitária da Sorbonne);

DL Em 1989, Deleuze retomou e classificou o conjunto dos seus trabalhos, incluindo os livros, segundo uma série de temas gerais: "I. De Hume a Bergson / II. Estudos clássicos / III. Estudos nietzscheanos / IV. Crítica e clínica / V. Estética / VI. Estudos cinematográficos / VII. Estudos contemporâneos / VIII. Lógica do sentido / IX. O Anti-Édipo / X. Diferença e repetição / XI. Mil platôs".

- os artigos que Deleuze retomou em seus outros livros (por exemplo, "Reverter o platonismo", que figura em apêndice de Lógica do sentido). As correções feitas nunca são suficientemente importantes para justificar a reedição do artigo sob sua forma inicial;
- as resenhas de obras escritas para revistas especializadas, que se reduzem freqüentemente a algumas linhas (com exceção dos textos de n°s 3, 12 e 21, mais longos, e que dão testemunho de interesses precisos para Deleuze);
- os extratos de textos (passagens de cartas, retranscrições de falas, palavras de agradecimentos etc.);
- os textos coletivos (petições, questionários, comunicados etc.);

Por comodidade, a ordem cronológica procede de acordo com a data de aparecimento e não segundo a data de redação conhecida ou presumida.

A cada vez, reproduzimos o texto em sua versão inicial, acrescentando correções usuais. Todavia, considerando que Deleuze redigia todas as suas entrevistas, conservamos certas características próprias da sua escrita (pontuação, uso de maiúsculas etc.)^{DL}.

Não quisemos sobrecarregar os textos com notas. Limitamo-nos a dar algumas precisões biográficas antes de cada texto, quando elas podiam esclarecer as circunstâncias de um texto ou de uma colaboração. Na falta de indicações suficientemente precisas, demos, em alguns casos, um título a artigos que não o possuíam, especificando isso a cada vez. [9]

Quando faltavam certas referências de citações, nós, igualmente, as precisamos. As notas do editor são precedidas de letras.

No final do volume, o leitor encontrará um índice geral de nomes, assim como uma bibliografia completa de todos os artigos publicados no curso do período 1953-1974.

Sob o título Dois regimes de loucos e outros textos, *está em preparação um segundo volume que reagrupa o conjunto dos textos de 1975 a 1995. Algumas notas aqui presentes remetem a esse segundo volume sob a abreviação DRF, seguida da menção do título do texto.*

Agradecimentos:
De início, quero agradecer profundamente a Fanny Deleuze pela confiança e amizade que dela recebi ao longo de todo este trabalho. É claro que sem sua ajuda e

---

DL Apenas o texto nº 31 e a discussão do texto nº 37 são retranscrições de entrevistas orais – publicadas em revistas italianas – e não foram, portanto, redigidos por Deleuze. Na ausência de registros originais franceses, apresentamos traduções.

suas indicações esta compilação não teria vindo à luz. Agradeço também a Emilie e a Julien Deleuze pelo apoio constante.

Agradeço também a Jean-Paul Manganaro e a Giorgio Passerone pela amigável e preciosa colaboração; a Daniel Defert pelos seus conselhos; a Philippe Artières, responsável pelo Centro Michel Foucault, pela sua ajuda.

Finalmente, esta compilação deve muito ao indispensável trabalho bibliográfico conduzido por Timothy S. Murphy, a quem agradeço pela sua importante ajuda.

Tradução de
Luiz B.L. Orlandi

[11] # 1: Causas e razões das ilhas desertas[DL]
[Manuscrito dos anos 50]

Os geógrafos dizem que há dois tipos de ilhas. Eis uma informação preciosa para a imaginação, porque ela aí encontra uma confirmação daquilo que, por outro lado, já sabia. Não é o único caso em que a ciência torna a mitologia mais material e em que a mitologia torna a ciência mais animada. *As ilhas continentais* são ilhas acidentais, ilhas derivadas: estão separadas de um continente, nasceram de uma desarticulação, de uma erosão, de uma fratura, sobrevivem pela absorção daquilo que as retinha. *As ilhas oceânicas* são ilhas originárias, essenciais: ora são constituídas de corais, apresentando-nos um verdadeiro organismo, ora surgem de erupções submarinas, trazendo ao ar livre um movimento vindo de baixo; algumas emergem lentamente, outras também desaparecem e retornam sem que haja tempo para anexá-las. Esses dois tipos de ilhas, originárias ou continentais, dão testemunho de uma oposição profunda entre o oceano e a terra. Umas nos fazem lembrar que o mar está sobre a terra, aproveitando-se do menor decaimento das estruturas mais elevadas; as outras lembram-nos que a terra está ainda aí, sob o mar, e congrega suas forças para romper a superfície. Reconheçamos que os elementos, em geral, se detestam, que eles têm horror uns dos outros. Nada de tranqüilizador nisso tudo. Do mesmo modo, deve parecer-nos *filosoficamente* normal que uma ilha esteja deserta. O homem só pode viver bem, e em segurança, ao supor findo (pelo menos dominado) o combate vivo entre a terra e o mar. Ele quer chamar esses dois elementos de pai e mãe [12], distribuindo os sexos à medida do seu devaneio. Em parte, ele deve persuadir-se de que não existe combate desse gênero; em parte, deve fazer de conta que esse combate já não ocorre. De um modo ou de outro, a existência das ilhas é a negação de um tal ponto de vista, de um tal esforço e de uma tal convicção. Será sempre causa de espanto que a Inglaterra seja povoada, já que o homem só pode viver sobre uma ilha esquecendo o que ela representa. Ou as ilhas antecedem o homem ou o sucedem.

DL Texto manuscrito dos anos 50, inicialmente destinado a um número especial consagrado às ilhas desertas pelo magazine *Nouveau Fémina*. Esse texto nunca foi publicado. Na bibliografia esboçada por Deleuze em 1989 ele figura sob a rubrica "Diferença e repetição" (ver apresentação).

Mas tudo o que nos dizia a geografia sobre dois tipos de ilhas, a imaginação já o sabia por sua conta e de uma outra maneira. O impulso[NT] do homem, esse que o conduz em direção às ilhas, retoma o duplo movimento que produz as ilhas em si mesmas. Sonhar ilhas, com angústia ou alegria, pouco importa, é sonhar que se está separando, ou que já se está separado, longe dos continentes, que se está só ou perdido; ou, então, é sonhar que se parte de zero, que se recria, que se recomeça. Havia ilhas derivadas, mas a ilha é também aquilo em direção ao que se deriva; e havia ilhas originárias, mas *a ilha é também a origem*, a origem radical e absoluta. Separação e recriação não se excluem, sem dúvida: é preciso ocupar-se quando se está separado, é preferível separar-se quando se quer recriar; contudo, uma das duas tendências domina sempre. Assim, o movimento da imaginação das ilhas retoma o movimento de sua produção, mas ele não tem o mesmo objeto. É o mesmo movimento, mas não o mesmo móbil. Já não é a ilha que se separou do continente, é o homem que, estando sobre a ilha, encontra-se separado do mundo. Já não é a ilha que se cria do fundo da terra através das águas, é o homem que recria o mundo a partir da ilha e sobre as águas. Então, por sua conta, o homem retoma um e outro dos movimentos da ilha e o assume sobre uma ilha que, justamente, não tem esse movimento: pode-se derivar em direção a uma ilha todavia original, e criar numa ilha tão-somente derivada. Pensando bem, encontrar-se-á aí uma nova razão pela qual toda ilha é e permanecerá teoricamente deserta.

Para que uma ilha deixe de ser deserta, não basta, com efeito, que ela seja habitada. Se é verdade que o movimento do homem em direção à ilha retoma o movimento da ilha antes dos homens, ela pode ser ocupada por homens *em geral*, mas é ainda deserta, mais deserta ainda, desde que eles estejam suficientemente, isto é, [13] absolutamente separados, desde que eles sejam suficientemente, isto é, absolutamente criadores. Sem dúvida, de fato, isso nunca é assim, se bem que o náufrago se aproxime de uma tal condição. Mas, para que isso seja assim, há de se impelir na imaginação o movimento que conduz o homem à ilha. É só em aparência que um tal movimento vem romper o deserto da ilha; na verdade, ele retoma e prolonga o impulso que a produzia como ilha deserta; longe de comprometê-la, esse movimento leva-a à sua perfeição, ao seu apogeu. Em certas condições que o atam ao próprio movimento das coisas, o homem não rompe o deserto, sacraliza-o. Os homens que vêm à ilha, ocupam-na realmente e a povoam; mas, na verdade, se estivessem suficientemente separados, se fossem suficientemente criadores, eles apenas dariam à ilha uma imagem dinâmica dela mesma, uma

---

NT [Apesar de dispormos da palavra *elã*, traduziremos o termo francês *élan* por *impulso*].

consciência do movimento que a produziu, de modo que, através do homem, a ilha, enfim, tomaria consciência de si como deserta e sem homens. A ilha seria tão-somente o sonho do homem, e o homem seria a pura consciência da ilha. Para tanto, ainda uma vez, uma única condição: seria preciso que o homem se sujeitasse ao movimento que o conduz à ilha, movimento que prolonga e retoma o impulso que produzia a ilha. Então, a geografia se coligaria com o imaginário. Desse modo, a única resposta à questão cara aos antigos exploradores ("que seres existem na ilha deserta?") é que o homem já existe aí, mas um homem pouco comum, um homem absolutamente separado, absolutamente criador, uma Idéia de homem, em suma, um protótipo, um homem que seria quase um deus, uma mulher que seria uma deusa, um grande Amnésico, um puro Artista, consciência da Terra e do Oceano, um enorme ciclone, uma bela bruxa, uma estátua da Ilha da Páscoa. Eis o homem que precede a si mesmo. Na ilha deserta, uma tal criatura seria a própria ilha deserta à medida que ela se imagina e se reflete em seu movimento primeiro. Consciência da terra e do oceano, tal é a ilha deserta, pronta para recomeçar o mundo. Porém, dado que os homens, mesmo voluntários, não são idênticos ao movimento que os põe na ilha, eles não reatam o impulso que a produz; é sempre de fora que encontram a ilha e o fato de sua presença contraria, nela, o deserto. Portanto, a unidade da ilha deserta e do seu habitante não é real, mas imaginária, como a idéia de ver [14] atrás da cortina quando ali não se está. E mais: é duvidoso que a imaginação individual possa por si mesma elevar-se até essa admirável identidade; veremos que isso requer a imaginação coletiva no que ela tem de mais profundo, nos ritos e nas mitologias.

A confirmação, pelo menos negativa, de tudo isso pode ser encontrada nos próprios fatos, quando se pensa naquilo que uma ilha deserta é realmente, geograficamente. A ilha e ilha deserta, com mais forte razão, são noções extremamente pobres ou frágeis do ponto de vista da geografia; elas têm apenas um fraco teor científico. Isso é um privilégio para elas. Não há unidade objetiva alguma no conjunto das ilhas. Menos ainda nas ilhas desertas. Sem dúvida, a ilha deserta pode ter um solo extremamente pobre. Deserta, ela pode ser um deserto, mas isso não é necessário. Se o verdadeiro deserto é inabitado, isso ocorre à medida que não apresenta as condições de direito que tornariam possível a vida, vida vegetal, animal ou humana. Contrariamente, que a ilha deserta esteja inabitada mantém-se como puro fato devido às circunstâncias, isto é, aos arredores. A ilha é o que o mar circunda e aquilo em torno do que se dão voltas, é como um ovo. Ovo do mar, ela é arredondada. Tudo se passa como se ela tivesse posto em torno de si o seu deserto, fora dela. O que está deserto é o oceano que a circunda inteiramente. É em virtude das circunstâncias, por razões distintas do princípio do qual ela depende, que os navios passam ao largo e não param. Mais do que ser um deserto, ela é desertada. Desse modo, mesmo que ela, em si mesma, possa conter as mais vivas fontes, a fauna mais ágil, a flora mais colorida, os mais surpreendentes alimentos, os mais vivos selvagens e, como seu mais precioso fruto, o náufrago, além de contar, finalmente, por um instante, com o barco que a vem procurar, apesar de tudo isso ela não deixa de ser a ilha deserta. Para modificar tal situação, seria preciso operar uma redistribuição geral dos continentes, do estado dos mares, das linhas de navegação.

Novamente, isso quer dizer que a essência da ilha deserta é imaginária e não real, mitológica e não geográfica. Simultaneamente, seu destino está submetido às condições humanas que tornam possível uma mitologia. A mitologia não nasceu de uma simples vontade, e os povos admitiram bem cedo não compreender seus mitos. É nesse mesmo momento que uma [15] literatura começa. A literatura é o ensaio que procura interpretar muito engenhosamente os mitos que já não se compreende, no momento em que eles já não são compreendidos, porque já não se sabe sonhá-los nem reproduzi-los. A literatura é o concurso dos contrasensos que a consciência opera naturalmente e necessariamente sobre os temas do inconsciente; como todo concurso, ela tem seus preços. Seria preciso mostrar como a mitologia entra em falência nesse sentido e morre em dois romances clássicos da ilha deserta, Robinson e Suzana. *Suzana e o Pacífico*[DL] acentua o aspecto separado das ilhas, a separação da moça que aí se encontra; *Robinson*[NT] acentua o outro aspecto, o da criação, o do recomeço. É verdade que são bem diferentes as maneiras pelas quais a mitologia entra em falência nesses dois casos. Com a Suzana de Giraudoux a mitologia sofre a morte mais bonita, a mais graciosa. Com Robinson, a mais penosa. É difícil imaginar um romance tão aborrecido, e é uma tristeza ver ainda crianças lendo-o. A visão de mundo de Robinson reside exclusivamente na propriedade e jamais se viu proprietário tão moralizante. A recriação mítica do mundo a partir da ilha deserta cede lugar à recomposição da vida cotidiana burguesa a partir de um capital. Tudo é tirado do barco, nada é inventado, tudo é penosamente aplicado na ilha. O tempo é tão-só um tempo necessário ao capital para obter um ganho ao final de um trabalho. E a função providencial de Deus é garantir o lucro. Deus

---

DL Jean Giraudoux, *Suzanne et le Pacifique*, Paris: Grasset, 1922, reeditado em *Œuvres romanesques complètes*, vol. I, p. 512, Paris: Gallimard, col. "Bibliothèque de la Pléiade", 1990.

NT [Daniel Defoe (1660-1731), *Robinson Crusoe* (1ª ed. 1719-1722)].

reconhece os seus, as pessoas de bem, porque elas têm belas propriedades, ao passo que os maus têm péssimas propriedades, maltratadas. A companhia de Robinson não é Eva, mas Sexta-Feira, dócil ao trabalho, feliz por ser escravo, muito rapidamente enfastiado de antropofagia. Todo leitor sadio sonharia vê-lo finalmente comer Robinson. Esse romance representa a melhor ilustração da tese que afirma o liame entre capitalismo e protestantismo. *Robinson Crusoe* desenvolve a falência e a morte da mitologia no puritanismo. Tudo muda com Suzana. Com ela, a ilha deserta é um conservatório de objetos já prontos, de objetos luxuosos. A ilha já é imediatamente portadora daquilo que a civilização levou séculos para produzir, para [16] aperfeiçoar, amadurecer. Porém, com Suzana, a mitologia também morre, é verdade que de uma maneira parisiense. Suzana nada tem para recriar; a ilha deserta lhe dá o duplo de todos os objetos da cidade, de todas as vitrines de magazines, duplo inconsistente, separado do real, pois ele não recebe a solidez que os objetos ganham ordinariamente nas relações humanas, no seio das vendas e compras, das trocas e dos presentes. É uma moça insípida. Seus companheiros não são Adão, mas jovens cadáveres; e quando reencontrar os homens vivos, ela os amará com um amor uniforme, à maneira de párocos, como se o amor fosse o limiar mínimo de sua percepção.

Trata-se de reencontrar a vida mitológica da ilha deserta. Contudo, na própria falência, Robinson nos dá uma indicação: inicialmente, ele precisaria de um capital. Quanto a Suzana, antes de tudo, ela estava separada. E nem ele nem ela, finalmente, poderiam ser o elemento de um par. É preciso restituir essas três indicações à sua pureza mitológica e retornar ao movimento da imaginação que faz da ilha deserta um modelo, um protótipo da alma coletiva. Primeiramente, é verdade que não se opera a própria criação a partir da ilha deserta, mas a re-criação, não o começo, mas o re-começo. Ela é a origem, mas origem segunda. A partir dela tudo recomeça. A ilha é o mínimo necessário para esse recomeço, o material sobrevivente da primeira origem, o núcleo ou o ovo irradiante que deve bastar para re-produzir tudo. Evidentemente, isso tudo supõe que a formação do mundo se dê em dois tempos, em dois estágios, nascimento e renascimento; supõe que o segundo seja tão necessário e essencial quanto o primeiro; supõe, portanto, que o primeiro esteja necessariamente comprometido, que ele tenha nascido para uma retomada e já re-negado numa catástrofe. Somente há um segundo nascimento porque houve uma catástrofe e, inversamente, há catástrofe após a origem porque deve haver, desde a origem, um segundo nascimento. Podemos encontrar em nós a fonte desse tema: para apreciar a vida, nós a alcançamos não em sua produção, mas em sua reprodução. O animal, cujo modo de reprodução se ignora, ainda não ocupou lugar entre os vivos. Não basta que tudo comece, é preciso que tudo se repita, uma vez encerrado o ciclo das combinações possíveis. O segundo momento não é [17] aquele que sucede o primeiro, mas é o reaparecimento do primeiro quando se encerrou o ciclo dos outros momentos. A segunda origem, portanto, é mais essencial que a primeira, porque ela nos dá a lei da série, a lei da repetição, da qual a primeira origem apenas nos dava os momentos. Porém, mais ainda do que nos nossos devaneios, esse tema se manifesta em todas as mitologias. Ele é bem conhecido como mito do dilúvio. O arco se detém na única porção da terra que não está submersa, lugar circular e sagrado de onde o mundo recomeça. É uma ilha ou uma montanha, ambas ao mesmo tempo, pois a ilha é uma montanha marinha e a montanha é uma ilha ainda seca. Eis a primeira criação tomada numa recriação que se concentra numa terra santa ou no meio do oceano. Segunda origem do mundo, mais importante do que a primeira é a ilha santa: muitos mitos nos dizem que aí se encontra um ovo, um ovo cósmico. Como ela forma uma segunda origem, ela é confiada ao homem, não aos deuses. Ela está separada, separada por toda a espessura do dilúvio. O oceano e a água, com efeito, são o princípio de uma tal segregação que, nas ilhas santas, são constituídas por comunidades exclusivamente femininas, como as de Circe e Calipso. Enfim, o começo partia de Deus e de um par, mas não o recomeço, que parte de um ovo, de modo que a maternidade mitológica é freqüentemente uma partenogênese. A idéia de uma segunda origem dá todo seu sentido à ilha deserta, sobrevivência da ilha santa num mundo que tarda para recomeçar. No ideal do recomeço há algo que precede o próprio começo, que o retoma para aprofundá-lo e recuá-lo no tempo. A ilha deserta é a matéria desse imemorial ou desse mais profundo.

Tradução de
Luiz B.L. Orlandi

[18]   2:   Jean Hyppolite, *Lógica e existência*[DL]
[1954]

Gênese e estrutura da Fenomenologia do Espírito[NT] conservava tudo de Hegel e o comentava. A intenção deste novo livro é muito diferente. Hyppolite questiona a Lógica, a Fenomenologia e a Enciclopédia a partir de uma idéia precisa e sobre um ponto preciso. *A filosofia deve ser ontologia, não pode ser outra coisa; mas não há ontologia da essência, só há ontologia do sentido.* Aí está, parece, o tema desse livro essencial, cujo próprio estilo é de uma grande potência. Que a filosofia seja uma ontologia significará, primeiramente, que ela não é antropologia.

A antropologia quer ser um discurso *sobre* o homem. Como tal, ela supõe o discurso empírico *do* homem, no qual estão separados aquele que fala e aquilo de que ele fala. A reflexão está de um lado e, de outro, está o ser. O conhecimento, assim compreendido, é um movimento que não é um movimento da coisa, permanecendo, pois, fora do objeto. Portanto, o conhecimento é uma potência de abstrair, e a reflexão é uma reflexão exterior e formal. Desse modo, o empirismo remete a um formalismo, assim como o formalismo remete a um empirismo. "A [19] consciência empírica é uma consciência que se dirige ao ser preexistente e relega a reflexão à subjetividade". A subjetividade será tratada, pois, como um fato, e a antropologia se constituirá como a ciência desse fato. Que a subjetividade, com Kant, devenha um direito, nada muda no essencial. "A consciência crítica é uma consciência que reflete o si do conhecimento, mas que relega o ser à coisa em si". É certo que Kant se eleva à identidade sintética

---

DL *Revue philosophique de la France et de l'étranger,* vol. CXLIV, nº 7-9, julho-setembro de 1954, pp. 457-460. *Logique et existence* foi publicada em 1953 pela PUF. Jean Hyppolite (1907-1968), filósofo, especialista em Hegel, era professor de Deleuze no Liceu Louis-le-Grand em curso preparatório para a Escola Normal Superior; vindo a ser professor na Sorbonne, dirigiu em seguida (com Georges Canguilhem) o Diploma de Estudos Superiores que Deleuze consagrou a Hume; a dissertação foi publicada pela PUF com o título *Empirisme et subjectivité,* em 1953, na coleção "Epiméthée", dirigida por Hyppolite. Em entrevistas, Deleuze evoca reiteradamente sua admiração de estudante por Hyppolite, ao qual, aliás, *Empirismo e subjetividade* foi dedicado. Para além da homenagem, essa obra é o primeiro texto em que Deleuze formula explicitamente a hipótese de uma "ontologia da pura diferença", que constituirá, como se sabe, uma das teses essenciais de *Diferença e repetição*.

NT Jean Hyppolite, *Genèse et structure de la Phénoménologie de l'Esprit de Hegel.* Paris: Aubier-Montaigne, 1946.

do sujeito e do objeto, mas somente de um objeto relativo ao sujeito: essa própria identidade é a síntese da imaginação, não é posta no ser. Kant ultrapassa o psicológico e o empírico, mas permanecendo no antropológico. Enquanto a determinação for apenas subjetiva, não saímos da antropologia. Se é preciso sair dela, como fazê-lo? As duas questões são apenas uma: o meio de sair dela é também a necessidade de sair dela. Que o pensamento se ponha como pressuposto, Kant o viu admiravelmente: ele se põe, porque ele se pensa e se reflete, e ele se põe como pressuposto porque o todo dos objetos o supõe como aquilo que torna possível um conhecimento. Assim, em Kant, o pensamento e a coisa são idênticos, mas o que é idêntico ao pensamento é somente uma coisa relativa, não a coisa enquanto ser, em si mesma. Para Hegel, portanto, trata-se de elevar-se à verdadeira identidade da posição e do pressuposto, isto é, ao Absoluto. Na Fenomenologia, o livro mostra-nos que a diferença geral do ser e da reflexão, do em-si e do para-si, da verdade e da certeza, desenvolve-se nos momentos concretos de uma dialética, cujo próprio movimento consiste em suprimir essa diferença ou somente conservá-la como aparência necessária. Nesse sentido, a Fenomenologia parte da reflexão humana para mostrar que tal reflexão e sua seqüência conduzem ao saber absoluto que elas pressupõem. Trata-se, precisamente, como diz Hyppolite, de "reduzir" o antropológico, de "resgatar a hipoteca" de um saber cuja fonte é alóctone. Mas não é somente no final ou no início que o saber absoluto é. Já se encontra em todos os momentos: uma figura da consciência é, de uma outra maneira, um momento do conceito; a diferença exterior entre a reflexão e o ser é, de uma outra maneira, a diferença interna do próprio Ser, vale dizer [20], é o Ser idêntico à diferença, à mediação. "Uma vez que a diferença da consciência é retornada ao si, esses momentos apresentam-se, então, como conceitos determinados e como seu movimento orgânico fundado em si mesmo".

Dir-se-á que há "orgulho" tomar-se por Deus, dar-se o saber absoluto. Mas é preciso compreender o que é o ser em relação ao dado. O Ser, segundo Hyppolite, não é a *essência*, mas *o sentido*. Dizer que basta este mundo-aqui não é somente dizer que ele *nos* basta, mas que ele basta a si e que ele remete ao ser, não como à essência para além da aparência, não como a um segundo mundo, que seria o Inteligível, mas como ao sentido deste mundo-aqui. Já encontramos esta substituição da essência pelo sentido em Platão, sem dúvida, quando ele mostra que o próprio segundo mundo é o tema de uma dialética que faz dele o sentido deste mundo-aqui, não um outro mundo. Mas o grande agente da substituição é ainda Kant, porque a crítica troca a possibilidade formal pela possibilidade transcendental, o ser do possível pela possibilidade do ser, a identidade lógica pela identidade sintética da recognição, o ser da lógica pela logicidade do ser – em suma, a essência pelo sentido. Que não haja segundo mundo é, assim, de acordo com Hyppolite, a grande proposição da Lógica hegeliana, porque ela é a razão de transformar a metafísica em lógica e, ao mesmo tempo, em lógica do sentido. Que não haja além-mundo significa que não há um além do mundo (porque o Ser é somente o sentido), significa que não há no mundo um além-mundo do pensamento (porque no pensamento é o ser que se pensa), significa, enfim, que não há no próprio pensamento um além da linguagem. O livro de Hyppolite é uma reflexão sobre as condições de um discurso absoluto; os capítulos sobre o inefável e sobre a poesia são essenciais a esse respeito. As pessoas que tagarelam são as mesmas que acreditam no inefável. Porque o Ser é o sentido, o verdadeiro saber não é o saber de um Outro, nem de outra coisa. De certa maneira, o saber absoluto é o mais próximo, o mais simples, ele *está aí*. "Nada há para se ver atrás da cortina" ou, como diz Hyppolite, "o segredo é que não há segredo".

Vê-se, então, qual é a dificuldade, aquela que o autor assinala fortemente: se a ontologia é uma ontologia do sentido e não da [21] essência, se não há segundo mundo, como pode o saber absoluto distinguir-se ainda do saber empírico? Não recaímos na simples antropologia que tínhamos criticado? É preciso que o saber absoluto compreenda todo o saber empírico e nada compreenda além disso, pois nada distinto dele há para ser compreendido, e, contudo, é preciso, ao mesmo tempo, que ele compreenda sua diferença radical relativamente ao saber empírico. A idéia de Hyppolite é a seguinte: o essencialismo, apesar das aparências, não era o que nos protegia do empirismo e nos permitia ultrapassá-lo. Na visão da essência, a reflexão não é menos exterior do que no empirismo ou na pura crítica. O empirismo punha a determinação como puramente subjetiva; o essencialismo vai tão-somente ao fundo dessa limitação ao opor as determinações entre si e estas ao Absoluto. Estão ambos do mesmo lado. A ontologia do sentido, ao contrário, é o Pensamento total que só conhece a si em suas determinações, que são momentos da forma. No empírico e no absoluto há o mesmo ser e o mesmo pensamento; mas a diferença empírica, externa, entre o pensamento e o ser, cede lugar à diferença idêntica ao Ser, à diferença interna do Ser que se pensa. Por isso, o saber absoluto distingue-se efetivamente do saber empírico, mas só se distingue deste ao negar, também, o saber da essência indiferente. Portanto, na lógica, ao contrário do que ocorre no empírico, não se tem, de um lado, o que eu digo e, de outro, o sentido daquilo que digo – sendo a perseguição de um pelo outro a dialética da Fenomenologia. Meu discurso é logicamente ou propriamente filosófico, ao contrário, quando digo o sentido daquilo que digo, e quando, deste modo, o Ser se diz. Um tal discurso, estilo particular da filosofia, só pode ser circular. É de se notar, a esse respeito, as páginas de Hyppolite sobre o problema do começo em filosofia, problema que não é apenas lógico, mas pedagógico.

Hyppolite ergue-se, portanto, contra toda interpretação antropológica ou humanista de Hegel. O saber absoluto não é uma reflexão do homem, mas uma reflexão do Absoluto no homem. O Absoluto não é um segundo mundo e, todavia, o saber absoluto distingue-se efetivamente do saber empírico, assim como a filosofia distingue-se de toda antropologia. [22] Sobre isso, entretanto, se devemos considerar como decisiva a distinção feita por Hyppolite entre a Lógica e a Fenomenologia, a filosofia da história não teria com a Lógica uma relação mais ambígua? Hyppolite diz: como sentido, o Absoluto é devir; mas, como não se trata, sem dúvida, de um devir histórico (histórico designando aqui algo totalmente distinto da simples característica de um fato), qual é a relação do devir da Lógica com a história? A relação entre a ontologia e o homem empírico está perfeitamente determinada, mas não a relação entre a ontologia e o homem histórico. E quando Hyppolite sugere que é preciso reintroduzir a própria finitude no Absoluto, não corremos o risco de um retorno ao antropologismo, sob nova forma? A conclusão de Hyppolite permanece aberta: ela cria o caminho de uma ontologia. Mas gostaríamos de indicar que a fonte da dificuldade já se encontrava, talvez, na própria Lógica. Se a filosofia tem uma significação, ela o tem somente por ser uma ontologia, e uma ontologia do sentido, o que se pode reconhecer justamente a partir de Hyppolite. O que se tem no empírico e no absoluto é o mesmo ser e é o mesmo pensamento; mas a diferença entre o pensamento e o ser é ultrapassada no absoluto pela posição do Ser idêntico à diferença, ser que, como tal, se pensa e se reflete no homem. Esta identidade absoluta do ser e da diferença chama-se sentido. Porém, em tudo isso há um ponto no qual Hyppolite mostra-se completamente hegeliano: o Ser só pode ser idêntico à diferença à medida que a diferença seja levada ao absoluto, ou seja, à contradição. A diferença especulativa é o Ser que se contradiz. A coisa se contradiz porque, distinguindo-se de *tudo* aquilo que não é, ela encontra seu ser nessa própria diferença; ela só se reflete refletindo-se no outro, pois o outro é *seu* outro. É este o tema que Hyppolite desenvolve ao analisar os três momentos da Lógica: o ser, a essência e o conceito. Hegel criticava em Platão e em Leibniz o não terem ido *até* a contradição, de terem permanecido, um, na simples alteridade e, o outro, na pura diferença. Isto supõe, pelo menos, que não só os momentos da Fenomenologia e os momentos da Lógica não são momentos no mesmo sentido, mas supõe também que há duas maneiras, a fenomenológica e a lógica, de se [23] contradizer. De acordo com este tão rico livro de Hyppolite, poder-se-ia perguntar o seguinte: não se poderia fazer uma ontologia da diferença que não tivesse de ir até a contradição, justamente porque a contradição seria menos e não mais do que a diferença? A contradição não é somente o aspecto fenomênico e antropológico da diferença? Hyppolite diz que uma ontologia da pura diferença nos restituiria a uma reflexão puramente exterior e formal e, afinal de contas, se revelaria ontologia da essência. Entretanto, a mesma questão poderia ser levantada de outro modo: é a mesma coisa dizer que o Ser se exprime e dizer que ele se contradiz? Se é verdade que a segunda e a terceira parte do livro de Hyppolite fundam uma teoria da contradição no Ser, na qual a própria contradição é o absoluto da diferença, em troca disso, na primeira parte (teoria da linguagem) e em todo o livro (alusões ao esquecimento, à reminiscência, ao sentido perdido), não estaria Hyppolite fundando uma teoria da expressão, na qual a diferença é a própria expressão e, a contradição, seu aspecto apenas fenomênico?

Tradução de
Luiz B.L. Orlandi

[24] 3: Instintos e Instituições[DL]
[1955]

Os termos instinto e instituição são empregados para designar essencialmente procedimentos de satisfação. Às vezes, reagindo por natureza a estímulos externos, o organismo retira do mundo exterior os elementos de satisfação de suas tendências e de suas necessidades, elementos que, para diferentes animais, formam mundos específicos. Outras vezes, instituindo um mundo original entre suas tendências e o mundo exterior, o sujeito elabora meios de satisfação artificiais, meios que liberam o organismo da natureza ao submetê-lo a outra coisa e que transformam a própria tendência ao introduzi-la em um novo meio; é verdade que o dinheiro livra da fome, com a condição de se tê-lo, e que o casamento poupa do trabalho de se procurar um parceiro, mas traz consigo outras obrigações. Isso quer dizer que toda experiência individual supõe, como um *a priori*, a preexistência de um meio no qual a experiência é levada a cabo, meio específico ou meio institucional. O instinto e a instituição são as duas formas organizadas de uma satisfação possível.

Não há dúvida de que a tendência se satisfaz na instituição: no casamento a sexualidade, na propriedade a avidez. Pode-se objetar, apontando o exemplo de instituições, como o Estado, às quais nenhuma tendência corresponde. Mas é claro que tais instituições são secundárias, que elas já supõem [25] comportamentos institucionalizados, que elas invocam uma utilidade derivada propriamente social, a qual, em última instância, encontra o princípio do qual deriva na relação do social com as tendências. A instituição se apresenta sempre como um sistema organizado de meios. É aí que está, aliás, a diferença entre a instituição e a lei: esta é uma limitação das ações, aquela, um modelo positivo de ação. Contrariamente às teorias da lei, que colocam o positivo fora do social (direitos naturais) e o social no negativo (limitação contratual), a teoria da

---

DL "Introduction", em G. Deleuze, *Instincts et institutions*, Paris: Hachette, 1955, pp. viii-xi. Este texto foi publicado à guisa de introdução a uma antologia incorporada à coleção "Textes et documents philosophiques" dirigida por Georges Canguilhem. Deleuze era então professor no liceu de Orleans. Georges Canguilhem, filósofo e médico (1904-1995) tinha sido (com Jean Hyppolite) diretor do Diploma de Estudos Superiores de Deleuze. Este texto, próximo das teses defendidas em *Empirisme et subjectivité*, figura, aliás, sob a rubrica "De Hume a Bergson" na bibliografia esboçada por Deleuze (ver apresentação).

instituição põe o negativo fora do social (necessidades) para apresentar a sociedade como essencialmente positiva, inventiva (meios originais de satisfação). Tal teoria nos dará, enfim, critérios políticos: a tirania é um regime onde há muitas leis e poucas instituições, a democracia é um regime onde há muitas instituições e muito poucas leis. A opressão se mostra quando as leis são aplicadas diretamente sobre os homens, e não sobre as instituições prévias que garantem os homens.

Mas, se é verdade que a tendência se satisfaz na instituição, a instituição não se explica pela tendência. As mesmas necessidades sexuais jamais explicarão as múltiplas formas possíveis de casamento. Nem o negativo explica o positivo, nem o geral explica o particular. O "desejo de abrir o apetite" não explica o aperitivo, porque há mil outras maneiras de abrir o apetite. A brutalidade não explica absolutamente a guerra; no entanto, ela aí encontra seu melhor meio. Eis o paradoxo da sociedade: nós falamos de instituições quando nos encontramos diante de processos de satisfação que não são desencadeados e nem determinados pela tendência que neles está em vias de se satisfazer – assim como não são eles explicados pelas características da espécie. A tendência é satisfeita por meios que não dependem dela. Da mesma forma, ela nunca é satisfeita sem ser, ao mesmo tempo, coagida ou maltratada, e transformada, sublimada. De modo que a neurose é possível. Além disso, se a necessidade encontra na instituição uma satisfação tão-somente indireta, "obliqua", não basta dizer que "a instituição é útil", pois é preciso ainda perguntar: para quem ela é útil? Para todos aqueles que dela têm necessidade? Ou antes, para alguns (classe privilegiada), ou somente para aqueles que põem em funcionamento a instituição (burocracia)? O mais profundo problema sociológico consiste, então, em procurar qual [26] é esta outra instância da qual dependem diretamente as formas sociais da satisfação das tendências. Ritos de uma civilização, meios de produção? Seja o que for, a utilidade humana é sempre algo distinto de uma utilidade. A instituição social remete-nos a uma atividade social constitutiva de modelos dos quais não somos conscientes, e que não se explicam pela tendência ou pela utilidade, visto que esta última, como utilidade humana, ao contrário, a supõe. Neste sentido, o padre, o homem do ritual, é sempre o inconsciente do usuário.

Qual é a diferença em relação ao instinto? Neste, nada ultrapassa a utilidade, salvo a beleza. A tendência é satisfeita indiretamente pela instituição, o instinto a satisfaz diretamente. Não há interdições, coerções instintivas, só repugnâncias são instintivas. Desta vez, é a própria tendência que, sob a forma de um fator fisiológico interno, dispara um comportamento qualificado. E, sem dúvida, o fator interno não explicará que, mesmo idêntico a si, ele, no entanto, desencadeia comportamentos diferentes nas diferentes espécies. Mas isto quer dizer que o instinto se encontra no cruzamento de uma dupla causalidade, a dos fatores fisiológicos individuais e a da própria espécie – hormônio e especificidade. Assim, perguntar-se-á somente em que medida o instinto pode remeter ao simples interesse do indivíduo: caso em que, no limite, não será mais preciso falar de instinto, mas de reflexo, de tropismo, de hábito e de inteligência. Ou o instinto só pode ser compreendido no quadro de uma utilidade da espécie, de um bem da espécie, de uma finalidade biológica primeira? "Para quem é útil?" é uma questão que se reencontra aqui, mas mudou o seu sentido. Sob seu duplo aspecto, o instinto se apresenta como uma tendência lançada a reações específicas em um organismo.

O problema comum ao instinto e à instituição é sempre este: como se faz a síntese da tendência e do objeto que a satisfaz? A água que eu bebo não se assemelha, com efeito, aos hidratos dos quais meu organismo carece. Quanto mais o instinto é perfeito em seu domínio, quanto mais ele pertence à espécie, mais ele parece constituir uma potência de síntese original, irredutível. Quanto mais é ele perfectível, e, portanto, imperfeito, mais está ele submetido à variação, à indecisão, mais ele se deixa reduzir unicamente ao jogo de fatores individuais internos [27] e de circunstâncias exteriores – mais ele dá lugar à inteligência. Ora, no limite, como uma tal síntese, que dá à tendência um objeto que convém a esta, poderia ser inteligente, visto que ela, para ser feita, implica um tempo que o indivíduo não vive e tentativas às quais ele não sobreviveria?

Impõe-se reencontrar a idéia de que a inteligência é coisa social mais que individual, e que ela encontra no social o meio intermediário, o terceiro meio que a torna possível. Qual é o sentido do social com relação às tendências? Integrar as circunstâncias em um sistema de antecipação, e integrar os fatores internos em um sistema que regra sua aparição, substituindo a espécie. É bem este o caso da instituição. É noite porque a gente se deita; almoça-se porque é meio-dia. Não há tendências sociais, mas somente meios sociais de satisfazer as tendências, meios que são originais porque eles são sociais. Toda instituição impõe ao nosso corpo, mesmo em suas estruturas involuntárias, uma série de modelos, e dão à nossa inteligência um saber, uma possibilidade de prever e de projetar. Reencontramos a seguinte conclusão: o homem não tem instintos, ele faz instituições. O homem é um animal em vias de despojar-se da espécie. Do mesmo modo, o instinto traduziria as urgências do animal, e a instituição as exigências do homem: no homem, a urgência da fome devêm reivindicação de ter pão. Finalmente, no seu ponto mais agudo, o problema do instinto e da instituição será apreendido, não nas "sociedades" animais, mas nas relações entre animal e homem, quando as exigências do homem incidem sobre o animal, integrando-o em instituições (totemismo e domesticação), quando as urgências do animal encontram o homem, seja fugir ou atacar escapar ou atacá-lo, seja para conseguir alimento e proteção.

Tradução de
Hélio Rebello Cardoso Junior

[28]

4: Bergson, *1859-1941*[DL]
[1956]

Um grande filósofo é aquele que cria novos conceitos: esses conceitos ultrapassam as dualidades do pensamento ordinário e, ao mesmo tempo, dão às coisas uma verdade nova, uma distribuição nova, um recorte extraordinário. O nome de Bergson permanece ligado às noções de *duração, memória, impulso vital, intuição*. Sua influência e seu gênio se avaliam graças à maneira pela qual tais conceitos se impuseram, foram utilizados, entraram e permaneceram no mundo filosófico. Desde *Os dados imediatos*, o conceito original de duração estava formado; em *Matéria e memória*, um conceito de memória; em *A evolução criadora*, o de impulso vital. A relação das três noções vizinhas deve indicar-nos o desenvolvimento e o progresso da filosofia bergsoniana. Qual é, pois, essa relação?

Em primeiro lugar, entretanto, nós nos propomos estudar somente a intuição, não que ela seja o essencial, mas porque ela é capaz de nos ensinar sobre a natureza dos problemas bergsonianos. Não é por acaso que, falando da intuição, Bergson nos mostra qual é a importância, na vida do espírito, de uma atividade que põe e constitui os problemas[1]: há mais falsos problemas do que falsas soluções, e eles aparecem antes de haver falsas soluções para os verdadeiros problemas. Ora, se uma certa intuição encontra-se sempre no coração da doutrina de um filósofo, uma das [29] originalidades de Bergson está em que sua doutrina organizou a própria intuição como um verdadeiro método, método para eliminar os falsos problemas, para propor os problemas com verdade, método que os propõe então em termos de *duração*. "As questões relativas ao sujeito e ao objeto, à sua distinção e à sua união, devem ser propostas mais

---

DL *In* Maurice Merleau-Ponty, éd., *Les philosophes célèbres*, Paris, Editions d'Art Lucien Mazenod, 1956, p. 292-299. No ano seguinte, Deleuze editará uma coletânea de textos escolhidos de Bergson sob o título *Mémoire et vie*, Paris, PUF, 1957. (Em notas, algumas referências foram tornadas precisas. A paginação remete à edição corrente de cada obra de Bergson publicada pelas Presses Universitaires de France, coleção "Quadrige").

1) *La pensée et le mouvant*, II. [NRT: Henri Bergson, *La pensée et le mouvant. Essais et conférences*, Cap. II. Paris: Les Presses Universitaires de France, Quadrige nº 78, 1990. Obra identificada nos textos 4 e 5 como *PM*].

em função do tempo do que do espaço"[2]. Sem dúvida, é a duração que julga a intuição, como Bergson lembrou várias vezes, mas, ainda assim, é somente a intuição que pode, quando tomou consciência de si como método, buscar a duração nas coisas, evocar a duração, requerer a duração, precisamente porque ela deve à duração tudo o que ela é. Portanto, se a intuição não é um simples gozo, nem um pressentimento, nem simplesmente um procedimento afetivo, nós devemos determinar primeiramente qual é o seu caráter realmente metódico.

A primeira característica da intuição é que, nela e por ela, alguma coisa se apresenta, se dá em pessoa, em vez de ser inferida de outra coisa e concluída. O que está em questão, aqui, é já a orientação geral da filosofia; com efeito, não basta dizer que a filosofia está na origem das ciências e que ela foi sua mãe; agora que elas estão adultas e bem constituídas, é preciso perguntar por que há ainda filosofia, em que a ciência não basta. Ora, a filosofia respondeu de apenas duas maneiras a uma tal questão, e isto porque, sem dúvida, há somente duas respostas possíveis: uma vez dito que a ciência nos dá um conhecimento das coisas, que ela está, portanto, em certa relação com elas, a filosofia pode renunciar a rivalizar com a ciência, pode deixar-lhe as coisas, e só apresentar-se de uma maneira crítica como uma reflexão sobre esse conhecimento que se tem delas. Ou então, ao contrário, a filosofia pretende instaurar, ou antes restaurar, *uma outra* relação com as coisas, portanto *um outro* conhecimento, conhecimento e relação que a ciência precisamente nos ocultava, de que ela nos privava, porque ela nos permitia somente concluir e inferir, sem jamais nos apresentar, nos dar a coisa em si mesma. É nessa segunda via que Bergson se empenha, [30] repudiando as filosofias críticas, quando ele nos mostra na ciência, e também na atividade técnica, na inteligência, na linguagem cotidiana, na vida social e na necessidade prática, enfim e sobretudo, no espaço, outras tantas formas e relações que nos separam das coisas e de sua interioridade.

Mas a intuição tem uma segunda característica: assim compreendida, ela se apresenta como um retorno. Com efeito, a relação filosófica que nos insere nas coisas, em vez de nos deixar de fora, é mais restaurada do que instaurada pela filosofia, é mais reencontrada do que inventada. Estamos separados das coisas, o dado imediato não é, portanto, imediatamente dado; mas nós não podemos estar separados por um simples acidente, por uma mediação que viria de nós, que concerniria tão-somente a nós: é preciso que esteja fundado nas próprias

---

2) *Matière et mémoire*, I, 74. [NRT: Henri Bergson, *Matière et mémoire. Essai sur la relation du corps à l'esprit*, Cap. I. Paris: Les Presses Universitaires de France, Quadrige nº 29, 1990, p. 74. Obra identificada nos textos 4 e 5 como *MM*]

coisas o movimento que as desnatura; para que terminemos por perdê-las, é preciso que as coisas comecem por se perder; é preciso que um esquecimento esteja fundado no ser. A matéria é justamente, no ser, aquilo que prepara e acompanha o espaço, a inteligência e a ciência. É graças a isso que Bergson faz coisa totalmente distinta de uma psicologia, vez que, mais do que ser a simples inteligência um princípio psicológico da matéria e do espaço, a própria matéria é um princípio ontológico da inteligência³. É por isso também que ele não recusa direito algum ao conhecimento científico, e nos diz que esse conhecimento não nos separa simplesmente das coisas e de sua verdadeira natureza, mas que apreende pelo menos uma das duas metades do ser, um dos dois lados do absoluto, um dos dois movimentos da natureza, aquele em que a natureza se distende e se põe ao exterior de si⁴. Bergson irá mesmo mais longe, uma vez que, em certas condições, a ciência pode unir-se à filosofia, ou seja, ter acesso com ela a uma compreensão total⁵. De qualquer maneira, nós podemos dizer desde já que não haverá em Bergson a menor distinção de dois mundos, um sensível, outro inteligível, mas somente dois movimentos ou antes dois sentidos de um único e mesmo movimento: um deles é tal que o movimento tende a se congelar em seu produto, no resultado que [31] o interrompe; o outro sentido é o que retrocede, que reencontra no produto o movimento do qual ele resulta. Do mesmo modo, os dois sentidos são naturais, cada um à sua maneira: o primeiro se faz segundo a natureza, mas esta corre aí o risco de se perder a cada repouso, a cada respiração; o segundo se faz contra a natureza, mas ela aí se reencontra, ela se retoma na tensão. O segundo só pode ser encontrado sob o primeiro, e é sempre assim que ele é reencontrado. Nós reencontramos o imediato porque, para encontrá-lo, precisamos retornar. Em filosofia, a primeira vez é já a segunda; é essa a noção de fundamento. Sem dúvida, de certa maneira, o produto é que *é*, e o movimento é que não é, que não é mais. Mas não é nesses termos que se deve propor o problema do ser. A cada instante, o movimento já não é, mas isso porque, precisamente, ele não se compõe de instantes, porque os instantes são apenas as suas paradas reais ou virtuais, seu produto e a sombra de seu produto. O ser não se compõe com presentes. De outra maneira, portanto, o produto é que não é e o movimento é que *já era*. Em um passo de Aquiles, os instantes e os pontos não são segmentados. Bergson nos mostra isso em seu livro mais difícil: não é o presente que é e o passado que não é mais, mas o

---

3) *L'Évolution créatrice* III. [NRT: H. Bergson, *L'évolution créatrice*, Paris: PUF, Quadrige nº 8, 1989. abreviação *EC*, nos textos 4 e 5].
4) *PM*, II.
5) *PM*, VI.

presente é útil, o ser é o passado, o ser era[6] – veremos que essa tese funda o imprevisível e o contingente, em vez de suprimi-los. Bergson substituiu a distinção de dois mundos pela distinção de dois movimentos, de dois sentidos de um único e mesmo movimento, o espírito e a matéria, de dois tempos na mesma duração, o passado e o presente, que ele soube conceber como coexistentes justamente porque eles estavam na mesma duração, um sob o outro e não um depois do outro. Trata-se de nos levar, ao mesmo tempo, a compreender a distinção necessária como diferença de tempo, e também a compreender tempos diferentes, o presente e o passado, como contemporâneos um do outro, e formando o mesmo mundo. Nós veremos de que maneira.

Por que dar o nome de imediato àquilo que reencontramos? O que é imediato? Se a ciência é um conhecimento real da coisa, um conhecimento da realidade, o que ela [32] perde ou simplesmente corre o risco de perder não é exatamente a coisa. O que a ciência corre o risco de perder, a menos que se deixe penetrar de filosofia, é menos a própria coisa do que a diferença da coisa, o que faz seu ser, o que faz que ela seja sobretudo isto do que aquilo, sobretudo isto do que outra coisa. Bergson denuncia com energia o que lhe parece ser falsos problemas: por que há, sobretudo, algo ao invés de nada, por que, sobretudo, a ordem ao invés da desordem[7]? Se tais problemas são falsos, malpropostos, isso acontece por duas razões. Primeiro, porque eles fazem do ser uma generalidade, algo de imutável e de indiferente que, no conjunto imóvel em que é tomado, pode distinguir-se tão-somente do nada, do não ser. Em seguida, mesmo que se tente dar um movimento ao ser imutável assim posto, tal movimento será apenas o da contradição, ordem e desordem, ser e nada, uno e múltiplo. Mas, de fato, assim como o movimento não se compõe de pontos do espaço ou de instantes, o ser não pode se compor de dois pontos de vista contraditórios: as malhas seriam muito frouxas[8]. O ser é um mau conceito enquanto serve para opor tudo o que é ao nada, ou a própria coisa a tudo aquilo que ela não é: nos dois casos, o ser abandonou, desertou das coisas, não passa de uma abstração. Portanto, a questão bergsoniana não é: por que alguma coisa ao invés de nada? mas: por que isto ao invés de outra coisa? Por que tal tensão da duração[9]? Por que esta velocidade ao invés de uma outra[10]? Por que tal proporção[11]? E por que

---

6) *MM*, III.
7) *EC*, III.
8) *PM*, VI
9) *PM*, VIII.
10) *EC*, IV.
11) *EC*, II.

uma percepção vai evocar tal lembrança, ou colher certas freqüências, umas ao invés de outras[12]? Isso quer dizer que o ser é a diferença, e não o imutável ou o indiferente, tampouco a contradição, que é somente um falso movimento. O ser é a própria diferença da coisa, aquilo que Bergson chama freqüentemente de *nuança*. "Um empirismo digno deste nome [...] talha para o objeto um conceito apropriado ao objeto apenas, conceito do qual mal se pode dizer que ainda seja um conceito, [33] uma vez que ele só se aplica unicamente a esta coisa"[13]. E, em um texto curioso, no qual Bergson atribui a Ravaisson a intenção de opor a intuição intelectual à idéia geral como a luz branca à simples idéia de cor, lê-se ainda: "Em lugar de diluir seu pensamento no geral, o filósofo deve concentrá-lo no individual [...] O objeto da metafísica é reapreender, nas existências individuais, seguindo-o até a fonte de que ele emana, o raio particular que, conferindo a cada uma delas sua nuança própria, torna assim a ligá-la à luz universal"[14]. O imediato é precisamente a identidade da coisa e de sua diferença, tal como a filosofia a reencontra ou a "reapreende". Na ciência e na metafísica, Bergson denuncia um perigo comum: deixar escapar a diferença, porque uma concebe a coisa como um produto e um resultado, porque a outra concebe o ser como algo de imutável a servir de princípio. Ambas pretendem atingir o ser ou recompô-lo a partir de semelhanças e de oposições cada vez mais vastas, mas a semelhança e a oposição são quase sempre categorias práticas, não ontológicas. Donde a insistência de Bergson em mostrar que, graças a uma semelhança, corremos o risco de pôr coisas extremamente diferentes sob uma mesma palavra, coisas que diferem por natureza[15]. O ser, de fato, está do lado da diferença, nem uno nem múltiplo. Mas o que é a nuança, a diferença da coisa, o que é a diferença do pedaço de açúcar? Não é simplesmente sua diferença em relação a uma outra coisa: nós só teríamos aí uma relação puramente exterior, remetendo-nos em última instância ao espaço. Não é tampouco sua diferença em relação a tudo o que o pedaço de açúcar não é: seríamos remetidos a uma dialética da contradição. Já Platão não queria que se confundisse a alteridade com uma contradição; mas, para Bergson, a alteridade ainda não basta para fazer que o ser alcance as coisas e seja verdadeiramente o ser das coisas. Ele substitui o conceito platônico de alteridade por um conceito aristotélico, aquele de alteração, para fazer desta a própria substância. O ser é

---

12) *MM*, III.
13) *PM*, VI, pp.196-197.
14) *PM*, IX, pp. 259-260.
15) *PM*, II.

[34] alteração, a alteração é substância[16]. E é bem isso que Bergson denomina *duração*, pois todas as características pelas quais ele a define, desde *Os dados imediatos*, voltam sempre a isto: a duração é o que difere ou o que muda de natureza, a qualidade, a heterogeneidade, o que difere de si mesmo. O ser do pedaço de açúcar se definirá por uma duração, por um certo modo de durar, por uma certa distensão ou tensão da duração.

Como a duração tem esse poder? A questão pode ser proposta de outra maneira: se o ser é a diferença da coisa, o que daí resulta para a própria coisa? Encontramos aqui uma terceira característica da intuição, mais profunda que as precedentes. Como método, a intuição é um método que busca a diferença. Ela se apresenta como buscando e encontrando as diferenças de natureza, as "articulações do real". O ser é articulado; um falso problema é aquele que não respeita essas diferenças. Bergson gosta de citar o texto em que Platão compara o filósofo ao bom cozinheiro que corta segundo as articulações naturais; ele censura constantemente a ciência e a metafísica por terem perdido esse sentido das diferenças de natureza, por terem retido somente diferenças de grau aí onde havia uma coisa totalmente distinta, por terem, assim, partido de um "misto" mal-analisado. Uma das passagens mais célebres de Bergson nos mostra que a intensidade recobre de fato diferenças de natureza que a intuição pode reencontrar[17]. Mas sabemos que a ciência e mesmo a metafísica não inventam seus próprios erros ou suas ilusões: alguma coisa os funda no ser. Com efeito, enquanto nos achamos diante de produtos, enquanto as coisas com as quais estamos às voltas são ainda resultados, não podemos apreender as diferenças de natureza pela simples razão de que elas não estão aí: entre duas coisas, entre dois produtos, só há e só pode haver diferenças de grau, de proporção. O que difere por natureza nunca é uma coisa, mas uma tendência. A diferença de natureza não está entre dois produtos, entre duas coisas, mas em uma única e mesma coisa, entre duas tendências que a atravessam, está em um único e mesmo produto, entre duas tendências que aí se encontram[18]. Portanto, [35] o que é puro nunca é a coisa; esta é sempre um misto que é preciso dissociar; somente a tendência é pura: isso quer dizer que a verdadeira coisa ou a substância é a própria tendência. Assim, a intuição aparece como um verdadeiro método de divisão: ela divide o misto em duas tendências que diferem por natureza. Reconhece-se o sentido dos dualismos caros a Bergson: não somente os títulos

---

16) *PM*, V; *MM*, IV.
17) *Essai sur les données immédiates de la conscience*, I. [NRT: H. Bergson, *Essai sur les données immédiates de la conscience, thèse principale*, 1889, Paris: PUF, Quadrige nº 31, 1988. Referida como *DI*].
18) *EC*, II.

de muitas de suas obras, mas cada um dos capítulos, e o anúncio que precede cada página, dão testemunho de um tal dualismo. A quantidade e a qualidade, a inteligência e o instinto, a ordem geométrica e a ordem vital, a ciência e a metafísica, o fechado e o aberto: essas são as figuras mais conhecidas. Sabe-se que, em última instância, elas se reconduzem à distinção, sempre reencontrada, da matéria e da duração. E matéria e duração nunca se distinguem como duas coisas, mas como dois movimentos, duas tendências, como a distensão e a contração. Mas é preciso ir mais longe: se o tema e a idéia de pureza têm uma grande importância na filosofia de Bergson, é porque as duas tendências não são puras em cada caso, ou não são igualmente puras. Só uma das duas tendências é pura, ou *simples*, sendo que a outra, ao contrário, desempenha o papel de uma impureza que vem comprometê-la ou perturbá-la[19]. Na divisão do misto, há sempre uma metade direita, a que nos remete à duração. Com efeito, mais do que diferença de natureza entre as duas tendências que recortam a coisa, a própria diferença da coisa era uma das duas tendências. E se nos elevamos até a dualidade da matéria e da duração, vemos bem que a duração nos apresenta a própria natureza da diferença, a diferença de si para consigo, ao passo que a matéria é apenas o indiferente, aquilo que se repete ou o simples grau, o que não pode mais mudar de natureza. Não se vê ao mesmo tempo que o dualismo é um momento já ultrapassado na filosofia de Bergson? Com efeito, se há uma metade privilegiada na divisão, é preciso que tal metade contenha em si o segredo da outra. Se toda diferença está de um lado, é preciso que este lado compreenda sua diferença em relação ao outro, e, de uma certa maneira, o próprio outro ou sua possibilidade. A duração difere da matéria, mas porque ela é, inicialmente, o que difere em si e de si, de modo que a [36] matéria da qual ela difere é ainda duração. Enquanto ficamos no dualismo, a coisa está no ponto de encontro de dois movimentos: a duração, que não tem graus por si própria, encontra a matéria como um movimento contrário, como um certo obstáculo, uma certa impureza que a perturba, que interrompe seu impulso, que lhe dá aqui tal grau, ali tal outro[20]. Porém, mais profundamente, é em si que a duração é suscetível de graus, porque ela é o que difere de si, de modo que cada coisa é inteiramente definida na duração, aí compreendida a própria matéria. Em uma perspectiva ainda dualista, a duração e a matéria se opunham como o que difere por natureza e o que só tem graus; porém, mais profundamente, há graus da própria diferença, sendo a matéria somente o mais baixo, o próprio

---

19) *MM*, I.
20) *EC*, III.

ponto onde a diferença, justamente, *é tão-somente* uma diferença de grau[21]. Se é verdadeiro que a inteligência está do lado da matéria em função do objeto sobre o qual ela incide, resta que só se pode defini-la em si, mostrando de que maneira ela, que domina seu objeto, dura. E, se se trata de definir, enfim, a própria matéria, não bastará mais apresentá-la como obstáculo e como impureza; será sempre preciso mostrar como ela, cuja vibração ocupa ainda vários instantes, dura. Assim, toda coisa é completamente definida do lado direito, reto, por uma certa duração, por um certo grau da própria duração.

Um misto se decompõe em duas tendências, das quais uma é a duração, simples e indivisível; mas, ao mesmo tempo, a duração se diferencia em duas direções, das quais a outra é a matéria. O espaço é decomposto em matéria e em duração, mas a duração se diferencia em contração e em distensão, sendo esta o princípio da matéria. Portanto, se o dualismo é ultrapassado em direção ao monismo, o monismo nos dá um novo dualismo, dessa vez controlado, dominado, pois não é do mesmo modo que o misto se decompõe e o simples se diferencia. Assim, o método da intuição tem uma quarta e última característica: ele não se contenta em seguir as articulações naturais para segmentar as coisas, ele remonta [37] ainda às "linhas de fatos", às linhas de diferenciação, para reencontrar o simples como uma convergência de probabilidades; ele não apenas corta, mas recorta, torna a cortar[22]. A diferenciação é o poder do que é simples, indivisível, do que dura. Aqui é que vemos sob qual aspecto a própria duração é um *impulso vital*. Bergson encontra na Biologia, particularmente na evolução das espécies, a marca de um processo essencial à vida, justamente o da diferenciação como produção das diferenças reais, processo do qual ele vai procurar o conceito e as conseqüências filosóficas. As páginas admiráveis que ele escreveu em *A evolução criadora* e em *As duas fontes* nos mostram uma tal atividade da vida, culminando na planta e no animal, ou então no instinto e na inteligência, ou ainda nas diversas formas de um mesmo instinto. Para Bergson, a diferenciação parece ser o modo do que se realiza, se atualiza ou se faz. Uma virtualidade que se realiza é, ao mesmo tempo, o que se diferencia, isto é, aquilo que dá séries divergentes, linhas de evolução, espécies. "A essência de uma tendência é desenvolver-se em forma de feixe, criando, tão-só pelo fato do seu crescimento, direções divergentes"[23]. O impulso vital, portanto, será a própria

---

21) *MM*, IV; *PM*, VI.
22) *Les deux sources de la morale et de la religion*, III; *L'Energie spirituelle*, I. [NRT: H. Bergson, *Les Deux sources de la morale et de la religion*, 1932, Paris: PUF, Quadrige nº 34, 1988 (2003). Abreviação *MR*; *L'Energie spirituelle*, 1919, Paris: PUF, Quadrige nº 36, 1990 (2005). Referida como *ES*].
23) *EC*, II, p. 100.

duração à medida que se atualiza, à medida que se diferencia. O impulso vital é a diferença à medida que ela passa ao ato. Desse modo, a diferenciação não vem simplesmente de uma resistência da matéria, mas, mais profundamente, de uma força da qual a duração é em si mesma portadora: a dicotomia é a lei da vida. E a censura que Bergson dirige ao mecanicismo e ao finalismo em biologia, assim como à dialética em filosofia, é que eles, de pontos de vista diferentes, sempre compõem o movimento como uma relação entre termos atuais, em vez de aí verem a realização de um virtual. Mas, se a diferenciação é assim o modo original e irredutível pelo qual uma virtualidade se realiza, e se o impulso vital é a duração que se diferencia, eis que a própria duração é a virtualidade. *A evolução criadora* traz a *Os dados imediatos* o aprofundamento assim como o prolongamento necessários. Com efeito, desde *Os dados imediatos* a duração se apresentava como o virtual ou o [38] subjetivo, porque ela era menos o que não se deixa dividir do que o que muda de natureza ao dividir-se[24]. Compreendemos que o virtual não é um atual, mas não é menos um modo de ser; bem mais, ele é, de certa maneira, o próprio ser: nem a duração, nem a vida, nem o movimento são atuais, mas aquilo em que toda atualidade, toda realidade se distingue e se compreende, tem sua raiz. Realizar-se é sempre o ato de um todo que não se torna inteiramente real ao mesmo tempo, no mesmo lugar, nem na mesma coisa, de modo que ele produz espécies que diferem por natureza, sendo ele próprio essa diferença de natureza entre as espécies que produz. Bergson dizia constantemente que a duração era a mudança de natureza, de qualidade. "Entre a luz e a obscuridade, entre cores, entre nuanças, a diferença é absoluta. A passagem de uma à outra é também um fenômeno absolutamente real"[25].

Temos, portanto, como que dois extremos, a duração e o impulso vital, o virtual e sua realização. É preciso dizer, ainda, que a duração já é impulso vital, porque é da essência do virtual realizar-se; portanto, é preciso um terceiro aspecto que nos mostre isto, um aspecto de algum modo intermediário em relação aos dois precedentes. É justamente sob este terceiro aspecto que a duração se chama *memória*. Por todas as suas características, com efeito, a duração é uma memória, porque ela prolonga o passado no presente, "*seja* porque o presente encerra distintamente a imagem sempre crescente do passado, *seja* sobretudo porque ele, pela sua contínua mudança de qualidade, dá testemunho da carga cada vez mais pesada que alguém carrega em suas costas à medida que vai cada vez mais envelhecendo"[26]. Anotemos que a memória é

---

24) *DI*, II.
25) *MM*, IV, p. 219.
26) *PM*, VI, p. 201

sempre apresentada por Bergson de duas maneiras: memória-lembrança e memória-contração, sendo a segunda a essencial[27]. Por que essas duas figuras, as quais vão dar à memória um estatuto filosófico inteiramente novo? A primeira nos remete a uma sobrevivência do passado. Mas, dentre todas as teses de Bergson, talvez seja esta a mais profunda e a menos bem compreendida, a tese segundo a qual [39] o passado sobrevive em si[28]. Porque essa própria sobrevivência é a duração, a duração é em si memória. Bergson nos mostra que a lembrança não é a representação de alguma coisa que foi; o passado é isso em que nós nos colocamos *de súbito* para nos lembrar[29]. O passado não tem porque sobreviver psicologicamente e nem fisiologicamente em nosso cérebro, pois ele não deixou de ser, parou apenas de ser útil; ele é, ele sobrevive em si. E esse ser em si do passado é tão-somente a conseqüência imediata de uma boa *proposição* do problema: pois se o passado devesse esperar não mais ser, se ele não fosse de imediato e desde já "*passado* em geral", jamais poderia ele tornar-se o que é, jamais seria ele *este* passado. Portanto, o passado é o em si, o inconsciente ou, justamente, como diz Bergson, o *virtual*[30]. Mas em que sentido é ele virtual? É aí que devemos encontrar a segunda figura da memória. O passado não se constitui *depois* de ter sido presente, ele *coexiste consigo como presente*. Se refletirmos sobre isto, veremos bem que a dificuldade filosófica da própria noção de passado vem do estar ele de algum modo interposto entre dois presentes: o presente que ele foi e o atual presente em relação ao qual ele é agora passado. A falha da psicologia, propondo mal o *problema*, foi ter retido o segundo presente e, conseqüentemente, ter buscado o passado a partir de alguma coisa de atual, além de, finalmente, tê-lo mais ou menos posto no cérebro. Mas, de fato, "a memória de modo algum consiste em uma regressão do presente ao passado"[31]. O que Bergson nos mostra é que, se o passado não é passado ao mesmo tempo em que é presente, ele jamais poderá constituir-se e, menos ainda, ser reconstituído a partir de um presente ulterior. Eis, portanto, em que sentido o passado coexiste consigo como presente: a duração é tão-somente essa própria coexistência, essa coexistência de si consigo. Logo, o passado e o presente devem ser pensados como dois graus extremos coexistindo na duração, graus que se distinguem, um pelo seu estado de distensão, o outro por seu estado de contração. Uma metáfora célebre nos diz que, a cada [40] nível do cone, há todo o nosso passado,

---

27) *MM*, I.
28) *MM*, III.
29) *ES*, V.
30) *MM*, III.
31) *MM*, IV, p. 269.

mas em graus diferentes: o presente é somente o grau mais contraído do passado. "A mesma vida psíquica seria, portanto, repetida um número indefinido de vezes, em camadas sucessivas da memória, e o mesmo ato do espírito poderia se exercer em muitas alturas diferentes"; "tudo se passa como se nossas lembranças fossem repetidas um número indefinido de vezes nessas milhares de reduções possíveis de nossa vida passada"; tudo é mudança de energia, de tensão, e nada mais[32]. A cada grau há tudo, mas tudo coexiste com tudo, ou seja, com os outros graus. Assim, vemos finalmente *o que* é virtual: são os próprios graus coexistentes e como tais[33]. Tem-se razão em definir a duração como uma sucessão, mas falha-se em insistir nisso, pois ela só é efetivamente sucessão real por ser coexistência virtual. A propósito da intuição, Bergson escreve: "Somente o método de que falamos permite ultrapassar o idealismo tanto quanto o realismo, afirmar a existência de objetos inferiores e superiores a nós, conquanto sejam em certo sentido interiores a nós, e fazê-los coexistir juntos sem dificuldade"[34]. E se, com efeito, pesquisamos a passagem de *Matéria e memória* à *Evolução criadora*, vemos que os graus coexistentes são ao mesmo tempo o que faz da duração algo de virtual e o que, entretanto, faz que a duração se atualize a cada instante, porque eles desenham outros tantos planos e níveis que determinam todas as linhas de diferenciação possíveis. Em resumo, as séries realmente divergentes nascem, na duração, de graus virtuais coexistentes. Entre a inteligência e o instinto, há uma diferença de natureza, porque eles estão nos extremos de duas séries que divergem; mas o que essa diferença de natureza exprime enfim senão dois graus que coexistem na duração, dois graus diferentes de distensão e de contração? É assim que cada coisa, cada ser é o todo, mas o todo que se realiza em tal ou qual grau. Nas primeiras obras de Bergson, a duração pode parecer uma realidade sobretudo psicológica; mas o que é psicológico é somente *nossa* duração, ou seja, um certo grau bem-determinado. "Se, em lugar de [41] pretender analisar a duração (ou seja, no fundo, fazer sua síntese com conceitos), instalamo-nos primeiramente nela por um esforço de intuição, teremos o sentimento de uma certa *tensão* bem-determinada, cuja própria determinação aparece como uma escolha entre uma infinidade de durações possíveis. Perceberemos então numerosas durações, tantas quanto queiramos, todas muito diferentes umas das outras..."[35]. Eis por que o segredo do bergsonismo está sem dúvida em

---

32) *MM*, II, p. 115 e III, p. 188.
33) *MM*, III.
34) *PM*, VI, pp. 206-207
35) *PM*, VI, p. 208.

Matéria e memória; aliás, Bergson nos diz que sua obra consistiu em refletir sobre isto: que tudo não está dado. Que tudo não esteja dado, eis a realidade do tempo. Mas o que significa uma tal realidade? Ao mesmo tempo, que o dado supõe um movimento que o inventa ou cria, e que esse movimento não deve ser concebido à imagem do dado[36]. O que Bergson critica na idéia de *possível* é que esta nos apresenta um simples decalque do produto, decalque em seguida projetado ou antes retroprojetado sobre o movimento de produção, sobre a invenção[37]. Mas o virtual não é a mesma coisa que o possível: a realidade do tempo é finalmente a afirmação de uma virtualidade que se realiza, e para a qual realizar-se é inventar. Com efeito, se tudo não está dado, resta que o virtual é o todo. Lembremo-nos de que o impulso vital é finito: o todo é o que se realiza em espécies, que não são à sua imagem, como tampouco são elas à imagem umas das outras; ao mesmo tempo, cada uma corresponde a um certo grau do todo, e difere por natureza das outras, de maneira que o próprio todo apresenta-se, ao mesmo tempo, como a diferença de natureza na realidade e como a coexistência dos graus no espírito.

Se o passado coexiste consigo como presente, se o presente é o grau mais contraído do passado coexistente, eis que esse mesmo presente, por ser o ponto preciso onde o passado se lança em direção ao futuro, se define como aquilo que muda de natureza, o sempre novo, a eternidade de vida[38]. Compreende-se que um tema lírico percorra toda a obra de Bergson: um verdadeiro canto em louvor ao novo, ao imprevisível, à invenção, à liberdade. Não há aí uma renúncia da filosofia, [42] mas uma tentativa profunda e original para descobrir o domínio próprio da filosofia, para atingir a própria coisa para além da ordem do possível, das causas e dos fins. Finalidade, causalidade, possibilidade estão sempre em relação com a coisa uma vez pronta, e supõem sempre que "tudo" esteja dado. Quando Bergson critica essas noções, quando nos fala em indeterminação, ele não nos está convidando a abandonar as razões, mas a alcançarmos a verdadeira razão da coisa em vias de se fazer, a razão filosófica, que não é determinação, mas diferença. Encontramos todo o movimento do pensamento bergsoniano concentrado em *Matéria e memória* sob a tríplice forma da diferença de natureza, dos graus coexistentes da diferença, da diferenciação. Bergson nos mostra inicialmente que há uma diferença de natureza entre o passado e o presente, entre a lembrança e a percepção, entre a duração e a matéria: os psicólogos e os filósofos falharam

---

36) *EC*, IV.
37) *PM*, III.
38) *PM*, VI.

ao partir, em todos os casos, de um misto mal-analisado. Em seguida, ele nos mostra que ainda não basta falar em uma diferença de natureza entre a matéria e a duração, entre o presente e o passado, uma vez que toda a questão é justamente saber *o que é* uma diferença de natureza: ele mostra que a própria duração é essa diferença, que ela é a natureza da diferença, de modo que ela compreende a matéria como seu mais baixo grau, seu grau mais distendido, como um *passado infinitamente dilatado*, e compreende a si mesma ao se contrair como um *presente extremamente comprimido, retesado*. Enfim, ele nos mostra que, se os graus coexistem na duração, a duração é a cada instante o que se diferencia, seja porque se diferencia em passado e em presente ou, se se prefere, seja porque o presente se desdobra em duas direções, uma em direção ao passado, outra em direção ao futuro. A esses três tempos correspondem, no conjunto da obra, as noções de duração, de memória e de impulso vital. O projeto que se encontra em Bergson, o de alcançar as coisas, rompendo com as filosofias críticas, não é absolutamente novo, mesmo na França, uma vez que ele define uma concepção geral da filosofia e sob vários de seus aspectos participa do empirismo inglês. Mas o método é profundamente novo, assim como os três conceitos essenciais que lhe dão seu sentido.

Tradução de
Lia Guarino[NRT]

[NRT] [Tradução originalmente publicada como anexo em Gilles Deleuze, *Bergsonismo*, trad. br. de Luiz B. L. Orlandi, São Paulo: Editora 34, 1999, pp. 95-123].

5: A concepção da diferença em Bergson[DL]
[1956]

A noção de diferença deve lançar uma certa luz sobre a filosofia de Bergson, mas, inversamente, o bergsonismo deve trazer a maior contribuição para uma filosofia da diferença. Uma tal filosofia opera sempre sobre dois planos, metodológico e ontológico. De um lado, trata-se de determinar as diferenças de natureza entre as coisas: é somente assim que se poderá "retornar" às próprias coisas, dar conta delas sem reduzi-las a outra coisa, apreendê-las em seu ser. Mas, por outro lado, se o ser das coisas está de um certo modo em suas diferenças de natureza, podemos esperar que a própria diferença seja alguma coisa, que ela tenha uma natureza, que ela nos confiará enfim o Ser. Esses dois problemas, metodológico e ontológico, remetem-se perpetuamente um ao outro: o problema das diferenças de natureza e o da natureza da diferença. Em Bergson, nós os reencontramos em seu liame, nós surpreendemos a passagem de um ao outro.

O que Bergson censura essencialmente a seus antecessores é não terem visto as verdadeiras diferenças de natureza. A constância de uma tal crítica nos mostra ao mesmo tempo a importância do tema em Bergson. Aí onde havia diferenças de natureza foram retidas apenas diferenças de grau. Sem dúvida, surge por vezes a censura inversa; aí onde havia somente diferenças de grau foram postas diferenças de natureza, por exemplo, entre a faculdade dita perceptiva do cérebro e as funções reflexas da medula, entre a [44] percepção da matéria e a própria matéria[1]. Mas esse segundo aspecto da mesma crítica não tem a freqüência nem a importância do primeiro. Para julgar acerca do mais importante, é preciso que se interrogue a respeito do alvo da filosofia. Se a filosofia tem uma relação positiva e direta com as coisas, isso somente ocorre à medida que ela pretende apreender a coisa mesma a partir daquilo que tal coisa é, em sua diferença a respeito de

---

DL Gilles Deleuze. "La conception de la différence chez Bergson" in *Les études bergsoniennes*, vol. IV, Paris: Éditions Albin Michel/P.U.F., 1956, pp. 77-112 (As referências em nota foram reatualizadas e completadas. A paginação remete à edição corrente de cada obra de Bergson pelas edições PUF, col. "Quadrige").

1) *MM*, p. 19 e pp. 62-63.

tudo aquilo que não é ela, ou seja, em sua *diferença interna*. Objetar-se-á que a diferença interna não tem sentido, que uma tal noção é absurda; mas, então, negar-se-á, ao mesmo tempo, que haja diferenças de natureza entre coisas do mesmo gênero. Ora, se há diferenças de natureza entre indivíduos de um mesmo gênero, deveremos reconhecer, com efeito, que a própria diferença não é simplesmente espaço-temporal, que não é tampouco genérica ou específica, enfim, que não é exterior ou superior à coisa. Eis por que é importante, segundo Bergson, mostrar que as idéias gerais nos apresentam, ao menos mais freqüentemente, dados extremamente diferentes em um agrupamento tão-só utilitário: "Suponhais que, examinando os estados agrupados sob o nome de prazer, nada de comum se descubra entre eles, a não ser serem estados buscados pelo homem: a humanidade terá classificado coisas muito diferentes em um mesmo gênero, porque encontrava nelas o mesmo interesse prático e reagia a todas da mesma maneira"[2]. É nesse sentido que as diferenças de natureza são já a chave de tudo: é preciso partir delas, é preciso inicialmente reencontrá-las. Sem prejulgar a natureza da diferença como diferença interna, sabemos já que ela existe, *supondo-se que haja diferenças de natureza entre coisas de um mesmo gênero*. Logo, ou bem a filosofia se proporá *esse* meio e *esse* alvo (diferenças de natureza para chegar à diferença interna), ou bem ela só terá com as coisas uma relação negativa ou genérica, ela desembocará no elemento da crítica ou da generalidade, em todo caso em um estado da reflexão tão-só exterior. Situando-se no primeiro ponto de vista, Bergson propõe o ideal da filosofia: talhar, "para o objeto, um conceito apropriado tão-somente ao objeto, conceito do qual mal se pode dizer [45] que seja ainda um conceito, uma vez que só se aplica unicamente a esta coisa"[3]. Essa unidade da coisa e do conceito é a diferença interna, à qual nos elevamos pelas diferenças de natureza.

A intuição é o gozo da diferença. Mas ela não é somente o gozo do resultado do método, ela própria é o método. Como tal, ela não é um ato único, ela nos propõe uma pluralidade de atos, uma pluralidade de esforços e de direções[4]. Em seu primeiro esforço, a intuição é a determinação das diferenças de natureza. E como essas diferenças estão entre as coisas, trata-se de uma verdadeira distribuição, de um problema de distribuição. É preciso dividir a realidade segundo suas articulações[5], e Bergson cita de bom grado o famoso texto de Platão

---

2) *PM*, pp. 52-53.
3) *PM*, p. 197.
4) *PM*, p. 207.
5) *PM*, p. 23.

sobre o corte e o bom cozinheiro. Mas a diferença de natureza entre duas coisas não é ainda a diferença interna da própria coisa. Das *articulações do real* devemos distinguir as *linhas de fatos*[6], que definem um outro esforço da intuição. E, se em relação às articulações do real a filosofia bergsoniana se apresenta como um verdadeiro "empirismo", em relação às linhas de fatos ela se apresentará sobretudo como um "positivismo", e mesmo como um probabilismo. As articulações do real distribuem as coisas segundo suas diferenças de natureza, formam uma diferenciação. As linhas de fatos são direções, cada uma das quais se segue até a extremidade, direções que convergem para uma única e mesma coisa; elas definem uma integração, constituindo cada qual uma linha de probabilidade. Em *A energia espiritual*, Bergson nos mostra a natureza da consciência no ponto de convergência de três linhas de fatos[7]. Em *As duas fontes*, a imortalidade da alma está na convergência de duas linhas de fatos[8]. Neste sentido, a intuição não se opõe à hipótese, mas a engloba como hipótese. Em resumo, as articulações do real correspondem a um corte e as linhas de fato correspondem a uma "interseção"[9]. O real, a um só tempo, é o que se corta [46] e se interseciona. Seguramente, os caminhos são os mesmos nos dois casos, mas o importante é o sentido que se tome neles, seguindo a divergência ou pegando o rumo da convergência. Pressentimos sempre dois aspectos da diferença: as articulações do real nos dão as diferenças de natureza entre as coisas; as linhas de fatos nos mostram a coisa mesma idêntica a sua diferença, a diferença interna idêntica a alguma coisa.

Negligenciar as diferenças de natureza em proveito dos gêneros é, portanto, mentir para com a filosofia. Perdemos as diferenças de natureza. Encontramo-nos diante de uma ciência que as substituiu por simples *diferenças de grau*, e diante de uma metafísica que, mais especialmente, as substituiu por simples *diferenças de intensidade*. A primeira questão é concernente à ciência: como fazemos para ver somente diferenças de grau? "Dissolvemos as diferenças qualitativas na homogeneidade do espaço que as subtende"[10]. Sabemos que Bergson invoca as operações conjugadas da necessidade, da vida social e da linguagem, da inteligência e do espaço, sendo o espaço aquilo que a inteligência faz de uma matéria que a isso se presta. Em resumo, substituímos as articulações do real pelos modos só utilitários de agrupamento. Mas não é isso o mais importante;

---

6) *ES*, p. 4.
7) *ES*, primeiro capítulo.
8) *MR*, p. 263.
9) *MR*, p. 292.
10) *EC*, p. 217.

a utilidade não pode fundar o que a torna possível. Assim, é preciso insistir sobre dois pontos. Primeiramente, os graus têm uma realidade efetiva e, *sob uma outra forma que não a espacial*, estão eles já compreendidos de um certo modo nas diferenças de natureza: "por detrás de nossas distinções de qualidade", há quase sempre números[11]. Veremos que uma das idéias mais curiosas de Bergson é que a própria diferença tem um número, um número virtual, uma espécie de número numerante. A utilidade, portanto, tão-somente libera e expõe os graus compreendidos na diferença até que esta seja apenas uma diferença de grau. Mas, por outro lado, se os graus podem se liberar para, por si sós, formar diferenças, devemos buscar a razão disso no estado da experiência. O que o espaço apresenta ao entendimento, o que o entendimento encontra no espaço, são coisas, produtos, resultados e nada mais. Ora, entre coisas (no sentido de [47] resultados), só há e só pode haver diferenças de proporção[12]. O que difere por natureza não são as coisas, nem os estados de coisas, não são as características, mas as *tendências*. Eis porque a concepção da diferença específica não é satisfatória: é preciso estar atento não à presença de características, mas a sua tendência a desenvolver-se. "O grupo não se definirá mais pela posse de certas características, mas por sua tendência a acentuá-las"[13]. Assim, em toda sua obra, Bergson mostrará que a tendência é primeira não só em relação ao seu produto, mas em relação às causas deste no tempo, sendo as causas sempre obtidas retroativamente a partir do próprio produto: em si mesma e em sua verdadeira natureza, uma coisa é a expressão de uma tendência antes de ser o efeito de uma causa. Em uma palavra, a simples diferença de grau será o justo estatuto das coisas separadas da tendência e apreendidas em suas causas elementares. As causas são efetivamente do domínio da quantidade. Consoante seja ele encarado em seu produto ou em sua tendência, o cérebro humano, por exemplo, apresentará com o cérebro animal uma simples diferença de grau ou toda uma diferença de natureza[14]. Assim, diz Bergson, *de um certo ponto de vista*, as diferenças de natureza desaparecem ou antes não podem aparecer. "Colocando-se nesse ponto de vista", escreve ele a propósito da religião estática e da religião dinâmica, "aperceber-se-iam uma série de transições e como que diferenças de grau, lá onde realmente há uma diferença radical de natureza"[15].

---

11) *PM*, p. 61.
12) *EC*, p. 107.
13) *EC*, p. 107.
14) *EC*, pp. 184 e 264-265.
15) *MR*, p. 225.

As coisas, os produtos, os resultados, são sempre *mistos*. O espaço apresentará sempre e a inteligência só encontrará mistos, misto do fechado e do aberto, da ordem geométrica e da ordem vital, da percepção e da afecção, da percepção e da memória... etc. É preciso compreender que o misto é sem dúvida uma mistura de tendências que diferem por natureza, mas, como mistura, é um estado de coisas em que é impossível apontar qualquer diferença de natureza. O misto é o que se vê do ponto de vista em que, por natureza, nada difere de [48] nada. O homogêneo é o misto por definição, porque o simples é sempre alguma coisa que difere por natureza: somente as tendências são simples, puras. Assim, só podemos encontrar o que difere realmente reencontrando a tendência para além de seu produto. É preciso que nos sirvamos daquilo que o misto nos apresenta, das diferenças de grau ou de proporção, uma vez que não dispomos de outra coisa, mas delas nos serviremos somente como uma medida da tendência para chegar à tendência como à razão suficiente da proporção. "Esta diferença de proporção bastará para definir o grupo em que ela se encontra, se se pode estabelecer que ela não é acidental e que o grupo, à medida que evoluía, tendia cada vez mais a pôr o acento sobre essas características particulares"[16].

A metafísica, por sua vez, só retém diferenças de intensidade. Bergson nos mostra essa visão da intensidade percorrendo a metafísica grega: como esta define o espaço e o tempo como uma simples distensão, uma diminuição de ser, ela só encontra entre os seres propriamente ditos diferenças de intensidade, situando-os entre os dois limites de uma perfeição e de um nada[17]. Precisamos ver como nasce tal ilusão, o que a leva a fundar-se, por sua vez, nas próprias diferenças de natureza. Notemos, desde já, que ela repousa menos sobre as idéias mistas do que sobre as pseudo-idéias, a desordem, o nada. Mas estas são ainda uma espécie de idéias mistas[18], e a ilusão de intensidade repousa em última instância sobre a de espaço. Finalmente, só há um tipo de falsos problemas, os problemas que não respeitam em seu enunciado as diferenças de natureza. É um dos papéis da intuição o de denunciar seu caráter arbitrário.

Para chegar às verdadeiras diferenças, é preciso reencontrar o ponto de vista que permita dividir o misto. São as tendências que se opõem duas a duas, que diferem por natureza. A tendência é que é sujeito. Um ser não é o sujeito, mas a expressão da tendência, e, ainda, um ser é somente a expressão da tendência à medida que ela é contrariada por uma outra tendência. Assim, a intuição

---

16) *EC*, p. 107.
17) *EC*, pp. 316 ss.
18) *EC*, pp. 233, 235.

apresenta-se como um método [49] da diferença ou da divisão: dividir o misto em duas tendências. Esse método é coisa distinta de uma análise espacial, é mais do que uma descrição da experiência e menos (aparentemente) do que uma análise transcendental. Ele eleva-se até as condições do dado, mas tais condições são tendências-sujeito, são elas mesmas dadas de uma certa maneira, são vividas. Além disso. são ao mesmo tempo o puro e o vivido, o vivente e o vivido, o absoluto e o vivido. Que o fundamento seja fundamento, mas que não deixe de ser *constatado*, é isso o essencial, e sabemos o quanto Bergson insiste sobre o caráter empírico do impulso vital. Não devemos então nos elevar às condições como às condições de toda experiência possível, mas como às condições da experiência real: Schelling já se propunha esse alvo e definia sua filosofia como um empirismo superior. A fórmula é também adequada ao bergsonismo. Se tais condições podem e devem ser apreendidas em uma intuição, é justamente porque elas são as condições da experiência real, porque elas não são mais amplas que o condicionado, porque o conceito que elas formam é idêntico ao seu objeto. Portanto, não é o caso de se espantar quando se encontra em Bergson uma espécie de princípio de razão suficiente e dos indiscerníveis. O que ele recusa é uma distribuição que põe a razão no gênero ou na categoria e que deixa o indivíduo na contingência, ou seja, no espaço. É preciso que a razão vá até o indivíduo, que o verdadeiro conceito vá até a coisa, que a compreensão chegue até o "isto". Por que isto antes que aquilo, eis a questão da diferença, que Bergson propõe sempre. Por que uma percepção vai evocar tal lembrança antes que uma outra?[19] Por que a percepção vai "colher" certas freqüências, por que estas antes que outras?[20] Por que tal tensão da duração?[21] De fato, é preciso que a razão seja razão disso que Bergson denomina *nuança*. Na vida psíquica não há acidentes[22]: a nuança é a essência. Enquanto não achamos o conceito que só convenha ao próprio objeto, "o conceito único", contentamo-nos com explicar o objeto por meio de vários [50] conceitos, de idéias gerais "das quais se supõe que ele participe"[23]: o que escapa, então, é que o objeto seja este antes que um outro do mesmo gênero, e que neste gênero haja tais proporções antes que outras. Só a tendência é a unidade do conceito e de seu objeto, de tal modo que o objeto não é mais contingente nem o conceito geral. Mas é provável que todas essas precisões concernentes ao método não evitem o impasse em que esse parece

---

19) *MM*, p. 182.
20) *PM*, p. 61.
21) *PM*, p. 208.
22) *PM*, p. 179.
23) *PM*, p. 199.

culminar. Com efeito, o misto deve ser dividido em duas tendências: as diferenças de proporção no próprio misto não nos dizem como encontraremos tais tendências, qual é a regra de divisão. Ainda mais, das duas tendências, qual será a boa? As duas não se equivalem, diferem em valor, havendo sempre uma tendência dominante. E é somente a tendência dominante que define a verdadeira natureza do misto, apenas ela é conceito único e só ela é pura, pois ela é a pureza da coisa correspondente: a outra tendência é a impureza que vem comprometer a primeira, contrariá-la. Os comportamentos animais nos apresentam o instinto como tendência dominante, e os comportamentos humanos apresentam a inteligência. No misto da percepção e da afecção, a afecção desempenha o papel da impureza que se mistura à percepção pura[24]. Em outros termos, na divisão, há uma metade esquerda e uma metade direita. Sobre o que nos regulamos para determiná-las? Reencontramos sob essa forma uma dificuldade que Platão já encontrava. Como responder a Aristóteles, quando este notava que o método platônico da diferença era apenas um silogismo fraco, incapaz de concluir em qual metade do gênero dividido se alinhava a idéia buscada, uma vez que o termo médio faltava? E Platão parece ainda mais bem-armado que Bergson, porque a idéia de um Bem transcendente pode efetivamente guiar a escolha da boa metade. Mas Bergson recusa em geral o recurso à finalidade, como se ele quisesse que o método da diferença se bastasse a si próprio.

A dificuldade talvez seja ilusória. Sabemos que as articulações do real não definem a essência e o alvo do método. A diferença de natureza entre as duas [51] tendências é sem dúvida um progresso sobre a diferença de grau entre as coisas, sobre a diferença de intensidade entre os seres. Mas ela não deixa de ser uma diferença exterior, uma diferença ainda externa. Nesse ponto não falta à intuição bergsoniana, para ser completa, um termo exterior que lhe possa servir de regra; ao contrário, ela apresenta ainda muita exterioridade. Tomemos um exemplo: Bergson mostra que o tempo abstrato é um misto de espaço e de duração e que, mais profundamente, o próprio espaço é um misto de matéria e duração, de matéria e memória. Então, eis que o misto se divide em duas tendências: com efeito, a matéria é uma tendência, já que é definida como um afrouxamento; a duração é uma tendência, sendo uma contração. Mas, se consideramos todas as definições, as descrições e as características da duração na obra de Bergson, apercebemo-nos que a diferença de natureza, finalmente, não está *entre* essas duas tendências. Finalmente, a própria diferença de natureza é *uma* das duas tendências, e se opõe à outra. Com efeito, o que é a duração? Tudo o que

---

24) *MM*, p. 59.

Bergson diz acerca dela volta sempre a isto: a duração *é o que difere de si*. A matéria, ao contrário, é o que não difere de si, o que se repete. Em *Os dados imediatos*, Bergson não mostra somente que a intensidade é um misto que se divide em duas tendências, qualidade pura e quantidade extensiva, mas, sobretudo, que a intensidade não é uma propriedade da sensação, que a sensação é qualidade pura, e que a qualidade pura ou a sensação difere por natureza de si mesma. A sensação é o que muda de natureza e não de grandeza[25]. A vida psíquica, portanto, é a própria diferença de natureza: na vida psíquica há sempre *outro* sem jamais haver *número* ou *vários*[26]. Bergson distingue três tipos de movimentos, qualitativo, evolutivo e extensivo[27], mas a essência de todos eles, mesmo da pura translação como o percurso de Aquiles, é a alteração. O movimento é mudança qualitativa, e a mudança qualitativa é movimento[28]. Em suma, a duração é o que difere, e o que difere não é mais o que difere de outra coisa, mas o que difere [52] de si. O que difere tornou-se ele próprio uma coisa, uma *substância*. A tese de Bergson poderia exprimir-se assim: o tempo real é alteração, e a alteração é substância. A diferença de natureza, portanto, não está mais entre duas coisas, entre duas tendências, sendo ela própria uma coisa, uma tendência que se opõe à outra. A decomposição do misto não nos dá simplesmente duas tendências que diferem por natureza, ela nos dá a diferença de natureza como uma das duas tendências. E, do mesmo modo que a diferença se tornou substância, o movimento não é mais a característica de alguma coisa, mas tomou ele próprio um caráter substancial, não pressupõe qualquer outra coisa, qualquer móvel[29]. A duração, a tendência é a diferença de si para consigo; e o que difere de si mesmo é *imediatamente* a unidade da substância e do sujeito.

Sabemos, ao mesmo tempo, dividir o misto e escolher a boa tendência, uma vez que há sempre à direita o que difere de si mesmo, ou seja, a duração, que nos é revelada em cada caso sob um aspecto, em uma de suas "nuanças". Notar-se-á, entretanto, que, segundo o misto, um mesmo termo está ora à direita, ora à esquerda. A divisão dos comportamentos animais põe a inteligência do lado esquerdo – uma vez que a duração, o impulso vital, se exprime através deles como instinto – ao passo que está à direita na análise dos comportamentos

---

25) *DI*, 41 primeiro capítulo.
26) *DI*, p. 90.
27) *EC*, pp. 302-3.
28) *MM*, p. 219.
29) *PM*, pp. 163, 167.

humanos. Mas a inteligência só pode mudar de lado ao revelar-se, por sua vez, como uma expressão da duração, agora na humanidade: se a inteligência tem a forma da matéria, ela tem o sentido da duração, porque é órgão de dominação da matéria, sentido unicamente manifestado no homem[30]. Não é de admirar que a duração tenha, assim, vários aspectos, que são as nuanças, pois ela é o que difere de si mesmo; e será preciso ir mais longe, até o fim, até ver enfim na matéria uma derradeira nuança da duração. Mas, para compreendermos esse último ponto, o mais importante, precisamos, inicialmente, lembrar o que a diferença deveio. Ela não está entre duas tendências, ela própria é uma das tendências e se põe sempre à direita. A diferença externa deveio diferença interna. [53] *A diferença de natureza, ela própria, deveio uma natureza.* Bem mais, ela o era desde o início. É nesse sentido que as articulações do real e as linhas de fatos remetiam umas às outras: as articulações do real desenhavam também linhas de fatos que nos mostravam, ao menos, a diferença interna como o limite de sua convergência, e, inversamente, as linhas de fatos nos davam também as articulações do real; por exemplo, em *Matéria e memória*, a convergência de três linhas diversas nos leva à verdadeira distribuição do que cabe ao sujeito, do que cabe ao objeto[31]. A diferença de natureza era exterior somente em aparência. Nessa mesma aparência, ela já se distinguia da diferença de grau, da diferença de intensidade, da diferença específica. Mas, no estado da diferença interna, outras distinções devem ser feitas agora. Com efeito, se a duração pode ser apresentada como a própria substância, é por ser ela simples, indivisível. A alteração deve, então, manter-se e achar seu estatuto sem se deixar reduzir à pluralidade, nem mesmo à contradição, nem mesmo à alteridade. A diferença interna deverá se distinguir da *contradição,* da *alteridade* e da *negação.* É aí que o método e a teoria bergsoniana da diferença se oporão a esse outro método, a essa outra teoria da diferença que se chama dialética, tanto a dialética da alteridade, de Platão, quanto a dialética da contradição, de Hegel, ambas implicando a presença e o poder do negativo. A originalidade da concepção bergsoniana está em mostrar que a diferença interna não vai e não deve ir até a contradição, até a alteridade, até o negativo, porque essas três noções são de fato menos profundas que ela ou são visões que incidem sobre ela apenas de fora. Pensar a diferença interna como tal, como pura diferença interna, chegar até o puro conceito de diferença, elevar a diferença ao absoluto, tal é o sentido do esforço de Bergson.

---

30) *EC*, pp. 267, 270.
31) *PM*, p. 81.

A duração é somente uma das duas tendências, uma das duas metades; mas, se é verdadeiro que em todo seu ser ela difere de si mesma, não conteria ela o segredo da outra metade? Como deixaria ainda no exterior de si *isto de que* ela [54] difere, a outra tendência? Se a duração difere de si mesma, isto de que ela difere é ainda duração, de um certo modo. Não se trata de dividir a duração como se dividia o misto: ela é simples, indivisível, pura. Trata-se de uma outra coisa: o simples não se divide, *ele se diferencia*. Diferenciar-se é a própria essência do simples ou o movimento da diferença. Assim, o misto se decompõe em duas tendências, uma das quais é o indivisível, mas o indivisível se diferencia em duas tendências, uma das quais, a outra, é o princípio do divisível. O espaço é decomposto em matéria e duração, mas a duração se diferencia em contração e distensão, sendo a distensão o princípio da matéria. A forma orgânica é decomposta em matéria e impulso vital, mas o impulso vital se diferencia em instinto e em inteligência, sendo a inteligência princípio da transformação da matéria em espaço. Não é da mesma maneira, evidentemente, que o misto é decomposto e que o simples se diferencia: o método da diferença é o conjunto desses dois movimentos. Mas, agora, é a respeito deste poder de diferenciação que é preciso interrogar. É ele que nos levará até o conceito puro da diferença interna. Determinar esse conceito, enfim, será mostrar *de que modo* o que difere da duração, a outra metade, pode ser ainda duração.

Em *Duração e simultaneidade*, Bergson atribui à duração um curioso poder de englobar a si própria e, ao mesmo tempo, de se repartir em fluxo e de se concentrar em uma só corrente, segundo a natureza da atenção[32]. Em *Os dados imediatos*, aparece a idéia fundamental de *virtualidade*, que será retomada e desenvolvida em *Matéria e memória*: a duração, o indivisível, não é exatamente o que não se deixa dividir, mas o que muda de natureza ao dividir-se, e o que muda assim de natureza define o virtual ou o subjetivo. Mas é sobretudo em *A evolução criadora* que acharemos os ensinamentos necessários. A biologia nos mostra o processo da diferenciação operando-se. Buscamos o conceito da diferença enquanto esta não se deixa reduzir ao grau, nem à intensidade, nem à alteridade, nem à contradição: uma tal diferença *é* vital, mesmo que seu conceito não seja propriamente biológico. A vida é o processo da diferença. Aqui Bergson pensa menos na [55] diferenciação embriológica do que na diferenciação das espécies, ou seja, na evolução. Com Darwin, o problema da diferença e o da vida foram identificados nessa idéia de evolução, ainda que Darwin, ele próprio, tenha chegado a uma falsa concepção da diferença vital. Contra um

---

32) *DS*, p. 67.

certo mecanicismo, Bergson mostra que a diferença vital é uma diferença *interna*. Mas ele também mostra que a diferença interna não pode ser concebida como uma simples *determinação*: uma determinação pode ser acidental, ao menos ela só pode dever o seu ser a uma causa, a um fim ou a um acaso, implicando, portanto, uma exterioridade subsistente; além do mais, a relação de várias determinações é tão-somente de associação ou de adição[33]. A diferença vital não só deixa de ser uma determinação, como é ela o contrário disso; é, se se quiser, a própria indeterminação. Bergson insiste sempre no caráter imprevisível das formas vivas: "indeterminadas, quero dizer, imprevisíveis"[34]; e, para ele, o imprevisível, o indeterminado não é o acidental, mas, ao contrário, o essencial, a negação do acidente. Fazendo da diferença uma simples determinação, ou bem a entregamos ao acaso, ou bem a tornamos necessária em função de alguma coisa, mas tornando-a acidental ainda em relação à vida. Mas, em relação à vida, a tendência para mudar não é acidental; mais ainda, as próprias mudanças não são acidentais[35], sendo o impulso vital "a causa profunda das variações"[36]. Isso quer dizer que a diferença não é uma determinação, mas é, nessa relação essencial com a vida, uma diferenciação. Sem dúvida, a diferenciação vem da resistência encontrada pela vida do lado da matéria, mas, inicialmente, ela vem, sobretudo, da força explosiva interna que a vida traz em si. "A essência de uma tendência vital é desenvolver-se em forma de feixe, criando, tão-só pelo fato do seu crescimento, direções divergentes entre as quais se distribuirá o impulso"[37]: a virtualidade existe de tal modo que se realiza dissociando-se, sendo forçada a dissociar-se para se realizar. [56] Diferenciar-se é o movimento de uma virtualidade que se atualiza. A vida difere de si mesma, de tal modo que nos acharemos diante de linhas de evolução divergentes e, em cada linha, diante de procedimentos originais; mas é ainda e somente de si mesma que ela difere, de tal modo que, também em cada linha acharemos certos aparelhos, certas estruturas de órgãos idênticos obtidos por meios diferentes[38]. Divergência das séries, identidade de certos aparelhos, tal é o duplo movimento da vida como um todo. A noção de diferenciação traz ao mesmo tempo a *simplicidade* de um virtual, a *divergência* das séries nas quais ele se realiza e a *semelhança* de certos resultados fundamentais que ele produz nessas séries. Bergson explica a que

---

33) *EC*, cap. I.
34) *EC*, p. 127.
35) *EC*, p. 86.
36) *EC*, p. 88.
37) *MR*, p. 313.
38) *EC*, pp. 53 ss.

ponto a semelhança é uma categoria biológica importante [39]: ela é a identidade do que difere de si mesmo, ela prova que uma mesma virtualidade se realiza na divergência das séries, ela mostra a *essência* subsistindo na mudança, assim como a divergência mostrava a própria mudança agindo na essência. "Que chance haveria para que duas evoluções totalmente diferentes culminassem em resultados similares através de duas séries inteiramente diferentes de acidentes que se adicionam?"[40].

Em *As duas fontes*, Bergson retorna a esse processo de diferenciação: a dicotomia é a lei da vida[41]. Mas aparece algo de novo: ao lado da diferenciação biológica aparece uma diferenciação propriamente histórica. Sem dúvida, a diferenciação biológica encontra seu princípio na própria vida, mas ela não está menos ligada à matéria, de tal modo que seus produtos permanecem separados, exteriores um ao outro. "A materialidade que elas", as espécies, "deram a si as impede de voltar a unir-se para restabelecer de maneira mais forte, mais complexa, mais evoluída, a tendência original"[DLa]. No plano da história, ao contrário, é no mesmo indivíduo e na mesma sociedade que evoluem as tendências que se constituíram por dissociação. Desde então elas evoluem sucessivamente, mas no mesmo ser: o homem [57] irá o mais longe possível em uma direção, depois retornará rumo a outra[42]. Esse texto é ainda mais importante por ser um dos raros em que Bergson reconhece uma especificidade do histórico em relação ao vital. Qual é o seu sentido? Significa que com o homem, e somente com o homem, a diferença torna-se consciente, eleva-se à consciência de si. Se a própria diferença é biológica, a consciência da diferença é histórica. É verdade que não se deveria exagerar a função dessa consciência histórica da diferença. Segundo Bergson, mais ainda do que trazer o novo, ela libera do antigo. A consciência já estava aí, com e na própria diferença. A duração por si mesma é consciência, a vida por si mesma é consciência, mas ela o é *de direito*[43]. Se a história é o que reanima a consciência, ou, antes, o lugar no qual ela se reanima e se coloca de fato, é somente porque essa consciência idêntica à vida estava adormecida, entorpecida na matéria, consciência anulada, não consciência nula[44]. De maneira alguma a consciência é histórica em Bergson, e a história é somente o único

---

39) *PM*, p. 58.
40) *EC*, p. 54.
41) *MR*, p. 316.
DLa *MR*, p. 314.
42) *MR*, pp. 313-5.
43) *ES*, p. 13.
44) *ES*, p. 11.

ponto em que a consciência sobressai, tendo atravessado a matéria. Desse modo, há uma identidade de direito entre a própria diferença e a consciência da diferença: a história sempre é tão-somente de fato. Tal identidade de direito da diferença e da consciência da diferença é a *memória*: ela deve nos propiciar, enfim, a natureza do puro conceito.

Porém, antes de chegar aí, é preciso ainda ver como o processo da diferenciação basta para distinguir o método bergsoniano e a dialética. A grande semelhança entre Platão e Bergson é que ambos fizeram uma filosofia da diferença em que esta é pensada como tal e não se reduz à contradição, *não vai* até a contradição[45]. Mas o ponto de separação, não o único, mas o mais importante, parece estar na presença necessária de um [58] princípio de finalidade em Platão: apenas o Bem dá conta da diferença da coisa e nos faz compreendê-la em si mesma, como no exemplo famoso de Sócrates sentado em sua prisão. Ademais, em sua dicotomia, Platão tem necessidade do Bem como da regra da escolha. Não há intuição em Platão, mas uma inspiração pelo Bem. Nesse sentido, pelo menos um texto de Bergson seria muito platônico: em *As duas fontes*, ele mostra que, para encontrar as verdadeiras articulações do real, é preciso interrogar a respeito das funções. Para que serve cada faculdade, qual é, por exemplo, a função da fabulação?[46]. A diferença da coisa lhe vem aqui do seu uso, do seu fim, da sua destinação, do Bem. Mas sabemos que o recorte ou as articulações do real são tão-somente uma primeira expressão do método. O que preside o recorte das coisas é efetivamente sua função, seu fim, de tal modo que, nesse nível, elas parecem receber de fora sua própria diferença. Mas é justamente por essa razão que Bergson, ao mesmo tempo, critica a finalidade e não se atém às articulações do real: a própria coisa e o fim correspondente são de fato uma única e mesma coisa, que, de um lado, é encarada como o misto que ela forma no espaço e, por outro, como a diferença e a simplicidade de sua duração pura[47]. Já não se trata de falar de fim: quando a diferença tornou-se a própria coisa, não há mais lugar para dizer que a coisa recebe sua diferença de um fim. Assim, a concepção que Bergson tem da diferença de natureza permite-lhe evitar, ao contrário de Platão, um verdadeiro recurso à finalidade. Do mesmo modo, a partir de alguns textos de Bergson, pode-se prever as objeções que ele

---

45) Entretanto, sobre esse ponto, não pensamos que Bergson tenha sofrido a influência do platonismo. Mais perto dele havia Gabriel Tarde, que caracterizava sua própria filosofia como uma filosofia da diferença e a distinguia das filosofias da oposição. Mas a concepção que Bergson tem da essência e do processo da diferença é totalmente distinta da de Tarde.
46) *MR*, p. 111.
47) *EC*, pp. 88 ss.

faria a uma dialética de tipo hegeliano, da qual, aliás, ele está muito mais longe do que daquela de Platão. Em Bergson, e graças à noção de virtual, a coisa, *inicialmente,* difere *imediatamente* de si mesma. Segundo Hegel, a coisa difere de si mesma porque ela, primeiramente, difere de tudo o que ela não é, de tal maneira que a diferença vai até à contradição. Pouco nos importa aqui a distinção do contrário e da contradição, sendo esta tão-só a apresentação de um todo como contrário. De qualquer maneira, nos dois casos, substituiu-se a diferença [59] pelo jogo da determinação. "Não há realidade concreta em relação à qual não se possa ter ao mesmo tempo as duas visões opostas, e que, por conseguinte, não se subsuma aos dois conceitos antagonistas"[48]. Com essas duas visões pretende-se em seguida recompor a coisa, dizendo-se, por exemplo, que a duração é síntese da unidade e da multiplicidade. Ora, se a objeção que Bergson podia fazer ao platonismo era a de ater-se este a uma concepção da *diferença ainda externa*, a objeção que ele fez a uma dialética da contradição é a de ater-se esta a uma concepção da *diferença somente abstrata*. "Essa combinação (de dois conceitos contraditórios) não poderá apresentar nem uma diversidade de graus nem uma variedade de formas: ela é ou não é"[49]. O que não comporta nem graus nem nuances é uma abstração. Assim, a dialética da contradição falseia a própria diferença, que é a razão da nuance. E a contradição, finalmente, é tão-só uma das numerosas ilusões retrospectivas que Bergson denuncia. Aquilo que se diferencia em duas tendências divergentes é uma virtualidade e, como tal, é algo de absolutamente simples que se realiza. Nós o tratamos como um real, compondo-o com os elementos característicos de duas tendências, que, todavia, só foram criadas pelo seu próprio desenvolvimento. Acreditamos que a duração difere de si mesma por ser ela, inicialmente, o produto de duas determinações contrárias; esquecemos que ela se diferenciou por ser de início, justamente, o que difere de si mesma. Tudo retorna à crítica que Bergson faz do negativo: chegar à concepção de uma diferença sem negação, que não contenha o negativo, é este o maior esforço de Bergson. Tanto em sua crítica da desordem, quanto do nada ou da contradição, ele tenta mostrar que a negação de um termo real por outro é somente a realização positiva de uma virtualidade que continha ao mesmo tempo os dois termos. "A luta é aqui tão-só o aspecto superficial de um progresso"[50]. Então, é por ignorância do virtual que se crê na contradição, na negação. A oposição dos dois termos é somente a realização da virtualidade que

---

48) *PM*, p. 198.
49) *PM*, p. 207.
50) *MR*, p. 317.

continha todos dois: isso quer dizer [60] que a diferença é mais profunda que a negação, que a contradição.

Seja qual for a importância da diferenciação, ela não é o mais profundo. Se o fosse, não haveria qualquer razão para falar de um conceito da diferença: a diferenciação é uma ação, uma realização. O que se diferencia é, *primeiramente*, o que difere de si mesmo, isto é, o virtual. A diferenciação não é o conceito, mas a produção de objetos que acham sua razão no conceito. Ocorre que, se é verdadeiro que o que difere de si deve ser um tal conceito, é necessário que o virtual tenha uma consistência, consistência objetiva que o torne capaz de se diferenciar, que o torne apto a produzir tais objetos. Em páginas essenciais consagradas a Ravaisson, Bergson explica que há duas maneiras de determinar o que as cores têm em comum[51]. *Ou bem* extraímos a idéia abstrata e geral de cor, "apagando do vermelho o que faz dele vermelho, do azul o que faz dele azul, do verde o que faz dele verde", o que, então, nos coloca diante de um conceito que é um gênero, diante de objetos que são vários para um mesmo conceito, de modo que o conceito e o objeto fazem dois, sendo de subsunção a relação entre ambos, enquanto permanecemos, assim, nas distinções espaciais, em um estado da diferença exterior à coisa. *Ou bem* fazemos que as coisas sejam atravessadas por uma lente convergente que as conduza a um mesmo ponto, e, neste caso, o que obtemos é "a pura luz branca", aquela que "fazia ressaltar as diferenças entre as tintas", de modo que, então, as diferentes cores já não são objetos *sob* um conceito, mas as nuanças ou os graus do próprio conceito, graus da própria diferença, e não diferenças de graus, sendo agora a relação não mais de subsunção, mas de participação. A luz branca é ainda um universal, mas um universal concreto, que nos faz compreender o particular, porque está ele próprio no extremo do particular. Assim como as coisas se tornaram nuanças ou graus do conceito, o próprio conceito tornou-se a coisa. É uma coisa universal, se se quer, uma vez que os objetos se desenham aí como graus, mas um concreto, não um gênero ou uma generalidade. Propriamente falando, não há vários objetos para um mesmo conceito, [61] mas o conceito é idêntico à própria coisa; ele é a diferença entre si dos objetos que lhe são relacionados, não sua semelhança. O conceito devindo conceito da diferença: é esta a diferença interna. O que era preciso fazer para atingir esse objetivo filosófico superior? Era preciso renunciar a pensar no espaço: a distinção espacial, com efeito, "não comporta graus"[52]. Era preciso substituir as diferenças espaciais pelas diferenças temporais.

---

51) *PM*, p. 259-260.
52) *MM*, p. 247. [NRT: 249, e não 247].

O próprio da diferença temporal é fazer do conceito uma coisa concreta, porque as coisas aí são nuanças ou graus que se apresentam no seio do conceito. É nesse sentido que o bergsonismo pôs no tempo a diferença e, com ela, o conceito. "Se o mais humilde papel do espírito é ligar os momentos sucessivos da duração das coisas, se é nessa operação que ele toma contato com a matéria, e se é também graças a esta operação que ele, inicialmente, se distingue da matéria, concebe-se uma infinidade de graus entre a matéria e o espírito plenamente desenvolvido"[53]. As distinções do sujeito e do objeto, do corpo e do espírito são temporais e, nesse sentido, dizem respeito a graus[54], mas não são simples diferenças de grau. Vemos, portanto, como o virtual torna-se o conceito puro da diferença, e o que um tal conceito pode ser: um tal conceito é *a coexistência possível dos graus ou das nuanças*. Se, malgrado o paradoxo aparente, chamamos *memória* essa *coexistência* possível, como o faz Bergson, devemos dizer que o impulso vital é menos profundo que a memória, e esta menos profunda que a duração. *Duração, memória, impulso vital formam três aspectos do conceito, aspectos que se distinguem com precisão*. A duração é a diferença consigo mesma; a memória é a coexistência dos graus da diferença; o impulso vital é a diferenciação da diferença. Esses três níveis definem um esquematismo na filosofia de Bergson. O sentido da memória é dar à virtualidade da própria duração uma consistência objetiva que faça desta um universal concreto, que a torne apta a se realizar. Quando a virtualidade se realiza, isto é, quando ela se diferencia, é pela vida e é sob uma forma vital; nesse sentido, é verdadeiro que a diferença *é* vital. Mas a virtualidade só pôde diferenciar-se [62] a partir dos graus que coexistiam nela. A diferenciação é somente a separação do que coexistia na duração. As diferenciações do impulso vital são mais profundamente os graus da própria diferença. E os produtos da diferenciação são objetos absolutamente conformes ao conceito, pelo menos em sua pureza, porque, na verdade, são tão-somente a posição complementar dos diferentes graus do próprio conceito. É sempre nesse sentido que a teoria da diferenciação é menos profunda que a teoria das nuanças ou dos graus.

O virtual define agora um modo de existência absolutamente positivo. A duração é o virtual; e este ou aquele grau da duração é real à medida que esse grau se diferencia. Por exemplo, a duração não é em si psicológica, mas o psicológico representa um certo grau da duração, grau que se realiza entre outros e no meio de outros[55]. Sem dúvida, o virtual é em si o modo daquilo que

---

53) *MM*, p. 249.
54) *MM*, p. 74.
55) *PM*, p. 210.

não age, uma vez que ele só agirá diferenciando-se, deixando de ser em si, mas guardando algo de sua origem. Mas, por isso mesmo, ele é o modo *daquilo que é*. Essa tese de Bergson é particularmente célebre: o virtual é a lembrança pura, e a lembrança pura é a diferença. A lembrança pura é virtual, porque seria absurdo buscar a marca do passado em algo de atual e já realizado[56]; a lembrança não é a representação de alguma coisa, ela nada representa, ela *é*, ou, se continuamos a falar ainda de representação, "ela não nos representa algo que tenha sido, mas simplesmente algo que é [...] é uma lembrança do presente"[57]. Com efeito, ela não tem que se fazer, formar-se, não tem que esperar que a percepção desapareça, ela não é posterior à percepção. *A coexistência do passado com o presente que ele foi é um tema essencial do bergsonismo*. Mas, a partir dessas características, quando dizemos que a lembrança assim definida é a própria diferença, estamos dizendo duas coisas ao mesmo tempo. De um lado, a lembrança pura é a diferença, porque nenhuma lembrança se assemelha a uma outra, porque cada lembrança é imediatamente perfeita, porque ela é uma vez o que será [63] sempre: a diferença é o objeto da lembrança, como a semelhança é o objeto da percepção[58]. Basta sonhar para se aproximar desse mundo onde nada se assemelha a nada; um puro sonhador jamais sairia do particular, ele só apreenderia diferenças. Mas a lembrança é a diferença em um outro sentido ainda, ela *é portadora* da diferença; pois, se é verdadeiro que as exigências do presente introduzem alguma semelhança entre nossas lembranças, inversamente a lembrança introduz a diferença no presente, no sentido de que ela constitui cada momento seguinte como algo novo. Do fato mesmo de que o passado se conserva, "o momento seguinte contém sempre, além do precedente, a lembrança que este lhe deixou"[59]; "a duração interior é a vida contínua de uma memória que prolonga o passado no presente, *seja* porque o presente encerra diretamente[NRT] a imagem sempre crescente do passado, seja, sobretudo, porque ele, pela sua contínua mudança de qualidade, dá testemunho da carga cada vez mais pesada que alguém carrega em suas costas à medida que vai cada vez mais envelhecendo"[60]. De uma maneira distinta da de Freud, mas tão profundamente quanto, Bergson viu que a memória era uma função do futuro, que a memória e a vontade eram tão-só uma mesma

---

56) *MM*, p. 150.
57) *ES*, p. 140.
58) *MM*, pp. 172-3.
59) *PM*, pp. 183-4.
NRT [Na passagem citada, Bergson escreve "distintamente", não diretamente, como está aqui transcrito por Deleuze que, por sua vez, transcreve corretamente a mesma passagem em *Le bergsonisme*, Paris: PUF, 1966, p. 45].
60) *PM*, pp. 200-1.

função, que somente um ser capaz de memória podia desviar-se do seu passado, desligar-se dele, não repeti-lo, fazer o novo. Assim, a palavra "diferença" designa, ao mesmo tempo, o *particular que é* e *o novo que se faz*. A lembrança é definida em relação à percepção da qual é contemporânea e, ao mesmo tempo, em relação ao momento seguinte no qual ela se prolonga. Reunindo-se os dois sentidos, tem-se uma impressão incomum: a de ser agido e a de agir ao mesmo tempo[61]. Mas como deixar de reunir esses dois sentidos, uma vez que minha percepção é já o momento seguinte?

Comecemos pelo segundo sentido. Sabe-se qual é a importância que a idéia de *novidade* terá para Bergson em sua teoria do futuro e da liberdade. Mas devemos estudar essa noção no nível mais preciso, quando ela se forma, parece-nos que no segundo capítulo do *Ensaio sobre os dados imediatos*. Dizer que o [64] passado se conserva em si e que se prolonga no presente é dizer que o momento seguinte aparece sem que o precedente tenha desaparecido. Isso supõe uma *contração*, e é a contração que define a duração[62]. O que se opõe à contração é a repetição pura ou a matéria: a repetição é o modo de um presente que só aparece quando o outro desapareceu, o próprio instante ou a exterioridade, a vibração, a distensão. A contração, ao contrário, designa a diferença, porque, em sua essência, ela torna impossível uma repetição, porque ela destrói a própria condição de toda repetição possível. Nesse sentido, a diferença é o novo, a própria novidade. Mas como definir a aparição de algo de novo *em geral*? No segundo capítulo do *Ensaio*, encontra-se a retomada desse problema, ao qual Hume tinha vinculado seu nome. Hume propunha o problema da causalidade, perguntando como uma pura repetição, repetição de casos semelhantes que nada produz de novo no objeto, pode, entretanto, produzir algo de novo no espírito que a contempla. Esse "algo de novo", a espera da milionésima vez, eis a *diferença*. A resposta era que, se a repetição produzia uma diferença no espírito que a observava, isso ocorria em virtude de princípios da natureza humana e, notadamente, do princípio do hábito. Quando Bergson analisa o exemplo das batidas do relógio ou do martelo, ele propõe o problema do mesmo modo e o resolve de maneira análoga: o que se produz de novo nada é nos objetos, mas no espírito que os contempla, é uma "fusão", uma "interpenetração", uma "organização", uma conservação do precedente que não desaparece quando o outro aparece, enfim, uma contração que se faz no espírito. A semelhança vai ainda mais longe entre Hume e Bergson: assim como, em Hume, os casos

---

61) *ES*, p. 140.
62) *EC*, p. 201.

semelhantes se fundiam na imaginação, mas permaneciam ao mesmo tempo distintos no entendimento, em Bergson os estados se fundem na duração, mas guardam ao mesmo tempo algo da exterioridade da qual eles advêm; é graças a esse último ponto que Bergson dá conta da construção do espaço. Portanto, a contração começa por se fazer de [65] algum modo *no* espírito; ela é como que a origem do espírito; ela faz nascer a diferença. Em seguida, mas somente em seguida, o espírito a retoma por sua conta, ele contrai e se contrai, como se vê na doutrina bergsoniana da liberdade[63]. Mas já nos basta ter apreendido a noção em sua origem.

Não somente a duração e a matéria diferem por natureza, mas o que assim difere é a própria diferença e a repetição. Reencontramos, então, uma antiga dificuldade: havia diferença de natureza entre duas tendências e, ao mesmo tempo e mais profundamente, ela era uma das duas tendências. E não havia apenas esses dois estados da diferença, mas dois outros ainda: a tendência privilegiada, a tendência direita diferenciando-se em dois estados, e podendo diferenciar-se porque, mais profundamente, havia graus na diferença. São esses quatro estados que é preciso agora reagrupar: *a diferença de natureza, a diferença interna, a diferenciação* e *os graus da diferença*. Nosso fio condutor é este: a diferença (interna) difere (por natureza) da repetição. Mas vemos muito bem que uma tal frase não se equilibra: simultaneamente, a diferença aí é dita interna e difere no exterior. Entretanto, se antevemos o esboço de uma solução, é porque Bergson se dedica a nos mostrar que a diferença é ainda uma repetição e que a repetição é já uma diferença. Com efeito, a repetição, a matéria é bem uma diferença; as oscilações são bem distintas, uma vez que "uma se esvanece quando a outra aparece". Bergson admite que a ciência procure atingir a própria diferença e que possa mesmo conseguir; ele vê na análise infinitesimal um esforço desse gênero, uma verdadeira ciência da diferença[64]. Mais ainda: quando Bergson nos mostra o sonhador vivendo no particular até apreender somente as diferenças puras, ele nos diz que essa região do espírito reencontra a matéria[65], e que sonhar é desinteressar-se, é ser indiferente. Portanto, seria incorreto confundir a repetição com a generalidade, pois esta, ao contrário, supõe a contração do espírito. A repetição nada cria no objeto, deixa-o subsistir, e mesmo o mantém em sua particularidade. Sem dúvida, a repetição forma gêneros objetivos; [66] porém, em si mesmos, tais gêneros não são idéias gerais, pois não englobam

---

63) *DI*, terceiro capítulo.
64) *PM*, p. 214.
65) *EC*, pp. 203 ss.

uma pluralidade de objetos que se assemelham, mas nos apresentam somente a particularidade de um objeto que se repete idêntico a si mesmo[66]. A repetição, portanto, é uma espécie de diferença, mas uma diferença sempre no exterior de si, uma diferença indiferente a si. Inversamente, *a diferença, por sua vez, é uma repetição*. Com efeito, vimos que, em sua própria origem e no ato dessa origem, a diferença era uma contração. Mas qual é o efeito de tal contração? Ela eleva à coexistência o que se repetia em outra parte. Em sua origem, o espírito é tão-somente a contração dos elementos idênticos, e por isso ele é memória. Quando Bergson nos fala da memória, ele a apresenta sempre sob dois aspectos, dos quais o segundo é mais profundo que o primeiro: a memória-lembrança e a memória-contração[67]. Contraindo-se, o elemento da repetição coexiste consigo, multiplica-se se se quer, retém-se a si mesmo. Assim, definem-se graus de contração, cada um dos quais, no seu nível, apresenta-nos a coexistência consigo mesmo do próprio elemento, ou seja o todo. Portanto, é sem paradoxo que a memória é definida como a coexistência em pessoa, pois, por sua vez, todos os graus possíveis de coexistência coexistem consigo mesmos e formam a memória. Os elementos idênticos da repetição material fundem-se em uma contração; tal contração apresenta-nos, ao mesmo tempo, algo de novo, a diferença, e graus que são os graus dessa própria diferença. É nesse sentido que a diferença é ainda uma repetição, tema este ao qual Bergson retorna constantemente: "A mesma vida psicológica, portanto, seria repetida um número indefinido de vezes, em níveis sucessivos da memória, e o mesmo ato do espírito poderia efetuar-se em alturas diferentes"[68]; as seções do cone são "outras tantas repetições de nossa vida passada inteira"[69]; "tudo se passa, pois, como se nossas lembranças fossem repetidas um número indefinido de vezes nessas mil reduções possíveis de [67] nossa vida passada"[70]. Vê-se a distinção que resta a fazer entre a repetição material e essa repetição psíquica: é no mesmo momento em que toda nossa vida passada é infinitamente repetida; vale dizer, a repetição é virtual. Além disso, a virtualidade não tem outra consistência além daquela que recebe de tal repetição original. "Esses planos não são dados [...] como coisas prontas, superpostas umas às outras. Eles existem, sobretudo, virtualmente, gozam dessa existência que é própria das coisas do espírito"[71]. Nesse ponto, seria quase possível

---

66) *PM*, p. 59.
67) *MM*, pp. 83 ss.
68) *MM*, p. 115.
69) *MM*, p. 188.
70) *MM*, p. 188.
71) *MM*, p. 272.

dizer que, em Bergson, é a matéria que é sucessão, e a duração, coexistência: "Uma atenção à vida que fosse suficientemente potente, e suficientemente destacada de todo interesse prático, abarcaria assim em um presente indiviso toda a história passada da pessoa consciente"[72]. Mas a duração é uma coexistência virtual; o espaço é uma coexistência de um gênero inteiramente distinto, uma coexistência real, uma simultaneidade. Eis por que a coexistência virtual, que define a duração, é ao mesmo tempo uma sucessão real, ao passo que a matéria, finalmente, nos dá menos uma sucessão do que a simples matéria de uma simultaneidade, de uma coexistência real, de uma justaposição. Em resumo, os graus psíquicos são outros tantos planos virtuais de contração, de níveis de tensão. A filosofia de Bergson remata-se em uma cosmologia, na qual tudo é mudança de tensão e de energia e nada mais.[73] A duração, tal como se dá à intuição, apresenta-se como capaz de mil tensões possíveis, de uma diversidade infinita de distensões e contrações. A combinação de conceitos antagonistas é censurada por Bergson pelo fato de só poder nos apresentar uma coisa em um bloco, sem graus nem nuances, ao passo que a intuição, contrariamente, nos dá "uma escolha entre uma infinidade de durações possíveis"[74], "uma continuidade de durações que devemos tentar seguir seja para baixo, seja para cima"[75].

Como se reúnem os dois sentidos da diferença: a diferença como particularidade que é, e a diferença como [68] personalidade, indeterminação, novidade que se faz? Os dois sentidos só podem se unir por e nos graus coexistentes da contração. A particularidade apresenta-se efetivamente como a maior distensão, um desdobramento, uma expansão; nas seções do cone, é a base a portadora das lembranças sob sua forma individual. "Elas tomam uma forma mais banal quando a memória se fecha mais, mais pessoal quando ela se dilata"[76]. Quanto mais a contração se distende, mais as lembranças são individuais, distintas uma das outras, e se localizam[77]. O particular encontra-se no limite da distensão ou da expansão, e seu movimento será prolongado pela própria matéria que ele prepara. A matéria e a duração são dois níveis extremos de distensão e da contração, como o são, na própria duração, o passado puro e o puro presente, a lembrança e a percepção. Vê-se, portanto, que o presente, em sua oposição à particularidade, se definirá como a semelhança ou mesmo como a universalidade.

---

72) PM, pp. 169-170.
73) MM, p. 226.
74) PM, p. 208.
75) PM, p. 210.
76) MM, p. 188.
77) MM, p. 190.

Um ser que vivesse no presente puro evoluiria no universal; "o hábito é para a ação o que a generalidade é para o pensamento"[78]. Mas os dois termos que assim se opõem são somente os dois graus extremos que coexistem. A oposição é sempre apenas a coexistência virtual de dois graus extremos: a lembrança coexiste com aquilo de que ela é a lembrança, coexiste com a percepção correspondente; o presente é tão-somente o grau mais contraído da memória, é um *passado imediato*[79]. Entre os dois, portanto, encontraremos todos os graus intermediários, que são os da generalidade ou, antes, os que formam eles próprios a idéia geral. Vê-se a que ponto a matéria não era a generalidade: a verdadeira generalidade supõe uma percepção das semelhanças, uma contração. A idéia geral é um todo dinâmico, uma oscilação; "a essência da idéia geral é mover-se sem cessar entre a esfera da ação e a da memória pura", "ela consiste na dupla corrente que vai de uma à outra"[80]. Ora, sabemos que os graus intermediários entre dois extremos estão aptos a restituir esses extremos como [69] os próprios produtos de uma diferenciação. Sabemos que a teoria dos graus funda uma teoria da diferenciação: basta que dois graus possam ser opostos um ao outro na memória para que, ao mesmo tempo, sejam a diferenciação do intermediário em duas tendências ou movimentos que se distinguem por natureza. Por serem o presente e o passado dois graus inversos, eles se distinguem por natureza, são a diferenciação, o desdobramento do todo. A cada instante, a duração se desdobra em dois jatos simétricos, "um dos quais recai em direção ao passado, enquanto o outro se lança para o futuro"[81]. Dizer que o presente é o grau mais contraído do passado é dizer também que ele se opõe por natureza ao passado, que é um *porvir iminente*. Entramos no segundo sentido da diferença: algo de novo. Mas o que é esse novo, exatamente? A idéia geral é esse todo que se diferencia em imagens particulares e em atitude corporal, mas tal diferenciação é ainda o todo dos graus que vão de um extremo a outro, e que põe um no outro[82]. A idéia geral é o que põe a lembrança na ação, o que organiza as lembranças com os atos, o que transforma a lembrança em percepção; mais exatamente, ela é o que torna as imagens oriundas do próprio passado cada vez mais "capazes de se inserir no esquema motor"[83]. O particular posto no universal, eis a função da idéia geral. A novidade, o algo de novo, é justamente que o particular esteja no universal. O novo não é evidentemente o presente puro: este, tanto quanto a

---

78) *MM*, p. 173.
79) *MM*, p. 168.
80) *MM*, p. 180.
81) *ES*, p. 132.
82) *MM*, p. 180.
83) *MM*, p. 135.

lembrança particular, tende para o estado da matéria, não em virtude do seu desdobramento, mas de sua instantaneidade. Mas, quando o particular desce no universal ou a lembrança no movimento, o ato automático dá lugar à ação voluntária e livre. A novidade é o próprio de um ser que, ao mesmo tempo, vai e vem do universal ao particular, opõe um ao outro e coloca este naquele. Um tal ser pensa, quer e lembra-se ao mesmo tempo. Em resumo, o que une e reúne os dois sentidos da diferença são todos os graus da generalidade.

Para muitos leitores, Bergson dá uma [70] certa impressão de vagueza e de incoerência. De vagueza, porque o que ele nos ensina, finalmente, é que a diferença é o imprevisível, a própria indeterminação. De incoerência, porque ele, por sua vez, parece retomar uma após outra cada uma das noções que criticou. Sua crítica incidiu sobre os graus, mas ei-los retornando ao primeiro plano da própria duração, a tal ponto que o bergsonismo é uma filosofia dos graus: "Por graus insensíveis, passamos das lembranças dispostas ao longo do tempo aos movimentos que desenham sua ação nascente ou possível no espaço"[84]; "assim, a lembrança transforma-se gradualmente em percepção"[85]. Do mesmo modo, há graus da liberdade[86]. A crítica bergsoniana incidiu especialmente sobre a intensidade, mas eis que a distensão e a contração são invocadas como princípios de explicação fundamentais; "entre a matéria bruta e o espírito mais capaz de reflexão, há todas as intensidades possíveis da memória ou, o que dá no mesmo, todos os graus da liberdade"[87]. Finalmente, sua crítica incidiu sobre o negativo e a oposição, mas ei-los reintroduzidos com a inversão: a ordem geométrica diz respeito ao negativo, nasceu da "inversão da positividade verdadeira", de uma "interrupção"[88]; se comparamos a ciência e a filosofia, vemos que a ciência não é relativa, mas "diz respeito a uma realidade de ordem inversa"[89].

Todavia, não acreditamos que essa impressão de incoerência seja justificada. Inicialmente, é verdadeiro que Bergson retorna aos graus, mas não às diferenças de grau. Toda sua idéia é a seguinte: que não há diferenças de grau no ser, *mas graus da própria diferença*. As teorias que procedem por diferenças de grau confundiram precisamente tudo, porque não viram as diferenças de natureza, perderam-se no espaço e nos mistos que este nos apresenta. Acontece que o que difere por natureza é, finalmente, aquilo que, por natureza, difere *de si próprio*,

---

84) *MM*, p.83.
85) MM, p. 139. [NRT: 144 e não 139]
86) *DI*, p. 180.
87) *MM*, p. 250.
88) *EC*, p. 220.
89) *EC*, p. 231.

de modo que aquilo de que ele difere é somente seu mais baixo *grau*; o que assim difere de si próprio é a *duração*, definida como [71] a diferença de natureza em pessoa. Quando a diferença de natureza entre duas coisas torna-se uma das duas coisas, a outra é somente o *último* grau desta. É assim que, em pessoa, a diferença de natureza é exatamente a coexistência virtual de dois graus *extremos*. Como eles são extremos, a dupla corrente que vai de um a outro forma graus intermediários. Estes constituirão o princípio dos mistos, e nos farão crer em diferenças de grau, mas somente se os consideramos em si mesmos, esquecendo que as extremidades que reúnem são duas coisas que diferem por natureza, sendo na verdade os graus da própria diferença. Portanto, o que difere é a distensão e a contração, a matéria e a duração como graus, como intensidades da diferença. E se Bergson não cai assim em uma simples visão das diferenças de grau em geral, ele tampouco retorna, em particular, à visão das diferenças de intensidade. A distensão e a contração são graus da própria diferença tão-somente porque se opõem e enquanto se opõem. Extremos, eles são *inversos*. O que Bergson censura na metafísica é não ter ela visto que a distensão e a contração são o inverso, e ter, assim, acreditado que se tratava apenas de dois graus mais ou menos intensos na degradação de um mesmo Ser imóvel, estável, eterno[90]. De fato, assim como os graus se explicam pela diferença e não o contrário, as intensidades se explicam pela inversão e a supõem. Não há no princípio um Ser imóvel e estável; *aquilo de que é preciso partir* é a própria contração, é a duração, da qual a distensão é a inversão. Encontrar-se-á sempre em Bergson esse cuidado de achar o verdadeiro começo, o verdadeiro ponto do qual é preciso partir: assim, quanto à percepção e à afecção, "em lugar de partir da afecção, da qual nada se pode dizer, pois não há qualquer razão para que ela seja o que é e não seja qualquer outra coisa, partimos da ação"[91]. Por que é a distensão o inverso da contração, e não a contração o inverso da distensão? Porque fazer filosofia *é justamente começar pela diferença,* e porque a diferença de natureza é a duração, [72] da qual a matéria é somente o mais baixo grau. A diferença é o verdadeiro começo; é por aí que Bergson se separaria mais de Schelling, pelo menos em aparência; começando por outra coisa, por um Ser imóvel e estável, coloca-se no princípio um indiferente, toma-se um menos por um mais, cai-se numa simples visão das intensidades. Mas, quando funda a intensidade na inversão, Bergson parece escapar dessa visão, mas para tão-somente retornar ao negativo, à oposição. Mesmo nesse caso, tal censura não seria exata. Em última instância,

---

90) *EC*, pp. 319-326.
91) *MM*, p. 65.

a oposição dos dois termos que diferem por natureza é tão-só a realização positiva de uma virtualidade que continha a ambos. O papel dos graus intermediários está justamente nessa realização: eles põem um no outro, a lembrança no movimento. Não pensamos, portanto, que haja incoerência na filosofia de Bergson, mas, ao contrário, um grande aprofundamento do conceito de diferença. Finalmente, não pensamos tampouco que a indeterminação seja um conceito vago. Indeterminação, imprevisibilidade, contingência, liberdade significam sempre uma independência em relação às causas: é neste sentido que Bergson enaltece o impulso vital com muitas contingências[92]. O que ele quer dizer é que, de algum modo, a coisa vem *antes* de suas causas, que é preciso começar pela própria coisa, pois as causas vêm depois. Mas a indeterminação jamais significa que a coisa ou a ação teriam podido ser outras. "Poderia o ato ser outro?" é uma questão vazia de sentido. A exigência bergsoniana é a de levar a compreender por que a coisa é mais isto do que outra coisa. A diferença é que é explicativa da própria coisa, e não suas causas. "É preciso buscar a liberdade em uma certa nuança ou qualidade da própria ação e não em uma relação desse ato com o que ele não é ou teria podido ser"[93]. O bergsonismo é uma filosofia da diferença e da realização da diferença: há a diferença em pessoa, e esta se realiza como novidade.

Tradução de
Lia Guarino e Fernando Fagundes Ribeiro[NRT]

---

92) *EC*, p. 255.
93) *DI*, p. 137.
NRT [Tradução originalmente publicada como anexo em Gilles Deleuze, *Bergsonismo*, trad. br. de Luiz B. L. Orlandi, São Paulo: Editora 34, 1999, pp. 95-123].

6: Jean-Jacques Rousseau – Precursor de Kafka, de Céline e de Ponge[DL]
[1962]

Arriscamo-nos de duas maneiras a ignorar um grande autor. Por exemplo, ao desconhecer sua lógica profunda ou o caráter sistemático de sua obra. (Falamos, então, de suas, "incoerências", como se elas nos dessem um prazer superior.) Ou, de outro modo, ao ignorar sua potência e seu gênio cômicos, de onde a obra retira geralmente o máximo de sua eficácia anticonformista. (Preferimos falar das angústias e do aspecto trágico.) Na verdade, não se pode admirar Kafka sem rirmos ao lê-lo. Estas duas regras valem eminentemente para Rousseau.

Em uma de suas teses mais célebres, Rousseau explica que o homem no estado de natureza é bom, ou pelo menos não é mau. Isso não é uma declaração generosa nem uma manifestação de otimismo; é um manifesto lógico extremamente preciso. Rousseau quer dizer: o homem, tal como se pode supô-lo em um estado de natureza, não pode ser mau, pois as condições objetivas que tornam possíveis a maldade e seu exercício não existem na própria natureza. O estado de natureza é um estado no qual o homem está em relação com as coisas, e não com outros homens (salvo de maneira fugaz). "Os homens, convenhamos, se agrediriam ao se encontrarem, mas eles pouco se encontravam. Por toda parte reinava o estado de guerra, e toda a terra estava em paz"[DLa]. O estado de natureza não é somente um estado de independência, mas de isolamento. Um dos temas constantes de Rousseau é que a necessidade não é um fator de aproximação: ela não reúne, ao contrário, isola. Por serem moderadas, nossas necessidades no estado de natureza entram necessariamente em uma espécie de equilíbrio com nossos poderes, adquirem uma espécie de auto-suficiência. Mesmo a sexualidade, no estado de natureza, apenas engendra aproximações fugazes ou nos deixa na solidão. (Rousseau tem muito a dizer, e diz muito sobre este ponto, que é como o reverso humorístico de uma teoria profunda.)

DL. *Arts*, nº 872, 6-12 junho, 1962, p. 3 (Por ocasião do 250º aniversário do nascimento de Rousseau). Em 1959-1960, Deleuze, assistente na Sorbonne, consagrou um ano de curso à filosofia política de Rousseau do qual existe um resumo datilografado editado pelo Centro de Documentação Universitária da Sorbonne.

DLa *Essai sur l'origine des langues*, IX, in *Œuvres complètes*, vol. V, Paris: Gallimard, coll. "Bibliothèque de la Pléiade", 1995, p. 396.

Como os homens poderiam ser maus quando lhes faltam as condições para tanto? As condições que tornam a maldade possível confundem-se com um estado social determinado. Não há maldade desinteressada, embora seja isso o que dizem os próprios malvados e os imbecis. Toda maldade é lucro ou compensação. Não há maldade humana que não se inscreva em relações de opressão, conforme interesses sociais complexos. Rousseau é um desses autores que souberam analisar a relação opressiva e as estruturas sociais que ela supõe. Será preciso esperar Engels para que se relembre e renove este princípio de uma lógica extrema: que a violência e a opressão não formam um fato primeiro, mas supõem um estado civil, situações sociais, determinações econômicas. Se Robinson escravizou Sexta-Feira, não foi por gosto natural, não foi nem mesmo à força; foi com um pequeno capital e meios de produção, que ele salvou das águas, e para submeter Sexta-Feira a tarefas sociais que não se apagaram da memória de Robinson durante o naufrágio.

A sociedade nos coloca constantemente em situações em que temos interesse em ser malvados. Por vaidade, adoraríamos crer que somos maus naturalmente. Mas, na verdade, é bem pior: nós nos tornamos maus sem saber, sem mesmo nos darmos conta disso. É difícil ser herdeiro de alguém sem desejar inconscientemente sua morte por este ou aquele motivo. "Em tais situações, apesar de nos conduzir um sincero amor pela virtude, mais cedo ou mais tarde, sem que se perceba, fraquejamos, e nos tornamos injustos e maus ao agir, sem deixarmos de ser justos e bons [75] na alma"[DLb]. Ora, parece que, por um estranho destino, a bela alma é constantemente empurrada para situações das quais ela não sai sem grande sofrimento. A bela alma usará de sua ternura e sua timidez para extrair das piores situações os elementos que, não obstante, lhe permitirão conservar sua virtude. "Desta oposição contínua entre minha situação e minhas inclinações, nascem pecados enormes, desgraças inauditas, e todas as virtudes, exceto a força, que podem honrar a adversidade"[DLc]. Achar-se em situações impossíveis é o destino da bela alma. Toda a verve de Rousseau vem de ser ele um extraordinário cômico de ocasião. Ora, *As Confissões* acabam como um livro trágico e alucinado, mas começam como um dos livros mais alegres da literatura. Mesmo os vícios preservam Rousseau da maldade para a qual eles o deveriam arrastar; e Rousseau se esmera na análise desses mecanismos ambivalentes e salutares.

A bela alma não se contenta com o estado de natureza; ela sonha afetuosamente com as relações humanas. Ora, essas relações sempre se encarnam em situações

---

DLb *Les Confessions*, II, in *Œuvres complètes*, vol. I, Paris: Gallimard, col. "Bibliothèque de la Pléiade", 1959, p. 56.
DLc *Les Confessions*, VII, *ibid.*, p. 277.

delicadas. Sabe-se que o sonho apaixonado de Rousseau é reencontrar as figuras de uma Trindade perdida: seja a mulher amada que ama outro, que será como um pai ou irmão mais velho: sejam duas mulheres amadas, uma como uma mãe severa e que castiga, a outra como uma mãe terna que faz renascer. (Rousseau já persegue essa busca apaixonada de duas mães, ou de um duplo nascimento, em um de seus amores de infância.) Mas as situações reais em que esta fantasia se encarna são sempre ambíguas. Elas acabam mal: ou nós nos conduzimos mal ou nos excedemos, ou ambas as alternativas ao mesmo tempo. Rousseau não reconhece seu terno devaneio quando ele se encarna em Teresa e na mãe Teresa, antes mulher ávida e desagradável do que mãe severa. Nem quando Madame de Warens quer que ele desempenhe o papel de irmão mais velho com relação a um novo favorito. [76]

Rousseau explica com freqüência e com alegria que ele tem as idéias lentas e os sentimentos rápidos. Mas as idéias, de formação lenta, emergem subitamente na vida, dão-lhe novas direções, inspiram-lhe estranhas invenções. Nos poetas e nos filósofos, nós devemos apreciar mesmo as manias, as bizarrices que testemunham combinações da idéia e do sentimento. Baseado nisso, Thomas de Quincey criou um método apropriado para nos levar a amar os grandes autores. Em um pequeno livro sobre Kant ("Os últimos dias de Emmanuel Kant", que Schwob traduziu)[DLd], Quincey descreve o aparelho extremamente complexo que Kant inventou para lhe servir como suporte para meias. O mesmo se pode dizer do traje de armênio de Rousseau quando ele morava em Motiers e amarrava os sapatos nos degraus de entrada de sua casa enquanto conversava com as moças. Há aí verdadeiros modos de vida, são anedotas de "pensador".

Como evitar as situações em que nos interessa ser maldosos? Sem dúvida, uma alma forte pode, por um ato de vontade, agir sobre a própria situação e modificá-la. Por exemplo, pode-se renunciar a um direito de herança para não estar na situação de desejar a morte de um pai. Da mesma forma, em *A Nova Heloísa*, Júlia compromete-se a não se casar com Saint-Preux, mesmo que seu marido venha a morrer: assim "ela troca o interesse que ela tinha em sua perda pelo interesse em conservá-la"[DLe]. Mas Rousseau, segundo seu próprio testemunho, não é uma alma forte. Ele ama a virtude mais do que é virtuoso. Salvo em matéria de herança, ele tem imaginação demais para renunciar por antecipação e por vontade. Ele precisa de mecanismos mais sutis para evitar as

---

DLd Texto reeditado em volume: T. de Quincey, *Les derniers jours d'Emmanuel Kant*, Toulouse: Ombres, 1985.

DLe *La Nouvelle Heloïse*, terceira parte, carta XX, in *Oeuvres complètes*, vol. II, Paris: Gallimard, col. "Bibliothèque de la Pléiade", 1961, p. 1.558 n.

situações tentadoras ou para delas sair. Ele tudo arrisca, mesmo sua frágil saúde, para preservar suas aspirações virtuosas. Ele próprio explica como a doença de sua bexiga foi um fator essencial em sua grande reforma moral: por medo de não se agüentar em presença do rei, ele prefere renunciar à pensão. A doença o inspira como fonte de humor (Rousseau relata seus problemas de audição com uma verve semelhante à de Céline mais tarde). [77] Mas o humor é o contrário da moral: melhor ser copista de música que pensionista do rei.

Em *A Nova Heloísa*, Rousseau elabora um método profundo, apto para conjurar o perigo das situações. Uma situação não nos tenta unicamente por ela mesma, mas devido a todo o peso de um passado que nela se encarna. É a procura do passado nas situações presentes, é a repetição do passado que nos inspira nossas paixões e nossas tentações mais violentas. É sempre no passado que amamos, e as paixões são doenças próprias à memória. Para curar Saint-Preux e para trazê-lo ou convertê-lo à virtude, M. de Wolmar emprega um método pelo qual ele conjura os prestígios do passado. Ele força Julie e Saint-Preux a se beijar no mesmo bosque que viu seus primeiros amores: "Julie não mais temia esse asilo, ele acabara de ser profanado"[DLf]. É necessário fazer da virtude o interesse presente de Saint-Preux: "não é por Julie de Wolmar que ele está apaixonado, mas por Julie d'Etange; ele não me odeia absolutamente como o que se apossou da pessoa que ele ama, mas como o raptor daquela que ele amou... Ele a ama no tempo passado; eis a chave do enigma: corte-lhe a memória, ele não terá mais amor"[DLg]. É na relação com os objetos, com os lugares, por exemplo um bosque, que conhecemos a fuga do tempo e que saberemos, enfim, querer no futuro, em lugar de nos apaixonarmos no passado. Isso é o que Rousseau chamava de "o materialismo do sábio"[DLh] ou cobrir o passado com o presente.

Os dois pólos da obra filosófica de Rousseau são o *Emílio* e o *Contrato social*. O mal, na sociedade contemporânea, é que nós não somos mais nem homem privado nem cidadão: o homem tornou-se "*homo œconomicus*", isto é, "burguês", animado pelo dinheiro. As situações em que há interesse em sermos maus implicam sempre relações de opressão, nas quais o homem entra em relação com o homem para obedecer ou comandar, senhor ou escravo. O *Emílio* é a reconstituição do homem privado, o *Contrato social*, a do cidadão. A primeira regra pedagógica de Rousseau é esta: nós chegaremos a nos constituir enquanto homens privados quando restaurarmos nossa relação natural com as coisas, [78]

DLf *La Nouvelle Heloïse*, quarta parte, carta XII, *ibid.*, p. 496.
DLg *La Nouvelle Heloïse*, quarta parte, carta XIV, *ibid.*, p. 509
DLh *Les Confessions*, IX, *ibid.*, p. 409.

com isso preservando-nos das relações artificiais demasiado humanas que, desde a infância, acarretam em nós uma perigosa tendência a comandar. (E é a mesma tendência que nos faz escravo e que nos faz tirano.) "Ao exercer o direito de serem obedecidas, as crianças saem do estado de natureza quase ao nascer"[DLi]. A verdadeira correção pedagógica consiste em subordinar a relação dos homens à relação do homem com as coisas. O gosto das coisas é uma constante na obra de Rousseau (os exercícios de Francis Ponge têm algo de rousseauniano). Daí a famosa regra de *Emílio*, regra que requer apenas vigor: jamais trazer as coisas para a criança, mas levar a criança até as coisas.

O homem privado é aquele que, devido à sua relação com as coisas, conjurou a situação infantil que lhe confere o interesse em ser mau. Mas o cidadão é aquele que entra em relações com os homens, onde ele tem exatamente interesse em ser virtuoso. Instaurar uma situação objetiva e atual em que a justiça e o interesse se reconciliem, parece ser, segundo Rousseau, a tarefa efetivamente política. E a virtude retoma aqui seu sentido mais profundo, que remete à determinação pública do cidadão. O *Contrato social* é, com certeza, um dos grandes livros da filosofia política. Um aniversário de Rousseau é a ocasião certa de ler ou de reler o *Contrato social*. Nele, o cidadão aprende qual é a mistificação da separação dos poderes; como a República define-se pela existência de um único poder, o legislativo. A análise do conceito de lei, tal como aparecia em Rousseau, dominará por muito tempo a reflexão filosófica e a domina ainda.

Tradução de
Hélio Rebello Cardoso Júnior

[DLi] *La Nouvelle Heloïse*, quinta parte, carta III, *ibid.*, p. 571.

7: A idéia de gênese na estética de Kant[DL]
[1963]

As dificuldades da estética kantiana, na primeira parte da *Crítica da faculdade de julgar*[NT], estão ligadas a uma diversidade de pontos de vista. Kant nos propõe tanto uma estética do espectador, como na teoria do juízo de gosto, quanto uma estética, ou, mais ainda, uma meta-estética do criador, como na teoria do gênio. Tanto uma estética do belo na natureza quanto uma estética do belo na arte. Tanto uma estética da forma, de inspiração "clássica", quanto uma meta-estética da matéria e da Idéia, próxima do romantismo. Só a compreensão dos pontos de vista diversos, e da passagem necessária de um ao outro, determina a unidade sistemática da *Crítica da faculdade de julgar*. Esta compreensão deve explicar as dificuldades aparentes do plano, ou seja, de um lado, o lugar da Analítica do sublime (entre a Analítica do belo e a dedução dos juízos de gosto) e, de outro lado, o lugar da teoria da arte e do gênio (no final da dedução).

O juízo de gosto "é belo" exprime no espectador um acordo, uma harmonia de duas faculdades: imaginação e entendimento. Com efeito, se o juízo de gosto se distingue do juízo de preferência, é por que ele pretende uma certa necessidade, uma certa universalidade *a priori*. Ele toma do entendimento, portanto, sua legalidade. Mas esta legalidade não aparece aqui em conceitos determinados. A universalidade no juízo de gosto é aquela de um prazer; a coisa bela é singular, e permanece sem conceito. O entendimento intervém como a faculdade dos conceitos em geral, mas feita abstração de todo conceito determinado. A imaginação, por sua vez, exerce-se livremente, já que ela não está submetida a tal ou qual conceito. Que a imaginação entre em acordo com o entendimento no juízo de gosto significa, então, o seguinte: exercendo-se como *livre*, a imaginação entra em acordo com o entendimento tomado como *indeterminado*. O próprio do juízo de gosto é exprimir um acordo, ele mesmo

---

DL *Revue d'Esthétique*, vol. XVI, nº 2, abril-junho, Paris: PUF, 1963, pp. 113-136. No mesmo ano, Deleuze publica pela PUF *La philosophie critique de Kant* (A filosofia crítica de Kant).

NT [Traduzimos assim *Critique du jugement* para melhor correspondermos ao original alemão (*Critik der Urteilskraft*)].

livre e indeterminado, entre a imaginação e o entendimento. De modo que o prazer estético, longe de ser primeiro em relação ao juízo, depende dele, ao contrário: o prazer é o acordo das próprias faculdades, uma vez que este acordo, fazendo-se sem conceito, só pode ser sentido. Dir-se-á que o juízo de gosto só começa com o prazer, mas não deriva dele.

Devemos refletir sobre este primeiro ponto: tema de um acordo entre várias faculdades. A idéia de um tal acordo é uma constante da Crítica kantiana. Nossas faculdades diferem por natureza e, contudo, exercem-se harmoniosamente. Na *Crítica da razão pura*, o entendimento, a imaginação e a razão entram numa relação harmoniosa, em conformidade com o interesse especulativo. Igualmente, a razão e o entendimento, na *Crítica da razão prática* (deixamos de lado o exame de um papel possível da imaginação neste interesse prático). Mas vemos que, nesses casos, uma das faculdades desempenha sempre um papel predominante. "Predominante" quer dizer aqui três coisas: determinado em relação a um interesse, determinante em relação a objetos, determinante em relação às outras faculdades. Assim, na *Crítica da razão pura*, o entendimento dispõe de conceitos *a priori* perfeitamente determinados no interesse especulativo; ele aplica seus conceitos a objetos (fenômenos) que lhe são necessariamente submetidos; ele induz as outras faculdades (imaginação e razão) a preencher tal ou qual função neste interesse de conhecer e em relação a esses objetos de conhecimento. Na *Crítica da razão prática*: as Idéias da razão, e inicialmente a Idéia de liberdade, encontram-se determinadas pela lei moral; por intermédio desta lei, a razão determina objetos supra-sensíveis que lhe são [81] necessariamente submetidos; enfim, ela induz o entendimento a um certo exercício, em função do interesse prático. Nas duas primeiras Críticas, já nos encontramos diante do princípio de uma harmonia das faculdades entre si. *Mas esta harmonia é sempre proporcionada, constrangida e determinada*: há sempre uma faculdade determinante que legisla, seja o entendimento no interesse especulativo, seja a razão no interesse prático.

Voltemos ao exemplo da *Crítica da razão pura*. É bem conhecido que o esquematismo é um ato da imaginação, original e irredutível: só a imaginação pode e sabe esquematizar. Porém, a imaginação não esquematiza por si mesma, em nome de sua liberdade. Ela só o faz à medida que o entendimento a determina, a induz a fazê-lo. Ela só esquematiza no interesse especulativo, em função de conceitos determinados do entendimento, quando o próprio entendimento tem o papel legislador. É por isto que seria errado perscrutar os mistérios do esquematismo, como se eles encerrassem a última palavra da imaginação na sua essência ou na sua livre espontaneidade. O esquematismo é um segredo, mas não o mais profundo segredo da imaginação. Abandonada a si mesma, a imaginação faria outra coisa que esquematizar. O mesmo vale para a razão: o raciocínio é um ato original da razão, mas a razão só raciocina no interesse especulativo, no sentido em que o entendimento a determina a fazê-lo, quer dizer, a induz a procurar um meio termo para a atribuição de um dos seus conceitos aos objetos que ele subsume. Por si mesma, a razão faria outra coisa que raciocinar; vê-se bem isto na *Crítica da razão prática*.

No interesse prático, a razão se torna legisladora. Por sua vez, então, ela determina o entendimento a um exercício original conforme ao novo interesse. Eis que o entendimento extrai da lei natural sensível um "tipo" para uma natureza supra-sensível: só ele pode cumprir esta tarefa, mas ele não a cumpriria se não fosse determinado pela razão no interesse prático. Assim, as faculdades entram em relações ou proporções harmoniosas segundo a faculdade que legisla em tal ou qual interesse. *Concebem-se, pois, diversas proporções, ou permutações na relação de faculdades*. O entendimento legisla no interesse especulativo; a razão, no interesse prático. Em [82] cada um desses casos, um acordo surge entre as faculdades, mas este acordo é determinado por aquela que vem a legislar. Ora, uma tal teoria das permutações deveria conduzir Kant a um problema extremo. Jamais as faculdades entrariam em um acordo determinado ou fixado por uma dentre elas se, de início, elas não fossem capazes em si mesmas e espontaneamente de um acordo indeterminado, de uma livre harmonia, de uma harmonia sem proporção fixa[1]. Seria vão invocar aqui a superioridade do interesse prático sobre o interesse especulativo; o problema não seria resolvido, seria mais adiado e acentuado. Como uma faculdade, legisladora em um interesse qualquer, poderia induzir as outras faculdades a tarefas complementares indispensáveis, se todas as faculdades juntas não fossem antes capazes de um livre acordo espontâneo, sem legislação, sem interesse nem predominância?

Isto quer dizer que a *Crítica da faculdade de julgar*, em sua parte estética, não vem simplesmente completar as duas outras: na realidade, ela as funda. Ela descobre um livre acordo entre as faculdades como o *fundo* suposto pelas duas outras Críticas. Todo acordo determinado remete ao livre acordo indeterminado que o torna possível em geral. Mas por que é precisamente o juízo estético que revela esse fundo, escondido nas duas críticas precedentes? No juízo estético, a imaginação encontra-se liberada tanto da dominação do entendimento quanto daquela da razão. Com efeito, o prazer estético é ele mesmo um prazer desinteressado: ele não é somente independente do interesse

---

1) *Critique du jugement.* Introduction, §§ 2, 3, 4, 5. [DL: Todas as referências deste artigo remetem à *Critique du jugement*, trad. Jean Gibelin, Paris: Vrin, 1960.]

empírico, mas também do interesse especulativo e do interesse prático. Por isso mesmo, o juízo estético não legisla, não implica faculdade alguma que legisle sobre objetos. Além disso, como seria de outro modo, já que há apenas dois tipos de objetos, os fenômenos e as coisas em si, uns remetendo à legislação do entendimento no interesse especulativo, os outros, à legislação da razão no interesse prático? Kant pode então dizer de pleno direito que a *Crítica da faculdade de julgar*, contrariamente às duas outras, não tem "domínio" que lhe seja próprio; e que o juízo não é legislativo nem autônomo, mas somente [83] heautônomo (ele só legisla sobre si mesmo)[2]. As duas primeiras Críticas desenvolviam o seguinte tema: a idéia de uma submissão necessária de um tipo de objetos em relação a uma faculdade dominante ou determinante. Mas não há objetos que sejam necessariamente submetidos ao juízo estético. As belas coisas na Natureza encontram-se somente em acordo contingente com o juízo, quer dizer, com as faculdades que se exercem juntas no juízo estético enquanto tal. Vê-se a que ponto seria inexato conceber a *Crítica da faculdade de julgar* como completando as duas outras. Pois, no juízo estético, a imaginação não acede de modo algum a um papel comparável ao que tinham o entendimento no juízo especulativo e a razão no juízo prático. A imaginação se libera da tutela do entendimento e daquela da razão. Mas ela não se torna legisladora por sua vez: mais profundamente, ela dá o sinal para um exercício das faculdades tal que cada uma deve se tornar capaz de jogar livremente por sua conta. De dois pontos de vista, a *Crítica da faculdade de julgar* nos introduz num elemento novo, que é como o elemento de fundo: acordo contingente dos objetos sensíveis com todas as nossas faculdades juntas, em lugar de uma submissão necessária a uma das faculdades; harmonia livre indeterminada das faculdades entre si, em lugar de uma harmonia determinada sob a presidência de uma delas.

Kant chega a dizer que a imaginação, no juízo estético, "esquematiza sem conceito"[3]. Esta fórmula é mais brilhante do que exata. O esquematismo é um ato original da imaginação, mas com relação a um conceito determinado do entendimento. Sem conceito do entendimento, a imaginação faz outra coisa que esquematizar. Com efeito, ela *reflete*. É este o verdadeiro papel da imaginação no juízo estético: ela reflete a forma do objeto. Por forma, aqui, não se deve entender forma da intuição (sensibilidade). Pois as formas da intuição se reportam ainda a objetos existentes que constituem nelas uma matéria sensível; e elas mesmas fazem parte do conhecimento desses objetos. A forma estética [84], ao

---

2) § 35.
3) Sobre esta teoria das proporções, cf. § 21.

contrário, confunde-se com a reflexão do objeto na imaginação. Ela é indiferente à existência do objeto refletido; é por isso que o prazer estético é desinteressado. Ela não é menos indiferente à matéria sensível do objeto; e Kant chegará a dizer que uma cor ou um som não podem ser belos por si mesmos, visto serem excessivamente materiais, demasiadamente entranhados em nossos sentidos para se refletir livremente na imaginação. Só o desenho conta, só a composição conta. Estes são os elementos constituintes da forma estética, ao passo que as cores e os sons são apenas coadjuvantes[4]. De todo modo, devemos distinguir, portanto, a forma intuitiva da sensibilidade e a forma refletida da imaginação.

Todo acordo das faculdades define um *senso comum*. O que Kant reprova no empirismo é somente ter ele concebido o senso comum como uma faculdade empírica particular, ao passo que ele é a manifestação de um acordo *a priori* das faculdades em conjunto[5]. A *Crítica da razão pura* também invoca um senso comum lógico, "*sensus communis logicus*", sem o qual o conhecimento não seria comunicável *de direito*. Do mesmo modo, a *Crítica da razão prática* invoca freqüentemente um senso comum propriamente moral, que exprime o acordo das faculdades sob a legislação da razão. Mas a livre harmonia devia levar Kant a reconhecer um terceiro senso comum: "*sensus communis aestheticus*", que estabelece *de direito* a comunicabilidade do sentimento ou a universalidade do prazer estético[6]. "Este senso comum não pode ser fundado na experiência, pois ele pretende autorizar juízos que contêm uma obrigação; ele não diz que cada um admitirá nosso juízo, mas que cada um deve admiti-lo"[7]. Nós não queremos mal àquele que diz: eu não gosto de limonada, eu não gosto de queijo. Mas julgamos severamente aquele que diz: eu não gosto de Bach, prefiro Massenet a Mozart. O juízo [85] estético reclama, portanto, uma universalidade e uma necessidade de direito, representadas num senso comum. É aqui que começa a verdadeira dificuldade da *Crítica da faculdade de julgar*. Com efeito: qual é a natureza do senso comum estético?

Nós não podemos afirmar categoricamente este senso comum. Uma tal afirmação implicaria conceitos determinados do entendimento, que só podem intervir no senso lógico. Nós não podemos, ademais, *postulá-lo*: os postulados implicam, com efeito, conhecimentos que se deixem determinar praticamente.

---

4) §§ 14 e 51. Nesses dois textos, o argumento de Kant é o seguinte: as cores e os sons só seriam verdadeiramente elementos estéticos se a imaginação fosse capaz de *refletir* as vibrações que os compõem: ora, isto é duvidoso, porque a velocidade das vibrações produz divisões de tempo que nos escapam. O § 51, contudo, reserva para certas pessoas a possibilidade de uma tal reflexão.
5) § 40.
6) Ibid.
7) § 22.

Parece, então, que um senso comum puramente estético pode ser apenas *presumido, suposto*[8]. Mas é fácil ver a insuficiência desta solução. O acordo livre indeterminado das faculdades é o fundo, a condição de qualquer outro acordo; o senso comum estético é o fundo, a condição de qualquer outro senso comum. Como seria suficiente supô-lo, dar-lhe somente uma existência hipotética, a ele que deve servir de fundamento para todas as relações determinadas entre nossas faculdades? Como poderíamos escapar à questão: *de onde vem* o acordo livre e indeterminado das faculdades entre si? Como explicar que nossas faculdades, diferindo por natureza, entrem espontaneamente em uma relação harmoniosa? Não podemos nos contentar em presumir um tal acordo. Devemos engendrá-lo na alma. É esta a única saída: fazer a gênese do senso comum estético, mostrar como o acordo livre das faculdades é necessariamente engendrado.

Se esta interpretação é exata, o conjunto da analítica do belo tem um objeto bem preciso: analisando o juízo estético do espectador, Kant descobre o livre acordo da imaginação e do entendimento como um fundo da alma, pressuposto pelas duas outras Críticas. Esse fundo da alma aparece na idéia de um senso comum mais profundo que qualquer outro. Mas é suficiente presumir esse fundo, "supô-lo" simplesmente? Como exposição, a Analítica do belo não pode ir mais longe. Ela só pode terminar fazendo-nos sentir a necessidade de uma gênese do senso do belo: há um princípio que nos prescreva *produzir* em nós o senso comum estético? "O gosto é uma faculdade primordial [86] e natural, ou somente a idéia de uma faculdade que precisamos adquirir"?. Uma gênese do senso do belo não pode pertencer à Analítica como exposição ("é suficiente para nós, no momento, decompor a faculdade do gosto em seus elementos e reuni-los na idéia de um senso comum"[9]). A gênese só pode ser objeto de uma dedução, *dedução dos juízos estéticos*. Na *Crítica da razão pura*, a dedução se propõe mostrar como objetos são necessariamente submetidos ao interesse especulativo e ao entendimento que preside à sua realização. Mas no juízo de gosto, o problema de uma tal submissão necessária não se coloca mais. Propõe-se, em contrapartida, um problema de dedução para a gênese do acordo entre faculdades, problema que não aparecia enquanto as faculdades eram consideradas como já tomadas numa relação determinada pela legislação de uma dentre elas.

Os pós-kantianos, notadamente Maïmon e Fichte, dirigiam a Kant uma objeção fundamental: Kant teria ignorado as exigências de um método genético.

---

8) §§ 20-22.
9) § 22.

Esta objeção tem dois sentidos, objetivo e subjetivo: Kant apóia-se em fatos, dos quais ele procura somente as condições; mas, também, invoca faculdades já prontas, das quais ele determina tal relação ou tal proporção, já supondo que elas são capazes de uma harmonia qualquer. Se se considera que a *Filosofia transcendental* de Maïmon é de 1790, é preciso reconhecer que Kant, em parte, previa as objeções de seus discípulos. As duas primeiras Críticas invocavam fatos, procuravam condições para esses fatos, encontravam-nos em faculdades já formadas. Por isso mesmo, remetiam a uma gênese que elas eram incapazes de assegurar por sua conta. Mas na *Crítica da faculdade de julgar* estética, Kant levanta o problema de uma gênese das faculdades em seu livre acordo primeiro. Ele descobre, então, o fundamento último, que faltava ainda às outras críticas. A Crítica em geral deixa de ser um simples *condicionamento*, para devir uma Formação transcendental, uma Cultura transcendental, uma Gênese transcendental. [87]

A questão que nos ficava da Analítica do belo era esta: de onde vem o acordo livre indeterminado das faculdades entre si, qual é a gênese das faculdades neste acordo? A Analítica do belo não vai adiante, precisamente, porque ela não tem os meios para responder à questão; nota-se, ao mesmo tempo, que o juízo "é belo" coloca em jogo apenas o entendimento e a imaginação (sem lugar para a razão). A Analítica do belo é sucedida pela Analítica do sublime; esta faz apelo à razão. Mas o que Kant espera disso, para a solução de um problema de gênese relativo ao próprio senso do belo?

O juízo "é sublime" não mais exprime um acordo da imaginação e do entendimento, mas da razão e da imaginação. Ora, esta harmonia do sublime é bastante paradoxal. Razão e imaginação só entram em acordo no seio de uma tensão, de uma contradição, de uma dilaceração dolorosa. Há acordo, mas acordo discordante, harmonia na dor. E é somente a dor que torna possível um prazer. Kant insiste neste ponto: a imaginação sofre uma violência, ela parece mesmo perder sua liberdade. Sendo o sentimento do sublime experimentado diante do informe ou disforme da natureza (imensidade ou potência), a imaginação não pode mais refletir a forma de um objeto. Mas longe de descobrir para si uma outra atividade, ela acede a sua própria Paixão. Com efeito, a imaginação tem duas dimensões essenciais, a apreensão sucessiva e a compreensão simultânea. Se a apreensão vai sem dificuldade ao infinito, a compreensão (como compreensão estética independente de todo conceito numérico) tem sempre um máximo. Eis que o sublime coloca a imaginação em face desse máximo, força-a a atingir seu próprio limite, confronta-a com suas limitações. A imaginação é empurrada *até o limite do seu poder*[10]. Mas o que é que empurra e constrange assim a imaginação? É somente em aparência, ou por projeção, que o sublime se reporta à natureza sensível. Na verdade, somente a razão nos obriga a reunir em um todo o infinito do mundo sensível; nada mais força a imaginação a enfrentar seu limite. A imaginação descobre, então, a [88] desproporção da razão, ela é forçada a confessar que toda sua potência nada é em relação a uma Idéia racional[11].

E, contudo, um acordo *nasce* no seio deste desacordo. Jamais Kant esteve tão próximo de uma concepção dialética das faculdades. A razão coloca a imaginação em presença de seu limite no sensível; mas, inversamente, a imaginação desperta a razão como faculdade capaz de pensar um substrato supra-sensível para a infinidade deste mundo sensível. Sofrendo uma violência, a imaginação parece perder sua liberdade; mas ela também se eleva a um exercício transcendente, tomando por objeto seu próprio limite. Ultrapassada por todos os lados, ela própria ultrapassa suas limitações, é verdade que de maneira negativa, representando-se a inacessibilidade da Idéia racional e fazendo dessa inacessibilidade alguma coisa de presente na natureza sensível. "A imaginação, que fora do sensível não encontra nada em que se apegar, sente-se, entretanto, ilimitada graças ao desaparecimento de suas limitações; e essa abstração é uma apresentação do infinito que, por essa razão, só pode ser negativa, mas que, no entanto, alarga a alma"[12]. No mesmo momento em que ela crê perder sua liberdade, sob a violência da razão, ela se libera de todas as constrições do entendimento, ela entra em acordo com a razão para descobrir aquilo que o entendimento lhe ocultava, quer dizer, sua destinação supra-sensível, que é também como que sua origem transcendental. Na sua própria Paixão, a imaginação descobre a origem e a destinação de todas as suas atividades. É esta a lição da Analítica do sublime: mesmo a imaginação tem uma destinação supra-sensível[13]. O acordo da imaginação e da razão encontra-se efetivamente engendrado no desacordo. O prazer é engendrado na dor. Mais ainda, tudo se passa como se as duas faculdades se fecundassem reciprocamente e reencontrassem o princípio de sua gênese, uma na vizinhança de seu limite, a outra, para além do sensível, ambas em um "ponto de concentração" que define o mais profundo da alma como unidade supra-sensível de todas as faculdades.

A Analítica do sublime nos dá um resultado que a Analítica [89] do belo era incapaz de conceber: no caso do sublime, o acordo das faculdades em presença

---

10) § 26.
11) Ibid.
12) *Nota geral.*
13) Ibid.

é o objeto de uma verdadeira gênese. Eis porque Kant reconhece que, contrariamente ao senso do belo, o senso do sublime é inseparável de uma Cultura: "nas provas da força da natureza, nas suas devastações... o homem grosseiro só percebe as penas, os perigos, as misérias"[14]. O homem grosseiro permanece no "desacordo". Não que o sublime seja assunto de uma cultura empírica e convencional; mas as faculdades que ele coloca em jogo remetem a uma gênese do seu acordo no seio do desacordo imediato. Trata-se de uma gênese transcendental, não de uma formação empírica. A partir daí, a Analítica do sublime tem dois sentidos. Ela tem, em primeiro lugar, um sentido por si mesma, do ponto de vista da razão e da imaginação. Mas ela também tem o valor de modelo: como estender ou adaptar ao senso do belo esta descoberta que vale para o sublime? Quer dizer: o acordo da imaginação e do entendimento, que define o senso do belo, não deve ser, ele também, objeto de uma gênese da qual a Analítica do sublime nos mostrou o exemplo?

O problema de uma dedução transcendental é sempre objetivo. Por exemplo, na *Crítica da razão pura*, depois de ter mostrado que as categorias eram representações *a priori* do entendimento, Kant pergunta por que e como objetos são necessariamente submetidos às categorias, quer dizer, ao entendimento legislador ou ao interesse especulativo. Mas se nós consideramos o juízo do sublime, vemos que nenhum problema objetivo de dedução se coloca a seu respeito. O sublime se relaciona certamente a objetos, mas somente por projeção de nosso estado de alma; e esta projeção é possível imediatamente, porque ela se faz sobre aquilo que há de informe ou de disforme no objeto[15]. Ora, à primeira vista, parece ser o caso também para o juízo de gosto ou de beleza: nosso prazer é desinteressado, nós [90] fazemos abstração da existência e até da matéria do objeto. Nenhuma faculdade é legisladora; nenhum objeto é necessariamente submetido ao juízo de gosto. É por isso que Kant sugere que o problema do juízo de gosto é apenas subjetivo[16].

Contudo, a grande diferença entre o sublime e o belo é que o prazer do belo resulta da forma de um objeto: Kant diz que este caráter é suficiente para fundar a necessidade de uma "dedução" do juízo de gosto[17]. Por mais indiferentes que sejamos à existência do objeto, não deixa de haver um objeto *a propósito*

---

14) § 29.
15) § 30.
16) § 38. "O que torna essa dedução tão fácil, é que ela não tem que justificar a realidade objetiva de um conceito...".
17) § 30.

do qual, *por ocasião* do qual nós experimentamos a livre harmonia do nosso entendimento e de nossa imaginação. Em outros termos, a natureza é apta a produzir objetos que se refletem formalmente na imaginação: contrariamente ao que se passa no sublime, a natureza manifesta aqui uma propriedade positiva "que nos fornece a ocasião de alcançar a finalidade interna da relação de nossas faculdades mentais por meio do juízo incidente sobre algumas de suas produções"[18]. Eis então que o acordo interno de nossas faculdades entre si implica um acordo exterior entre a natureza e essas mesmas faculdades. Este segundo acordo é muito especial. Ele não deve ser confundido com uma submissão necessária dos objetos da natureza; mas, do mesmo modo, não deve ser tomado por um acordo final ou teleológico. Se houvesse submissão necessária, o juízo de gosto seria autônomo e legislador; se houvesse finalidade real objetiva, o juízo de gosto deixaria de ser heautônomo ("precisaríamos aprender da natureza o que deveríamos achar belo, de modo que o juízo estaria submetido a princípios empíricos")[19]. O acordo é, portanto, sem alvo: a natureza só obedece a suas próprias leis mecânicas, enquanto que nossas faculdades obedecem a suas leis específicas. "*Acordo apresentando-se sem alvo, por si mesmo, como apropriado por acaso à necessidade do juízo relativamente à natureza e a suas formas*"[20]. Como diz Kant, não é a natureza que nos faz um [91] favor, nós é que somos organizados de tal maneira que a recebemos favoravelmente.

Retornemos ao que víamos. O senso do belo, como senso comum, define-se pela universalidade suposta do prazer estético. O prazer estético, ele mesmo, resulta do livre acordo da imaginação e do entendimento, livre acordo que só pode ser sentido. Mas não basta supor, por sua vez, a universalidade e a necessidade do acordo. É preciso que ele seja engendrado *a priori* de tal maneira que sua pretensão seja fundada. O verdadeiro problema da dedução começa aqui: é preciso explicar "porque, no juízo de gosto, se atribui o sentimento a todos, de certo modo como um de dever"[21]. Ora, o juízo de gosto nos pareceu ligado a uma determinação objetiva. Trata-se de saber se, *ao lado* dessa determinação, não encontraremos um princípio para a gênese do acordo das faculdades no próprio juízo. Um tal ponto de vista teria a vantagem de dar conta da ordem das idéias: 1º) a Analítica do belo descobre um acordo livre do entendimento e da imaginação, mas só pode estabelecê-lo como presumido; 2º) a Analítica do sublime

---

18) § 58.
19) Ibid.
20) Ibid.
21) § 10. É este parágrafo que relança o problema da dedução.

descobre um acordo livre da imaginação e da razão, mas em condições internas tais que traça ao mesmo tempo sua gênese; 3º) a dedução do juízo de gosto descobre um princípio exterior a partir do qual o acordo entendimento-imaginação é, por sua vez, engendrado *a priori*, de modo que essa dedução se serve, portanto, do modelo fornecido pelo sublime, mas com meios originais, e sem que o sublime, por sua vez, tenha necessidade de dedução.

Como se faz essa gênese do senso do belo? É que a *idéia* do acordo sem alvo entre a natureza e nossas faculdades define *um interesse* da razão, interesse racional ligado ao belo. É claro que esse interesse não é um interesse pelo belo como tal, e que ele é totalmente diferente do juízo estético. Senão, toda a *Crítica da faculdade de julgar* seria contraditória: com efeito, o prazer do belo é inteiramente desinteressado, e o juízo estético exprime o acordo da imaginação e do entendimento sem intervenção da razão. Trata-se de um interesse sinteticamente ligado ao juízo. Ele não incide sobre o belo como tal, mas sobre a aptidão da natureza para produzir [92] coisas belas. Ele é concernente à natureza, à medida que esta apresenta um acordo sem alvo com nossas faculdades. Mais precisamente, como esse acordo é exterior ao acordo das faculdades entre si, como ele define somente a ocasião na qual nossas faculdades concordam entre si, o interesse ligado ao belo não faz parte do juízo estético. Assim sendo, ele pode, sem contradição, servir de princípio de gênese para o acordo *a priori* das faculdades nesse juízo. Em outros termos, *o prazer estético é desinteressado, mas nós experimentamos um interesse racional pelo acordo das produções da natureza com nosso prazer desinteressado*. "Como é do *interesse* da razão que as idéias tenham uma realidade objetiva..., quer dizer, que a natureza indique, ao menos por um traço ou por um signo, que ela encerra um princípio que permite admitir um acordo legítimo de suas produções com nossa satisfação, *independentemente de todo interesse...*, é preciso que a razão *se interesse* por toda manifestação natural de um semelhante acordo"[22]. Não é de espantar, portanto, que o interesse ligado ao belo incida sobre determinações às quais o senso do belo permanecia indiferente. No senso do belo desinteressado, a imaginação reflete a forma. Escapa-lhe o que se deixa dificilmente refletir, cores, sons, matérias. Ao contrário, o interesse ligado ao belo incide sobre sons e cores, a cor das flores e o canto dos pássaros[23]. Também nisso não se verá contradição alguma. O interesse é concernente às matérias, pois é com matérias que a natureza, conforme suas leis mecânicas, produz objetos que se encontram aptos para serem refletidos formalmente. Kant chega

---

22) § 42.
23) Ibid.

a definir assim a matéria prima que intervém na produção natural do belo: matéria fluida, da qual uma parte se separa ou se evapora, e cujo resto se solidifica bruscamente (formação de cristais)[24].

Desse interesse ligado ao belo, ou ao juízo de beleza, dizemos que ele é meta-estético. Como esse interesse da razão assegura a gênese do acordo entendimento-imaginação no próprio juízo de beleza? Nos sons, cores e livres matérias, a Razão descobre outras tantas apresentações de suas idéias. Por exemplo, nós não nos contentamos em subsumir a cor sob um conceito do entendimento [93], nós a relacionamos ainda a um conceito totalmente distinto (Idéia da razão), que não tem, por sua vez, um objeto de intuição, mas que determina seu objeto por analogia com o objeto de intuição correspondente ao primeiro conceito. Assim, transportamos "a reflexão sobre um objeto da intuição para um conceito totalmente distinto, ao qual, talvez, jamais possa corresponder diretamente uma intuição"[25]. O lírio branco não é mais simplesmente reportado aos conceitos de cor e de flor, mas desperta a Idéia de pura inocência, cujo objeto, jamais dado, é um análogo reflexivo do branco na flor-de-lis[26]. Mas, assim, o interesse meta-estético da razão tem duas conseqüências: de um lado, os conceitos do entendimento encontram-se alargados ao infinito, de maneira ilimitada; de outro lado, a imaginação encontra-se liberada da sujeição aos conceitos determinados do entendimento, que ela ainda sofria no esquematismo. Como exposição, a Analítica do belo permitia-nos somente dizer: no juízo estético, a imaginação torna-se livre ao mesmo tempo em que o entendimento torna-se indeterminado. Mas como ela se liberava? Como o entendimento se tornava indeterminado? É a razão que o diz, e que, por esse meio, assegura a gênese do acordo livre indeterminado das duas faculdades no juízo. A dedução[NT/NRT] do juízo estético dá conta do que a Analítica do belo não podia explicar: ela encontra na razão o princípio de uma gênese transcendental. Mas era preciso passar antes pelo modelo genético do Sublime.

O tema de uma apresentação das Idéias na natureza sensível é, em Kant, um tema fundamental. É que há vários modos de apresentação. O Sublime é o primeiro modo: apresentação direta que se faz por *projeção*, mas que permanece

---

24) § 58.
25) § 39.
26) § 12.
NT/NRT [Há uma evidente falha tipográfica na transcrição francesa: em vez de traduzirmos "séduction du jugement", traduzimos pensando em "déduction du jugement", que é, aliás, a expressão presente na p. 128 da primeira publicação do presente texto em 1963 na *Revue d'Esthétique,* op. cit.].

negativa, incidindo sobre a inacessibilidade da Idéia. O segundo modo é definido pelo interesse racional ligado ao belo: trata-se de uma apresentação indireta, mas positiva, que se faz por *símbolo*. O terceiro modo aparece no Gênio: apresentação [94] ainda positiva, mas segunda, fazendo-se por *criação* de uma "outra" natureza. Enfim, um quarto modo é teleológico: apresentação positiva, primária e direta, que se faz sob conceitos de fim e de acordo final. Não nos cabe analisar este último modelo. Em contrapartida, do ponto de vista que nos ocupa, o modo do gênio levanta um problema essencial na estética de Kant.

O interesse racional nos deu a chave de uma gênese do acordo *a priori* das faculdades no juízo de gosto. Mas sob que condição? À condição de que se junte à experiência particular do belo "o pensamento de que a natureza produziu essa beleza"[27]. Nesse nível, portanto, aparece uma disjunção: aquela do belo na natureza e do belo na arte. *Nada na Analítica do belo como exposição autorizava uma tal distinção*: é somente a dedução que a introduz, quer dizer, o ponto de vista meta-estético do interesse ligado ao belo. Este interesse diz respeito exclusivamente à beleza natural; a gênese, portanto, tem por objeto, o acordo da imaginação e do entendimento, mas somente enquanto ele se produz na alma do espectador da natureza. Face à obra de arte, o acordo das faculdades permanece ainda sem princípio ou fundamento.

A última tarefa da estética kantiana é encontrar para a arte um princípio análogo àquele do belo na natureza. Este princípio é o Gênio. Do mesmo modo que o interesse racional é a instância pela qual a natureza dá uma regra ao juízo, o gênio é a disposição subjetiva pela qual a natureza dá regras à arte (é nesse sentido que ele é "dom da natureza")[28]. Do mesmo modo que o interesse racional incide sobre as matérias com as quais a natureza produz belas coisas, o Gênio traz matérias com as quais o sujeito que ele inspira produz belas obras: "o gênio fornece essencialmente uma rica matéria às belas artes"[29]. O Gênio é um princípio meta-estético do mesmo modo que o interesse racional. Com efeito, ele se define como um modo de apresentação das Idéias. É verdade que Kant fala aqui de Idéias estéticas, e as distingue das Idéias da razão: estas seriam conceitos sem intuição; aquelas seriam intuições sem conceito. Mas essa oposição [95] é apenas uma aparência; não há dois tipos de Idéias. Se a Idéia estética ultrapassa todo conceito, é porque ela produz a intuição de uma *outra natureza*

---

27) § 42.
28) § 46.
29) § 47.

que não aquela que nos é dada: ela cria uma natureza na qual os fenômenos são imediatamente acontecimentos do espírito e os acontecimentos do espírito são fenômenos da natureza. Assim, os seres invisíveis, o reino dos bem-aventurados, o inferno, tomam um corpo; e o amor, a morte, tomam uma dimensão que os torna adequados a seu sentido espiritual[30]. A partir daí, se pensará que a intuição do gênio é precisamente a intuição que faltava às Idéias da razão. A *intuição sem conceito* é a que faltava ao *conceito sem intuição*. De modo que, na primeira fórmula, são os conceitos do entendimento que se encontram transbordados e desqualificados; na segunda, são as intuições da sensibilidade. Mas no gênio, a intuição criadora, como intuição de uma outra natureza, e os conceitos da razão, como Idéias racionais, unem-se adequadamente[31]. A Idéia racional contém algo de inexprimível; mas a Idéia estética exprime o inexprimível, por criação de uma outra natureza. Também a Idéia estética é verdadeiramente um modo de apresentação das Idéias, próximo do simbolismo, ainda que procedendo diferentemente. E ela tem um efeito análogo: ela "dá o que pensar", ela alarga os conceitos do entendimento de maneira ilimitada, ela libera a imaginação das constrições do entendimento. O Gênio "anima", "vivifica". Princípio meta-estético, ele torna possível, engendra o acordo estético da imaginação e do entendimento. Ele engendra cada uma das faculdades nesse acordo: a imaginação como livre, o entendimento como ilimitado. Então, a teoria do Gênio vem preencher o fosso que, do ponto de vista meta-estético, se tinha escavado entre o belo na natureza e o belo na arte. O Gênio dá um princípio genético às faculdades em relação à obra de arte. É por isso que, depois que o parágrafo 42 da *Crítica da faculdade de julgar* disjungiu as duas espécies do belo, os parágrafos 58 e 59 podem restaurar a unidade sob a idéia de uma gênese das faculdades que lhes são comuns. [96]

Não seria preciso, contudo, levar muito longe o paralelo entre o interesse ligado ao belo na natureza e o gênio relativo ao belo na arte. É que, com o gênio, entramos numa gênese muito mais complexa. Para engendrar o acordo da imaginação e do entendimento, foi-nos preciso, aqui, deixar o ponto de vista do espectador. O gênio é o dom do criador artista. E é no artista, de início, que a imaginação se libera e que o entendimento se alarga. A dificuldade é esta: como pode a gênese ter um alcance universal, já que ela tem por regra a singularidade do gênio? Parece bem que, no gênio, não encontramos uma subjetividade universal, mas bem mais uma intersubjetividade excepcional.

---

30) § 49.
31) Nota I da *Dialética*.

Com efeito, o Gênio é sempre um apelo lançado para o nascimento de outros gênios. Mas que desertos é preciso atravessar antes que o gênio responda ao gênio. "O gênio é a originalidade exemplar dos dons naturais de um sujeito no livre uso de suas faculdades de conhecimento. Assim, a obra do gênio é um exemplo, não para ser imitado, mas para fazer nascer na sua seqüência um outro gênio, despertando nele o sentimento de sua originalidade própria e excitando-o a exercer sua arte com total independência das regras... O gênio é um favorito da natureza, e aparece raramente"[32]. Contudo, essa última dificuldade se resolve, se se considera que o artista de gênio tem duas atividades. De um lado, ele *cria*[NT/NRT]. Vale dizer: ele produz a *matéria* de sua obra, ele leva sua imaginação a uma função livre criadora, pela invenção de uma outra natureza adequada às Idéias. Mas, de outro lado, o artista *forma*: ele ajusta sua imaginação liberada a seu entendimento indeterminado, de modo que ele próprio dá à sua obra a forma de um objeto de gosto ("para dar essa forma à obra de arte, o gosto basta")[33]. Precisamente, o que é inimitável no gênio é o primeiro aspecto: a enormidade da Idéia, a espantosa matéria, a deformidade genial. Mas, sob o segundo aspecto, a obra de gênio pode se tornar um exemplo para todos: ela inspira imitadores, suscita espectadores, engendra *por toda parte* o acordo livre indeterminado da imaginação e do entendimento que constitui o gosto. E enquanto um outro gênio não tiver respondido ao gênio [97], não estamos, todavia, em um simples deserto: os homens de gosto, alunos e admiradores povoam o intervalo entre dois gênios, e permitem aguardar[34]. Desse modo, a gênese que parte do gênio ganha efetivamente um valor universal (o gênio criador engendra o acordo das faculdades no próprio espectador): "O gosto, como o juízo em geral, é a disciplina do gênio... Ele coloca, assim, clareza e ordem na massa de pensamentos e dá consistência às idéias, ele também as torna suscetíveis de um sucesso *durável tanto quanto universal*, próprias para servirem de exemplo aos outros e a se adaptarem a uma cultura sempre em progresso"[35].

A estética de Kant nos coloca, portanto, em presença de três gêneses paralelas: a partir do sublime, gênese do acordo razão-imaginação; a partir do interesse ligado ao belo, gênese do acordo imaginação-entendimento em função do belo na natureza; a partir do gênio, gênese do acordo imaginação-entendimento em

---

32) § 49.
NT/NRT [Em *itálico*, tal como aparece na p. 131, edição de 1963, da *Revue d'Esthétique*, op. cit.].
33) § 48.
34) § 49 [NRT: O § indicado no original francês, certamente por erro tipográfico, foi o de nº 19].
35) § 50.

função do belo na arte. Mais ainda, para cada caso, são as faculdades consideradas que são engendradas em seu estado livre original e em seu acordo recíproco. Assim, a *Crítica da faculdade de julgar* revela-nos um domínio totalmente diferente do das duas outras Críticas. As duas Críticas precedentes partiam de faculdades já formadas, entrando em relações determinadas, assumindo tarefas organizadas sob a presidência de uma dentre elas: o entendimento legislava no interesse racional especulativo, a razão legislava em seu próprio interesse prático. Quando Kant se esforça para definir a novidade da *Crítica da faculdade de julgar*, ele diz o seguinte: ela assegura de uma só vez a *passagem* do interesse especulativo ao interesse prático, e a subordinação do primeiro ao segundo[36]. Por exemplo, o sublime já mostra que a destinação supra-sensível de nossas faculdades só se explica como a predestinação de um ser moral; e o interesse ligado ao belo na natureza dá testemunho de uma alma que se destine à moralidade; enfim, o gênio, ele próprio, permite integrar o belo artístico ao mundo moral, e [98] ultrapassar, a esse respeito, a disjunção das duas espécies do belo (é o belo na arte, não menos que o belo na natureza, que é finalmente dito "símbolo da moralidade")[37].

Mas se a *Crítica da faculdade de julgar* nos abre uma *passagem*, isso ocorre, de início, porque ela desvela um fundo que permanecia escondido nas duas outras Críticas. Tomando literalmente a idéia de passagem, faríamos da *Crítica da faculdade de julgar* um simples complemento, uma arrumação: de fato, ela constitui o fundo originário de onde derivam as duas outras Críticas. Sem dúvida, ela mostra como o interesse especulativo pode ser subordinado ao interesse prático, como a Natureza pode estar em acordo com a liberdade, como nossa destinação é uma predestinação moral. Mas ela só mostra isso por relacionar o juízo, no sujeito e fora dele, "a alguma coisa que não é *nem a natureza nem a liberdade*"[38]. E o interesse ligado ao belo não é em si mesmo nem moral nem especulativo. E se nós temos o destino de um ser moral, é porque este destino desenvolve, explica uma destinação supra-sensível de todas as nossas faculdades; esta destinação não permanece menos envolvida como o verdadeiro núcleo de nosso ser, como um princípio mais profundo do que todo destino formal. Com efeito, é este o sentido da *Crítica da faculdade de julgar*: sob as relações determinadas e condicionadas das faculdades, ela descobre o livre acordo indeterminado, incondicionado. Ora, jamais uma relação determinada de faculdades, condicionada

---

36) *Introduction*, §§ 3 e 9.
37) § 59.
38) Ibid.

por uma dentre elas, seria possível se não fosse primeiro *tornado* possível por este livre acordo incondicionado. Igualmente, a *Crítica da faculdade de julgar* não se atém ao ponto de vista do condicionamento tal como aparecia nas duas outras Críticas: ela nos faz entrar na Gênese. As três gêneses da *Crítica da faculdade de julgar* não são somente paralelas, elas convergem para um mesmo princípio: a descoberta do que Kant chama de Alma, ou seja, a unidade supra-sensível de todas as nossas faculdades, "o ponto de concentração", o princípio vivificante a partir do qual cada faculdade se encontra "animada", engendrada em seu livre exercício como em seu livre acordo com as outras[39]. Uma imaginação livre original, que não se contenta em esquematizar sob a constrição [99] do entendimento; um entendimento ilimitado original, que não se dobra ainda sob o peso especulativo de seus conceitos determinados, assim como já não está submetido aos fins da razão prática; uma razão original que não tomou ainda o gosto por comandar, mas que se libera a si mesma liberando as outras faculdades – tais são as descobertas extremas da *Crítica da faculdade de julgar*, em que cada faculdade reencontra o princípio de sua gênese ao convergir em direção ao ponto focal, "ponto de concentração no supra-sensível" do qual todas as nossas faculdades tiram, de uma só vez, sua força e sua vida.

Nosso problema era duplo. Como explicar que o liame entre a exposição e a dedução do juízo de beleza seja interrompido pela análise do sublime sem que o sublime tenha dedução correspondente? E como explicar que a dedução do juízo de beleza se prolongue nas teorias do interesse, da arte e do gênio, que parecem responder a preocupações bem diferentes? Acreditamos que o sistema da *Crítica da faculdade de julgar*, na sua primeira parte, pode ser reconstituído da seguinte maneira:

1º) Analítica do belo como exposição: *estética formal do belo em geral, do ponto de vista do espectador*. Os diferentes momentos dessa Analítica mostram que o entendimento e a imaginação entram em um livre acordo, e que este livre acordo é constitutivo do juízo de gosto. Define-se, assim, o ponto de vista estético de um espectador do belo em geral. Este ponto de vista é formal, posto que o espectador reflete a forma do objeto. Mas o último momento da Analítica, o da modalidade, levanta um problema essencial. O acordo livre indeterminado deve ser *a priori*. Mais ainda, ele é o mais profundo da alma; toda proporção determinada das faculdades supõe a possibilidade de sua harmonia livre e espontânea. Neste sentido, a *Crítica da faculdade de julgar* deve ser o verdadeiro

---

39) §§ 49 e 57.

fundamento das duas outras Críticas. Portanto, é evidente que não podemos nos contentar em presumir o acordo *a priori* do entendimento e da imaginação no juízo de gosto. Esse acordo deve constituir o objeto de uma gênese transcendental. Mas a Analítica do belo é incapaz de assegurar essa gênese [100]: ela assinala a necessidade dela, mas não pode, por sua conta, ultrapassar uma simples "presunção".

2º) Analítica do sublime, ao mesmo tempo como exposição e dedução: *estética informal do sublime do ponto de vista do espectador*. O gosto não colocava em jogo a razão. O sublime, ao contrário, explica-se pelo livre acordo da razão e da imaginação. Mas este novo acordo "espontâneo" ocorre em condições muito especiais: na dor, na oposição, no constrangimento, no desacordo. Aqui, a liberdade ou a espontaneidade são experimentadas em regiões-limites, face ao informe e ao disforme. Mais ainda, a Analítica do sublime nos dá um princípio genético para o acordo das faculdades que ela coloca em jogo. Por isso mesmo, ela vai mais longe que a Analítica do belo.

3º) Analítica do belo como dedução: *meta-estética material do belo na natureza do ponto de vista do espectador*. Se o juízo de gosto reclama por uma dedução particular, é porque ele se reporta pelo menos à forma do objeto; de outro lado, ele tem, por sua vez, necessidade de um princípio genético para o acordo das faculdades que ele exprime, entendimento e imaginação. O Sublime nos dá um modelo genético; é preciso encontrar um equivalente dele para o belo, com outros meios. Procuramos uma regra sob a qual estamos no direito de supor a universalidade do prazer estético. Enquanto nos contentamos em invocar o acordo da imaginação e do entendimento como um acordo presumido, a dedução permanece fácil. O difícil é fazer a gênese desse acordo *a priori*. Ora, precisamente porque a razão não intervém no juízo de gosto, ela pode nos dar um princípio a partir do qual é engendrado o acordo das faculdades nesse juízo. Existe um interesse racional ligado ao belo: esse interesse meta-estético incide sobre a aptidão da natureza em produzir belas coisas, sobre as matérias que ela emprega para tais "formações". Graças a esse interesse, que não é nem prático nem especulativo, a razão nasce para si mesma, alarga o entendimento, libera a imaginação. Ela assegura a gênese de um acordo livre indeterminado da imaginação e do entendimento. Reúnem-se os dois aspectos da dedução: referência objetiva a uma natureza capaz de produzir coisas belas; referência subjetiva a um princípio capaz de engendrar o acordo das faculdades. [101]

4º) Seqüência da dedução na teoria do Gênio: *meta-estética ideal do belo na arte do ponto de vista do artista criador*. O interesse ligado ao belo só assegura a gênese excluindo o caso do belo artístico. O Gênio intervém, então, como princípio meta-estético próprio às faculdades que se exercem em arte. Ele tem propriedades análogas às do interesse: ele traz uma matéria, ele encarna as Idéias, faz com que a razão nasça para si, libera a imaginação e alarga o entendimento. Mas todas essas propriedades, ele as exerce primeiro do ponto de vista da criação de uma obra de arte. É preciso, enfim, que o gênio, sem nada perder de seu caráter excepcional e singular, dê um valor universal ao acordo que ele engendra, e comunique às faculdades do espectador um pouco de sua vida própria e de sua animação: assim, a estética de Kant forma um todo sistemático em que se reúnem as três gêneses.

Tradução de
Cíntia Vieira da Silva

8: Raymond Roussel ou o horror do vazio[DL]
[1963]

A obra de Raymond Roussel, cuja publicação foi retomada pelas edições Pauvert, compreende dois tipos de livros: os livros-poemas, que traçam a minuciosa descrição de objetos-miniaturas (por exemplo, todo um espetáculo sobre uma etiqueta de garrafa de água de Evian) ou objetos dublês (atores, maquinários e máscaras de carnaval). Um segundo tipo são os livros-procedimento: partindo, explicitamente, ou não, de uma frase indutora (ex. "les lettres du blanc sur les bandes du vieux billard"), acaba-se por reencontrar a mesma frase ou quase ("les lettres du blanc sur les bandes du vieux pillard"), mas no intervalo terá surgido todo um mundo de descrições e enumerações, em que duas palavras tomadas em dois sentidos vivem vidas diferentes, ou melhor, são deslocadas para comporem outras palavras ("j'ai du bon tabac..." = "jade tube onde aubade...")[1].

Este autor, que tanta influência teve sobre os surrealistas e hoje a tem sobre Robbe-Grillet, continua pouco conhecido. Michel Foucault publica um comentário impressionante, de uma grande força poética e filosófica. Ele encontra as chaves da obra em uma direção bastante diferente da que os surrealistas haviam indicado. [103] Parece indispensável associar a leitura do livro de Foucault àquela do próprio Raymond Roussel. Como explicar o "procedimento"? Segundo

---

DL *Arts*, 23-29 outubro 1963, p. 4 (Sobre o livro de M. Foucault, *Raymond Roussel*, Paris, Gallimard, 1963). Deleuze e Foucault se haviam encontrado na casa do filósofo e epistemólogo Jules Vuillemin, em Clermont-Ferrand, no ano anterior (eles haviam se encontrado alguns anos antes, em Lille, por intermédio de um amigo, Jean-Pierre Bamberger). Foucault sugeriu que Deleuze se juntasse a ele na Universidade de Clermont-Ferrand, mas foi finalmente Roger Garaudy quem seria nomeado com o apoio do Ministério (Deleuze será nomeado para Lyon). Tal episódio é o início de uma amizade e de uma admiração recíproca entre Deleuze e Foucault que se prolongará até finais dos anos 70. Ver DRF, o texto "Désir et Plaisir". [NRT: "Désir et Plaisir" carta de Deleuze a Michel Foucault datada de 1977, in *Deux régimes de fous* (*DRF*), Paris: Minuit, 2003].

1) Já lançado pela Pauvert: *Comme j'ai écrit certains de mes livres?*; *la Doublure*; *Impression d'Afrique*.
[NRT: embora insuficiente para reproduzir a aplicação desse procedimento em língua portuguesa, eis a tradução literal dos exemplos aí citados: "as letras em branco nas tabelas do velho bilhar" / "as letras em branco nas costas do velho ladrão"; "tenho bom tabaco..." = "jade tubo onda alvorada". Notar, em francês, o duplo uso de "bandes" como tabela e costado, assim como o jogo sonoro/surdo das consoantes b/p em "billard"/"pillard" (bilhar/ladrão)].

Michel Foucault, existe na linguagem uma espécie de distância essencial, de deslocamento, de desmembramento ou de rasgão. Acontece que as palavras são menos numerosas que as coisas e que cada palavra tem vários sentidos. A literatura do absurdo acreditava que faltava sentido; de fato, o que falta são os signos.

Há, então, um vazio que se abre no interior de uma palavra: a repetição de uma palavra deixa escancarada a diferença de seus sentidos. Seria a prova de uma impossibilidade da repetição? Não, e é aí que aparece a tentativa de Roussel: trata-se de aumentar esse vazio ao máximo, tornando-o determinável e mensurável, e de preenchê-lo, então, com toda uma maquinaria, com toda uma fantasmagoria que religa e integra as diferenças à repetição.

Por exemplo, as palavras "demoiselle à prétendant" induzem "demoiselle (hie) à reitre en dents" e, como numa equação, o problema torna-se o da execução de um mosaico com a ajuda de um maço[NRT]. É preciso que a repetição se torne uma repetição paradoxal, poética e compreensiva. É preciso que ela compreenda em si a diferença, em vez de a reduzir. É preciso que a pobreza da linguagem se torne sua própria riqueza. Foucault diz: "Não a repetição lateral das coisas reditas, mas aquela, radical, que passou por cima da não-linguagem e que deve a esse vazio transposto o seu ser poesia"[DLa].

O vazio será preenchido e transposto pelo quê? Por extraordinárias máquinas, por estranhos atores-artesãos. As coisas e os seres seguem aqui a linguagem. Tudo nos mecanismos e nos comportamentos é imitação, reprodução, récita. Mas récita de uma coisa única, de um acontecimento incrível, absolutamente diferente. Como se as máquinas de Roussel tivessem tomado para si a técnica do procedimento: a exemplo do trabalho de turbina, que remete por sua vez a uma profissão que nos força a levantar cedo[NT]. Ou o verme que toca cítara arremessando gotas de água sobre cada corda. Roussel elabora várias séries de repetição que liberam: os prisioneiros salvarão sua vida através da repetição e da récita, pela invenção de máquinas correspondentes. [104]

Precisamente, estas repetições liberadoras são poéticas, porque elas não suprimem a diferença, mas, ao contrário, a experimentam e a autenticam ao

---

NRT [Eis apenas a tradução literal dos exemplos: "senhorita para pretendente" / "senhorita (maça) para experimentado em dentes". Em francês, a inteligibilidade dos exemplos depende do emprego do termo "demoiselle" tanto no sentido de "senhorita" quanto no sentido de "hie", isto é, de maça ou maço, instrumento usado para embutir, implantar guias de calçada, segmentos que se sucedem como dentes separando a calçada do leito da rua].

DLa *RR*, p. 63.

NT [Trata-se de um procedimento lingüístico de difícil tradução, posto que a expressão "trabalho de turbina" ("métier à aubes"), contém o vocábulo "aube", que serve ao mesmo tempo para pá de uma turbina e alvorada].

interiorizar o Único. Quanto às obras sem procedimento, obras-poema, elas se explicam de uma maneira análoga. Desta feita, são as próprias coisas que se abrem em favor de uma miniaturização, ou melhor, à custa de um dublê, de uma máscara. E o vazio é agora atravessado pela linguagem, que dá surgimento a todo um mundo no interstício dessas máscaras e dublês. Desta forma, as obras sem procedimento são como o avesso do próprio procedimento. Em ambos os casos o problema é o de falar e fazer ver ao mesmo tempo, falar e dar a ver.

O que dissemos ainda está aquém da riqueza e da profundidade do livro de Foucault. Esse enlace da diferença com a repetição contém também a vida, a morte e a loucura. Pois parece que o vazio interior às coisas e às palavras é um signo de morte e aquilo que o preenche é presença da loucura.

Todavia, isso não quer dizer que a loucura individual de Raymond Roussel e sua obra poética tenham um elemento positivamente comum. Ao contrário, seria necessário falar de um elemento a partir do qual a obra e a loucura se excluem mutuamente. Ele é comum apenas nesse sentido; esse elemento é a linguagem. Pois a loucura pessoal e a obra poética, o delírio e o poema representam dois investimentos da linguagem, em níveis diversos, exclusivos.

Foucault, em seu último capítulo, esboça, a partir desse ponto de vista, toda uma interpretação das relações obra-loucura, que se aplicaria, e que talvez aplicará a outros poetas (Artaud?). O livro de Foucault não é decisivo somente em função de Roussel; ele marca uma etapa importante nas pesquisas pessoais do autor, dedicadas, em primeiro lugar, às relações entre a linguagem, o olhar, a morte e a loucura[2].

Tradução de
Hélio Rebello Cardoso Júnior

---

2) Cf. Michel Foucault: *Maladie mental et psychologie* (PUF, 1954); *Histoire de la folie à l'âge classique* (Plon, 1961) e, recentemente, *Naissance de la clinique* (PUF, 1963), em que o autor pode dizer: "Neste livro está em questão o espaço, a linguagem e a morte, está em questão o olhar."

[105]

9: Ao criar a patafísica, Jarry abriu caminho para a fenomenologia[DL]
[1964]

Encontra-se muitas vezes, entre os autores modernos mais importantes, um pensamento que tem o duplo aspecto de uma constatação e de uma profecia: a metafísica está e deve ser ultrapassada. A filosofia, à medida que seu destino é concebido como metafísico, dá e deve dar lugar a outras formas de pensamento, a outros modos de pensar.

Esta idéia moderna é encontrada em contextos variados, que a dramatizam:

1º) *Deus está morto* (seria interessante fazer uma antologia de todas as versões de Deus-morto, de todas as encenações dessa morte. Por exemplo, a volta de bicicleta de Jarry[DLa]. Somente em Nietzsche pode-se encontrar uma dúzia de versões, e a primeira delas de maneira alguma é a da *Gaia Ciência,* mas a do *Viandante e sua sombra*, no admirável texto do guarda da prisão[DLb]. Mas, seja como for, a morte de Deus significa para a filosofia a abolição da distinção cosmológica entre dois mundos, da distinção metafísica entre essência e aparência, da distinção lógica entre verdadeiro e falso. A morte de Deus reivindica, pois, uma nova forma de pensamento, uma transmutação de valores).

2º) *O homem também morre* (deixa de crer na substituição de Deus pelo homem, de crer no homem-Deus que ficaria no lugar de Deus-homem. Com efeito, nada muda com a troca de lugar, [106] os velhos valores permanecem. É necessário que o niilismo vá até o fim de si mesmo, no homem que quer morrer, no último homem, o homem da era atômica anunciada por Nietzsche).

3º) Esse algo distinto que está por vir é concebido como uma força que age desde já na subjetividade humana, mas se ocultando nela e também a destruindo. (Cf. "Algo me pensa" de Rimbaud.) A ação dessa força se efetiva segundo duas vias, a da história real e do desenvolvimento da técnica, e a da poesia e da criação poética de máquinas fantásticas imaginárias. Tal concepção reclama um

---

DL *Arts*, 27 maio-2 junho 1964, p. 5.
DLa A. Jarry, *La Chandelle verte*, "La Passion considerée comme course de côte" in *Œuvres complètes*, I, Paris: Gallimard, col. "Bibliothèque de la Pléiade", 1987, pp. 420-422.
DLb *Gai Savoir*, III, § 125; *Humain, trop humain*, II, 2ª parte, § 84.

novo pensador (um novo sujeito do pensamento, "morte ao *Cogito*"), novos conceitos (um novo objeto pensado), novas formas de pensamento (que integrem o velho inconsciente poético e as potências mecânicas atuais, Heráclito e a cibernética). De certo modo, essa tentativa de ultrapassar a metafísica já é conhecida. Pode ser encontrada em graus diversos, em Nietzsche, em Marx, em Heidegger. O único nome geral que lhe convém foi o criado por Jarry, *patafísica*. A patafísica deve ser definida: "Um epifenômeno é o que se sobrepõe a um fenômeno. A patafísica... é a ciência do que se sobrepõe à metafísica, seja nela mesma, seja fora dela mesma, estendendo-se tanto para além desta quanto esta para além da física. Ex.: se o epifenômeno é usualmente o acidente, a patafísica será sobretudo a ciência do particular, embora se diga que somente há ciências do geral"[DLc]. Falemos para os especialistas: o Ser é o epifenômeno de todos os *entes*, que deve ser pensado pelo novo pensador, que é, ele próprio, epifenômeno do homem.

Numa proporção de humor negro e sisudez branca, em que é difícil separá-los, mas que são exigidos pelo novo pensamento, misturam-se em um livro lançado por Kosta Axelos, *Vers la pensée planétaire* (Éditions de Minuit)[DLd]. Ele escreveu precedentemente *Marx penseur de la technique* [107] e *Heráclito e a filosofia*. É justo que a casa editorial que se abriu para o *nouveau roman* fosse testemunha igualmente de uma filosofia nova. Kosta Axelos, que dirige a coleção "Argumentos", tem uma formação dupla, marxista e heideggeriana. E mais, a força e inspiração de um grego, sutil ou sábio. Ele censura seus mestres por não haverem rompido suficientemente com a metafísica, por não terem concebido suficientemente as potências de uma técnica ao mesmo tempo real e imaginária, por serem ainda prisioneiros das perspectivas que eles mesmos denunciavam. Na noção de *planetário*, ele encontra o motivo e a condição, o objeto e o sujeito, o positivo e o negativo do novo pensamento. E por esta via ele escreve um livro impressionante – para nós, o acabamento da patafísica.

O método de Axelos procede por enumeração de sentidos. Essa enumeração não é uma justaposição, pois cada sentido participa dos outros. Não de acordo

---

DLc *Gestes et opinions du docteur Faustrol, patafísico*, livro II, viii, in *Oeuvres complètes*, I, Paris: Gallimard, col. "Bibliothèque de la Pléiade", 1972, p. 668.

DLd Kostas Axelos, filósofo grego, dirigiu a coleção "Argumentos" das Éditions Minuit em que Deleuze publicou duas obras, *Apresentação de Sacher Masoch* (1967) e *Espinosa e o problema da expressão* (1968). Apesar dos laços amistosos, Deleuze deixará de ver Axelos depois da publicação, no *Le Monde* (28 de abril de 1972, p. 19), de um breve artigo sobre *O Anti-Édipo*, no qual Axelos escrevia notadamente: "Honorável professor francês, bom esposo, excelente pai de dois filhos encantadores, amigo fiel (...) queres que teus alunos e teus filhos sigam na 'vida real' o caminho de tua vida, ou por exemplo o de Artaud, que tantos escrevinhadores invocam?"

com *Regras* que remeteriam ainda à antiga metafísica, mas de acordo com um *Jogo* que compreende em si todas as regras possíveis, que tem como regra interna apenas afirmar tudo o que "pode" ser afirmado (incluindo o acaso, incluindo o não-senso) e negar tudo que "pode" ser negado (incluindo Deus, incluindo o homem). Donde a lista fundamental de sentidos da palavra *planetário*: global, itinerante, errante, planificação, banalidade, engrenagem. "O jogo do pensamento e da era planetária é, pois, global, errante, itinerante, organizador, planificador e banalizante, preso na engrenagem" (p. 46).

Esse planetarismo, que dá uma extrema mobilidade a cada um de seus sentidos, se apresenta assim: achar o *fragmento* representado por cada objeto, de modo que o pensamento faça a soma (e a subtração) sempre aberta de todos os fragmentos que subsistam como tal. Axelos instaura um diálogo irredutível entre o fragmento e o todo. Nenhuma totalidade a não ser a de Dionísio, mas de Dionísio desmembrado. Neste novo pluralismo, o Uno só pode se dizer do múltiplo e deve se dizer do múltiplo; o Ser se diz apenas do devir e do tempo, a Necessidade, somente do acaso; e o Todo, dos fragmentos. Potência desenvolvida daquilo que Jarry chamava "o epifenômeno" [108] – mas Axelos lança um termo totalmente distinto, e uma outra idéia: "o ser em devir da totalidade fragmentária e fragmentada".

Destaque-se duas noções fundamentais: a de *Jogo*, que deve substituir a relação metafísica do relativo e do absoluto; e a de *Errância*, que deve ultrapassar a oposição metafísica do verdadeiro e do falso, do erro e da verdade. Sobre a errância, Axelos escreve páginas brilhantes. O mesmo se pode dizer de seus comentários profundos sobre Pascal e sobre Rimbaud, sobre Freud (o texto sobre Rimbaud está entre os mais belos). E este livro brilhante e insólito é tão-somente introdutório. Será preciso que Axelos invente suas novas formas de expressão, suas próprias versões da morte de Deus, suas máquinas fantásticas reais. Até chegar à bela síntese, que deve reunir os dois aspectos de uma verdadeira "patafísica" – o lado ubuesco[NRT], o lado pedante ou faustoso. Como diz Axelos, em uma de suas estranhas fórmulas de cortesia: "com e sem alegria e tristeza...". Mas jamais com indiferença. Planetarismo ou patafísica.

Tradução de
Hélio Rebello Cardoso Júnior

NRT [Ubuesco (*ubuesque*) diz respeito a extravagâncias de personagens da peça *Ubu roi* (*Ubu rei*), de Alfred Jarry (1873-1907), comédia caricatural que satiriza a burguesia].

10: "Ele foi meu mestre"[DL]
[1964]

Gerações sem "mestres" são uma tristeza. Nossos mestres não são apenas os professores públicos, ainda que tenhamos uma grande necessidade de professores. No momento em que atingimos a idade adulta, nossos mestres são aqueles que nos tocam com uma novidade radical, aqueles que sabem inventar uma técnica artística ou literária e encontrar as maneiras de pensar que correspondem à nossa *modernidade*, quer dizer, tanto às nossas dificuldades como aos nossos entusiasmos difusos. Sabemos que existe apenas um valor de arte e até mesmo de verdade: a "primeira mão", a novidade autêntica daquilo que se diz, a "musiquinha" com a qual aquilo é dito. Sartre foi isso para nós (para a geração que tinha vinte anos no momento da Libertação). Quem, na época, soube dizer algo de novo além de Sartre? Quem nos ensinou novas maneiras de pensar? Por mais brilhante e profunda que tenha sido, a obra de Merleau-Ponty era professoral e dependia daquela de Sartre em muitos aspectos. (Sartre assimilava de bom grado a existência do homem ao não-ser de um "buraco" no mundo: pequenos lagos de nada, dizia. Mas Merleau-Ponty os considerava como dobras, simples dobras e dobramentos. Assim se distinguiam um existencialismo duro e penetrante e um existencialismo mais brando, mais reservado.) E Camus, ai! Ora se tratava de um virtuosismo afetado, ora de uma absurdidade de segunda mão. Camus valia-se de pensadores malditos, mas toda sua filosofia nos conduzia a Lalande e a Meyerson, autores já bem conhecidos dos alunos do terceiro grau. Os novos temas, um certo estilo novo, uma nova maneira polêmica e agressiva de levantar os problemas, tudo isso veio de Sartre. Na desordem e nas esperanças da Libertação, descobria-se, redescobria-se tudo: Kafka, o romance americano, Husserl e Heidegger, os acertos de contas sem fim com o marxismo, o impulso em direção a um novo romance... Tudo passava por Sartre, não apenas porque, sendo um filósofo, possuía um gênio da totalização, mas porque sabia inventar o novo. As primeiras representações de *As Moscas*, a

---

DL *Arts*, 28 de novembro de 1964, pp. 8-9. Um mês antes, Sartre tinha recusado o prêmio Nobel de literatura.

aparição de *O Ser e o nada*, a conferência *O Existencialismo é um humanismo* foram acontecimentos: aprendia-se aí, depois de longas noites, a identidade do pensamento e da liberdade.

Os "pensadores privados" opõem-se, de uma certa maneira, aos "professores públicos". Até mesmo a Sorbonne precisa de uma anti-Sorbonne, e os estudantes só escutam bem seus professores quando têm também outros mestres. Nietzsche, no seu tempo, deixara de ser professor para tornar-se pensador privado: também Sartre o fez, num outro contexto e com uma outra saída. Os pensadores privados têm duas características: uma espécie de solidão que permanece como propriamente sua em qualquer circunstância; mas também uma certa agitação, uma certa desordem do mundo, na qual eles surgem e falam. Além do mais, só falam em seu próprio nome, sem "representar" nada; e solicitam presenças brutas no mundo, potências nuas que de modo algum são "representáveis". Já em *Que é a literatura?* Sartre traçava o ideal do escritor: "O escritor retomará o mundo tal e qual, todo nu, todo suado, todo fedido, todo cotidiano, para apresentá-lo às liberdades fundado sobre uma liberdade... Não é suficiente conceder ao escritor a liberdade de dizer tudo! É preciso que ele escreva a um público que tenha a liberdade de mudar tudo, o que significa – além da supressão das classes – a abolição de toda ditadura, a renovação perpétua dos cargos, a derrubada contínua da ordem – a partir do momento em que ameaça se fixar. Em uma só palavra, a literatura é essencialmente a subjetividade de uma sociedade em revolução permanente"[DLa]. Desde o início Sartre concebeu o escritor sob a forma de um homem como os outros, dirigindo-se aos outros do ponto de vista único de sua liberdade. Toda sua filosofia se inseria num movimento especulativo que contestava a noção de *representação*, a própria *ordem* da representação: a filosofia mudava de lugar, abandonava a esfera do juízo, [111] para se instalar no mundo mais colorido do "pré-judicativo", do "subrepresentativo". Sartre acaba de recusar o prêmio Nobel. Continuação prática da mesma atitude, horror à idéia de representar algo praticamente, ainda que seja dos valores espirituais ou, como ele diz, de ser institucionalizado.

O pensador privado precisa de um mundo que comporte um mínimo de desordem, mesmo que seja apenas uma esperança revolucionária, um grão de revolução permanente. Em Sartre, há uma espécie de fixação na Libertação, nas esperanças desiludidas desse momento. Foi preciso a guerra da Argélia para reencontrar algo da luta política ou da agitação liberatória e, então, em condições muito mais complexas, já que não éramos mais os oprimidos mas, precisamente, aqueles

---

[DLa] *Qu'est-ce que la litérature?* Paris: Gallimard, col. Folio Essais, pp. 162-163.

que deviam se voltar contra si mesmos. Ah! juventude. Só resta Cuba e a guerrilha venezuelana. Porém, maior ainda do que a solidão do pensador privado, há a solidão dos que buscam um mestre, dos que gostariam de um mestre e que só poderiam encontrá-lo num mundo agitado. A ordem moral, a ordem "representativa" fechou-se sobre nós. Até o medo atômico tomou ares de um medo burguês. Agora acontece até de propor-se aos jovens Teilhard de Chardin como modelo de pensador. Tem-se o que se merece. Depois de Sartre, não apenas Simone Weil, mas a Simone Weil da imitação. Porém, não é que não existam coisas profundamente novas na literatura atual. Citemos ao acaso: o novo romance, os livros de Gombrowicz, os contos de Klossowski, a sociologia de Lévi-Strauss, o teatro de Genet e de Gatti, a filosofia da "desrazão" que Foucault elabora... Mas o que falta hoje, o que Sartre soube reunir e encarnar para a geração precedente, são as condições de uma *totalização*: aquela em que a política, o imaginário, a sexualidade, o inconsciente, a vontade se reúnem nos direitos da totalidade humana. Hoje nós subsistimos com os membros esparsos. Sartre dizia de Kafka: sua obra é "uma reação livre e unitária ao mundo judeo-cristão da Europa central; seus romances são o ultrapassamento sintético de sua situação de homem, de judeu, de tcheco, de noivo relutante, de tuberculoso etc."[DLb]. Mas o próprio Sartre: sua obra é [112] uma reação ao mundo burguês, tal como o comunismo o põe em questão. Ela exprime o ultrapassamento de sua própria situação de intelectual burguês, de ex-aluno da École Normale, de noivo livre, de homem feio (já que Sartre se apresentava freqüentemente assim)... etc.: tudo isso que se reflete e ecoa no movimento de seus livros.

Falamos de Sartre como se ele pertencesse a uma época acabada. Mas ai! Nós é que estamos já acabados na ordem moral e no conformismo atual. Pelo menos Sartre nos permite uma vaga espera dos momentos futuros, de retomadas nas quais o pensamento se reformará e refará suas totalidades, como potência ao mesmo tempo coletiva e privada. É por isso que Sartre continua sendo nosso mestre. O último livro de Sartre, *A crítica da razão dialética*, é um dos livros mais belos e mais importantes surgidos nestes últimos anos. Ele dá a *O ser e o nada* seu complemento necessário, no sentido em que as exigências coletivas completam a subjetividade da pessoa. E quando pensamos novamente em *O ser e o nada* é para reencontrar o espanto que tínhamos em face dessa renovação da filosofia. Agora já sabemos melhor que as relações de Sartre com Heidegger, sua dependência de Heidegger, eram falsos problemas que se apoiavam em mal-entendidos. O que nos tocava em *O ser e o nada* era unicamente sartreano

---

DLb *Qu'est-ce que la litérature?*, ibid., p. 293

e dava a envergadura da contribuição de Sartre: a teoria da *má-fé*, em que a consciência, no seu interior, brincava com a sua dupla potência de não ser o que é e de ser o que não é; a teoria do *Outrem*, em que o *olhar* de outrem bastava para fazer o mundo vacilar e "roubá-lo" de mim; a teoria da *liberdade*, em que esta se limitava a si mesma ao se constituir em *situações*; a *psicanálise existencial*, na qual se podia reencontrar as *escolhas* de base de um indivíduo no centro de sua vida concreta. E cada vez, a essência e o exemplo entravam em relações complexas que davam um estilo novo à filosofia. O garçom do café, a moça apaixonada, o homem feio e, principalmente, meu amigo-Pierre-que-nunca-estava-presente, formavam verdadeiros romances na obra filosófica e percutiam as essências ao ritmo de seus exemplos existenciais. Por toda parte brilhava uma sintaxe violenta, feita de rachaduras e de estiramentos, lembrando as duas obsessões sartreanas: os lagos de não-ser, as viscosidades da matéria. [113]

A recusa do prêmio Nobel é uma boa notícia. Finalmente, alguém que não tenta explicar que é um delicioso paradoxo para um escritor, para um pensador privado, aceitar honras e representações públicas. Muitos espertinhos já tentam levar Sartre à contradição: demonstram-lhe sentimentos de despeito, vindo o prêmio tarde demais; objetam dizendo que, de qualquer maneira, ele representa algo; recordam-lhe que, de todo modo, seu sucesso foi e permanece sendo burguês; deixam entender que sua recusa não é nem sensata nem adulta; mostram-lhe o exemplo daqueles que aceitaram-recusando, dando pelo menos o dinheiro à caridade. Melhor seria não provocar muito, Sartre é um polemista perigoso... Não há gênio sem paródia de si mesmo. Mas qual é a melhor paródia? Tornar-se um velho adaptado, uma autoridade espiritual coquete? Ou então querer ser o abobado da Libertação? Ver-se acadêmico ou sonhar em ser combatente venezuelano? Quem não vê a diferença de qualidade, a diferença de gênio, a diferença vital entre essas duas escolhas ou essas duas paródias? Ao que Sartre é fiel? Sempre ao amigo Pierre-que-nunca-está-presente. É o destino desse autor trazer ar puro quando ele fala, mesmo que seja difícil respirar esse ar puro, o ar das ausências.

Tradução de
Francisca Maria Cabrera

11: Filosofia da *Série Noire* [DL]
[1966]

A coleção de romances "Série Noire" está festejando um acontecimento importante, seu número 1.000. Há uma coerência dessa coleção, uma idéia dessa coleção, que deve tudo ao seu diretor. A literatura é como a consciência, ela chega sempre tarde. No entanto, sobre a polícia, sobre o crime e suas relações, todo mundo sabia algumas coisas, mesmo que apenas através da leitura de casos nos jornais ou pelo conhecimento de memorandos especializados. Mas essas coisas não haviam encontrado sua expressão literária corrente ou não tinham passado ao estado de lugares-comuns da literatura. Coube a Marcel Duhamel[DLa] remediar esse atraso, numa época particularmente favorável. Malraux havia dito o essencial no seu prefácio à tradução de *Santuário*: "Faulkner sabe perfeitamente que os detetives não existem; que a polícia não depende tanto da psicologia ou da perspicácia mas antes da delação; e que não são Moustachu nem Tapinois, modestos pensadores do Quai des Orfèvres, que prendem o assassino em fuga, mas sim a polícia das delegacias"... etc. A *Série Noire* foi primeiro uma adaptação de *Santuário* para o grande público (prova disso é *Não há orquídeas* [*Pas d'orchidées*] de Chase e uma generalização do prefácio de Malraux.

Na antiga concepção do romance policial, mostravam-nos um detetive genial que consagrava toda sua força psicológica à busca e à descoberta da verdade. A verdade era aí concebida de uma maneira bem filosófica, isto é, como produto do esforço e das operações do espírito. E então o inquérito policial baseava-se no modelo da investigação filosófica e, inversamente, dava a esta um objeto insólito, o crime a elucidar.

Ora, existiam duas escolas da verdade: a escola francesa (Descartes), na qual a verdade fica mais ou menos por conta de uma intuição intelectual de base, da qual deve ser deduzido o resto com rigor – e a escola inglesa (Hobbes), segundo a qual o verdadeiro é sempre induzido de outra coisa, interpretado a partir de

---

DL *Arts et Loisirs*, nº 18, 26 janeiro-1º fevereiro 1966, pp. 12-13.
DLa Em 1945 o escritor de romances Marcel Duhamel cria na Gallimard a "Série Noire", coleção dedicada ao romance policial, que será dirigida por ele até 1977.

indícios sensíveis. Enfim, dedução e indução. O romance policial, num movimento que lhe era próprio, reproduzia essa dualidade e a ilustrava com obras-primas. A escola inglesa: Conan Doyle, com Sherlock Holmes, prodigioso intérprete de signos, gênio indutivo. A escola francesa: Gaboriau, com Tabaret e Lecoq, e logo Gaston Leroux, com Rouletabille (Rouletabille invoca sempre "o bom bocado da razão", "o círculo entre as duas protuberâncias de sua testa", para, explicitamente, opor sua teoria das certezas ao método indutivo, à teoria anglo-saxônica dos signos).

O interesse pode também passar para o lado do criminoso. Seguindo uma lei da reflexão metafísica, o criminoso é tão extraordinário quanto o policial. Ele também reivindica a justiça e a verdade, assim como as potências indutiva e dedutiva. Donde a possibilidade de duas séries romanescas, uma tendo como herói o policial, a outra, o criminoso. Leroux consegue essa dupla série com Rouletabille et Chéri-Bibi. Os dois não se encontram, animam séries diferentes (eles não poderiam se encontrar sem que um ou o outro se tornasse ridículo; cf. a tentativa de Leblanc com Arsène Lupin e Sherlock Holmes)[DLb]. Mas Rouletabille e Chéri-Bibi, sendo cada um o duplo do outro, têm o mesmo destino, a mesma dor, a mesma busca do verdadeiro. Esse destino, essa busca, é aquele de Édipo (Rouletabille destinado a matar seu pai, ou Chéri-Bibi assistindo uma representação de Édipo e gritando: "É igualzinho a mim!"). Depois da filosofia, a tragédia grega.

Ninguém deve se espantar muito que o romance policial reproduza tão bem a tragédia grega, já que se invoca sempre Édipo para marcar essa coincidência, mas Édipo é justamente a única tragédia grega já dotada dessa [116] estrutura policial. Espantemo-nos que o Édipo de Sófocles seja policial e não que o romance policial seja edipiano. Rendamos homenagem a Leroux: prodigioso romancista da literatura francesa, gênio das fórmulas, "as mãos não, as mãos não", "o mais feio dos homens", "Fatalitas", "os abridores de porta e os fechadores de alçapão", "o círculo entre as duas protuberâncias"... etc.

Ora, com a *Série Noire* morre o romance propriamente policial. Sem dúvida, na massa dessa coleção, muitos livros se contentam com mudar o jeito do próprio detetive (torná-lo bêbado, erótico, agitado), mas conservam a velha estrutura: designação surpreendente de um culpado inesperado no fim do livro com todos os personagens reunidos para uma última explicação. O novo não está aí.

O que era novo, enquanto uso e exploração literários, era, em primeiro lugar, nos ensinar que a atividade policial não tem nada que ver com a investigação

---

DLb Maurice Leblanc, *Arsène Lupin contre Herlock Sholmes*, 1908, reeditado por le Livre de Poche.

metafísica ou científica da verdade. O laboratório da polícia é tão dessemelhante da ciência quanto as ligações telefônicas do informante, os relatórios da polícia ou os procedimentos de tortura não se assemelham a um discurso metafísico. Como regra geral, pode-se distinguir dois casos: o assassinato profissional, sobre o qual a polícia sabe mais ou menos rapidamente quem é o culpado; o assassinato sexual, no qual o culpado pode ser qualquer um. Mas, nos dois casos, o problema não se coloca em termos de verdade. Trata-se, sobretudo, de uma espantosa compensação de erros. Seja fixar o suposto culpado (alguém conhecido, mas cuja culpa não está provada) em outros domínios estranhos à sua atividade criminosa (assim, por exemplo, o esquema americano do gângster impune mas detido e expulso por uma falsa declaração de impostos); seja esperar que o culpado se manifeste ou recomece, provocando-o, forçando-o a se manifestar, preparando-lhe armadilhas.

A *Série Noire* nos habituou ao tipo do policial que arremete completamente ao acaso, mesmo correndo o risco de multiplicar os erros, mas acreditando que daí sairá sempre alguma coisa. Por outro lado, fazem-nos assistir à preparação minuciosa de um golpe e ao encadeamento de pequenos erros que se tornam enormes na hora de sua realização (é deste ponto de vista que a *Série Noire* teve influência sobre o cinema). E, inocente, o leitor acaba se espantando com tantos erros de um lado e de outro. Até [117] a polícia, quando prepara um golpe sujo, o faz tão desajeitadamente que parece debochar da opinião alheia.

É porque a verdade não é de modo algum o elemento do inquérito: não se pode nem sequer pensar que a compensação dos erros tenha como objetivo final a descoberta da verdade. Ao contrário, essa compensação tem sua dimensão própria, sua suficiência, uma espécie de equilíbrio ou de restabelecimento do equilíbrio, um processo de restituição que permite a uma sociedade, nos limites do cinismo, esconder o que ela quer esconder, mostrar o que ela quer mostrar, negar a evidência e proclamar o inverossímil. O assassino não encontrado pela polícia pode acabar morto pelos seus em nome dos erros que cometeu, e a polícia pode sacrificar os seus por outros erros, e eis que essas compensações não têm outro objeto a não ser a perpetuação de um equilíbrio que representa a sociedade inteira *na sua mais alta potência do falso*.

É o processo de restituição, de equilíbrio ou de compensação que aparece também na tragédia grega (mas desta vez na de Ésquilo). O maior romance desse gênero, o mais admirável sob todos os aspectos, não é da *Série Noire*, mas o *Les Gommes*, de Robbe-Grillet, que desenvolve uma prodigiosa compensação de erros, sob o duplo signo de um equilíbrio esquiliano e de uma busca edipiana.

Com a *Série Noire*, a potência do falso tornou-se o elemento policial por excelência, do ponto de vista literário. O que implica ainda uma outra conseqüência: as relações do policial e do criminoso não são mais, evidentemente, aquelas de uma reflexão metafísica. A penetração é real, os pactos profundos e compensadores. Um toma lá, dá ca, uma troca de serviços, traições não menos freqüentes de um lado que do outro. Tudo nos leva sempre à grande trindade da potência do falso: delação-corrupção-tortura. Mas nem é preciso dizer que a polícia não instaura por si mesma, por sua iniciativa, essa inquietante cumplicidade. A reflexão metafísica do antigo romance deu lugar ao espelho do outro. Uma sociedade se reflete bem na sua polícia e nos seus crimes, ao mesmo tempo em que ela aí se preserva, através de profundas alianças de base.

Sabe-se que uma sociedade capitalista perdoa mais facilmente o estupro, o assassinato, a tortura da criança do que o cheque sem fundos, único crime teológico, o crime contra o espírito. Sabe-se bem [118] que os grandes "negócios" comportam um certo número de escândalos e de crimes reais; inversamente, o crime é organizado em negócios rigorosos, com uma estrutura tão precisa quanto aquela de um conselho de administração ou de gerentes. A *Série Noire* nos colocou a par de uma combinação de negócios políticos com o crime que, apesar de todas as provas da História antiga e presente, não tinha recebido sua expressão literária corrente.

O relatório Kefauver[DLc] e, sobretudo, o livro de Turkus, *Société anonyme pour assassinats*, estiveram na origem de muitos textos da *Série Noire*. Muitos se contentaram em disfarçá-los, descaracterizá-los, no mínimo os transpunham ao romance comum. Que o regime de Trujillo ou de Batista – ou Hitler ou Franco (o que mais? já que todo mundo está pensando no caso Ben Barka) – comportem uma mistura do tipo *Série Noire*; que Asturias tenha escrito um romance genial: *M. le Président* [DLd]; que nós todos estejamos buscando o segredo dessa unidade do grotesco e do aterrador, do terrível e da palhaçada, que ligam juntos o poder político, a potência econômica, a atividade policial e criminosa – tudo isso já está em Suetônio, em Shakespeare, em Jarry, em Asturias: a *Série Noire* retomou tudo e nós avançamos na compreensão dessa liga do grotesco e do aterrador que, segundo as circunstâncias, vai dispor da vida de cada um de nós?

Portanto, a *Série Noire* transformou nossas avaliações, nossos devaneios policiais. Tinha chegado o momento. Foi bom que participássemos na "leitura corrente" desse estado de coisas, que perdia por isso mesmo um pouco de sua realidade e nos roubava uma certa potência de indignação? A indignação surge graças ao

---

DLc Relatório de um senador democrata em 1952 sobre o gangsterismo na América
DLd *Monsieur le Président*, Paris: Flammarion, 1946; reeditado em 1987. [NT: Miguel Angel Asturias, *O Senhor Presidente*. São Paulo: Ed. Brasiliense, 1970].

real ou graças às grandes obras. Parece que a *Série Noire* copiou cada grande escritor romancista: um falso Faulkner, mas também um falso Steinbeck, um falso Caldwell, um falso Asturias. E seguiu a moda primeiro a americana, depois redescobrindo os problemas criminais franceses.

Ela está cheia de estereotipias: a apresentação pueril da sexualidade e, sobretudo, dos olhos dos assassinos (apenas Chase soube dar uma certa vida fria aos assassinos inconformados, de personalidade forte). A grandeza, porém, da *Série Noire*, [119] idéia de Duhamel, é uma das mais importantes da editoração recente: um remanejamento da visão do mundo que cada homem honesto leva consigo no concernente à polícia e aos criminosos.

É evidente que um realismo novo não basta para fazer boa literatura. O real, enquanto tal é, para a má literatura, objeto de estereotipias, de puerilismos, de sonhos baratos, muito mais do que uma imaginação imbecil seria capaz de fazer. Porém, mais profundo do que o real e o imaginário, é a paródia. A *Série Noire* sofreu de uma produção demasiado abundante; mas ela guardava uma unidade, uma tendência, que encontrava periodicamente sua expressão em belos livros (o sucesso atual de James Bond, que não se integrou na *Série Noire*, parece representar uma forte regressão literária, que foi compensada, é verdade, pelo cinema, mas à custa de um retorno a uma concepção cor-de-rosa do agente secreto).

Há belíssimos livros da *Série Noire* quando o real encontra uma paródia que lhe é própria, e quando essa paródia nos mostra direções no real que nunca teríamos encontrados sozinhos. Cada um ao seu modo, os grandes livros paródicos são *Miss Shumway jette un sort*, de Chase; *Fantasia chez les ploucs*, de Williams; os romances negros de Himes, que têm sempre momentos extraordinários. A paródia é a categoria que ultrapassa o real e o imaginário. Ora, na *Série Noire* havia o número 50: *Tendre femelle*, de James Gunn.

Era no momento em que a moda era totalmente americana: dizia-se que certos romancistas escreviam sob pseudônimos americanos. *Tendre femelle* é um livro admirável: a potência do falso ao máximo grau, uma velha senhora que persegue pelo faro um assassino, uma tentativa de assassinato nas dunas, grande paródia, seria preciso lê-lo ou relê-lo. Quem é James Gunn, que publicou sob seu nome apenas um livro na *Série Noire*? No momento em que a coleção comemora seu número 1.000, e reedita tantos livros, ao mesmo tempo em que presta homenagem a Marcel Duhamel, nós nos permitimos pedir a reedição do número 50.

Tradução de
Francisca Maria Cabrera

12: Gilbert Simondon, *O indivíduo e sua gênese físico-biológica* [DL]
[1966]

O princípio de individuação é respeitado, julgado venerável, mas parece que a filosofia moderna se absteve até agora de retomar o problema por sua conta. As conquistas da física, da biologia e da psicologia nos levaram a relativizar, a atenuar o princípio, mas não a reinterpreta-lo. Já é um grande mérito de Gilbert Simondon apresentar uma teoria profundamente original da individuação, teoria que implica toda uma filosofia. Simondon parte de duas observações críticas: 1º) Tradicionalmente, o princípio de individuação é reportado a um indivíduo já pronto, já constituído. Pergunta-se apenas o que constitui a individualidade de um tal ser, isto é, o que caracteriza um ser já individuado. E porque se "mete" o indivíduo após a individuação, "mete-se" no mesmo lance o princípio de individuação *antes* da operação de individuar, acima da própria individuação; 2º) Por conseguinte, "mete-se" a individuação em toda parte; faz-se dela um caráter coextensivo ao ser, pelo menos ao ser concreto (mesmo que seja ele divino). Faz-se dele todo o ser e o primeiro momento do ser fora do conceito. Este erro é correlativo do precedente. Na realidade, o indivíduo só pode ser contemporâneo de sua individuação e, a individuação, contemporânea do princípio: o princípio deve ser verdadeiramente genético, não simples princípio de reflexão. E o indivíduo não é somente resultado, [121] porém *meio* de individuação. Contudo, precisamente deste ponto de vista, a individuação já não é coextensiva ao ser; ela deve representar um momento que não é nem todo o ser nem o primeiro. Ela deve ser situável, determinável em relação ao ser, num movimento que nos levará a passar do pré-individual ao indivíduo.

A condição prévia da individuação, segundo Simondon, é a existência de um sistema metaestável. Foi por não ter reconhecido a existência de tais sistemas

---

DL *Revue philosophique de la France et de l'étranger*, vol. CLVI, nº 1-3, janeiro-março 1966, pp. 115-118. A obra de G. Simondon (1924-1989), *L'individu et sa genèse physico-biologique,* apareceu em 1964 (Paris: PUF, coleção "Epiméthée". Trata-se da publicação parcial da tese de doutorado de Estado, *L'individuation à la lumière des notions de forme et d'information,* defendida em 1958. A segunda parte só foi publicada em 1989, pela Aubier, com o título *L'individuation psychique et collective.* [NT: *O indivíduo e sua gênese físico-biológica* ganhou uma nova edição francesa (Grenoble: J. Millon, 1995) que incorpora passagens da tese de doutorado não presentes nas publicações precedentes].

que a filosofia caiu nas duas aporias precedentes. Mas o que define essencialmente um sistema metaestável, é a existência de uma "disparação", ao menos de duas ordens de grandeza, de duas escalas de realidade díspares, entre as quais não existe ainda comunicação interativa. Ele implica, portanto, uma *diferença* fundamental, como um estado de dissimetria. Todavia, se ele é sistema, ele o é à medida que, nele, a diferença existe como *energia potencial*, como *diferença de potencial* repartida em tais ou quais limites. Parece-nos que a concepção de Simondon pode ser, aqui, aproximada de uma teoria das quantidades intensivas; pois é em si mesma que cada quantidade intensiva é diferença. Uma quantidade intensiva compreende uma diferença em si, contém fatores do tipo E-E' ao infinito, e se estabelece, primeiramente, entre níveis díspares, entre ordens heterogêneas que só mais tarde, em extensão, entrarão em comunicação. Ela, assim como o sistema metaestável, é estrutura (não ainda síntese) do heterogêneo.

Já se nota a importância da tese de Simondon. Descobrindo a condição prévia da individuação, ele distingue rigorosamente singularidade e individualidade, pois o metaestável, definido como ser *pré-individual*, é perfeitamente provido de singularidades que correspondem à existência e à repartição dos potenciais. (Não é justamente isso que se tem na teoria das equações diferenciais, na qual a existência e a repartição das "singularidades" são de natureza distinta da forma "individual" das curvas integrais em sua vizinhança?). Singular sem ser individual, eis o estado do ser pré-individual. Ele é diferença, disparidade, disparação. E entre as mais belas páginas do livro há aquelas nas quais Simondon mostra como a disparidade, como primeiro momento do ser, como momento singular, é efetivamente suposta por todos [122] os outros estados, sejam eles de unificação, de integração, de tensão, de oposição, de resolução de oposições... etc. Notadamente contra Lewin e a *Gestaltheorie*, Simondon sustenta que a idéia de disparação é mais profunda do que a de oposição, que a idéia de energia potencial é mais profunda do que a de campo de forças: "Antes do espaço hodológico há esse acavalamento de perspectivas que não permite apreender o obstáculo determinado, porque não há dimensões em relação às quais o conjunto único se ordenaria; a *fluctuatio animi*, que precede a ação determinada, não é hesitação entre vários objetos ou mesmo entre diversas vias, mas recobrimento movente de conjuntos incompatíveis, quase semelhantes e, todavia, díspares" (p. 223)[NT]. Mundo imbricado de singularidades discretas, tanto mais imbricado quanto mais estas não estejam ainda se comunicando ou não estejam tomadas numa individualidade: é este o primeiro momento do ser.

NT [Página 209 na referida edição de 1995].

Como vai a individuação proceder a partir desta primeira condição? Dir-se-á tanto que ela estabelece uma comunicação interativa entre as ordens díspares de grandeza ou de realidade; ou que ela atualiza a energia potencial ou integra as singularidades; ou que ela *resolve o problema* posto pelos díspares, organizando uma dimensão nova na qual eles formam um conjunto único de grau superior (por exemplo, a profundidade no caso das imagens retinianas). No pensamento de Simondon, a categoria do "problemático" ganha uma grande importância, justamente por estar provida de um sentido objetivo: com efeito, ela já não mais designa um estado provisório do nosso conhecimento, um conceito subjetivo indeterminado, mas um momento do ser, o primeiro momento pré-individual. E, na dialética de Simondon, o problemático substitui o negativo. A individuação, portanto, é a organização de uma solução, de uma "resolução" para um sistema objetivamente problemático. Esta resolução deve ser concebida de duas maneiras complementares. De um lado, como *ressonância interna*, sendo esta o "modo mais primitivo da comunicação entre realidades de ordens diferentes" (e acreditamos que Simondon tenha conseguido fazer da "ressonância interna" um conceito filosófico extremamente rico, suscetível de toda sorte de aplicações, mesmo e sobretudo em psicologia, no domínio da afetividade). Por outro lado, como *informação*, [123] sendo que esta, por sua vez, estabelece uma comunicação entre dois níveis díspares, um definido por uma *forma* já contida no receptor, o outro definido pelo sinal trazido do exterior (reencontramos aqui as preocupações de Simondon concernentes à cibernética e toda uma teoria da "significação" em suas relações com o indivíduo). De toda maneira, a individuação aparece bem como o advento de um novo momento do Ser, o momento do *ser fasado*, acoplado a si mesmo. "É a individuação que cria as fases, pois as fases são tão-somente esse desenvolvimento de uma parte e outra do próprio ser... O ser pré-individual é o ser sem fases, ao passo que o ser após a individuação é o ser fasado. Uma tal concepção identifica, ou pelo menos reata individuação e devir do ser" (p. 276)[NT].

Até agora indicamos apenas os princípios mais gerais do livro. No detalhe, a análise organiza-se em torno de dois centros. Primeiramente, um estudo de diferentes domínios de individuação; notadamente, as diferenças entre a individuação física e a individuação vital são objeto de uma profunda exposição. O regime de ressonância interna aparece como diferente nos dois casos; o indivíduo físico contenta-se em receber informação de uma só vez e reitera uma singularidade inicial, ao passo que o vivente recebe, sucessivamente, vários

---

NT [Pág. 232 na edição de 1995].

aportes de informação e contabiliza várias singularidades; e, sobretudo, a individuação física se faz e se prolonga no limite do corpo, por exemplo, do cristal, ao passo que o vivente cresce no interior e no exterior, sendo que o conteúdo todo do seu espaço interior mantém-se "topologicamente" em contato com o conteúdo do espaço exterior[NT] (sobre esse ponto, Simondon escreve um capítulo admirável, "topologia e ontogênese"). É de estranhar que Simondon não tenha levado mais em conta, no domínio da biologia, os trabalhos da escola de Child sobre os gradientes e os sistemas de resolução no desenvolvimento do ovo[DL], pois esses trabalhos sugerem a idéia de uma individuação por intensidade, a idéia de um campo intensivo de individuação, que confirmaria suas teses em muitos pontos. Porém, isso ocorre, sem dúvida, por que Simondon não quer [124] ater-se a uma determinação biológica da individuação, mas precisar níveis cada vez mais complexos: assim, há uma individuação propriamente psíquica, que surge, precisamente, quando as funções vitais já não bastam para resolver os problemas postos ao vivente, e quando uma nova carga de realidade pré-individual é mobilizada numa nova problemática, em um novo processo de solução. E o psiquismo, por sua vez, abre-se a um "coletivo trans-individual".

Vê-se qual é o segundo centro das análises de Simondon. Em certo sentido, trata-se de uma visão moral do mundo, pois a idéia fundamental é que o pré-individual permanece e deve permanecer associado ao indivíduo, "fonte de estados metaestáveis futuros". O *estetismo* é então condenado como o ato pelo qual o indivíduo se separa da realidade pré-individual na qual ele mergulha, fecha-se numa singularidade, recusa comunicar-se e provoca, de certa maneira, uma perda de informação. "Há ética à medida que há informação, isto é, uma significação encimando uma disparação de elementos de seres e fazendo, assim, com que seja também exterior aquilo que é interior" (p. 297)[NT]. A *ética* percorre, portanto, uma espécie de movimento que vai do pré-individual ao trans-individual pela individuação. (O leitor se pergunta, todavia, se, em sua ética, Simondon não restaura a forma de um Eu [*Moi*] que ele, entretanto, havia conjurado em sua teoria da disparidade ou do indivíduo concebido como ser defasado e polifasado).

NT [Há, certamente, um erro de impressão no original francês ao repetir "espaço interior" (*intérieur*) neste ponto. O que Simondon escreve no capítulo "topologia e ontogênese" (a que Deleuze fará referência logo em seguida) não deixa dúvidas a esse respeito (cf. pp. 222-227 da ed. de 1995)].

DL Sobre esta questão, Deleuze remete invariavelmente à obra de Dalcq, *L'Oeuf et son dynamisme organisateur*, Paris: Albin Michel, 1941.

NT [Página 245 na edição de 1995].

Em todo caso, poucos livros levam-nos, como este, a sentir a que ponto um filósofo pode inspirar-se na atualidade da ciência e, ao mesmo tempo, porém, reencontrar os grandes problemas clássicos, transformando-os, renovando-os. Os novos conceitos estabelecidos por Simondon parecem-nos de uma extrema importância: sua riqueza e sua originalidade impressionam vivamente ou influenciam o leitor. E o que Simondon elabora é toda uma ontologia, segundo a qual o Ser nunca é Uno: pré-individual, ele é mais que um metaestável, superposto, simultâneo a si mesmo; individuado, ele é ainda múltiplo porque "polifasado", "fase do devir que conduzirá a novas operações".

Tradução de
Luiz B.L. Orlandi.

13: O homem, uma existência duvidosa[DL]
[1966]

Esse livro, *As palavras e as coisas*, começa por uma minuciosa descrição das *Meninas* de Velásquez, ou antes, do espaço desse quadro: o pintor é visto olhando; olhando a tela que está pintando, mas da qual só vemos o avesso; os personagens convergem para um ponto que emerge aquém do quadro; e o verdadeiro modelo, o rei, que se reflete somente em um espelho lá no fundo do quadro, contemplando tudo aquilo que o contempla, formando a grande ausência que é, no entanto, o centro extrínseco da obra. À medida que se lê essas páginas belíssimas de Michel Foucault, vê-se destacarem-se ao mesmo tempo os elementos e os momentos daquilo que se chama uma *representação*: seu sistema de identidade, de diferença, de redobramento e de reflexão, seu espaço próprio, até esse vazio essencial que designa o personagem para quem toda representação existe, que se representa a si mesmo nela, e que, no entanto, não está pessoalmente presente – "o lugar do rei".

É que, por meio da noção de representação, Foucault define a idade clássica, a forma do saber na idade clássica, entre a Renascença e nossa modernidade. A Renascença ainda compreendia seu saber como uma "interpretação de signos", sendo que a relação do signo com aquilo que ele significa estava coberta pelo rico domínio das "similitudes". E ainda, desde o início do livro, as análises de Foucault são de uma tal precisão, de um tom tão novo que o leitor sente aproximar-se uma nova maneira de pensar nessa aparente reflexão sobre a história. Todo saber, segundo Foucault, se desenrola em um "espaço" característico. Ora, com o século XVII, o *espaço dos signos* tende a desfazer-se para dar lugar ao da representação, que reflete as significações e decompõe as similitudes, dando surgimento à nova ordem das identidades e das diferenças. (*Dom Quixote* é, precisamente, a primeira grande constatação da falência dos signos em proveito de um mundo da representação.) Essa Ordem, essa forma da representação, será preenchida por ordens positivas fundadas sobre séries

---

DL *Le Nouvel Observateur*, 1º de junho 1966, pp. 32-34 (Sobre o livro de Michel Foucault, *Les mots et les choses*, Paris: Gallimard, 1966.

empíricas: "História natural", "Teoria da moeda e do valor", "Gramática geral". Entre essas três ordens positivas produzem-se toda sorte de ressonâncias que advêm de sua comum pertença ao espaço da representação: a "característica" é a representação dos indivíduos da natureza, a "moeda", a dos objetos da necessidade, o "nome", a da própria linguagem.

Ora, por mais que se fale de *ciências do homem*, que teriam se constituído desde o século XVIII, o resultado das análises precedentes mostra, ao contrário, que o *homem não existe e não pode existir* nesse espaço clássico da representação. Sempre o lugar do rei: "a natureza humana" é certamente representada, e o é num desdobramento da representação que remete essa natureza humana à *Natureza*, mas o homem não existe ainda em seu ser próprio ou em seu domínio sub-representativo. Ele não existe "como realidade espessa e primeira, como objeto difícil e sujeito soberano de todo conhecimento possível"[DLa]. É neste sentido que Foucault dá ao seu livro o subtítulo: "Uma arqueologia das ciências humanas". Em quais condições as ciências do homem foram possíveis na forma do saber, ou qual é, verdadeiramente, a data de nascimento do homem?

A resposta é bastante precisa: o homem só existe no espaço do saber a partir do momento em que o mundo "clássico" da representação desaba, por sua vez, sob o golpe de instâncias não representáveis e não representativas. É o surgimento do obscuro, ou de uma dimensão de profundidade. É preciso, primeiro, que a *biologia* nasça, assim como a *economia política* e a *filologia*: as condições de possibilidade do vivente são buscadas na própria vida (Cuvier), as condições da troca e do lucro são buscadas na profundidade do trabalho [127] (Ricardo), a possibilidade do discurso e da gramática é buscada na profundidade histórica das línguas, no sistema de flexões, série de desinências e modificações do radical (Grimm, Bopp). "Quando, abandonando o espaço da representação, os seres vivos se alojaram na profundidade específica da vida, as riquezas, no impulso progressivo das formas de produção, as palavras, no devir da linguagem"[DLb], então a história natural dá lugar à biologia, a teoria da moeda à economia política, a gramática geral à filologia.

Ao mesmo tempo, o homem se descobre de duas maneiras. *Por um lado*, como dominado pelo trabalho, pela vida, pela linguagem; por conseguinte, como objeto de ciências positivas novas que deverão colher modelo junto à biologia, à economia política ou à filologia. *Por outro lado*, como quem funda essa nova positividade sobre a categoria de sua própria finitude: a metafísica do infinito

---

DLa *MC*, p. 321. [NT: M. Foucault, *As palavras e as coisas*. São Paulo: Martins Fontes, 1995, p. 326].
DLb *MC*, p. 356.

é substituída por uma analítica do finito que encontra na vida, no trabalho e na linguagem suas estruturas "transcendentais". O homem tem, portanto, um ser duplo. O que desabou foi a soberania do idêntico na representação. O homem é atravessado por uma disparidade essencial, como por uma *alienação de direito*, separado dele mesmo pelas palavras, pelo trabalho, pelos desejos. E nesta revolução que explode a representação, é o mesmo que deve se dizer do Diferente e não mais a diferença se subordinar ao mesmo: a revolução de Nietzsche.

Certamente, trata-se, para Foucault, de fundar as ciências do homem. Mas é uma fundação envenenada, uma arqueologia que despedaça seus ídolos. Presente malicioso. Tentemos resumir a idéia de Foucault: as ciências do homem não se constituíram de forma alguma quando o homem se tomou por objeto de representação, nem mesmo quando ele descobriu para si uma história. Ao contrário, elas se constituíram, quando o homem se "des-historicizou", quando as coisas (as palavras, os viventes, as produções) receberam uma historicidade que as liberava do homem e de sua representação. Assim, as ciências do homem se constituíram *imitando* as novas ciências positivas da biologia, da economia política e da filologia. Para afirmar sua especificidade, [128] elas restauraram a ordem da representação, acumulando-a com recursos do inconsciente.

Este falso equilíbrio já mostra que as ciências do homem não são ciências. Elas pretenderam preencher o *lugar vazio* na representação. Mas esse lugar do rei não pode, não deve ser preenchido: a antropologia é uma mistificação. Da idade clássica à modernidade, passamos de um estado no qual o homem ainda não existe a um estado no qual ele já desapareceu. "Em nossos dias, só se pode pensar no vazio do homem desaparecido. Pois esse vazio não aprofunda uma falta: ele não prescreve uma lacuna a ser preenchida. Ele é nada mais nada menos que a desdobra de um espaço onde, enfim, é novamente possível pensar"[DLc]. Com efeito, é a isso que a análise da finitude nos convida: não a fazer a ciência do homem, mas a erigir uma nova *imagem do pensamento*: um pensamento que não mais se oponha de fora ao impensável ou não-pensado, mas que o alojaria nele, que estaria em uma relação essencial com ele (o desejo é "o que permanece sempre impensado no coração do pensamento"[NRT]); um pensamento que estaria por ele mesmo em relação com o obscuro, e que, de direito, seria atravessado por uma espécie de rachadura sem a qual ele não

---

DLc *MC*, p. 353.

NRT [*MC*, p. 386. Eis a frase completa de Foucault:: "O desejo não é o que permanece sempre *impensado* no coração do pensamento?"].

poderia se exercer. A rachadura não pode ser preenchida, pois ela é o mais elevado objeto do pensamento: o homem não a preenche e nem recola suas bordas; ao contrário, no homem, a rachadura é o fim do homem ou o ponto originário do pensamento. *Cogito* para um eu dissolvido... E, no saber concernente ao homem, somente a etnologia, a psicanálise e a lingüística o superam efetivamente, formando os três grandes eixos da analítica do finito.

Compreende-se melhor como esse livro prolonga a reflexão de Foucault sobre a loucura, sobre a transformação do conceito de loucura da idade clássica à idade moderna. Vê-se, sobretudo, que os três grandes livros de Foucault, *História da loucura na idade clássica, Nascimento da clínica: uma arqueologia do olhar médico, As palavras e as coisas: uma arqueologia das ciências humanas*, se encadeiam para realizar um projeto tão novo para a filosofia como para a história das ciências. O próprio Foucault, portanto, apresenta seu método como arqueológico. [129]. Por arqueológico, deve-se entender o estudo do "subsolo", do "solo" sobre o qual se exerce o pensamento e no qual ele mergulha para formar seus conceitos. Que haja camadas bem diferentes nesse solo, que haja mesmo mutações nele, agitações topográficas, organizações de novos espaços, é o que mostra Foucault: por exemplo, a mutação que torna possível a imagem clássica do pensamento, ou a que prepara a imagem moderna. Sem dúvida, pode-se apontar as causalidades sociológicas ou mesmo psicológicas para essa "história"; mas, na realidade, as causalidades se desdobram em espaços que já supõem uma imagem do pensamento. É preciso conceber acontecimentos do pensamento puro, acontecimentos radicais ou transcendentais que determinam em tal época um espaço de saber.

Em vez de um estudo histórico das *opiniões* (ponto de vista que ainda rege a concepção tradicional da história da filosofia) desenha-se um estudo sincrônico do saber e de suas condições: não as condições que o tornam possível em geral, mas que o tornam real e o determinam em tal momento.

Um tal método tem ao menos dois resultados paradoxais: ele desloca a importância dos conceitos, e mesmo a dos autores. Assim, o importante, para definir a idade clássica, não é o mecanicismo nem a matemática, mas essa agitação no regime de signos, que deixam de ser uma figura do mundo e oscilam na representação: só isto torna possível a *mathesis* e o mecanicismo. Do mesmo modo o importante não é saber se Cuvier é fixista, mas como ele forma, reagindo contra o ponto de vista da história natural do qual Lamarck é ainda prisioneiro, uma biologia que torna possível o evolucionismo e as discussões sobre o evolucionismo. Em regra geral, e o livro abunda em exemplos decisivos, os grandes debates de opiniões são menos importantes que o espaço de saber que os torna possíveis; e não são necessariamente os mesmos autores que são grandes no nível da história mais visível e no nível da arqueologia. Foucault pode dizer: "... eu aprendi isso mais claramente com Cuvier, Bopp e Ricardo do que com Kant ou Hegel"; e nunca ele é tão filósofo do que quando recusa as grandes linhagens em proveito de uma genealogia subterrânea, mais secreta.[130]

Uma nova imagem do pensamento, uma nova concepção do que significa pensar é hoje a tarefa da filosofia. É aí que ela pode mostrar sua capacidade de mutações e de novos "espaços", capacidade não menor que a das ciências ou das artes. À questão: o que acontece de novo em filosofia? os livros de Foucault trazem por si mesmos uma resposta profunda, a mais viva e também a mais convincente. Cremos que *As palavras e as coisas* são um grande livro, um grande livro sobre novos pensamentos.

Tradução de
Tiago Seixas Themudo

14: O método de dramatização[DL]
[1967]

Senhor Gilles Deleuze, encarregado de ensino na Faculdade de Letras e Ciências de Lyon, se dispõe a desenvolver diante dos membros da Sociedade Francesa de Filosofia os seguintes argumentos:

Não está assegurado que a questão *que é?* seja uma boa questão para descobrir a essência ou a Idéia. É possível que questões do tipo: *quem?, quanto?, como?, onde?, quando?*, sejam melhores — tanto para descobrir a essência quanto para determinar algo mais importante concernente à Idéia.

Os dinamismos espaço-temporais têm várias propriedades: 1º) eles criam espaços e tempos particulares; 2º) eles formam uma regra de especificação para os conceitos que, sem eles, permaneceriam incapazes de se dividirem logicamente; 3º) eles determinam o duplo aspecto da *diferençação*[NT], qualitativo e quantitativo (qualidades e extensos, espécies e partes); 4º) eles comportam ou designam um sujeito, mas um sujeito "larvar", "embrionado"; 5º) eles constituem um teatro especial; 6º), eles exprimem Idéias. Sob todos esses aspectos, eles figuram o movimento da dramatização.

DL   *Bulletin de la Société française de Philosophie*, 61ª ano, nº 3, julho-setembro de 1967, pp. 89-118. (Sociedade Francesa de Filosofia, 28 de janeiro de 1967; debates com Ferdinand Alquié, Jean Beaufret, Georges Bouligand, Stanislas Breton, Maurice de Gandillac, Jacques Merleau-Ponty, Noël Mouloud, Aléxis Philonenko, Lucy Prenant, Pierre-Maxime Schuhl, Michel Souriau, Jean Ullmo, Jean Wahl). Essa comunicação retoma temas de *Diferença e repetição* (Paris: PUF, 1969, [NT:1968]), que é a tese de Doutorado de Estado que Deleuze acabara, então, de redigir sob a direção de M. de Gandillac, e que ele defenderá no início de 1969. Pode-se fazer uma comparação entre os dois textos, notadamente com os capítulos IV e V deste último. [NT: "Síntese ideal da diferença" e "Síntese assimétrica do sensível", respectivamente].

NT   [A respeito do vocábulo 'diferença', há dois verbos que nos interessam aqui: **diferenciar** e **diferençar**. Achamos lingüisticamente legítimo — e conceitualmente necessário na tradução de textos escritos por Deleuze por volta de 1967 em diante — empregar, a partir desses verbos, alguns vocábulos que nos ajudam a caracterizar a distinção deleuzeana do virtual e do atual. Na linha do **diferenciar**, teremos o vocabulário do **virtual**: **diferenciação** (traduzindo *différentiation*) e **diferencial** (tr. *différentiel*). Na linha do **diferençar** (que já passou pelas formas '*deferençar*' (1562) e '*differençar*' (1567) e que já propiciou alguns vocábulos, como **diferençado** e **diferençável**) teremos o vocabulário do **atual**: **diferençação** (traduzindo *différenciation*) e **diferençal** (para *différeciel*). Todavia, *différenciant* e, *différenciateur* serão traduzidos por **diferenciador** (e *différenciatrice* por diferenciadora, porque dizem respeito ao "campo intensivo" sem o qual não há passagens entre virtual e atual. Cf. pp.135, 250, 252, 259, 260 do original].

Sob a dramatização, a Idéia encarna-se ou atualiza-se, vem a *diferençar-se* [132]. É ainda preciso que a Idéia, em seu conteúdo próprio, já apresente características que correspondam aos dois aspectos da diferençação. Com efeito, nela mesma, ela é sistema de relações diferenciais repartição de pontos notáveis ou singulares que resultam dessas relações (acontecimentos ideais). Quer dizer: a Idéia é plenamente *diferenciada* nela mesma, antes de se *diferençar* no atual. Esse estatuto da Idéia dá conta do seu valor lógico, que não é o claro-e-distinto, mas o distinto-obscuro, como pressentiu Leibniz. Em seu conjunto, o método de dramatização é representado no conceito complexo de diferen ç̧ ação, que deve dar um sentido às questões das quais partimos.

Ata da sessão

A sessão foi aberta às 16:30 horas, na Sorbonne, Anfiteatro Michelet, sob a presidência do Senhor Jean Wahl, Presidente da Sociedade.

Jean Wahl. – Não apresentarei o senhor Gilles Deleuze: os senhores conhecem seus livros, tanto sobre Hume quanto sobre Nietzsche e sobre Proust, e conhecem também seu grande talento. Dou-lhe imediatamente a palavra.

Gilles Deleuze. – A Idéia, a descoberta da Idéia, é inseparável de um certo tipo de questão. Primeiramente, a Idéia é uma "objetidade" ["objectité"] que, como tal, corresponde a uma maneira de levantar as questões. Ela só responde ao apelo de certas questões. É no platonismo que a questão da Idéia é determinada sob a forma: *Que é...?* Esta questão nobre é tida como concernente à essência e opõe-se a questões vulgares que remetem apenas ao exemplo ou ao acidente. Assim, não se perguntará pelo *que* é belo, mas o que é o Belo. Não *onde* e *quando* há justiça, mas o que é o Justo. Não *como* "dois" é obtido, mas o que é a díade. Não *quanto*, mas o que... Portanto, o platonismo todo parece opor uma questão maior, sempre retomada e repetida por Sócrates, como a da essência ou da Idéia, [133] a questões menores da opinião, que apenas exprimem maneiras confusas de pensar, seja nos velhos e crianças inábeis, seja nos sofistas e retores muito hábeis.

Todavia, esse privilégio do *Que é...?* revela-se, ele próprio, confuso e duvidoso, mesmo no platonismo e na tradição platônica, pois a questão *Que é...?* acaba animando apenas os diálogos ditos aporéticos. É possível que a questão da essência seja a da contradição, e que ela própria nos lance em contradições inextricáveis? Desde que a dialética platônica se torna uma coisa séria e positiva, vemo-la tomar outras formas: quem? no *Político*, quanto? no *Filebo*, onde e quando? no *Sofista*, em qual caso? no *Parmênides*. É como se a Idéia só fosse positivamente determinável em função de uma tipologia, de uma topologia, de uma posologia, de uma casuística transcendentais. Então, os sofistas são censurados, menos por utilizarem formas em si mesmas inferiores de questão, e mais por não terem sabido determinar as condições nas quais elas ganham seu alcance e seu sentido ideais. E ao considerarmos o conjunto da história da filosofia, procuramos em vão qual filósofo pôde proceder pela questão "que é?". Aristóteles não, sobretudo Aristóteles. Talvez Hegel. Talvez apenas Hegel, precisamente porque sua dialética, sendo a da essência vazia e abstrata, não se separa do movimento da contradição. A questão *Que é?* prejulga a Idéia como simplicidade da essência; então, é forçoso que a essência simples se contradiga, pois ela tem de compreender o não-essencial, e compreendê-lo *em essência*. Um outro procedimento (tal como se encontra esboçado na filosofia de Leibniz), deve ser inteiramente distinguido da contradição: desta vez, é o não-essencial que compreende o essencial, e o compreende somente *no caso*. A subsunção sob "o caso" forma uma linguagem original das propriedades e acontecimentos. Devemos denominar *vice-dicção* esse procedimento inteiramente diferente daquele da contradição. Ele consiste em percorrer a Idéia como uma multiplicidade. A questão não é saber se a Idéia é una ou múltipla, ou as duas coisas ao mesmo tempo; empregada como substantivo, "multiplicidade" designa um domínio no qual a Idéia está, por si mesma, muito mais [134] próxima do acidente do que da essência abstrata, e onde ela só pode ser determinada com as questões quem? como? quanto? onde e quando? em que caso? – formas essas que traçam suas verdadeiras coordenadas espaço-temporais.

Perguntamos, primeiramente: qual é o traço característico ou distintivo de uma coisa em geral? Um tal traço é duplo: a ou as qualidades que ela possui, a extensão que ela ocupa. Mesmo quando não se pode distinguir partes divisíveis atuais, distingue-se regiões e pontos notáveis; e não se deve considerar somente a extensão interior, mas a maneira pela qual a coisa determina e leva todo um espaço exterior a diferençar-se, como o da área de caça de um animal. Em suma, toda coisa está no cruzamento de uma dupla síntese: de qualificação ou de especificação e de partição, composição ou organização. Não há qualidade sem uma extensão que a subtende e na qual ela se difunde; não há espécie sem partes ou pontos orgânicos. As partes são o número da espécie, assim como a espécie é a qualidade das partes. São esses os dois aspectos correlativos da *diferençação*: espécies e partes, especificação e organização. Eles constituem as condições da representação das coisas em geral.

Mas, se a diferençação tem, assim, duas formas complementares, qual é o agente dessa distinção e dessa complementaridade? Sob a organização, assim como sob a especificação, encontramos tão-somente dinamismos espaço-temporais: isto é, agitações de espaço, buracos de tempo, puras sínteses de velocidades, de direções e de ritmos. Então, as características mais gerais de ramificação, de ordem e de classe, e até as características genéricas e específicas, já dependem de tais dinamismos ou de tais direções de desenvolvimento. E, simultaneamente, sob os fenômenos partitivos da divisão celular, encontram-se ainda instâncias dinâmicas, migrações celulares, dobramentos, invaginações, estiramentos que constituem uma "dinâmica do ovo". A esse respeito, o mundo inteiro é um ovo. Nenhum conceito receberia uma divisão lógica na representação se essa divisão não estivesse determinada por dinamismos [135] sub-representativos: vê-se bem isso no processo platônico da divisão, que age apenas em função de duas direções, da direita e da esquerda, e com a ajuda, como no exemplo da pesca com linha, de determinações do tipo "cercar-bater", "bater de cima para baixo – de baixo para cima".

Esses dinamismos supõem sempre um campo no qual eles se produzem, fora do qual eles não se produziriam. Esse campo é intensivo, isto é, implica uma distribuição em profundidade de diferenças de intensidade. Ainda que a experiência nos coloque sempre na presença de intensidades já desenvolvidas em extensos, já recobertas por qualidades, devemos conceber, precisamente como condição da experiência, intensidades puras envolvidas numa profundidade, num *spatium* intensivo que preexiste a toda qualidade assim como a todo extenso. A profundidade é a potência do puro *spatium* inextenso; a intensidade é tão-só a potência da diferença ou do desigual em si, e cada intensidade é já diferença do tipo $E - E'$, em que E, por sua vez, remete a $e - e'$, e e, a $\epsilon - \epsilon'$ etc. Tal campo intensivo constitui um meio de individuação. Eis porque não basta lembrar que a individuação não opera nem por especificação prolongada (*species ínfima*), nem por composição ou divisão de partes (*pars ultima*). Não basta descobrir uma diferença de natureza entre a individuação, de um lado e, de outro, a especificação e a partição, pois, a individuação é, ademais, a condição prévia sob a qual a especificação e a partição ou a composição operam no sistema. A individuação é intensiva e se encontra suposta por todas as qualidades e espécies, por todos os extensos e partes que vêm preencher ou desenvolver o sistema.

Sendo a intensidade diferença, é preciso ainda que as diferenças de intensidade entrem em comunicação. É preciso como que um "diferenciador" da diferença, que reporta o diferente ao diferente. Cabe esse papel ao que denominamos precursor sombrio. O raio fulgura entre intensidades diferentes, mas é precedido por um *precursor sombrio*, invisível, insensível, que de antemão lhe determina o caminho invertido e escavado, porque o precursor é, primeiramente, o agente da comunicação das séries de diferenças. Se é verdade que todo sistema é um campo [136] intensivo de individuação construído sobre séries heterogêneas ou disparatadas, a comunicação das séries, levada a cabo sob a ação do sombrio precursor, induz fenômenos de *acoplamento* entre as séries, de *ressonância interna* no sistema, de *movimento forçado* sob a forma de uma amplitude que transborda as próprias séries de base. É sob todas essas condições que um sistema preenche-se de qualidades e se desenvolve em extensão, pois uma qualidade é sempre um signo ou um acontecimento que sai das profundezas, que fulgura entre intensidades diferentes e que dura todo o tempo necessário para a anulação da sua diferença constitutiva. Primeiramente, e antes de tudo, é o conjunto dessas condições que determina os dinamismos espaço-temporais, eles mesmos geradores dessas qualidades e desses extensos.

De modo algum o sujeito está ausente dos dinamismos. Mas os sujeitos que eles têm só podem ser esboços não ainda qualificados nem compostos, são mais pacientes do que agentes, únicos capazes de suportar a pressão de uma ressonância interna ou a amplitude de um movimento forçado. Composto, qualificado, um adulto pereceria aí. Há movimentos que somente o embrião pode suportar, e aí está a verdade da embriologia: aqui o sujeito só pode ser larvar. O próprio pesadelo talvez seja um desses movimentos que nem o homem acordado e *nem mesmo o sonhador* podem suportar, mas somente o adormecido sem sonho, o adormecido em sono profundo. E o pensamento, considerado como dinamismo próprio ao sistema filosófico, talvez seja, por sua vez, um desses movimentos terríveis inconciliáveis com um sujeito formado, qualificado e composto como o do *cogito* na representação. A "regressão" é malcompreendida enquanto não se vê nela a ativação de um sujeito larvar, único paciente capaz de sustentar as exigências de um dinamismo sistemático.

O conjunto dessas determinações: campo de individuação, séries de diferenças intensivas, precursor sombrio, acoplamento, ressonância e movimento forçado, sujeitos larvares, dinamismos espaço-temporais – esse conjunto desenha as coordenadas múltiplas que correspondem às questões quanto? quem? como? onde? e quando?, e que dão a estas um alcance transcendente para além dos exemplos empíricos. Com efeito, de modo algum esse conjunto de determinações está ligado a tal ou qual [137] exemplo tirado de um sistema físico ou biológico, mas enuncia as categorias de todo sistema em geral. Não menos do que uma experiência física, experiências psíquicas do tipo proustiano implicam a comunicação de séries disparatadas, a intervenção de um precursor sombrio, ressonâncias e movimentos forçados que dele decorrem. Constantemente, acontece a dinamismos qualificados de uma certa maneira num domínio serem retomados de modo totalmente distinto num outro domínio. O dinamismo geográfico da ilha (ilha por ruptura com o continente e ilha por surgimento fora das águas) é retomado no dinamismo mítico do homem sobre a ilha deserta (ruptura derivada e recomeço original). Ferenczi, a respeito da vida sexual, mostrou como o dinamismo físico de elementos celulares se achava retomado no dinamismo biológico de órgãos, e mesmo no dinamismo psíquico de pessoas.

É que os dinamismos e seus concomitantes trabalham sob todas as formas e extensões qualificadas da representação, e constituem, mais do que um desenho, um conjunto de linhas abstratas saídas de uma profundidade inextensa e informal. Estranho teatro feito de determinações puras, agitando o espaço e o tempo, agindo diretamente sobre a alma, tendo larvas por atores – e para o qual Artaud havia escolhido a palavra "crueldade". Essas linhas abstratas formam um drama que corresponde a tal ou qual conceito e que, ao mesmo tempo, dirige sua especificação e divisão. É o conhecimento científico, mas é também o sonho, e são também as coisas em si mesmas que dramatizam. Dado um conceito, pode-se sempre procurar o drama que a ele corresponde, e *o conceito jamais se dividiria nem se especificaria* no mundo da representação sem os dinamismos dramáticos que assim o determinam num sistema material sob toda representação possível. Seja o conceito de verdade: não basta levantar a questão abstrata "que é o verdadeiro?". Desde que nos perguntemos "quem quer o verdadeiro, quando e onde, como e quanto?", temos a tarefa de consignar sujeitos larvares (o ciumento, por exemplo), e puros dinamismos espaço temporais (ora fazer surgir a "coisa" em pessoa, numa certa hora, num certo lugar; ora acumular os indícios e os signos, de hora em hora, e segundo um caminho que jamais acaba). Quando, [138] em seguida, aprendemos que o conceito de verdade, na representação, divide-se em duas direções, uma segundo a qual o verdadeiro surge em pessoa e numa intuição, a outra segundo a qual o verdadeiro é sempre inferido de outra coisa, concluído de indícios como aquilo que não está aí, não nos é difícil reencontrar sob *essas teorias tradicionais da intuição e da indução* os dinamismos da inquisição e da confissão, da acusação ou do inquérito, que trabalham em silêncio e dramaticamente, de maneira a determinar a divisão teórica do conceito.

O que denominamos drama assemelha-se, particularmente, ao esquema kantiano. Com efeito, segundo Kant, o esquema é uma determinação *a priori* do espaço e do tempo correspondente a um conceito: *o mais curto* é o drama, o sonho ou, sobretudo, o pesadelo da linha reta. É exatamente o dinamismo que divide o conceito de linha em reta e curva, e que, além disso, como na concepção arquimediana dos limites, permite medir a curva em função da reta. Entretanto, o que ainda permanece totalmente misteriosa é a maneira pela qual o esquema tem esse poder em relação ao conceito. De certo modo, todo o pós-kantismo tentou elucidar o mistério dessa arte oculta, de acordo com a qual determinações dinâmicas espaço-temporais têm verdadeiramente o poder de dramatizar um conceito, embora elas sejam de uma natureza totalmente distinta da dele.

A resposta talvez esteja na direção que certos pós-kantianos indicavam: os dinamismos espaço-temporais puros têm o poder de dramatizar os *conceitos*, porque eles, primeiramente, atualizam, encarnam *Idéias*. Dispomos de um ponto de partida para verificar tal hipótese: se é verdade que os dinamismos comandam os dois aspectos inseparáveis da diferenciação – especificação e partição, qualificação de uma espécie e organização de um extenso –, seria preciso que a Idéia, por sua vez, apresentasse dois aspectos dos quais estes derivam de uma certa maneira. Devemos, portanto, interrogar-nos sobre a natureza da Idéia, sobre sua diferença de natureza relativamente ao conceito.

Uma Idéia tem duas características principais. De um lado, ela [139] consiste num conjunto de relações diferenciais entre elementos destituídos de forma sensível e de função, elementos que só existem pela sua determinação recíproca. Tais relações são do tipo $\frac{dx}{dy}$ (embora a questão do infinitamente pequeno de modo algum tenha de intervir aqui). Nos mais diversos casos, podemos perguntar se nos encontramos efetivamente diante de *elementos ideais*, isto é, sem figura e sem função, mas reciprocamente determináveis numa rede de relações diferenciais: os fonemas estão neste caso? E tais ou quais partículas físicas? E os genes biológicos? Em cada caso, devemos perseguir nossa pesquisa até a obtenção desses diferenciais, que só existem e são determinados uns em relação aos outros. Invocamos, então, um princípio, dito de determinação recíproca, como primeiro aspecto da razão suficiente. Por outro lado, às relações diferenciais correspondem distribuições de "singularidades", repartições de pontos notáveis e de pontos ordinários, tais que um ponto notável engendra uma série prolongável sobre todos os pontos ordinários até a vizinhança de uma outra singularidade. As singularidades são *acontecimentos ideais*. É possível que as noções de singular e de regular, de notável e de ordinário, tenham para a própria filosofia uma importância ontológica e epistemológica muito maior do que as de verdadeiro e de falso, pois o *sentido* depende da distinção e da distribuição desses pontos brilhantes na Idéia. Concebe-se que uma determinação completa da Idéia, ou da coisa em Idéia, opere-se assim, constituindo o segundo aspecto da razão suficiente. A Idéia, portanto, aparece como uma multiplicidade que deve ser percorrida em dois sentidos: do ponto de vista da variação de relações diferenciais do ponto de vista da repartição das singularidades que correspondem a certos valores dessas relações. O que antes denominamos procedimento da *vice-dicção* confunde-se com esse duplo percurso ou essa dupla determinação, que é recíproca e completa.

Várias conseqüências decorrem disso. Em primeiro lugar, a Idéia, assim definida, não dispõe de atualidade alguma. Ela é virtual, ela é pura virtualidade. Todas as relações diferenciais e todas as repartições de singularidades, em virtude, respectivamente, da determinação recíproca e da determinação completa, [140] coexistem na multiplicidade virtual das Idéias. A Idéia só se atualiza, precisamente, à medida que suas relações diferenciais se encarnam em espécies ou qualidades separadas, e à medida que as singularidades concomitantes se encarnam num extenso que corresponde a essa qualidade. Uma espécie é feita de relações diferenciais entre genes, como as partes orgânicas são feitas de singularidades encarnadas (cf. os *"loci"*). Devemos sublinhar, entretanto, a condição absoluta de não-semelhança: a espécie ou a qualidade não se assemelha às relações diferenciais que elas encarnam, do mesmo modo que as singularidades não se assemelham ao extenso organizado que as atualiza.

Se é verdade que a qualificação e a partição constituem os dois aspectos da diferenciação, dir-se-á que a Idéia se atualiza por diferenciação. Para ela, atualizar-se é diferençar-se. Nela mesma e na sua virtualidade, portanto, a Idéia é totalmente *indiferençada*. Todavia, de modo algum ela é indeterminada. É preciso atribuir a maior importância à diferença das duas operações, diferença marcada pelo *traço distintivo $\frac{c i}{c}$: diferenciar e diferençar*. Nela mesma, a Idéia, ou a coisa em Idéia, de modo algum é diferen*ç*ada, pois lhe faltam as qualidades e as partes necessárias. Mas ela é plenamente e completamente diferen*c*iada, pois dispõe de relações e singularidades que se atualizarão sem semelhança nas qualidades e partes. Então, parece que toda coisa tem como que duas "metades" ímpares, dessemelhantes e dissimétricas, sendo que cada uma dessas metades divide-se em duas: *uma metade ideal*, mergulhando no virtual, e constituída, ao mesmo tempo, por relações diferenciais e singularidades concomitantes; *uma metade atual*, constituída pelas qualidades que encarnam essas relações e, ao mesmo tempo, pelas partes que encarnam essas singularidades. A questão do "*ens omni modo determinatum*" deve ser assim formulada: uma coisa em Idéia pode ser completamente determinada (diferenciada), e, todavia, carecer das determinações que constituem a existência atual (ela é indiferençada). Se denominarmos *distinto* o estado da idéia plenamente diferen*c*iada, e *claro* o estado da Idéia atualizada, isto é, diferen*ç*ada, devemos romper com a regra de proporcionalidade do claro e do distinto: nela mesma, a Idéia não é clara e distinta, mas, ao contrário, *distinta e obscura*. É neste sentido que a Idéia é dionisíaca, nessa zona de distinção obscura [141] que ela conserva em si, nessa indiferenciação que não deixa de ser perfeitamente determinada: sua embriaguez.

Devemos, finalmente, tornar precisas as condições sob as quais a palavra "virtual" pode ser empregada rigorosamente (à maneira, por exemplo, pela qual Bergson a empregava, ainda recentemente, ao distinguir as multiplicidades virtuais e as atuais, ou pela qual o senhor Ruyer a emprega hoje[DLa]). Virtual não se opõe a real; possível é que se opõe a real. Virtual se opõe a atual, e, a esse título, possui uma plena realidade. Vimos que essa realidade do virtual é constituída por relações diferenciais e distribuições de singularidades. A respeito disso tudo, o virtual corresponde à fórmula pela qual Proust definia seus estados de experiência: "reais sem serem atuais, ideais sem serem abstratos"[DLb]. O virtual e o possível opõem-se de múltiplas maneiras. De um lado, o possível é tal que o real é construído à sua semelhança. É justamente por isso, em função dessa tara original, que nunca se poderá limpá-lo da suspeita de ser retrospectivo ou retroativo, isto é, de ser construído depois, à semelhança do real que ele teria hipoteticamente precedido. Eis também porque, quando se pergunta o que há *de mais* no real, nada se pode consignar, salvo "a mesma" coisa enquanto posta fora da representação. O possível é somente o conceito como princípio de representação da coisa, sob as categorias da identidade do representante e da semelhança do representado. O virtual, ao contrário, pertence à Idéia, e não se assemelha ao atual, assim como o atual não se assemelha a ele. A Idéia é uma imagem sem semelhança; o virtual não se atualiza por semelhança, mas por divergência e diferenciação. A diferenciação, ou atualização, é sempre criadora em relação ao que ela atualiza, ao passo que a realização é sempre reprodutora ou limitativa. A diferença entre virtual e atual já não é a do Mesmo enquanto situado uma vez na representação e outra vez fora da representação, mas é a do Outro enquanto aparece uma vez na Idéia e outra vez, de modo totalmente diferente, no processo de atualização da Idéia. [142]

DLa Em *Différence et répétition*, [NT: p. 279, n. 2]. Deleuze remete à obra de Raymond Ruyer, *Eléments de psycho-biologie*, Paris: PUF, 1946, cap. IV. [NT: *Diferença e repetição*, trad. br. de L. Orlandi e R. Machado, Rio de Janeiro: Graal, 1988, p. 347, n. 27].

DLb *Les temps retrouvé* em: *A la recherche du temps perdu*, vol. IV, Paris: Gallimard, 1989, "Bibliothèque de la Pléiade", p. 451. [NT: *O tempo redescoberto*, em: *Em busca do tempo perdido*, vol. VII, trad. br. de Lúcia Miguel Pereira, Porto Alegre: Livraria do Globo, 2ª impressão, 1958, p. 125. *O tempo recuperado*, em: *Em busca do tempo perdido*, vol. VII, trad. br. de Fernando Py, Rio de Janeiro: Ediouro, 1995, p. 182. A referida expressão proustiana foi empregada por Deleuze em outras ocasiões, como em *Différence et répétition*, op. cit., p.269. (p. 335 para a citada trad. br.)].

O extraordinário mundo leibniziano coloca-nos em presença de um *contínuo ideal*. Segundo Leibniz, essa continuidade de modo algum se define pela homogeneidade, mas pela coexistência de todas as variações de relações diferenciais e distribuições de singularidades que lhes correspondem. O estado desse mundo é bem exprimido nas imagens do rumor, do oceano, do moinho d'água, do desfalecimento ou mesmo da embriaguez, imagens que dão o testemunho de um fundo dionisíaco retumbante sob essa filosofia aparentemente apolínea. Perguntou-se muitas vezes em que consistiam as noções de "compossível", de "incompossível", e qual era exatamente a diferença entre elas e as de possível e impossível. Talvez seja difícil dar a resposta, porque toda a filosofia de Leibniz mostra uma certa hesitação entre uma concepção clara do possível e a concepção obscura do virtual. Na verdade, o incompossível e o compossível nada têm que ver com o contraditório e o não-contraditório. Trata-se de uma coisa totalmente distinta: trata-se da divergência e da convergência. O que define a compossibilidade de um mundo é a convergência das séries, sendo cada uma delas construída na vizinhança de uma singularidade até a vizinhança de uma outra singularidade. A incompossibilidade dos mundos, ao contrário, surge no momento em que as séries obtidas divergiriam. O melhor dos mundos, portanto, é aquele que compreende um máximo de relações e singularidades sob a condição da continuidade, isto é, sob a condição de um máximo de convergência das séries. Então, compreende-se como, num tal mundo, formam-se as essências individuais ou mônadas. Leibniz diz que o mundo não existe fora das mônadas que o exprimem e, ao mesmo tempo, entretanto, diz que Deus, relativamente às mônadas, criou preferencialmente o mundo (Deus não criou Adão pecador, mas o mundo em que Adão pecou). É que as singularidades do mundo servem de princípio para a constituição de individualidades: cada indivíduo envolve um certo número de singularidades e exprime claramente as relações entre elas, fazendo-o *em relação ao* seu próprio corpo. Assim sendo, o mundo exprimido preexiste virtualmente às individualidades expressivas, mas não existe atualmente fora dessas individualidades que o exprimem de próximo em próximo. E é esse processo da individuação que determina as relações e singularidades do mundo ideal a se encarnarem nas qualidades e nos extensos que preenchem [143] efetivamente os intervalos entre indivíduos. O percurso do "fundo" como povoado de relações e de singularidades, a constituição que dele decorre das essências individuais, e a determinação que se segue das qualidades e extensos formam o conjunto de um método de *vice-dicção*, o que constitui uma teoria das multiplicidades, e que consiste sempre em subsumir "sob o caso".

A noção de diferen*ci*ação não exprime apenas um complexo matemático-biológico, mas a própria condição de toda cosmologia, como das duas metades do objeto. A diferen*ci*ação exprime a natureza de um fundo pré-individual que de modo algum se reduz a um universal abstrato, mas que comporta relações e singularidades que caracterizam as multiplicidades virtuais ou Idéias. A diferen*ç*ação exprime a atualização dessas relações e singularidades em qualidades e extensos, espécies e partes como objetos da representação. Os dois aspectos da diferen*ç*ação correspondem, pois, aos dois aspectos da diferen*ci*ação, mas não se lhes assemelham: é preciso um terceiro que determine a Idéia a atualizar-se, a encarnar-se assim. Tentamos mostrar como os campos intensivos de individuação – com os precursores que os colocavam em estado de atividade, com os sujeitos larvares que se constituíam em torno de singularidades, com os dinamismos que preenchiam o sistema – tinham, com efeito, esse papel. A noção completa é a de indi-diferen*ci/ç*ação. São os dinamismos espaço-temporais no seio dos campos de individuação que determinam as Idéias a se atualizarem nos aspectos diferençados do objeto. Dado um conceito na representação, nós ainda nada sabemos. Só aprendemos à medida que descobrimos a Idéia que opera sob esse conceito, ou os campos de individuação, ou os sistemas que envolvem a Idéia, os dinamismos que a determinam a encarnar-se; é somente sob essas condições que podemos penetrar o mistério da divisão do conceito. São todas essas condições que definem a dramatização e seu cortejo de questões: em qual caso, quem, como, quanto? *O mais curto* é o esquema do conceito [144] de reta, mas apenas porque ele é, primeiramente, o drama da Idéia de linha, o diferencial da reta e da curva, o dinamismo que opera em silêncio. O claro e distinto é a pretensão do conceito no mundo apolíneo da representação; mas, sob a representação, há sempre a Idéia e seu fundo distinto-obscuro, um "drama" sob todo *logos*.

Discussão

Jean Wahl[DLc]. – Nós o agradecemos vivamente por tudo o que disse. Raramente estivemos em presença de uma tal tentativa – não quero dizer de sistema – mas de visão por diferenciação, escrita duplamente, de um mundo descrito talvez de maneira quádrupla. Mas páro por aqui, pois o ato do Presidente é calar-se e deixar a palavra aos outros.

[DLc] Jean Wahl (1888-1974), filósofo, poeta, conhecido por seus estudos sobre a filosofia americana, sobre Descartes, Platão, e sobre os filósofos da existência (Kierkegaard, Sartre).

Pierre-Maxime Schuhl[DLd]. – Enunciarei uma questão a Deleuze. Gostaria de saber como, em seu modo de ver as coisas, se apresentaria a oposição entre o natural e o artificial, que não é espontaneamente dinamizada, mas que se pode dinamizar por auto-regulação.

G. Deleuze. – Não seria porque o artifício implica dinamismos próprios que não têm equivalente na natureza? O senhor freqüentemente mostrou a importância das categorias de natural e de artificial, notadamente no pensamento grego. Essas categorias não são diferençadas, precisamente, em função de dinamismos – em função de percursos, de lugares e de direções? Mas, tanto nos artifícios quanto nos sistemas da natureza, há organizações intensivas, precursores, sujeitos-esboços, toda uma sorte de vitalidade, um caráter vital, se bem que de um outro modo...

P.-M. Schuhl. – Isso vem a ser muito nervaliano[NT].

D. Deleuze. – Com efeito, eu o desejaria.

P.-M. Schuhl. – No *Filebo*, em 64 *b*, Sócrates diz que se [145] completou a criação de uma ordem abstrata tal que ela poderá animar a si própria. No domínio do espírito isso vai por si só. Resta esse imenso domínio da matéria...

G. Deleuze. – Seria preciso classificar os diferentes sistemas de intensidade. Desse ponto de vista, os procedimentos de regulação aos quais o senhor aludiu há pouco teriam uma importância decisiva.

P.-M. Schuhl. – Eu gostaria de acrescentar uma simples anedota a propósito da alusão feita por Deleuze às diferentes maneiras de conceber a pesca no *Sofista*; o senhor Leroi-Gourhan publicou há alguns anos uma obra de tecnologia que recobre exatamente as distinções platônicas. Perguntei-lhe se havia pensado no *Sofista* e ele me respondeu que nunca tivera essa preocupação. Isso confirma a permanência de certas divisões, o que o senhor sublinhou.

Noël Mouloud[DLe]. – Não acompanharei o senhor Deleuze na profundidade ontológica de sua concepção da Idéia. Tomado dessa maneira, o problema transborda meus hábitos de pensamento. O que muito me interessou na conferência do senhor Deleuze foi essa concepção da arte; é certo que o artista retoma uma temporalidade não serial, que ainda não está organizada, ou uma espacialidade

---

[DLd] P.-M. Schuhl (1902-1984), especialista em filosofia antiga, consagrou vários trabalhos ao pensamento de Platão, notadamente.

[NT] [Nerval (Gérard Labrunie, dito Gérard de Nerval), escritor francês, nascido em Paris (1808-1855), autor de *Sylvie*, *les Filles du Feu*, além dos sonetos *les Chimères*. Gilles Deleuze e Félix Guattari deram justamente o nome de *Chimères* a uma revista de esquizoanálises, fundada por eles e cuja publicação trimestral prossegue nos dias atuais].

[DLe] Noël Mouloud (1914-1984), filósofo, desenvolveu um tratamento estrutural da epistemologia.

ou multiplicidade de espacialidades vividas e pré-categoriais, e que, pelo seu artifício, aliás, ele as conduz a uma certa linguagem, a uma certa sintática. Seu estilo, ou sua recriação pessoal consiste em impor, como objetivas, estruturas que são tomadas de um estágio não objetivo. Enfim, há aí uma boa parte do dinamismo da arte.

Eu gostaria de levantar algumas questões sobre os pontos que me incomodam um pouco. Assim, como aplicar essa concepção de uma prioridade da espacialidade ou da temporalidade à ciência, por exemplo. De uma certa maneira, pode-se invocar o espaço, o tempo, o dinamismo como o oposto do conceito, isto é, como o que introduz a variedade num conceito que tende à estabilidade. Mas há a contrapartida: o espaço e o tempo, pelo menos como eles são acessíveis à nossa intuição, têm tendência a uma certa estabilidade, a uma certa [146] imobilidade. Uma primeira física e uma primeira química começaram por uma mecânica fortemente apoiada na idéia de continuidades espaciais ou de composição dos elementos num composto. Ou uma primeira biologia começou com uma espécie de intuição da duração, do devir, de um desdobramento contínuo que religava as formas aparentes e que ultrapassava a separação destas. Parece-me que a matematização, por sua vez, introduziu uma segunda dramatização. Neste caso, a dramatização vem do conceito, não vem de tal modo da intuição. Assim, quando a química chega ao estágio da análise eletrônica, já não há para ela substâncias verdadeiras, valências verdadeiras, há funções de ligação que se criam à medida que se desenvolve o processo e que são compreendidas umas após as outras. Tem-se um processo que só é analisável por uma matemática do elétron. E à medida que a química se torna quântica, ou ondulatória, uma combinação já não pode, absolutamente, ser compreendida como uma transição simples e necessária. É uma probabilidade que resulta de um cálculo com base energética, no qual é preciso levar em conta, por exemplo, a dissimetria ou a simetria spinorial dos elétrons ou o recobrimento dos campos de duas ondas que cria uma energia particular etc. Somente o algebrista, e não o geômetra, pode fazer avaliação energética. De maneira um pouco semelhante, a biologia moderna começou quando interveio a combinatória dos elementos genéticos ou quando se interrogou sobre os efeitos químicos ou radioativos que podiam afetar o desenvolvimento dos genes e criar mutações. Assim, a primeira intuição dos biologistas que acreditavam numa evolução contínua foi destruída e retomada de certa maneira por uma ciência mais matemática e mais operatória. Eu gostaria muito de frisar meu sentimento de que os aspectos da concepção – os mais dramáticos se o senhor quiser, em todo caso os mais dialéticos – são trazidos não pela imaginação mas pelo trabalho da racionalização.

No conjunto, não vejo muito bem que o desenvolvimento dos conceitos nas ciências matemáticas possa ser comparado a um desdobramento biológico, ao "crescimento de um ovo". O desenvolvimento é mais nitidamente dialético: os sistemas se constroem de maneira coerente, ocorrendo até [147] a necessidade de quebrá-los para reconstruí-los. Mas não quero prolongar em excesso minha intervenção.

G. Deleuze. – Sua opinião é também a minha. Nossa diferença não é, sobretudo, terminológica? Parece-me que os conceitos regem menos a dramatização do que a sofrem. Os conceitos são diferençados graças a procedimentos que não são exatamente conceituais, que remetem, sobretudo, a Idéias. Uma noção como aquela que o senhor invoca por alusão, a de "ligação não-localizável", ultrapassa o campo da representação e da localização dos conceitos nesse campo. São ligações "ideais".

N. Mouloud. – Para dizer a verdade, não desejo defender a noção de conceito, que é ambígua, sobre-saturada de tradições filosóficas: pensa-se no conceito aristotélico como em um modelo de estabilidade. Eu definiria o conceito científico como obra de um pensamento essencialmente matemático. É este que quebra incessantemente as ordens pré-estabelecidas da nossa intuição. E, por outro lado, penso no uso ambíguo que poderia ser feito do termo idéia se o aproximássemos em demasia, como Bergson o faz, de um esquema organizador que tem suas bases numa intuição profunda, de algum modo biológica. As ciências, e mesmo as ciências da vida, não são desenvolvidas sob a direção de semelhantes esquemas. Ou, se elas começaram por aí, os modelos matemáticos e experimentais puseram em questão esses esquemas.

J. Wahl. – Ainda vejo aí um acordo possível e mais uma diferença de linguagem do que uma diferença de concepção.

Ferdinand Alquié[DLf]. – Admirei muito a exposição do nosso amigo Deleuze. A questão que eu gostaria de propor a ele é muito simples, e incide sobre o início de sua conferência. Deleuze, desde o começo, condenou a questão "*Que é?*" e não a retomou. Aceito o que ele disse em seguida, e percebo a extrema riqueza das outras questões que ele quis propor. Mas lastimo a rejeição, um tanto quanto rápida, da questão "*Que é?*", e não poderia aceitar o que ele nos disse inicialmente, intimidando-nos um pouco, a saber, que nenhum filósofo, salvo Hegel, levantara essa questão. Devo [148] dizer-lhe que isso me surpreende um pouco: conheço, com efeito, muitos filósofos que levantaram a questão "*Que é?*". Leibniz perguntou, efetivamente, "que é um sujeito?" ou "que é uma mônada?".

[DLf] F. Ferdinand Alquié (1906-1985), filósofo, especialista em Descartes e Kant, era um dos professores de Deleuze na Sorbonne.

Berkeley perguntou efetivamente "que é ser?", "qual é a essência e a significação da palavra ser?". O próprio Kant perguntou efetivamente "que é um objeto?". Poder-se-ia citar muitos outros exemplos que de modo algum me contestariam, espero. Portanto, pareceu-me que Deleuze, em seguida, tenha querido, sobretudo, orientar a filosofia em direção a outros problemas, problemas que talvez não sejam especificamente os dela, ou melhor, pareceu-me que ele censurou – não sem razão, de resto – a filosofia clássica por não fornecer-nos conceitos mui precisamente adaptáveis à ciência ou à análise psicológica, ou ainda à análise histórica. Isso me parece perfeitamente verdadeiro e, nesse sentido, eu não precisaria louvar bastante o que ele nos disse. Todavia, o que me afligiu, é que todos os exemplos que ele empregou não eram exemplos propriamente filosóficos. Falou-nos da linha reta, que é um exemplo matemático, do ovo, que é um exemplo fisiológico, dos genes, que é um exemplo biológico. Quando ele chegou à verdade, eu disse a mim mesmo: finalmente, eis um exemplo filosófico! Mas, depressa, esse exemplo não acabou bem, pois Deleuze nos diz que era preciso perguntar: quem quer a verdade? por que se quer a verdade? será que o ciumento é que quer a verdade? etc., questões muito interessantes, sem dúvida, mas que não tocam a própria essência da verdade, que talvez não sejam, pois, questões estritamente filosóficas. Ou melhor, são questões de uma filosofia voltada para problemas psicológicos, psicanalíticos etc. Assim sendo, de minha parte, eu gostaria, simplesmente, de propor a seguinte questão: compreendi bem que o senhor Deleuze censure a filosofia por ela ter da Idéia uma concepção que não é adaptável, como ele o desejaria, a problemas científicos, psicológicos, históricos. Mas penso que, ao lado desses problemas, permanecem problemas classicamente filosóficos, a saber, problemas de essência. Em todo caso, não me parece que se possa dizer, como Deleuze, que os grandes filósofos jamais levantaram semelhantes problemas. [149]

G. Deleuze. – É bem verdade, senhor, que um grande número de filósofos levantou a questão Que é? Mas, para eles, não seria essa uma maneira cômoda de exprimir-se? Kant certamente pergunta "que é um objeto?", mas ele pergunta isso no quadro de uma questão mais profunda, de um *como?*, do qual ele soube renovar o sentido: "Como é possível?". O que me parece mais importante é essa nova maneira pela qual Kant interpreta a questão *como?*. E Leibniz, quando ele se contenta em perguntar "Que é?", obtém ele outra coisa além de definições que ele denomina nominais? Quando, ao contrário, ele chega a definições reais, não é graças aos *como?*, *de que ponto de vista?*, *em qual caso?* Há, nele, toda uma topologia, toda uma casuística que se exprime notadamente no seu interesse pelo direito. Mas, sobre tudo isso, fui muito rápido.

Sua outra crítica toca-me sobremodo. É que acredito inteiramente na especificidade da filosofia, e é mesmo ao senhor que devo esta convicção. Ora, o senhor diz que o método que descrevo toma suas aplicações um pouco de toda parte, de diferentes ciências, mas muito pouco da filosofia. E que o único exemplo filosófico por mim invocado, aquele da verdade, logo se deu mal, pois ele consistiu em dissolver o conceito de verdade em determinações psicológicas ou psicanalíticas. Se isso ocorreu, então fracassei. Com efeito, a Idéia, como virtual-real, não deve ser descrita em termos unicamente científicos, mesmo que a ciência intervenha necessariamente em seu processo de atualização. Mesmo conceitos como os de singular e de regular, de notável e de ordinário, não são esgotados pelas matemáticas. Eu invocaria as teses de Lautman: uma teoria dos sistemas deve mostrar como o movimento dos conceitos científicos participa de uma dialética que os ultrapassa. Quanto aos dinamismos, menos ainda se reduzem eles a determinações psicológicas (e quando eu citava o ciumento como "tipo" do pesquisador de verdade, não o fazia a título de um caráter psicológico, mas como um complexo de espaço e de tempo, como uma "figura" pertencente à própria noção de verdade). Parece-me que não somente a teoria dos sistemas é filosófica, mas que essa teoria forma um sistema de tipo muito [150] particular – o sistema filosófico, tendo ele, como totalmente específicos, seus dinamismos, seus precursores, seus sujeitos larvares, seus filósofos. É somente nessas condições, pelos menos, que esse método teria um sentido.

Maurice de Gandillac[DLg]. – Adivinho atrás do seu vocabulário, como sempre sugestivo e poético, um pensamento sólido e profundo, mas, confesso-o, eu gostaria de contar com algumas precisões complementares sobre o tema da dramatização que figura como título da sua conferência, e que não acreditou ser necessário definir, como se se tratasse de um conceito recebido de maneira comum e que se explicitasse por si. Na vida cotidiana, quando falamos em dramatizar, é em geral de maneira um tanto quanto pejorativa para censurar nosso interlocutor por dar um aspecto demasiado teatral a um incidente miúdo (como se diz numa linguagem mais popular: "Deixe de fazer cena!"). Etimologicamente, um drama é uma ação, mas encenada, estilizada, apresentada a um público. Ora, não me é fácil imaginar uma situação desse gênero a propósito de sujeitos fantasmáticos que o senhor acaba de evocar, esses embriões, essas

---

[DLg] M. de Gandillac, nascido em 1906, filósofo, especialista em pensamento medieval e tradutor de filósofos alemães dos séculos XVIII e XIX. Ver a homenagem que lhe faz Deleuze em DRF, "Les plages d'immanence". [NT: "Les plages d'immanence", em A. Cuzenave e J.-F. Lyotard (orgs.), *L'art des confins – Mélanges offerts à Maurice de Gandillac*, Paris: PUF, 1985, pp. 79-81. "Praias de imanência", trad. br. de José Marcos Macedo, em Folha de S. Paulo, 3/12/1995, cad. 5, p. 13].

larvas, esses diferençados indiferenciados que são também esquemas dinâmicos, pois empregais termos muito vagos que são de algum modo palavras para qualquer uso em filosofia e que só valem pelo seu contexto. Mais precisamente, já que o senhor recusa a questão τὶ (à medida que ela visaria uma οὐσίᾳ), o senhor parece admitir o τίς como sujeito de um *fazer* (τίς ποιεῖ τι). Mas pode-se falar de um sujeito que faz algo no nível das larvas?

Minha segunda questão concerne a relação entre dramático e trágico. Como a tragédia, o drama em que o senhor pensa, pergunto, remete a um conflito por si mesmo insolúvel entre duas metades ímpares que encontram duas outras metades ímpares numa muito sutil harmonia desarmônica? Sua alusão a Artaud e ao teatro da crueldade mostra suficientemente que o senhor não é um filósofo otimista, ou que, sendo-o, é um pouco ao modo de Leibniz, cuja visão do mundo é, finalmente, uma das mais cruéis que se possa conceber. Sua dramatização seria a de uma [151] *Teodicéia* situada desta vez não nos palácios celestes evocados pelo famoso apólogo de Sextus, mas no nível dos lêmures do segundo *Fausto*?

G. Deleuze. – Tento definir mais rigorosamente a dramatização: são dinamismos, determinações espaço-temporais dinâmicas, pré-qualitativas e pré-extensivas que têm "lugar" em sistemas intensivos onde se repartem diferenças em profundidade, que têm por "pacientes" sujeitos-esboços, que têm por "função" atualizar Idéias...

M. de Gandillac. – Mas, para traduzir tudo isso (que percebo um pouco confusamente), por que esse termo dramatização?

G. Deleuze. – Quando se procura corresponder um tal sistema de determinações espaço-temporais a um conceito, parece-me que um *logos* é substituído por um "drama", parece-me que se estabelece o drama desse *logos*. O senhor diz, por exemplo, dramatiza-se em família. É verdade que a vida cotidiana está repleta de dramatizações. Alguns psicanalistas empregavam essa palavra, creio, para designar o movimento pelo qual o pensamento lógico se dissolve em puras determinações espaço temporais, como no adormecimento. E isso não se distancia muito das célebres experiências da escola de Wurtzbourg. Seja um caso de neurose obsessiva, no qual o sujeito não pára de retalhar: os lenços e os guardanapos são perpetuamente cortados, primeiro em duas metades, depois estas são recortadas, um cordão de campainha na sala de jantar é regularmente diminuído, de modo que a campainha se aproxima do teto, tudo é aparado, miniaturizado, posto em caixas. Trata-se efetivamente de um drama, dado que o doente, ao mesmo tempo organiza um espaço, agita um espaço e exprime nesse espaço uma Idéia do inconsciente. Uma cólera é uma dramatização que põe em cena sujeitos larvares. O senhor deseja, então, perguntar-me se a dramatização em geral está ligada ou não ao trágico. Nenhuma referência privilegiada me parece haver aí. Trágico, cômico são ainda categorias da representação. Haveria, sobretudo, um liame fundamental entre a dramatização e um certo mundo do terror, mundo que pode comportar o máximo de bufonaria, de grotesco... O senhor mesmo diz que, no fundo, o mundo de Leibniz é, finalmente, o mais cruel dos mundos. [152]

M. de Gandillac. – A bufonaria, o grotesco, a chacota pertencem, creio, à região do trágico. Sua conclusão evocava temas nietzscheanos, finalmente mais dionisíacos que apolíneos.

J. Wahl. – Creio que a resposta que Deleuze teria podido dar é a questão *quando?*, porque há momentos em tudo isso vem a ser trágico e há momentos em que isso vem a ser...

G. Deleuze. – Sim, perfeitamente.

Michel Souriau[DLh]. – É uma pergunta de referência que quero apresentar. O senhor Deleuze citou alguns filósofos, não muitos, mas alguns enfim, e há um cujo tom acreditei ter ouvido, mas ele não o citou, é Malebranche. Há várias coisas em Malebranche que lhe serão estranhas, por exemplo, a visão em Deus: no seu caso, tratar-se-ia, sobretudo, de uma espécie de "visão em Mefistófeles". Mas há também o Malebranche da *extensão inteligível*; quando o senhor falava desse devir – inicialmente obscuro e em todo caso dinâmico – das idéias, e dessa extensão que de modo algum é do espaço, mas que tende a devir espaço, tratava-se efetivamente da extensão inteligível de Malebranche.

G. Deleuze. – Não sonhava com essa aproximação. Com efeito, na extensão inteligível há certamente algo como um *spatium* puro, pré-extensivo. O mesmo ocorre com a distinção leibniziana entre o *spatium* e a *extensio*.

Lucy Prenant[DLi]. – Minha questão encadeia-se com a do senhor Souriau. O que o senhor denomina obscuro e distinto não seria denominado não-imaginável e inteligível por Leibniz? Não imaginável corresponde a obscuro – ao que denomina obscuro. Para Leibniz, obscuro é o pensamento que não pode determinar seu objeto – nas *Meditações*, por exemplo: uma fugaz lembrança de imagem. Ao contrário, o conhecimento que os analistas de metais têm do ouro compõe a lei de uma série de propriedades; isso não cai sob os sentidos, isso não toma forma de imagem e, por conseguinte, creio que ele não o traduziria por obscuro, creio que ele não teria gostado dessa palavra, mas por inimaginável, em oposição a

---

[DLh] Michel Souriau, filósofo, consagrou estudos à filosofia de Kant e à questão do tempo.
[DLi] L. Prenant (1891-1978), filósofa, especialista em Leibniz.

claro. E isso pode mesmo ir até o que ele denominava pensamento cego – não em todas as condições, pois ele pode conduzir ao verbalismo e ao erro, como ele diz em sua crítica da prova ontológica. Mas isso pode corresponder a certas formas do pensamento cego; por exemplo, à característica – a formas rigorosamente montadas.

Mas, em última instância, essas idéias "distintas e cegas" de Leibniz não devem apoiar-se, precisamente, em "visões distintas"? Leibniz vê que uma reta deve poder prolongar-se ao infinito, porque ele vê a razão disso: a similitude dos segmentos. Portanto, é preciso, ainda assim, ir às "noções primitivas" que "são para si mesmas suas próprias marcas" e ao alfabeto dos pensamentos humanos. Em outras palavras, não creio que o pensamento possa permanecer integralmente "obscuro" – no sentido do senhor Deleuze – de um extremo ao outro da sua caminhada. Ele precisa, pelo menos, "ver uma razão", apreender uma lei.

G. Deleuze. – Estou impressionado com suas observações sobre o rigor da terminologia leibniziana. Mas não é verdade, senhora, que "distinto" tem muitos sentidos em Leibniz?[NT] Os textos sobre o mar insistem nisso: há elementos distinguidos nas pequenas percepções, isto é, pontos notáveis que, por combinação com pontos notáveis do nosso corpo, determinam um limiar de tomada de consciência, de percepção consciente. Esta percepção, por si mesma consciente, é clara e confusa (não-distinta), mas os elementos diferenciais que ela atualiza são, eles próprios, distintos e obscuros. É verdade que se trata, então, de um fundo que, de certa maneira, talvez transborde a própria razão suficiente...

L. Prenant. – Creio, aliás, que quando uma substância simples "exprime" o universo, ela não o exprime sempre por imagem; ela o exprime necessariamente por alguma qualidade – consciente ou não (quando muito, parcialmente consciente para a atividade finita de uma substância criada) – que corresponde a um sistema de relações variáveis segundo o "ponto de vista". Somente Deus pode pensar a totalidade dessas virtualidades com uma distinção perfeita – o que anula para ele toda necessidade do cálculo das probabilidades...

Mas quero levantar uma segunda questão. Essa virtualidade, que pretende corresponder à existência, não é embaraçosa para o cientista que busca uma classificação e que encontra amostras "sujas" que o obrigam a remanejar suas espécies? Em outras palavras, não é ela tão-somente uma expressão progressiva e móvel?

NT [Faltou este sinal de interrogação no texto original, mas ele me parece lingüisticamente inevitável, visto que a frase francesa o implica logo em seu início: "Mais n'est-il pas vrai, Madame ..."].

G. Deleuze. – Parece-me que a virtualidade nunca pode corresponder ao atual como uma essência a uma existência. Isto seria confundir o virtual com o possível. Em todo caso, o virtual e o atual correspondem, mas não se assemelham. Eis porque a procura dos conceitos atuais pode ser infinita; há sempre um excesso das Idéias virtuais que os anima.

Jean Ullmo[DLj] – Sinto-me um tanto quanto subjugado por uma exposição tão puramente filosófica, uma exposição que muito admirei, primeiro pela sua forma, seguramente, e seu valor poético, mas também por esse sentimento – mas seria um sentimento? – que constantemente tive ao ouvi-la, e que, apesar da minha ignorância propriamente filosófica, apesar da minha ingenuidade em relação aos conceitos, aos métodos, às referências que o senhor utilizou, tive a impressão que eu o compreendia, ou, antes, que eu podia tentar a cada instante traduzir aquilo que eu ouvia numa linguagem muito mais humilde, a linguagem da epistemologia, a linguagem em que pude manifestar uma reflexão científica que agora se apóia em não poucos anos e em não poucas experiências. Sem dúvida, esses dois domínios não se recobrem exatamente, e, em certos momentos, perdi o pé. Mas, graças às questões que foram levantadas, compreendi também porque perdi o pé, pois havia alusões precisas a domínios filosóficos que ignoro. Porém, dito isto, penso que quase tudo que o senhor expôs pode ser traduzido na linguagem da epistemologia moderna, e penso, com efeito, que esse projeto que o senhor persegue, o de dar aos conceitos filosóficos um alcance genético, um alcance evolutivo, essa espécie de diferenciação interna que lhes permite adaptar-se ao domínio da ciência e ao domínio da história, e também ao domínio da biologia, admitindo que esse domínio seja mais evoluído que o da ciência da matéria que dominamos até o presente, penso que esse projeto é muito interessante e que o senhor o fez progredir.

Georges Bouligan[DLk]. – Gostaria, simplesmente, de fazer uma [155] pequena observação a propósito das "amostras sujas" evocadas pela senhora Prenant; lembro que, para os matemáticos, as ditas amostras são contra-exemplos. Um pesquisador que de boa-fé examina um tema, tira deste uma visão prospectiva em conformidade com certos exemplos que o "induzem" na direção de um pretenso "teorema θ". Um caso familiar que ele consulta acaba colocando-o, de pronto, à prova de um "contra-exemplo". Donde, para o prospectivista, um "choque psicológico", às vezes brutal, mas logo dominado por quem mede finalmente o alcance de casos que ele de início afastava "praticamente", tachando-os

---

[DLj] J. Ullmo (1906-1980), filósofo, epistemólogo.
[DLk] G. Bouligand (1899-1979), filósofo e matemático.

de "estranhos"! Fenômeno freqüente, aliás: ele advém por ocasião de tentativas empreendidas em torno de um ponto h de uma superfície S – com normal vertical em h – para justificar um "mínimo de cota" em h sob as seguintes hipóteses: toda vertical encontra S num só ponto; além disso, o mínimo se produziria em h para toda linha de S obtida como interseção de S e de um plano vertical arbitrário que contém a vertical de h. O retorno à visão clara das coisas é às vezes penoso: trata-se, com efeito, ao partir de impressões mais ou menos subjetivas, de reencontrar o pleno acordo com o rigor lógico.

Jacques Merleau-Ponty[DLI]. – O senhor falou várias vezes em dinamismos espaço-temporais, e é visível que isso desempenha um papel muito importante, que creio ter em parte compreendido em sua exposição. Mas, e isso pode ser feito sem dúvida, poder-se-ia distinguir o que é espacial e o que é temporal nesses dinamismos. Ora, a comparação de duas das imagens que o senhor utilizou me leva a pensar que seria talvez importante precisar esse ponto. O senhor empregou a imagem do raio; não sei se a encontrou em Leibniz ou se a encontrou sozinho, pouco importa. Mas é claro que, no caso dessa imagem, estamos tratando com o que o senhor denominou o intensivo, que seria, especificamente, o potencial. Estamos tratando de uma dispersão instantânea e puramente espacial. Temos o movimento das cargas, a onda sonora etc. Em seguida, o senhor empregou a imagem do embrião; mas, neste caso, é evidente que o aspecto temporal está estreitamente associado ao aspecto espacial, [156] de modo que a diferençação está aí regrada no tempo de maneira tão rigorosa quanto no espaço. Então, gostaria de saber se o senhor tem alguma precisão a acrescentar sobre esse ponto, pois, no fundo, meu pensamento é este: encontrei, e isso não me espantou muito, não sei qual ressonância bergsoniana em sua exposição, mas o raio, justamente, de modo algum é bergsoniano, porque, em Bergson, não há ruptura do tempo, ou, pelo menos eu não vejo isso nele.

G. Deleuze. – Sua questão é muito importante. Seria preciso distinguir o que diz respeito ao espaço e o que diz respeito ao tempo nesses dinamismos, e qual é, em cada caso, a particular combinação espaço-tempo. Cada vez que uma Idéia se atualiza, há um espaço e um tempo de atualização. Certamente, as combinações são variáveis. De um lado, se é verdade que uma Idéia tem dois aspectos, relações diferenciais e pontos singulares, o tempo de atualização remete aos primeiros e o espaço de atualização remete aos segundos. Por outro lado, se consideramos os dois aspectos do atual, qualidades e extensos, as qualidades

---

[DLI] J. Merleau-Ponty, nascido em 1916, filósofo e epistemólogo, consagrou trabalhos à cosmologia, notadamente.

resultam, antes de tudo, do tempo de atualização: o próprio das qualidades é durar, e durar justo o tempo em que um sistema intensivo mantém e faz com que se comuniquem suas diferenças constituintes. Quanto aos extensos, por sua vez, eles resultam do espaço de atualização ou do movimento pelo qual as singularidades se encarnam. Vê-se bem, em biologia, como ritmos diferenciais determinam a organização do corpo e sua especificação temporal.

J. Merleau-Ponty. – A propósito dessa questão, penso numa imagem que o senhor não usou em sua exposição, a da linhagem. Numa conferência sobre Proust, há alguns anos, o senhor falou da linhagem; as duas linhagens que saem do grande hermafrodita etc. Essa imagem não conviria também a sua conferência de hoje?

G. Deleuze. – Sim, os dinamismos determinam "linhagens". Falei hoje de linhas abstratas, assim como do fundo do qual saem essas linhas.

Jean Beaufret [DLm]. – Gostaria de levantar uma questão, não [157] sobre a própria exposição, mas sobre uma das respostas de Deleuze ao senhor de Gandillac, a última delas. No final do diálogo havido entre ambos, foram evocados Apolo e Dioniso, e tudo acabou nisto: a oposição é intransponível. O que entendi foi isso mesmo?

G. Deleuze. – Sim, creio.

J. Beaufret. – Então, levantarei a questão: por quem? até que ponto? como? onde? quando? Por quem ela pode ser transposta? Suponho ou sinto que...

G. Deleuze. – Por quem poderia ela ser transposta? Seguramente, não pelo próprio Dioniso, que não tem interesse algum nisso. Dioniso atém-se a que permaneça obscuro aquilo que é distinto. Nenhuma razão e nenhuma vantagem o liga à idéia da conciliação, que ele não pode suportar. Ele não pode suportar o claro-e-distinto. Ele encarregou-se do distinto e quer que esse distinto seja para sempre obscuro. É essa sua vontade própria, suponho... Mas quem quer transpor essa oposição? Vejo bem que o sonho, que uma reconciliação do claro e do distinto só possa explicar-se do lado do claro. Quem quer transpor a oposição é Apolo. É ele que suscita a reconciliação do claro e do distinto, e é ele que inspira o artesão dessa reconciliação: o artista trágico. Reencontro o tema de há pouco, o do senhor de Gandillac. O trágico é o esforço de reconciliação, que vem necessariamente de Apolo. Mas, em Dioniso, há sempre algo que se retira e recusa, algo que quer manter o distinto obscuro...

J. Beaufret. – Creio que a gente se satisfaz um pouco rapidamente com essa oposição Dioniso-Apolo, que, com efeito, aparece muito destacada em *O nascimento*

[DLm] J. Beaufret (1907-1982), filósofo, autor de numerosos estudos sobre o pensamento de Heidegger (que ele muito contribuiu para introduzir na França) e sobre o pensamento grego.

da tragédia. Mas parece-me cada vez mais que há um terceiro personagem, se posso dizer, que surge em Nietzsche, e que ele tem a crescente tendência de nomear Alcion. Não sei o que ele faz, mas o que me toca é que esse *Alkyonische*, como ele diz, que é cada vez mais o céu de Nice, é como uma dimensão que não se identifica exatamente nem com a dimensão do dionisíaco e nem com a dimensão do apolíneo. No final de *Além do bem e do mal*, ele fala do seu encontro com Dioniso e diz que o deus lhe respondeu com "seu sorriso alciônico"[NTa]. Perguntei-me: o que, exatamente, queria dizer o "sorriso alciônico" [158] de Dioniso? Em todo caso, aí está porque penso que Nietzsche talvez tenha sido mais reticente que o senhor. Creio que seja uma descoberta tardia.

G. Deleuze. – Seguramente, a significação de Alcion permanece um grande problema nos últimos escritos de Nietzsche.

Stanislas Breton[DLn]. – Certamente, a questão *que é?* de quase nada me adianta na descoberta da essência ou da Idéia. Mas ela me parece ter uma *função reguladora* indispensável. Ela abre um espaço de pesquisa que somente as questões com *função heurística*: *quem? como?* etc., podem preencher. Longe de poderem substituí-la, estas me parecem, portanto, requerê-la. Elas constituem sua mediação indispensável. É para responder à questão *que é?* que me proponho as outras questões. Os dois tipos de questão, portanto, são heterogêneos e complementares.

Além disso, essas questões parecem-me fundadas sobre uma idéia prévia da "coisa", idéia que, de uma maneira global, já responde à questão *que é?* Elas supõem um sujeito "larvar" que se desprega num *intervalo de realização* que os dinamismos espaço-temporais concretizam.

Desse modo, em virtude do que se denominou conversão da substância em sujeito, a essência é menos *o que* aí já *está*[NTb] do que um τό τὶ ἐν εἶναι (o que está em vias de ser)[NTc]. A esse respeito, Hegel falará de uma *Bestimmtheit* que devém *Bestimmung*. A determinação da coisa seria o passado da sua "dramatização". *Esse sequitur operari* (em vez de *operari sequitur esse*). A ontologia tradicional seria tão-somente a aproximação lógica de uma ontogenia cujo centro seria a *causa sui* ou, ainda, Αὐθυπόστητον, de que fala Proclo.

Situando vossas reflexões neste horizonte ontológico, não pretendo diminuir nem o interesse e nem o alcance delas. Procuro compreendê-las melhor. Há, todavia, uma questão prévia. A que se aplica, exatamente, seu método de

---

NTa [Nietzsche, *Além do bem e do mal – Prelúdio a uma filosofia do futuro* (1886), trad. br. de Paulo César de Souza, São Paulo: Cia. das Letras, 2000, § 295, p. 197].
DLn S. Breton, nascido em 1912, padre, filósofo e teólogo.
NTb [Em francês: *ce qui est déjà là*].
NTc [Em francês: *ce qui est à être*].

dramatização? Em qual horizonte preciso de realidade o senhor situa as questões "tópicas" do *quis?* do *quomodo?* etc.? Não têm elas um sentido tão-somente no mundo dos homens? Ou aplicam-se elas às "coisas" da experiência comum ou científica? Os dinamismos espaço-temporais são objetos de [159] pesquisa em psicologia dinâmica e em microfísica. Que relações de analogia há entre esses dinamismos espaço-temporais tão diferentes? Podemos, para liga-los, imaginar um processo de diferenciação?

G. Deleuze. – Não estou seguro de que os dois tipos de questão possam ser conciliados. O senhor diz que a questão: *que é?* precede e dirige o que está em questão nas outras. E que estas outras, inversamente, permitem dar-lhe uma resposta. Antes de tudo, não seria o caso de temer que, começando-se pelo *que é?*, não mais se possa chegar às outras questões?[NTa]. A questão *que é?* prejulga o resultado da pesquisa, supõe que a resposta é dada na simplicidade de uma essência, mesmo que seja próprio dessa essência simples desdobrar-se, contradizer-se etc. Estamos aí no movimento abstrato, não se pode mais reaver o movimento real, aquele que percorre uma multiplicidade como tal. Os dois tipos de questão parecem-me implicar métodos que não são conciliáveis. Por exemplo, quando Nietzsche pergunta *quem*, ou *de qual ponto de vista*, em vez de "o quê", ele não pretende completar a questão *que é?*, mas denunciar a forma dessa questão e de todas as respostas possíveis a essa questão. Quando pergunto *que é?*, suponho haver uma essência atrás das aparências, ou, pelo menos, algo último atrás das máscaras. O outro tipo de questão, ao contrário, descobre sempre outras máscaras atrás de uma máscara, deslocamentos atrás de todo local, outros "casos" encaixados num caso.

Com profundidade, o senhor assinala a presença de uma operação temporal no τό τὶ ἐν εἶναι. Todavia, parece-me que essa operação, em Aristóteles, não depende da questão *que é?*, mas, ao contrário, da questão *quem?*, da qual Aristóteles se serve para exprimir todo seu antiplatonismo. τό τὶ ἄ, é "quem é" (ou, sobretudo, "quem, o ente?")[NTb].

O senhor quer me perguntar qual é o alcance da dramatização. É ela unicamente psicológica ou antropológica? Creio que o homem não tem nisso privilégio algum. De qualquer maneira, o que dramatiza é o inconsciente. Entre dinamismos físicos, biológicos e psíquicos intervêm toda sorte de retomadas e de ressonâncias. Talvez a diferença entre esses dinamismos venha, primeiramente, da *ordem* [160] da Idéia que se atualiza. Seria preciso uma determinação dessas ordens de Idéias.

NTa [Este ponto de interrogação está ausente do original, mas ele me parece inevitável aqui, pois a frase francesa se inicia assim: "N'y a-t-il pas plutôt lieu de craincre..."].

NTb [Em francês: "qui est"; "qui, l'étant?"].

Aléxis Philonenko[DLo]. – Gostaria de solicitar ao senhor Deleuze uma precisão. O senhor afirmou que, no movimento da atualização, os elementos diferenciais não tinham figura sensível alguma, função alguma, significação conceitual alguma (o que me parece, aliás, estritamente anti-leibniziano, se posso exprimir-me assim, pois Leibniz atribui uma significação conceitual à diferencial, precisamente porque ela não possui "figura" alguma; mas, enfim, isso não é o problema que me interessa). Ora, para apoiar sua tese, o senhor aludiu aos pós-kantianos, no plural. Isso não implicava, portanto, uma referência apenas a Hegel, mas também a Maïmon, Fichte, Schelling e mesmo Schopenhauer. Talvez mesmo a Nietzsche, se quisermos... Gostaria, primeiramente, que o senhor tornasse preciso em qual dos pós-kantianos pensa mais particularmente.

G. Deleuze. – Pergunta-me em quem eu pensava: evidentemente em Maïmon e em certos aspectos de Novalis.

A. Philonenko. – E na diferencial de consciência?

G. Deleuze. – É isso...

A. Philonenko. – Com efeito, uma parte da sua conferência pareceu-me inspirada na obra de Maïmon. Então, esse esclarecimento é importante, pois, em Maïmon, a noção de diferencial de consciência é fundamental e, sob muitos aspectos, os dinamismos espaço-temporais, tais como o senhor os descreveu, evocam extraordinariamente a diferencial de consciência segundo Maïmon. Em outras palavras, no nível da representação, temos, de algum modo, integrações; mas há um nível sub-representativo, como o senhor procurou mostrar, que é precisamente aquele no qual a diferencial possui uma significação genética, pelo menos aos olhos de Maïmon. Eu queria essa primeira precisão para que o debate esteja bem orientado. Ora, em Maïmon, e isso é muito interessante para mim, *a noção de diferencial, que se liga à operação genética da imaginação transcendental, é um princípio cético*, um princípio que nos leva a julgar ilusório o real. [161] Com efeito, à medida que a raiz dos dinamismos espaço-temporais é sub-representativa, não temos critério algum, diz Maïmon. E isso quer dizer duas coisas: *em primeiro lugar*, não podemos discernir o que é produzido por nós e o que é produzido pelo objeto; *em segundo lugar*, não podemos discernir o que é produzido logicamente e o que não o é. Restam, simplesmente, os resultados da gênese sub-representativa da imaginação transcendental. É preciso, pois, segundo Maïmon, desenvolver uma dialética da imaginação transcendental ou, se se prefere, *uma dialética da síntese*. Isto se ligaria um pouco – digo apenas um pouco – a Leibniz. Eis, portanto, a precisão que espero do senhor: qual é a parte da ilusão (ou do ilusório) no movimento dos elementos diferenciais?

[DLo] A. Philonenko, nascido em 1932, filósofo, especialista em Kant e Fichte.

G. Deleuze. – Para mim, nenhuma.

A. Philonenko. – E o quê, pois, o permite dizer nenhuma?

G. Deleuze. – O senhor me disse: para Maïmon, há uma ilusão. Eu o compreendo bem, mas meu objetivo não era expor Maïmon. Se quiser perguntar-me: qual é a parte da ilusão no esquema que propõe? Respondo: nenhuma. Digo isto, porque me parece que temos o meio de penetrar no sub-representativo, de chegar até a raiz dos dinamismos espaço-temporais, até as Idéias que se atualizam neles: os elementos e acontecimentos ideais, as relações e singularidades são perfeitamente determináveis. A ilusão só aparece em seguida, do lado dos extensos constituídos e das qualidades que preenchem esses extensos.

A. Philonenko. – Portanto, a ilusão só aparece no constituído?

G. Deleuze. – É isso aí. Para resumir tudo, não temos, do inconsciente, a mesma concepção que a de Leibniz ou de Maïmon. Freud passou por aí. Há, pois, um deslocamento da ilusão...

A. Philonenko. – Mas – quero permanecer no plano da lógica e mesmo da lógica transcendental, sem empenhar-me na psicologia – se o senhor repele toda ilusão para o lado do constituído, sem admitir uma ilusão na gênese, na constituição, não estará retornando, no fundo (o que, então, [162] o senhor queria evitar) a Platão, para o qual, justamente, a constituição, compreendida a partir da Idéia, à medida que pode ser compreendida, é sempre veraz, verídica?

G. Deleuze. – Sim, talvez.

A. Philonenko. – De tal como que, do lado da especificação e da multiplicidade, provaríamos, em definitivo, a mesma verdade que em Platão, e teríamos a mesma idéia do verdadeiro, quero dizer: a simplicidade do verdadeiro sempre igual a si mesmo na totalidade da sua produção?

G. Deleuze. – Já não seria esse Platão aí. Se se pensa no Platão da última dialética, em que as Idéias são um pouco como multiplicidades que devem ser percorridas pelas questões *como? quanto? em qual caso?*, então sim, tudo que digo me parece platônico, com efeito. Se se trata, ao contrário, de um Platão partidário de uma simplicidade da essência ou de uma ipseidade da Idéia, então não.

J. Wahl. – Se ninguém mais pede a palavra, creio que só me resta agradecer muito ao senhor Deleuze e a todos aqueles que se dispuseram a participar da discussão.

Tradução de
Luiz B.L. Orlandi

[163]

15: Conclusões sobre a vontade de potência e o eterno retorno[DL]
[1967]

O que primeiramente aprendemos neste colóquio[Dla] foi ver o quanto havia de coisas ocultas, mascaradas, em Nietzsche. Por várias razões.

Razões *de edição*, em primeiro lugar. Não tanto por haver falsificações: a irmã foi certamente o parente abusivo que figura no cortejo dos pensadores malditos, mas seus danos principais não consistem em falsificação de textos. As edições existentes sofrem de más leituras ou de deslocamentos, e, sobretudo, de cortes arbitrários operados na massa de notas póstumas. *A vontade de potência*[NT] é o exemplo célebre disso. Pode-se dizer ainda que nenhuma edição existente, mesmo a mais recente, satisfaz às exigências críticas e científicas normais. Eis porque o projeto dos senhores Colli e Montinari nos parece tão importante: editar, finalmente, as notas póstumas completas, de acordo com a cronologia a mais rigorosa possível em conformidade com os períodos correspondentes aos livros publicados por Nietzsche. Acabará, portanto, essa coisa de um pensamento de 1872 suceder a um outro de 1884. Os senhores Colli e Montinari prontificaram-se a nos informar sobre o estado atual do seu trabalho, a proximidade do seu término, e nós nos regozijamos de que sua edição também apareça em francês.

Mas há ainda outras razões para as coisas ocultas. Por razões *patológicas*, a obra não está acabada, foi [164] bruscamente interrompida pela loucura. Não devemos esquecer que os dois conceitos fundamentais, o de Eterno retorno e o de Vontade de potência, são apenas introduzidos por Nietzsche e não foram objeto nem das exposições e nem dos desenvolvimentos que Nietzsche projetava.

DL *Cahiers de Royaumont* nº VI : *Nietzsche*, Paris, Minuit, 1967, pp. 275-287.
DLa O colóquio sobre Nietzsche foi organizado por G. Deleuze entre 4 e 8 de julho de 1964 na Abadia de Royaumont. Foi o único evento desse tipo que ele organizou. Conforme o costume, coube a Deleuze agradecer aos participantes e fazer a síntese das suas intervenções.
NT [A expressão nietzscheana *Wille zur Macht* é acolhida por Deleuze como *volonté de puissance*, razão pela qual, e sem qualquer apego a determinada tradição, mantenho "vontade de potência", mas sem desmerecer a alternativa que consiste em traduzir *Macht* por "poder". Cf., a esse respeito, Nietzsche, *Além do bem e do mal – Prelúdio a uma filosofia do futuro*, trad. br. de Paulo César de Souza, São Paulo: Cia. das Letras, 2000, § 9 e nota 26, pp. 15 e 221, respectivamente].

Lembremo-nos, notadamente, que o eterno retorno não pode ser considerado como dito ou formulado em *Zaratustra*; ele é antes ocultado nos quatro livros de *Zaratustra*. O pouco que é dito não é formulado pelo próprio Zaratustra, mas ora pelo "anão", ora pela águia e a serpente[1]. Trata-se, pois, de uma simples introdução, que pode mesmo comportar disfarces voluntários. A esse respeito, as notas de Nietzsche não nos permitem prever de que maneira ele teria organizado suas exposições futuras. Temos o direito de considerar que a obra de Nietzsche é brutalmente interrompida pela doença antes que ele tenha podido escrever o que lhe parecia essencial. Em que sentido a loucura faz parte da obra é uma questão complexa. Não vemos a menor loucura em *Ecce Homo*, a não ser sob a condição de também ver aí a maior mestria. Sentimos que as cartas loucas de 1888 e 1889 ainda fazem parte da obra, ao mesmo tempo em que elas a interrompem, encerram-na (a grande carta a Burckhardt permanece inesquecível).

O senhor Klossowski dizia que a morte de Deus, o Deus morto, tira ao Eu sua única garantia de identidade, sua base substancial unitária: Deus morto, o eu se dissolve ou se volatiliza, mas, de certa maneira, abre-se a todos os outros eu, papéis e personagens cuja série deve ser percorrida como outros tantos acontecimentos fortuitos. "Sou Chambige, sou Badinguet, sou Prado, todos os nomes da história, no fundo, sou eu". Mas o senhor Wahl já havia traçado o quadro dessa dissipação genial antes da doença, dessa mobilidade, dessa diversidade, dessa potência de metamorfose que formam o pluralismo de Nietzsche. Pois toda a *psicologia* de Nietzsche, não somente a sua, mas aquela que ele faz, é uma psicologia da máscara, uma tipologia das máscaras; e, atrás de cada máscara, ainda uma outra.

Mas é *metodológica* a razão mais geral pela qual há tantas coisas ocultas em Nietzsche e sua obra. [165] Nunca uma coisa tem um só sentido. Cada coisa tem vários sentidos que exprimem as forças e o devir das forças que agem nela. E mais: não há "coisa", mas somente interpretações, e a pluralidade de sentidos. Interpretações que se ocultam em outras, como máscaras encaixadas, linguagens incluídas umas nas outras. O senhor Foucault nos mostrou isso: Nietzsche inventa uma nova concepção e novos métodos de interpretar. Primeiramente, mudando o espaço em que os signos se repartem, descobrindo uma nova "profundidade" em relação à qual a antiga se estatela e já não conta. Em seguida, e sobretudo, substituindo a relação simples do signo e do sentido por um complexo de sentidos, de tal modo que toda interpretação já é a de uma interpretação, ao infinito. Mas isso não quer dizer que todas as interpretações tenham o mesmo

---

1) Cf. *Zarathoustra*, III, "De la vision et de l'énigme" e "Le convalescent".

valor e estejam sobre um mesmo plano. Ao contrário, elas se mostram ou se encaixam na nova profundidade. Mas elas deixam de ter o verdadeiro e o falso como critério. O nobre e o vil, o alto e o baixo devêm os princípios imanentes das interpretações e das avaliações. A lógica é substituída por uma topologia e uma tipologia: há interpretações que supõem uma maneira baixa ou vil de pensar, de sentir e mesmo de existir; há outras que dão testemunho de uma nobreza, de uma generosidade, de uma criatividade..., de modo que as interpretações julgam, antes de tudo, o "tipo" daquele que interpreta, e renunciam à questão "que é?" para promover a questão "Quem?".

Eis que a questão de valor permite, de algum modo, "jugular" a verdade, descobrir atrás do verdadeiro e do falso uma instância mais profunda. Essa noção de valor marcaria ainda uma pertença de Nietzsche a um fundo metafísico platônico-cartesiano, ou abre uma nova filosofia, até mesmo uma nova ontologia? É o problema que o senhor Beaufret levantava. E era esse o segundo tema do nosso colóquio. Com efeito, podemos perguntar: se tudo é máscara, se tudo é interpretação e avaliação, que haveria, então, em última instância, já que não há coisas a serem interpretadas, nem avaliadas, nem coisas a serem mascaradas? Em última instância, nada há, salvo a vontade de potência, que é potência de metamorfose, potência de modelar as máscaras, potência de interpretar [166] e de avaliar. O senhor Vattimo nos indica uma via: ele dizia que os dois aspectos principais da filosofia de Nietzsche, a crítica de todos os valores admitidos e a criação de valores novos, a desmistificação e a transvaloração[NT] não poderiam ser compreendidos e recairiam no simples estado de proposições da consciência se não fossem reportados a uma profundidade original, ontológica – "caverna atrás de toda caverna", "abismo abaixo de todo fundo".

É preciso chamar essa profundidade original, a famosa profundidade-altura de Zaratustra, de vontade de potência. Ora, o senhor Birault havia determinado como é preciso entender "vontade de potência". Não se trata de um querer-viver, pois como, o que é vida, poderia querer viver? Não se trata de um desejo de dominar, pois como, o que é dominante, poderia desejar dominar? Zaratustra diz: "Desejo de dominar, mas quem poderia chamar isso de desejo?"[2]. Portanto, a vontade de potência não é uma vontade que quer a potência ou que deseja dominar.

NT [Ao traduzir *transvaluation*, termo que Deleuze emprega pensando na palavra alemã *Umwertung*, por transvaloração, adoto a alternativa seguida por Rubens Rodrigues Torres Filho em sua tradução de textos escolhidos de Nietzsche para a coleção "Pensadores" (São Paulo: Abril Cultural, 1978, p. 283), mas poderia ter seguido a alternativa "tresvaloração", adotada por Paulo César de Souza em sua tradução de *Além do bem e do mal* (op. cit., § 46 e nota 81, pp. 52 e 234, respectivamente].

2) *Zarathoustra*, III, "Des trois maux" [§ 2].

Com efeito, uma tal interpretação apresentaria dois inconvenientes. Se a vontade de potência significasse *querer a potência*, ela, evidentemente, dependeria dos valores estabelecidos, honrarias, dinheiro, poder social, pois esses valores determinam a atribuição e a recognição da potência como objeto de desejo e de vontade. E a vontade que quisesse uma tal potência somente a obteria lançando-se numa luta ou num combate. Ademais, perguntemos: *quem* quer a potência dessa maneira? *quem* deseja dominar? Precisamente aqueles que Nietzsche chama de escravos, de fracos. Querer a potência é a imagem que os impotentes constroem para si da vontade de potência. Nietzsche sempre viu na luta, no combate, um meio de seleção, mas que funcionava a contrapelo, e que redundava em benefício dos escravos e dos rebanhos. Entre as mais bombásticas palavras de Nietzsche encontramos: "tem-se sempre que defender os fortes contra os fracos"[NT]. Sem dúvida, no desejo de dominar, na imagem que os impotentes constroem para si da vontade de potência, reencontra-se ainda uma vontade de potência: porém, no mais baixo grau. A vontade de potência, em seu mais elevado grau, sob sua forma intensa ou intensiva, [167] não consiste em cobiçar e nem mesmo em tomar, mas em dar e em criar. Seu verdadeiro nome, diz Zaratustra, é a virtude que dá[3]. E que a máscara seja o mais belo dom, isso dá testemunho da vontade de potência como força plástica, como a mais elevada potência da arte. A potência não é o que a vontade quer, mas quem quer na vontade, isto é, Dioniso.

Eis porque, dizia o senhor Birault, tudo muda no perspectivismo de Nietzsche, conforme as coisas sejam olhadas do alto para baixo ou de baixo para o alto. Isso porque, do alto para baixo, a vontade de potência é afirmação, afirmação da diferença, jogo, prazer e dom, criação da distância. Mas, de baixo para o alto, tudo se inverte, a afirmação se reflete em negação, a diferença em oposição; somente as coisas em baixo têm inicialmente necessidade de se opor ao que não é elas mesmas. E aqui os senhores Birault e Foucault se encontram. Com efeito, Foucault mostrava que todos os bons movimentos, em Nietzsche, se fazem do alto para baixo: a começar pelo movimento da interpretação. Tudo o que é bom, tudo o que é nobre, participa do vôo da águia: propende e desce. E os lugares baixos são bem interpretados apenas quando são perscrutados, isto é, atravessados, revirados e retomados por um movimento que vem do alto.

NT [A edição francesa transcreve erroneamente a citação feita por Deleuze: em vez de "contre" (contra), ela anota "comme" (como). Cinco anos antes, em *Nietzsche et la philosophie*, Paris: PUF, 1962, p. 65, Deleuze já citava essa mesma frase de Nietzsche, transcrevendo-a assim: "On a toujours à défendre les forts contre les faibles", de acordo, aliás, com a tradução fr. de Geneviève Bianquis (*La Volonté de Puissance*, I, § 395)].

3) *Zarathoustra*, III, "Dês trois maux" [§ 2].

Isso nos leva ao terceiro tema deste colóquio, que esteve quase sempre presente nas discussões, e que concerne às relações da afirmação e da negação em Nietzsche. O senhor Löwith, numa exposição magistral, que marcará todo o nosso colóquio, analisou a natureza do niilismo e mostrou como o ultrapassamento do niilismo trazia consigo, em Nietzsche, uma verdadeira recuperação do mundo, uma nova aliança, uma afirmação da terra e do corpo. O senhor Löwith resumiu toda sua interpretação do nietzscheanismo nessa idéia da "recuperação do mundo". Ele se apoiava, notadamente, em um texto de *A gaia ciência*: "Suprimi vossas venerações ou, então, suprimi a vós mesmos!"[4]. E foi impressionante para nós todos ouvir o senhor Gabriel Marcel invocar também [168] esse texto para precisar sua própria posição em relação ao niilismo, em relação a Nietzsche, em relação aos discípulos eventuais de Nietzsche.

Com efeito, o papel respectivo do Não e do Sim, da negação e da afirmação em Nietzsche, levanta múltiplos problemas. O senhor Wahl avaliava e mostrava que havia tantas significações do Sim e do Não que elas só coexistiam ao preço de contradições vividas, pensadas e mesmo impensáveis. E nunca o senhor Wahl multiplicou tanto as questões e manejou tão bem um método de perspectivas que lhe vem de Nietzsche, e que ele sabe renovar.

Tomemos um exemplo. É certo que o Asno, em Zaratustra, é um animal que diz Sim, I-A, I-A. Mas o seu Sim não é o de Zaratustra. E há também um Não do Asno, que de modo algum é o de Zaratustra. É que, quando o asno diz sim, quando ele afirma ou crê afirmar, ele nada mais faz do que carregar. Ele acredita que afirmar seja carregar; ele avalia o valor de suas afirmações pelo peso daquilo que carrega. O senhor Gueroult lembrava-nos desde o início deste colóquio: o asno (ou o camelo) carrega inicialmente o peso dos valores cristãos; depois, quando Deus está morto, carrega o peso dos valores humanistas, humanos – demasiado humanos; finalmente, o peso do real, quando já não há valor algum. Reconhecemos aqui os três estágios do niilismo nietzschcano: o de Deus, o do homem, o do último dos homens – o peso que nos colocam nas costas, o peso que nós mesmos colocamos em nossas costas, finalmente o peso dos nossos fatigados músculos quando nada mais temos para carregar[5]. Há, portanto, Não no asno, pois é a todos os produtos do niilismo que ele diz

---

4) *Gai Savoir*, V, § 346. [NT: Paulo César de Souza, em sua tradução de *A gaia ciência* (São Paulo: Cia. das Letras, 2001, p. 240) verte assim essa "terrível alternativa": "Ou suprimir suas venerações ou – *a si mesmos!*"].

5) Cf. *Par-delà le bien et le mal*, § 213: *"Pensar e levar a sério uma coisa, assumir seu peso, isso é o mesmo para eles, não têm outra experiência disso..."*. [NT: "'Pensar' e 'levar a sério', 'ponderar' uma coisa – para eles isso é o mesmo: apenas assim o 'vivenciaram'", conforme tradução de Paulo César de Souza: *Além do bem e do mal*, op. cit., § 213, p. 120].

"sim", ao mesmo tempo em que ele percorre todos os seus estágios. Dessa maneira, a afirmação é aqui tão-somente um fantasma de afirmação, ficando a negação como única realidade.

Totalmente distinto é o Sim de Zaratustra. Zaratustra sabe que afirmar não significa carregar, assumir. Há somente o bufão, o macaco de Zaratustra que se faz carregar. Zaratustra, ao contrário sabe que afirmar significa aliviar, tirar a carga do que vive, dançar, criar[6]. Eis porque, nele, a afirmação [169] é primeira, sendo a negação apenas uma conseqüência a serviço da afirmação, como um acréscimo de gozo. Nietzsche-Zaratustra opõe suas pequenas orelhas redondas e labirínticas às longas orelhas pontudas do asno: com efeito, o Sim de Zaratustra é a afirmação do dançarino, o Sim do asno é a afirmação do carregador; o Não de Zaratustra é o da agressividade, o Não do asno é o do ressentimento. Reencontramos aqui os direitos de uma tipologia, e mesmo de uma topologia no movimento de Zaratustra que vai do alto para baixo, depois no movimento do asno que reverte a profundidade e que inverte o Sim e o Não.

Porém, quanto ao sentido fundamental do Sim dionisíaco, só o quarto tema do nosso colóquio poderia destacá-lo no nível do eterno retorno. Ainda aí, muitas questões se agitam mutuamente. Em primeiro lugar: como explicar que o eterno retorno, sendo ele a mais velha idéia, presente nas raízes pré-socráticas, seja também a inovação prodigiosa, aquilo que Nietzsche apresenta como sua descoberta própria? E como explicar que haja o novo na idéia de que nada há de novo? O eterno retorno não é, certamente, negação do tempo, supressão do tempo, eternidade intemporal. Mas como explicar que seja, ao mesmo tempo, ciclo e instante: continuação de um lado, iteração de outro? de um lado, continuidade do processo de um devir que é o Mundo e, de outra parte, retomada, relâmpago, visão mística sobre esse devir ou esse processo? de um lado, recomeço contínuo do que foi e, de outra parte, retorno instantâneo a uma espécie de foco intenso, a um ponto "zero" da vontade? E mais: como explicar que o eterno retorno seja o mais desolador pensamento, aquele que suscita o "Grande Desgosto", mas que é também o mais consolador, o grande pensamento da convalescença, aquele que provoca o super-homem? Todos esses problemas estiveram constantemente presentes nas discussões; e, pouco a pouco, elaboraram-se clivagens, planos de distinções.

Que o eterno retorno, entre os Antigos, não tenha a simplicidade e nem o dogmatismo que às vezes lhe são atribuídos, que de modo algum seja ele uma

---

6) *Zarathoustra*, II, "Des hommes sublimes".

constante da alma arcaica – é essa nossa primeira certeza. E aqui mesmo foi lembrado que, entre os Antigos, o eterno retorno nunca foi puro, mas misturado a outros temas, como o da transmigração; que ele não era pensado [170] de maneira uniforme, mas concebido de maneiras muito variadas segundo as civilizações e as escolas; que o retorno não era talvez nem total nem eterno, mas que consistia sobretudo em ciclos parciais incomensuráveis. No limite, nem mesmo se pode afirmar categoricamente que o eterno retorno seja uma doutrina antiga; e o tema do Grande Ano é suficientemente complexo, o que obriga nossas interpretações a serem prudentes[7]. Nietzsche o sabia bem, precisamente ao não reconhecer precursores a esse respeito, nem em Heráclito, nem no verdadeiro Zoroastro. Mesmo que suponhamos um eterno retorno explicitamente professado pelos Antigos, devemos reconhecer que se tratava, então, seja de um eterno retorno "qualitativo", seja de um eterno retorno "extensivo". Com efeito, ora é a transformação cíclica de elementos qualitativos uns nos outros que determina o retorno de todas as coisas, compreendidos aí os corpos celestes; ora, ao contrário, é o movimento circular local de corpos celestes que determina o retorno de qualidades e coisas no mundo sublunar. Nós oscilamos entre uma interpretação física e uma interpretação astronômica.

Ora, nem uma nem outra corresponde ao pensamento de Nietzsche. E se Nietzsche estima que sua idéia é absolutamente nova, isso não é certamente por falta de conhecimento dos Antigos. Ele sabe que aquilo que ele chama de eterno retorno nos introduz numa dimensão não ainda explorada. Nem quantidade extensiva ou movimento local, nem qualidade física, mas domínio de intensidades puras. Já o senhor de Schloezer fazia uma observação muito importante: há bem uma diferença assinalável entre uma vez e cem ou mil vezes, mas não entre uma vez e uma infinidade de vezes. Isso, aqui, implica que o infinito seja como a "enésima" potência de 1 ou como a intensidade desenvolvida que corresponde a 1. O senhor Beaufret, de outra parte, levantava uma questão fundamental: o Ser é um predicado, não é ele alguma coisa de mais e de menos e, sobretudo, não é ele próprio *um mais e um menos*? Esse mais e esse menos, que é preciso compreender como diferença de intensidade no ser, e do ser, como diferença de nível, é o objeto de um problema fundamental em Nietzsche. Estranhou-se às vezes o gosto de [171] Nietzsche pelas ciências físicas e pelo energético. Na verdade, Nietzsche interessava-se pela física como ciência das quantidades intensivas e, mais além, ele visava a Vontade de potência como

---

7) Cf. o livro de Charles Mugler, *Deux thèmes de la cosmologie grecque: devenir cyclique et pluralité dês mondes*, Paris: Klincksieck, 1953.

princípio "intensivo", como princípio de intensidade pura. Isso porque a vontade de potência não quer dizer querer a potência, mas, ao contrário, desde que se queira, elevar o que se quer à última potência, à *enésima* potência. Em suma, desprender *a forma superior* de tudo o que é (a forma de intensidade).

É nesse sentido que o senhor Klossowski nos mostrava na Vontade de potência um mundo de flutuações intensas, no qual as intensidades se perdem e no qual cada um não pode querer a si sem querer também todas as outras possibilidades, devindo inumeráveis "outros" e apreendendo a si como um momento fortuito, cuja própria fortuitidade implica a necessidade da série inteira. Mundo de signos e de sentidos, segundo o senhor Klossowski, pois os signos se estabelecem numa diferença de intensidade e devêm "sentido" à medida que visam outras diferenças compreendidas na primeira e retornam a si através dessas outras. O forte do senhor Klossowski está em revelar o liame que existe em Nietzsche entre a morte de Deus e a dissolução do eu, a perda da identidade pessoal. Deus, única garantia do Eu: um não morre sem que o outro se volatilize. E a vontade de potência decorre disso, como princípio dessas flutuações ou dessas intensidades que retornam e repassam através de todas as suas modificações. Em resumo, o mundo do eterno retorno é um mundo em intensidade, um mundo de diferenças que não supõe nem o Uno nem o Mesmo, mas que se constrói sobre o túmulo do Deus único como sobre as ruínas do Eu idêntico. O próprio eterno retorno é a única unidade desse mundo, unidade que ele só tem "retornando"; é a única identidade de um mundo que só tem a repetição como "mesmo".

Nos textos publicados por Nietzsche, o eterno retorno não é objeto algum de exposição formal ou "definitiva". Ele é somente anunciado, pressentido, com horror ou êxtase. E ao se considerar os dois textos de *Zaratustra* concernentes a ele, "Sobre a visão e o enigma" e "O convalescente", [172] vê-se que o anúncio, vê-se que o pressentimento ocorre sempre em condições dramáticas, mas nada exprime do conteúdo profundo desse "pensamento supremo". Com efeito, em um caso, Zaratustra lança um desafio ao Anão, ao Bufão – sua própria caricatura. Mas o que ele diz do eterno retorno já basta para torná-lo doente e para fazer com que nasça nele a insuportável visão do pastor de cuja boca sai sua serpente desenrolada, como se o eterno retorno se desfizesse à medida que Zaratustra dele falava. E, no segundo texto, o eterno retorno é o objeto de um discurso proferido pelos animais, a águia e a serpente, não pelo próprio Zaratustra; e, desta vez, esse discurso basta para adormecer Zaratustra convalescente. Entretanto, ele teve tempo de lhes dizer: "vocês já fizeram disso uma banalidade!". Vocês fizeram do eterno retorno uma "banalidade", isto é, uma repetição mecânica ou natural, ao passo que ele é coisa totalmente distinta... (Também no primeiro texto, ao Anão que lhe havia dito "toda verdade é curva, o próprio tempo é um círculo", Zaratustra havia respondido: "espírito de pesadume, não simplifique por demais as coisas").

Cabe-nos o direito de considerar que Nietzsche, nas suas obras publicadas, tinha apenas preparado a revelação do eterno retorno, mas que não a fez e nem teve tempo de explicitar essa mesma revelação. Tudo indica que a obra que ele projetava, às vésperas da crise de 1888, teria ido muito mais longe nessa via. Porém, já os textos de *Zaratustra*, de um lado, e, por outro, certas notas de 1881-1882 nos dizem pelo menos o que o eterno retorno não é segundo Nietzsche. Ele não é um ciclo. Ele não supõe o Uno, o Mesmo, o Igual ou o equilíbrio. Ele não é um retorno do Todo. Ele não é um retorno do Mesmo, nem um retorno ao Mesmo. Portanto, ele nada tem em comum com o suposto pensamento antigo, com o pensamento de um ciclo que faz Tudo retornar, que repassa por uma posição de equilíbrio, que reconduz o Todo ao Uno, e que volta ao Mesmo. Seria isso a "banalidade" ou a "simplificação": o eterno retorno como transformação física ou movimento astronômico – o eterno retorno vivido como certeza natural animal (o eterno retorno tal como visto pelo bufão ou pelos animais de Zaratustra). Sabe-se o suficiente a respeito da crítica a que Nietzsche, em toda a sua obra, submete as noções gerais de Uno, de Mesmo, de Igual e de Todo. [173] Mais precisamente ainda, as notas de 1881-1882 se opõem de maneira explícita à hipótese cíclica; excluem toda suposição de um estado de equilíbrio. Elas proclamam que não há volta de Tudo, pois o eterno retorno é essencialmente *seletivo*, seletivo por excelência. Mais ainda: que se passou entre os dois momentos de Zaratustra, Zaratustra doente e Zaratustra convalescente? Por que o eterno retorno lhe inspirava de início um desgosto e um medo insuportáveis, que desaparecem quando ele sara? É preciso acreditar que Zaratustra se obrigue a suportar aquilo que ele não podia suportar há pouco? Não, evidentemente; a mudança não é simplesmente psicológica. Trata-se de uma progressão "dramática" na compreensão do próprio eterno retorno. O que tornava Zaratustra doente era a idéia de que o eterno retorno, afinal de contas e apesar de tudo, estava ligado a um ciclo; e que ele faria tudo voltar; que tudo voltaria, mesmo o homem, "o homem pequeno"... "O grande fastio do homem, aí está o que me sufocou e me entrou pela goela; e também aquilo que o adivinho predissera: Tudo é igual... E o eterno retorno, mesmo do menor, foi isso a causa da minha lassidão de toda a existência"[8]. Se Zaratustra sara, é porque ele compreende que o eterno retorno não é isso. Ele compreende, enfim, o desigual e a seleção no eterno retorno.

---

8) *Zarathoustra*, III, "Le convalescent".

Com efeito, o desigual, o diferente é a verdadeira razão do eterno retorno. É porque nada é igual e nem o mesmo, que "isso" torna a voltar. Em outros termos, o eterno retorno se diz somente do devir, do múltiplo. Ele é a lei de um mundo sem ser, sem unidade, sem identidade. Longe de *supor* o Uno ou o Mesmo, ele constitui a única unidade do múltiplo enquanto tal, a única identidade do que difere: retornar é o único "ser" do devir. Desse modo, a função do eterno retorno como Ser nunca é identificar, mas autenticar. Eis porque, de maneiras muito diferentes, os senhores Löwith, Wahl e Klossowski nos levaram a pressentir a significação seletiva do eterno retorno.

Essa significação parece dupla. Primeiramente, o eterno retorno é seletivo em pensamento, porque ele elimina os "semiquereres". Regra que vale para além do bem e do mal. O eterno retorno [174] nos dá uma paródia da regra kantiana. Desde que tu queiras, queira-o de tal maneira que tu dele também queiras o eterno retorno... O que cai assim, o que se aniquila, é tudo o que sinto, faço ou quero, com a condição de dizer "uma vez, tão-somente uma vez". Uma preguiça que quisesse seu eterno retorno, e que cessasse de dizer: amanhã trabalharei – uma covardia ou uma abjeção que quisesse seu eterno retorno: é claro que nos encontraríamos diante de formas não ainda conhecidas, não ainda exploradas. Já não seria o que temos o hábito de chamar preguiça, covardia. E que nem mesmo tenhamos a idéia disso, significa apenas que as formas extremas não *preexistem* à prova do eterno retorno. Pois o eterno retorno é a categoria da prova. E é preciso entendê-lo com respeito aos próprios acontecimentos ou de tudo o que ocorre. Uma infelicidade, uma doença, uma loucura, mesmo a aproximação da morte têm certamente dois aspectos: um pelo qual elas me separam da minha potência, mas outro pelo qual elas me dotam de uma estranha potência, como de um perigoso meio de exploração, que é também um domínio terrível a ser explorado. Em todas as coisas, o eterno retorno tem a função de separar as formas superiores das formas médias, as zonas tórridas ou glaciais das zonas temperadas, as potências extremas dos estados moderados. "Separar" ou "extrair" nem mesmo são palavras suficientes, pois o eterno retorno *cria* as formas superiores. É nesse sentido que o eterno retorno é o instrumento e a expressão da vontade de potência: ele eleva cada coisa à sua forma superior, isto é, à *enésima* potência.

Uma tal seleção criadora não se passa apenas no pensamento do eterno retorno. Ela ocorre no ser, o ser é seletivo, o ser é seleção. Como acreditar que o eterno retorno faça retornar tudo, e retornar ao mesmo, dado que ele elimina tudo o que não suporta a prova: não só os semiquereres em pensamento, mas as semipotências no ser?[NT]. "O homem pequeno" não retornará... nada que negue

---

NT [Anexei aí um ponto de interrogação que não consta do original].

o eterno retorno pode retornar. Se insistimos em conceber o eterno retorno como o movimento de uma roda, ainda é preciso dotá-la de um movimento centrífugo, pelo qual ela expulsa tudo o que é fraco em demasia, por demais moderado para suportar a prova. O que o eterno retorno produz, e faz retornar como correspondente [175] à vontade de potência, é o Super-homem, definido este pela "forma superior de tudo o que é". O super-homem é também semelhante ao que Rimbaud diz do poeta: aquele que é "encarregado da humanidade, mesmo dos animais", e que em todas as coisas reteve tão-só a forma superior, a potência extrema. Em toda parte, o eterno retorno se encarrega de autenticar: não identificar o mesmo, mas autenticar os quereres, as máscaras e os papéis, as formas e as potências.

Tinha razão, portanto, o senhor Birault, ao lembrar que, segundo Nietzsche, há uma diferença de natureza entre as formas extremas e as formas médias. É também o caso da distinção nietzscheana entre a criação de valores novos e a recognição de valores estabelecidos. Tal distinção perderia todo sentido se a interpretássemos nas perspectivas de um relativismo histórico: os valores estabelecidos reconhecidos teriam sido valores novos em sua época; e os novos valores, por sua vez, seriam chamados a se tornarem valores estabelecidos. Essa interpretação negligenciaria o essencial. Já vimos, a respeito da vontade de potência, que há uma diferença de natureza entre "atribuir a si valores em curso" e "criar valores novos". Essa diferença é aquela mesma do eterno retorno, aquela que constitui a essência do eterno retorno, a saber, que os valores "novos" são precisamente as formas superiores de tudo o que é. Portanto, há valores que nascem estabelecidos, e que só aparecem ao solicitar uma ordem da recognição, mesmo que devam esperar condições históricas favoráveis para serem efetivamente reconhecidos. Ao contrário disso, há valores eternamente novos, eternamente intempestivos, sempre contemporâneos de sua criação e que, mesmo quando parecem reconhecidos, assimilados em aparência por uma sociedade, dirigem-se de fato a outras forças e solicitam nessa mesma sociedade potências anárquicas de outra natureza. Somente esses valores novos são trans-históricos, supra-históricos, e dão testemunho de um caos genial, desordem criadora irredutível a toda ordem. Esse é o caos do qual Nietzsche dizia não ser ele o contrário do eterno retorno, mas que era o eterno retorno em pessoa. Desse fundo supra-histórico, desse caos "intempestivo", partem as grandes criações no limite do que é vivível. [176]

É por isso que Beaufret punha em questão a noção de valor ao perguntar, precisamente, em que medida estaria ela apta para manifestar esse fundo sem o qual não há ontologia. Eis também porque o senhor Vattimo sublinhava, em Nietzsche, a existência de uma profundidade caótica sem a qual a criação de valores perdia seu sentido. Mas era preciso dar provas concretas disso e mostrar como artistas e pensadores podem se encontrar nessa dimensão. Foi esse o quinto tema deste colóquio. Sem dúvida, quando Nietzsche, aqui mesmo, era confrontado com outros autores, tratava-se às vezes de influências. Mas sempre se tratava de outra coisa ainda. Assim, quando o senhor Foucault confrontava Nietzsche com Freud e Marx, independentemente de toda influência, ele evitava tomar como tema um "reconhecimento" do inconsciente supostamente comum aos três pensadores; ao contrário, ele estimava que a descoberta de um inconsciente dependia de algo mais profundo, de uma mudança fundamental em exigências de interpretação, mudança que implicava, ela própria, uma certa avaliação da "loucura" do mundo e dos homens. O senhor de Schloezer falava de Nietzsche e de Dostoievski; o senhor Gaede, da literatura francesa; o senhor Reichert, da literatura alemã e de Hermann Hesse; o senhor Grlic, da arte e da poesia. O que nos era sempre mostrado, tenha ou não havido influência, era como um pensador podia encontrar um outro, juntar-se com outro numa dimensão que de modo algum é a da cronologia ou a da história (e muito menos, é verdade, a da eternidade; Nietzsche diria: a dimensão do intempestivo).

Graças ao senhor Goldbeck e à senhorita de Sabran, que com ele executou a partitura de *Manfred*, graças à ORTF, que nos possibilitou ouvir melodias de Nietzsche, encontramo-nos diante de um aspecto de Nietzsche pouco conhecido na França, Nietzsche-músico. Os senhores Goldbeck, Gabriel Marcel e Boris de Schloezer, de maneiras diferentes, souberam nos dizer o que lhes parecia comovente ou interessante nessa música. E nascia a questão: que gênero de máscara foi "Nietzsche-músico". Que nos permitam uma última hipótese: Nietzsche talvez seja, profundamente, homem de teatro. Ele não apenas fez uma filosofia de teatro (Dioniso), [177] ele introduziu o teatro na própria filosofia. E, com o teatro, novos meios de expressão que transformam a filosofia. Quantos aforismos de Nietzsche devem ser compreendidos como princípios e avaliações de diretor, de *metteur en scène*. Zaratustra, Nietzsche o concebe inteiramente na filosofia, mas inteiramente também para a cena. Ele sonha com um Zaratustra com música de Bizet, zombando do teatro wagneriano. Ele sonha com uma música de teatro como máscara para o "seu" teatro filosófico, já teatro da crueldade, teatro da vontade de potência e do eterno retorno.

Tradução de
Luiz B.L. Orlandi

16: A gargalhada de Nietzsche[DL]
[1967]

[*Como foi estabelecida a edição das Œuvres philosophiques complètes de Nietzsche?*][DLa]

Gilles Deleuze. – O problema era reordenar as notas póstumas – o *Nachlass* – segundo as datas em que foram redigidas por Nietzsche e colocá-las na seqüência das obras de que eram contemporâneas. Parte delas havia sido utilizada abusivamente, após a morte de Nietzsche, para compor *A Vontade de potência*. Tratava-se, pois, de restabelecer a cronologia exata. É assim que o primeiro volume, *Le Gai Savoir*, é constituído em mais de sua metade por fragmentos inéditos que datam de 1881-1882. Nossa concepção do pensamento de Nietzsche e também de seus procedimentos de criação pode com isso ser profundamente modificada. Esta edição será publicada simultaneamente na Itália, na Alemanha e na França. Mas é a dois italianos, os Srs. Colli e Montinari, que devemos tais textos.

– *Como o senhor explica que sejam italianos, em vez de alemães, que tenham efetuado esse trabalho?*

G.D. – Os alemães talvez não fossem os mais indicados. Eles já dispunham de edições abundantes às quais se apegavam, apesar da arbitrária disposição das notas. Por outro lado, os manuscritos de Nietzsche estavam em Weimar, isto é, na Alemanha Oriental – onde os italianos foram mais bem recebidos do que os alemães ocidentais o seriam. Por último, sem dúvida, [179] os alemães estavam constrangidos, visto que haviam aceitado a edição de *A Vontade de Potência* realizada pela irmã de Nietzsche. Elisabeth Förster Nietzsche fez um trabalho muito nocivo ao favorecer todas as interpretações nazistas. Ela não falsificou os textos, porém sabemos que há outros meios de deformar um pensamento, nem que seja operando uma triagem arbitrária nos papéis de um autor. Conceitos nietzscheanos como os de "força" ou de "senhor" são bastante complexos para serem traídos por semelhantes recortes.

DL Entrevista realizada por Guy Dumur, *Le Nouvel Observateur*, 5 de abril de 1967, pp. 40-41

DLa Nós restabelecemos a pergunta que falta no texto original. Trata-se da edição francesa das *Œuvres philosophiques complètes* de Nietzsche (Paris: Gallimard, 1967), para a qual Deleuze e Foucault haviam redigido conjuntamente uma introdução geral em *Le Gai Savoir. Fragments posthumes (1881-1882)*, t. V, pp. i-iv.

— *As traduções são novas?*

G.D. — Inteiramente novas. Isto é importante sobretudo para os escritos do período final (houve más leituras, das quais Elisabeth Nietzsche e Peter Gast são responsáveis). Os dois primeiros volumes a serem publicados, *Le Gai savoir* e *Humain trop humain*, têm como tradutores Pierre Klossowski e Robert Rovini. Isso não significa de modo algum que as traduções anteriores, de Henri Albert, de Geneviève Bianquis, eram ruins, ao contrário; mas, finalmente dispostos a publicar os apontamentos de Nietzsche juntamente com suas obras, era preciso retomar tudo e unificar a terminologia. A esse respeito, é interessante saber como Nietzsche foi introduzido na França: não pela "direita", mas por Charles Andler e Henri Albert, que representavam toda uma tradição socialista, com aspectos anarquizantes.

— *O senhor considera que há hoje na França um "retorno a Nietzsche", e, em caso afirmativo, por quê?*

G.D. — É complicado. Talvez tenha se operado uma mudança, ou ela esteja em vias de ocorrer, nos modos de pensar que nos eram familiares desde a Liberação. Pensava-se sobretudo dialeticamente, historicamente. Parece que há atualmente um refluxo do pensamento dialético em favor do estruturalismo, por exemplo, e também de outros sistemas de pensamento.

Foucault insiste na importância das técnicas de interpretação. É possível que na idéia atual de interpretação haja algo que ultrapasse a oposição dialética entre "conhecer" e "transformar" o mundo. O intérprete por excelência é Freud, mas é também Nietzsche, de uma outra maneira. A idéia de Nietzsche é que as coisas e as ações [180] já são interpretações. Então, interpretar é interpretar interpretações, e com isso já é modificar as coisas, "mudar a vida". Para Nietzsche é evidente que a sociedade não pode ser uma última instância. A última instância é a criação, a arte: ou, antes, a arte representa a ausência e a impossibilidade de uma última instância. Desde o início de sua obra, Nietzsche estabelece que há fins "um pouco mais elevados" que os do Estado, ou da sociedade. Toda sua obra está instalada numa dimensão que não é a do histórico, mesmo compreendido dialeticamente, nem a do eterno. Esta nova dimensão, que simultaneamente está no tempo e age contra o tempo, ele a designa *o intempestivo*. É aí que a vida como interpretação toma sua fonte. A razão do "retorno a Nietzsche" talvez seja a redescoberta desse *intempestivo*, dessa dimensão a um só tempo distinta da filosofia clássica em seu empreendimento "eternitário", e da filosofia dialética em sua compreensão da história: um elemento singular de perturbação.

— *Poderíamos falar, portanto, de um retorno ao individualismo?*

G.D. — Um individualismo estranho, em que sem dúvida a consciência moderna se reconhece um pouquinho. Estranho, pois esse individualismo em

Nietzsche é acompanhado por uma viva crítica das noções de "eu" e de "*eu*"[NRT]. Há para Nietzsche uma espécie de dissolução do eu. A reação contra as estruturas opressivas já não se faz, para ele, em nome de um "eu" ou de um "*eu*", mas, ao contrário, como se o "eu" ou o "*eu*" fossem cúmplices delas.

Será preciso dizer que o retorno a Nietzsche implica um certo estetismo, uma certa renúncia à política, um "individualismo" tão despolitizado quanto despersonalizado? Talvez não. A política também é questão de interpretação. *O intempestivo*, do qual falamos há pouco, jamais se reduz ao elemento político-histórico. Porém ocorre às vezes, em momentos grandiosos, que eles coincidam. Quando pessoas morrem de fome na Índia, esse desastre é histórico-político. Mas quando um povo luta por sua libertação, há sempre coincidência entre atos poéticos e acontecimentos históricos ou ações políticas, a encarnação gloriosa de algo sublime ou intempestivo. As grandes coincidências são, por exemplo, a gargalhada de Nasser nacionalizando o canal de Suez, ou [181] sobretudo os gestos inspirados de Castro, e essa outra gargalhada, a de Giap entrevistado pela televisão. Ali, há algo que lembra as injunções de Rimbaud e de Nietzsche e que vem duplicar Marx – uma alegria artista que coincide com a luta histórica. Há criadores em política, movimentos criadores, que por um momento se interpõem na história. Hitler, ao contrário, carecia singularmente do elemento nietzscheano. Hitler não é Zaratustra; e Trujillo tampouco. Eles representam antes o que Nietzsche chama de "o macaco de Zaratustra". Não basta tomar o poder para ser, como diz Nietzsche, um "senhor". Com freqüência são justamente os "escravos" que tomam o poder, e que o mantêm, e que permanecem escravos ao preservá-lo.

Segundo Nietzsche, os senhores são os *Intempestivos*, aqueles que criam, e que destroem para criar, não para conservar. Nietzsche diz que sob os grandes acontecimentos ruidosos, há pequenos acontecimentos silenciosos, que são como a formação de novos mundos: também aí é a presença do poético sob o histórico. Na França mesmo quase não temos acontecimentos ruidosos. Eles estão longe, e terríveis no Vietnã. Porém, restam-nos pequenos acontecimentos imperceptíveis, que talvez anunciem uma saída para fora do deserto atual. Pode ser que o retorno de Nietzsche seja um desses "pequenos acontecimentos" e já uma reinterpretação do mundo.

Tradução de
Peter Pál Pelbart

NRT [Marcaremos *eu* ou *Eu* em itálico todas as vezes que "je" ou "Je" forem empregados, no original, como substantivo, para distinguir da tradução de "moi" ou "Moi" por eu ou Eu].

17: Mística e masoquismo[DL]
[1967]

— *De onde lhe veio a idéia de se interessar por Sacher-Masoch?*

G.D. — Masoch pareceu-me ser um grande romancista. Fiquei chocado com essa injustiça: lê-se muito Sade, mas não Masoch; faz-se dele uma espécie de pequeno Sade invertido.

— *De fato, ele foi pouco traduzido...*

G.D. — Mas não, ele foi muito traduzido no final do século XIX, era muito conhecido, mais por razões políticas e folclóricas que sexuais. Sua obra está ligada aos movimentos políticos e nacionais da Europa central, ao pan-eslavismo. Masoch é tão inseparável das revoluções de 48 no Império austríaco quanto Sade o é da Revolução Francesa. Os tipos de minorias sexuais que ele imagina remetem de maneira muito complexa às minorias nacionais do Império austríaco — como, em Sade, as minorias de libertinos remetem às lojas maçônicas e às seitas pré-revolucionárias.

— *Sempre que se fala em Masoch, o senhor responde Sade...*

G.D. — Forçosamente, visto que, para mim, trata-se de dissociar sua pseudounidade! Há valores próprios a Masoch, pelo menos do ponto de vista da técnica literária. Há processos especificamente masoquistas, independentes de qualquer reviravolta ou reversão do sadismo. Ora, curiosamente, a unidade sado-masoquista é apresentada como evidente, enquanto que, a meu ver, trata-se de mecanismos estéticos e patológicos inteiramente diferentes. Nisto, nem mesmo Freud inova: ele empenhou toda a sua genialidade para inventar as passagens de transformação de um a outro, sem, no entanto, questionar a sua própria unidade. De todo modo, em psiquiatria, as perversões fazem parte do domínio menos estudado: não se trata de um conceito terapêutico.

— *Por que não são psiquiatras, mas escritores, Sade e Masoch, que aparecem como mestres nesse domínio da perversão?*

DL Entrevista concedida a Madeleine Chapsal, *La Quinzaine littéraire*, 1-15 de abril de 1967, p. 13, a propósito da publicação de *Présentation de Sacher-Masoch*, acompanhada de um texto de Leopold von Sacher-Masoch, *La Vênus à la fourrure*, Paris: Minuit, 1967. [NRT: G. Deleuze, *Apresentação de Sacher-Masoch* com o texto integral da obra de Sacher-Masoch, *A Vênus das peles*, trad. br. de Jorge Bastos, Rio de Janeiro: Taurus, 1983].

G.D. – Talvez haja três atos medicinais muito diferentes: a sintomatologia ou estudo dos signos; a etiologia ou procura das causas; a terapêutica ou procura e aplicação de um tratamento. Enquanto a etiologia e a terapêutica são partes integrantes da medicina, a sintomatologia recorre a uma espécie de ponto neutro, de ponto-limite, pré-medicinal ou sub-medicinal, pertencendo tanto à arte quanto à medicina: trata-se de erigir um "quadro". A obra de arte é portadora de sintomas, tal como o corpo ou a alma, embora de uma maneira bem diferente. Neste sentido, tanto quanto o melhor médico, o artista e o escritor podem ser grandes sintomatologistas, como o foram Sade e Masoch.

– *Por que apenas esses?*

G.D. – De fato, existem outros, mas cuja obra ainda não é reconhecida no seu aspecto sintomatológico criador, como foi, no início, o caso de Masoch. Existe um prodigioso quadro de sintomas correspondentes à obra de Samuel Beckett: não que se tratasse apenas de identificar uma doença, mas o mundo como sintoma e o artista como sintomatologista.

– *Agora que o senhor me fez pensar nisso, parece-me que também na obra de Kafka, e igualmente na de Marguerite Duras...*

G.D. – Seguramente.

– *Aliás, Jacques Lacan aprecia muito* Le Ravissement de Lol V. Stein *e disse a Marguerite Duras que via nela a descrição exata e perturbadora de certos delírios divisados na clínica... Não poderíamos dizer o mesmo da obra de todo escritor?*

G.D. – Não, com certeza. O que propriamente se deve a Sade, Masoch e a alguns outros (por exemplo, Robbe-Grillet e Klossowski) [184] é o terem tomado o próprio fantasma como objeto de sua obra, enquanto que, usualmente, ele apenas é a sua origem. Há, pois, uma base comum na criação literária e na constituição dos sintomas: é o fantasma. Masoch chama essa base de "a figura" e diz, precisamente: "é preciso ir da figura viva ao problema..." Se, para a maioria dos escritores, o fantasma é a fonte da obra, para esses escritores que nos interessam o fantasma tornou-se também aquilo que está em jogo e a última palavra da obra, como se toda a obra refletisse sua própria origem.

– *Talvez um dia se falará de kafkaísmo e de becketismo como se fala de sadismo e de masoquismo?*

G.D. – Acredito que sim... Mas, como Sade e Masoch, esses autores não perderão nada da "universalidade" estética.

– *Que tipo de trabalho o senhor estima ter feito na sua* Apresentação de Sacher-Masoch? *Em outras palavras, qual era o seu próprio objeto: a crítica literária, a psiquiatria?*

G.D. – O que eu gostaria de estudar (esse livro seria apenas um primeiro exemplo) é uma relação enunciável entre literatura e clínica psiquiátrica. É urgente que a clínica, operando por "reversão" e "transformação", evite as vastas unidades: a idéia de um sado-masoquismo é um preconceito. (Há um sadismo do masoquista, mas esse sadismo encontra-se no interior do masoquismo e não é o verdadeiro sadismo: o mesmo ocorre com o masoquismo do sádico). Esse preconceito, devido a uma sintomatologia precipitada, faz com que, em seguida, não se procure mais ver aquilo que é, mas justificar a idéia prévia. Freud bem que sentiu inúmeras dificuldades, por exemplo, no admirável texto *Uma criança é espancada*[DLa], e, no entanto, não procurou questionar o tema da unidade sado-masoquista. Pode, então, ocorrer que um escritor vá mais além na sintomatologia, que a obra de arte lhe dê novos meios, talvez também porque há menos preocupações no que concerne às causas.

– *Todavia, Freud respeitava muito o gênio clínico dos escritores, ele muitas vezes recorreu à obra literária para confirmar suas teorias psicanalíticas.*

G.D. – Certamente, mas ele não o fez para Sade nem para Masoch. É ainda muito freqüente considerar que o escritor [185] traz um caso à clínica, ao passo que o importante é aquilo que ele próprio, enquanto criador, traz à clínica. A diferença entre literatura e clínica, o que faz com que uma doença não seja a mesma coisa que uma obra de arte, é o gênero de *trabalho* que é feito sobre o fantasma. Em ambos os casos, a fonte – o fantasma – é a mesma, mas, a partir daí, o trabalho é muito diferente, sem comum medida: o trabalho artístico e o trabalho patológico. Muitas vezes, o escritor vai mais além do que o clínico e, até mesmo, do que o doente. Masoch, por exemplo, é o primeiro e o único a dizer e a mostrar que o essencial no masoquismo é o contrato, uma relação contratual totalmente especial.

– *O único?*

G.D. – Eu nunca vi esse sintoma – a necessidade de estabelecer um contrato – contar como elemento do masoquismo. Neste caso, Masoch foi mais longe do que os clínicos, que depois não levaram em consideração a sua descoberta. Pode-se, com efeito, considerar o masoquista sob três pontos de vista: como uma aliança prazer-dor, como um comportamento de humilhação e de escravidão ou como o fato de que a escravidão se instaura no interior de uma relação contratual. Talvez seja este terceiro caráter o mais profundo e aquele que deveria dar conta dos outros.

[DLa] S. Freud, *Œuvres complètes*, vol. XV, Paris: PUF, 1996. [NT: Edição Standard Brasileira das *Obras Psicológicas Completas* de Sigmund Freud, vol. XVII, Rio de Janeiro: Imago, 1988].

— *O senhor não é psicanalista, o senhor é filósofo, não tem alguma inquietude em aventurar-se no campo psicanalítico?*

G.D. — Seguramente, é bastante delicado. Não me permitiria falar de psicanálise e de psiquiatria se não se tratasse de um problema de sintomatologia. Ora, a sintomatologia situa-se quase que no exterior da medicina, num ponto neutro, um ponto zero, onde os artistas e os filósofos e os médicos e os doentes podem se encontrar.

— *Por que foi a propósito de* A Vênus das peles *que o senhor escreveu esse livro?*

G.D. — Há três romances particularmente belos de Masoch: *La Mère de Dieu, Pêcheuse d'âmes* e *La Vênus à la fourrure*. Tive que escolher e pensei que o mais capaz de introduzir à obra de Masoch é *Vênus*: os seus temas são mais puros e mais simples. Nos dois outros, as seitas místicas conjugam-se com os exercícios propriamente [186] masoquistas; a reedição desses romances se faz necessária[DLb].

— *A propósito da obra de Masoch, o senhor diz alguma coisa que já havia escrito no seu precedente estudo sobre um outro escritor,* Marcel Proust e os signos: *é que o fundo de toda grande obra literária é cômico, que é um erro de leitura querer ater-se a uma primeira aparência de trágico. Mais precisamente, a respeito de Kafka, o senhor escreve:* "O pseudo-senso do trágico nos torna tolos. Quantos autores nós já deformamos ao querer substituir a cômica potência agressiva do pensamento que os anima por um sentimento trágico pueril?".

G.D. — O fundo da arte, com efeito, é uma espécie de alegria, sendo mesmo este o propósito da arte. Não se pode ter uma obra trágica, pois há necessariamente uma alegria em criar: a arte é forçosamente uma libertação que leva tudo a explodir, começando pelo trágico. Não, não há criação triste, há sempre uma *vis comica*. Nietzsche dizia: "o herói trágico é alegre". O herói masoquista também, segundo o seu próprio modo, inseparável dos procedimentos literários de Masoch.

Tradução de
Fabien Lins

[DLb] *La Mère de Dieu* e *Pêcheuses d'âmes* foram reeditadas por Éditions Champ Vallon (Seyssel sur Rhône) em 1991.

18: Sobre Nietzsche e a imagem do pensamento[DL]
[1968]

– *A edição das obras completas de Nietzsche começou a ser publicada pela Gallimard. O primeiro volume é apresentado sob sua "responsabilidade" e a de Foucault*[DLa]. *Qual é precisamente o seu papel?*

G. D. – Bem pequeno. Você sabe que o objetivo dessa edição consiste em publicar cronologicamente o conjunto das notas póstumas, muitas das quais são inéditas, distribuindo-as de acordo com os livros publicados pelo próprio Nietzsche. Assim, *A gaia ciência*, traduzida por Klossowski, abrangia as notas póstumas de 1881-1882. Ora, os realizadores dessa edição são, de um lado, Colli e Montinari, aos quais devemos os textos e, de outro, os tradutores (o estilo e as técnicas de Nietzsche apresentam grandes problemas de tradução). Nosso papel foi apenas o de ordenação.

– *Você escreve em "Nietzsche e a filosofia" que o projeto mais geral dele consiste em introduzir os conceitos de sentido e de valor e que "é evidente que a filosofia moderna, em grande parte, viveu e vive ainda de Nietzsche". Como se deve entender essas declarações?*

G.D. – É preciso compreendê-las de duas maneiras: tanto negativa quanto positivamente.

Há, antes de mais nada, um fato: Nietzsche põe em questão o conceito de verdade, nega que o verdadeiro possa ser o elemento da linguagem. O que ele contesta são as noções de verdadeiro e de falso. Não que deseje "relativizá-las", como um cético qualquer. Em substituição àquelas noções, ele situa o sentido e o valor como noções rigorosas: o sentido do que se diz, a avaliação daquele que fala. Tem-se sempre a verdade que se merece de acordo com o sentido do que se diz, e de acordo com os valores que se faz falar. Isso supõe uma concepção radicalmente nova do pensamento e da linguagem, porque o sentido e o valor, as significações e as avaliações fazem intervir, sobretudo, mecanismos do inconsciente. É, pois, evidente que Nietzsche insere a filosofia e o pensamento

---

DL Título do editor: "Entrevista com Gilbert Deleuze" [*sic*]. Entrevista a Jean-Noël Vuarnet, em *Les Lettres françaises*, nº 1223, 28 fevereiro-5 março, 1968, pp. 5, 7, 9.
DLa Ver nota DLa do texto nº 16.

em geral num novo elemento. Mais ainda, este elemento não implica apenas novas maneiras de pensar e de "julgar", mas novas maneiras de escrever e, talvez, de agir.

A esse respeito, é verdade que a filosofia moderna foi e é nietzscheana, porque ela não parou de falar de sentido e de valor. É preciso acrescentar também outras influências muito diferentes, mas não menos essenciais: a concepção marxista de valor, a concepção freudiana de sentido, que recolocaram tudo em questão. Mas o próprio fato de que a filosofia moderna tenha encontrado a fonte de sua renovação nessa trindade Nietzsche-Marx-Freud é muito ambíguo, muito equívoco, já que isso deve ser interpretado tanto negativa quanto positivamente. Por exemplo, após a guerra, floresceram as filosofias do valor. Falava-se muito de valores, pretendia-se que a "axiologia" substituísse tanto a ontologia quanto a teoria do conhecimento... Mas não era, absolutamente, de uma maneira nietzscheana nem marxista. Ao contrário, não se falava, de jeito nenhum, de Nietzsche ou de Marx, não se os conhecia, não se queria conhecê-los. Fazia-se do "valor" o lugar de uma ressurreição, em benefício do mais abstrato e tradicional espiritualismo: apelava-se aos valores para inspirar um novo conformismo, que se pretendia mais bem adaptado ao mundo moderno, ao respeito aos valores etc. Para Nietzsche, assim como para Marx, a noção de valor é estritamente inseparável: 1º) de uma crítica radical e completa do mundo e da sociedade, tal como o tema do "fetiche" em Marx, ou o dos "ídolos" em Nietzsche; 2º) de uma criação não menos radical, como a transvaloração de Nietzsche, a ação revolucionária de Marx. Ora, inevitavelmente, nesse pós-guerra, o conceito de valor era utilizado, embora completamente neutralizado, já que lhe retiraram todo sentido crítico ou criador. Fazia-se dele o instrumento dos valores estabelecidos. [189] Era o Anti-Nietzsche no estado puro, era pior que o Anti-Nietzsche, era o Nietzsche desviado, aniquilado, suprimido, reduzido à missa.

Mas, adulterações como essas não podem, certamente, durar muito, pois há, na noção nietzscheana de valor, o suficiente para explodir todos os valores reconhecidos, estabelecidos, e para criar, num estado de criação permanente, coisas novas que se furtam a qualquer reconhecimento, a qualquer tentativa de torná-las estabelecidas. É disso que se trata, os reencontros positivos com Nietzsche, a filosofia a golpes de martelo: nunca nada de conhecido, mas uma grande destruição do reconhecido, em favor de uma criação do desconhecido.

– Você diz, em suma, que as noções de sentido e de valor nos vêm de Nietzsche, de Marx, de Freud, mas que elas correm o risco de serem deformadas, ao servirem para o renascimento de um espiritualismo que deviam supostamente destruir – e que elas

são, hoje, redescobertas, recuperadas, ao inspirarem obras inseparavelmente críticas e criativas. É o que você acabou de dizer quanto à noção de valor. Pode-se dizer o mesmo quanto à de sentido?

G.D. – Com toda certeza, e mais ainda. A noção de sentido pode ser o refúgio de um espiritualismo renascido: o que se chama, às vezes, de "hermenêutica" (interpretação) tomou o lugar daquilo que se chamava, depois da guerra, de "axiologia" (avaliação). A noção nietzscheana ou, desta vez, freudiana, de sentido, corre também o risco de sofrer uma deformação tão grande quanto a noção de valor. Fala-se de "sentido" original, de sentido esquecido, de sentido rasurado, de sentido velado, de sentido reempregado etc.: sob a categoria de sentido, rebatizam-se as antigas miragens, ressuscita-se a Essência, redescobrem-se todos os valores religiosos e sagrados. Em Nietzsche, em Freud, é o contrário: a noção de sentido é o instrumento de uma contestação absoluta, de uma crítica absoluta, e também de uma criação determinada: o sentido não é, de modo algum, um reservatório, nem um princípio ou uma origem, nem mesmo um fim: ele é um "efeito", um efeito *produzido*, cujas leis de produção devem ser descobertas. Veja-se o prefácio que J.-P. Osier acaba de fazer para um livro de Feuerbach que traduziu[DLb]: ele assinala bem essas duas concepções do sentido, e traça entre elas [190] uma verdadeira fronteira do ponto de vista da filosofia. É uma idéia essencial do estruturalismo, e que une autores tão diferentes quanto Lévi-Strauss, Lacan, Foucault, Althusser: a idéia do sentido como efeito produzido por uma certa maquinaria, como efeito físico, óptico, sonoro etc. (o que não quer dizer, de forma alguma, uma aparência). Um aforismo de Nietzsche é uma máquina de produzir sentido, em uma certa ordem, que é a do pensamento. Claro que há outras ordens, outras maquinarias – por exemplo, todas aquelas que Freud descobriu e, depois, outras mais, práticas e políticas. Mas devemos ser os maquinistas, os "operadores" de alguma coisa.

– *Como você definiria os problemas da filosofia contemporânea?*

G.D. – Da maneira já mencionada, talvez, com essas noções de sentido e de valor. Há muitas coisas ocorrendo hoje, é uma época bem confusa, bem rica. De um lado, não mais se acredita muito no Eu, nas personagens ou nas pessoas. Isso é evidente na literatura. Mas ocorre algo ainda mais profundo: quero dizer que, espontaneamente, muitas pessoas estão parando de pensar em termos de Eu. A filosofia colocou, durante muito tempo, certas alternativas: Deus ou o homem – em termos eruditos, a substância infinita ou o sujeito finito. Isso não tem mais grande importância: a morte de Deus, a possibilidade da sua substituição

---

[DLb] Feuerbach, *L'Essence du christianisme*, Paris: F. Maspero, 1968.

pelo Homem, todas essas permutações Deus-Homem, Homem-Deus, tudo isso se equivale. É precisamente o que diz Foucault, não se é mais homem do que Deus, e um morre com o outro. Não se pode mais continuar apegado à oposição entre um universal puro e particularidades encerradas em pessoas, indivíduos ou Eus. Não se pode continuar apegado a essa distinção, mesmo, e principalmente, quando se tenta conciliar os dois termos, completá-los entre si. O que se está descobrindo, atualmente, parece-me, é um mundo muito profuso, feito de *individuações impessoais,* ou mesmo de *singularidades pré-individuais* (é isso, o "nem Deus, nem homem", de que fala Nietzsche, é a anarquia coroada). Os romancistas do *nouveau roman* não dizem outra coisa: eles fazem falar essas individuações não pessoais, essas singularidades não individuais. [191]

Mas o mais importante é que tudo isso responde a alguma coisa no mundo atual. A individuação não está mais encerrada numa palavra, a singularidade não está mais encerrada num indivíduo. Isso é muito importante, até politicamente, são coisas que estão aí, "como um peixe n'água": a luta revolucionária, a luta de liberação... E, em nossas sociedades ricas, as formas de não-integração, por mais diversas que sejam, as diferentes formas de rejeição dos jovens são, talvez, também desse tipo. Compreenda-se, as forças de repressão sempre tiveram necessidade de Eus atribuíveis, de indivíduos determinados, sobre os quais elas pudessem se exercer. Quando nos tornamos um pouco líquidos, quando nos furtamos à atribuição do Eu, quando não há mais homem sobre o qual Deus possa exercer seu rigor, ou pelo qual ele possa ser substituído, então a polícia perde a cabeça. Isso não é algo teórico. O importante é o que ocorre atualmente. Não é possível livrar-se das inquietações atuais dos jovens, simplesmente dizendo que a juventude passa. Obviamente, é difícil, angustiante, mas também muito vivo, porque alguma coisa está em vias de ser criada, talvez, com todas as confusões e os sofrimentos de uma criação prática.

Ora, a filosofia deve criar os modos de pensar, toda uma nova concepção do pensamento, do "que significa pensar", adequados ao que ocorre. Ela deve fazer por conta própria as revoluções que se fazem em outros lugares, em outros planos, ou as revoluções que se preparam. A filosofia é inseparável de uma "crítica". Acontece que há duas maneiras de criticar. Ou são criticadas as "falsas aplicações": critica-se a falsa moral, os falsos conhecimentos, as falsas religiões etc.; é deste modo que Kant, por exemplo, concebe a famosa "Crítica", da qual saem intactos o ideal de conhecimento, a verdadeira moral, a fé. De outra parte, há uma outra família de filósofos, aquela que critica inteiramente a verdadeira moral, a verdadeira fé, o conhecimento ideal, em proveito de outra coisa, em função de uma nova imagem do pensamento. Enquanto se satisfaz em criticar o "falso", não se faz mal a ninguém (a verdadeira crítica é a crítica das verdadeiras formas e não dos falsos conteúdos; não se critica o capitalismo ou o imperialismo ao denunciar seus "erros"). Esta outra família de filósofos é a de Lucrécio, Espinosa, Nietzsche, uma linhagem [192] prodigiosa em filosofia, uma linha quebrada, explosiva, totalmente vulcânica.

— *Você consagrou livros a Hume, a Nietzsche, a Kant, a Bergson, a Proust, a Masoch. Poderia explicar essas escolhas sucessivas? São convergentes? Você não tem um interesse particular por Nietzsche?*

G.D. — Sim, por razões que já tentei exprimir: de um lado, Nietzsche não é, de forma alguma, o inventor da famosa fórmula "Deus está morto". Ao contrário, é o primeiro a considerar que essa fórmula não tem importância alguma, à medida que o homem toma o lugar de Deus. Para ele, trata-se de descobrir alguma coisa que não é Deus nem homem, de fazer falar essas individuações pessoais e essas singularidades pré-individuais... é o que ele denomina Dioniso ou também super-homem. Seu gênio literário e filosófico reside ainda em ter encontrado as técnicas para fazê-los falar. Sobre o super-homem, Nietzsche diz: o tipo superior de tudo que existe, incluindo os animais — é como Rimbaud, "ele é responsável pela humanidade, pelos animais também..."[DLc]. Por outro lado (mas é a mesma coisa), ele reinventa essa crítica total que é, ao mesmo tempo, uma criação, positividade total.

Quanto aos outros livros que escrevi, creio que se devem a razões variadas. Kant é a encarnação perfeita da falsa crítica: por esta razão, ele me fascina. Só que, quando nos encontramos diante da obra de um gênio como ele, não basta simplesmente dizer que não estamos de acordo. É preciso, antes de mais nada, saber admirar; é preciso reencontrar os problemas que ele cria, a sua maquinaria própria. É por força da admiração que se reencontra a verdadeira crítica. Hoje, a doença das pessoas é que elas não sabem mais admirar; ou, então, são "contra", aferem tudo por seus parâmetros, e tagarelam, e escrutam. Não convém proceder assim; é preciso remontar aos problemas que são formulados por um autor de gênio, para chegar àquilo que ele não diz *no* que diz, para daí extrair alguma coisa que ainda lhe devemos, embora com o risco de fazê-la voltar contra ele mesmo. É preciso ser inspirado, visitado pelos gênios que se denuncia.

Jules Vallès diz que um revolucionário deve saber admirar e [193] respeitar: trata-se, praticamente, de uma palavra prodigiosa. Tomemos um exemplo do cinema. Quando Jerry Lewis ou quando Tati "criticam" a vida moderna, eles

---

DLc A. Rimbaud, carta a Paul Demeny de 5 de maio de 1871, *in Œuvres complètes*, Paris: Gallimard, 1972, col. "Bibliothèque de la Pléiade", p. 252.

não se rendem à facilidade, à vulgaridade de apresentar coisas feias. Eles mostram aquilo que criticam como sendo *bonito*, como sendo *grandioso*; eles amam o que criticam e, assim, transmitem-lhe uma nova beleza. Sua crítica só adquire mais força. Em toda modernidade, em toda novidade, há um conformismo e uma criatividade; uma enfadonha conformidade, mas também "uma pequena música nova"; alguma coisa que se conforma à época, mas também algo de *intempestivo* – separar uma coisa da outra é a tarefa daqueles que sabem amar e que são os verdadeiros destruidores e, ao mesmo tempo, os verdadeiros criadores. Não há boa destruição sem amor.

Hume, Bergson, Proust me interessam tanto porque neles existem elementos profundos para uma nova imagem do pensamento. Há alguma coisa de extraordinária na maneira pela qual eles nos dizem: pensar não significa o que vocês acreditam que seja. Vivemos numa certa imagem do pensamento, ou seja, antes de pensar, temos uma vaga idéia do que significa pensar, dos meios e dos fins. E eis que eles nos propõem toda uma outra idéia, toda uma outra imagem. Em Proust, por exemplo, encontramos a idéia de que todo pensamento é uma agressão, de que ele surge sob a coação de um signo, de que não se pensa a não ser coagido e forçado. E, conseqüentemente, que o pensamento não é mais conduzido por um eu voluntário, mas por forças involuntárias, por "efeitos" de máquinas… É preciso também ser capaz de amar o insignificante, de amar o que ultrapassa as pessoas e os indivíduos, é preciso também se abrir aos encontros e achar uma linguagem nas singularidades que excedem os indivíduos, nas individuações que ultrapassam as pessoas. Sim, uma nova imagem do ato de pensar, de seu funcionamento, de sua gênese no próprio pensamento, é precisamente isso que buscamos.

– *Pode-se considerar como um resumo de seu pensamento esta fórmula utilizada por você a propósito de Proust:* "Não há logos, só há hieróglifos"? *Por outro lado, você falou do artista, a propósito de Sacher-Masoch, como* "sintomatologista", *ao indicar que* "a etiologia, que é a parte científica ou experimental da medicina, deve estar subordinada à sintomatologia, que é sua parte literária, artística". *Trata-se, nos dois casos, do mesmo problema?* [194]

G.D. – Trata-se do mesmo problema: os hieróglifos contra o logos; os sintomas contra as essências (sintoma quer dizer recaídas, encontros, acontecimentos, agressões). O artista é sintomatologista. É nesse sentido que os personagens de Shakespeare dizem: como *vai* o mundo?, com as implicações políticas e psiquiátricas que uma questão como essa comporta. O nazismo é uma doença recente da terra. O que fazem os americanos no Vietnã também é uma doença da terra. É possível tratar o mundo como sintoma, nele buscar os signos de doença, os signos de vida, de cura ou de saúde. E uma reação violenta é, talvez, a grande saúde que chega. Nietzsche considerava o filósofo como o médico da civilização. Henry Miller foi um diagnosticador prodigioso. O artista, em geral, deve tratar o mundo como um sintoma, e construir sua obra não como um terapeuta, mas, em todo caso, como um clínico. Não se fica fora dos sintomas, mas se faz com eles uma obra, que ora contribui para a sua precipitação, ora para a sua transformação.

– *Você disse em algum lugar:* "O intérprete é o fisiologista ou o médico, aquele que considera os fenômenos como sintomas e fala por aforismos. O avaliador é o artista que considera e cria 'perspectivas', que fala por poemas. O filósofo do futuro é artista e médico – em uma palavra, legislador..."[DLd]. *É impressionante verificar que os filósofos que se inspiram no pensamento de Nietzsche, escrevem, em sua maior parte e paradoxalmente, numa forma quase tradicional. Parece-me que a estrutura de alguns dos livros que você escreve (que se poderia qualificar, talvez, de estrutura em mosaico) vai em direção à necessidade de inventar atualmente uma nova linguagem para a filosofia. Qual é o sentido do interesse evidente que você tem pela literatura?*

G.D. – O problema das renovações formais, você o conhece muito bem, não se coloca a não ser em relação com os novos conteúdos. Às vezes, inclusive, elas vêm após os conteúdos. É o que se tem a dizer, o que se acredita que se tem a dizer que impõe formas novas. Ora, é verdade que a filosofia não está nada bem. A filosofia não fez, de forma alguma, revoluções, [195] ou mesmo pesquisas semelhantes às que se produziram em ciências, em pintura, em escultura, em música, em literatura. Platão, Kant etc. continuam sendo fundamentais, não há dúvida. Mas, precisamente, as geometrias não-euclidianas não impedem que Euclides continue sendo fundamental para a geometria, Schoenberg não elimina Mozart. Da mesma forma, a pesquisa de modos de expressão (ao mesmo tempo, nova imagem do pensamento e novas técnicas) deve ser essencial para a filosofia. A queixa de Beckett, "ah, o velho estilo!..." ganha todo seu sentido aqui. Percebemos perfeitamente que não se poderá mais escrever, por muito tempo, livros de filosofia da maneira antiga; eles não têm mais interesse para os estudantes e nem mesmo para aqueles que os escrevem. Agora, acho que todo mundo busca um pouco de renovação. Nietzsche encontrou métodos extraordinários; não se pode retomá-los. É preciso ser realmente impudente para escrever *Les Nourritures terrestres* [*Os frutos da terra*] depois de *Zaratustra*.

DLd *In Nietzsche*, Paris: PUF 1965, col. "Philosophes", p. 17.

O romance encontrou suas renovações. Pouco importa que alguns acusem o *nouveau roman* de ser uma obra de laboratório ou de experimentação. Os "livros contra alguma coisa" nunca têm qualquer importância (contra o *nouveau roman*, contra o estruturalismo etc.). É apenas em nome de uma outra criação que se pode ser contra aquilo que é feito, e aí a questão já não se coloca mais. Tomemos, outra vez, um exemplo do cinema: Godard transformou o cinema, introduziu o pensamento no cinema. O que ele faz não é pensar *sobre* o cinema, não coloca um pensamento mais ou menos bom *no* cinema, mas faz com que o cinema pense – pela primeira vez, eu creio. No limite, Godard seria capaz de filmar Kant ou Espinosa, a *Crítica* ou a *Ética*, e não se trataria de cinema abstrato nem de aplicação cinematográfica. Ele soube encontrar o novo meio, ao mesmo tempo que uma nova "imagem" – o que, forçosamente, supunha um conteúdo revolucionário. Ora, em filosofia, todos vivemos o problema da renovação formal. Ela é certamente possível. Isso começa sempre por pequenas coisas. Por exemplo, a utilização da história da filosofia como "colagem" (uma técnica já velha em pintura) não implicaria, absolutamente, diminuir os grandes filósofos do passado: fazer colagens na superfície de um quadro propriamente [196] filosófico. Isso seria melhor que "trechos escolhidos", mas se precisaria de técnicas particulares. Seria necessário ter um certo número de Max Ernst para a filosofia… E, depois, a filosofia tem o conceito por elemento (como o som para o músico ou a cor para o pintor), o filósofo cria conceitos, ele opera suas criações em um "continuum" conceitual, tal como o músico o faz em um *continuum* sonoro. O que importa é: de onde vêm os conceitos? O que é uma criação de conceitos? Um conceito não existe menos que personagens. Creio que é preciso um grande dispêndio de conceitos, um excesso de conceitos. Os conceitos em filosofia devem estar presentes como em um romance policial de qualidade: eles devem ter uma zona de presença, resolver uma situação local, estar em relação com os "dramas", ser portadores de certa crueldade. Devem ter uma coerência, mas recebê-la de outro lugar. Samuel Butler forjou uma bela palavra para designar esses relatos vindos de outro lugar: EREWHON. *Erewhon* é, ao mesmo tempo, o *no-where*, o lugar nenhum originário, e o *now-here*, o aqui-e-agora subvertido, deslocado, disfarçado, colocado de ponta-cabeça. É esse o gênio do empirismo, que é tão malcompreendido: essa criação de conceitos em estado selvagem, que falam em nome de uma coerência que não é a sua, nem a de Deus, nem a do Eu, mas de uma coerência sempre por vir, em desequilíbrio relativamente a ela própria. A filosofia carece de empirismo.

– *Diz-se que você trabalha atualmente em um livro centrado no conceito de repetição. Qual é o interesse desse conceito para as ciências humanas, a literatura, a filosofia?*

G.D. – Sim, concluí esse livro. A repetição e também a diferença, é a mesma coisa, são categorias atuais de nosso pensamento. É o problema da repetição e dos invariantes, mas também das máscaras, dos disfarces, dos deslocamentos, das variantes na repetição. Os filósofos, os romancistas giram em torno desses temas que significam certamente alguma coisa para nossa época. Independentemente umas das outras, as pessoas pensam nesses temas. O que há de mais vivo do que um ar do tempo? De minha parte, esse é também o meu tema, é o que me preocupa, de maneira bastante involuntária. Foi o que busquei, sem que o fizesse de propósito, em todos os autores que eu amava. Há atualmente muitos estudos profundos [197] sobre os conceitos de diferença e repetição. Tanto melhor se participo disso, e se, depois dos outros, formulo a questão: como fazer em filosofia? Estamos em busca de uma "vitalidade". Mesmo a psicanálise tem necessidade de se dirigir a uma "vitalidade" no doente, uma vitalidade que o doente perdeu, mas a psicanálise também. A vitalidade filosófica está muito próxima de nós; a vitalidade política também. Estamos próximos de muitas coisas e de muitas repetições decisivas e de muitas mudanças.

Tradução de
Tomaz Tadeu e Sandra Corazza

[198]

19: Gilles Deleuze fala da filosofia[DL]
[1969]

— *O senhor acaba de publicar dois livros, "Diferença e repetição" e "Espinosa e o problema da expressão". Um livro mais recente ainda: "Lógica do sentido" deve aparecer muito em breve. Quem fala nesses livros?*

G.D. — Toda vez que se escreve, a gente faz com que algum outro fale. E em primeiro lugar, a gente faz com que fale uma certa forma. No mundo clássico, por exemplo, quem fala são indivíduos. O mundo clássico está inteiramente fundado na forma de individualidade; o indivíduo é aí coextensivo ao ser (vê-se bem isso na posição de Deus como ser soberanamente individuado). No mundo romântico, são personagens que falam, e isso é muito diferente: a pessoa é aí definida como coextensiva à representação. Expõem-se novos valores de linguagem e de vida. A espontaneidade de hoje talvez escape ao indivíduo, assim como à pessoa; não simplesmente por causa de potências anônimas. Mantiveram-nos durante muito tempo na alternativa: ou sereis indivíduos e pessoas, ou vos reunireis a um fundo anônimo indiferençado. Nós descobrimos, todavia, um mundo de singularidades pré-individuais, impessoais. Elas não se reduzem aos indivíduos e nem às pessoas, e nem a um fundo sem diferença. São singularidades móveis, ladras e voadoras, que passam de um a outro, que arrombam, que formam anarquias coroadas, que habitam um espaço nômade. Há uma grande diferença entre repartir um espaço fixo entre indivíduos sedentários, segundo demarcações e cercados, e repartir singularidades num espaço aberto sem [199] cercados e nem propriedade. O poeta Ferlinghetti fala da quarta pessoa do singular: é ela que se pode tentar fazer com que fale.

— *É assim que o senhor considera os filósofos que interpreta, como singularidades em um espaço aberto? Até há pouco, estive quase sempre propensa a aproximar seus esclarecimentos à iluminação que um diretor artístico contemporâneo dá de um texto escrito. Contudo, em "Diferença e repetição" a relação é deslocada: o senhor não é mais intérprete, mas criador. A comparação é válida sempre? Ou o papel da história*

DL Entrevista feita por Jeannette Colombel, *La Quinzaine littéraire*, nº 68, 1-5 de março de 1969, pp. 18-19.

da filosofia é diferente? Ela é essa "colagem", que o senhor deseja e que renova a paisagem, ou ela é ainda a "citação" integrada ao texto?

G.D. – Sim, os filósofos têm quase sempre um difícil problema com a história da filosofia. Isso é terrível, não se sai facilmente da história da filosofia. Substituí-la, como a senhora diz, por uma espécie de encenação, talvez seja uma boa maneira de resolver o problema. Uma encenação, isso quer dizer que o texto escrito será aclarado por valores totalmente distintos, valores não textuais (pelo menos no sentido ordinário): substituir a história da filosofia por um teatro da filosofia, é possível. Em relação ao livro sobre a diferença, a senhora diz que procurei uma outra técnica, mais próxima da colagem que do teatro. Uma espécie de técnica de colagem, ou mesmo de seriegênese[NT] (com repetição implicando pequenas variantes), como se vê na Pop'Art. Mas, a esse respeito, a senhora diz que não fui completamente bem-sucedido. Creio que vou um pouco mais longe no meu livro sobre a lógica do sentido.

– Mais especialmente, toca-me a amizade com que o senhor trata os autores que o senhor nos leva a encontrar. Às vezes, esse acolhimento pareceu-me até mesmo excessivamente favorável: quando o senhor silencia os aspectos conservadores do pensamento de Bergson, por exemplo. Em contraposição, o senhor é impiedoso com Hegel. Por que essa recusa?

G.D. – Se não se admira alguma coisa, se não se ama alguma coisa, não há razão alguma para se escrever sobre ela. Espinosa ou Nietzsche são filósofos cuja potência crítica e destruidora é inigualável, mas essa potência brota sempre de uma afirmação, de uma alegria, de um culto da afirmação e da alegria, de uma exigência da vida contra aqueles que a mutilam e a mortificam. Para mim, é a própria filosofia. [200] A senhora me interroga sobre dois outros filósofos. Justamente em virtude dos critérios precedentes de encenação ou de colagem, parece-me permitido destacar de uma filosofia em seu conjunto conservadora certas singularidades que não o são: é este o caso do bergsonismo e sua imagem da vida, da liberdade ou da doença mental. Mas por que não faço isso no caso de Hegel? É necessário que alguém desempenhe o papel de traidor. A empreitada de "carregar" a vida, de sobrecarregá-la com todos os fardos, de reconciliá-la com o Estado e com a religião, de nela inscrever a morte, a empreitada monstruosa de submetê-la ao negativo, a empreitada do ressentimento e da má consciência se encarnam filosoficamente em Hegel. Com a dialética do negativo e da contradição, ele inspirou naturalmente todas as linguagens da traição, tanto à direita quanto à esquerda (teologia, espiritualismo, tecnocracia, burocracia etc.).

NT ["sérigénie" : seriegênese, no sentido de geração de séries. Evitei serigênese, mais curto, porque o antepositivo seri- remete diretamente à idéia de seriedade, não à de série].

— *Esse ódio ao negativo o leva a mostrar a diferença e a contradição como antagonistas. Sem dúvida, a oposição simétrica dos contrários na dialética hegeliana lhe dá razão, mas essa relação é a mesma para Marx? Por que o senhor fala sempre de maneira tão-somente alusiva? Não se poderia, a propósito de Marx, fazer uma análise equivalente àquela, tão enriquecedora, que o senhor faz a propósito da relação conflito-diferenças em Freud, desmascarando as falsas simetrias: sadismo-masoquismo, instintos de morte e pulsão?*

G.D. — Tem razão, mas essa liberação de Marx em face de Hegel, essa reapropriação de Marx, essa descoberta dos mecanismos diferenciais e afirmativos em Marx, não é o que Althusser opera admiravelmente? Em todo caso, sob as falsas opiniões, sob as falsas oposições, são descobertos sistemas muito mais explosivos, conjuntos dissimétricos em desequilíbrio (por exemplo, fetiches econômicos ou psicanalíticos).

— *Uma última questão (em relação ao "não-dito" sobre Marx): vejo, evidentemente, o liame entre sua filosofia e o jogo. Concebo sua relação com a contestação. Mas pode ter ela uma dimensão política e contribuir para uma prática revolucionária?*

G.D. — Não sei, é uma questão embaraçosa. Em primeiro lugar, há relações de amizade ou de amor que não esperam a [201] revolução, que não a prefiguram, embora sejam revolucionárias a seu modo: elas têm em si uma força de contestação que é própria da vida poética, como os *beatniks*. Neste caso, há mais budismo zen do que marxismo, mas há muitas coisas eficazes e explosivas no zen. Quanto às relações sociais, supomos que a filosofia, em tal ou qual época, tenha por tarefa fazer com que fale uma tal instância: o indivíduo no mundo clássico, a pessoa no mundo romântico, ou então as singularidades no mundo moderno. A filosofia não faz com que essas instâncias existam, ela faz com que elas falem. Mas elas existem e são produzidas em uma história, elas próprias dependem de relações sociais. Então, vamos lá! A revolução seria a transformação dessas relações, correspondendo ao desenvolvimento de tal ou qual instância (como a do indivíduo burguês na revolução "clássica" de 1789). O problema atual da revolução, de uma revolução sem burocracia, seria o das novas relações sociais em que entram as singularidades, minorias ativas, no espaço nômade sem propriedade e nem cercados.

Tradução de
Luiz B.L. Orlandi

[202]

20: Espinosa e o método geral de Martial Gueroult[DL]
[1969]

Gueroult publica o tomo I do seu *Espinosa*, concernente ao primeiro livro da *Ética*. É profundamente lamentável que, por razões editoriais, não apareça ao mesmo tempo o segundo tomo, ele próprio já concluído e destinado a desenvolver as conseqüências diretas do primeiro. Contudo, já se pode apreciar a importância desta publicação, tanto do ponto de vista do espinosismo quanto do método geral instaurado por Gueroult.

Gueroult renovou a história da filosofia graças a um método estrutural-genético, método que ele havia elaborado bem antes que o estruturalismo se impusesse em outros domínios. Uma estrutura é aí definida por uma *ordem das razões*, sendo as razões os elementos diferenciais e geradores do sistema correspondente, verdadeiros filosofemas que só existem em suas relações uns com os outros. Essas razões, além disso, são muito diferentes, conforme sejam simples razões de conhecer ou verdadeiras razões de ser, isto é, conforme sua ordem seja analítica ou sintética, ordem de conhecimento ou de produção. É somente no segundo caso que a gênese do sistema é também uma gênese das coisas pelo e no sistema. Porém, impõe-se tomar o cuidado para não opor os dois tipos de sistemas de uma maneira muito sumária. Quando as razões são razões de conhecer, é verdade que o método de invenção é essencialmente analítico; todavia, a síntese integra-se aí, seja como método de exposição, seja porque, mais profundamente, razões de ser são encontradas [203] na ordem das razões, são encontradas, mais precisamente, no lugar que lhes é consignado pelas relações entre elementos de conhecer (caso da prova ontológica em Descartes). Inversamente, no outro tipo de sistema, quando as razões são determinadas como razões de ser, é verdade que o método sintético vem a ser o verdadeiro método de invenção; mas a análise regressiva guarda um sentido, sendo destinada a nos conduzir *o mais rápido possível* a essa determinação dos elementos como razões de ser, nesse ponto em que ela se deixa alternar, e mesmo absorver, pela síntese progressiva.

DL *Révue de métaphysique et de morale*, vol. LXXIV, nº 4, outubro-dezembro de 1969, pp. 426-437. Sobre o livro de M. Gueroult, *Spinoza*, t. I, – *Dieu (Éthique I)*, Paris: Aubier-Montaigne, 1968.

Portanto, os dois tipos de sistemas distinguem-se estruturalmente, isto é, mais profundamente, do que por uma oposição simples.

Gueroult já mostrava isso a propósito da oposição do método de Fichte ao método analítico de Kant. A oposição não consiste em uma dualidade radical, mas em um reviramento particular: o processo analítico não é ignorado ou rejeitado por Fichte, mas ele mesmo deve servir à sua própria supressão. "À medida que o princípio tende a absorvê-lo completamente, o processo analítico ganha uma amplitude cada vez mais considerável... Em algum momento, ela [*A doutrina da ciência*] afirma sempre que, devendo o princípio valer por si só, o método analítico só deve perseguir como fim a sua própria supressão; ela entende, portanto, que toda eficácia deve estar unicamente com o método construtivo"[1]. O profundo espinosismo de Fichte já nos permite acreditar que um problema análogo levanta-se a propósito de Espinosa, desta vez em sua oposição a Descartes. Com efeito, é literalmente falso que Espinosa parta da idéia de Deus em um processo sintético supostamente completo. Já o *Tratado da reforma*, partindo de uma idéia verdadeira qualquer, nos convida a nos elevarmos *o mais rapidamente possível* à idéia de Deus, aí onde cessa toda ficção e onde a gênese progressiva substitui e de algum modo conjura, mas não suprime, a análise preliminar. E a *Ética* de modo algum começa pela idéia de Deus, mas, na ordem das definições, só chega a isso na sexta, e, na ordem das proposições, só chega a isso na nova e décima. Deste modo, um dos problemas [204] fundamentais do livro de Gueroult é este: que se passa, exatamente, nas oito primeiras proposições?

Em nenhum caso a ordem das razões é uma ordem oculta. Ela não remete a um conteúdo latente, a algo que não seria dito, mas, ao contrário, está sempre à flor da pele do sistema (por exemplo, a ordem das razões de conhecer nas *Meditações*, ou a ordem das razões de ser na *Ética*). É mesmo por isso que o historiador da filosofia, segundo Gueroult, nunca é um intérprete[2]. A estrutura nunca é um dito que devesse ser descoberto sob o que é dito; só se pode descobri-la seguindo a ordem explícita do autor. E, embora sempre explícita e manifesta, a estrutura, todavia, é o mais difícil de se ver, sendo negligenciada, desapercebida pelo historiador das matérias ou das idéias: é que ela é idêntica ao fato de dizer, puro dado filosófico (*factum*), mas constantemente desviado pelo que se diz, pelas matérias tratadas, pelas idéias compostas. Ver a estrutura ou a ordem das razões, portanto, é seguir o caminho ao longo do qual as matérias são

---

1) *L'évolution et la structure de la Doctrine de la Science chez Fichte*, t. I, Paris: Les Belles Lettres, 1930, p. 174.
2) Cf. *Descartes selon l'ordre des raisons*, I, prefácio, Paris: Aubier, I, 1968.

dissociadas segundo as exigências dessa ordem, ao longo do qual as idéias são decompostas segundo seus elementos diferenciais geradores, ao longo do qual esses elementos ou essas razões se organizam em "séries", havendo também cruzamentos pelos quais as séries independentes formam um "*nexus*" e entrecruzamentos de problemas ou de soluções[3].

Assim como ele seguia passo a passo a ordem geométrica analítica de Descartes nas *Meditações*, Gueroult, portanto, segue passo a passo a ordem geométrica sintética de Espinosa na *Ética*: definições, axiomas, proposições, demonstrações, corolários, escólios... E esse andamento não tem, como no comentário da *Ética* feito por Lewis Robinson, um alcance simplesmente didático[DLa]. O leitor, portanto, deve aguardar: 1º), que a estrutura do sistema espinosista, isto é, a determinação dos elementos geradores e dos tipos de relações que eles mantêm entre si, seja destacada das séries nas quais eles entram e dos "nexos" entre essas séries (a estrutura como [205] *autômato espiritual*); 2º), as razões pelas quais o método geométrico de Espinosa é estreitamente adequado a essa estrutura, isto é, como a estrutura libera efetivamente a construção geométrica dos limites que a afetam enquanto ela se aplica a figuras (seres de razão ou de imaginação), e que a faz incidir sobre seres reais, consignando as condições de uma tal extensão[4]; 3º), finalmente, o que de modo algum é um ponto de detalhe, as razões pelas quais uma demonstração sobrevém em tal lugar, as razões pelas quais, conforme o caso, ela é acompanhada por outras demonstrações que vêm duplicá-la, as razões pelas quais, sobretudo, ela invoca tais demonstrações precedentes (ao passo que o leitor apressado acreditaria poder imaginar outras filiações)[5]. Estes dois últimos aspectos, concernentes ao método e ao formalismo próprios do sistema, decorrem diretamente da estrutura.

Acrescentemos um último tema: sendo, a estrutura do sistema, definida por uma ordem ou espaço de coexistência das razões, pergunta-se o que vem a

---

3) Como exemplos de tais *nexus* e *entrecruzamentos* em Descartes, cf. *Descartes*, I, pp. 237, 319.
DLa L. Robinson, *Kommentar zu Spinozas Ethik*, Leipzig: F. Meiner, 1928. Esse comentário é citado e discutido várias vezes na obra de Gueroult.
4) Em relação ao seu *Fichte*, Gueroult já mostrava como a construtividade se estendia aos conceitos transcendentais, apesar da sua diferença de natureza relativamente aos conceitos geométricos (I, p. 176).
5) Essa pesquisa forma aqui um dos aspectos mais profundos do método de Gueroult: por exemplo, pp. 178-185 (a organização da proposição 11: por que a existência de Deus é demonstrada pela sua substancialidade e não pela existência necessária dos atributos constituintes?), pp. 300-302 (por que a eternidade e a imutabilidade de Deus e de seus atributos aparecem em 19 e 20 a propósito da causalidade e não da essência divina?), pp. 361-363 (por que o estatuto da vontade, em 32, não é diretamente concluído do estatuto do entendimento em 31, mas resulta de uma via totalmente distinta?). Há muitos outros exemplos no conjunto do livro.

ser a história própria do sistema, sua evolução interna. Se, freqüentemente, Gueroult coloca tal estudo em apêndices, isso de modo algum é por ser ele negligenciável, nem mesmo porque o livro se apresenta como um comentário da *Ética* tomada como "obra-prima". É porque uma evolução, a menos que seja puramente imaginária, arbitrariamente fixada pelo gosto ou pela intuição do historiador das idéias, só pode ser deduzida a partir da comparação rigorosa de estados estruturais do sistema. É somente em função do estado estrutural da *Ética* que se pode decidir, por exemplo, se o *Breve Tratado* apresenta uma outra estrutura ou, mais simplesmente, um outro estado menos pregnante da mesma estrutura, e qual é a importância dos remanejamentos do ponto de vista dos elementos geradores e de [206] suas relações. Um sistema evolui, em geral, à medida que certas peças mudam de lugar, de maneira a cobrir um espaço maior que o precedente, quadriculando esse espaço de uma maneira mais precisa. Pode ocorrer, entretanto, que o sistema comporte pontos de indeterminação suficientes para que, em certo momento, várias ordens possíveis aí coexistam: Gueroult mostrou isso magistralmente em relação a Malebranche[DLb]. Mas, no caso de sistemas particularmente serrados ou saturados, é preciso uma evolução para que certas razões mudem de lugar e produzam um novo efeito. A propósito de Fichte, Gueroult já falava de "impulsos interiores do sistema", impulsos que determinam novas dissociações, deslocamentos e conexões[6]. No espinosismo, a questão de tais impulsos interiores é levantada em várias ocasiões nos apêndices do livro de Gueroult: a propósito da essência de Deus, das provas da existência de Deus, da demonstração do determinismo absoluto, mas, sobretudo, em duas páginas extremamente densas e exaustivas, a propósito das definições da substância e do atributo[7].

Com efeito, o *Breve Tratado* parece preocupado antes de tudo em identificar Deus e a Natureza: então, os atributos podem, sem condição, ser identificados a substâncias, e as substâncias podem ser definidas como os atributos. Donde uma certa valorização da Natureza, pois Deus será definido como Ser que apresenta somente todos os atributos ou substâncias; donde, também, uma certa desvalorização das substâncias ou atributos, que não são ainda causas de si, mas somente concebidos por si. A *Ética*, ao contrário, tem o cuidado de identificar Deus e a própria substância: donde uma valorização da substância, que será verdadeiramente constituída por todos os atributos ou substâncias

---

[DLb] *Malebranche*, 3 vol, Paris: Aubier-Montaigne, 1955-1959.
6) Cf. *Fichte*, II, p. 3.
7) Apêndice nº 2 (pp. 426-428). Cf. também apêndice nº 6 (pp. 471-488). A comparação com o *Breve Tratado* intervém já rigorosamente no capítulo III.

qualificadas, gozando cada uma delas, plenamente, da propriedade de ser causa de si, sendo cada uma delas um elemento constituinte e não mais uma simples presença; donde também um certo deslocamento da Natureza, cuja identidade com Deus deve ser *fundada*, com o que, estão, estará mais apta para exprimir a imanência mútua do naturado e do [207] naturante. Vê-se, de pronto, que se trata menos de uma outra estrutura do que de um outro estado da mesma estrutura. Assim, o estudo da evolução interna vem completar o estudo do método próprio e o do formalismo característico, sendo que todos os três irradiam-se a partir da determinação da estrutura do sistema.

Que se passa, exatamente, nas oito primeiras proposições, quando Espinosa demonstra que há uma substância por atributo, que há, pois, tantas substâncias qualificadas quantos são os atributos, gozando cada uma delas das propriedades de ser única em seu gênero, causa de si e infinita? Considera-se isso, freqüentemente, como se Espinosa raciocinasse segundo uma hipótese que não era a sua, e, em seguida, se elevasse à unidade da substância como a um princípio an-hipotético que anulava a hipótese de partida. Esse problema é essencial, por várias razões. Primeiramente, porque esse pretenso andamento hipotético pode ser autorizado por um andamento correspondente no *Tratado da reforma*: neste tratado, com efeito, Espinosa toma seu ponto de partida em idéias verdadeiras quaisquer, idéias de seres geométricos que podem, ainda, ser seres impregnados de ficção, para elevar-se o mais rapidamente possível à idéia de Deus, onde cessa toda ficção. Mas a questão é saber, precisamente, se a *Ética* não emprega um outro esquema estrutural suficientemente diferente daquele do *Tratado*. Em segundo lugar, esse problema é essencial porque, na perspectiva da própria *Ética*, a avaliação prática do papel das oito primeiras proposições revela-se decisiva para a compreensão teórica da natureza dos atributos; e, sem dúvida, à medida que se dá às oito primeiras proposições um sentido tão-somente hipotético, é que se é levado aos dois grandes contra-sensos sobre o atributo: seja a ilusão kantiana que faz dos atributos formas ou conceitos do entendimento, seja a vertigem neoplatônica que deles faz emanações ou manifestações já degradadas[8]. Finalmente, esse problema é essencial, porque alguma coisa é somente provisória e condicionada [208] nas oito primeiras proposições; mas a questão toda está em saber o que é provisório e condicionado, e se é possível dizer isso do conjunto dessas proposições.

---

8) Sobre esses dois contra-sensos, cf. a clarificação definitiva no apêndice nº 3 (e sobretudo a crítica das interpretações de Brunschvicg e de Eduard von Hartmann).

A resposta de Gueroult diz que as oito primeiras proposições têm um sentido perfeitamente categórico. Caso contrário, não se compreenderia que essas proposições conferem a cada substância qualificada propriedades positivas e apodíticas, e sobretudo a propriedade da causa de si (que as substâncias qualificadas ainda não tinham no *Breve Tratado*). Que haja uma substância por atributo, e apenas uma, é o mesmo que dizer que os atributos, e somente os atributos, são realmente distintos; ora, essa afirmação da *Ética* nada tem de hipotético[9]. Por terem ignorado a natureza da distinção real segundo Espinosa, portanto, toda a lógica da distinção, é que os comentadores foram forçosamente levados a atribuir às oito primeiras proposições um sentido apenas hipotético. Na verdade, porque a distinção real *não pode* ser numérica, é que os atributos realmente distintos, ou as substâncias qualificadas, constituem uma só e mesma substância. Além disso, rigorosamente falando, assim como *um*, como número, não é adequado à substância, assim também 2, 3, 4... não são adequados aos atributos como substâncias qualificadas; e Gueroult, em todo o seu comentário, insiste na desvalorização do número em geral, que nem mesmo exprime adequadamente a natureza do modo[10]. Dizer que os atributos são realmente distintos é dizer: que cada um é concebido por si, sem negação de um outro e sem oposição a um outro; e que todos se afirmam, portanto, da mesma substância. Longe de ser um obstáculo, sua distinção real é a condição de constituição de um ser cuja riqueza corresponde aos atributos que ele tem[11]. A lógica da distinção real é uma lógica da diferença puramente afirmativa e sem negação. Os atributos formam certamente uma *multiplicidade* irredutível, mas a questão toda está em saber qual é o tipo dessa multiplicidade. Suprime-se o problema quando se transforma o substantivo "multiplicidade" em dois adjetivos opostos (atributos *múltiplos* e substância *uma*). Os atributos são uma multiplicidade formal ou qualitativa, [209] "pluralidade concreta que, implicando a diferença intrínseca e a heterogeneidade recíproca dos seres que os constituem, nada têm em comum com a do número literalmente entendido"[12]. Por duas vezes, aliás, Gueroult emprega a palavra *variegado*: simples, dado que que não é composto de partes, Deus não deixa de ser uma noção complexa enquanto constituído por "*prima elementa*", sendo cada uma destas absolutamente simples; "Deus é, pois, um

---

9) Págs. 163, 167.
10) Págs. 149-150, 156-158 e, sobretudo, apêndice nº 17 (pp. 581-582).
11) Págs. 153, 162.
12) Pág. 158. Que a teoria das multiplicidades seja muito elaborada em Espinosa, Gueroult dá disso uma outra prova, quando analisa um outro tipo de multiplicidade, desta vez puramente modal, mas não menos irredutível ao número, cf. apêndice nº 9, "explicação da Carta sobre o Infinito".

ens realissimum variegado, não um *ens simplicissimum* puro, inefável e inqualificável, no qual todas as diferenças se desvaneceriam"; "Ele é variegado, mas infragmentável, constituído de atributos heterogêneos, mas inseparáveis"[13].

Levando em conta a inadequação da linguagem numérica, dir-se-á que os atributos são as qüididades ou formas substanciais de uma substância absolutamente una: elementos constituintes, formalmente irredutíveis, para uma substância constituída ontologicamente una; elementos estruturais múltiplos para a unidade sistemática da substância; elementos diferenciais para uma substância que não os justapõe e nem os funde, mas os integra[14]. Isso quer dizer que, no espinosismo, não há somente uma gênese dos modos a partir da substância, mas uma *genealogia da própria substância*, e que as oito primeiras proposições têm, precisamente, o sentido de estabelecer essa genealogia. Sem dúvida, a gênese dos modos não é a mesma que a genealogia da substância, pois uma incide sobre as determinações ou partes de uma mesma realidade, a outra, sobre as realidades diversas de um mesmo ser; uma é concernente a uma composição física, a outra, a uma constituição lógica; para retomar a expressão de Hobbes, na qual Espinosa se inspira, uma é uma "*descriptio generati*", mas a outra é uma "*descriptio generationis*"[15]. Entretanto, se uma e outra se dizem *em um só e mesmo sentido* (Deus, causa de todas as coisas no mesmo sentido em que é causa de si), [210] é porque a gênese dos modos se faz nos atributos, e, assim, não se fariam de maneira imanente se os próprios atributos não fossem elementos genealógicos da substância. Aparece aí a unidade metodológica de todo o espinosismo como filosofia genética.

A filosofia genética ou construtiva não é separável de um método sintético, no qual os atributos são determinados como verdadeiras razões de ser. Essas razões são elementos constituintes: não há, pois, ascensão alguma dos atributos à substância, das "substâncias atributivas" à substância absolutamente infinita; esta não contém outra realidade que não aquelas, embora ela seja a integração delas e não a soma (uma soma ainda suporia o número e a distinção numérica). Mas vimos que, em outras ocasiões, Gueroult já mostrava que o método sintético não estava numa simples oposição relativamente ao processo analítico e regressivo. E, no *Tratado da reforma*, parte-se de uma idéia verdadeira qualquer, mesmo que ela esteja ainda impregnada de ficção e que nada a ela corresponda na Natureza, para elevar-se o mais rapidamente possível à idéia de Deus, aí onde

---

13) Págs. 234, 447 (Gueroult observa que a *Ética* não aplica a Deus os termos *simplex, ens simplicissimum*).
14) Págs. 202, 210.
15) Pág. 33.

cessa toda ficção e onde as coisas se engendram, como as idéias, a partir de Deus. Na *Ética*, certamente, essa elevação não ocorre das substâncias-atributos à substância absolutamente infinita; mas chega-se às substâncias-atributos, entendidas como elementos constituintes reais, por um processo analítico regressivo que faz com que elas não sejam por conta própria objetos de uma construção genética, e nem devem sê-lo, mas somente objetos de uma *demonstração pelo absurdo* (com efeito, os modos da substância são "deslocados" para demonstrar que cada atributo só pode designar uma substância incomensurável, única em seu gênero, que existe por si e é necessariamente infinita). E o que é suprimido ou ultrapassado em seguida não é o resultado desse processo regressivo, pois os atributos existem exatamente como são percebidos, mas é esse próprio processo que, desde que os atributos são percebidos como elementos constituintes, dá lugar ao processo da construção genética. Assim, esta integra o processo analítico e *sua auto-supressão*. É mesmo nesse sentido que estamos seguros de atingir a razões que são razões de ser e não simples razões de conhecer, e que o método geométrico supera o que [211] era ainda fictício quando se aplicava a simples figuras, revelando-se adequado à construtividade do ser real[16]. Em suma, o que é provisório não é o conteúdo das oito primeiras proposições e nem qualquer das propriedades conferidas às substâncias-atributos, mas é somente a possibilidade analítica dessas substâncias formarem existências separadas, possibilidade que de modo algum é efetuada nas oito primeiras proposições[17].

Vê-se de pronto que a construção da substância única existe como um cruzamento de duas séries e forma precisamente um *nexus* (é por ter ignorado isso que os comentadores fizeram como se se "elevasse" dos atributos à substância, segundo uma série hipotética única, ou, então, como se os atributos fossem tão-só razões de conhecer, segundo uma série problemática). Na verdade, as oito primeiras proposições representam uma primeira série pela qual nós nos elevamos até os elementos diferenciais constituintes; depois, as proposições 9ª, 10ª e 11ª representam uma outra série pela qual a idéia de Deus integra esses elementos e deixa ver que ele só pode ser constituído por eles todos. É por isso que Espinosa diz expressamente que as primeiras proposições só têm alcance se se atenta, "ao mesmo tempo", à definição de Deus: ele nunca se contenta numa mesma linha em concluir da unidade das substâncias constitutivas a unicidade da substância constituída, mas, ao contrário, invoca a potência infinita de um *Ens realissimum,* e sua unicidade necessária enquanto substância, para concluir

---

16) Sobre o equívoco da noção de figura, cf. apêndice nº 1 (p. 422).
17) Pág. 161.

pela unidade das substâncias que a constituem sem nada perder de suas propriedades precedentes[18]. Distinguem-se, [212] portanto, os elementos estruturais realmente distintos e a condição sob a qual eles compõem uma estrutura que funciona em seu conjunto, onde tudo avança igualmente e onde a distinção real será garantia de correspondência formal e de identidade ontológica.

O *"nexus"* entre as duas séries aparece bem na noção de causa de si, com seu papel central na gênese. *Causa sui* é, primeiramente, uma propriedade de cada substância qualificada. E o aparente círculo vicioso, segundo o qual ela deriva a si própria do infinito, mas também o funda, se deslinda da seguinte maneira: ela deriva a si própria da infinitude como plena perfeição *de essência*, mas funda a infinitude em seu verdadeiro sentido como afirmação absoluta *de existência*. O mesmo se dá com Deus ou substância única: sua existência é provada, primeiramente, pela infinidade de sua essência, em seguida, pela causa de si como razão genética da infinidade de existência, "a saber, a potência infinitamente infinita do *Ens realissimum*, pela qual esse ser, causando-se necessariamente a si mesmo, põe absolutamente sua existência em toda sua extensão e plenitude, sem limitação e nem desfalecimento"[19]. De um lado, concluir-se-á disso que o conjunto da construção genética não é separável de uma dedução dos próprios, dos quais a *causa sui* é o principal. A dedução dos próprios se entrelaça, se entrecruza com a construção genética: "Se, com efeito, se descobriu que a coisa causa a si mesma após ter procedido à *gênese de* [213] *sua essência...*, nem por isso é menos certo que a *gênese da coisa* só foi obtida pelo conhecimento desse

---

18) Pág. 141: "Assim", observa Espinosa, "vereis facilmente para onde tendo, contanto que estejais atentos, *ao mesmo tempo*, à definição de Deus. Do mesmo modo, é impossível conhecer a verdadeira natureza do triângulo se, primeiramente, não se considera à parte os ângulos dos quais ele é feito e não se demonstra suas propriedades; se bem que não teríamos podido dizer algo da natureza do triângulo, nem das propriedades que sua natureza impõe aos ângulos que o constituem, se, por outro lado e independentemente deles, a Idéia verdadeira de sua essência não nos tivesse sido dada *ao mesmo tempo*".
Pág. 164: "Os atributos têm características tais que eles *podem* ser reportados a uma mesma substância, *desde que exista* uma substância a tal ponto perfeita que ela *exige* que se reporte todos a ela como à única substância. Mas, enquanto não foi demonstrado, por meio da idéia de Deus, que existe uma tal [212] substância, não estamos seguros de reportá-los a ela e a construção não pode completar-se".
Pág. 226-227: "A *unicidade* própria à natureza infinitamente infinita de Deus é o princípio da *unidade*, nele, de todas as substâncias que o constituem. Todavia, o leitor não advertido tende a seguir a vertente contrária, considerando que Espinosa deve provar a unicidade de Deus pela sua unidade. Mantendo-se em uma constante nunca desmentida, Espinosa segue a outra via: ele prova a unidade das substâncias não em virtude de sua natureza mas em virtude da unicidade necessária da substância divina...Com isso, confirma-se uma vez mais que o princípio gerador da unidade das substâncias na substância divina é tão-somente o princípio gerador da unidade das substâncias na substância divina, e não é, como se acreditou, o conceito de substância – o qual, tal como ele é deduzido nas oito primeiras *Proposições*, conduziria sobretudo ao pluralismo – mas é a noção de Deus".
19) Págs. 204 (e 191-193).

próprio que dá razão de sua existência. Com isso, um progresso fundamental foi também obtido no conhecimento da essência, pois, estando sua verdade então demonstrada no mais elevado ponto, vem a ser igualmente certo, no mais elevado ponto, que ela é realmente uma essência. Ora, o que vale para a *causa sui*, vale, em graus diversos, para todos os outros próprios: eternidade, infinitude, indivisibilidade, unicidade etc., pois estes nada mais são do que a própria *causa sui* considerada sob diferentes pontos de vista"[20]. Por outro lado, a *causa sui* aparece bem no "*nexus*" das duas séries da gênese, pois é a identidade dos atributos quanto à causa ou o ato causal que explica a unicidade de uma só substância existindo por si, apesar da diferença desses atributos quanto à essência: realidades diversas e incomensuráveis, os atributos só se integram em um ser indivisível "pela identidade do ato causal pelo qual eles dão a si a existência e produzem seus modos"[21].

A *causa sui* anima todo o tema da potência. Entretanto, correr-se-ia o risco de cometer um contra-senso se, avaliando mal o entrecruzamento das noções, fosse atribuída a essa potência uma independência que ela não tem e, aos próprios, uma autonomia que eles não têm em relação à essência. A própria potência, a *causa sui*, é somente um próprio; e se é verdade que ela se desloca das substâncias qualificadas para a substância única, é somente porque esta substância, em razão de *sua* essência, gozava *a fortiori* das características que os atributos substanciais gozavam em razão da sua. Em conformidade com a diferença do próprio e da essência, a substância não seria única sem a potência, mas não é pela potência que ela o é, mas sim pela essência: "Se, pela unicidade da potência (dos atributos), compreendemos *como é possível* que eles sejam tão-somente um ser, apesar da diversidade das suas essências próprias, a *razão que funda* sua união em uma só substância é somente a perfeição infinita constitutiva da essência de Deus"[22]. Eis porque é tão deplorável inverter a fórmula de Espinosa e fazer como se a essência de Deus fosse potência, ao passo que [214] Espinosa diz que "a potência de Deus é sua própria essência"[23]. Ou seja: a potência é o próprio inseparável da essência, e é o que exprime como a essência, ao mesmo tempo, é causa da existência da substância e causa das outras coisas que dela decorrem. Incompreensível desde que se inverta a fórmula, o enunciado "a potência não é outra coisa que não a essência", significa, portanto, duas coisas: 1ª) Deus não tem outra potência que não aquela de sua essência, ele só

---

20) Pág. 206.
21) Págs. 238 (e 447).
22) Pág. 239.
23) Págs. 379-380.

age e produz pela sua essência e não por um entendimento e uma vontade: ele é, pois, causa de todas as coisas *no mesmo sentido* em que é causa de si, sendo que a noção de potência exprime, precisamente, a identidade da causa de todas as coisas com a causa de si; 2º) os produtos ou efeitos de Deus são *propriedades* que decorrem da essência, mas que são, necessariamente, *produzidos* nos atributos constitutivos dessa essência; são *modos*, portanto, cuja unidade nos atributos diferentes se explica, por sua vez, pelo tema da potência, isto é, pela identidade do ato causal que os coloca em cada um deles (donde a assimilação efeitos reais = propriedades = modos; e a fórmula "Deus produz uma infinidade de coisas em uma infinidade de modos", na qual *coisa* remete à causa singular que age em todos os atributos ao mesmo tempo, e *modos* remete às essências que dependem dos atributos respectivos)[24].

O entrelaçamento rigoroso da essência e da potência exclui que as essências sejam como que modelos em um entendimento criador, e exclui que a potência seja como que uma força nua em uma vontade criadora. Conceber possíveis está excluído de Deus, tanto quanto realizar contingentes: o entendimento, como a vontade, só pode ser um modo, finito ou infinito. É preciso ainda apreciar, justamente, essa desvalorização do entendimento. Pois, quando se estabelece o entendimento na essência de Deus, é claro que a palavra entendimento toma um sentido equívoco, que o entendimento infinito só tem com o nosso apenas uma relação de analogia, e que as perfeições em geral que convêm a Deus não têm a mesma forma que aquelas que cabem às criaturas. Ao contrário, quando dizemos que o entendimento divino não deixa de ser um modo tanto quanto o entendimento finito ou humano, não estamos somente fundando a adequação [215] do entendimento humano, como parte, ao entendimento divino como todo, estamos fundando, igualmente, a adequação de todo entendimento às formas que ele compreende, pois *os modos envolvem as perfeições, das quais eles dependem, sob as mesmas formas constitutivas da essência da substância*. O modo é efeito; mas se o efeito difere da causa em essência e em existência, ele, pelo menos, tem em comum com a causa as formas que ele envolve somente em sua essência, ao passo que elas constituem a essência da substância[25]. Assim, a

---

24) Pág. 237: "*Infinitamente diferentes quanto à sua essência*, eles são, pois, *idênticos quanto à sua causa*, coisa idêntica significando aqui *causa idêntica*", e pág. 260.
25) Cf. p. 290 (e na p. 285 Gueroult precisa: "A incomensurabilidade de Deus com seu entendimento significa somente que Deus, enquanto causa, é absolutamente distinto do seu entendimento como efeito, e, precisamente, acontece que a idéia, enquanto idéia, deve ser absolutamente distinta do seu objeto. Assim, a incomensurabilidade de modo algum significa aqui a *incompatibilidade radical das condições do conhecimento com a coisa a ser conhecida, mas somente a separação e a oposição do sujeito e do objeto, do que conhece e do que é conhecido*, da coisa e de sua idéia, separação e oposição que, longe de impedir o conhecimento, são, ao contrário, o que o torna possível...").

redução do entendimento infinito ao estado de modo não se separa de duas outras teses que, ao mesmo tempo, asseguram a mais rigorosa distinção de essência e de existência entre a substância e seus produtos, e que asseguram, porém, a mais perfeita comunidade de forma (univocidade). Inversamente, a confusão do entendimento infinito com a essência da substância traz consigo, por sua vez, uma distorção das formas que Deus só possui à sua incompreensível maneira, isto é, eminentemente, mas também uma confusão de essência entre a substância e as criaturas, pois as perfeições do homem é que são atribuídas a Deus, contentando-se em elevá-las ao infinito[26].

É esse estatuto formal do entendimento que dá conta da possibilidade do método geométrico, sintético e genético. Donde a insistência de Gueroult sobre a natureza do entendimento espinosista, sobre a oposição entre Descartes e Espinosa quanto a esse problema, e sobre a tese mais radical do espinosismo: o racionalismo absoluto, fundado sobre a adequação do nosso entendimento ao saber absoluto. "Afirmando a total inteligibilidade para o homem da essência de Deus e das coisas, Espinosa tem perfeita consciência de opor-se a Descartes... [216]. O racionalismo absoluto, impondo a total inteligibilidade de Deus, chave da total inteligibilidade das coisas, é, portanto, o primeiro artigo de fé para o espinosismo. Somente graças a ele, a alma, purgada das múltiplas *superstições*, das quais a noção de um Deus incompreensível é o supremo *asilo*, conclui essa união perfeita de Deus e do homem que condiciona sua salvação"[27]. Não haveria método sintético e genético se o engendrado não fosse de certa maneira igual ao gerador (assim, os modos não são nem *mais* nem *menos* que a substância)[28], e se o próprio gerador não fosse objeto de uma genealogia que funda a gênese do engendrado (assim, os atributos como elementos genealógicos da substância e princípios genéticos dos modos). Gueroult analisa essa estrutura do espinosismo em todos os seus detalhes. E como uma estrutura se define pelo seu efeito de conjunto, não menos que por seus elementos, relações, *nexus e entrecruzamentos*, assiste-se às vezes a uma mudança de tom, como se Gueroult desvelasse, fizesse ver subitamente o efeito de funcionamento da estrutura em seu conjunto, que ele desenvolverá em tomos seguintes: assim, *o efeito de conhecimento* (como o

---

26) Pág. 281: "Assim, paradoxalmente, a atribuição a Deus de um entendimento e de uma vontade incomensuráveis com as nossas, que parece dever estabelecer entre ele e nós uma disparidade radical, envolve, na realidade, um antropomorfismo inveterado, que é tanto mais nocivo por tomar a si próprio como sendo a negação suprema dessa disparidade".

27) Pág. 12 (e págs. 9-11, o confronto com Descartes, Malebranche e Leibniz, os quais guardam sempre uma perspectiva de eminência, de analogia ou mesmo de simbolismo em sua concepção do entendimento e da potência de Deus).

28) Cf. p. 267.

homem chega a "situar-se" em Deus, isto é, a ocupar na estrutura o lugar que o conhecimento do verdadeiro lhe consigna e que, do mesmo modo, lhe assegura esse verdadeiro conhecimento e a verdadeira liberdade); ou, então, *o efeito de vida* (como a potência, enquanto essência, constitui a "vida" de Deus que se comunica ao homem e funda realmente a identidade da sua independência em Deus e da sua dependência a Deus)[29]. O livro admirável de Gueroult tem uma dupla importância: do ponto de vista do método geral que ele opera e do ponto de vista do espinosismo; este não representa para esse método uma aplicação entre outras, mas constitui, ao final da série de estudos sobre Descartes, Malebranche e Leibniz, o seu termo ou o objeto mais adequado, o mais saturado, o mais exaustivo. Este livro funda o estudo verdadeiramente científico do espinosismo.

Tradução de
Luiz B.L. Orlandi

---

29) Cf. as duas passagens nas págs. 347-348, 381-386.

[217]

21: Falha e fogos locais[DL]
[1970]

Em busca de um pensamento planetário, Axelos define seu objeto: "Planetário significa, com certeza, o que abarca o planeta terra, o globo terrestre e suas relações com os outros planetas. É o *global*. No entanto, essa concepção do planetário permanece excessiva em extensão... Planetário quer dizer aquilo que é *itinerante* e *errante*, aquilo que descreve um curso errante em uma trajetória no espaço-tempo, aquilo que cumpre um movimento rotativo. Planetário indica a era da *planificação*, em que sujeitos e objetos da planificação global, da vontade de organização e da previsão, são apanhados pela fixação e de acordo com um itinerário que ultrapassa ao mesmo tempo sujeitos e objetos. Planetário denomina o reino da *platitude* que se expande para tudo banalizar, também ela mais errante que aberrante. Planetário designa também, enquanto substantivo masculino e de acordo com os dicionários, uma espécie de *mecanismo técnico*, uma *engrenagem*. O jogo do pensamento e da era planetária é então *global, errante, itinerante, organizador, planificador* e *banalizante, preso na engrenagem*[1]. "As grandes figuras da errância marcam a história do mundo, Ulisses, Dom Quixote, o judeu errante, Bouvard e Pécuchet, Bloom, Malone ou o Inominável – todos, homens sensuais comuns, segundo a expressão de Ezra Pound, que chama seus votos de artista de "a generalização mais geral". As grandes figuras de errância são os próprios pensadores. Bouvard e Pécuchet são a primeira dupla planetária. É verdade que nós [218] ainda aperfeiçoamos a errância, como se o movimento já não fosse mais necessário. O pensamento planetário compreende a filosofia plana dos técnicos gerais que sonham com bombas próprias, e que rivalizam em cosmogonia com Teilhard, as magras reflexões daqueles que vão à lua, mas também o pensamento registrado em instrumentos que os propulsionam, e enfim os pensamentos de nós todos que os assistimos, presos à televisão,

---

DL *Critique*, nº 275, abril 1970, pp. 344-351. As três obras de Kosta Axelos referidas são: *Vers la pensée planétaire*, Paris: Minuit, 1964; *Arguments d'une recherche*, Paris: Minuit, 1969; *Le jeu du monde*, Paris: Minuit, 1969, abreviadas, respectivamente, *V.P.P.*; *A.R.*; *J.M.* Sobre as relações entre Deleuze e Axelos, ver nota DLc do texto nº 9.

1) *V.P.P.*, p. 46

esquizofrenizados sem movimento: o homem sensual comum, "compacto e oco"². Não há nenhuma razão de privilegiar um aspecto em detrimento de outro, o planificado em detrimento do global, a errância em detrimento da banalidade. Nós realizamos a profecia: a ausência de finalidade. A errância deixou de ser retorno à origem, ela não é mais, nem mesmo, ab-errância que suporia ainda um ponto fixo, ela está tão distante do erro quanto da verdade. Ela conquistou a autonomia de uma espécie de imobilidade, catatonia.

A atenção volta-se para os meios empregados por Axelos para exprimir esse magma que deve ser o pensamento planetário, que ela é de qualquer maneira, mas que põe problemas técnicos complicados de registro, de tradução, de poetização, tom cinza sobre tom cinza e fragmentos em fragmentos. Aquém de Platão, na direção dos pré-socráticos; além de Marx, na direção do pós-marxismo. Procedimentos aforísticos emprestados a Heráclito sobrevivente, procedimentos de teses emprestados a Marx militante, anedotas do tipo zen, projetos, retomadas, panfletos, programas no estilo dos socialistas ditos utópicos. Mas percebe-se que Axelos adoraria os meios audiovisuais, e sonharia com um Heráclito à cabeça de um comando pós-marxista, no domínio de uma estação de rádio para curtas comunicações aforísticas ou mesas-redondas dedicadas ao eterno retorno. Toda uma linguagem heideggeriana baseada na escuta toma aí um novo sentido, ao mesmo tempo em que é trazida do campo para a cidade. Axelos procura avaliar as possibilidades do cinema para exprimir as formas modernas de errância³. Mas o estudo assíduo dos pré-socráticos não é mais um retorno à origem, da mesma forma que o pós-marxismo não é ele mesmo uma finalidade: trata-se, antes, de captar um "devir mundial" tal como ele surgiu entre os Gregos, como ausência de origem, [219] e tal como ele surge para nós agora, desviando-se de todas as finalidades.

O Jogo do mundo é escrito em aforismos. O objeto próprio do aforismo é o objeto parcial, o fragmento, o pedaço. Nós conhecemos bem, ou melhor, Maurice Blanchot nos ensinou a conhecer as condições de um pensamento e de uma "fala de fragmento": dizer e pensar o objeto parcial enquanto ele não pressupõe totalidade alguma passada da qual derivaria, mas, ao contrário, deixar o fragmento derivar por ele mesmo e pelos outros fragmentos, fazendo da distância, da divergência e do descentramento, que tanto os separam quanto os misturam, uma afirmação como "nova relação com o Fora", irredutível à unidade. É preciso conceber cada aforismo como se dotado de um mecanismo propulsor, e as projeções, as introjeções, mas também as fixações, as regressões, as sublimações

---

2) *A.R.*, p. 172.
3) *V.P.P.*, pp. 100-102

não são simplesmente processos psíquicos, são mecanismos cosmo-antropológicos. De uma certa maneira, o homem reata com um destino que é preciso ler nos astros e planetas[4]. O pensamento planetário não é unificador: ele implica uma profundidade do céu, uma extensão do universo em profundidade, aproximações e distanciamentos sem meio termo, números inexatos, uma abertura essencial de nosso sistema, toda uma filosofia-ficção. Por isso o planetário não é a mesma coisa que o mundo, mesmo heideggeriano: o mundo de Heidegger se desloca, "mundo e mundo cósmico não são idênticos"[5]. E as tonalidades afetivas do ser planetário não são aquelas do ser-no-mundo. Ao se interrogar sobre as possibilidades afetivas sentimentais da música moderna, Charles Koechlin dizia que ela renuncia às "afirmações" clássicas e aos arroubos" românticos, mas que ela torna-se particularmente apta a dizer "certa desordem, certo desequilíbrio, certa indiferença mesmo", e, além disso, uma "alegria estranha que seria quase felicidade". Esses três vezes "certo", desordem, desequilíbrio, indiferença, define a música planetária, o *pathos* desse pensamento, amargo pensamento, mas também alegre por causa [220] de estranheza (a estranheza como determinação da errância, em vez da alienação)[6].

A esse *pathos* corresponde uma lógica, um *logos*. É que a "forma menor" do aforismo não deve ser reminiscência ou arcaísmo, coleta de pedaços que sobreviviam de um todo passado, mas meio adaptado para a exploração do mundo atual, de suas lacunas e de suas constelações. A lógica é uma lógica probabilista que não remete a propriedades ou a classes, mas a casos. Daí a importância de um signo ambíguo (*ou/e*) que deve demarcar ao mesmo tempo a conjunção (*e*), a disjunção (*ou*), e a exclusão (*nem*). Quando Axelos reúne fórmulas do tipo: "metafisicamente antimetafísico...", "acordo discordante", "admirar-se, no entanto, sem admiração...", "um caranguejo que come outro é comido por um terceiro...", "quem manipula é manipulado...", deve-se ver nisso, não fáceis transformações dialéticas, monótona identidade de contrários, mas seqüências de casos aleatórios, onde a conjunção e a disjunção, a disjunção ou a conjunção substitui a forma do juízo existencial e atributivo que era a base da dialética (*é, não é*). "Se o *há* e o *é* não nos irritam mais, se o *não há* e o *não é* não aparecem para nós como uma simples privação..."[7]. A dialética hegeliana,

---

4) *J.M.*, p. 266.
5) *J.M.*, p. 254.
6) *J.M.*, p. 273.
7) *V.P.P.*, p. 295. É curioso que, para dar apoio a sua crítica da linguagem funcional e unidimensional, Marcuse contenta-se em invocar uma concepção inteiramente tradicional do juízo de existência e de atribuição (*L'Homme unidimensionnel*, Paris: Éditions de Minuit, pp. 119 ss.). Veremos mais à frente o uso que faz Axelos das noções de Marcuse, "unidimensional" e "multidimensional".

e ainda a marxista, talvez mesmo a heideggeriana, evoluem segundo as categorias do ser, do não-ser e do Uno-Todo. E o que pode fazer o Todo a não ser totalizar o nada, e aniquila o nada não menos que o ser? "O niilismo aniquila o nada, pois ele deixa o *nada impensado*[8]." Por mais que alguém se perturbe e se angustie a fim de imaginar esse *nada* que é a mesma coisa que o Todo, ele permanece impensado no niilismo. O niilismo é, de fato, a determinação universal da modernidade, do mesmo modo que a platitude é o movimento da errância. Axelos diz e mostra constantemente que "não se trata absolutamente de frear o processo", de lutar contra a platitude ou de vencer o niilismo[9]. [221] Mas esse *nihil*, esse *nada* do niilismo permanece impensado como conflagração total universal ou fim do mundo, e é ele igualmente que subtrai e dispersa seu próprio movimento, iluminando aqui e acolá o fogo local desses fragmentos onde o niilismo já está vencido por ele mesmo, evitado por ele mesmo. Isso é o que faz Axelos dizer: "sempre recomeçar. Até a explosão fatal e final – que virá *bem mais tarde* do que se pensa". O pensamento planetário não tem outra lógica: ele se quer e se apresenta como uma política, uma estratégia. Axelos gosta de considerar alguns livros que ele publica na coleção "Arguments" como estados instáveis do pensamento planetário com que sonha[10]. Um dos primeiros livros dessa coleção é *Da guerra*, de Clausewitz. Mostrou-se recentemente como, para além de Clausewitz, a identidade moderna do estratégico e do político, na perspectiva do niilismo termonuclear, produzia "a guerra destotalizada e dispersa: guerras e/ou acordos limitados"[11]. Quando a política americana para o mundo invoca uma teoria dos jogos, a revolução responde com quatro ou cinco Vietnans. Heráclito estrategista, filósofo do combate: Heráclito diz que todas as coisas se tornam fogo, mas com certeza ele não pensa em uma conflagração mundial, ele a deixa impensada como o *nada* do niilismo, e mostra o niilismo necessariamente vencido por ele mesmo ou por seu "impensado", nos fogos locais que unem os viventes da terra[12]. Não há mais física e metafísica, psicologia e sociologia no pensamento planetário, nada além de uma estratégia generalizada.

---

8) *J.M.*, p. 412.
9) *V.P.P.*, p. 312.
10) *A.R.*, pp. 160 ss.
11) Cf. André Glucksmann, *Le discours de la guerre*, Paris: L'Herne, 1967, pp. 235-240.
12) Sobre a questão "há conflagração mundial segundo Heráclito?" cf. o comentário de Axelos em *Héraclite et la philosophie*, Paris: Minuit, 1962, pp. 104-105: "A universal conflagração, entendida como uma aniquilação integral, provisória ou definitiva, não é uma visão heraclitiana. Se o mundo não foi criado pelo fogo, não pode ser por ele absorvido... O fogo não pode vencer e aniquilar os outros elementos, visto que a justiça está na discórdia e a harmonia na luta. Heráclito, após haver insultado Homero porque este desejava o fim da discórdia, ou seja, a destruição do Universo, cometeria ele próprio essa suprema inconseqüência de destruir o Universo, seja por um instante, seja para sempre? Já que o mundo *é* fogo, frente ao qual tudo muda e que se muda frente a tudo, como poderia o mundo ser queimado pelo fogo?"

Nossa diferença com relação a Clausewitz, mas também com relação a Hegel, [222] com relação a Heidegger, e mesmo ainda com relação a Heráclito... Porque nós pensamos sem origem, e sem destinação, a diferença torna-se o pensamento mais alto, mas nós não podemos pensá-la *entre* duas coisas, entre um ponto de partida e um ponto de chegada, nem mesmo entre o ser e o ente. A diferença não pode ser afirmada como tal sem corroer os termos que param de retê-la, sem que ela mesma pare de passar por termos que lhe são atribuídos. A diferença é o verdadeiro *logos*, mas o *logos* é a errância que suprime os pontos fixos, a indiferença é seu *pathos*. A diferença sai e entra em uma rachadura que engole todas as coisas e os seres. Onde passa a diferença? pergunta Axelos, um olho míope, um olho presbita, hipermétrope. "Qual linha separa o horizonte do visível da harmonia invisível?" Onde o ritmo muda? "No grande espaço englobante e não em tal lugar preciso?" Axelos traça um comentário de Anaxágoras que não cessa de retomar a questão: onde passa, onde está a falha? "Há de um lado um *Nous* sem mistura, sem amálgama, autônomo, e de outro um caos dos entes preexistentes e, em terceiro lugar, um caos transformado em cosmo pelo *Nous*? Onde fica a rachadura? No caos? Entre o caos e o cosmo? No cosmo? No *Nous* e em sua posição? Em sua ação? Na composição do mundo? Na exposição de Anaxágoras? Em nossa compreensão?... Fulminados pela explosão e pela dispersão que acompanham as diferenças, nostálgicos e triturados pela e sob a pressão da indiferença, misturando tudo com tudo e, no entanto, rebentos da mistura, como poderíamos nós, obnubilados por nosso tempo, comunicar com o tempo antigo e com o jogo do tempo?"[13]. Axelos se instala nesse ponto onde a diferença não pára de comunicar – onde a diferença entre mistura e separação é também diferença na mistura e/ou na separação, e a diferença "em" Anaxágoras é também nossa diferença "com" Anaxágoras, origem e destino, tudo ao mesmo tempo. Assim, seria inexato apresentar Axelos como um crítico da totalidade por manter apenas um mundo em fragmentos. É verdade que o todo nunca é concebido como totalização: nem ao estilo platônico, como ação ordenadora de um princípio uno sobre o [223] caos, nem de uma maneira hegeliano-marxista, como o processo de um devir que recolhe e supera seus momentos. Mesmo Axelos, que muito fez na revista e coleção "Arguments" para divulgar Luckacs e a escola de Frankfurt na França, quer marcar com "sua" própria diferença uma concepção do Todo[14]. Toda totalização, o que inclui, principalmente, a do "processo da experiência social e histórica na práxis", parece

---

13) *A.R.*, pp. 20-22.
14) Cf. o prefácio de Axelos à *Histoire et conscience de classe*.

niilismo para Axelos e parece desembocar nesse *nada* que permanece impensado no niilismo. A totalização lhe parece o movimento da platitude burocrática. Mas se é verdade que esse niilismo é vencido por ele mesmo, no sentido de que esse *nada* é pensado, ele deve ser pensado como um Todo – mas um todo que não totaliza e não unifica, que não é suposto por suas partes como unidade perdida e nem mesmo como totalidade fragmentada, que não é também formado nem prefigurado por elas no curso de um desenvolvimento lógico ou de uma evolução orgânica. Um todo que não confia mais na existência e na atribuição, mas que vive na conjunção e na disjunção, na mistura ou na separação, confundindo-se com a caminhada imprevista em todas as direções, rio que arrasta os objetos parciais e faz variar suas distâncias, com isso constituindo, segundo a expressão de Blanchot, essa nova relação com o Fora que se tornou hoje o objeto do pensamento. Neste sentido, Axelos pode situar todos os seus livros sob o signo do "ser em devir da totalidade fragmentária", e, no momento em que ele escreve por aforismos, dizer que o aforismo e o sistema são a mesma coisa, Todo-Fragmento sempre fora de si mesmo que se lança tanto na falha de Anaxágoras quanto nos fogos locais de Heráclito[15].

O *Jogo do mundo* conta uma história planetária. As forças elementares do trabalho e da luta, da linguagem e do pensamento, do amor e da morte compõem as grandes potências dos mitos e das religiões, da poesia e da arte, da ciência e da filosofia. Mas a técnica em curso em todas essas potências opera uma planificação generalizada que as faz entrar em crise, e põe a questão de seu destino planetário. Dir-se-ia, [224] ao mesmo tempo, que um único código subsiste, o da tecnicidade, e que mais nenhum código é capaz de cobrir o conjunto do campo social. No ser planetário, a terra voltou a ser plana. Ora, esse esmagamento das dimensões anteriormente preenchidas pelas potências, esse achatamento que reduz as coisas e os seres ao *unidimensional*, em suma, esse niilismo tem o efeito bizarro de restituir as forças elementares a elas mesmas no jogo bruto de todas as suas dimensões, de *liberar esse nada impensado em uma contra-potência que é a do jogo multidimensional*. Do mais infeliz dos homens, não se dirá que ele é alienado ou trabalha para as potências, mas que ele é sacudido pelas forças. Mesmo a política planetária americana, em seu papel de polícia agressiva, também se sistematiza e se fragmenta na teoria dos jogos. E os esforços da revolução somente podem responder a ela por meio de estratégias locais, que revidam cada golpe, inventando defesas, iniciativas,

---

15) Além desses dois textos sobre Heráclito e Anaxágoras em *A.R.*, cf. *V.P.P.*, "La pensée fragmentaire de la totalité chez Pascal" e "Rimbaud et la poésie du monde planetaire".

novos estratagemas. Desde o início de sua obra, Axelos leva ao ponto mais alto esse conceito de jogo. Ele foi um dos primeiros (juntamente com Fink), a superar a concepção tradicional de jogo. Esta fazia do jogo uma atividade humana específica e circunscrita, definida por oposição a outras potências e outras forças (o real, o útil, o trabalho, o sagrado... etc.). Aqui mesmo Jacques Ehrmann analisou recentemente todos os postulados dessa concepção tradicional que procura definir o jogo isolando-o da realidade, da cultura, das coisas sérias[16]. A esse isolamento opõe-se a tentativa de Fink: ele mostra como o Jogo expande-se sobre o universo, confunde-se com ele, à medida que se vai da interpretação metafísica que desvaloriza e isola os jogos, à interpretação mítica do jogo como relação com o mundo, para alcançar enfim um Jogo como ser, todo do mundo e sem jogador[17]. Sem dúvida, Axelos aceita essa distinção dos jogos com relação aos homens, do jogo no mundo e do jogo do mundo. Mas ele a faz sofrer a transformação que ele opera em geral sobre todos [225] os conceitos heideggerianos, em que o mundo dá lugar ao planetário, "a inspeção" à estratégia, e ser e a verdade à errância. Axelos está para Heidegger, assim como Zen está para Buda. Axelos não parte do jogo do homem (fenomenologicamente) para vê-lo capaz de simbolizar o jogo do mundo (ontologicamente). Ele parte de um diálogo, de um jogo planetário que reconecta o jogo do homem ao jogo do mundo. Ele torna plena de sentido a fórmula: *Isso joga, sem jogadores*. Com ele, a superação da metafísica atinge o sentido que lhe atribuía Jarry conforme a etimologia, "patafísica", gesto planetário do doutor Faustroll do qual pode vir agora a salvação da filosofia.

Tradução de
Hélio Rebello Cardoso Júnior

---

16) Cf. Jacques Ehrmann, "L'homme en jeu", *Critique*, nº 266. As cinco teses de Ehrmann ao fim de seu artigo correspondem à concepção de Axelos: 1ª) O jogo não é do sujeito; 2ª) o jogo é comunicação; 3ª) o jogo é espiral espaço-tempo; 4ª) o jogo é finito e ilimitado, porque ele próprio traça os limites; 5ª) o jogo implica e explica o fora de jogo (*hors-jeu*).
17) Eugen Fink, *Le Jeu comme symbole du monde*, Paris: Minuit, 1966.

22: Hume
[1972]

Significação do empirismo

A história da filosofia mais ou menos absorveu, digeriu o empirismo. Ela o definiu numa relação de inversão com o racionalismo: haverá ou não nas idéias alguma coisa que não esteja nos sentidos ou no sensível? Ela fez do empirismo uma crítica do inatismo, do *a priori*. Mas o empirismo sempre teve outros segredos. E são esses que Hume eleva ao mais elevado ponto, que exibe em plena luz, em sua obra extremamente difícil e sutil. Por isso, Hume tem uma posição muito particular. Seu empirismo é, antecipadamente, uma espécie de universo de ficção científica. Como na ficção científica, tem-se a impressão de um mundo fictício, estranho, estrangeiro, visto por outras criaturas; mas também o pressentimento de que esse mundo já é o nosso e que somos nós próprios essas outras criaturas. Paralelamente, opera-se uma conversão da ciência ou da teoria: a teoria torna-se *inquérito* (a origem dessa concepção está em Bacon; Kant dela se lembrará, muito embora a transforme e a racionalize, quando conceber a teoria como tribunal). A ciência ou a teoria são um inquérito, isto é, uma prática: prática do mundo aparentemente fictício que o empirismo descreve, estudo das condições de legitimidade das práticas nesse mundo empírico que é, de fato, o nosso. Grande conversão da teoria à prática. Os manuais de história da filosofia desconhecem o que chamam de "associacionismo" quando nele vêem uma teoria, no sentido ordinário da palavra, e como que um racionalismo às avessas. Hume propõe questões insólitas, que nos são, porém, familiares: bastará, para se tornar proprietário de uma cidade abandonada, lançar o seu dardo contra a porta da cidade, ou será preciso tocar essa porta com o dedo? Até que ponto será possível ser proprietário dos mares? Por que o solo é mais importante do que a superfície num sistema jurídico, mas também a pintura, mais importante do que a tela? É somente aí que o problema da associação das idéias encontra seu sentido. O que se denomina teoria da

---

DL   *In* François Châtelet (org.), *Histoire de la philosophie*, t. IV. *Les Lumières XVIIIe siècle*. Paris: Hachette, "col. Pluriel", 1972, pp. 65-78.

associação encontra sua destinação e sua verdade numa casuística das relações, numa prática do direito, da política, da economia, que muda inteiramente a natureza da reflexão filosófica.

A natureza da relação

A originalidade de Hume, uma das originalidades de Hume, provém da força com que afirma: *as relações são exteriores aos seus termos*. Uma semelhante tese só pode ser compreendida em oposição a todo o esforço da filosofia enquanto racionalismo, que tentara reduzir o paradoxo das relações: seja pela descoberta de um meio de tornar a relação interior aos seus próprios termos, seja pela descoberta de um meio termo mais compreensivo e mais profundo ao qual a própria relação fosse interior. Pedro é menor do que Paulo: como fazer dessa relação algo de interior a Pedro ou a Paulo, ou ao seu conceito, ou ao todo que formam ou à Idéia da qual participam? Como vencer a irredutível exterioridade da relação? E, sem dúvida, o empirismo havia sempre militado em favor da exterioridade das relações. Mas, de certa forma, sua posição a esse respeito permanecia encoberta pelo problema da origem dos conhecimentos ou das idéias: tudo encontrava sua origem no sensível e nas operações do espírito sobre o sensível. Hume opera uma inversão que vai levar o empirismo a uma potência superior: se as idéias não contêm nenhuma outra coisa e nada mais do que o que se encontra nas impressões sensíveis, é precisamente porque as relações são exteriores e heterogêneas a seus termos, impressões ou idéias. A diferença não se encontra, pois, entre idéias *e* impressões, mas entre duas espécies de impressões ou idéias, as impressões ou idéias de termos [228] *e* as impressões ou idéias de relações. Assim, o verdadeiro mundo empirista desdobra-se pela primeira vez em toda a sua extensão: mundo de exterioridade, mundo em que o próprio pensamento está numa relação fundamental com o Fora, mundo onde há termos que são verdadeiros átomos, e relações que são verdadeiras passagens externas – mundo onde a conjunção "e" destrona interioridade do verbo "é", mundo de Arlequim, mundo disparatado e de fragmentos não totalizáveis onde nos comunicamos por meio de relações exteriores. O pensamento de Hume se estabelece num duplo registro: o *atomismo*, que mostra como as idéias ou impressões sensíveis remetem a *mínima* punctuais que produzem o espaço e o tempo; o *associacionismo*, que mostra como se estabelecem relações entre esses termos, sempre exteriores a esses termos e dependendo de outros princípios. De uma parte, uma física do espírito; de outra parte, uma lógica das relações. É a Hume que pertence o mérito de ter rompido a forma coercitiva do juízo de atribuição, tornando possível uma autônoma lógica das relações, descobrindo um mundo conjuntivo de átomos e de relações, cujo desenvolvimento se encontrará em Russell e na lógica moderna. Pois as relações são as próprias conjunções.

A natureza humana

O que é uma relação? É o que nos faz passar de uma impressão ou de uma idéia dadas à idéia de alguma coisa que não é atualmente dada. Por exemplo, penso em algo de "semelhante"... Ao ver o retrato de Pedro, penso em Pedro, que não está aí. Em vão se buscaria no termo dado a razão da passagem. A própria relação é o efeito de princípios ditos de associação – contigüidade, semelhança e causalidade – que constituem precisamente uma *natureza humana*. Natureza humana significa que o que é universal ou constante no espírito humano não é jamais tal ou qual idéia como termo, mas somente maneiras de passar de uma idéia particular a uma outra. Hume, nesse sentido, entregar-se-á à destruição concertada das três grandes idéias terminais da metafísica, [229] o Eu, o Mundo e Deus. Todavia, a tese de Hume parece a princípio muito decepcionante: que vantagem haverá em explicar as relações por meio de princípios da natureza humana, princípios de associação que parecem ser tão-somente um outro nome para designar as relações? Se ficamos decepcionados, é por compreendermos tão mal o problema. O problema não é o das causas, mas o do funcionamento das relações como efeitos dessas causas e das condições práticas desse funcionamento.

Consideremos a esse respeito uma relação muito especial, a de causalidade. Ela é especial porque não nos faz apenas passar de um termo dado à idéia de alguma coisa que não é atualmente dada. A causalidade me faz passar de alguma coisa que me foi dada à idéia de alguma coisa que jamais me foi dada, ou mesmo que não é dável na experiência. Por exemplo, a partir dos signos inscritos num livro, acredito que César venceu. Ao ver o sol se levantar, digo que se levantará amanhã; tendo visto a água ferver a 100°, digo que ela ferve necessariamente a 100°. Ora, locuções como "amanhã", "sempre", "necessariamente" exprimem algo que não se pode dar na experiência: amanhã não é dado sem se tornar hoje, sem cessar de ser amanhã, e toda experiência é a de um particular contingente. Em outros termos, a causalidade é uma relação em conformidade com a qual ultrapasso o dado, digo mais do que é dado ou dável, em suma, *infiro e creio*, aguardo, conto com... Essencial é esse primeiro deslocamento operado por Hume, que põe a crença na base e no princípio do conhecimento. Um tal funcionamento da relação causal explica-se assim: é que os casos semelhantes observados (todas as vezes que vi *a* seguir ou acompanhar *b*) se fundam na imaginação, muito embora permaneçam distintos e separados uns dos outros no entendimento. Essa propriedade de fusão na imaginação constitui o hábito (conto com...). O princípio do hábito, enquanto fusão de casos semelhantes na imaginação, e o princípio da experiência, enquanto observação dos casos distintos no entendimento, combinam-se, portanto, [230] para produzir ao mesmo tempo a relação e a inferência segundo a relação (crença), em conformidade com as quais funciona a causalidade.

A ficção

Ficção e natureza têm uma certa maneira de se distribuir no mundo empirista. Entregue a si próprio, o espírito não está privado do poder de passar de uma a outra idéia, mas passa de uma a outra ao acaso e segundo um delírio que percorre o universo, formando dragões de fogo, cavalos alados, gigantes monstruosos. Os princípios da natureza humana, ao contrário, impõem a esse delírio regras constantes como leis de passagem, de transição, de inferência de acordo com a própria Natureza. Mas, a partir daí, desenrola-se uma estranha batalha. Pois, se é verdade que os princípios de associação fixam o espírito ao lhe impor uma natureza que disciplina o delírio ou as ficções da imaginação, inversamente a imaginação serve-se desses princípios para deixar passar suas ficções, suas fantasias, para lhes conferir uma caução que não poderiam ter por si mesmas. Nesse sentido, cabe à ficção fingir as próprias relações, induzir relações fictícias e fazer-nos crer em loucuras. Isso pode ser visto no dom que a fantasia tem de duplicar toda relação presente por outras relações que não existem neste ou naquele caso. Mas isso também pode ser visto, sobretudo no caso da causalidade, quando a fantasia forja cadeias causais fictícias, regras ilegítimas, simulacros de crença, seja por confundir o acidental com o essencial, seja por se servir das propriedades da linguagem (ultrapassar a experiência) a fim de substituir as repetições de casos semelhantes realmente observados por uma simples repetição verbal que simula o seu efeito. É assim que o mentiroso crê em suas mentiras de tanto repeti-las; é assim que procedem, igualmente, a educação, a superstição, a eloqüência, a poesia. Não ultrapassamos a experiência apenas em uma via científica que será confirmada pela própria Natureza e por um cálculo correspondente; ela é também ultrapassada em todas as direções de um delírio que forma uma contra-Natureza e que assegura a fusão de qualquer coisa. A fantasia serve-se dos princípios de associação para torcer esses próprios princípios e lhes dar uma extensão ilegítima. Hume está em vias de operar um segundo grande deslocamento na filosofia, que consiste em substituir o conceito tradicional de erro pelo conceito de delírio ou ilusão, segundo o qual há crenças, não falsas mas ilegítimas, exercícios ilegítimos das faculdades, funcionamentos ilegítimos das relações. Kant, também aí, deverá alguma coisa de essencial a Hume. Não estamos ameaçados pelo erro, mas, o que é muito pior, estamos imersos no delírio.

De qualquer maneira, isso ainda nada significa, à medida que as ficções da fantasia torcem os princípios da natureza humana contra eles próprios, mas em condições que podem sempre ser corrigidas: é o que acontece com a causalidade, em que um cálculo severo das probabilidades pode denunciar as ultrapassagens delirantes ou as relações fingidas. Mas a ilusão é singularmente mais grave quando ela própria faz parte da natureza humana, isto é, quando o exercício ou a crença ilegítima é incorrigível, inseparável das crenças legítimas, indispensáveis à sua organização. Neste caso, o próprio uso fantasista dos princípios da natureza humana torna-se um princípio. O delírio e a ficção passam para o lado da natureza humana. É o que Hume mostrará em suas mais sutis, mais difíceis análises, concernentes às idéias de Eu, de Mundo e de Deus: como a posição de uma existência dos corpos distinta e contínua, como a posição de uma identidade do eu fazem intervir toda sorte de funcionamentos fictícios das relações, e principalmente da causalidade, em condições tais que nenhuma ficção pode ser corrigida, mas, ao contrário, nos precipita em outras ficções que fazem parte, todas elas, da natureza humana. E numa obra póstuma, que é talvez sua obra-prima, *Diálogos sobre a religião natural,* Hume aplica o mesmo método crítico não somente à religião revelada, mas à religião dita natural e aos argumentos teleológicos sobre os quais ela se funda. O humor de Hume jamais atingiu um tal ponto: crenças que fazem tanto mais parte de nossa natureza quanto mais completamente ilegítimas são do ponto de vista dos princípios da natureza humana. E, sem dúvida, é aí que se pode compreender a noção complexa de *ceticismo moderno* tal como Hume a elabora. Diferentemente do ceticismo antigo, que repousa sobre a variedade [232] das aparências sensíveis e os erros dos sentidos, o ceticismo moderno repousa sobre o estatuto das relações e sua exterioridade. O primeiro ato do ceticismo moderno consistiu em descobrir a crença na base do conhecimento, isto é, em naturalizar a crença (positivismo). Conseqüentemente, o segundo ato consiste em denunciar as crenças ilegítimas como aquelas que não obedecem às regras efetivamente produtoras de um conhecimento (probabilismo, cálculo das probabilidades). Mas, por meio de um último refinamento, num terceiro ato, as crenças ilegítimas no Mundo, no Eu e em Deus mostram-se como o horizonte de todas as crenças legítimas possíveis, ou como o grau mais baixo de crença. Pois, se tudo é crença, até mesmo o conhecimento, tudo é uma questão de graus de crença, até mesmo o delírio do não-conhecimento. O humor, virtude cética moderna de Hume, contra a ironia, virtude dogmática antiga de Sócrates e de Platão.

A imaginação

Mas se o inquérito sobre o conhecimento tem por princípio e resultado o ceticismo, se ele termina na mistura inextricável da ficção e da natureza humana, é talvez por representar tão-somente uma parte do inquérito, que não é sequer a sua parte principal. Os princípios de associação, com efeito, só tomam sentido com respeito às paixões. Não somente são as circunstâncias afetivas que dirigem as associações de idéias, mas as próprias relações vêem-se atribuir um sentido, uma direção, uma irreversibilidade, uma exclusividade em função das paixões. Em suma, o que constitui a natureza humana, o que dá uma natureza ou constância ao espírito, não são somente os princípios de associação de onde decorrem as relações, mas os princípios de paixão, de onde decorrem os "pendores". Cumpre considerar duas coisas a esse respeito: que as paixões não fixam o espírito, não lhe dão uma natureza da mesma forma que os princípios de associação! – e, de outro lado, que o fundo do espírito, enquanto delírio ou ficção, não reage às paixões da mesma forma pela qual reage às relações.

Vimos como os princípios de associação [233] – e especialmente a causalidade – determinavam o espírito a ultrapassar o dado, inspirando-lhe crenças ou ultrapassagens que não eram todas ilegítimas. Mas as paixões têm antes por efeito a restrição do alcance do espírito, sua fixação em idéias e objetos privilegiados. Pois o fundo da paixão não é o egoísmo, mas, o que é ainda pior, a *parcialidade*: nós nos apaixonamos inicialmente por nossos pais, nossos próximos e nossos semelhantes (causalidades, contigüidades, semelhanças restritas). E isso é mais grave do que se fôssemos governados pelo egoísmo. Os egoísmos exigiriam apenas que fossem limitados para que a sociedade fosse possível: é nesse sentido que, do século XVI ao XVIII, as célebres teorias do contrato colocaram o problema social como devendo ser o de uma limitação dos direitos naturais, ou mesmo de uma renúncia a esses direitos, donde nasceria a sociedade contratual. Mas, quando Hume diz que o homem não é naturalmente egoísta, que ele é naturalmente parcial, não se deve ver nisso uma simples nuança nas palavras, é preciso que se veja aí uma mudança radical na posição prática do problema social. O problema não é mais: como limitar os egoísmos e os direitos naturais correspondentes?, mas sim: como ultrapassar as parcialidades, como passar de uma "simpatia limitada" a uma "generosidade ampliada", como estender as paixões, dar-lhes uma extensão que elas não têm por si mesmas? A sociedade não é mais absolutamente pensada como um sistema de limitações legais e contratuais, mas como uma invenção institucional: como *inventar artifícios*, como criar instituições que forcem as paixões a ultrapassar sua parcialidade e que formem outros tantos sentimentos morais, jurídicos, políticos (por exemplo, o sentimento de justiça) etc.? Donde a oposição que Hume estabelece entre o contrato e a convenção ou o artifício. Hume é, sem dúvida, o primeiro a romper com o modelo limitativo do contrato e da lei que ainda domina a sociologia do século XVIII, para a ele opor o modelo positivo do artifício e da instituição. E assim, por sua vez, todo o problema do homem vê-se deslocado: não se trata mais, como no conhecimento, da relação complexa entre a ficção e a natureza humana, mas da relação entre a natureza humana e o artifício (o homem enquanto espécie inventiva). [234]

As paixões

No conhecimento, eram os próprios princípios da natureza humana que instauravam regras de extensão ou de ultrapassagem, de que a fantasia, por sua vez, se servia para deixar passar simulacros de crença: a tal ponto que se precisava constantemente de um cálculo para corrigir, para selecionar o legítimo e o ilegítimo. Na paixão, ao contrário, o problema se coloca de outra maneira: como se pode inventar a extensão artificial que ultrapassa a parcialidade da natureza humana? É aí que a fantasia e a ficção tomam um novo sentido. Como diz Hume, o espírito ou a fantasia não se comportam em relação às paixões à maneira de um instrumento de sopro, mas à maneira de um instrumento de percussão, "onde, após cada golpe, as vibrações ainda conservam um som que morre gradual e insensivelmente"[DLa]. Em suma, cabe à imaginação refletir a paixão, fazê-la ressoar, fazer com que ultrapasse os limites de sua parcialidade e de sua atualidade naturais. Hume mostra como os sentimentos estéticos e os sentimentos morais são assim constituídos: paixões refletidas na imaginação, que se tornam paixões

---

[DLa] D. Hume, *Traité de la nature humaine*, trad. André Leroy, Paris: Aubier, 1973, p. 552. [NRT: Eis a passagem na trad. fr. de Leroy: "où, après chaque coup, les vibrations conservent encore du son qui meurt graduellement et insensiblement". No original de David Hume, L. A. Selby-Bigge (ed.), *A Treatise of Human Nature*, Livro II, Parte III, Seção IX, § 12, Oxford: Clarendon Press, 1955, p. 440: "where after each stroke the vibrations still retain some sound, which gradually and insensibly decays". Cf. D. Hume, *Tratado da Natureza Humana*, trad. br. de Déborah Danowski, São Paulo: Unesp e Imprensa Oficial, 2001, p. 476: "em que, após cada toque, as vibrações continuam retendo algum som, que se extingue gradual e insensivelmente"].

da imaginação. Ao refletir as paixões, a imaginação libera-as, estira-as infinitamente, projeta-as para além de seus limites naturais. E, pelo menos num ponto, é preciso corrigir a metáfora da percussão. Pois, ao ressoar na imaginação, as paixões não se contentam em se tornar gradualmente menos vivas e menos atuais, elas mudam de cor ou de som, um pouco como a tristeza de uma paixão representada na tragédia se transmuta no prazer de um jogo quase infinito da imaginação; elas assumem uma nova natureza e são acompanhadas por um novo tipo de crença. Assim, a vontade "move-se facilmente em todos os sentidos e produz uma imagem de si própria, até mesmo no lado em que ela não se fixa"[DLb].

É isso que constitui o mundo do artifício ou da cultura, essa ressonância, essa reflexão das paixões na imaginação, que faz da cultura ao mesmo tempo o que há de mais frívolo e de mais sério. Mas como evitar dois defeitos nessas [235] formações culturais? Por um lado, que as paixões ampliadas sejam menos vivas que as paixões atuais, se bem que tenham uma outra natureza. E, por outro lado, que sejam inteiramente indeterminadas, projetando suas imagens enfraquecidas em todos os sentidos e independentemente de toda regra. O primeiro ponto encontra sua solução nas instâncias de poder social, nos aparelhos de sanção, recompensas e punições, que conferem aos sentimentos ampliados ou às paixões refletidas um grau de vivacidade e de crença suplementar: o governo principalmente, mas também instâncias mais subterrâneas e implícitas como as do costume e do gosto – a esse respeito também, Hume é um dos que primeiro propôs o problema do poder e do governo não em termos de representatividade, mas de credibilidade.

Quanto ao segundo ponto, ele concerne igualmente à maneira pela qual a filosofia de Hume forma um sistema geral. Pois, se as paixões se refletem na imaginação ou na fantasia, não é numa imaginação nua, mas na imaginação tal como já está fixada ou naturalizada por esses outros princípios que são os princípios de associação. A semelhança, a contigüidade, a causalidade, em suma, todas as relações, tais como constituem o objeto de um conhecimento ou de um cálculo, fornecem regras gerais para a determinação dos sentimentos refletidos, para além do uso imediato e restrito que delas fazem as paixões não-refletidas. É assim que os sentimentos estéticos encontram nos princípios de associação verdadeiras regras de gosto. E, sobretudo, Hume mostra minuciosamente

---

[DLb] *Ibid*, p. 517. [NRT: Na trad. de Leroy: "se meut aisément en tous les sens et produit une image d'elle-mêrne, même du coté où elle ne se fixe pás". No *Treatise...*, op. cit., Livro II, Parte III, Seção II, § 2, p. 408: "that it moves easily every way, and produces an image of itself even on that side, on which it did not settle". *Tratado...*, trad. br., op. cit., p. 444: "se move facilmente em todas as direções, produzindo uma imagem de si própria até mesmo ali onde não se estabeleceu".

como, ao se refletir na imaginação, as paixões da posse encontram nos princípios de associação os meios de uma determinação de regras gerais que constituem os fatores da propriedade ou o mundo do direito. É todo um estudo das variações das relações, todo um cálculo das relações, que permite responder em cada caso à questão: haverá entre tal pessoa e tal objeto uma relação de natureza que nos faça crer (que faça com que a imaginação creia) numa apropriação de um pelo outro? "Um homem que houvesse perseguido uma lebre até o último grau da fadiga, consideraria como uma injustiça que outro homem se precipitasse à sua frente e se apossasse de sua presa. Mas o mesmo homem que avança para colher uma maçã que se acha ao seu alcance [236] não terá razão alguma de se queixar, se outro, mais alerta, passar à sua frente e dela se apoderar. Qual será a razão dessa diferença senão que a imobilidade, que não é natural à lebre, estabelece uma forte relação com o caçador e que essa relação está ausente no outro caso?"[DLc]. Um dardo lançado contra a porta bastará para assegurar a propriedade de uma cidade abandonada, ou será preciso tocá-la com a mão, para estabelecer uma relação suficiente? Por que o solo predomina sobre a superfície, segundo a lei civil, mas a pintura sobre a tela, ao passo que o papel predomina sobre a escrita? Os princípios de associação encontram o seu verdadeiro sentido em uma casuística das relações que determina o pormenor do mundo da cultura e do direito. Tal é exatamente o verdadeiro objeto da filosofia de Hume: as relações como meios de uma atividade, de uma prática jurídica, econômica e política.

Uma filosofia popular e científica

Hume (1711-1776) é um filósofo particularmente precoce: é por volta dos vinte e cinco anos que redige seu grande livro, *Tratado da Natureza Humana*

DLc *Ibid.*, p. 625 n. [NRT: Na trad. de Leroy: "Un homme qui a pourchassé un lièvre jusqu'au dernier degré de la fatique, regarderait comme une injustice qu'un autre homme se precipite avant lui et se saisisse de sa proie. Mais le même homme qui s'avance pour cueillir une pomme qui pend à sa portée, n'a aucune raison de se plaindre si un autre, plus alerte, le dépasse et s'en empare. Quelle est la raison de cette différence sinon que l'immobilité, qui n'est pas naturelle au lièvre, constitue une forte relation au chasseur, et que cette relation fait défaut dans l'autre cãs?". No *Treatise...*, op. cit., Livro III, Parte II, Seção III, § 7, nota 1, pp. 506-507: "A person, who has hunted a hare to the last degree of weariness, wou'd look upon it as an injustice for another to rush in before him, and seize his prey. But the same person, advancing to pluck na apple, that hangs within his reach, has no reason to complain, if another, more alert, passes him, and takes possession. What is the reason of this difference, but that immobility, not being natural to the hare, but the effect of industry, forms in that case a strong relation with the hunter, which is wanting in the other?". No *Tratado*, trad. br., op. cit., p. 547: "Uma pessoa que caçou uma lebre até a exaustão consideraria uma injustiça que alguém se adiantasse para pegar sua presa. Mas essa mesma pessoa, dirigindo-se para colher uma maçã que está ao seu alcance, não tem razão em reclamar se outra pessoa, mais alerta, passa à sua frente e se apossa da maçã. Qual a razão dessa diferença, senão que a imobilidade, não sendo natural à lebre, mas sim efeito do esforço, estabelece naquele caso uma relação mais forte com o caçador, que está ausente no outro caso?"].

(publicado em 1739-1740). Um novo tom na filosofia, uma extraordinária simplicidade e firmeza desprendem-se de uma grande complexidade de argumentos, que fazem intervir ao mesmo tempo o exercício das ficções, a ciência da natureza humana, a prática dos artifícios. Uma espécie de filosofia popular e científica, uma pop'filosofia. E, por ideal, uma clareza decisiva, que não é a das idéias, mas a das relações e das operações. É essa clareza que ele tentará impor cada vez mais nos livros seguintes, mesmo correndo o risco de sacrificar algo da complexidade e de renunciar ao que considerava mais difícil no *Tratado*: *Ensaios Morais e Políticos* (1972), *Inquérito sobre o Entendimento* (1748), *Inquérito sobre os Princípios da Moral* (1751)[NRTa], *Discursos Políticos* (1752). Depois, volta-se para a *História da Inglaterra* (1754-1762). Os admiráveis *Diálogos sobre a Religião Natural*[NRTb] publicados em 1779, após a morte de Hume, voltam a encontrar ao mesmo tempo o mais complexo e o mais claro. [237] Talvez seja este o único caso de verdadeiros diálogos em filosofia: porque não há somente dois personagens, mas três, e que não têm papéis unívocos, que concluem alianças provisórias, depois as rompem, se reconciliam... etc. Demea, o defensor da religião revelada; Cleanto, o representante da religião natural; Fílon, o cético. O humor de Hume-Fílon não é somente um modo de pôr todo mundo de acordo em nome de um ceticismo a distribuir "graus", mas já é um modo de romper até mesmo com as correntes dominantes do século XVIII, de modo a prefigurar um pensamento do futuro.

Tradução de
Guido de Almeida[NRTc]

NRTa [David Hume, *Uma investigação sobre os princípios da moral*, trad. br. de José Oscar de Almeida Marques, Campinas: Ed. Unicamp, 1995]

NRTb [David Hume, *Diálogos sobre a religião natural*, trad. br. de José Oscar de Almeida Marques, São Paulo: Martins Fontes, 1992].

NRTc [Tradução originalmente publicada em François Châtelet (Dir.), *História da Filosofia, Idéias, Doutrinas*, vol. 4. *O Iluminismo. O século XVIII*. Rio de Janeiro: Zahar Editores, 1982, pp. 59-69].

23: Em que se pode reconhecer o estruturalismo?
[1972]

Perguntava-se outrora: "que é o existencialismo?". Agora: que é o estruturalismo? Essas questões têm um vivo interesse, com a condição de serem atuais, de se referirem às obras que estão sendo feitas. *Estamos em 1967*. Portanto, não podemos invocar o caráter inacabado das obras para evitarmos responder: é somente este caráter que confere sentido à questão. Por isso, a questão "Que é o estruturalismo?" é chamada a sofrer algumas transformações. Em primeiro lugar, *quem* é estruturalista? Há costumes no mais atual. O costume designa, escalona errada ou corretamente: um lingüista como R. Jakobson; um sociólogo como C. Lévi-Strauss; um psicanalista J. Lacan; um filósofo que renova a epistemologia, como M. Foucault; um filósofo marxista que retoma o problema da interpretação do marxismo, como Althusser; um crítico literário como R. Barthes; escritores como os do grupo *Tel Quel*... Uns não recusam o termo "estruturalismo", e empregam "estrutura", "estrutural". Os outros preferem o termo saussuriano "sistema". Pensadores bem diferentes, e de gerações distintas, alguns exerceram sobre outros uma influência real. Contudo, o mais importante é a extrema diversidade dos domínios que eles exploram. Cada um encontra problemas, métodos, soluções que têm relações de analogia, como que participando de um ar livre do tempo, de um espírito do tempo, mas que se mede com as descobertas e criações singulares em cada um desses domínios. As palavras em *-ismo*, neste sentido, são perfeitamente fundadas.

É com razão que se apresenta a lingüística como origem do estruturalismo: não somente Saussure, mas também a escola de Moscou, a escola de Praga. E se o estruturalismo se estende, em seguida, a outros domínios, não se trata mais, desta vez, de analogia: não é simplesmente para instaurar métodos "equivalentes" aos que antes tiveram êxito na análise da linguagem. Na verdade, só há estrutura daquilo que é linguagem, nem que seja uma linguagem esotérica ou mesmo não-verbal. Só há estrutura do inconsciente à medida que o inconsciente fala e

---

DL *In* François Châtelet (org.), *Histoire de la philosophie*, t. VIII. *Les Lumières XXe siècle*, Paris: Hachette, "col. Pluriel", 1972, pp. 299-335.

é linguagem. Só há estrutura dos corpos à medida que se julga que os corpos falam com uma linguagem que é a dos sintomas. As próprias coisas só têm estrutura à medida que matem um discurso silencioso, que é a linguagem dos signos. Então, a questão "Que é o estruturalismo?" transforma-se ainda – Seria melhor perguntarmos: em que se reconhecem aqueles que chamamos de estruturalistas? E que é que eles próprios reconhecem? Tanto isso é verdade, que só reconhecemos as pessoas, de um modo visível, através das coisas invisíveis e insensíveis que elas reconhecem à sua maneira. Como fazem os estruturalistas para reconhecerem uma linguagem em alguma coisa, a linguagem própria a um domínio? Que é que eles reencontram nesse domínio? Portanto, propomo-nos somente extrair certos critérios *formais* de reconhecimento, os mais simples, invocando cada vez o exemplo dos autores citados, qualquer que seja a diversidade de seus trabalhos e projetos.

Primeiro critério: o simbólico

Estamos habituados, quase condicionados, a uma certa distinção ou correlação entre o real e o imaginário. Todo o nosso pensamento mantém um jogo dialético entre essas duas noções. Mesmo quando a filosofia clássica fala da inteligência ou entendimento puros, trata-se ainda de uma faculdade definida por sua aptidão a apreender o real em seu fundo, o real "em verdade", o real tal qual ele é, por oposição, mas também em relação aos poderes da imaginação. Citemos movimentos [240] criadores completamente diferentes: o romantismo, o simbolismo, o surrealismo... Ora invocamos o ponto transcendente em que o real e o imaginário se penetram e se unem, ora sua fronteira aguda, como o gume de sua diferença. De todas as maneiras, permanecemos na oposição e na complementaridade do imaginário e do real – pelo menos na interpretação tradicional do romantismo, do simbolismo etc. Até mesmo o freudismo é interpretado na perspectiva de dois princípios: princípio de realidade com sua força de decepção, princípio de prazer com sua potência de satisfação alucinatória. Com maior razão, métodos como os de Jung e de Bachelard inscrevem-se inteiramente no real e no imaginário, no quadro de suas relações complexas, unidade transcendente e tensão liminar, fusão e corte.

Ora, o primeiro critério do estruturalismo é a descoberta e o reconhecimento de uma terceira ordem, de um terceiro reino: o do simbólico. É a recusa de confundir o simbólico com o imaginário, bem como com o real, que constitui a primeira dimensão do estruturalismo. Ainda aí, tudo começou pela lingüística: para além da palavra em sua realidade e em suas partes sonoras, para além das imagens e dos conceitos associados às palavras, o lingüista estruturalista descobre um elemento de natureza completamente diferente, objeto estrutural. E talvez seja nesse elemento simbólico que os romancistas do grupo *Tel Quel* queiram instalar-se, tanto para renovarem as realidades sonoras quanto os relatos associados. Para além da história dos homens, e da história das idéias, Michel Foucault descobre um solo mais profundo, subterrâneo, que constitui o objeto daquilo que ele chama de a arqueologia do pensamento. Por trás dos homens reais, por trás das ideologias e de suas relações imaginárias, Louis Althusser descobre um domínio mais profundo como objeto de ciência e de filosofia.

Já possuíamos muitos pais, em psicanálise: em primeiro lugar, um pai real, mas também imagens de pai. E todos os nossos dramas passavam-se nas tensas relações do real e do imaginário. Jacques Lacan descobre um terceiro pai, mais fundamental, pai simbólico ou Nome-do-pai. Não somente o real e o imaginário, mas suas relações, e as perturbações dessas relações, devem ser pensados como o limite de um processo no qual eles se constituem a partir do simbólico. [241] Em Lacan, e também em outros estruturalistas, o simbólico como elemento da estrutura está no princípio de uma gênese: a estrutura se encarna nas realidades e nas imagens segundo séries determináveis; mais ainda, elas as constitui encarnando-se, mas não deriva delas, sendo mais profunda que elas, subsolo para todos os solos do real como para todos os céus da imaginação. Inversamente, catástrofes próprias à ordem simbólica dão conta das perturbações aparentes do real e do imaginário: assim, no caso de *O homem dos lobos*, tal como Lacan o interpreta, é porque o tema da castração permanece não-simbolizado ("forclusão") que ele ressurge no real, sob a forma alucinatória do dedo cortado[1].

Podemos numerar o real, o imaginário e o simbólico: 1, 2, 3. Mas talvez esses organismos tenham um valor cardinal tanto quanto ordinal. Porque o real, em si mesmo, não é separável de certo ideal de unificação ou de totalização: o real tende a fazer um, ele é uno em sua "verdade". Desde que vemos dois em "um", desde que desdobramos, o imaginário aparece em pessoa, mesmo que seja no real que ele exerça sua ação. Por exemplo: o pai real é um, ou quer sê-lo segundo sua lei; mas a imagem de pai, em si mesma, é sempre dupla, clivada segundo uma lei do dual. Ela é projetada, no mínimo, sobre duas pessoas, uma assumindo o pai de jogo, o pai-cômico, a outra, o pai de trabalho e de ideal: tal como o Príncipe de Gales em Shakespeare, que passa de uma imagem de pai a outra, de Falstaff à coroa. O imaginário define-se por dois

---

1) Cf. J. Lacan, *Ecrits*, Paris: Seuil, 1966, pp. 386-389.

jogos de espelho, de desdobramento, de identificação e de projeção invertidas, sempre ao modo do duplo[2]. Mas, por seu turno, o simbólico talvez seja três. Não é somente o terceiro para além do real e do imaginário. Existe sempre um terceiro a ser procurado no próprio simbólico; a estrutura é, ao menos, triádica, sem o que ela não "circularia" – terceiro ao mesmo tempo irreal e, no entanto, não-imaginável.

Veremos o porquê; mas já o primeiro critério consiste nisso: a posição de uma ordem simbólica, [242] irredutível à ordem do real, à ordem do imaginário, e mais profundo do que elas. Ainda não sabemos absolutamente em que consiste esse elemento simbólico. Podemos dizer, pelo menos, que a estrutura correspondente não tem relação alguma com uma forma sensível, nem com uma figura da imaginação, nem com uma essência inteligível. Nada que ver com uma forma: porque a estrutura de maneira alguma se define por um a autonomia do todo, por uma pregnância do todo sobre as partes, por uma *Gestalt* que se exerceria no real e na percepção; a estrutura se define, ao contrário, pela natureza de certos elementos atômicos que pretendem dar conta ao mesmo tempo da formação dos todos e da variação de suas partes. Nada que ver, também, com *figuras* da imaginação, embora o estruturalismo seja inteiramente penetrado de reflexões sobre a retórica, a metáfora e a metonímia; porque essas próprias figuras implicam deslocamentos estruturais que devem dar conta ao mesmo tempo do próprio e do figurado. Nada que ver, enfim, com uma *essência*; porque se trata de uma combinatória referente a elementos formais que, em si mesmos, não têm nem forma, nem significação, nem representação, nem conteúdo, nem realidade empírica dada, nem modelo funcional hipotético, nem inteligibilidade por detrás das aparências; ninguém melhor do que Louis Althusser assinalou o estatuto da estrutura como idêntico à própria "Teoria" – e o simbólico deve ser entendido como a produção do objeto teórico e específico.

Ora o estruturalismo é agressivo: quando denuncia o desconhecimento geral desta última categoria simbólica, para além do imaginário e do real. Ora ele é interpretativo: quando renova nossa interpretação das obras a partir dessa categoria, e pretende descobrir um ponto original onde se faz a linguagem, elaboram-se as obras, unem-se as idéias e as ações. Romantismo, simbolismo, mas também freudismo, marxismo, tornam-se, assim, o objeto de reinterpretações profundas. Mais ainda: é a obra mítica, a obra poética, a obra filosófica, as próprias obras práticas que estão sujeitas à interpretação estrutural. Mas esta

---

2) Lacan é, sem dúvida, aquele que vai mais longe na análise original da distinção entre imaginário e simbólico. Mesmo esta distinção, porém, sob formas diversas, encontra-se em todos os estruturalistas.

reinterpretação só vale à medida que reanima obras novas que são as de hoje, como se o simbólico fosse uma fonte, inseparavelmente, de interpretação e de criação vivas. [243]

Segundo critério: local ou de posição

Em que consiste o elemento simbólico da estrutura? Sentimos a necessidade de ir lentamente, de dizer e de redizer antes o que ele não é. Distinto do real e do imaginário, ele não pode definir-se nem por realidades pré-existentes às quais remeteria, e que designaria, nem por conteúdos imaginários ou conceptuais que ele implicaria, e que lhe dariam uma significação. Os elementos de uma estrutura não têm nem designação extrínseca nem significação intrínseca. O que resta? Como lembra com rigor Lévi-Strauss, eles têm tão-somente um *sentido*: um sentido que é necessária e unicamente de "posição"[3]. Não se trata de um local numa extensão real, nem de lugares em extensões imaginárias, mas de locais e de lugares num espaço propriamente estrutural, isto é, topológico. Aquilo que é estrutural é o espaço, mas um espaço inextenso, pré-extensivo, puro *spatium* constituído cada vez mais como ordem de vizinhança, em que a noção de vizinhança tem precisamente, antes, um sentido ordinal e não uma significação na extensão. Ou então em biologia genética: os genes fazem parte de uma estrutura na medida em que são inseparáveis de "*loci*", lugares capazes de mudar de relações no interior do cromossomo. Em suma, os locais num espaço puramente estrutural são primeiros relativamente às coisas e aos seres reais que vêm ocupá-los; primeiros também em relação aos papéis e aos acontecimentos sempre um pouco imaginários que aparecem necessariamente quando são ocupados.

A ambição científica do estruturalismo não é quantitativa, mas topológica e relacional: Lévi-Strauss coloca constantemente este princípio. E quando Althusser fala de estrutura econômica, ele precisa que os verdadeiros "sujeitos" não são aqueles que vêm ocupar os locais, indivíduos concretos ou homens reais; também os verdadeiros objetos não são os papéis que eles desempenham e os acontecimentos que se produzem, mas antes os locais num espaço topológico e estrutural definido pelas relações de produção[4]. Quando Foucault define [244] determinações tais como a morte, o desejo, o trabalho, o jogo, não as considera como dimensões da existência humana empírica, mas antes como a qualificação de locais ou de posições que tornarão mortais e "morrentes", ou

---

3) Cf. *Esprit*, novembro de 1963.
4) L. Althusser, *Lire le Capital*, Paris: Maspero, 1965, t. II, p. 157.

desejantes, ou trabalhadores, ou jogadores aqueles que virão ocupá-los; mas que só virão ocupá-los secundariamente, desempenhando seus papéis segundo uma ordem de vizinhança que é a da própria estrutura. É por isso que Foucault pode propor uma nova repartição do empírico e do transcendental, sendo este último definido por uma ordem de locais independentemente daqueles que os ocupam empiricamente[5]. O estruturalismo não é separável de uma filosofia transcendental nova, onde os lugares prevalecem sobre aquilo que os preenche. Pai, mãe etc. são antes lugares numa estrutura; e, se somos mortais, é entrando na fila, vindo a tal lugar, marcado na estrutura segundo esta ordem topológica das vizinhanças (mesmo quando antecipamos nossa vez).

"Não é somente o sujeito, mas também os sujeitos tomados em sua intersubjetividade que fazem a fila... e que modelam seu ser no próprio momento em que percorrem a cadeia significante... O deslocamento do significante determina os sujeitos em seus atos, em seu destino, em suas recusas, em suas cegueiras, em seus sucessos e em sua sorte, não obstante seus dons inatos e sua aquisição social, sem levar em conta o caráter ou o sexo..."[6]. Não podemos dizer melhor que a psicologia empírica acha-se não somente fundada, mas determinada por uma topologia transcendental.

Deste critério local ou posicional, decorrem várias conseqüências. E, antes de tudo, se os elementos simbólicos não têm designação extrínseca nem significação intrínseca, mas somente um sentido de posição, devemos afirmar em princípio que *o sentido resulta sempre da combinação de elementos que não são eles próprios significantes*[7]. Como diz Lévi-Strauss, e sua discussão com Paul Ricoeur, o sentido é sempre um resultado, um efeito: não somente um efeito como produto, mas um efeito de óptica, um efeito de linguagem, um efeito de posição. Há [245] profundamente um não-sentido do sentido, de onde resulta o próprio sentido. Não que voltemos, assim, ao que foi chamado de filosofia do absurdo. Porque, para a filosofia do absurdo, é o sentido que falta, essencialmente. Para o estruturalismo, ao contrário, sempre há demasiado sentido, uma superprodução, uma sobredeterminação do sentido, sempre produzido em excesso pela combinação de locais na estrutura. (Donde a importância, em Althusser, por exemplo, do conceito de *sobredeterminação*). O não-sentido não é de forma alguma o absurdo ou o contrário do sentido, mas aquilo que o faz valer e o produz circulando na estrutura. O estruturalismo nada deve a Albert Camus, porém, muito a Lewis Carroll.

---

5) M. Foucault, *Les mots et les choses*, Paris: Gallimard, 1966, pp. 329 ss.
6) J. Lacan, *Écrits*, op. cit., p. 30.
7) C. Lévi-Strauss, cf. *Esprit*, novembro de 1963.

A segunda conseqüência é o gosto do estruturalismo por certos jogos e certo teatro, por certos espaços de jogo e de teatro. Não é por acaso que Lévi-Strauss se refere freqüentemente à teoria dos jogos, e dá tanta importância às cartas de jogo. E Lacan, a metáforas de jogos que são mais do que metáforas: não somente o coringa que corre na estrutura, mas o local do morto que circula no bridge. Os jogos mais nobres, como o xadrez, são os que organizam uma combinatória dos locais num puro *spatium* infinitamente mais profundo que a extensão real do tabuleiro e que a extensão imaginária de cada figura. Ou então, Althusser interrompe seu comentário de Marx para falar de teatro, mas de um teatro que não é nem de realidade nem de idéias, puro teatro de locais e de posições cujo princípio ele vê em Brecht, e que talvez encontrasse hoje sua expressão mais acabada em Armand Gatti. Em suma, o próprio manifesto do estruturalismo deve ser procurado na fórmula célebre, eminentemente poética e teatral: pensar é jogar os dados.

A terceira conseqüência é que o estruturalismo não é separável de um novo materialismo, de um novo ateísmo, de um novo anti-humanismo. Porque o local é primeiro em relação àquilo que ocupa, não bastará certamente colocar o homem no lugar de Deus para se mudar a estrutura. E se este lugar é o lugar do morto, a morte de Deus também significa a morte do homem, em favor, esperamos, de algo a vir, mas que só pode vir na estrutura e por sua mutação. Eis como aparece [246] o caráter imaginário do homem (Foucault), ou o caráter ideológico do humanismo (Althusser).

Terceiro critério: o diferencial e o singular

Em que consistem, afinal, esses elementos simbólicos ou unidades de posição? Retornemos ao modelo lingüístico. Aquilo que é distinto ao mesmo tempo das partes sonoras, e das imagens e conceitos associados, é chamado de fonema. O fonema é a menor unidade lingüística capaz de diferençar dois termos de significação diversa: por exemplo, "*b*ilhar" e "*p*ilhar"[NRT]. É claro que o fonema se encarna em letras, sílabas e sons, mas não se reduz a eles. Ademais, as letras, as sílabas e os sons dão-lhe uma independência, enquanto, em si mesmo, ele é inseparável da relação fonemática que o une a outros fonemas: $\frac{b}{p}$. Os fonemas não existem independentemente das relações nas quais entram e pelas quais se determinam reciprocamente.

Podemos distinguir três tipos de relações. Um primeiro tipo se estabelece entre elementos que gozam de independência ou de autonomia: por exemplo

---

NRT [Deleuze exemplifica com "*b*illard" e "*p*illard" (bilhar e ladrão)].

3+2, ou mesmo $\frac{2}{3}$. Os elementos são reais, e também essas relações devem ser ditas reais. Um segundo tipo de relações, por exemplo $x^2 + y^2 - R^2 = 0$, se estabelece entre termos cujo valor não é especificado, mas que devem, no entanto, *em cada caso* ter um valor determinado. Mas o terceiro tipo se estabelece entre elementos que, entretanto, se determinam reciprocamente na relação: assim $ydy + xdx = 0$, ou $\frac{dy}{dx} = \frac{x}{y}$. Tais relações são simbólicas, e os elementos correspondentes são tomados numa relação diferencial. *Dy* é completamente indeterminado com relação a *y*, *dx* é completamente indeterminado com relação a *x* : nenhum tem nem existência, nem valor, nem significação. No entanto, a relação $\frac{dy}{dx}$ é completamente determinada, sendo que os dois elementos se determinam reciprocamente na relação. É este processo de uma determinação recíproca no interior da relação que nos permite definir a natureza simbólica. Acontece que procuramos a origem do estruturalismo do lado da axiomática. E é verdade que [247] Bourbaki, por exemplo, emprega o termo estrutura. Mas é, parece-nos, num sentido muito diferente do estruturalismo, porque se trata de relações entre elementos não-especificados, mesmo qualitativamente, e não de elementos que se especificam reciprocamente em relações. A axiomática, neste sentido, seria ainda imaginária, não propriamente falando simbólica. A origem matemática do estruturalismo deve, antes, ser procurada do lado do cálculo diferencial, e precisamente na interpretação que dele deram Weierstrass e Russell, interpretação *estática e ordinal*, que libera definitivamente o cálculo de toda referência ao infinitamente pequeno e o integra numa pura lógica das relações.

Às determinações das relações diferenciais correspondem singularidades, repartições de pontos singulares que caracterizam as curvas ou as figuras (um triângulo, por exemplo, tem três pontos singulares). Assim, a determinação das relações fonemáticas próprias a determinada língua fornece as singularidades, na vizinhança das quais se constituem as sonoridades e significações da língua. A *determinação recíproca* dos elementos simbólicos prolonga-se, deste modo, na *determinação completa* dos pontos singulares que constituem um espaço correspondente a esses elementos. A noção capital de singularidade, tomada ao pé da letra, parece pertencer a todos os domínios em que há estrutura. A fórmula geral "pensar é jogar os dados" remete às singularidades representadas pelos pontos brilhantes sobre os dados. Toda estrutura apresenta os dois aspectos seguintes: um sistema de relações diferenciais segundo as quais os elementos simbólicos se determinam reciprocamente, um sistema de singularidades que corresponde a essas relações e traça o espaço da estrutura. Toda estrutura é uma multiplicidade. A questão: há estrutura em qualquer domínio? deve, pois, ser assim precisada: podemos, neste ou naquele domínio, extrair elementos simbólicos, relações diferenciais e pontos singulares que lhes são próprios? Os elementos simbólicos encarnam-se nos seres e objetos reais do domínio considerado; as relações diferenciais atualizam-se nas relações reais entre esses seres; as singularidades são outros tantos lugares na estrutura, que distribuem os papéis ou atitudes imaginários dos seres ou objetos que vêm ocupá-los. [248]

Não se trata de metáforas matemáticas. Em cada domínio é preciso descobrir os elementos, as relações e os pontos. Quando Lévi-Strauss empreende o estudo das estruturas elementares do parentesco, não considera apenas pais reais numa sociedade, nem as imagens de pai que têm curso nos mitos dessa sociedade. Pretende descobrir verdadeiros fonemas de parentesco, isto é, *parentemas*, unidades de posição que não existem independentemente das relações diferenciais em que eles entram e se determinam reciprocamente. É assim que as quatro relações $\frac{irmão}{irmã}$, $\frac{marido}{mulher}$, $\frac{pai}{filho}$, $\frac{tio\ materno}{filho\ da\ irmã}$, formam a estrutura mais simples. E a esta combinação das "apelações parentais" correspondem, mas sem semelhança e de maneira complexa, "atitudes entre pais" que efetuam as singularidades determinadas no sistema. Podemos também proceder no sentido inverso: partir das singularidades para determinar as relações diferenciais entre elementos simbólicos últimos. É assim que, tomando o exemplo do mito de Édipo, Lévi-Strauss parte das singularidades dos relato (Édipo desposa sua mãe, mata seu pai, imola a Esfinge, é chamado de pé-inchado etc.) para dele induzir as relações diferenciais entre "mitemas" que se determinam reciprocamente (relações de parentesco subestimadas, negação da autoctonia, persistência da autoctonia)[8]. Em todo caso, sempre os elementos simbólicos e suas relações determinam a natureza dos seres e objetos que vêm efetuá-los, ao passo que as singularidades formam uma ordem dos lugares, ordem que determina simultaneamente os papéis e atitudes desses seres enquanto os ocupam. A determinação da estrutura culmina, assim, numa teoria das atitudes que exprimem seu funcionamento.

As singularidades correspondem com os elementos simbólicos e suas relações, mas não se assemelham a eles. Diríamos, antes, que elas "simbolizam" com eles. Derivam deles, pois toda determinação de relações diferenciais acarreta uma repartição de pontos singulares. Mas, por exemplo: os valores de relações diferenciais encarnam-se [249] em espécies, ao passo que as singularidades se encarnam em partes orgânicas que correspondem a cada espécie. Uns constituem variáveis, os outros, funções. Uns constituem numa estrutura o domínio das *apelações*, os outros, o das *atitudes*. Lévi-Strauss insistiu sobre o duplo aspecto,

---

8) C. Lévi-Strauss, *Anthropologie structurale*, Paris: Plon, 1958, pp. 235 ss.

de derivação e, contudo, de irredutibilidade, das atitudes com relação às apelações[9]. Um discípulo de Lacan, Serge Leclaire, mostra em outro domínio como os elementos simbólicos do inconsciente remetem necessariamente a "movimentos libidinosos" do corpo, encarnando as singularidades da estrutura neste ou naquele lugar[10]. Toda estrutura, neste sentido, é psicossomática, ou antes, representa um complexo categoria-atitude.

Consideremos a interpretação do marxismo por Althusser e seus colaboradores: antes de tudo, as relações de produção aí são determinadas como relações diferenciais que se estabelecem não entre homens reais ou indivíduos concretos, mas entre objetos e agentes que têm, antes, um valor simbólico (objeto de produção, instrumento de produção, força de trabalho, trabalhadores imediatos, não-trabalhadores imediatos, tais como são tomados em relações de propriedade e de apropriação[11]. Cada modo de produção caracteriza-se, assim, por singularidades que correspondem aos valores das relações. E se é evidente que homens concretos venham ocupar os lugares e efetuar os elementos da estrutura, é desempenhando o papel que o local estrutural lhes confere (por exemplo, o "capitalista") e servindo de suportes às relações estruturais: embora "os verdadeiros sujeitos não sejam esses ocupantes e esses funcionários... mas a definição e a distribuição desses locais e dessas funções". O verdadeiro sujeito é a própria estrutura: o diferencial e o singular, as relações diferenciais e os pontos singulares, a determinação recíproca e a determinação completa. [250]

Quarto critério: o diferenciador, a diferençação[NRT]

As estruturas são necessariamente inconscientes, em virtude dos elementos, relações e pontos que as compõem. Toda estrutura é uma infra-estrutura, uma microestrutura. De certo modo, elas não são atuais. O que é atual é aquilo em

---

9) *Ibid*, pp. 343 ss.
10) S. Leclaire, "Compter avec la psychanalyse", *in Cahiers pour l'analyse*, nº 8.
11) L. Althusser, *Lire le Capital*, t. II, pp. 152-157 (cf. também E. Balibar, pp. 205 ss.).
NRT [A respeito do vocábulo 'diferença', há dois verbos que nos interessam aqui: **diferenciar** e **diferençar**. Achamos lingüisticamente legítimo – e conceitualmente necessário na tradução de textos escritos por Deleuze por volta de 1967 em diante – empregar, a partir desses verbos, alguns vocábulos que nos ajudam a caracterizar a distinção deleuzeana do virtual e do atual. Na linha do **diferenciar**, teremos o vocabulário do **virtual**: **diferenciação** (traduzindo *différentiation*) e **diferencial** (tr. *différentiel*). Na linha do **diferençar** (que já passou pelas formas '*deferençar*' (1562) e '*differençar*' (1567) e que já propiciou alguns vocábulos, como **diferençado** e **diferençável**) teremos o vocabulário do **atual**: **diferençação** (traduzindo *différenciation*) e **diferençal** (para *différeciel*). Todavia, *différenciant* e, *différenciateur* serão traduzidos por **diferenciador** (e *différenciatrice* por diferenciadora, porque dizem respeito ao "campo intensivo" sem o qual não há passagens entre virtual e atual. Cf. pp.135, 250, 252, 259, 260 do original francês].

que a estrutura se encarna, ou antes, aquilo que ela constitui encarnando-se. Em si mesma, porém, ela não é nem atual nem fictícia; nem real nem possível. Jakobson coloca o problema do estatuto do fonema: este não se confunde com uma letra, sílaba ou som atuais, não sendo tampouco uma ficção, uma imagem associada[12]. Talvez o termo "virtualidade" designasse exatamente o modo da estrutura ou o objeto da teoria, mas com a condição de retirarmos dele todo caráter vago; porque o virtual tem uma realidade que lhe é própria, mas que não se confunde com nenhuma realidade atual, com nenhuma realidade presente ou passada; ele tem uma idealidade que lhe é própria, mas que não se confunde com nenhuma imagem possível, com nenhuma idéia abstrata. Da estrutura, diremos: *real sem ser atual, ideal sem ser abstrata*. É por isso que Lévi-Strauss freqüentemente apresenta a estrutura como uma espécie de reservatório ou de repertório ideal, onde tudo coexiste virtualmente, mas onde a atualização se faz necessariamente segundo direções exclusivas, implicando sempre combinações parciais e escolhas inconscientes. Extrair a estrutura de um domínio é determinar toda uma virtualidade de coexistência que preexiste aos seres, aos objetos e às obras desse domínio. Toda estrutura é uma multiplicidade de coexistência virtual. L. Althusser, por exemplo, mostra, neste sentido, que a originalidade de Marx (seu anti-hegelianismo) reside na maneira como o sistema social é definido por uma coexistência de elementos e de relações econômicas, sem que possamos engendrá-los sucessivamente segundo a ilusão de uma falsa dialética[13].

O que é que coexiste na estrutura? Todos os elementos, as relações e valores de relações, todas as singularidades próprias ao domínio considerado. Semelhante coexistência não implica confusão alguma, nenhuma indeterminação: são relações [251] e elementos diferenciais que coexistem num todo perfeita e completamente determinado. Acontece que esse todo não se atualiza como tal. O que se atualiza, aqui e agora, são tais relações, tais valores de relações, tal repartição de singularidades; outras atualizam-se alhures ou em outros momentos. Não há língua total, encarnando todos os fonemas e relações fonemáticas possíveis; mas a totalidade virtual da linguagem atualiza-se segundo direções exclusivas em línguas diversas, cada uma encarnando certas relações, certos valores de relações e certas singularidades dessa linguagem. Não há sociedade total, mas cada forma social encarna certos elementos, relações e valores de produção (por exemplo, o "capitalismo"). Portanto, devemos distinguir a estrutura total de um domínio como conjunto de coexistência virtual, e as subestruturas que correspondem às

---

12) Roman Jakobson, *Essais de linguistique générale*, Vol. I, Paris, Minuit, 1963, cap. VI.
13) L. Althusser, *Lire le Capital*, t. I, p. 82; t. II, p. 44. Paris: François Maspero, 1965.

diversas atualizações no domínio. Da estrutura como virtualidade, devemos dizer que ela é ainda indiferençada, embora seja inteira e completamente diferenciada. Das estruturas que se encarnam nesta ou naquela forma atual (presente ou passada), deveremos dizer que elas são diferençadas, e que atualizar-se, para elas, é precisamente diferençar-se. A estrutura é inseparável deste duplo aspecto, ou deste complexo que podemos designar pelo nome de diferen*ci/ç*ação, onde $\frac{ci}{c}$ constitui a relação fonemática universalmente determinada.

Toda diferençação, toda atualização, é feita segundo dois caminhos: espécies e partes. As relações diferenciais encarnam-se em espécies qualitativamente distintas, ao passo que as singularidades correspondentes se encarnam nas partes e figuras extensas que caracterizam cada espécie. Assim, as espécies de línguas, e as partes de cada uma na vizinhança das singularidades da estrutura linguística; os modos sociais de produção especificamente definidos, e as partes organizadas correspondendo a cada um de seus modos etc. Convém observarmos que o processo de atualização sempre implica uma temporalidade interna, variável segundo aquilo que se atualiza. Não somente cada tipo de produção social tem uma temporalidade global interna, mas suas partes organizadas têm ritmos particulares. Portanto, a posição do estruturalismo relativamente ao tempo é bastante clara: o tempo é sempre um tempo de atualização, [252] segundo o qual se efetuam, em ritmos diversos, os elementos de coexistência virtual. O tempo vai do virtual ao atual, isto é, da estrutura às suas atualizações, e não de uma forma atual a outra forma. Ou, pelo menos, o tempo concebido como relação de sucessão de duas formas atuais contenta-se em exprimir abstratamente os tempos internos da estrutura ou estruturas que se efetuam em profundidade nessas duas formas, e as relações diferenciais entre esses tempos. E é justamente porque a estrutura não se atualiza sem se diferençar no espaço e no tempo, sem diferençar, assim, espécies e partes que a efetuam, que devemos dizer, neste sentido, que a estrutura *produz* essas espécies e essas partes. Ela as produz como espécies e partes diferençadas, embora não possamos opor o genético ao estrutural mais do que o tempo à estrutura. A gênese, como o tempo, vai do virtual ao atual, da estrutura à sua atualização; as duas noções de temporalidade múltipla interna, e de gênese ordinal estática, são, neste sentido, inseparáveis do jogo das estruturas[14].

---

14) O livro de Jules Vuillemin, *Philosophie de l'algèbre*, (PUF, 1960), propõe uma determinação das estruturas em matemática. Ele insiste sobre a importância, a esse respeito, de uma teoria dos problemas (segundo o matemático Abel), e de princípios de determinação (determinação recíproca, completa e progressiva, segundo Galois). Mostra como as estruturas, neste sentido, fornecem os únicos meios de realizar as ambições de um verdadeiro método genético.

É preciso insistir sobre esse papel diferenciador. A estrutura é, em si mesma, um sistema de elementos e de relações diferenciais; mas ela também diferencia as espécies e as partes, os seres e as funções nos quais ela se atualiza. Ela é diferencial em si mesma e diferenciadora em seu efeito. Comentando Lévi-Strauss, Jean Pouillon definia o problema do estruturalismo: pode-se elaborar "um sistema de diferenças que não conduza nem a sua simples justaposição, nem a seu apagamento artificial"?[15]. A este respeito, a obra de Georges Dumézil é exemplar, do ponto de vista mesmo do estruturalismo: ninguém melhor do que ele analisou as diferenças genéricas e específicas entre religiões, e também as diferenças de partes e de funções entre deuses de uma mesma religião. É que os deuses de uma religião, por exemplo, Júpiter, Marte, Quirino, encarnam elementos e relações diferenciais, [253] ao mesmo tempo que encontram suas atitudes e funções na vizinhança das singularidades do sistema ou das "partes da sociedade" considerada: eles são, pois, essencialmente diferenciados pela estrutura que se atualiza ou se efetua neles, e que os produz atualizando-se. É verdade que cada um deles, considerado apenas em sua atualidade, atrai e reflete a função dos outros, embora corramos o risco de nada mais reencontrar dessa diferenciação originária que os produz do virtual ao atual. Mas é justamente aqui que se passa a fronteira entre o imaginário e o simbólico: o imaginário tende a refletir e a reagrupar sobre cada termo o efeito total de um mecanismo de conjunto, ao passo que a estrutura simbólica assegura a diferen*ci*ação dos termos e a diferen*ç*ação dos efeitos. Donde a hostilidade do estruturalismo em relação aos métodos do imaginário: a crítica de Jung por Lacan, a crítica de Bachelard pela "nova crítica". A imaginação desdobra e reflete, projeta e identifica, perde-se em jogos de espelhos, mas as distinções que ela faz, como as assimilações que opera, são efeitos de superfície que ocultam os mecanismos diferenciais, muito mais sutis, de um pensamento simbólico. Comentando Dumézil, Edmond Ortigues diz muito bem: "Quando nos aproximamos da imaginação material, a função diferencial diminui, tendemos para equivalências; quando nos aproximamos dos elementos formadores da sociedade, a função diferencial aumenta, tendemos para valências distintivas"[16].

As estruturas são inconscientes, sendo necessariamente recobertas por seus produtos ou efeitos. Uma estrutura econômica nunca existe em estado puro, mas recoberta pelas relações jurídicas, políticas, ideológicas em que se encarna.

---

15) Cf. *Les Temps modernes*, julho de 1956.
16) E. Ortigues, *Le Discours et le symbole*, Paris: Aubier, 1962, p. 197. Ortigues ressalta igualmente a segunda diferença entre o imaginário e o simbólico: o caráter "dual" ou "especular" da imaginação, por oposição ao Terceiro, ao terceiro termo que pertence ao sistema simbólico.

Não podemos *ler*, encontrar, reencontrar as estruturas senão a partir desses efeitos. Os termos e as relações que as atualizam, as espécies e as partes que as efetuam são confusões tanto quanto expressões. É por isso que um discípulo de Lacan, J.A. Miller, forma o conceito de uma "causalidade metonímica", ou então Althusser, o conceito de uma causalidade propriamente estrutural, para dar conta da presença bastante particular [254] de uma estrutura em seus efeitos, e da maneira como ela leva esses efeitos a se diferençarem, ao mesmo tempo que eles a assimilam e a integram[17]. O inconsciente da estrutura é um inconsciente diferencial. Poderíamos crer, assim, que o estruturalismo volta a uma concepção pré-freudiana: não concebe Freud o inconsciente à maneira do conflito das forças ou da oposição dos desejos, ao passo que a metafísica leibniziana já propunha a idéia de um inconsciente diferencial das pequenas percepções? Contudo, em Freud, há todo um problema da origem do inconsciente, de sua constituição como "linguagem", que ultrapassa o nível do desejo, das imagens associadas e das relações de oposição. Inversamente, o inconsciente diferencial não é feito de pequenas percepções do real e de passagens ao limite, mas de variações de relações diferenciais num sistema simbólico em função de repartições de singularidades. Lévi-Strauss tem razão em dizer que o inconsciente não é nem de desejos nem de representações, que ele é "sempre vazio", consistindo unicamente nas leis estruturais que ele impõe tanto às representações quanto aos desejos[18].

É que o inconsciente é sempre um problema. Não no sentido em que sua existência seria duvidosa. Mas ele mesmo forma os problemas e as questões que se resolvem somente à medida que a estrutura correspondente se efetua, e que se resolvem sempre da maneira como ela se efetua. Porque um problema tem sempre a solução que merece segundo o modo como é colocado, e o campo simbólico de que dispomos para colocá-lo. Althusser pode apresentar a estrutura econômica de uma sociedade como o campo de problemas que ela se coloca, que ela é determinada a se colocar, e que ela resolve com seus próprios meios, isto é, com as linhas de diferenciação segundo as quais a estrutura se atualiza. E isto, levando-se em conta as absurdidades, ignomínias e crueldades que essas "soluções" comportam em razão da estrutura. Da mesma forma Serge Leclaire, nas pegadas de Lacan, pode distinguir as psicoses e as neuroses, e as neuroses entre si, menos por tipos de conflitos do que por modos de questões, que sempre encontram a resposta que merecem em função do [255] campo simbólico em que se colocam: assim, a questão histérica não é a do obsedado[19]. Em tudo isso, problemas

---

17) L. Althusser, *Lire le Capital*, t. II, op. cit. pp. 169 ss.
18) C. Lévi-Strauss, *Anthropologie structurale*, op. cit., p. 224.
19) S. Leclaire, "La mort dans la vie de l'obsédé", *La Psychanalyse*, nº 2, 1956.

e questões não designam um momento provisório e subjetivo na elaboração de nosso saber, mas, ao contrário, uma categoria perfeitamente objetiva, "objetidades" plenas e inteiras que são as da estrutura. O inconsciente estrutural é ao mesmo tempo diferencial, problematizante, questionante. Enfim, como veremos, ele é serial.

Quinto critério: serial

Entretanto, tudo isso parece ainda incapaz de funcionar. É porque só podemos definir uma metade de estrutura. Uma estrutura só se põe a mexer, só se anima, ao lhe restituirmos sua outra metade. Com efeito, os elementos simbólicos que definimos precedentemente, tomados em suas relações diferenciais, organizam-se necessariamente em série. Mas, como tais, eles se referem a uma outra série, constituída por outros elementos simbólicos e outras relações: esta referência a uma segunda série explica-se facilmente se nos lembrarmos de que as singularidades derivam dos termos e relações da primeira, mas não se contentam em reproduzi-los ou em refleti-los. Portanto, eles próprios se organizam numa outra série capaz de um desenvolvimento autônomo, ou, pelo menos, referem necessariamente a primeira a uma outra série. Assim, os fonemas e os morfemas. Ou então, a série econômica e outras séries sociais. Ou ainda, a tríplice série de Foucault: lingüística, econômica e biológica etc. A questão de sabermos se a primeira série forma uma base e em que sentido, se ela é significante, as outras sendo apenas significadas, é uma questão complexa cuja natureza ainda não podemos precisar. Devemos somente constatar que toda estrutura é serial, multisserial, e não funcionaria sem esta condição.

Quando Lévi-Strauss retoma o estudo do totemismo, mostra até que ponto o fenômeno é malcompreendido enquanto o interpretamos em termos de imaginação. Porque *imaginação*, segundo [256] sua lei, concebe necessariamente o totemismo como a operação pela qual um homem ou um grupo se identificam a um animal. Contudo, *simbolicamente*, trata-se de algo completamente diferente: não se trata da identificação imaginária de um termo a outro, mas da homologia estrutural de duas séries de termos. De um lado, uma série de espécies animais tomadas como elementos de relações diferenciais, e, do outro, uma série de posições sociais, também elas apreendidas simbolicamente em suas próprias relações: o confronto se faz "entre esses dois sistemas de diferenças", essas duas séries de elementos e de relações[20].

---

20) C. Lévi-Strauss, *Le Totémisme aujourd'hui*, Paris: PUF, 1962, p. 112.

O inconsciente, segundo Lacan, não é nem individual nem coletivo, mas intersubjetivo. Quer dizer que ele implica um desenvolvimento em séries: não somente o significante e o significado, mas as duas séries, no mínimo, organizam-se de maneira bastante variável segundo o domínio considerado. Um dos textos mais célebres de Lacan comenta a *Carta Roubada* de Edgar Poe, mostrando como a "estrutura" coloca em cena duas séries cujos lugares são ocupados por sujeitos variáveis: rei que não vê a carta – rainha que se alegra por tê-la tanto melhor ocultado quanto a deixou em evidência – ministro que vê tudo e que toma a carta (primeira série); polícia que nada encontra na casa do ministro; ministro que se alegra por ter tanto melhor ocultado a carta quanto a deixou em evidência – Dupin, que tudo vê e que retoma a carta (segunda série)[21]. Já num texto precedente, Lacan comentava o caso de *O Homem dos ratos* na base de uma dupla série, paterna e filial, sendo que cada uma colocava em jogo quatro termos relacionados segundo uma ordem dos lugares: dívida-amigo, mulher rica-mulher pobre[22].

É evidente que a organização das séries constitutivas de uma estrutura supõe uma verdadeira encenação, e exige em cada caso avaliações e interpretações precisas. Não há absolutamente regra geral; tocamos aqui num ponto em que o estruturalismo implica ora uma verdadeira criação, ora uma iniciativa e uma descoberta que não deixam de apresentar riscos. A determinação de uma estrutura não se faz somente por uma escolha dos elementos simbólicos de base e das relações [257] diferenciais em que eles entram; também não se faz somente por uma repartição dos pontos singulares que lhes correspondem; mas ainda pela constituição de uma segunda série, ao menos, que mantém relações complexas com a primeira. E se a estrutura define um campo problemático, um campo de problemas, é no sentido em que a natureza do problema revela sua objetividade própria nesta constituição serial, que faz com que o estruturalismo se sinta por vezes próximo de uma música. Philippe Sollers escreve um romance, *Drama*, ritmado pelas expressões "Problema" e "Falho", no decorrer do qual séries tateantes se elaboram "uma cadeia de lembranças marítimas passa em seu braço direito... a perna esquerda, ao contrário, parece trabalhada por agrupamentos minerais")[DLa]. Ou então a tentativa de Jean-Pierre Faye em *Análogos*, dizendo respeito a uma coexistência serial dos modos de relato[DLb].

---

21) J. Lacan, *Écrits*, op. cit., p. 15.
22) J. Lacan, *Le Mythe individuel du névrosé*, CDU, 1953. Retomado, modificado, *in Ornicar*, nº 17-18, 1979.
DLa P. Sollers, *Drame*, Paris: Seuil, 1965.
DLb J.-P. Faye, *Analogues*, Paris: Seuil, 1964.

Ora, o que é que impede as duas séries de se refletirem mutuamente e, assim, de identificarem seus termos um a um? O conjunto da estrutura recairia no estado de uma figura da imaginação. A razão que conjura tal risco é estranha na aparência. Com efeito, os termos de cada série são inseparáveis em si mesmos das defasagens ou deslocamentos que sofrem relativamente aos termos da outra; portanto, são inseparáveis da variação das relações diferenciais. No caso da "carta roubada", o ministro, na segunda série, vem para o lugar que a rainha ocupava na primeira. Na série filial de *O Homem dos ratos*, é a mulher pobre que vem para o lugar do amigo com relação à dívida[DLc]. Ou então, numa dupla série de aves e de gêmeos, citada por Lévi-Strauss, os gêmeos que são as "pessoas de cima", em relação às pessoas de baixo, vêm necessariamente para o lugar das "aves de baixo", não das aves de cima[23]. Este deslocamento relativo das duas séries não é absolutamente secundário; não é de fora e secundariamente que ele vem afetar um termo, como que para conferir-lhe uma dissimulação imaginária. Ao contrário, o deslocamento é propriamente estrutural ou simbólico: pertence essencialmente aos lugares [258] no espaço da estrutura, e comanda assim todos os disfarces imaginários dos seres e objetos que vêm secundariamente ocupar esses lugares. É por isso que o estruturalismo dá tanta atenção à metáfora e à metonímia. Estas de forma alguma são figuras da imaginação, mas, antes, fatores estruturais. São mesmo *os* dois fatores estruturais, no sentido em que exprimem os dois graus de liberdade do deslocamento, de uma série a outra e no interior de uma mesma série. Longe de serem imaginários, eles impedem as séries que eles animam de confundirem ou de desdobrarem imaginariamente seus termos. Mas o que são, pois, esses deslocamentos relativos, se fazem imperiosamente parte dos lugares na estrutura?

Sexto critério: a casa vazia

Tudo indica que estrutura envolve um objeto ou elemento completamente paradoxal. Consideremos o caso da carta, na história de Poe, tal como Lacan a comenta; ou o caso da dívida, em *O Homem dos ratos*. É evidente que este objeto é eminentemente simbólico. Mas dizemos "eminentemente", porque ele não pertence a série alguma em particular: a carta está, entretanto, presente nas duas séries de Poe; a dívida está presente nas duas séries de *O Homem dos ratos*. Um tal objeto sempre está presente nas séries correspondentes, ele as percorre

---

DLc S. Freud, *Œuvres complètes*, vol. IX, Paris: PUF, 1998.
23) C. Lévi-Strauss, *Le Totemisme aujourd'hui*, op. cit., p. 115.

e se move nelas, não cessa de circular nelas, e de uma à outra, com uma agilidade extraordinária. Diríamos que ele é *sua própria* metáfora e *sua própria* metonímia. Em cada caso, as séries são constituídas de termos simbólicos e de relações diferenciais; ele, porém, parece ter outra natureza. Com efeito, é em relação a ele que a variedade dos termos e a variação das relações diferenciais são determinadas de cada vez. As duas séries de uma estrutura são sempre divergentes (em virtude das leis da diferençação). Mas este objeto singular é o ponto de convergência das séries divergentes enquanto tais. Ele é "eminentemente" simbólico, mas justamente porque é imanente às duas séries ao mesmo tempo. Como denominá-lo, senão Objeto = x, Objeto da adivinhação ou grande Móvel? Todavia, podemos ter [259] dúvidas: o que J. Lacan nos convida a descobrir em dois casos, o papel particular de uma carta ou de uma dívida, seria um artifício, a rigor aplicável a esses casos, ou seria um método verdadeiramente geral, válido para todos os domínios estruturáveis, critério para toda estrutura, como se uma estrutura não se definisse sem a apresentação de um objeto = x que não cessa de percorrer suas séries? Como se a obra literária, por exemplo, ou a obra de arte, mas também outras obras, as obras da sociedade, as da doença, as da vida em geral, envolvessem este objeto muito particular que comanda sua estrutura. Como se se tratasse sempre de encontrar quem é H, ou de descobrir um x envolto na obra. Acontece o mesmo nas canções: o refrão diz respeito a um objeto = x, ao passo que as estrofes formam as séries divergentes onde circula este objeto. Eis porque as canções apresentam verdadeiramente uma estrutura elementar.

Um discípulo de Lacan, André Green, assinala a existência do lenço que circula em *Otelo*, percorrendo todas as séries da peça[24]. Falávamos também das duas séries do Príncipe de Gales, Falstaff ou o pai-cômico, Henrique IV ou o pai real, as duas imagens de pai. A coroa é o objeto = x que percorre as duas séries, com termos e sob relações diferentes; o momento em que o príncipe experimenta a coroa, seu pai não estando ainda morto, marca a passagem de uma série à outra, a mudança dos termos simbólicos e a variação das relações diferenciais. O velho rei moribundo se zanga, e crê que o filho quer prematuramente identificar-se com ele; no entanto, o príncipe sabe responder e mostrar, num esplêndido discurso, que a coroa não é o objeto de uma identificação imaginária, mas, ao contrário, o termo eminentemente simbólico que percorre todas as séries, a série infame de Falstaff e a grande série real, e que permite a passagem de uma a outra no seio da mesma estrutura. Havia, como vimos, uma primeira diferença entre o imaginário e o simbólico: o papel diferenciador do simbólico, por

---

24) A. Green, "L'objet (a) de J. Lacan", *Cahiers pour l'analyse*, nº 3, p. 32.

oposição ao papel assimilador refletidor, desdobrante e redobrante do imaginário. Contudo, a segunda fronteira aparece melhor aqui: contra o caráter dual da imaginação, o Terceiro [260] intervém essencialmente no sistema simbólico, distribui as séries, desloca-as relativamente, fá-las comunicar, mas impedindo uma de dobrar-se imaginariamente sobre a outra.

Dívida, carta, lenço ou coroa, a natureza desse objeto é precisada por Lacan: ele está sempre deslocado em relação a si mesmo. Tem por propriedade não estar onde é procurado, mas, em contrapartida, ser encontrado onde não está. Diremos que ele "falta a seu lugar" (não sendo, assim, alguma coisa de real). Diremos também que ele falta à sua própria semelhança (não sendo, assim, uma imagem), que falta à sua própria identidade (não sendo, assim, um conceito). "Aquilo que está oculto é sempre *aquilo que falta a seu lugar*, como se exprime a ficha de pesquisa de um volume quando está extraviado na biblioteca. Com efeito, ainda que este estivesse sobre a prateleira ou sobre a 'casa' ao lado, ele se ocultaria, por mais visível que parecesse. Pois só podemos dizer *literalmente* que isto falta a seu lugar, daquilo que pode mudar de lugar, isto é, do simbólico. Porque, para o real, qualquer que seja o transtorno que possamos trazer-lhe, ele está sempre e em todo caso presente, traz este lugar colado à sua sola, sem nada reconhecer que possa exilá-lo daí"[25]. Se as séries que o objeto = *x* percorre apresentam necessariamente deslocamentos *relativos* uma com relação à outra, é porque os lugares *relativos* de seus termos na estrutura dependem antes de tudo do lugar *absoluto* de cada um, em cada momento, com relação ao objeto = *x* sempre circulante, sempre deslocado relativamente a si mesmo. É neste sentido que o deslocamento, e mais geralmente todas as formas de troca, não constitui um caráter acrescentado de fora, mas a propriedade fundamental que nos permite definir a estrutura como ordem dos lugares sob a variação das relações. Toda a estrutura é movida por este Terceiro originário – mas também que falta à sua própria origem. Distribuindo as diferenças em toda a estrutura, fazendo variar as relações diferenciais com seus deslocamentos, o objeto = *x* constitui o diferenciador da própria diferença.

Os jogos têm necessidade da casa vazia, sem o que nada avançaria nem funcionaria. O objeto = *x* não se distingue de [261] seu lugar, mas é próprio deste lugar deslocar-se constantemente, como é próprio à casa vazia saltar incessantemente. Lacan invoca o *lugar do morto* no bridge. Nas páginas admiráveis que abrem *As palavras e as coisas*, onde descreve um quadro de Velásquez, Foucault invoca o *lugar do rei*, com relação ao qual tudo se desloca e desliza: Deus,

---

25) J. Lacan, *Écrits*, op. cit., p. 25.

depois o homem, sem jamais preenchê-lo[26]. Não há estruturalismo sem este grau zero. Philippe Sollers e Jean-Pierre Faye gostam de invocar a *tarefa cega*, como designando este ponto sempre móvel que comporta a cegueira, mas a partir do qual se torna possível a escrita, porque aí se organizam as séries como verdadeiros literatemas. J. A. Miller, em seu esforço para elaborar um conceito de causalidade estrutural ou metonímica, toma de empréstimo a Frege a posição de um *zero*, definido como faltando à sua própria identidade, e que condiciona a constituição serial dos números[27]. E mesmo Lévi-Strauss, que em certos aspectos é o mais positivista dos estruturalistas, o menos romântico, o menos inclinado a acolher um elemento fugidio, reconhecia no "*mana*" ou seus equivalentes a existência de um "significante flutuante", de um valor simbólico zero circulando na estrutura[28]. Ele reencontrava, assim, o fonema zero de Jakobson que, em si mesmo, não comporta caráter diferencial algum nem valor fonético, mas em relação ao qual todos os fonemas se situam em suas próprias relações diferenciais.

Se é verdade que a crítica estrutural tem por objeto determinar na linguagem as "virtualidades" que preexistem à obra, a obra é em si mesma estrutural quando se propõe exprimir suas próprias virtualidades. Lewis Carroll, Joyce, inventavam "palavras-valises" ou, mais geralmente, palavras esotéricas, para assegurarem a coincidência de séries verbais sonoras e a simultaneidade de séries de histórias associadas. Em *Finnegan's Wake*, é ainda uma *carta* que é Cosmo, e que reúne todas as séries do mundo. Em Lewis Carroll, a palavra-valise conota pelo menos duas séries de base (falar e comer, série verbal e série alimentar) que podem ramificar-se: assim, o Snark. É um erro dizer que tal palavra tem dois sentidos; de fato, ela pertence a uma ordem diferente da ordem das palavras que têm um sentido. Ela é o não-sentido que, ao menos, anima as duas séries, mas que lhes proporciona sentido circulando através delas. É ela, em sua ubiquidade, em seu perpétuo deslocamento, que produz o sentido em cada série, e de uma série à outra, e não cessa de defasar as duas séries. É a palavra = x, enquanto designa o objeto = x, o objeto *problemático*. Enquanto palavra = x, ela percorre uma série determinada como a do significante; mas, ao mesmo tempo, como objeto = x percorre a outra série determinada como a do significado. Ela não cessa, ao mesmo tempo, de cavar e de preencher a distância entre as duas séries: Lévi-Strauss mostra isso a propósito do "*mana*", que ele assimila às palavras "troço" ou "trem"[NT]. É desta maneira, como vimos, que o não-sentido não é a

---

26) M. Foucault, *Les Mots et les choses*, op. cit., cap. I.
27) J. A . Miller, "La suture", *Cahiers pour l'analyse*, nº 1.
28) C. Lévi-Strauss, *Introduction à l'œuvre de Marcel Mauss*, pp. 49-59 (*in* Marcel Mauss, *Sociologie et anthropologie*, Paris: PUF, 1950).
NT ["*truc*" – "*machin*"].

ausência de significação, mas, ao contrário, o excesso de sentido, ou aquilo que proporciona sentido ao significado e ao significante. O sentido aparece aqui como o efeito de funcionamento da estrutura, na animação de suas séries componentes. E sem dúvida, as palavras-valises não passam de um procedimento entre outros para assegurar esta circulação. Os termos técnicos de Raymond Roussel, tais como os analise Foucault, são de outra natureza: fundados em relações diferenciais fonemáticas, ou em relações ainda mais complexas[29]. Em Mallarmé, encontramos sistemas de relações entre séries, e móveis que os animam, ainda de tipo completamente diferente. Nosso objeto não é analisar o conjunto dos procedimentos que fizeram e fazem a literatura moderna, jogando com toda uma topografia, com toda uma tipografia do "livro por vir", mas somente ressaltar em todos os casos a eficácia desta casa vazia de dupla face, ao mesmo tempo palavra e objeto.

Em que consiste este objeto = x ? É e deve permanecer o objeto perpétuo de uma adivinhação, o *perpetuum móbile*? Seria uma forma de lembrarmos a consistência objetiva que assume a categoria do problemático no seio das estruturas. Finalmente, é bom que a questão "em que se pode reconhecer o estruturalismo?" conduza à posição de algo que não seja reconhecível ou identificável. Consideremos [263] a resposta psicanalítica de Lacan: o objeto = x é determinado como falo. Mas esse falo não é nem o órgão real, nem a série das imagens associadas ou associáveis: é falo simbólico. Entretanto, é justamente de sexualidade que se trata; não se trata de outra coisa aqui, contrariamente às piedosas tentações sempre renovadas em psicanálise de adjurar ou de minimizar as referências sexuais. Contudo, o falo aparece não como um dado sexual nem como a determinação empírica de um dos sexos, mas como o órgão simbólico que funda *toda* a sexualidade como sistema ou estrutura, e com relação ao qual se distribuem os lugares ocupados de modo variável pelos homens e pelas mulheres, e também as séries de imagens e de realidades. Designando o objeto = x como falo, não se trata, pois, de identificar este objeto, de conferir-lhe uma identidade que repugne à sua natureza; porque, ao contrário, o falo simbólico é aquilo que falta à sua própria identidade, sempre encontrado lá onde não está, pois não está lá onde é procurado, sempre deslocado em relação a si, *do lado da mãe*. Neste sentido, ele é a carta e a dívida, o lenço ou a coroa, o Snark e o *"mana"*. Pai, mãe etc. são elementos simbólicos tomados em relações diferenciais, mas o falo é outra coisa, o objeto = x que determina o lugar relativo dos elementos e o valor variável das relações, fazendo de toda a sexualidade uma estrutura. É em

---
29) Cf. M. Foucault, *Raymond Roussel* [NRT: Paris: Gallimard, 1963].

função dos deslocamentos do objeto = *x* que as relações variam, como relações entre "pulsões parciais" constitutivas da sexualidade.

O falo, evidentemente, não é última resposta. É mesmo, antes, o lugar de uma questão, de uma "pergunta" que caracteriza a casa vazia da estrutura sexual. As questões como as respostas variam segundo a estrutura considerada, mas nunca dependem de nossas preferências, nem de uma ordem de causalidade abstrata. É evidente que a casa vazia de uma estrutura econômica, como troca de mercadorias, deve ser determinada de forma inteiramente diferente: ela consiste em "algo" que não se reduz nem aos termos da troca, nem à própria relação de troca, mas que forma um terceiro eminentemente simbólico em perpétuo deslocamento, e em função do qual vão definir-se as variações de [264] relações. Tal é o *valor* como expressão de um "trabalho *em geral*", para além de toda qualidade empiricamente observável, lugar da questão que atravessa ou percorre a economia como estrutura[30].

Decorre disso uma conseqüência mais geral, que diz respeito às diferentes "ordens". Sem dúvida não convém, na perspectiva do estruturalismo, ressuscitarmos o seguinte problema: há uma estrutura que, em última instância, determina todas as outras? Por exemplo, o que é primeiro, o valor ou o falo, o fetiche econômico ou o fetiche sexual? Por várias razões, essas questões não têm sentido. Todas as estruturas são infra-estruturas. As ordens de estruturas, lingüística, familiar, econômica, sexual etc., caracterizam-se pela forma de seus elementos simbólicos, pela variedade de suas relações diferenciais, pela espécie de suas singularidades, enfim e sobretudo, pela natureza do objeto = *x* que preside a seu funcionamento. Ora, não poderíamos estabelecer uma ordem de causalidade linear de uma estrutura à outra, a não ser que, em cada caso, conferíssemos ao objeto = *x* o gênero de identidade que ele repugna essencialmente. Entre estruturas, a causalidade só pode ser um tipo de causalidade estrutural. Em cada ordem de estrutura, certamente, o objeto = *x* de forma alguma é um incognoscível, um puro indeterminado: é perfeitamente determinável, inclusive em seus deslocamentos, e pelo modo de deslocamento que o caracteriza. Simplesmente, ele não é assinalável, isto é, fixável num lugar, identificável num gênero ou numa espécie. Pois ele mesmo constitui o gênero último da estrutura ou seu lugar total: portanto, só tem identidade por faltar a esta identidade, e só tem lugar por deslocar-se relativamente a todo lugar. Assim, o objeto = *x*, para cada ordem de estrutura, o lugar vazio ou perfurado que permite a esta ordem articular-se com outras,

---

30) Cf. *Lire le Capital*, t. I, op. cit., pp. 242 ss.: a análise que Pierre Macherey faz da noção de valor, mostrando que este está sempre defasado relativamente à troca em que ela aparece.

num espaço que comporta tantas direções quantas ordens. As ordens de estrutura não comungam num mesmo lugar, mas todas comunicam por seu lugar vazio ou objeto = x, respectivo. É por isso que, apesar de certas páginas apressadas de Lévi-Strauss, não reclamaremos um privilégio para as estruturas [265] sociais etnográficas, remetendo as estruturas sexuais psicanalíticas à determinação empírica de um indivíduo mais ou menos dessocializado. Nem mesmo as estruturas da lingüística podem passar por elementos simbólicos ou significantes últimos: precisamente porque as outras estruturas não se contentam em aplicar por analogia métodos tomados de empréstimo à lingüística, mas descobrem por si mesmas verdadeiras linguagens, mesmo não-verbais, comportando sempre seus significantes, seus elementos simbólicos e relações diferenciais. Portanto, Foucault, ao levantar por exemplo o problema das relações etnografia-psicanálise, tem razão em dizer: "elas se cortam em ângulo reto; porque a cadeia significante por meio da qual se constitui a experiência única do indivíduo é perpendicular ao sistema formal a partir do qual se constitui as significações de uma cultura. Em cada momento, a estrutura própria da experiência individual encontra nos sistemas da sociedade certo número de escolhas possíveis (e de possibilidades excluídas); inversamente, as estruturas sociais encontram em cada um de seus pontos de escolha certo número de indivíduos possíveis (e de outros que não o são)"[31].

E em cada estrutura, o objeto = x deve ser suscetível de explicar: 1º) a maneira como ele subordina a si, em sua ordem, as outras ordens de estrutura, estas só intervindo, então, como dimensões de atualização; 2º) a maneira como ele mesmo é subordinado às outras ordens, na ordem delas (e só intervindo em sua própria atualização); 3º) a maneira como todos os objetos = x e todas as ordens de estrutura se comunicam umas com as outras, cada ordem definindo uma dimensão do espaço em que é absolutamente primeira; 4º) as condições nas quais, em tal momento da história ou em tal caso, tal dimensão correspondendo a tal ordem da estrutura não se desenrola por si mesma, permanecendo submissa à atualização de outra ordem (o conceito lacaniano de "forclusão" teria, ainda aqui, uma importância decisiva). [266]

Últimos critérios: do sujeito à prática

Num sentido, os lugares só são preenchidos ou ocupados por seres reais à medida que a estrutura é "atualizada". Num outro sentido, porém, podemos dizer que os lugares já estão preenchidos ou ocupados pelos elementos simbólicos,

---

31) M. Foucault, *Les Mots et les choses*, op. cit., p. 392.

no nível da própria estrutura; e são as relações diferenciais desses elementos que determinam a ordem dos lugares em geral. Portanto, há um preenchimento simbólico primário, antes de todo preenchimento ou de toda ocupação secundária por seres reais. Vê-se que reencontramos o paradoxo da casa vazia; porque esta é o único lugar que não pode nem deve ser preenchido, nem mesmo por um elemento simbólico. Ela deve guardar a perfeição de seu vazio para deslocar-se com relação a si mesma, e para circular através dos elementos e das variedades de relações. Simbólica, ela deve ser para si mesma seu próprio símbolo, e faltar eternamente à sua própria metade que seria susceptível de vir ocupá-la. (No entanto, este vazio não é um não-ser; ou, pelo menos, este não-ser não é o ser do negativo, é o ser positivo do "problemático", o ser objetivo de um problema e de uma questão). É por isso que Foucault pode dizer: "não podemos mais pensar senão no vazio do homem desaparecido. Porque *este vazio não cava uma falta; não prescreve uma lacuna a ser preenchida*. Ele não é nada mais, nada menos, que a dobra de um espaço onde, finalmente, se torna novamente possível pensar"[32].

Ora, embora o lugar vazio não seja preenchido por um termo, ele não deixa de ser acompanhado por uma instância eminentemente simbólica que segue todos os seus deslocamentos: acompanhado sem ser ocupado nem preenchido. E ambos, a instância e o lugar, não deixam de faltar um ao outro, e de se acompanharem dessa forma. O *sujeito* é precisamente a instância que segue o lugar vazio: como diz Lacan, ele é menos sujeito que assujeitado – assujeitado à casa vazia, assujeitado ao falo e aos seus deslocamentos. Sua agilidade é sem igual, ou deveria sê-lo. Por isso, o sujeito é essencialmente intersubjetivo. Anunciar a morte de Deus, ou mesmo a morte do homem, nada significa. O que conta é o *como*. Nietzsche já mostrava que Deus morre [267] de várias maneiras; e que os deuses morrem, mas de rir, quando ouvem um deus dizer que é o Único. O estruturalismo não é absolutamente um pensamento que suprime o sujeito, mas um pensamento que o esmigalha e o distribui sistematicamente, que contesta a identidade do sujeito, que o dissipa e o faz passar de um lugar a outro, sujeito sempre nômade, feito de individuações, mas impessoais, ou de singularidades, mas pré-individuais. É neste sentido que Foucault fala de "dispersão"; e Lévi-Strauss só pode definir uma instância subjetiva como dependente das condições de Objeto sob as quais sistemas de verdade se tornam conversíveis e, por conseguinte, "simultaneamente recebíveis para vários sujeitos"[33].

---

32) M. Foucault, *Les Mots et les choses*, op. cit., p. 353.
33) C. Lévi-Strauss, *Le Cru et le cuit*, Paris: Plon, 1964, p. 19.

Assim, dois grandes acidentes da estrutura deixam-se definir. Ou a casa vazia e móvel não é mais acompanhada de um sujeito nômade que sublinha seu percurso, e seu vazio torna-se uma verdadeira falta, uma lacuna; ou ela é, ao contrário, preenchida, ocupada por aquilo que a acompanha, e sua mobilidade perde-se no efeito de uma plenitude sedentária ou fixa. Poderíamos ainda dizer, em termos lingüísticos, ou que o "significante" desapareceu, que a onda do significado não encontra mais elemento significante que o meça, ou que o "significado" desvaneceu-se, que a cadeia do significante não encontra mais significado que a percorra: os dois aspectos patológicos da psicose[34]. Poderíamos ainda dizer, em termos teoantropológicos, que ora Deus faz crescer o deserto e cava na terra uma lacuna, e ora o homem a preenche, ocupa o lugar, e nesta vã permuta faz-nos passar de um acidente ao outro: eis porque o homem e Deus são as duas doenças da terra, isto é, da estrutura.

O importante é sabermos sob que fatores e em que momento esses acidentes são determinados em estruturas desta ou daquela ordem. Consideremos novamente as análises de Althusser e de seus colaboradores: de um lado, eles mostram como, na ordem econômica, as aventuras da casa vazia (o Valor como objeto = x) são marcadas pela mercadoria, pelo dinheiro, pelo fetiche, pelo capital etc., que caracterizam a estrutura [268] capitalista. Por outro lado, eles mostram como contradições nascem dessa forma na estrutura. Enfim, como o real e o imaginário, isto é, os seres reais que vêm ocupar os lugares e as ideologias que exprimem a imagem que se faz deles, são estreitamente determinados pelo jogo dessas aventuras estruturais e das contradições que delas decorrem. Certamente, não que as contradições sejam imaginárias: elas são propriamente estruturais, e qualificam os efeitos da estrutura no tempo interno que lhe é próprio. Não diremos, pois, da contradição, que ela é aparente, mas que é derivada: deriva do lugar vazio e de seu devir na estrutura. *Em regra geral, o real, o imaginário e suas relações sempre são engendrados secundariamente pelo funcionamento da estrutura, que começa por ter seus efeitos primários em si mesma.* É por isso que não é absolutamente de fora que chega à estrutura aquilo que chamamos há pouco de "acidentes". Trata-se, ao contrário, de uma "tendência" imanente[35]. Trata-se de acontecimentos ideais que fazem parte da própria estrutura, e que afetam simbolicamente sua casa vazia ou seu sujeito. Chamamo-los

---

34) Cf. o esquema proposto por S. Leclaire, em seguida a Lacan: "À la recherche des príncipes d'une psychothérapie des psychoses", na revista *L'Évolution psychiatrique*, t. 23, n. 2, 1958.

35) Sobre as noções marxistas de "contradição" e de "tendência", cf. as análises de E. Balibar, *Lire le Capital*, t. II, op. cit., pp. 296 ss.

de "acidentes" para melhor ressaltar, não um caráter de contingência ou de exterioridade, mas este caráter de acontecimento bastante especial, interior à estrutura enquanto esta jamais se reduz a uma essência simples.

Assim sendo, um conjunto de problemas complexos coloca-se ao estruturalismo, concernentes às "mutações" estruturais (Foucault) ou às "formas de transição" de uma estrutura à outra (Althusser). É sempre em função da casa vazia que as relações diferenciais são susceptíveis de novos valores ou de variações, e que as singularidades são capazes de atribuições novas, constitutivas de outras estruturas. Ainda é preciso que as contradições sejam "resolvidas", isto é, que o lugar vazio seja desembaraçado dos acontecimentos simbólicos que o ocultam ou o preenchem; que ele seja devolvido ao sujeito que deve acompanhá-lo sobre novos caminhos, sem ocupá-lo nem abandoná-lo. Por isso, há um *herói* estruturalista: nem Deus nem homem, nem pessoal nem universal, ele é sem identidade, feito [269] de individuações não pessoais e de singularidades pré-individuais. Ele garante a explosão de uma estrutura afetada de excesso ou de carência, opõe *seu próprio* acontecimento ideal aos acontecimentos ideais que acabamos de definir[36]. Que caiba a uma nova estrutura não recomeçar aventuras análogas às da antiga, impedir o renascimento de contradições mortais, isso depende da força resistente e criadora desse herói, de sua agilidade em seguir e salvaguardar os deslocamentos, de seu poder de fazer com que as relações variem e de redistribuir as singularidades, sempre jogando ainda os dados. Este ponto de mutação define precisamente uma *práxis*. Porque o estruturalismo não é somente inseparável das obras que cria, mas também de uma prática relativamente aos produtos que interpreta. Seja esta prática terapêutica ou política, ela designa um ponto de revolução permanente, ou de transferência constante.

Estes últimos critérios, do sujeito à *práxis*, são os mais obscuros critérios do futuro. Através dos seis caracteres precedentes, quisemos simplesmente recolher um sistema de ecos entre autores bastante independentes uns dos outros, explorando domínios bastante diversos; mas também a teoria que eles próprios propõem desses ecos. Nos diferentes níveis da estrutura, o real e o imaginário, os seres reais e as ideologias, o sentido e a contradição são "efeitos" que devem ser compreendidos no término de um "processo", de uma produção diferençada propriamente estrutural: estranha gênese estática para "efeitos" físicos (ópticos, sonoros etc.). Os livros contra o estruturalismo (ou aqueles contra o novo romance)

---

36) Cf. Michel Foucault, *Les Mots et les choses*, op. cit., p. 230: a mutação estrutural, "se ela deve ser analisada, e minuciosamente, não pode ser explicada nem mesmo recolhida numa palavra única; ela é um acontecimento radical que se reparte sobre a superfície visível do saber e cujos signos, sacudidelas, efeitos, podemos seguir passo a passo".

não têm, estritamente, importância alguma; não podem impedir que o estruturalismo tenha uma produtividade que é a de nossa época. Livro algum *contra* o que quer que seja jamais tem importância; somente contam os livros "pró" alguma coisa de novo, e que sabem produzi-lo.

*Tradução de
Hilton F. Japiassú*[NRT]

[NRT] [Tradução brasileira originalmente publicada em François Châtelet (Dir.), *História da filosofia.*, vol. 8, *O século XX*, Rio de Janeiro: Zahar, 1974, pp. 271-303.]

24: Três problemas de grupo[DL]
[1972]

Acontece de um militante político e um psicanalista encontrarem-se na mesma pessoa e, em lugar de permanecerem isolados, eles não parem de se misturar, de interferir, de comunicar, de se tomar um pelo outro. É um acontecimento muito raro desde Reich. Pierre-Félix Guattari nunca se deixa ocupar pelos problemas da unidade de um Eu. O eu faz parte das coisas que é preciso dissolver, sob o assalto conjugado das forças políticas e analíticas. O dito de Guattari, "nós somos todos grupúsculos", marca bem a busca de uma nova subjetividade, subjetividade de grupo, que não se deixa enclausurar num todo forçosamente pronto a reconstituir um eu, ou, pior ainda, um superego, mas que se estende sobre vários grupos de uma vez, divisíveis, multiplicáveis, comunicantes e sempre revogáveis. O critério de um bom grupo é que ele não se imagina único, imortal e significante, [271] como um sindicato de defesa ou de seguridade, como um ministério de antigos combatentes, mas se dirige a um fora que o confronta com suas possibilidades de não-sentido, de morte ou de explosão, "em razão mesmo de sua abertura aos outros grupos". O indivíduo, por seu turno, é um tal grupo. Guattari encarna da maneira mais natural os dois aspectos de um anti-Eu: de um lado, como uma rocha catatônica, corpo cego e endurecido quando ele tira os óculos; de outro lado, brilhando de mil

---

DL Prefácio a Félix Guattari, *Psychanalyse et transversalité*, Paris: François Maspero, 1972, pp. I-XI.
Deleuze e Guattari encontram-se, durante o verão de 1969, em Limousin e rapidamente concebem o plano de trabalhar juntos. Em 1972, *O Anti Édipo* marca o início de um "trabalho a dois" que continuaria durante vinte anos. Seguirão, em 1975, *Kafka – por uma literatura menor*, em 1980, *Mil platôs*, e, em 1991, *O que é a filosofia?* Ver DRF (*Deux régimes de fous et autres textes*), a carta a Uno: "como nós trabalhamos a dois".
Militante inicialmente próximo do trotskismo (o que o leva a ser expulso do PC), Guattari milita em seguida em vários grupos (dentre os quais, sucessivamente, a Via Comunista, a Oposição de Esquerda, o Movimento do 22 de Março); paralelamente, integra, desde a sua criação em 1953 pelo Dr. Jean Oury, a equipe de animação da clínica de La Borde. É nessa clínica psiquiátrica e no prolongamento dos trabalhos do Dr. Tosquelles que são definidas prática e teoricamente as bases da psicoterapia institucional (considerar o tratamento psicoterapêutico como inseparável da análise das instituições). Membro do CERFI (Centro de Estudo, Pesquisa e Formação Institucional), Guattari é aluno de Lacan desde a origem do Seminário e psicanalista membro da Escola Freudiana de Paris. Os textos de *Psychanalyse et transversalité* refazem, num plano teórico e prático, o conjunto desse percurso.

fogos, formigando de vidas múltiplas quando ele olha, age, ri, pensa, ataca. Ele se chama também Pierre e Félix: potências esquizofrênicas.

Neste encontro do psicanalista e do militante, três ordens de problemas, pelo menos, se depreendem: 1º) Sob que forma introduzir a política na prática e teoria psicanalíticas (uma vez dito que, de toda maneira, a política está no próprio inconsciente)? 2º) Há lugar, e como fazer para introduzir a psicanálise nos grupos militantes revolucionários? 3º) Como conceber e formar grupos terapêuticos específicos, cuja influência reagiria sobre outros grupos políticos, e também sobre as estruturas psiquiátricas e psicanalíticas? Concernindo esses três tipos de problemas, Guattari apresenta aqui um certo número de artigos, de 1955 a 1970, que marcam uma evolução, com dois grandes marcos, as esperanças-desesperanças do pós-Liberação, as esperanças-desesperanças do pós-Maio de 1968, e entre os dois, o trabalho de toupeira que preparou Maio.

Quanto ao primeiro problema, veremos como Guattari teve, muito cedo, o sentimento de que o inconsciente reporta-se diretamente a todo um campo social, econômico e político, mais do que às coordenadas míticas e familiares invocadas tradicionalmente pela psicanálise. Trata-se da libido como tal, como essência de desejo e de sexualidade: ela investe e desinveste os fluxos de toda natureza que correm no campo social, ela opera cortes desses fluxos, bloqueios, fugas, retenções. E, sem dúvida, ela não opera de uma maneira manifesta, ao modo dos interesses objetivos da consciência e dos encadeamentos da causalidade histórica; mas ela estende um desejo latente coextensivo a todo o campo social, acarretando rupturas de causalidade, emergências de singularidades, pontos de parada como de fuga. 1936 não é [272] somente um acontecimento na consciência histórica, mas um complexo do inconsciente. Nossos amores, nossas escolhas sexuais são menos derivados de um Papai-Mamãe mítico do que derivados de um real-social, as interferências e os efeitos de fluxos investidos pela libido. Com o que não se faz o amor e a morte. Guattari pode, então, reprovar a psicanálise pela maneira com que ela esmaga sistematicamente todos os conteúdos sóciopolíticos do inconsciente, que, contudo, determinam os objetos do desejo na realidade. A psicanálise, diz ele, parte de uma espécie de narcisismo absoluto (*Das Ding*)[NT] para atingir um ideal de adaptação social que ela chama de cura; mas este encaminhamento deixa sempre na sombra uma constelação social singular, que seria preciso, ao contrário, explorar, em lugar de sacrificá-la à invenção de um inconsciente simbólico abstrato. O *Das Ding* não é o horizonte recorrente que funda ilusoriamente uma pessoa

---

NT [Literalmente: A Coisa].

individual, mas um corpo social que serve de base a potencialidades latentes (por que há loucos aqui, revolucionários acolá?). Mais importantes que o pai, a mãe, a avó, há todos os personagens que ocupam as questões fundamentais da sociedade, como a luta de classes de nossa época. Mais importante que contar como a sociedade grega, um belo dia, fez com Édipo a mudança na maneira de pensar e agir[NT], há a enorme *Spaltung* [NTa] que atravessa hoje o mundo comunista. Como esquecer o papel do Estado em todos os impasses em que a libido encontra-se presa, reduzida a investir as imagens intimistas da família? Como crer que o complexo de castração possa um dia encontrar a solução satisfatória enquanto a sociedade lhe confiar um papel inconsciente de regulação e repressão sociais? Em suma, a relação social não constitui jamais um para-além nem um depois dos problemas individuais e familiares. É mesmo curioso a que ponto os conteúdos sociais, econômicos e políticos da libido mostram-se tanto melhor quanto mais nos encontramos diante de síndromes de aspectos os mais dessocializados, como na psicose. "Para além do Eu, o sujeito encontra-se espalhado pelos quatro cantos do universo histórico, delirando-o, põe-se a falar línguas estrangeiras, ele alucina a história, e os conflitos de classe ou as guerras tornam-se os instrumentos de expressão dele mesmo [...] a distinção entre a vida privada e os diversos níveis da vida social não tem mais [273] importância." (Comparar com Freud, que apenas retém da guerra um instinto de morte indeterminado, e um choque não qualificado, excesso de excitação do tipo bum-bum.) Restituir ao inconsciente suas perspectivas históricas sobre fundo de inquietude e de desconhecido implica uma inversão da psicanálise, e sem dúvida uma redescoberta da psicose sob os ouropéis da neurose. Pois a psicanálise reuniu todos os seus esforços aos da psiquiatria a mais tradicional para sufocar a voz dos loucos que nos falam essencialmente de política, economia, ordem e revolução. Em um artigo recente, Marcel Jaeger mostra como "os propósitos sustentados pelos loucos não têm somente a espessura das suas desordens psíquicas individuais: o discurso da loucura articula-se a um outro discurso, o da história política, social, religiosa, que fala em cada um deles. [...] Em certos casos, é a utilização de conceitos políticos que provoca um estado de crise no doente, como se ela trouxesse à luz o nó de contradições nas quais o louco se

---

NT ["le virage de sa cuti". A "cutiréaction" é um teste em que se injeta substâncias de origem animal e vegetal para detectar alergias e outras doenças. A expressão empregada por Deleuze, que, literalmente, pode ser entendida como mudança no resultado do referido teste, é também usada correntemente neste sentido derivado. Não deixa de ser interessante que, para dizer uma mudança de pensamento e atitude, recorra-se a uma expressão que diz respeito à pele].

NTa [Literalmente: Cisão].

amarrou. [...] Não há lugar do campo social, nem mesmo o hospício, em que não se escreva a história do movimento operário"[1]. Estas fórmulas exprimem a mesma orientação que os trabalhos de Guattari desde os seus primeiros artigos, a mesma iniciativa de reavaliação da psicose.

Vê-se a diferença em relação a Reich: não há uma economia libidinal que viria por outros meios prolongar subjetivamente a economia política, não há uma repressão sexual que viria interiorizar a exploração econômica e a sujeição política. Mas o desejo como libido já está aí por toda parte, a sexualidade percorre e esposa todo o campo social, coincidindo com os fluxos que passam sob os objetos, as pessoas e os símbolos de um grupo, e dos quais estes dependem em seu recorte e sua constituição mesma. Está precisamente aí o caráter latente da sexualidade de desejo, que só se torna manifesto com as escolhas de objetos sexuais e de seus símbolos (é evidente demais que os símbolos são conscientemente sexuais). É, portanto, a economia política enquanto tal, economia dos fluxos, que é inconscientemente libidinal: não há duas economias, e o desejo ou a libido [274] são somente a subjetividade da economia política. "O econômico é, no final das contas, o próprio propulsor da subjetividade". É isto que exprime a noção de *instituição*, que se define por uma subjetividade de fluxo e de corte de fluxo nas formas objetivas de um grupo. As dualidades do objetivo e do subjetivo, da infraestrutura e das superestruturas, da produção e da ideologia se desvanecem para dar lugar à estrita complementariedade do sujeito desejante da instituição e do objeto institucional. (Seria preciso comparar essas análises institucionais de Guattari com as que Cardan fazia no mesmo momento em *Socialismo ou Barbárie*, e que foram assimiladas sob uma mesma crítica amarga dos trotskistas[2].)

O segundo problema – "há lugar para introduzir a psicanálise nos grupos políticos, e como?" – exclui evidentemente toda "aplicação" da psicanálise aos fenômenos históricos e sociais. Em tais aplicações, Édipo à frente, a psicanálise acumulou o bastante em ridículos. O problema é outro: a situação que faz do capitalismo a coisa a abater pela revolução, mas que fez também da revolução russa, da história que a sucedeu, da organização dos partidos comunistas e dos sindicatos nacionais outras tantas instâncias incapazes de operar essa destruição. Nesse aspecto, o caráter próprio do capitalismo, que se apresenta como uma contradição entre o desenvolvimento das forças produtivas e as relações de

---

1) Marcel Jaeger, "L'*Underground* de la folie" in "Folie pour folie", *Partisans*, fevereiro de 1972.
2) *Cahiers de la Vérité*, série "Sciences humaines et Lutte de classes", nº 1.

produção, consiste nisso: o processo de reprodução do capital, do qual as forças produtivas dependem no regime, é em si mesmo um fenômeno internacional que implica uma divisão mundial do trabalho; mas o capitalismo não pode, contudo, romper os quadros nacionais no interior dos quais ele desenvolve as relações de produção, nem o Estado como instrumento de fazer valer o capital[DLa]. O internacionalismo do capital se faz, portanto, pelas estruturas nacionais e estatais, que o entravam ao mesmo tempo que o [275] efetuam, e que fazem o papel de arcaísmos com função atual. O capitalismo monopolista de Estado, longe de ser um dado último, é o resultado de um compromisso. Nessa "expropriação dos capitalistas no seio do capital", a burguesia mantém sua plena dominação sobre o aparelho de Estado, mas se esforçando cada vez mais para institucionalizar e integrar a classe operária, de tal maneira que as lutas de classe encontram-se descentradas em relação aos lugares e agentes de decisão reais e transbordam largamente os Estados. É em virtude do mesmo princípio que, "só uma estreita esfera de produção é inserida no processo mundial de reprodução do capital", permanecendo o resto submetido, nos Estados do terceiro mundo, a relações pré-capitalistas (arcaísmos atuais de um segundo gênero).

Nessa situação, constata-se a cumplicidade dos partidos comunistas nacionais que militam pela integração do proletariado no Estado, a ponto de "os particularismos nacionais da burguesia serem, em boa parte, resultado dos particularismos nacionais do próprio proletariado, enquanto a divisão interior da burguesia expressa a divisão do proletariado". De outra parte, mesmo quando a necessidade das lutas revolucionárias no terceiro mundo é afirmada, estas lutas servem antes de tudo de moeda de troca numa negociação, e marcam a mesma renúncia a uma estratégia internacional e ao desenvolvimento da luta de classe nos países capitalistas. Não vem tudo da palavra de ordem: *defesa das forças produtivas nacionais pela classe trabalhadora*, luta contra os monopólios e conquista de um aparelho de Estado?

A origem de uma tal situação está naquilo que Guattari chama de "o grande corte leninista" de 1917, que fixou para o melhor e para o pior as atitudes, os enunciados principais, as iniciativas e estereótipos, os fantasmas e as interpretações do movimento revolucionário. Esse corte apresentou-se como a possibilidade de operar uma verdadeira ruptura da causalidade histórica, "interpretando" a debandada militar, econômica, política e social como uma vitória das massas. Em lugar de uma necessidade da sagrada união de centro-esquerda, surgia a

---

[DLa] Sobre um exemplar pessoal, Deleuze anota: "por exemplo, a política econômica é decidida, ao menos, em escala européia, enquanto a política social permanece a cargo dos Estados".

possibilidade da revolução socialista. Mas essa possibilidade só foi assumida [276] erigindo o partido, ainda ontem modesta formação clandestina, em embrião de aparelho de Estado capaz de tudo dirigir, preenchendo uma vocação messiânica e substituindo as massas. Duas conseqüências de mais ou menos longo alcance decorreram disso. Por mais que o novo Estado se dirigisse aos Estados capitalistas, ele entrava com eles em relações de força que tinham por ideal uma espécie de *status quo*: o que tinha sido a tática leninista no momento da NEP transformava-se em ideologia da coexistência pacífica e da competição econômica. A idéia de rivalidade foi ruinosa para o movimento revolucionário. E por mais que o novo Estado se encarregasse do internacionalismo proletário, ele só podia desenvolver a economia socialista em função dos dados do mercado mundial e em cima de objetivos similares aos do capital internacional, aceitando ainda melhor a integração dos partidos comunistas locais nas relações de produção capitalista, sempre em nome da defesa das forças produtivas nacionais pela classe trabalhadora. Em resumo, não é justo dizer com os tecnocratas que as duas espécies de regime e de Estado convergiam ao longo de sua evolução; mas tampouco supor, com Trotski, um Estado proletário sadio que teria sido pervertido pela burocracia, e que poderia ser endireitado por uma simples revolução política. É na maneira com que o Estado-partido *respondia* aos Estados-cidades do capitalismo, mesmo nas relações de hostilidade e contrariedade, que tudo estava já colocado ou traído. Testemunha disso é precisamente a fraqueza da criação institucional na Rússia em todos os domínios, desde a precoce liquidação dos Sovietes (por exemplo, importando usinas de automóveis já montadas, importa-se também tipos de relações humanas, funções tecnológicas, separações entre trabalho intelectual e trabalho manual, modos de consumo profundamente estranhos ao socialismo).

Toda essa análise ganha sentido em função da distinção que Guattari propõe entre *grupos assujeitados* e *grupos-sujeito*. Os grupos assujeitados não deixam de sê-lo tanto em suas massas quanto entre os senhores que eles dão a si mesmos ou aceitam; a hierarquia, a organização vertical ou piramidal que os caracteriza é feita para conjurar toda inscrição possível de não-sentido, de morte ou de dissensão, para impedir [277] o desenvolvimento de rupturas criadoras, para assegurar os mecanismos de autoconservação fundados sobre a exclusão dos outros grupos; seu centralismo opera por estruturação, totalização, unificação, trocando as condições de uma verdadeira "enunciação" coletiva por um agenciamento de enunciados estereotipados podados ao mesmo tempo do real e da subjetividade (é aí que se produzem fenômenos imaginários de edipianização, de supereuização e de castração de grupo). Os grupos-sujeito, ao contrário, definem-se pelos coeficientes de *transversalidade*, que conjuram as totalidades e hierarquias; eles são agentes de enunciação, suportes do desejo, elementos de criação institucional; através de sua prática, não páram de se conformar ao limite de seu próprio não-senso, de sua própria morte ou ruptura. Trata-se, ainda, menos de duas sortes de grupos que de duas vertentes da instituição, já que um grupo-sujeito arrisca-se sempre a deixar-se assujeitar, numa crispação paranóica em que ele quer a todo preço se manter e se eternizar como sujeito; inversamente "um partido, antes revolucionário e agora mais ou menos submetido à ordem dominante, pode ainda ocupar aos olhos das massas o lugar deixado vazio do sujeito da história, tornar-se como que à revelia o porta-voz de um discurso que não é o seu, pronto a traí-lo quando a evolução da relação de força acarreta um retorno ao normal: ele não deixa de conservar, como que involuntariamente, uma potencialidade de ruptura subjetiva que uma transformação do contexto poderá revelar". (Exemplo extremo de como os piores arcaísmos podem se tornar revolucionários: os Bascos, os católicos irlandeses etc.).

É verdade que, se o problema das funções de grupo não é colocado desde o começo, será tarde demais em seguida. Quantos grupúsculos, que animam ainda apenas massas fantasmas, têm já uma estrutura de sujeição, com direção, correia de transmissão, base, que reproduzem no vazio os erros e perversões que eles combatem. A experiência de Guattari passa pelo trotskismo, o entrismo, a oposição de esquerda (a Via Comunista), o Movimento do 22 de Março. Ao longo desse caminho, o problema permanece o do desejo ou da subjetividade inconsciente: como um grupo pode levar seu próprio desejo, colocá-lo em conexão com os desejos de outros grupos e com os desejos de massa, produzir os enunciados [278] criadores correspondentes e constituir as condições, não de sua unificação, mas de uma multiplicação propícia a enunciados em vias de ruptura? O desconhecimento e a repressão dos fenômenos de desejo inspiram as estruturas de sujeição e de burocratização, o estilo militante feito de amor odioso que decide por um certo número de enunciados dominantes exclusivos. A maneira constante pela qual os grupos revolucionários traíram sua tarefa é por demais conhecida. Eles procedem por isolamento, realce e seleção residual: isolamento de uma vanguarda que se julga dotada de saber; realce de um proletariado bem disciplinado, organizado, hierarquizado; resíduo de um sub-proletariado apresentado como o que deve ser excluído ou reeducado. Ora, esta divisão tripartite reproduz precisamente as divisões que a burguesia introduziu no proletariado, e sobre as quais ela fundou seu poder no quadro das relações de produção capitalistas. Pretender revirá-las contra a burguesia está perdido de antemão. A tarefa revolucionária é a supressão do próprio proletariado, ou seja, desde já a supressão das distinções correspondentes entre vanguarda e proletariado, proletariado e subproletariado, a luta efetiva contra toda operação de isolamento, de realce e de seleção residual, para, ao contrário disso, liberar posições subjetivas e singulares capazes de comunicar transversalmente (cf. o texto de Guattari, "O estudante, o louco e o Katanguês").

A força de Guattari está em mostrar que o problema não é absolutamente o de uma alternativa entre o espontaneísmo e o centralismo. Nada de alternativa entre guerrilha e guerra generalizada. De nada serve reconhecer da boca para fora um certo direito à espontaneidade numa primeira etapa, prestes a exigir centralização numa segunda etapa: a teoria das etapas é ruinosa para todo movimento revolucionário. Nós devemos ser desde o começo mais centralistas que os centralistas. É evidente que uma máquina revolucionária não pode se contentar com lutas locais e punctuais: hiperdesejante e hipercentralizada, ela deve ser tudo isso de uma vez. O problema concerne, portanto, a natureza da unificação que deve operar transversalmente, através de uma multiplicidade, não verticalmente e de maneira a esmagar esta multiplicidade própria ao desejo. Isso quer dizer, em primeiro lugar, que [279] a unificação deve ser a de *uma máquina de guerra e não de um aparelho de Estado* (um Exército vermelho deixa de ser uma máquina de guerra à medida que se torna engrenagem mais ou menos determinante de um aparelho de Estado). Em segundo lugar, quer dizer que a unificação deve se fazer por *análise*, deve ter *um papel de analisador* em relação ao desejo de grupo e de massa, e não um papel de síntese procedendo por racionalização, exclusão etc. O que é uma máquina de guerra à diferença de um aparelho de Estado, o que é uma análise ou um analisador de desejo em oposição às sínteses pseudo-racionais e científicas, tais são as duas grandes linhas para onde nos leva o livro de Guattari, e que marcam, para ele, a tarefa teórica a ser perseguida atualmente.

Nesta última direção, não se trata certamente de uma "aplicação" da psicanálise aos fenômenos de grupo. Não se trata tampouco de um grupo terapêutico que se proporia a "tratar" as massas. Mas de constituir, no grupo, condições de uma análise de desejo, em si mesmo e nos outros; seguir os fluxos que constituem outras tantas linhas de fuga na sociedade capitalista, e operar rupturas, impor cortes no seio mesmo do determinismo social e da causalidade histórica; liberar os agentes coletivos de enunciação capazes de formar os novos enunciados de desejo; constituir não uma vanguarda, mas grupos nas adjacências dos processos sociais, e que se dedicam somente a fazer avançar uma verdade nos caminhos em que, ordinariamente, ela não se introduz nunca; em resumo, uma subjetividade revolucionária em relação à qual já não cabe perguntar o que é primeiro, determinações econômicas, políticas, libidinais etc., já que ela perpassa as ordens tradicionalmente separadas; alcançar esse ponto de *ruptura* em que, precisamente, a economia política e a economia libidinal *constituem uma só coisa*. Pois o inconsciente não é outra coisa: é esta ordem da subjetividade de grupo que introduz máquinas de explosão nas estruturas ditas significantes como nas cadeias causais, e que as força a se abrirem para liberar suas potencialidades escondidas como real a advir sob efeito de ruptura. O Movimento do 22 de Março permanece exemplar nesse aspecto; pois se ele foi uma máquina de guerra insuficiente, ao menos funcionou admiravelmente como grupo analítico e [280] desejante, que não apenas mantinha seu discurso ao modo de uma associação verdadeiramente livre, mas que pode "se constituir em *analisador* de uma massa considerável de estudantes e de jovens trabalhadores", sem pretensão de vanguarda ou de hegemonia, simples suporte permitindo a transferência e a supressão das inibições. E uma tal análise em ato, em que a análise e o desejo passam enfim pelo mesmo lado, em que é o desejo enfim que conduz a análise, caracteriza bem os grupos-sujeito, ao passo que os grupos assujeitados continuam a viver sob as leis de uma simples "aplicação" da psicanálise em ambiente fechado (a família como continuação do Estado por outros meios). O teor econômico e político da libido como tal, o teor libidinal e sexual do campo político-econômico, toda essa *deriva da história* só se descobre em ambiente aberto e em grupos-sujeito, aí onde aparece uma verdade. Pois "a verdade não é a teoria, nem a organização". Não é a estrutura nem o significante, mas antes a máquina de guerra e o seu não-senso. "É quando surge a verdade que a teoria e a organização têm de se esforçar. Autocrítica é para ser feita pela teoria e pela organização, nunca pelo desejo".

Uma tal transformação da psicanálise em esquizoanálise implica uma avaliação da especificidade da loucura. E é um dos pontos sobre os quais Guattari insiste, reunindo-se a Foucault, quando este anuncia que não é a loucura que desaparecerá em proveito de doenças mentais positivamente determinadas, tratadas, assépticas, mas, ao contrário, as doenças mentais, em proveito de qualquer coisa que não soubemos compreender na loucura[3]. Pois os verdadeiros problemas estão do lado da psicose (de modo algum em neuroses de aplicação). É sempre uma alegria suscitar os gracejos do positivismo: Guattari não pára de reclamar os direitos de um ponto de vista metafísico ou transcendental, que consiste em purgar a loucura da doença mental e não o inverso: "será que virá

---

3) Michel Foucault, *Histoire de la folie*, Paris: Gallimard, 1972, apêndice I.

um tempo em que se estudará com a mesma seriedade, o [281] mesmo rigor, as definições de Deus do presidente Schreber ou de Antonin Artaud que as de Descartes ou Malebranche? Será que continuaremos muito tempo a perpetuar a clivagem entre o que seria da competência de uma crítica teórica pura e a atividade analítica concreta das ciências humanas?" (Compreendamos que as loucas definições são, de fato, mais sérias, mais rigorosas que as definições racionais-doentias pelas quais os grupos assujeitados reportam-se a Deus sob as formas da razão). Precisamente, a análise institucional reprova a antipsiquiatria não somente por esta recusar toda função farmacológica, não somente por negar toda possibilidade revolucionária da instituição, mas sobretudo por confundir, no limite, alienação mental e alienação social, e suprimir assim a especificidade da loucura. "Com as melhores intenções do mundo, morais e políticas, chega-se a recusar ao louco o direito de ser louco, o *a culpa é da sociedade* pode mascarar uma maneira de reprimir todo desvio. A negação da instituição se tornaria então uma denegação do fato singular da alienação mental". Não que seja preciso postular uma espécie de generalidade da loucura, nem invocar uma identidade mística do revolucionário e do louco. Sem dúvida, é inútil tentar escapar a uma crítica que será feita de qualquer maneira. Justamente para dizer que não é a loucura que deve ser reduzida à ordem do geral, mas, ao contrário, o mundo moderno em geral ou o conjunto do campo social é que devem ser interpretados *também* em função da singularidade do louco na sua própria posição subjetiva. Os militantes revolucionários não podem deixar de ser concernidos estreitamente pela delinqüência, pelo desvio e a loucura, não como educadores ou reformadores, mas como aqueles que só nesses espelhos podem ler o rosto de sua própria diferença. Dá testemunho disso este pedaço do diálogo que se trava com Jean Oury desde o início desta coletânea de textos: "Há alguma coisa que deveria especificar um grupo de militantes no domínio da psiquiatria, que é de se engajar na luta social, mas também de ser louco o bastante para ter a possibilidade de *estar com* loucos; ora, existem pessoas muito bem no plano político que são incapazes de fazer parte desse grupo...".

A contribuição própria de Guattari à psicoterapia institucional consiste num certo número de noções, cuja formação seguiremos [282] aqui mesmo: a distinção de dois tipos de grupo, a oposição dos fantasmas de grupo e dos fantasmas individuais, a concepção da transversalidade. E estas noções têm uma orientação prática precisa: introduzir na instituição uma função política militante, constituir uma espécie de "monstro" que não é nem a psicanálise, nem a prática de hospital, ainda menos a dinâmica de grupo, e que se quer aplicável em toda parte, no hospital, na escola, na militância – uma máquina de produzir e enunciar o desejo. É por isso que Guattari preferia o nome de análise institucional ao de psicoterapia institucional. No movimento institucional, tal como ele aparece com Tosquelles e Jean Oury, se esboçava, com efeito, uma terceira era da psiquiatria: a instituição como modelo, para além da lei e do contrato. Se é verdade que o antigo manicômio era regido pela lei repressiva, enquanto os loucos eram julgados "incapazes" e, por isso, mesmo excluídos das relações contratuais que unem seres supostamente razoáveis, o golpe freudiano foi mostrar que, nas famílias burguesas e na fronteira dos manicômios, um grande grupo de pessoas chamadas neuróticas podiam ser introduzidas em um contrato particular que as reconduzia, por meios originais, às normas da medicina tradicional (o contrato psicanalítico como caso particular da relação contratual médico-liberal). O abandono da hipnose foi uma etapa importante nessa via. Não nos parece que se tenha analisado ainda o papel e os efeitos desse modelo do contrato no qual se moldou a psicanálise; uma das principais conseqüências disso foi que a psicose permaneceu no horizonte da psicanálise como a verdadeira fonte de seu material clínico e, contudo, era excluída como estando fora do campo contratual. Não é de se espantar que a psicoterapia institucional, como testemunham aqui vários textos, tenha implicado nas suas proposições principais uma crítica do contrato liberal não menos que da lei repressiva, o qual ele procurava substituir pelo modelo da instituição. Esta crítica deveria se estender em direções muito diversas, tanto é verdade que a organização piramidal dos grupos, sua sujeição, sua divisão hierárquica do trabalho repousam sobre relações contratuais não menos que sobre estruturas legalistas. Desde o primeiro texto deste apanhado, sobre as relações [283] enfermeiros-médicos, Oury intervém para dizer: "Há um racionalismo da sociedade que é antes uma racionalização da má-fé, da imundície. A vista do interior são as relações com os loucos em contatos cotidianos, *sob a condição de ter rompido um certo "contrato" com o tradicional*. Pode-se, portanto, dizer que, num sentido, saber o que é estar em contato com os loucos é, ao mesmo tempo, ser progressista. [...] É evidente que os próprios termos enfermeiro-médico pertencem a este contrato que afirmamos dever romper". Há na psicoterapia institucional uma espécie de inspiração à Saint-Just psiquiátrica, no sentido em que Saint-Just defendia o regime republicano com muitas instituições e poucas leis (poucas relações contratuais também). A psicoterapia institucional traça seu difícil caminho entre a antipsiquiatria, que tende a recair em formas contratuais desesperadas (cf. uma entrevista recente de Laing), e a psiquiatria de setor, com seu esquadrinhamento de bairro, sua triangulação planificada que arriscam nos levar a ter logo saudade dos asilos fechados de outrora, ah, os bons tempos, o velho estilo.

É aí que se colocam os problemas próprios a Guattari, sobre a natureza dos grupos assistentes-assistidos capazes de formar grupos-sujeito, ou seja, de fazer da instituição o objeto de uma verdadeira criação em que a loucura e a revolução, sem se confundir, se remetem precisamente a este rosto de sua diferença nas posições singulares de uma subjetividade desejante. Por exemplo, a análise dos UTB em La Borde, unidades terapêuticas de base, no texto "Onde começa a psicoterapia de grupo?". Como conjurar a sujeição a grupos eles mesmos assujeitados, para os quais concorre a psicanálise tradicional? E as associações psicanalíticas, em que vertente da instituição elas estão, em que tipo de grupo? Uma grande parte do trabalho de Guattari, antes de Maio de 68, foi "que a incumbência da doença mental coubesse aos próprios doentes, com o apoio do conjunto do movimento estudantil". Um certo sonho do não-senso e da *palavra vazia*, instituída, contra a lei e o contrato da palavra plena, um certo direito do *fluxo-esquizo*, tudo isso nunca deixou de animar Guattari num empreendimento para derrubar as divisões e as separações hierárquicas ou pseudofuncionais – pedagogos, psiquiatras, analistas, militantes... Todos os textos desta coletânea são [284] artigos de circunstância. Eles são marcados por uma dupla finalidade: aquela de sua origem em tal reviravolta da psicoterapia institucional, em tal momento da vida política militante, em tal aspecto da Escola Freudiana e do ensinamento de Lacan, mas também aquela de sua função, de seu funcionamento possível em outras circunstâncias que as de sua origem. O livro deve ser tomado como a montagem ou instalação, aqui e ali, de peças e engrenagens de uma máquina. Por vezes, engrenagens bem pequenas, muito minuciosas, mas em desordem, e mais indispensáveis ainda. Máquina de desejo, quer dizer de guerra e de análise. É por isso que se pode dar importância particular a dois textos, um texto teórico em que o princípio mesmo de uma *máquina* se depreende da hipótese da estrutura e se desliga dos liames estruturais ("Machine et structure"), um texto-esquizo em que as noções de "ponto-signo" e de "signo-mancha" se liberam da hipótese do significante.

Tradução de
Cíntia Vieira da Silva

[285] 25: "Aquilo que os prisioneiros esperam de nós..."[DL]
[1972]

Algo de novo acontece nas prisões e em torno das prisões. Os detentos decidem as formas que eles devem dar à sua ação coletiva no interior de tal ou qual prisão (por exemplo, a começar de Toul, panfleto de advertência em Melun, greve de trabalho em Nîmes, quebra de material e ocupação de telhados em Nancy)[DLa]. Através dessa variedade, porém, aparece uma série de reivindicações precisas que não se dirigem nem mesmo à administração penitenciária, mas diretamente ao poder e conclamando o povo a fazê-lo. Essas reivindicações comuns dizem respeito essencialmente à censura: sobre a "sala de audiências" e sobre a "solitária" como repressão bruta sem defesa alguma possível do prisioneiro; sobre a exploração do trabalho na prisão; sobre a liberdade condicional, a proibição de folgas e o registro judiciário; sobre a formação de comissões de controle independentes do poder e da administração. [286]

A própria pena e o aprisionamento não foram ainda colocados em questão; e, no entanto, uma frente de luta política já passa pelas prisões. Que a prisão seja assunto de classe, que ela diga respeito sobretudo à classe operária, e que ela esteja ligada ao mercado de trabalho (a repressão será tanto maior, notadamente sobre os jovens, quanto maior for a ameaça de desemprego, e quanto menos necessidade se tiver deles no mercado de trabalho) – eis a tomada de consciência que a cada dia ocorre mais claramente nas prisões. O princípio

---

DL *Le Nouvel Observateur*, 31 de janeiro de 1972, p. 24. No início de 1971, Deleuze se junta ao GIP (Grupo de Informação sobre as Prisões) formado em 1970 por iniciativa de D. Defert e M. Foucault. Após a dissolução do GIP em dezembro de 1972, foi criada a ADDD (Associação de Defesa dos Direitos dos Detentos) com a qual colabora Deleuze (em companhia de Daniel Defert, Jean-Marie Domenach, Dominique Eluard, Vercors). Em junho de 1971, Deleuze havia escrito um breve comunicado sobre o caso Alain Jaubert publicado no suplemento de *La Cause du Peuple-J'accuse*. (O jornalista Alain Jaubert, espancado num furgão da polícia quando procurava acompanhar um ferido após uma manifestação, foi acusado de bater em agente e feri-lo). Sobre todas essas questões, pode-se consultar P. Artières (org.), *Le groupe d'information sur les prisons: archives d'une lutte 1971-1972*, Paris: IMEC Editions, 2002.

DLa Em dezembro de 1971 e em janeiro de 1972, mais de uma trintena de revoltas se produziram nas prisões de Toul, Nancy e Lille. Em 18 de janeiro, Deleuze participa com Jean-Paul Sartre, Claude Mauriac, Michèle Vian, Alain Jaubert e mais umas quarenta pessoas do *sit-in* organizado por Michel Foucault no hall do Ministério da Justiça.

essencial enunciado pelos detentos de Melun é que "a reinserção social dos prisioneiros seria obra dos próprios prisioneiros".

Não basta uma base popular ativa no interior das prisões; é preciso também uma base popular no exterior, ativa, e que sirva de apoio às reivindicações e as propague. O GIP não é, como gostaria o ministro Pleven e o jornal *Minute*, um grupo subversivo a inspirar de fora as ações dos prisioneiros. Ele também não é, como gostaria o Sr. Schmelck, presidente da comissão de inquérito de Toul, um grupo de intelectuais sonhadores. Ele se propõe organizar a ajuda exterior ativa, que deve ser animada, primeiro, pelos antigos detentos e pelas famílias dos detentos, mas que deve reunir cada vez mais trabalhadores e democratas.

Também nesse sentido, algo de completamente novo está em vias de se produzir. Em Toul, Lille e Nancy, entre outras cidades, produz-se um novo tipo de reunião, que não tem nada que ver com o gênero "confissão pública", que também não é do tipo de comício clássico: antigos prisioneiros, estabelecidos na própria cidade onde cumpriram suas penas, vêm dizer aquilo que lhes fizeram, o que viram, maus-tratos, represálias, falta de cuidados médicos etc. Trata-se da *crítica personalizada,* a respeito da qual o relatório do Dr. Rose, em Toul, dava o exemplo, juntando-se assim à causa dos prisioneiros.[DLb] [287]

Foi o que ocorreu em Nancy, numa reunião extraordinária com um público de mil pessoas, sobre a qual toda a imprensa se calou.

Foi o que aconteceu em Toul, quando os guardas, que estavam sentados nas últimas filas, vaiavam, e só foram coagidos ao silêncio pelos antigos detentos que não hesitaram em dizer porque foram presos, não hesitaram em reconhecer este ou aquele guarda, lembrando-lhes de tal ou qual brutalidade. "Eu o reconheço", frase com a qual os guardas procuravam intimidar os detentos, tornava-se a frase pela qual os detentos calavam os guardas.

Chega o dia em que nenhum guarda poderá bater num prisioneiro sem que, no dia seguinte ou um mês depois, ele seja publicamente denunciado por aquele em quem bateu ou por uma testemunha, na própria cidade em que isso ocorreu. Os antigos prisioneiros, como os prisioneiros atuais, param de ter medo e vergonha.

[DLb] O Dr. Edith Rose, psiquiatra da central Ney de Toul, redigiu um relatório sobre as condições de detenção das prisões: torturas, suicídios, punições, uso de tranqüilizantes etc. Foucault lê longas passagens do relatório durante uma conferência de impressa em Toul, em 16 de dezembro de 1971 e, com alguns amigos, compra uma página do jornal *Le Monde* para torná-lo público antes do resultado da investigação oficial do Sr. Schmelck. A partir desse relatório, Deleuze redige uma nota, "A propósito dos psiquiatras nas prisões", no boletim da APL de 9 de janeiro de 1972 – na qual conclama psiquiatras e psicanalistas, "testemunhas incômodas" nas prisões, a denunciar "o regime penitenciário na França". O Dr. Rose será destituído da administração penitenciária.

Diante de um tal movimento, o poder só encontra como resposta o anúncio de uma repressão ainda maior (CRS sempre pronta a intervir nas prisões), e reformas administrativas (em que os prisioneiros e antigos prisioneiros não têm direito a dar sua opinião). Trata-se de outorgar poderes aos chefes de polícia: o que significa, mais uma vez, para o Ministério da Justiça, transferir as responsabilidades para o Ministério do Interior. Entre as reformas Pleven[DLc] e as reivindicações mais moderadas dos próprios prisioneiros, há um abismo que exprime as relações de classe, de força e de poder em toda sua nudez.

Tradução de
Tiago Seixas Themudo

[DLc] As reformas Pleven, consecutivas ao relatório Schmelck sobre as revoltas de Toul, visavam à melhoria das condições de detenção, cantinas, passeios etc.

26: Os intelectuais e o poder[DL]
(Com Michel Foucault)
1972

Michel Foucault. — Um maoísta me dizia: "Compreendo porque Sartre está conosco, porque e em que sentido ele faz política; quanto a você, rigorosamente falando, eu compreendo um pouco: você sempre colocou o problema da reclusão. Mas Deleuze, verdadeiramente eu não compreendo". Este questionamento me surpreendeu muito, porque isso tudo me parece bastante claro.

Gilles Deleuze. — Talvez seja porque estejamos vivendo de maneira nova as relações teoria-prática. Às vezes se concebia a prática como uma aplicação da teoria, como uma conseqüência; às vezes, ao contrário, como devendo inspirar a teoria, como sendo ela própria criadora para com uma teoria vindoura. De qualquer modo, suas relações eram concebidas como um processo de totalização, num sentido ou noutro. Talvez, para nós, a questão se coloque de outra maneira. As relações teoria-prática são muito mais parciais e fragmentárias. Por um lado, uma teoria é sempre local, relativa a um pequeno domínio, e pode ter sua aplicação em outro domínio, mais ou menos afastado. A relação de aplicação nunca é de semelhança. Por outro lado, desde que a teoria penetre em seu próprio domínio, encontra obstáculos, muros, choques, que tornam necessário que ela seja revezada por outro tipo de discurso (é este outro tipo que permite eventualmente passar a um domínio diferente). A prática é um conjunto de revezamentos de um ponto teórico a outro, e a teoria um revezamento de uma prática a outra. Teoria alguma pode se desenvolver sem encontrar uma espécie de muro, e é preciso a prática para atravessar o muro. Você, por exemplo, você começou analisando teoricamente um meio de reclusão como o asilo psiquiátrico no século XIX na sociedade capitalista. Depois você sentiu a necessidade de que pessoas reclusas, pessoas que estão nas prisões, começassem a falar por si próprias, operando assim um revezamento (ou então, ao contrário, você é que já estava em revezamento relativamente a elas). Quando você organizou o Grupo de Informação sobre as Prisões, foi baseado nisto: instaurar as condições para que os próprios presos pudessem falar[DLa].

DL Conversa com Michel Foucault em 4 de março de 1972, *L'Arc*, nº 49: *Gilles Deleuze*, 1972, pp. 3-10.
DLa Ver o texto nº 25, nota de apresentação.

Seria totalmente falso dizer, como parecia dizer o maoísta, que você teria passado à prática aplicando suas teorias. Não havia aplicação, nem projeto de reforma, nem pesquisa no sentido tradicional. Havia uma coisa totalmente diferente: um sistema de revezamentos em um conjunto, em uma multiplicidade de peças e de pedaços ao mesmo tempo teóricos e práticos. Para nós, o intelectual teórico deixou de ser um sujeito, uma consciência representante ou representativa. Aqueles que agem e lutam deixaram de ser representados, seja por um partido ou um sindicato que se arrogaria o direito de ser a consciência deles. Quem fala e quem age? É sempre uma multiplicidade, mesmo na pessoa que fala ou que age. Nós somos todos grupúsculos. Não há mais representação, há tão-somente ação, ação de teoria, ação de prática em relações de revezamento ou em rede.

Michel Foucault. – Parece-me que a politização de um intelectual se fazia tradicionalmente a partir de duas coisas: primeiramente, de sua posição de intelectual na sociedade burguesa, no sistema de produção capitalista, na ideologia que ela produz ou impõe (ser explorado, reduzido à miséria, rejeitado, "maldito", acusado de subversão, de imoralidade etc.); em segundo lugar, a partir do seu próprio discurso enquanto revelava uma certa verdade, descobria relações políticas em que normalmente elas não eram percebidas. Estas duas formas de politização não eram estranhas uma em relação à outra, embora não coincidissem forçosamente. Havia o tipo do intelectual "maldito" e o tipo do intelectual socialista. Estas duas politizações se confundiram facilmente em determinados momentos de reação violenta da parte do poder, depois de 1848, [290] depois da Comuna de Paris, e depois de 1940: o intelectual era rejeitado, perseguido, no próprio momento em que as "coisas" apareciam em sua "verdade", no momento em que não se devia dizer que o rei estava nu. O intelectual dizia a verdade àqueles que ainda não a viam e em nome daqueles que não podiam dizê-la: consciência e eloqüência.

Ora, o que os intelectuais foram impelidos a descobrir recentemente é que as massas não necessitam deles para saber; elas sabem perfeitamente, claramente, muito melhor do que eles; e elas o dizem muito bem. Mas existe um sistema de poder que barra, interdita, invalida esse discurso e esse saber. Poder que não se encontra somente nas instâncias superiores da censura, mas que penetra muito profundamente, muito sutilmente em toda a trama da sociedade. Os próprios intelectuais fazem parte deste sistema de poder, e a idéia de que eles são agentes da "consciência" e do discurso também faz parte desse sistema. O papel do intelectual não é mais o de se colocar "um pouco na frente ou um pouco de lado" para dizer a muda verdade de todos; é antes o de lutar contra as formas de poder exatamente onde ele, como intelectual, é ao mesmo tempo o objeto e o instrumento: na ordem do "saber", da "verdade", da "consciência", do "discurso".

É levando isso em conta que a teoria não expressará, não traduzirá, não aplicará uma prática; ela é uma prática. Mas local e regional, como você diz: não totalizadora. Luta contra o poder, luta para fazê-lo aparecer e feri-lo onde ele é mais invisível e mais insidioso. Luta não para uma "tomada de consciência" (há muito tempo que a consciência como saber está adquirida pelas massas e que a consciência como sujeito está adquirida, está ocupada pela burguesia), mas para minar e tomar o poder ao lado de todos aqueles que lutam por ela, e não na retaguarda, para esclarecê-los. Uma "teoria" é o sistema regional desta luta.

Gilles Deleuze. – É isso, uma teoria é exatamente como uma caixa de ferramentas. Nada tem que ver com o significante... É preciso que sirva, é preciso que funcione. E não para si mesma. Se não há pessoas para utilizá-la, a começar pelo próprio teórico que deixa então de ser teórico, é que ela nada vale ou o que o momento ainda não chegou. Não se refaz uma teoria, fazem-se outras; há outras a serem feitas. É curioso que seja um autor considerado [291] um puro intelectual, Proust, que o tenha dito tão claramente: tratem meus livros como óculos dirigidos para fora, e se eles não lhes servem, consigam outros, encontrem vocês mesmos seu aparelho, que é forçosamente um aparelho de combate. A teoria não se totaliza; a teoria se multiplica e multiplica. O poder é que, por natureza, opera totalizações e você diz exatamente que a teoria por natureza é contra o poder. Desde que uma teoria penetra em tal ou qual ponto, ela se choca com a impossibilidade de ter a menor conseqüência prática sem que se produza uma explosão, se necessário em outro ponto totalmente diferente. Por essa razão é que a noção de reforma é tão estúpida e hipócrita. Ou a reforma é elaborada por pessoas que se pretendem representativas, e que confessam falar pelos outros, em nome de outros, e é uma acomodação do poder, uma distribuição de poder que se acompanha de uma repressão crescente. Ou então é uma reforma reclamada, exigida por aqueles aos quais ela se refere, e aí deixa de ser uma reforma, é uma ação revolucionária que, do fundo do seu caráter parcial, está determinada a pôr em causa a totalidade do poder e de sua hierarquia. Isto é evidente nas prisões: a mais minúscula, a mais modesta reivindicação dos prisioneiros basta para esvaziar a pseudo-reforma Pleven[DLb]. Se as crianças conseguissem que fossem ouvidos seus protestos em uma Escola Maternal, ou simplesmente suas questões, isso bastaria para ocasionar uma explosão no conjunto do sistema de ensino. Na verdade, esse sistema em que

---

DLb Ver o texto nº 25, nota DLc.

vivemos *nada pode suportar*: donde sua fragilidade radical em cada ponto, ao mesmo tempo que sua força de repressão global. A meu ver, você foi o primeiro a nos ensinar – tanto em seus livros quanto no domínio da prática – algo de fundamental: a indignidade de falar pelos outros. Quero dizer: ridicularizava-se a representação, dizia-se que ela tinha acabado, mas não se tirava a conseqüência desta conversão "teórica", isto é, que a teoria exigia que as pessoas a quem ela concerne falassem por elas próprias.

Michel Foucault. – E quando os prisioneiros começaram a falar, viu-se que eles tinham uma teoria da prisão, [292] da penalidade, da justiça. Esta espécie de discurso contra o poder, esse contra-discurso expresso pelos prisioneiros, ou por aqueles que são chamados de delinqüentes, é que é o fundamental, e não uma teoria *sobre* a delinqüência. O problema da prisão é um problema local e marginal à medida que menos de cem mil pessoas passam anualmente pelas prisões; atualmente, na França, talvez haja ao todo trezentas ou quatrocentas mil pessoas que tenham passado pela prisão. Ora, esse problema marginal atinge as pessoas. Fiquei surpreso de ver que podiam se interessar pelo problema das prisões tantas pessoas que não estavam na prisão, de ver como tantas pessoas que, não estando predestinadas a escutar esse discurso dos detentos, o ouviam. Como explicar isto? Não será que, de modo geral, o sistema penal é a forma em que o poder como poder se mostra da maneira mais manifesta? Prender alguém, mantê-lo na prisão, privá-lo de alimentação, de aquecimento, impedi-lo de sair, de fazer amor etc., é a manifestação de poder mais delirante que se possa imaginar. Outro dia eu falava com uma mulher que esteve na prisão, e ela dizia: "quando se pensa que eu, que tenho 40 anos, fui punida um dia na prisão, ficando a pão e água!". O que impressiona nesta história é não apenas a puerilidade dos exercícios do poder, mas o cinismo com que ele se exerce como poder, da maneira mais arcaica, mais pueril, mais infantil. Reduzir alguém a pão e água... isso são coisas que nos ensinam quando somos crianças. A prisão é o único lugar onde o poder pode se manifestar em estado puro em suas dimensões mais excessivas e se justificar como poder moral. "Tenho razão em punir, pois vocês sabem que é desonesto roubar, matar...". O que é fascinante nas prisões é que nelas o poder não se esconde, não se mascara cinicamente, se mostra como tirania levada aos mais ínfimos detalhes, e, ao mesmo tempo, é puro, é inteiramente "justificado", visto que pode inteiramente se formular no interior de uma moral que serve de adorno a seu exercício: sua tirania brutal aparece então como dominação serena do Bem sobre o Mal, da ordem sobre a desordem.

Gilles Deleuze. – E o inverso é igualmente verdadeiro. [293]. Não são apenas os prisioneiros que são tratados como crianças, mas as crianças como prisioneiras.

As crianças sofrem uma infantilização que não é a delas. Neste sentido, é verdade que as escolas se parecem um pouco com as prisões, as fábricas se parecem muito com as prisões. Basta ver a entrada na Renault. Ou em outro lugar: três permissões por dia para fazer xixi. Você encontrou um texto de Jeremias Benthan, do século XVIII, que propõe precisamente uma reforma das prisões: em nome dessa nobre reforma, ele estabelece um sistema circular em que a prisão renovada serve de modelo para outras instituições, e em que se passa insensivelmente da escola à manufatura, da manufatura à prisão e inversamente. É isto a essência do reformismo, a essência da representação reformada. Ao contrário, quando as pessoas começam a falar e a agir em nome delas mesmas, não opõem uma representação, mesmo invertida, a uma outra, não opõem uma representatividade à falsa representatividade do poder. Lembro-me, por exemplo, de que você dizia que não existe justiça popular contra a justiça; isso se passa em outro nível[DLc].

Michel Foucault. – Penso que, atrás do ódio que o povo tem da justiça, dos juízes, dos tribunais, das prisões, não se deve apenas ver a idéia de outra justiça melhor e mais justa, mas antes de tudo a percepção de um ponto singular em que o poder se exerce em detrimento do povo. A luta anti-judiciária é uma luta contra o poder e não uma luta contra as injustiças, contra as injustiças da justiça e por um melhor funcionamento da instituição judiciária. Não deixa de ser surpreendente que sempre que houve motins, revoltas e sedições o aparelho judiciário tenha sido um dos alvos, do mesmo modo que o aparelho fiscal, o exército e as outras formas de poder. Minha hipótese – mas é apenas uma hipótese – é que os tribunais populares, por exemplo no momento da Revolução Francesa, foram um modo da pequena burguesia aliada às massas recuperar, retomar nas mãos o movimento de luta contra a justiça. E para retomá-lo, propôs o sistema do tribunal que se refere a uma justiça que poderia ser justa, [294] a um juiz que poderia dar uma sentença justa. A própria forma de tribunal pertence a uma ideologia da justiça que é da burguesia.

Gilles Deleuze. – Se se considera a situação atual, o poder possui forçosamente uma visão total ou global. Quero dizer que todas as formas atuais de repressão, que são múltiplas, se totalizam facilmente do ponto de vista do poder: a repressão racista contra os imigrados, a repressão nas fábricas, a repressão no ensino, a repressão contra os jovens em geral. Não se deve apenas procurar a unidade de todas essas formas em uma reação a Maio de 1968, mas principalmente na preparação e na organização de nosso futuro próximo. O capitalismo francês

---

DLc Cf. "Sur la justice populaire. Débat avec les maos" (5 de fevereiro de 1972). *Les Temps modernes*, nº 310 *bis*, junho de 1972, pp. 355-366. Retomado em *Dits et écrits*, Paris: Gallimard, 1994, vol. II, texto nº 108.

tem grande necessidade de uma "reserva" de desemprego e abandona a máscara liberal e paternal do pleno emprego. É deste ponto de vista que encontram unidade: a limitação da imigração, já tendo sido dito que se confiava aos imigrados os trabalhos mais duros e ingratos; a repressão nas fábricas, pois se trata de devolver ao francês o "gosto" por um trabalho cada vez mais duro; a luta contra os jovens e a repressão no ensino, visto que a repressão policial é tanto mais ativa quanto menos necessidade de jovens se tem no mercado de trabalho. Vários tipos de categorias profissionais vão ser convidados a exercer funções policiais cada vez mais precisas: professores, psiquiatras, educadores de todos os tipos etc. É algo que você anunciava há muito tempo e que se pensava que não poderia acontecer: o reforço de todas as estruturas de reclusão. Então, frente a esta política global do poder se fazem revides locais, contra-ataques, defesas ativas e às vezes preventivas. Nós não temos que totalizar o que apenas se totaliza do lado do poder e que só poderíamos totalizar restaurando formas representativas de centralismo e de hierarquia. Em contrapartida, o que temos que fazer é instaurar ligações laterais, todo um sistema de redes, de bases populares. E é isto que é difícil. Em todo caso, para nós a realidade não passa de modo algum pela política, no sentido tradicional de competição e distribuição de poder, de instâncias ditas representativas do tipo PC ou CGT A realidade é o que está acontecendo efetivamente em uma fábrica, numa [295] escola, numa caserna, numa prisão, num comissariado. Deste modo, a ação comporta um tipo de informação de natureza totalmente diferente das informações dos jornais (como o tipo de informação da agência de notícias *Libération*).

Michel Foucault. – Esta dificuldade – nosso embaraço em encontrar as formas de luta adequadas – não virá de que ainda ignoramos o que é o poder? Afinal de contas, foi preciso esperar o século XIX para saber o que era a exploração; mas talvez ainda não se saiba o que é o poder. E Marx e Freud talvez não sejam suficientes para nos ajudar a conhecer esta coisa tão enigmática, ao mesmo tempo visível e invisível, presente e oculta, investida em toda parte, que se chama poder. A teoria do Estado, a análise tradicional dos aparelhos de Estado sem dúvida não esgotam o campo de exercício e de funcionamento do poder. Existe atualmente um grande desconhecido: quem exerce o poder? Onde o exerce? Atualmente se sabe, mais ou menos, quem explora, para aonde vai o lucro, por que mãos ele passa e onde ele se reinveste, mas o poder... Sabe-se muito bem que não são os governantes que o detêm. Mas a noção de "classe dirigente" nem é muito clara nem muito elaborada. "Dominar", "dirigir", "governar", "grupo no poder", "aparelho de Estado" etc., é todo um conjunto de noções que exige análise. Além disso, seria necessário saber até onde se exerce o poder, através de que revezamentos e até que instâncias, quase sempre hierarquicamente ínfimas, de controle, de vigilância, de proibições, de coerções. Onde há poder, ele se exerce. Ninguém é, propriamente falando, seu titular; e, no entanto, ele sempre se exerce em determinada direção, com uns de um lado e outros do outro; não se sabe ao certo quem o detém; mas se sabe quem não o possui. Se a leitura de seus livros (desde *Nietzsche* até o que pressinto ser o *Anti-Édipo: Capitalismo e esquizofrenia*) foi tão essencial para mim, é que eles me parecem ir bastante longe na colocação deste problema: sob o velho tema do sentido, significado, significante etc., a questão do poder, da desigualdade dos poderes, de suas lutas. Cada luta se desenvolve em torno de um foco particular de poder (um dos inúmeros pequenos focos que podem ser um pequeno chefe, um agente de HLM, um diretor de prisão, um juiz, um dirigente sindical, [296] um redator-chefe de um jornal). E se designar os focos, denunciá-los, falar deles publicamente é uma luta, não é porque ninguém ainda tivera consciência disto, mas porque falar a esse respeito – forçar a rede de informação institucional, nomear, dizer quem fez, o que fez, designar o alvo – é uma primeira inversão de poder, é um primeiro passo para outras lutas contra o poder. Se discursos como, por exemplo, os dos detentos ou dos médicos de prisões são lutas, é porque eles confiscam, ao menos por um momento, o poder de falar da prisão, poder atualmente monopolizado pela administração e seus compadres reformadores. O discurso de luta não se opõe ao inconsciente: ele se opõe ao segredo. Isso dá a impressão de ser muito menos. E se fosse muito mais? Existe uma série de equívocos a respeito do "oculto", do "recalcado", do "não dito" que permite "psicanalisar" a baixo preço o que deve ser o objeto de uma luta. O segredo é talvez mais difícil de revelar que o inconsciente. Os dois temas ainda há pouco freqüentes – "a escrita é o recalcado" e "a escrita é de direito subversiva" – me parecem revelar certo número de operações que é preciso denunciar severamente.

Gilles Deleuze. – Quanto a esse problema que você levanta – vê-se quem explora, quem lucra, quem governa, mas o poder é algo ainda mais difuso – eu faria a seguinte hipótese: mesmo o marxismo – e sobretudo ele – determinou o problema em termos de interesse (o poder é detido por uma classe dominante definida por seus interesses). Imediatamente surge uma questão: como é possível que pessoas que não têm muito interesse nele sigam o poder, se liguem estreitamente a ele, mendiguem uma parte dele? É que talvez em termos de *investimentos*, tanto econômicos quanto inconscientes, o interesse não seja a última palavra; há investimentos de desejo que explicam que se possa desejar, não contra seu interesse – visto que o interesse é sempre uma decorrência e se encontra onde o desejo o coloca – mas desejar de uma maneira mais profunda e mais difusa do que seu interesse. É preciso ouvir a exclamação de Reich: não, as massas não foram enganadas, em determinado momento elas efetivamente desejaram o fascismo! Há investimentos de desejo que modelam o poder e o difundem, e que fazem [297] com que o poder exista tanto no nível do tira quanto no do primeiro ministro e que não haja diferença de natureza entre o poder que exerce um reles tira e o poder que exerce um ministro. É a natureza dos investimentos de desejo em relação a um corpo social que explica porque partidos ou sindicatos, que teriam ou deveriam ter investimentos revolucionários em nome dos interesses de classe, podem ter investimentos reformistas ou perfeitamente reacionários no nível do desejo.

Michel Foucault. – Como você diz, as relações entre desejo, poder e interesse são mais complexas do que geralmente se acredita, e não são necessariamente os que exercem o poder que têm interesse em exercê-lo; e os que têm interesse em exercê-lo não o exercem necessariamente; e o desejo do poder estabelece um jogo ainda singular entre o poder e o interesse. Acontece que as massas, no momento do fascismo, desejam que alguns exerçam o poder, alguns que, no entanto, não se confundem com elas, visto que o poder se exercerá sobre elas e em detrimento delas, até a morte, o sacrifício e o massacre delas; e, no entanto, elas desejam este poder, desejam que esse poder seja exercido. Esta relação entre o desejo, o poder e o interesse é ainda pouco conhecida. Foi preciso muito tempo para saber o que era a exploração. E o desejo foi, é ainda é, um grande desconhecido. É possível que as lutas que se realizam agora e as teorias locais, regionais, descontínuas, que estão se elaborando nestas lutas e fazem parte delas, sejam o começo de uma descoberta do modo como se exerce o poder.

Gilles Deleuze. – Eu volto então à questão: o movimento atual tem muitos focos, o que não significa fraqueza e insuficiência, pois a totalização pertence sobretudo ao poder e à reação. Por exemplo, o Vietnã é um formidável revide local. Mas como conceber as redes, as ligações transversais entre esses pontos ativos descontínuos entre países ou no interior de um mesmo país?

Michel Foucault. – Esta descontinuidade geográfica de que você fala significa talvez o seguinte: quando se luta contra a exploração, é o proletariado que não apenas conduz a luta, mas define os alvos, os métodos, os lugares [298] e os instrumentos de luta; aliar-se ao proletariado é unir-se a ele em suas posições, em sua ideologia; é aderir aos motivos de seu combate; é fundir-se com ele. Mas se é contra o poder que se luta, então todos aqueles sobre quem o poder se exerce como abuso, todos aqueles que o reconhecem como intolerável, podem começar a luta em que se encontram e a partir de sua atividade (ou passividade própria). E empenhando-se nessa luta – que é a luta deles – de que conhecem perfeitamente o alvo e de que podem determinar o método, eles entram no processo revolucionário. Como aliados do proletariado, evidentemente, pois, se o poder se exerce como ele se exerce, é para manter a exploração capitalista. Eles servem realmente à causa da revolução proletária ao lutarem precisamente onde a opressão se exerce sobre eles. As mulheres, os prisioneiros, os soldados, os doentes nos hospitais, os homossexuais iniciaram uma luta específica contra a forma particular de poder, de coerção, de controle que se exerce sobre eles. Estas lutas fazem parte atualmente do movimento revolucionário, com a condição de que sejam radicais, sem compromisso nem reformismo, sem tentativa de reorganizar o mesmo poder apenas com uma mudança de titular. E, à medida que devem combater todos os controles e coerções que reproduzem o mesmo poder em todos os lugares, esses movimentos estão ligados ao movimento revolucionário do proletariado.

Isto quer dizer que a generalidade da luta certamente não se faz por meio da totalização de que você falava há pouco, por meio da totalização teórica, da "verdade". O que dá generalidade à luta é o próprio sistema do poder, todas as formas de exercício e de aplicação do poder.

Gilles Deleuze. – E não se pode tocar em nenhum ponto de aplicação do poder sem se defrontar com este conjunto difuso que, desde então, se é necessariamente levado a querer explodir a partir da menor reivindicação. Toda defesa ou ataque revolucionário parciais se unem deste modo à luta operária.

*Tradução de
Roberto Machado*[NRT]

[NRT] Tradução originalmente publicada em Michel Foucault, *Microfísica do poder*, organizado e traduzido por Roberto Machado, Rio de Janeiro: Graal, 1979, pp. 69-78.

27: Apreciação
[1972]

    O livro de Lyotard é ao mesmo tempo disperso, fugidio em todos os sentidos e, todavia, fechado como um ovo. O texto é ao mesmo tempo lacunar e enxuto, flutuante e ligado. *Discours, figure*: nele, as figuras, mesmo as ilustrações, são parte integrante do discurso; elas se insinuam no discurso, ao mesmo tempo em que o discurso retorna às operações que as tornam possíveis. Esse livro é construído sobre duas extensões heterogêneas que não se espelham, mas que asseguram uma livre circulação de energia de escrita (ou de desejo?). Um ovo: meio interior variável sobre uma superfície móvel. Esquizo-livro que, através de sua técnica complexa, atinge a uma elevadíssima clareza. Como todos os grandes livros, difícil de se fazer, mas não difícil de se ler.

    A importância desse livro está em ser ele a primeira crítica generalizada do *significante*. Ele ataca essa noção que tem exercido há muito tempo uma espécie de terrorismo nas belas-letras e tem até mesmo contaminado a arte ou nossa compreensão da arte. Finalmente, um pouco de ar puro sob os espaços retrancados. Ele mostra que a relação significante-significado encontra-se ultrapassada em duas direções. Em direção ao exterior, do lado da designação, é ultrapassada pelas *figuras-imagens*: pois não são as palavras que são signos, mas fazem signos com os objetos que designam, objetos cuja identidade elas quebram para neles descobrir um conteúdo oculto, uma outra face que não se poderá ver, mas que, em contrapartida, fará "ver" a palavra (as belíssimas páginas sobre a designação como dança, e a *visibilidade* da palavra, a palavra como coisa visível, distinta ao mesmo tempo da sua legibilidade e da sua audição). E a relação significante-significado encontra-se ainda ultrapassada de uma outra maneira: em direção ao interior do discurso, ultrapassada por um *figural puro* que vem agitar os desvios codificados do significante, que vem introduzir-se neles e, também aí, trabalhar sob as condições de identidade de seus elementos

---

DL *La Quinzaine littéraire*, nº 140, 1-15 de maio de 1972, p. 19. (Sobre o livro de Jean-François Lyotard, *Discours, figure*, Paris: Klincksieck, 1971. *Discours, figure* é a tese de Doutorado de Estado de Lyotard. Deleuze foi um dos membros da Banca Examinadora.

(as páginas sobre o trabalho do sonho, que violenta a ordem da palavra e quebra o texto, fabricando novas unidades que não são lingüísticas, que são outros tantos rébus sob os hieróglifos).

Em todos os sentidos, o livro de Lyotard participa de uma antidialética que opera uma reversão completa da relação figura-significante. Não são as figuras que dependem do significante e dos seus efeitos; ao contrário, é a cadeia significante que depende dos efeitos figurais, que depende das figuras não-figurativas que fabricam configurações variáveis de imagens, que põem linhas a fluir e as cortam segundo pontos singulares, destroçando e torcendo tanto os significantes quanto os significados. E tudo isso não é apenas dito por Lyotard, ele o mostra, faz ver, torna-o visível e móvel: destruição de identidades que leva o leitor numa profunda viagem.

Tradução de
Luiz B.L. Orlandi

[301]   28:   Deleuze e Guattari explicam-se[DL]
[1972]

Maurice Nadeau. – Com certeza, Deleuze e Guattari desejam que esta discussão comece com perguntas. Vamos, no entanto, pedir-lhes que, por um lado, exponham rapidamente a tese do seu livro, e que nos digam, em seguida, de que modo se efetuou a sua colaboração.

Félix Guattari. – Esta colaboração não é o resultado de um simples encontro entre dois indivíduos. Para além do concurso das circunstâncias, foi também todo um contexto político que aí nos conduziu. Tratou-se, na origem, menos de pôr em comum um saber que o acumular das nossas incertezas, e mesmo de uma certa confusão ante o aspecto que os acontecimentos tinham assumido após Maio de 68.

Fazemos parte de uma geração cuja consciência política nasceu no entusiasmo e ingenuidade da Libertação, com a sua mitologia esconjuratória do fascismo. E as questões deixadas em suspenso por essa outra revolução abortada que foi Maio de 68 desenvolveram-se para nós segundo um contraponto tanto mais perturbador quanto nos inquietamos, como tantos outros, com os amanhãs que nos preparam e que bem poderiam cantar os hinos de um fascismo de nova trituração que nos fará lamentar o dos bons velhos tempos. [302]

O nosso ponto de partida foi considerar que na altura desses períodos cruciais qualquer coisa da ordem do desejo se manifestou à escala do conjunto da sociedade, e depois foi reprimido, tanto pelas forças do poder como pelos partidos e sindicatos ditos operários e, até um certo ponto, pelas próprias organizações esquerdistas.

Sem dúvida, seria preciso remontar ainda mais atrás! A história das revoluções traídas, a história da traição do desejo das massas, está em condições de se identificar

---

DL Mesa redonda com François Châtelet, Pierre Clastres, Roger Dadoun, Serge Leclaire, Maurice Nadeau, Raphaël Pividal, Pierre Ros, Henri Torrubia, *La Quinzaine littéraire*, nº 143, 16-30 de junho de 1972, pp.15-19. A intenção do diretor de *La Quinzaine littéraire*, Maurice Nadeau, com a colaboração do filósofo François Châtelet, era colocar os autores de *O Anti-Édipo* em confronto com várias disciplinas das ciências humanas, a psicanálise (com Roger Dadoun e Serge Leclaire), a psiquiatria (com Henri Torrubia), sociologia (com Raphaël Pividal), a filosofia (com François Châtelet) e a etnologia (com Pierre Clastres).

à história do movimento operário. Por culpa de quem? De Béria, de Stalin, de Khrutchev! Não era o bom programa, a boa organização, a boa aliança. Não se tinha relido suficientemente Marx no texto... Isto é indubitável! Mas a evidência bruta permanece: a revolução era possível, a revolução socialista estava ao alcance da mão, existe verdadeiramente, não é um mito tornado inconsistente pelas transformações das sociedades industriais.

Em certas condições as massas exprimem a sua vontade revolucionária, os seus desejos varrem todos os obstáculos, abrem horizontes inauditos, mas os últimos a se darem conta disso são as organizações e os homens que se supõe representá-las. Os dirigentes traem! É evidente! Mas por que é que os dirigidos continuam a escutá-los? Não será conseqüência de uma cumplicidade inconsciente, de uma interiorização da repressão, operando em níveis sucessivos, do Poder aos burocratas, dos burocratas aos militantes e dos militantes às próprias massas? Vimos bem isso após Maio de 68.

Felizmente, a recuperação e os boatos falsos pouparam algumas dezenas de milhares de pessoas – talvez mais – que estão agora vacinadas contra os delitos das burocracias de qualquer categoria, e que concordam em ripostar tanto às imundícies repressivas do Poder e do patronato como às suas manobras de conciliação, de participação, de integração, que se apóiam na cumplicidade das organizações operárias tradicionais.

É preciso reconhecer que as atuais tentativas de renovar as formas de luta popular só com dificuldade se soltam do aborrecimento e de um escotismo revolucionário, de que o mínimo que se pode dizer é que não se preocupa [303] demasiado com a libertação sistemática do desejo! "O desejo, sempre o desejo, não sabem dizer mais nada!". Isto acaba por irritar as pessoas sérias, os militantes responsáveis! É claro que não vamos recomendar que se leve a sério o desejo. Tratar-se-ia mesmo mais de minar o espírito sério, a começar pelo domínio das questões teóricas. Uma teoria do desejo na história não se deveria apresentar como algo de muito sério. E, deste ponto de vista, talvez *O Anti-Édipo* seja ainda um livro demasiado sério, demasiado intimidante. O trabalho teórico deveria deixar de ser ocupação de especialistas. O desejo de uma teoria e os seus enunciados deveriam inserir-se na direção dos acontecimentos e na enunciação coletiva das massas. Para conseguir isso, será preciso que se forje uma outra raça de intelectuais, uma outra raça de analistas, uma outra raça de militantes, em que os diferentes gêneros se combinariam e fundamentariam uns aos outros.

Partimos da idéia de que não se devia considerar o desejo como uma superestrutura subjetiva mais ou menos no eclipse. O desejo não pára de trabalhar a história, mesmo nos seus piores períodos. As massas alemãs acabaram por desejar o nazismo. Depois de Wilhelm Reich não é possível deixar de enfrentar esta verdade. Em certas condições, o desejo das massas pode voltar-se contra os seus próprios interesses. Quais são essas condições? A questão toda é essa.

Para lhe dar resposta, pareceu-nos que não nos podíamos contentar em prender um vagão freudiano ao comboio do marxismo-leninismo. É preciso, em primeiro lugar, desfazermo-nos de uma hierarquia estereotipada entre uma infra-estrutura opaca e superestruturas sociais e ideológicas concebidas de tal modo que recalcam as questões do sexo e da enunciação para o lado da representação, o mais afastado possível da produção. As relações de produção e as relações de reprodução participam no mesmo par das forças produtivas e das estruturas antiprodutivas. Trata-se de fazer passar o desejo para o lado da infra-estrutura, para o lado da produção, enquanto se fará passar a família, o eu e a pessoa para o lado da antiprodução. É o único meio de se evitar que o sexual fique definitivamente separado do econômico.

Existe, segundo pensamos, uma produção desejante que, anteriormente a toda atualização na divisão familiar dos sexos e das [304] pessoas e na divisão social do trabalho, investe as diversas formas de produção de fruição e as estruturas estabelecidas para as reprimir. Sob diferentes regimes, é a mesma energia desejante que encontramos na face revolucionária da história, com a classe operária, a ciência e as artes, e que reencontramos na face das relações de exploração e do poder de Estado, enquanto ambas pressupõem uma participação inconsciente dos oprimidos.

Se é verdade que a revolução social é inseparável de uma revolução do desejo, enquanto a questão desloca-se: em que condições poderá a vanguarda revolucionária libertar-se da sua cumplicidade inconsciente com as estruturas repressivas e frustrar as manipulações do desejo das massas pelo poder, situação esta em que elas chegam a "combater pela sua servidão como se da sua salvação se tratasse"? Se a família e as ideologias familistas exercem, como pensamos, uma função nodal neste assunto, então como apreciar a função da psicanálise que, tendo sido a primeira a abrir tais questões, foi igualmente a primeira a tornar a fechá-las ao promover um mito moderno da repressão familista com o Édipo e a castração?

Para avançar nesta direção, parece-nos necessário abandonar uma abordagem do inconsciente através da neurose e da família para adotar o das máquinas desejantes, mais específico do processo esquizofrênico – e que pouco tem que ver com o louco do asilo.

A partir daí, impõe-se uma luta militante contra as explicações redutoras e contra as técnicas de sugestão adaptadoras com base na triangulação edipiana.

Renunciar à captação compulsiva de um objeto completo, simbólico de todos os despotismos. Deixar-se deslizar para o lado das multiplicidades sociais. Parar de estabelecer uma oposição entre o homem e a máquina, cuja relação, pelo contrário, é constitutiva do próprio desejo. Promover uma outra lógica, uma lógica do desejo real, estabelecendo o primado da história sobre a estrutura; uma outra análise, liberta do simbolismo e da interpretação; e um outro militantismo, fornecendo os meios da sua própria libertação dos fantasmas da ordem dominante.

Gilles Deleuze. – Quanto à técnica deste livro, escrever a dois não constituiu problema particular, mas teve uma [305] função precisa de que progressivamente nos apercebemos. Uma coisa muito chocante nos livros de psiquiatria ou mesmo de psicanálise, é a dualidade que os atravessa, entre o que um suposto doente diz e o que aquele que o trata diz sobre o doente. Entre o "caso" e o comentário ou a análise do caso. *Logos* contra *pathos*: supõe-se que o doente diz qualquer coisa e que aquele que o trata diz o que isso quer dizer na ordem do sintoma ou do sentido. Isto permite todos os esmagamentos do que o doente diz, toda uma seleção hipócrita.

Nós não quisemos fazer um livro de louco, mas fazer um livro em que já não se sabia, em que já não havia lugar para se saber quem falava precisamente, o que trata, o tratado, um doente não tratado, um doente presente, passado ou futuro.

É por isso mesmo que nos servimos tanto dos escritores, dos poetas: é preciso ser muito esperto para dizer se falam como doentes ou como médicos – doentes ou médicos da civilização. Ora, bizarramente, se tentamos superar esta dualidade tradicional foi precisamente porque escrevíamos a dois. Nenhum de nós era o louco ou o psiquiatra, era preciso sermos dois para desencadear um processo que não se reduzisse nem ao psiquiatra nem ao seu louco, nem ao louco e ao seu psiquiatra.

O processo é aquilo a que chamamos o fluxo. Ora, ainda aí, o fluxo era uma noção de que precisávamos como noção qualquer não qualificada. Isso pode ser um fluxo de palavras, de idéias, de merda, de dinheiro, pode ser um mecanismo financeiro ou uma máquina esquizofrênica: isso supera todas a dualidades. Sonhávamos este livro como um livro-fluxo.

Maurice Nadeau. – Desde o vosso primeiro capítulo há, precisamente, essa noção de "máquina desejante", que fica obscura para o profano e que gostaríamos de ver definida. Tanto mais que ela tem resposta para tudo, serve para tudo...

Gilles Deleuze. – Sim, nós damos à máquina uma grande extensão: em relação com os fluxos. Definimos a máquina como qualquer sistema de cortes de fluxos. Assim, tanto falamos de máquina técnica, no sentido usual da palavra, como de máquina social, ou de máquina desejante. É que, para nós, máquina não se opõe de modo algum nem ao homem nem à natureza (é preciso realmente boa vontade para nos objetar que as formas e as relações de produção [306] não são máquinas). Por outro lado, máquina não se reduz ao mecanismo. O mecanismo designa certos procedimentos de certas máquinas técnicas; ou então uma certa organização de um organismo. Mas o maquinismo é uma coisa completamente diferente: é, mais uma vez, qualquer sistema de corte de fluxo que supera simultaneamente o mecanismo da técnica e a organização do organismo, quer seja na natureza, na sociedade ou no homem.

Máquina desejante, por exemplo, é um sistema não-orgânico do corpo, e é neste sentido que falamos de máquina molecular ou de micromáquinas. Mas precisamente, em relação à psicanálise, nós acusamos de duas coisas: de não compreender o que é o delírio, porque não compreende que o delírio é o investimento de um campo social tomado em toda a sua extensão; e de não compreender o que é o desejo, porque não vê que o inconsciente é uma fábrica e não uma cena de teatro.

O que é que resta se a psicanálise não compreende nem o delírio nem o desejo? Estas duas acusações constituem apenas uma: o que nos interessa é a presença das máquinas de desejo, micromáquinas moleculares, nas grandes máquinas sociais molares. De que modo agem e funcionam umas nas outras.

Raphael Pividal. – Se tivessem de definir o vosso livro em relação ao desejo, eu pergunto: como é que este livro responde ao desejo? A que desejo? Desejo de quem?

Gilles Deleuze. – Não é enquanto livro que ele poderia responder ao desejo, é antes em função daquilo que o rodeia. Um livro, em si mesmo, não tem valor. Sempre os fluxos: há muitas pessoas que trabalham em sentidos vizinhos, em outros domínios. E depois, há as gerações mais novas: com eles é duvidoso que se fixe um certo tipo de discurso, tanto epistemológico como psicanalítico ou ideológico, de que todos começam a estar fartos.

Nós dizemos: aproveitem-se do Édipo e da castração, não durarão muito tempo. Até agora tem-se deixado a psicanálise tranqüila: atacava-se a psiquiatria, o hospital psiquiátrico, mas a psicanálise parecia intocável, não comprometida. Tentamos mostrar que a psicanálise é pior do que o hospital, [307] precisamente porque funciona em todos os poros da sociedade capitalista e não em locais especiais de enclausuramento. É que é profundamente reacionária na sua prática e na sua teoria e não só na sua ideologia. E que preenche funções precisas.

Félix diz que o nosso livro se dirige a pessoas que têm agora entre 7 a 15 anos. Em ideal, porque de fato é ainda muito difícil, muito cultivado e opera demasiados compromissos. Não o soubemos fazer suficientemente direto, claro. No entanto, faço notar que o primeiro capítulo, que passa por difícil a muitos leitores favoráveis, não supõe qualquer conhecimento prévio. Em todo o caso, se um livro responde a um desejo, é porque já existe muita gente que está farta de um certo tipo de discurso corrente, é pois à medida que participa de um reagrupamento de trabalho, entra em ressonâncias com trabalhos ou desejos. Em suma, só politicamente um livro pode responder a um desejo, fora do livro. Por exemplo, uma associação dos freqüentadores habituais da psicanálise em cólera, não estaria mal para começar.

François Châtelet. – O que me parece importante é a irrupção de um texto como este entre os livros de filosofia (porque este livro é pensado como livro de filosofia). Ora, *O Anti-Édipo* rompe com tudo. Em primeiro lugar, de uma maneira exterior, pela própria "forma" do texto: há "palavrões" pronunciados desde a segunda linha, como por provocação. Julga-se, de início, que isso não vai durar muito tempo, e afinal dura. Trata-se sempre disso: de "máquinas acopladas"[NRT], e as "máquinas acopladas" são singularmente obscenas ou escatológicas.

Além disso, pressenti essa irrupção como materialista. Há muito tempo não nos acontecia isso. É preciso dizer que a metodologia começa a chatear-nos. Com o imperialismo da metodologia quebra-se todo o trabalho de investigação e de aprofundamento. Eu caí nesse capricho e falo com conhecimento de causa. Em resumo, se falo de irrupção materialista é por pensar em Lucrécio. Não sei se isto vos agrada. Demais ou de menos.

Gilles Deleuze. – Se isso é verdade, é perfeito. Isso seria maravilhoso. Em todo caso não há em nosso livro problema metodológico algum. Também não há problema algum de interpretação: porque o inconsciente não quer dizer nada, porque [308] as máquinas não querem dizer nada, contentam-se em funcionar, em produzir e em se desarranjar, porque apenas procuramos de que modo qualquer coisa funciona no real.

Também não há problema epistemológico algum: não nos interessa nada um retorno a Freud ou a Marx; se nos disserem que compreendemos mal Freud, não o iremos discutir, diremos que tanto pior, há tantas coisas para fazer. É curioso como a epistemologia sempre escondeu uma instauração de poder,

---

[NRT] O tradutor português traduz *machines couplées* por "máquinas acopuladas", mantendo, assim, o espírito da intervenção de F. Châtelet. Optei por "máquinas acopladas", apesar do galicismo, não só pelo seu emprego corrente entre leitores brasileiros de *O Anti-Édipo*, mas, principalmente, porque acoplar abarca um leque mais amplo de idéias de ligações maquínicas, com a vantagem de também incluir as sexuais. Que os puristas levem em conta um dos fortes da idéia deleuze-guattariana de desejo: o acoplar-se com o fora.

uma espécie de tecnocratismo universitário ou ideológico. Nós, de nossa parte, não acreditamos em especificidade alguma da escrita ou mesmo do pensamento.

Roger Dadoun. – Até agora a discussão desenvolveu-se – para empregar uma dicotomia que é fundamental na vossa interpretação – a um nível "molar", ou seja, no nível dos grandes conjuntos conceptuais. Não conseguimos transpor o passo que nos conduziria ao nível "molecular", isto é, às micro-análises, graças às quais se poderia verdadeiramente conceber o modo como "maquinaram" o vosso trabalho. Isso seria particularmente precioso para a análise – já a esquizoanálise? – das peças políticas do texto. Gostaríamos, nomeadamente, de saber como o fascismo e Maio de 68, "nota" dominante do livro, intervieram não "molarmente", o que seria demasiado banal, mas "molecularmente", na fabricação do texto.

Serge Leclaire. – Tenho justamente a impressão de que o livro está de tal maneira maquinado que qualquer intervenção "num nível molecular" será digerida pela máquina do livro.

Julgo que a vossa intenção, aqui confessada, "de um livro em que toda a dualidade possível fosse suprimida", é uma intenção que foi atingida, para além mesmo das vossas esperanças. Isso coloca os vossos interlocutores numa situação que só lhes deixa, por muito pouco clarividentes que sejam, a perspectiva de serem absorvidos, digeridos, atados de pés e mãos, em suma, anulados como tais pelo admirável funcionamento da dita máquina.

Assim, há uma dimensão que me levanta problemas e sobre a qual de boa vontade vos interrogaria: qual é a função de um livro-coisa como este, pois que de início parece ser perfeitamente totalizante, absorvente, de natureza a [309] integrar, a absorver todas as questões que se poderiam tentar abrir? Em primeiro lugar, parece-me, de colocar o interlocutor entalado, só pelo fato de falar e pôr em questão.

Façamos já a experiência, se o quiserem, e vamos ver o que é que acontece.

Uma das peças essenciais da máquina desejante é, se bem vos compreendi, "o objeto parcial" que, para quem ainda não conseguiu libertar-se completamente do uniforme psicanalítico, evoca um conceito psicanalítico, o conceito kleiniano de objeto parcial. Mesmo que se pretenda, como vocês o fazem com um certo humor, "troçar dos conceitos".

Há nesta utilização do objeto parcial, como peça essencial da máquina desejante, algo que me parece muito importante; vocês também tentam, apesar de tudo, "defini-lo"; vocês dizem: o objeto parcial só se pode definir positivamente. É isso que me espanta. Em primeiro lugar, em que é que a qualificação positiva difere essencialmente da imputação negativa que denunciam?

Sobretudo: a menor experiência psicanalítica mostra que o objeto parcial só pode ser definido "diferentemente" e "em relação ao significante".

Aqui a vossa "coisa" só pode, é caso de dizer, "falhar" o seu objeto (veja só, é a falta banida que reaparece!): seja que escrita for, como um livro, dá-se para um texto significante, que diria o verdadeiro sobre o verdadeiro, colando-se a um suposto real, muito ingenuamente. Como se isso fosse possível sem distância nem mediação. Cuidadosamente expurgado (em intenção) de toda a dualidade. Pois seja. Uma coisa desta espécie pode ter a sua função; julgá-lo-emos pelo uso. Mas no que se refere ao desejo de que pretende, melhor do que a psicanálise, trazer à sociedade a boa nova, só pode, torno a dizê-lo, falhar o seu objeto.

Creio que a vossa máquina desejante, que só deveria funcionar ao desarranjar-se, ou seja, com as suas avarias, com as suas falhas de motor, é tornada completamente inofensiva por vocês próprios, em virtude do objeto "positivado", da ausência de toda dualidade e de toda a "falta", vai trabalhar como... um relógio suíço.

Félix Guattari. – Não creio que se deva situar o objeto parcial [310] positiva ou negativamente, mas antes como participante de multiplicidades não totalizáveis. É sempre de modo ilusório que ele se inscreve em referência a um objeto completo como o corpo próprio ou mesmo como o corpo fragmentado. Ao abrir a série dos objetos parciais, para além do seio e das fezes, à voz e ao olhar, Jacques Lacan marcou a sua recusa em fechá-los e rebatê-los sobre o corpo. A voz e o olhar escapam ao corpo, por exemplo, colocando-se cada vez mais na adjacência das máquinas do áudiovisual.

Deixo aqui de lado a questão de saber em que medida a função fálica – enquanto sobrecodifica, segundo Lacan, cada um dos objetos parciais – não lhes restitui uma certa identidade e, ao lhes distribuir uma falta, não apela para uma outra forma de totalização, desta vez numa ordem simbólica. Seja como for, parece-me que Lacan se aplicou a libertar o objeto de desejo de todas as referências totalizantes que o podiam ameaçar: desde o estado do espelho, a libido escapava à "hipótese substancialista", e a identificação simbólica partia de uma referência exclusiva ao organismo; articulada com a função da fala e com o campo da linguagem, a pulsão quebrava o quadro dos tópicos fechados sobre si mesmos; enquanto a teoria do objeto "a" contém talvez em germe a liquidação do totalitarismo do significante.

Ao tornar-se objeto "a", o objeto parcial destotalizou-se, desterritorializou-se, distanciou-se definitivamente de uma corporeidade individuada; está em condições de cair para o lado das multiplicidades reais e de se abrir aos maquinismos moleculares de qualquer natureza que trabalham a história.

Gilles Deleuze. – É de fato curioso que Leclaire diga que a nossa máquina funciona demasiado bem, que é capaz de digerir tudo. Porque foi isso mesmo que objetamos à psicanálise, e é curioso que um psicanalista nos censure isso por sua vez. Digo isto porque temos com Leclaire uma relação particular: há um texto seu sobre "a realidade do desejo" que, antes de nós, vai no sentido de um inconsciente-máquina e que descobre elementos últimos do inconsciente que já não são nem figurativos nem estruturais. [311]

Parece que o nosso acordo não é total, visto que Leclaire nos censura por não compreendermos o que é o objeto parcial. Diz que defini-lo positiva ou negativamente não tem importância porque, de qualquer modo, ele é outra coisa, ele é "diferente". Mas não é tanto a categoria de objeto, mesmo parcial, que nos interessa. Não é certo que o desejo tenha alguma coisa que ver com objetos, mesmo parciais. Nós falamos de máquinas, de fluxos, de extrações, desligamentos, de resíduos. Fazemos uma crítica do objeto parcial. E não há dúvida que Leclaire tem razão em dizer que não tem assim tanta importância definir o objeto parcial positiva ou negativamente. Mas só tem razão teoricamente. Porque, se considerarmos o funcionamento, se perguntarmos o que a psicanálise faz do objeto parcial, como é que o faz funcionar, então já não é indiferente saber se ele entra numa função positiva ou negativa.

A psicanálise serve-se ou não do objeto parcial para assentar as suas idéias de falta, de ausência ou de significante da ausência e para fundar as suas operações de castração? É a psicanálise que, mesmo quando invoca as noções de diferença ou de diferente, se serve do objeto parcial de um modo negativo para soldar o desejo a uma falta fundamental. [Eis o que]^{DLb} censuramos à psicanálise: o elaborar, com a falta e a castração, uma concepção piedosa, uma espécie de teologia negativa que comporta um apelo à resignação infinita (a Lei, o impossível etc.). É contra isso que propomos uma concepção positiva do desejo, como desejo que produz, e não desejo que falta. Os psicanalistas são ainda piedosos.

Serge Leclaire. – Não recuso a vossa crítica, assim como, aliás, não reconheço sua pertinência. Sublinho simplesmente que parece fundar-se na hipótese de um real um pouco... totalitário: sem significante, sem defeito, sem clivagem, sem castração. Em última análise, pergunta-se o que vem fazer a "verdadeira diferença" que aparece na vossa escrita. É conveniente, dizem vocês, situá-la não entre... vejamos...

Gilles Deleuze. – entre o imaginário e o simbólico... [312]

DLb Segmento ausente da primeira publicação.

Serge Leclaire. – ... entre o real, por um lado, que apresentam como o solo, a subjacência, e qualquer coisa como superestruturas que seriam o imaginário e o simbólico. Ora, penso que a questão da "verdadeira diferença" é, de fato, a questão que está posta no problema do objeto. Há pouco, Félix, ao referir-se aos ensinamentos de Lacan (foste tu que remeteste para isso), situava o objeto "a" em relação ao "ego", à pessoa etc.

Félix Guattari. – ... à pessoa e à família...

Serge Leclaire. – Ora, o conceito de objeto "a" em Lacan faz parte de um quaternário que compreende o significante, pelo menos duplo (S1 e S2), e o sujeito (S barrado). A verdadeira diferença, se se retoma esta expressão, deve ser situada entre o significante, por um lado, e o objeto "a" por outro.

Eu aceito que nunca convenha, por razões piedosas ou ímpias, não sei, empregar o termo significante. Seja como for, não vejo como podem recusar aí qualquer dualidade e promover o objeto "a" como auto-suficiente, como o lugar-tenente de um Deus ímpio. Não creio que possam sustentar uma tese, um projeto, uma ação, uma "coisa", sem introduzirem em algum lado uma dualidade e tudo o que acarreta.

Félix Guattari. – Não estou de modo algum certo que o conceito de objeto "a" em Lacan seja mais do que um ponto de fuga, do que um escape, precisamente ao caráter despótico das cadeias significantes.

Serge Leclaire. – O que a mim interessa, verdadeiramente, e que tento articular de um modo evidentemente diferente do vosso, é saber de que modo se desenvolve o desejo na máquina social. Penso que não se pode fazer a economia de um enfoque preciso da função do objeto. Será então necessário precisar as suas relações com os outros elementos em jogo na máquina, elementos propriamente "significantes" (simbólicos ou imaginários, se preferirem). Essas relações não existem num só sentido, isto é, os elementos "significantes" têm efeitos de retorno sobre o objeto.

Se se quiser compreender qualquer coisa daquilo que, da ordem do desejo, se passa na máquina social, temos de passar por este desfile que constitui, neste momento, o objeto. Não basta afirmar que tudo é desejo, é preciso dizer [313] como é que isso se passa. Para terminar, acrescentarei uma pergunta: para que é que serve a vossa "coisa"?

Que relação pode haver entre a fascinação por uma máquina sem falha e a animação verdadeira de um projeto revolucionário? É a questão que vos ponho, no nível da ação.

Roger Dadoun. – A vossa "máquina" – ou a vossa "coisa" – de qualquer modo trabalha. Trabalha muito bem, por exemplo, em literatura, para uma captação do fluxo ou da circulação "esquizo" no *Heliogabale* de Artaud; trabalha para avançar mais no jogo bipolar – equizóide/paranóide em um autor como Romain Rolland; trabalha para uma psicanálise do sonho – para o sonho de Freud chamado "l'injection faite à Irma", que é teatro no sentido quase técnico do termo, com encenação, grande plano etc., é cinema. Seria também preciso ver como é que isso trabalha no lado da criança...

Henri Torrubia. – Como trabalho em um serviço psiquiátrico, queria sobretudo acentuar um dos pontos nodais das vossas teses sobre a esquizoanálise. Vocês afirmam, com argumentos para mim muito esclarecedores, a primazia do investimento e a essência produtiva e revolucionária do desejo. Isto levanta problemas teóricos, ideológicos e práticos tais que é preciso esperarem uma verdadeira conspiração.

Sabe-se, de qualquer maneira, que empreender uma psicologia analítica em um estabelecimento psiquiátrico, sem a possibilidade de "cada um" repor constantemente em questão a própria rede institucional é ou tempo perdido ou, no melhor dos casos, não ir muito longe. Na conjuntura atual, aliás, nunca se pode ir muito longe. Como isto é assim, quando surge um conflito essencial em qualquer lado, quando qualquer coisa se desarranja, e que é precisamente indício de que qualquer coisa da ordem da produção desejante pode aparecer e que, bem entendido, põe em questão o campo social e as suas instituições, vemos imediatamente nascer reações de pânico e organizarem-se resistências. Essas resistências assumem formas diversas: reuniões de síntese, de coordenação, ajustamentos etc., e, mais sutilmente, a interpretação psicanalítica clássica com o seu habitual efeito de esmagamento do desejo tal como vocês o concebem. [314]

Raphael Pividal. – Serge Leclaire, você fez várias intervenções. Elas estão um pouco deslocadas em relação ao que Guattari disse. Porque o livro apresenta de um modo fundamental a prática da análise, a vossa profissão num certo sentido, e você tomou o problema de uma maneira parcial. Você apenas o reteve para o afogar na sua linguagem, que é a das teorias que desenvolveu e em que privilegia o fetichismo, ou seja, precisamente o parcial. Refugia-se nesse gênero de linguagem para levar Deleuze e Guattari a detalhes. De tudo o que n'*O Anti-Édipo* diz respeito ao nascimento do Estado, à esquizofrenia, ao papel do Estado, você não diz nada. Da vossa prática de todos os dias não diz nada. Do verdadeiro problema da psicanálise, o do doente, você não diz nada. Evidentemente, não é de você, Serge Leclaire, que se faz o processo, mas é nesse ponto que é preciso responder: sobre as relações da psicanálise com o Estado, com o capitalismo, com a História, com a esquizofrenia.

Serge Leclaire. – Estou de acordo quanto ao ponto de vista que propõe. Se insisto no ponto preciso do objeto, é para pôr em evidência po meio de um exemplo o tipo de funcionamento da coisa produzida.

Dito isto, não recuso inteiramente a crítica de Deleuze e Guattari no que respeita ao enrugamento, ao esmagamento da descoberta psicanalítica, o fato de nada ou quase nada ter dito relativamente às relações da prática analítica ou do esquizofrênico com o campo político ou com o campo social. Não basta manifestar a intenção de o fazer, é preciso conseguir fazê-lo de modo pertinente. Os nossos dois autores tentaram-no, e é a sua tentativa que aqui discutimos.

Disse simplesmente, e recordo-o, que o tratamento correto do problema me parece passar por um desfile extremamente preciso: o lugar do objeto, a função da pulsão numa formação social.

Só uma observação a propósito do "isso funciona", que é avançado como argumento em favor da pertinência da máquina, ou do livro em questão. É evidente que isso funciona! E ia dizer que para mim também, num certo sentido, isso funciona. Podemos constatar que qualquer prática teórica tem, num primeiro tempo, a oportunidade de funcionar. Isso não constitui em si um critério. [315]

Roger Dadoun. – O problema principal que o vosso livro coloca é, sem dúvida, este: como é que isso vai funcionar politicamente, visto que também o político é admitido por vocês como "maquinação" principal. Basta ver a amplidão e a minúcia como que se debruçaram sobre o *socius* e, nomeadamente, dos seus aspectos etnográficos, antropológicos.

Pierre Clastres. – Deleuze e Guattari, o primeiro filósofo, o segundo psicanalista, refletem em conjunto sobre o capitalismo. Para pensarem o capitalismo passam pela esquizofrenia, em que vêem o efeito e o limite da nossa sociedade. E para pensarem a esquizofrenia passam pela psicanálise edipiana, mas como Átila: após a sua passagem pouca coisa fica. Entre os dois, entre a descrição do familismo (o triângulo edipiano) e o projeto da esquizoanálise, há o maior capítulo de *O Anti-Édipo*, o terceiro, "Selvagens, Bárbaros, Civilizados". Trata-se aí, essencialmente, das sociedades que são o objeto habitual de estudo dos etnólogos. Que faz aí a etnologia?

Assegura ao empreendimento de Deleuze e Guattari a sua coerência, que é grande, fornecendo para a sua demonstração pontos de apoio extra-ocidentais (leva em conta sociedades primitivas e impérios bárbaros). Se os autores se limitassem a dizer: no capitalismo, as coisas funcionam assim, e nos outros tipos de sociedades as coisas funcionam de outro modo, não se abandonaria o terreno do comparatismo mais vulgar. Nada disso acontece, porque mostram "como é que isso funciona diferentemente". *O Anti-Édipo* é também uma teoria geral da sociedade e das sociedades. Por outras palavras, Deleuze e Guattari escrevem a propósito dos Selvagens e dos Bárbaros o que até agora os etnólogos não tinham escrito.

É verdade (não se escrevia, mas sabia-se, apesar de tudo) que o mundo dos Selvagens é lugar da codificação dos fluxos: não há nada que escape ao controle das sociedades primitivas, e quando se produz uma derrapagem – isso acontece – a sociedade descobre sempre o meio de bloquear. Também é verdade que as formações imperiais impõem uma sobrecodificação dos elementos selvagens integrados no Império, mas sem destruírem forçosamente a codificação dos fluxos que persiste no nível local de cada elemento. O exemplo do Império Inca ilustra perfeitamente o ponto de vista de Deleuze e Guattari. Dizem coisas muito belas sobre o sistema [316] da crueldade como escrita sobre o corpo entre os Selvagens, sobre a escrita como modo do sistema do terror nos Bárbaros. Parece-me que os etnólogos deveriam se sentir em *O Anti-Édipo* como em sua casa. Isto não quer dizer que se aceite tudo à primeira vista. Vai haver, como se pode prever, reticências (pelo menos) perante uma teoria que postula o primado da genealogia da dívida, que assim substitui o estruturalismo da troca. Podemos também perguntar-nos se a idéia de terra não esmaga um pouco a idéia de território. Mas tudo isso significa que Deleuze e Guattari não desprezam os etnólogos: põem-lhes verdadeiras questões, questões que obrigam a refletir.

Retorno a uma interpretação evolucionista da história? Retorno a Marx para além de Morgan? De modo algum. O marxismo progredia mais ou menos em relação aos Bárbaros (modo de produção asiático) mas nunca soube o que fazer com os Selvagens. Por quê? Porque, se na perspectiva marxista, a passagem da barbárie (despotismo oriental ou feudalismo) para a civilização (capitalismo) é pensável, em contrapartida nada permite pensar a passagem da selvageria para a barbárie. Nada há nas máquinas territoriais (as sociedades primitivas) de que se possa dizer que isso prefigura o que virá a seguir: nem casta, nem classe, nem exploração, nem sequer trabalho (se o trabalho é por essência alienado). Então, de onde é que aparece a História, a luta de classes, a desterritorialização etc.?

Deleuze e Guattari respondem a esta questão porque sabem o que fazer com os Selvagens. E a sua resposta é, a meu ver, a descoberta mais vigorosa, mais rigorosa de *O Anti-Édipo*: trata-se da teoria do "*Urstaat*", o monstro frio, o pesadelo, o Estado, que é o mesmo por todo lado e "que sempre existiu". Sim, o Estado existe nas sociedades primitivas, mesmo no mais minúsculo bando de caçadores-nômades. Existe mas é incessantemente esconjurado, impedido de se realizar. Uma sociedade primitiva é uma sociedade que consagra todos os seus esforços para impedir o seu chefe de se tornar um chefe (e isso pode ir até ao assassínio). Se a história é a história da luta de classes (nas sociedades em que há classes, evidentemente) então pode-se dizer que a história das sociedades sem classes é a história da luta contra [317] o Estado latente, é a história do seu esforço para codificar o fluxo do poder.

É evidente que *O Anti-Édipo* não nos diz porque é que a máquina primitiva, aqui ou ali, não conseguiu codificar o fluxo do poder, essa morte que não pára de crescer do interior. Não há, de fato, a menor razão para que o Estado se realize no seio do *Socius* primitivo, não há a menor razão para que a tribo deixe o seu chefe representar o papel de chefe (é possível demonstra-lo com a ajuda de exemplos etnográficos). Então de onde surge, imediatamente completo, o "*Urstaat*"? Vem necessariamente do exterior, e podemos esperar que a continuação de *O Anti-Édipo* nos diga mais a esse respeito.

Codificação, sobrecodificação, descodificação e fluxo: estas categorias determinam a teoria da sociedade, enquanto a idéia de "*Urstaat*", esconjurado ou triunfante, determina a teoria da História. Encontramos aqui um pensamento radicalmente novo, uma reflexão revolucionária.

Pierre Rose. – Para mim, o que prova a importância prática do livro de Deleuze e Guattari é a sua recusa da virtude do comentário. É um livro que faz a guerra. Trata-se aqui da situação das classes trabalhadoras e do Poder. O viés é efetuado pela crítica da instituição analítica, mas a questão não se restringe a isso.

"O inconsciente é a política", dizia Lacan em 67. A análise apresentava por aí a sua pretensão à universalidade. É quando se aproxima da política que a análise legitima mais francamente a opressão. É uma espécie de prestidigitação em que a subversão do Sujeito supostamente dotado de saber torna-se submisso perante uma nova trindade transcendental da Lei, do Significante, da Castração: "A Morte é a vida do Espírito, para que é que serve revoltarem-se?" A questão do poder ficava apagada pela ironia conservadora do hegelianismo de direita que mina a questão do inconsciente, de Kojève a Lacan.

Esta herança, ao menos, era coerente. Acabava-se também com a tradição, mais sórdida, da teoria das ideologias, que obcecava a teoria marxista desde a II Internacional, ou seja, desde que o pensamento de Jules Guesde esmagou o pensamento de Fourier.

O que os marxistas não conseguiam quebrar era a teoria do reflexo, o aquilo que dela tinham feito. No entanto a metáfora [318] leninista do "pequeno parafuso"[NRT] na "grande máquina" é luminosa: a destruição do Poder nos espíritos é uma transformação que se produz em todas as peças da máquina social.

NRT [Houve certamente um erro de transcrição do texto original francês: em vez de "petite vie" ("pequena vida"), como se lê na primeira linha da página 318 de *L'île déserte*, deveria constar "petite vis" (pequeno parafuso", o que dá razão ao tradutor português e é mais compatível com a expressão leninista].

O modo como o conceito maoísta de "revolução ideológica" rompe com a oposição mecanicista entre a ideologia e o político-econômico destrói a redução do desejo ao "político" (Parlamento e luta de partidos) e da política ao discurso (do chefe) para restaurar a realidade da guerra múltipla em múltiplas frentes. Este método é o único que se aproxima da crítica do Estado em *O Anti-Édipo*. Está excluída a hipótese de um trabalho crítico, que se reinicia com *O Anti-Édipo*, se tornar uma operação universitária, atividade lucrativa dos dervixes giratórios do Ser e do Tempo. Recupera o seu efeito, conquistado contra os instrumentos do Poder, no real, ajudará em todos os assaltos contra a polícia, contra a justiça, contra o exército, contra o poder de Estado na fábrica e fora.

Gilles Deleuze. – O que Pividal disse há pouco, o que Pierre acaba de dizer, parece-me perfeitamente justo. O essencial, para nós, é o problema da relação entre as máquinas do desejo e as máquinas sociais, a sua diferença de regime, a sua imanência umas às outras. Ou seja: como é que o desejo inconsciente é investimento social, econômico e político. Como é que a sexualidade ou aquilo a que Leclaire talvez chamasse escolha de objetos sexuais, nada mais faz do que exprimir esses investimentos, que são realmente investimentos de fluxos. Como é que os nossos amores são derivados da História universal e não derivados de papá-mamã. Através de uma mulher e de um homem amados é todo um campo que é investido, e que pode sê-lo de diferentes maneiras. Assim, nós tentamos mostrar como é que os fluxos correm em diferentes campos sociais, sobre o que é que correm, com o que é que são investidos, codificação, sobrecodificação, descodificação.

Poder-se-á dizer que a psicanálise não chegou sequer a analisar esse domínio, por exemplo com as sua ridículas explicações do fascismo, quando faz derivar tudo de imagens de pai ou de mãe ou de significantes familistas e piedosos como o nome do Pai? Serge Leclaire diz que, embora o nosso sistema funcione, isso não constitui uma prova, porque qualquer coisa funciona. É verdade. Nós também dizemos: Édipo e a castração [319] funcionam muito bem. Mas trata-se de saber quais são os efeitos de funcionamento, e a que custo isso funciona? Que a psicanálise acalma, conforta, nos ensina as resignações com que podemos viver, é certo. Mas afirmamos que usurpou a sua reputação de promover ou mesmo de participar numa efetiva libertação. Ela esmagou os fenômenos de desejo sobre uma cena familiar, esmagou toda a dimensão política e econômica da libido num código conformista. Desde que o "doente" se ponha a falar político, a delirar político, é preciso ver o que a psicanálise faz disso. Veja-se o que Freud fez com Schreber.

Quanto à etnografia, Pierre Clastres disse tudo, em qualquer caso o melhor para nós. O que tentamos é pôr a libido em relação com um "fora". O fluxo de mulheres nos primitivos está em relação com os fluxos de rebanhos, com fluxos de flechas. Repentinamente, um grupo nomadiza-se. Repentinamente, os guerreiros chegam à aldeia, veja-se a *Muralha da China*. Quais são os fluxos de uma sociedade, quais são os fluxos capazes de subverte-la, e qual é o lugar do desejo em tudo isto? Há sempre qualquer coisa que chega à libido, e que lhe chega do fundo do horizonte, não do interior. Será que a etnologia, assim como a psicanálise, não deveria estar em relação com esse fora?

Maurice Nadeau. – Deveríamos talvez acabar aqui se quisermos aproveitar para *La Quinzaine* uma conversa que excede já os limites da publicação num só número do jornal. Agradeço a Gilles Deleuze e a Félix Guattari os esclarecimentos que nos forneceram a propósito de uma obra chamada a revolucionar indubitavelmente grande número de disciplinas e que me parece ainda mais importante pela tentativa muito particular pela qual os seus autores abordam questões que nos preocupam a todos. Agradeço igualmente a François Châtelet por ter organizado e presidido a este debate e, evidentemente, a todos os especialistas que dele quiseram participar.

Tradução de
Luiz B.L. Orlandi

29: Hélène Cixous ou a escrita estroboscópica[DL]
[1972]

Há alguns anos, Hélène Cixous leva adiante uma obra subterrânea, mal conhecida, malgrado o prêmio Médicis de 1969 que recebeu por seu livro *Dedans*[DLa]. Uma obra na qual se mesclam estreitamente a ficção, a teoria, a crítica. Hélène Cixous escreveu um belo livro sobre o *Exílio de James Joyce*[DLb]. À primeira vista, toda a sua obra é de descendência joyceana: narrativa que vai se fazendo e se auto-incluindo ou se tomando por objeto, com autor "plural" e sujeito "neutro", neutro plural, simultaneidade das cenas de todo tipo, histórico e político, mítico e cultural, psicanalítico e lingüístico. Mas esta primeira visão, totalmente presa à aparência, talvez possa criar um mal-entendido, como a dupla impressão de que Hélène Cixous seja uma autora demasiado difícil e que também se situe nas correntes bem conhecidas da literatura atual. A verdadeira novidade de um autor só se descobre quando se consegue colocar-se no ponto de vista que ele mesmo inventou e em relação ao qual ele se torna de fácil leitura, levando consigo o leitor. Aí está o mistério: toda obra verdadeiramente nova é simples, fácil e alegre. Vejam Kafka, vejam Beckett.

O mistério Hélène Cixous, tal como se vê no seu último livro *Neutre*: um autor tido como difícil pede, geralmente, para ser lido lentamente: aqui, ao contrário, é a obra que nos pede para ser lida "depressa", e, mesmo quando isso requer uma releitura, esta será feita cada vez mais depressa. As dificuldades que um leitor lento poderia sentir desmancham-se na crescente velocidade da leitura. É que acreditamos que Hélène Cixous inventa uma nova escrita original, dando-lhe um lugar bem particular na literatura moderna: uma espécie de escrita estroboscópica[1], na qual a narrativa se anima e os diferentes temas entram em conexão e as palavras formam figuras variadas segundo as precipitadas velocidades de leitura e de associação.

DL *Le Monde*, nº 8.576, 11 de agosto de 1972, p. 10. (Sobre o livro d'H. Cixous, *Neutre*, Paris: Grasset, 1972.)
DLa H. Cixous, *Dedans*, Paris: Grasset, 1969.
DLb H.Cixous, *L'exil de James Joyce ou l'art du remplacement*, Paris: Grasset, 1968.
1) Estroboscopia: Método que consiste em iluminar uma cena de maneira descontínua. O efeito produzido depende da freqüência das cintilações e dos movimentos que animam a cena.

A extrema importância de Paul Morand, malpercebida hoje, está em ter ele introduzido, por volta de 1925, a velocidade na literatura, no próprio estilo, em relação com o jazz, com o automóvel e o avião. Hélène Cixous inventa outras velocidades, às vezes loucas, em relação com os dias de hoje. *Neutre* não pára de dizê-lo: mesclar as cores de tal maneira que, através de movimentos, elas produzam nuances e tinturas desconhecidas. Escrita por segundo, por décimo de segundo: "A regra é simples: passar de um tronco ao outro, seja trocando os corpos ativos, seja trocando os seus termos suplentes, seja trocando os nomes dos termos que funcionam dois a dois. Tudo isso se executa tão depressa que é difícil ver do exterior qual das três operações está ocorrendo, e se há transporte de uma árvore a outra por corpos ou por nomes. O efeito do movimento é tal que, por estroboscopia, as árvores produzem uma espécie de pólo liso ou apenas riscado de escuros tracejados verticais, espectros das gerações: Papel... Cada um atua o outro: Seja o enunciado 'Nenhum é Sem o seu Outro: Sansão o assombra'"[NRT].

Qual é, portanto, o efeito criado por Hélène Cixous? A matéria do *Neutre* é feita de elementos associados: elementos fictícios, fatos de desejo, elementos fonológicos feitos de letras, elementos lingüísticos feitos de figuras, elementos críticos feitos de citações, elementos ativos feitos de cenas etc. Esses elementos formam um conjunto imóvel, complexo, difícil de se decifrar, "neutro", enquanto nos atemos à velocidade = 0. Em velocidades intermediárias, eles entram em correntes que se rebatem e os abatem sobre tal ou qual conjunto determinado, constituindo histórias distintas ou versões distintas de uma história. E, em velocidades cada vez maiores, eles acedem a um perpétuo deslizamento, a uma extrema rotação que os impede, [322] portanto, de se assentarem sobre um conjunto qualquer, levando-os sempre mais rápido através de todas as histórias. Em suma, trata-se de uma leitura que funciona segundo as velocidades de associação do leitor. Por exemplo, a extraordinária cena da morte do filho, que varia pelo menos em três graus. Ou então, as páginas cômicas nas quais se vê a letra F contaminar as palavras vizinhas, vencê-las pela velocidade. Prazer que sai de um livro-droga, inquietante estranheza, segundo uma noção freudiana que Hélène Cixous ama: em todos os sentidos, há de se ler *Neutre*, o quanto antes e de maneira tensa, como em um mecanismo moderno de precisão decisiva.

Tradução de
Fabien Lins

NRT [Atenção ao jogo sonoro em francês: "Aucun n'est Sans son Autre: Samson le hante"].

30: Capitalismo e esquizofrenia[DL]
(Com Félix Guattari)
[1972]

Questão. – O *Anti-Édipo* tem como subtítulo *Capitalismo e esquizofrenia*. *Qual é a razão disso? Vocês partiram de quais idéias fundamentais?*
Gilles Deleuze. – A idéia fundamental talvez seja a seguinte: o inconsciente "produz". Dizer que ele produz significa que é preciso parar de tratá-lo, como se fez até então, como uma espécie de teatro onde se representaria um drama privilegiado, o drama de Édipo. Nós pensamos que o inconsciente não é um teatro, mas antes uma usina. Artaud disse algo belíssimo sobre isso. Ele disse que o corpo, e acima de tudo o corpo doente, é como uma usina superaquecida. Não um teatro, portanto. Dizer que o inconsciente "produz", significa dizer que ele é uma espécie de mecanismo que produz outros mecanismos. Para nós, isso quer dizer que o inconsciente nada tem que ver com uma representação teatral, mas com algo que poderíamos chamar de "máquinas desejantes". É preciso que nos entendamos sobre o termo "mecanismo". Como teoria biológica, o mecanicismo nunca soube compreender o desejo. Ele o ignora, fundamentalmente, porque não consegue integrá-lo em seus modelos. Quando falamos de máquinas desejantes, do inconsciente como um mecanismo de desejo, queremos dizer algo bem diferente. Desejar consiste no seguinte: fazer cortes, deixar correr alguns fluxos, antecipá-los, cortar as cadeias nas quais eles se enlaçam. Todo esse sistema do inconsciente ou do desejo que corre, que corta, que deixa correr, esse sistema absolutamente literal do inconsciente, ao contrário do que pensa a psicanálise [324] tradicional, esse sistema nada significa. Não há aí nenhum sentido, nenhuma interpretação a ser dada, isso não quer dizer nada. O problema é saber como funciona o inconsciente. É um problema de uso das máquinas, de funcionamento das "máquinas desejantes".
Guattari e eu partimos da idéia de que o desejo só poderia ser compreendido a partir da categoria de "produção". Isto é, era preciso introduzir a produção no próprio desejo. O desejo não depende de uma falta, desejar não é ter falta de

---
DL Traduzida do italiano, "Capitalismo e schizophrenia", entrevista com Vittorio Marchetti, *Tempi moderni*, nº 12, 1972, pp. 47-64.

alguma coisa, o desejo não remete à Lei alguma, ele produz. É, portanto, o contrário de um teatro. Uma idéia como a de Édipo, da representação teatral de Édipo, desfigura o inconsciente, nada exprime do desejo. Édipo é o efeito da repressão social sobre a produção desejante. Mesmo no nível da criança, o desejo não é edipiano, ele funciona como um mecanismo, produz pequenas máquinas, estabelece ligações entre as coisas. Tudo isso, em outros termos, significa talvez que o desejo seja revolucionário. O que não significa que ele queira a revolução. Melhor que isso, ele é revolucionário por natureza porque constrói máquinas que, inserindo-se no campo social, são capazes de fazer saltar algo, de deslocar o tecido social. A psicanálise tradicional, ao contrário, transformou tudo numa espécie de teatro. Exatamente como traduziríamos numa representação tipo Comédia Francesa algo que pertence ao homem, à usina, à produção. O ponto de partida de nosso trabalho, por outro lado, foi o inconsciente como produtor de pequenas máquinas de desejo, máquinas desejantes.

Questão. – *Por que então Capitalismo e esquizofrenia?*

Félix Guattari. – Para sublinhar os extremos. Tudo na existência humana é reconduzido às categorias as mais abstratas. O capital e, na outra extremidade, ou antes, no outro pólo de não senso, a loucura, e, na loucura, precisamente a esquizofrenia. Pareceu-nos que esses dois pólos na sua tangente comum de não senso possuíam uma relação. Não apenas uma relação contingente em função da qual é possível afirmar que a sociedade moderna torna as pessoas loucas. Mas muito mais do que isso: que, para dar conta da alienação, [325] da repressão que o indivíduo sofre quando é envolvido no sistema capitalista, mas também para entender a verdadeira significação da política de apropriação da mais valia, devemos convocar conceitos que são os mesmos que aqueles aos quais deveríamos recorrer para interpretar a esquizofrenia. Levamos em conta esses dois pólos extremos, mas é claro que todos os outros termos intermediários também devem ser examinados, quer se trate da maneira de combater as neuroses ou de estudar a infância ou as sociedades primitivas. Todos os temas tratados pelas ciências humanas estão evidentemente em questão. Mas em vez de estabelecer uma espécie de coexistência de todas as ciências humanas, uma em relação à outra, colocamos em relação o capitalismo e a esquizofrenia. Isso, para tentar abarcar o conjunto dos campos e não nos limitarmos a uma série de passagens de um campo a outro.

Questão. – *De quais experiências concretas suas pesquisas partiram e em quais domínios e de que modo vocês imaginam seu desenvolvimento prático?*

Félix Guattari. – Inicialmente, da prática psiquiátrica, da psicanálise e, mais particularmente, do estudo da psicose. Nossa impressão é que os encadeamentos, as descrições, a teoria freudiana e a psiquiatria são relativamente inadequados para dar conta do que se passa verdadeiramente na doença mental. Pudemos constatá-lo desde que, recentemente, tornou-se possível ter um certo tipo de escuta da doença mental.

Mesmo Freud, pelo menos no início, desenvolveu seus conceitos num quadro de um certo gênero de acesso que ele teve às neuroses, e mais particularmente à histeria. O próprio Freud reclamava no fim de sua vida de não ter podido dispor de um outro campo, de não ter tido outra maneira de se aproximar da psicose. Ele só pôde abordar os psicóticos por mero acidente e do exterior. É preciso acrescentar que, no quadro dos sistemas repressivos de hospitalização, não se tem acesso à esquizofrenia. Tem-se acesso a loucos que se encontram no interior de um sistema tal que os impede de exprimir a própria essência da loucura. Eles só exprimem uma reação à repressão da qual são objeto e que são obrigados a sofrer. O resultado é que a psicanálise é praticamente [326] impossível no caso das psicoses. E isso prosseguirá assim enquanto os psicóticos continuarem encerrados no sistema repressivo de um hospital. Ora, mais do que transpor os encadeamentos descritivos da neurose para aplicá-los à psicose, nós tentamos fazer o inverso. Tentamos reexaminar os conceitos de descrição da neurose à luz das indicações que recebíamos no contato com a psicose.

Gilles Deleuze. – Nós partimos da impressão, e eu digo realmente impressão, e de um saber: que algo não ia bem na psicanálise, que isso se tornava uma história interminável que girava sobre si mesma. Tomemos, por exemplo, a cura psicanalítica. Pois bem, a cura se tornou um processo interminável em que tanto o paciente quanto o médico giravam num círculo que, no final das contas, quaisquer que fossem as modificações trazidas, restava ainda um círculo edipiano, como que dizendo "vamos, fale…", como se se tratasse sempre, então, do pai e da mãe. A referência permanecia sempre sobre um eixo edipiano. Claro que dizem que não se trata de um pai e de uma mãe reais, que se trata talvez de uma estrutura superior, de uma ordem simbólica, que isso não deve ser tomado no nível do imaginário. Apesar de tudo, esse é ainda um discurso em que o paciente está lá para falar de pai e de mãe e o analista o escuta em termos de pai e de mãe. Esses eram os problemas que Freud se colocava de modo angustiante no final de sua vida: alguma coisa não vai bem na psicanálise, alguma coisa está bloqueada. Isso está em vias de se tornar, pensava Freud, uma história interminável, uma cura interminável, que não conduz a nada. E Lacan foi o primeiro a indicar a que ponto as coisas deveriam ser postas em questão. Ele pensou resolver o problema no sentido de um retorno muito profundo a Freud. Nós partimos, ao contrário, da impressão de que a psicanálise girava sobre ela mesma num círculo, por assim dizer familista, representado por Édipo. E aí se produziu algo de muito inquietante. Mesmo que a psicanálise tenha mudado seus métodos, ela acabou mesmo assim se reencontrando na linha da psiquiatria mais clássica. Michel Foucault mostrou isso de forma admirável. Foi no século XIX que a psiquiatria ligou de modo fundamental a loucura à família. A psicanálise [327] reinterpretou esse liame, mas o que surpreende é que a ligação permanece. E mesmo a antipsiquiatria, que apresenta direções tão revolucionárias e novas, guarda essa referência loucura-família. Fala-se de psicoterapia familiar. Isso significa que se continua a procurar a referência fundamental do desarranjo mental em determinações familiares do tipo pai-mãe; e mesmo se essas determinações são interpretadas de modo simbólico, como função simbólica pai, função simbólica mãe, isso não muda muita coisa na discussão.

Ora, imagino que todos conhecem o texto admirável de um louco, como se diz, o presidente Schreber. As memórias do presidente Schreber, um paranóico ou um esquizofrênico, pouco importa, apresentam uma espécie de delírio racial, racista, histórico. Schreber delira os continentes, as culturas, as raças. Trata-se de um delírio surpreendente com um conteúdo político, histórico, cultural. Lemos o comentário de Freud e todo esse aspecto do delírio desaparece, ele é esmagado pela referência a um pai do qual Schreber nunca fala. Os psicanalistas nos dizem que, justamente porque ele nunca fala disso, é que isso é importante. Bem, nós respondemos que nunca vimos um delírio esquizofrênico que não seja acima de tudo racial, racista, político, que não se lance a todos os cantos da história, que não invista as culturas, que não fale de continentes, de reinos etc. Nós dizemos que o problema do delírio não é familiar, que ele só diz respeito ao pai e a mãe de uma forma muito secundária, e isso supondo que ele lhes diga mesmo respeito. O verdadeiro problema do delírio está nas transições extraordinárias entre um pólo, digamos, reacionário ou mesmo fascista do tipo "eu sou de raça superior" – o que aparece em todos os delírios paranóicos – e um pólo revolucionário: Rimbaud, que afirma "eu sou de raça inferior de toda a eternidade"[DLa]. Não há delírios que não invistam a História, mais do que investir uma espécie de papai-mamãe ridículos. E então, mesmo no nível da cura, da terapia – supondo que se tratasse de uma doença mental – se não levamos em conta [328] as referências históricas do delírio, se nos contentamos em girar em círculos entre um pai simbólico e um pai imaginário, praticamos apenas um familismo e permanecemos no quadro da mais tradicional psiquiatria.

[DLa] A. Rimbaud, *Une saison en enfer*, "Mauvais sang", in *Œuvres complètes*, Paris: Gallimard, 1972, col. "Bibliothèque de la Pléiade", p. 95.

Questão. – *Será que os estudos de lingüística podem servir a uma interpretação da linguagem esquizofrênica?*
Félix Guattari. – A lingüística é uma ciência em pleno desenvolvimento, que ainda está muito à procura de si mesma. Há talvez um uso abusivo, um pouco prematuro de conceitos que estão ainda em vias de formação. Há, mais particularmente, uma noção sobre a qual fomos conduzidos a refletir, que é aquela de significante. Parece-nos que esta noção suscita vários problemas às diferentes lingüísticas. Aos psicanalistas ela talvez suscite menos, mas acreditamos, quanto a nós, que um certo amadurecimento é ainda necessário. Diante dos problemas da sociedade atual, é preciso se posicionar numa situação que coloque em questão a cultura tradicional partilhada, digamos, entre as ciências humanas, a ciência, o cientificismo – uma palavra que está na moda há alguns anos – e a responsabilidade política. Sobretudo após Maio de 68, uma revisão dessa separação é importante e necessária. Desse ponto de vista, até hoje nós nos contentamos com uma espécie de autonomismo, digamos, das diversas disciplinas. Os psicanalistas têm seus utensílios de cozinha, os políticos os seus e assim por diante. A necessidade de rever essa divisão não nasce de uma preocupação de ecletismo e não conduz necessariamente a um tipo de confusionismo. Do mesmo modo que não é por confusão que um esquizofrênico passa de um registro a outro. É a realidade com a qual ele se vê confrontado que o conduz a isso. O esquizofrênico segue, sem garantia epistemológica, digamos, essa realidade e é essa realidade que o leva a se deslocar de um plano a outro, de um questionamento da semântica e da sintaxe até a revisão de uma temática que diz respeito à história, às raças etc. Pois bem, num certo sentido, aqueles que se encontram no registro das ciências humanas e no domínio político deveriam, desse ponto de vista, se "esquizofrenizar". E isso não para reencontrar a imagem ilusória que nos apresenta a esquizofrenia tomada na repressão, segundo a qual ele seria "autista", dobrado sobre si mesmo, e assim [329] por diante. Mas, ao contrário, para ter essa mesma capacidade de abraçar o conjunto dos domínios. Muito precisamente, após Maio de 68, a questão se coloca nos termos seguintes: ou buscaremos unificar a compreensão de fenômenos como, digamos, a burocratização nas organizações políticas, no quadro do capitalismo de Estado, com aquelas de fenômenos muito díspares e distantes como, por exemplo, a obsessão, as descrições que são dadas pelo automatismo de repetição; ou então, se nos atemos à idéia de que as coisas são separadas, de que cada um é um especialista e deve fazer avançar seus estudos permanecendo em seu canto, verificaremos no mundo explosões que escaparão completamente à compreensão tanto dos politicólogos quanto das descrições antropológicas. Nesse sentido,

pôr em causa a divisão dos domínios e um pouco também a auto-satisfação dos psicanalistas, lingüistas, etnólogos, pedagogos não tem como objetivo a dissolução de suas ciências, mas se propõe aprofundá-las para que estejam à altura de seus objetos. Toda uma série de pesquisas conduzidas antes de Maio de 68 por pequenos grupos privilegiados foi posta em discussão e colocada na ordem do dia com a revolução institucional daquela primavera. Os psicanalistas são cada vez mais "interpolados", eles devem cada vez mais ampliar seu domínio, da mesma forma que os psiquiatras. É um fenômeno inteiramente novo. O que isso significa? Trata-se de uma moda ou, como afirmam algumas correntes políticas, de uma maneira de desviar os militantes revolucionários de seus objetivos? Ou se trata antes de tudo de um apelo, ainda que confuso, a favor de uma revisão profunda da conceituação tal como ela é produzida hoje em dia?

Questão. – *A psiquiatria poderia desempenhar esse papel, por assim dizer, da nova ciência do homem, da ciência do homem por excelência?*

Félix Guattari. – Mais do que a psiquiatria, por que não os esquizofrênicos, os próprios loucos? Não me parece, ao menos neste momento, que os que trabalham no domínio psiquiátrico se encontrem exatamente na vanguarda!

Gilles Deleuze. – Por outro lado, não há nenhuma razão para que a psiquiatria, mais do que qualquer outra coisa, torne-se a ciência do homem [330] por excelência. A noção de "ciência do homem por excelência" não é boa. A ciência do homem por excelência poderia ser a bibliofilia, por que não, a ciência dos textos. O fato é que muitas ciências gostariam de desempenhar esse papel. O problema não é o de saber qual será a ciência do homem por excelência. O problema é saber de que maneira "máquinas" dotadas de uma possibilidade revolucionária vão se reagrupar. Por exemplo, a máquina literária, a máquina psicanalítica, as máquinas políticas. Ou bem elas encontrarão um ponto de ligação, como já fizeram até agora num certo sistema de adaptação aos regimes capitalistas; ou então elas encontrarão uma unidade quebradiça numa utilização revolucionária. Não se deve colocar o problema em termos de primazia, mas em termos de uso, de utilização. Então, qual utilização? A psiquiatria recobriu até agora com seu familismo, com sua perspectiva familiar, uma certa utilização que nos parece forçosamente reacionária, por mais revolucionárias que sejam as pessoas que trabalham no domínio psiquiátrico.

Questão. – *Enquanto o pensamento filosófico ou científico procede avançando e opondo conceitos, o pensamento mítico procede graças a imagens tiradas do mundo sensível. São palavras de Lévi-Strauss. Em seu livro,* Interpretação da Esquizofrenia, *Arieti afirma que os doentes mentais recorrem a uma lógica inteligível, a um "sistema lógico coerente", mesmo que este nada tenha com a lógica fundada nos conceitos.*

Arieti fala de "paleológico" e diz que de fato esse "sistema lógico coerente" lembra o pensamento mítico, o pensamento das sociedades ditas primitivas, que ele procede como tal, por "associação de qualidades sensíveis". Como explicar esse fenômeno? A esquizofrenia seria uma estratégia de defesa conduzida até a recusa de nosso sistema lógico? E se isso é verdade, a análise da linguagem esquizofrênica não ofereceria um instrumento de um valor incomparável para as ciências humanas, para o estudo de nossa sociedade?

Gilles Deleuze. – Compreendo bem essa questão, ela é bem técnica. Gostaria de saber o que Guattari pensa sobre isso.

Félix Guattari. – Não gosto muito da palavra "paleológico" porque ela tem ressonância com "mentalidade pré-lógica" [331] e outras definições desse gênero que representaram uma abertura rumo à segregação ao pé da letra, tanto da infância quanto das doenças mentais. Então, não sei de que forma deve-se entender uma "paleologia".

Gilles Deleuze. – Além disso, "lógica" não é de forma alguma um conceito que nos interesse. É um termo tão vago, tudo é lógica e nada o é. Mas no que diz respeito à questão, sobre o que eu chamaria seu aspecto técnico, eu me pergunto se na esquizofrenia, nos primitivos ou nas crianças trata-se realmente de uma lógica das qualidades sensíveis.

Em relação ao que estamos tentando encontrar, a questão não é essa. O que surpreende é que esquecemos que a lógica das qualidades sensíveis já é uma fórmula muito teórica. Negligenciamos algo que é o "puro vivido". Trata-se, talvez, do vivido da criança, do primitivo, do esquizofrênico. Mas o vivido não quer dizer as qualidades sensíveis, mas o "intensivo". Eu sinto que... "Eu sinto que" quer dizer que algo está em vias de se passar em mim, que vivo em intensidade, e a intensidade não é a mesma coisa que as qualidades sensíveis, ela é mesmo totalmente diferente. Com os esquizofrênicos isso acontece continuamente. Um esquizofrênico diz: "sinto que devenho mulher", ou então, "sinto que devenho Deus". As qualidades sensíveis não têm nada que ver aqui. Tenho a impressão que Arieti permanece efetivamente no nível de uma lógica das qualidades sensíveis, mas isso não corresponde de forma alguma ao que diz um esquizofrênico. Quando um esquizofrênico diz "sinto que devenho mulher", "sinto que devenho Deus", "sinto que devenho Joana D'Arc", o que ele quer dizer realmente? A esquizofrenia é uma experiência involuntária e surpreendente, e extremamente aguda, de intensidade e passagens de intensidade. Quando um esquizofrênico diz "sinto que devenho mulher, sinto que devenho Deus", é como se seu corpo transpusesse um limiar de intensidade. Os biólogos falam do ovo e o corpo esquizofrênico é uma espécie de ovo; há esse corpo catatônico que não é mais do que um ovo. Então, quando o esquizofrênico diz "devenho Deus, devenho uma mulher", é como se ele transpusesse o que os biólogos chamam de gradiente, ele atravessa um limiar de intensidade, ele ainda passa por aí, eleva-se acima, além etc. É de tudo isso que a análise [332] tradicional não dá conta. E é por isso que as pesquisas experimentais farmacológicas, relativas à esquizofrenia – tão mal-utilizadas hoje em dia – poderiam ser muito ricas. Isso porque os estudos farmacológicos, as pesquisas sobre as drogas, levantam o problema em termos de variação de intensidade do metabolismo. O "sinto que..." deve ser visto através das sensações de passagem, dos graus de intensidade. Então, a diferença entre nossa concepção e aquela de Arieti, com todo o respeito que podemos ter por seus trabalhos, reside no fato de que interpretamos a esquizofrenia em termos de experiência intensiva.

Questão. – *Mas o que quer dizer "inteligibilidade" do discurso esquizofrênico?*

Félix Guattari. – Trata-se de saber se a coerência vem de uma ordem, digamos, de expressão racional ou semântica, ou se ela vem de uma ordem, por assim dizer, maquínica. No final das contas, no nível da representação a gente se arranja como pode, todo mundo se arranja como pode. Tanto o cientista que procura reconstituir alguma coisa na ordem da expressão, quanto o esquizofrênico. Mas este último não possui diante dele a possibilidade de tornar inteligível o que ele tenta reconstituir com os meios à mão, com aquilo de que dispõe. Nesse sentido, pode-se dizer que as descrições que nos são dadas no quadro da psicanálise, que chamaremos de edipianas, para simplificar, constituem uma representação repressiva. Mesmo autores importantes, entre aqueles que foram mais longe na exploração das psicoses ou da infância, entre aqueles que até mesmo localizaram esse problema de passagens às quantidades intensivas, acabaram finalmente, em última análise, por descrever novamente as coisas de maneira edipiana. Alguém, e falo de alguém muito importante, falou de micro-edipianismo e o fez, se bem que ele tenha constatado no nível do funcionamento, num caso de psicose, digamos no nível das pulsões parciais, que havia uma paisagem estilo Bosch, composta por uma infinidade de fragmentos, de pedaços, onde não havia nenhuma idéia do pai, da mãe e da santíssima trindade. O que faz com que, nesse nível, a representação seja tomada literalmente a partir de uma única ideologia dominante. [333]

Questão. – *Há alterações típicas na linguagem esquizofrênica. Haveria casos idênticos numa linguagem própria a certas categorias sociais, por exemplo, militares, políticos etc.?*

Félix Guattari. – Certamente. Pode-se mesmo falar de uma espécie de parafrenização da linguagem militar, ou então, nesse momento, da linguagem dos militantes políticos. Mas seria preciso generalizar. Categorias como aquelas dos psiquiatras, dos psicanalistas, dos pesquisadores, recorrem a uma linguagem de fechamento da representação. A tal ponto que tudo o que escapa à produção das máquinas desejantes é sempre reconduzido a sínteses limitativas, exclusivas, com um retorno constante a categorias dualistas, com uma separação constante de planos. É um fenômeno que uma reforma epistemológica não bastará para resolver. Tudo isso, com efeito, põe em jogo o conjunto dos equilíbrios das forças no nível da luta de classes. Isso quer dizer que deveríamos chamar a atenção de uma parte dos psicanalistas, ou de tal ou qual pesquisador! Justamente por não estar em jogo uma ordem separada, como seria o caso, digamos, de uma ordem pulsional; dado que é o próprio conjunto do funcionamento dos mecanismos sociais, tanto na ordem do desejo quanto naquela da luta revolucionária, ou das ciências e da indústria; uma vez que tudo isso é que está em jogo, o sistema em seu conjunto terá necessidade de secretar novamente seus modelos, suas castas, certas expressões estereotipadas. Podemos nos perguntar se as expressões dos militares, dos políticos, dos cientistas não são em realidade, muito exatamente, uma espécie de antiprodução, uma espécie de trabalho de repressão no nível da expressão cujo objetivo é parar o trabalho de questionamento, trabalho incessante, transbordante, que se perde simplesmente no movimento real das coisas.

Questão. – *Nietzsche, Artaud, Van Gogh, Roussel, Campana: o que significa nesses casos a doença mental?*

Gilles Deleuze. – Ela significa muitas coisas. Jaspers e, hoje, Laing disseram coisas muito fortes sobre isso, mesmo se até agora eles não foram muito bem compreendidos. Eles disseram, em resumo, que naquilo que é chamado, *grosso modo*, loucura, há duas coisas: há um furo, [334] um rasgo, como uma luz repentina, um muro que é atravessado; e há, em seguida, uma dimensão muito diferente, que poderíamos chamar um desabamento. Um furo e um desabamento. Lembro-me de uma carta de Van Gogh. "Devemos – escrevia ele – minar o muro". Salvo que romper o muro é dificílimo e se o fazemos de forma muito bruta nos machucamos, caímos, desabamos. Van Gogh acrescentava ainda que "devemos atravessá-lo com uma lima, lentamente e com paciência". Temos então o furo e depois esse desabamento possível. Jaspers, quando fala do processo esquizofrênico, ressalta a coexistência de dois elementos: uma espécie de intrusão, a chegada de algo que não tem nem mesmo expressão, algo de formidável e que o é, a tal ponto que é difícil dizê-lo, tão reprimido em nossas sociedades que corre o risco de coincidir – e eis o segundo elemento – com o desabamento. Reencontramos aí o esquizofrênico autista, aquele que não se mexe mais, que pode permanecer imóvel durante anos. No caso de Nietzsche, de Van Gogh, de Artaud, de Roussel, de Campana etc., há sem dúvida coexistência desses dois elementos: um furo fantástico, um buraco no muro. Van Gogh, Nerval – e quantos outros poderíamos citar! – quebraram o muro do significante, o muro do Papai-Mamãe, eles estão bem além, e nos falam com uma voz que é aquela de nosso futuro. Mas o segundo elemento permanece de qualquer modo presente nesse processo, e é o perigo do desabamento. Que o furo, o rasgo possam coincidir ou deslizar numa espécie de desabamento é algo que ninguém tem o direito de tratar de forma leviana. É preciso considerar esse perigo como fundamental. As duas coisas estão ligadas. Não há sentido em dizer que Artaud não era esquizofrênico. Pior que isso, é vergonhoso, cretino. Artaud era, evidentemente, esquizofrênico. Ele realizou o "furo genial", ele rompeu o muro, mas a que preço? O preço é aquele de um desabamento que deve ser qualificado de esquizofrênico. O furo e o desabamento são dois momentos diferentes. Mas seria irresponsável ignorar o perigo do desabamento em tentativas como essa. Salvo que isso vale a pena.

Questão. – *Num hospital psiquiátrico, os internos, desafiando o veto do diretor da clínica, têm o hábito de* [335] *jogar cartas no quarto de um doente que há anos está num estado de profunda catatonia: um objeto. Nenhuma palavra, nenhum gesto, nenhum movimento. Um dia, enquanto os internos jogavam, o doente, que tinha sido voltado em direção à janela pelo enfermeiro, fala inesperadamente: "Olha lá o diretor!". Ele recai em seu silêncio e morre alguns anos mais tarde sem jamais ter voltado a falar. Eis então sua mensagem para o mundo: "Olha lá o diretor!".*

Gilles Deleuze. – É uma belíssima história. No sentido da instauração de uma esquizoanálise – e é isso que desejamos – não deveríamos nos perguntar tanto sobre o que quer dizer a frase "olha lá o diretor", mas o que se passou para que esse doente autista, dobrado sobre seu corpo, tenha constituído, com a chegada do diretor, uma pequena máquina que lhe serviu, mesmo por um tempo tão curto.

Félix Guattari. – Parece-me que, na história, não é evidente que o doente tenha visto efetivamente o diretor. Para a graça da história, seria mesmo melhor que ele não o tenha visto. O simples fato de que tenha havido uma modificação, uma mudança de hábitos devido à presença dos jovens internos, a transgressão da lei do diretor por causa do jogo, poderia ter levado o doente a fazer emergir novamente a figura hierárquica do diretor, a enunciar simplesmente uma interpretação analítica da situação. Nesse episódio, isso representa uma bela ilustração de transferência, uma translação da função analítica. Não é um psicanalista, um psico-sociólogo que está interpretando a estrutura da situação.

É literalmente um grito, uma espécie de *lapsus linguae* que interpreta o sentido de alienação na qual se encontram, não ele, o esquizofrênico, mas as pessoas para as quais é todo um trabalho conseguir simplesmente jogar cartas na presença de doentes.

Questão. – *Sim, mas o doente está bem presente a si mesmo quando lança seu grito, mesmo se ele não viu de forma alguma o diretor...*

Félix Guattari: Presente a si mesmo! Não estou de forma alguma certo disso. Ele poderia ter visto passar um gato ou outra coisa. É normal, numa prática de psicoterapia institucional, que o esquizofrênico o mais perdido nele mesmo libere inesperadamente as histórias mais inacreditáveis sobre a vida privada de alguém, [336] coisas que se poderia acreditar que ninguém as soubesse, e que ele diz para você do modo o mais cru verdades que você acreditava serem secretas. Não é um mistério. O esquizofrênico tem acesso a isso de uma única vez, ele está por assim dizer ligado diretamente aos enganches que constituem o grupo em sua unidade subjetiva. Ele se encontra em situação de "vidência", lá onde os indivíduos cristalizados na sua lógica, na sua sintaxe, nos seus interesses estão absolutamente cegos.

Tradução de
Rogério da Costa Santos

[337] 31: "E quanto a você? Que são suas 'máquinas desejantes'?"^DL
[1972]

Os leitores da revista *Temps Modernes* encontrarão aqui um estranho dossiê. Pierre Bénichou expõe alguns resultados de sua pesquisa sobre os masoquistas (os "verdadeiros" masoquistas, aqueles que se infligem tratamentos muitas vezes graves e sanguinários). Mas, para essa pesquisa, ele não se dirige aos masoquistas, não os leva a falar. E, todavia, eles falariam de bom grado. Mas, ao falar, eles entrariam num circuito pré-formado, pré-fabricado: o circuito de seus mitos e fantasmas, e até mesmo o circuito de uma psicanálise sobre a qual, atualmente, todo mundo tem uma idéia mais ou menos precisa, de modo que, de antemão, cada um sabe vagamente aquilo que dele se espera, e responde Édipo ou papai-mamãe logo que é interrogado. Enfim, todo esse mundo de interioridade do qual já estamos profundamente enfadados.

Pierre Bénichou substitui a trindade psicanalítica pai-mãe-eu por uma trindade bem diferente, tira-prostituta-cliente. Seria precipitado dizer que ambas são a mesma trindade. Em vez do sujeito que fala e do psicanalista que eventualmente escreve para publicações científicas, tem-se o sujeito que não fala, que não tem o direito de falar; ele apenas escreve, escreve as suas aspirações e seus pedidos, passa um pequeno bilhete no qual emite críticas sobre a última sessão e expõe os seus projetos para a próxima. Em contrapartida, a prostituta e o tira falam. A pesquisa de Pierre Bénichou acrescenta à psicanálise aquilo que atualmente lhe faz tanta falta: uma nova relação com o Fora.

É tudo o que se espera no que concerne à relação psicanalítica: uma inversão, uma caricatura, um extraordinário [338] retraimento. O masoquismo é a perversão por excelência que passa pela forma de um contrato, mesmo que seja próprio desse contrato ser a cada vez transbordado, desviado pelo capricho ou pela autoridade superior da toda poderosa "Dona da casa". (Pierre Bénichou faz referência ao pagamento mensal que dá direito a um número determinado de sessões.) É que, como na psicanálise, o contrato toma aqui uma dimensão que

---

DL Introdução ao texto de Pierre Bénichou, "Sainte Jackie, Comédienne et Bourreau", *Les Temps Modernes*, nª 316, novembro de1972, pp. 854-856.

não encontra equivalente alhures: não há mais distinção possível entre as partes contratantes e o objeto sobre o qual o contrato incide. Como diz Pierre Bénichou, "o desvio sexual *propriamente dito* é o único domínio no qual instaura-se uma relação direta. A prostituta faz mais que fornecer um objeto, ela *é* esse objeto. Matéria viva que escuta, grava, responde, questiona, decide; droga que fixa a sua própria dose, bola da roleta que escolhe a casa na qual vai parar, obviamente, sempre a errada. Ela tudo viu, tudo ouviu... E nada entendeu? Pouco importa, ela conta, ela sabe do que está falando, ela "conhece". Das duas relações, a perversa e a psicanalítica, qual delas desfigura a outra?

Durante muito tempo a psiquiatria foi uma disciplina normativa, falando em nome da razão, da autoridade e do direito, numa dupla relação com os asilos e os tribunais. Depois veio a psicanálise como disciplina interpretativa: loucura, perversão, neurose; procurava-se descobrir o que isso "queria dizer", por dentro. Hoje, reclamamos os direitos de um novo funcionalismo: não mais o que quer dizer, mas como isso marcha, como isso funciona. É como se o desejo não quisesse dizer mais nada e fosse um agenciamento de pequenas máquinas, *máquinas desejantes*, sempre numa relação particular com as grandes máquinas sociais e as máquinas técnicas. E quanto a você? Que são suas máquinas desejantes? Num difícil e belo texto, Marx invocava a necessidade de pensar a sexualidade humana não apenas como uma relação entre dois sexos humanos, masculino e feminino, mas como uma relação "entre o sexo humano e o sexo não humano"[DLa]. Ele, evidentemente, não se referia aos animais, mas ao que há de não-humano na sexualidade humana: as máquinas [339] do desejo. Talvez a psicanálise tenha permanecido numa idéia antropomórfica da sexualidade, e isso até na sua concepção do fantasma e do sonho. Um estudo exemplar, como o de Pierre Bénichou, apresentando máquinas masoquistas reais (também existem máquinas paranóicas, máquinas esquizofrênicas reais etc.), abre o caminho para tal funcionalismo ou para uma análise, no homem, do "sexo não humano".

Tradução de
Fabien Lins

[DLa] K. Marx, *Critique de la philosophie de l'Etat de Hegel*, in *Œuvres complètes*, IV, Paris: Gallimard, col. "Bibliothèque de la Pléiade", pp. 182-184.

32: Sobre as cartas de H. M.[DL]
[1973]

Em sua maioria, as prisões estão povoadas de jovens, "pequenos delinqüentes", com ou sem trabalho, desempregados, marginais de todo tipo. Como muitos magistrados o reconhecem privadamente, eles nada têm a fazer na prisão; o relatório Arpaillanges[DLa], conservado em sigilo, o confirma. Um inspetor de perícia ousará dizer a H.M. : "A prisão não é a solução para seu problema". Gostaríamos de perguntar ao inspetor de perícia para quem e para qual problema a prisão é uma "solução". Através de um sistema muito preciso de polícia, de fichamento, de controle, que lhes retira qualquer possibilidade de escapar às conseqüências de uma primeira condenação, esses jovens são levados a voltar rapidamente à prisão depois de terem saído dela. Suas condenações se sucedem, colando-lhes a etiqueta de "irrecuperáveis".

Atualmente, para esses jovens a fronteira é muitas vezes estreita entre uma tentação permanente de suicídio e o nascimento de uma certa forma de consciência política que se desenvolve na própria prisão. Para eles não se trata de incriminar vagamente a sociedade ou a fatalidade, menos ainda de tomar boas resoluções, mas sim de fazer a análise vivida dos mecanismos personificados que não páram de empurrá-los à casa de correção, ao hospital, à caserna, à prisão. Nascida da solidão, a necessidade de escrever aos próximos, aos amigos, alimenta essa reflexão política de novo gênero, no qual tendem a se apagar as distinções tradicionais entre o público e o privado, o sexual e o social, a reivindicação coletiva e o modo de vida pessoal. Em muitas das cartas de H.M., a escrita muda progressivamente, na pele de Mandrake – "Mandrake o Magnífico", e dá testemunho de personalidades complementares ou opostas que se agitam no detento, todas participando do mesmo "esforço de reflexão". O suicida

---

DL *Suicides dans les prisons en 1972*, Paris: Gallimard, col. "Intolérable", 1973, pp. 38-40. Esse texto – não assinado, conforme os princípios do GIP – foi escrito com Daniel Defert, sociólogo, companheiro de Michel Foucault e co-fundador do GIP. Ver a nota de apresentação do texto nº 25.

DLa Pierre Arpaillanges, Diretor dos Assuntos Criminais e do indulto no ministério da Justiça desde a entrada em função de Pleven em junho de 1969, redigiu em junho de 1972 um relatório muito crítico sobre o funcionamento do sistema penitenciário (disfunção das prisões, superlotação etc.). Ainda secreto no momento em que Deleuze e Defert escreviam este texto, será tornado público pelo ministério em 1973.

venceu; poderia ter sido de outra maneira se a medicina penitenciária não fosse um simples prolongamento da vigilância policial repressiva. Essa correspondência é exemplar porque, através das qualidades de alma e de pensamento, diz justamente aquilo em que pensa um prisioneiro. E não é aquilo em que se acredita ordinariamente.

Essas cartas ruminam todo tipo de coisa que obcecam: me escreve, se você soubesse o que é uma palavrinha só..., coloca um selo de trinta francos, não vale a pena dar nosso dinheiro aos P. e aos T., estou escrevendo como um nojento, minha mão está machucada, quebraram o meu gesso e não o puseram de volta, "talvez tenham sido as pessoas de bem que mais mal me fizeram", Mandrake, acho que vou delirar... FREEDOM, dêem-me alguns livros, *L'Anti-Psychiatrie*, o *Saint-Genet* de Sartre... Essas cartas falam de todos os tipos de vontade de fugir, como de viver. Não uma evasão impossível. Mas fugir das armadilhas da polícia que o levaram à prisão. Fugir para a Índia, para onde queria ir antes de sua última detenção. Fuga espiritual à maneira de Krishna. Ou então, fugir na prisão mesmo, sem sair do lugar e fugir de si mesmo, desfazendo certos personagens que o habitam, fugir ao modo dos esquizofrênicos e da antipsiquiatria. Fugas ao estilo de Genet, na qual trata-se de "ficar *cool*" com relação ao sentimento de perseguição que ele sente crescer nele, e que ele sabe ser provocado por perseguições mais do que reais. Fugas comunitárias em que a "comunidade" opõe-se às "microssociedades hippies que só fazem imitar a sociedade fascista". Ou ainda, fugas ativas, com um sentido político, como as de Jackson[DLb], em que não se foge sem buscar armas, sem atacar: "Eu não tenho advogado e não sei se [342] contarei com um, pois não quero um advogado que venha chorar e implorar a clemência da justiça. Quero um advogado que venha gritar, xingar...". "Cheguei ao fundo da angústia, não vou pedir a indulgência do tribunal, mas vou berrar a injustiça, vou proclamar a corrupção policial..., vou te deixar pois o delírio me espreita e eles vão usar estas cartas para me afundar..." E se nada mais é possível, fugir se matando, "eu vou esperar meu julgamento, a menos que a vida se torne algo duro demais a suportar e que eu decida não esperar mais nada. É algo que entrevejo todo dia, mas é tão difícil viver quanto é difícil morrer. Bom, vou me deitar e continuar a ler meu livro de Laing, pois, decididamente, não tenho ânimo nenhum hoje" (véspera do suicídio). Há chances de que diretor e guardas digam: chantagem, más leituras e simulação.

[DLb] George Jackson era um militante negro americano, detido nas prisões de San Quentin e Soledad, onde foi assassinado em 21 de agosto de 1971. Deleuze colabora com outros membros do GIP na redação de um número especial sobre *O Assassinato de George Jackson* (*L'Assassinat de George Jackson*, Paris: Gallimard, col. "L'Intolérable", 1971.

H.M. era homossexual. Há pessoas que pensam que um homossexual tem uma situação menos difícil na prisão, já que todos se tornarão um. É o contrário. A prisão é realmente o último lugar onde se possa ser "naturalmente" homossexual, sem ser pego num sistema de provas vexatórias e de prostituição no qual *a administração entra voluntariamente no jogo de dividir entre si os detidos.* No entanto, H.M. havia conseguido tornar-se estimado e querido pelos outros presos, sem esconder nada de sua homossexualidade. E foi precisamente graças ao relatório de um vigia, depois de uma altercação, que H.M. foi mandado à solitária por "flagrante delito". Perguntamos com que direito a prisão se permite julgar e punir a homossexualidade.

O prisioneiro sabe que nunca o deixaram tranqüilo; e na verdade isso se lhe acrescenta de novo, com uma obstinação constante. Mesmo a prisão tem ainda uma prisão mais secreta, mais grotesca e mais dura, a solitária, que a "reforma" Pleven se cuida para não tocar[DLc]. Na ocasião de sua condenação anterior por tentativa de assalto, e tendo já cumprido sua pena, quarenta e cinco dias de multa lhe são acrescentados (não-pagamento das despesas da justiça) e, logo, no momento de sair, ele é pego novamente devido à queixa de um guarda que, depois de tê-lo derrubado a golpes, afirma ter sido [343] atacado por ele. Ou então, tendo tomado drogas, tendo começado uma psicoterapia, estando no hospital ainda por uma outra razão (hepatite viral), é perseguido no próprio hospital por um provocador que lhe telefona, implora-lhe para que consiga algumas placas de ópio, não pára de insistir e o denuncia à polícia. Como se faz de um usuário de droga, novo ou antigo, um "perigoso traficante" – de acordo com as estatísticas da polícia e os comentários dos jornais reacionários do tipo do *Aurore*. Preso em seguida, nova prisão preventiva, nova provocação, um "flagrante delito" de homossexualidade o leva à solitária onde ele se mata. O que está em causa não é apenas o sistema social em geral com suas exclusões e suas condenações, mas o conjunto de provocações deliberadas e personificadas com as quais esse sistema funciona, garante a sua ordem, com as quais fabrica seus excluídos e seus condenados, de acordo a uma política que é aquela do Poder, da polícia e da administração. Algumas pessoas são diretamente e pessoalmente responsáveis pela morte desse detento.

Tradução de
Francisca Maria Cabrera

DLc Ver a nota DLc do texto nº 25.

[344]   33:   O frio e o quente[DL]
                              [1973]

O modelo do pintor é a mercadoria. Todos os tipos de mercadorias: têxteis, balneárias, nupciais, eróticas, alimentares. O pintor está sempre presente, silhueta preta: ele parece estar olhando. O pintor e o amor, o pintor e a morte, o pintor e a comida, o pintor e o carro: mas de um modelo para o outro, a medida de tudo é o único modelo Mercadoria que circula com o pintor. Os quadros, na construção de cada qual há uma cor dominante, formam uma série. Podemos fazer como se a série se abrisse com o quadro *Rouge de cadmium*, e se fechasse com o *Vert Veronèse*, representando o mesmo quadro, mas desta vez exposto na galeria do marchand, de modo que o pintor e seu quadro devêm eles próprios mercadorias. Ou podemos imaginar outros inícios e outros fins. De um quadro para o outro, de qualquer maneira, um passeio que não é apenas o do pintor através das lojas, mas uma circulação que é a do valor de troca, uma viagem que é a das cores, e em cada quadro uma viagem, uma circulação de tons.

Nada é neutro, nem passivo. No entanto, o pintor não quer dizer nada, nem aprovação, nem ira. As cores não querem dizer nada: o verde não é esperança; nem o amarelo, tristeza; nem o vermelho, alegria. Nada senão algo quente ou algo frio, algo quente e algo frio. Do material na arte: Fromanger pinta, isto é, põem um quadro em funcionamento. Quadro-máquina de um artista mecânico. O artista mecânico de uma civilização: como ele faz o quadro funcionar? [345]

O pintor, acompanhado por um fotógrafo da imprensa, identificou primeiro os lugares: a rua, uma loja, pessoas. Não se trata de apreender uma atmosfera. Seria mais uma iminência sempre suspensa, a uniforme possibilidade de que surja em qualquer lugar algo como um novo assassinato de Kennedy, dentro de um sistema de indiferenças em que circula o valor de troca. O fotógrafo tira várias fotografias incolores, o pintor escolherá aquela que lhe convém. Ele terá escolhido a foto em correspondência com uma outra escolha, a de uma cor dominante

---

DL   In *Fromanger, le peintre et le modèle*, Paris: Baudard Alvarez, 1973 (catálogo de exposição). Gérard Fromanger, nascido em 1939, chamou a atenção sobre si em maio de 68 ao expor grandes esferas de plástico nas ruas de Paris. Mas o texto de Deleuze é consagrado às composições monocromáticas para as quais Fromanger se volta no início dos anos 1970.

única tal como ela sai de uma bisnaga (as duas escolhas se confortam). O pintor projeta a foto sobre a tela, e pinta a foto projetada. Analogia com certas técnicas de tapeçaria. O pintor pinta *às escuras*, durante horas. Sua atividade noturna revela uma verdade eterna da pintura: que jamais o pintor pintou sobre a superfície branca da tela, para reproduzir um objeto funcionando como modelo, mas que sempre pintou sobre uma imagem, um simulacro, uma sombra do objeto, para produzir uma tela cujo próprio funcionamento inverte a relação do modelo com a cópia, e que faz, precisamente, que não haja mais nem cópia, *nem modelo*. Levar a cópia, e a cópia de cópia, até o ponto em que ela se reverte e produz o modelo: Pop'Art ou pintura para um "mais de realidade".

Portanto, o pintor pinta com a cor escolhida que sai da bisnaga, e que ele mistura apenas com branco de zinco. Esta cor, em relação com a foto, pode ser quente como o *Rouge Chine vermillonné* ou o *Violet de Bayeux*, fria como o *Vert Aubusson* ou o *Violet d'Egypte*. Ele começará pelas zonas mais claras (as mais misturadas com branco), construindo seu quadro numa subida que proíbe ao mesmo tempo as voltas atrás, as manchas e as fusões. Série ascendente irreversível feita de superfícies de cor uniforme, e que sobe em direção da cor pura jorrada da bisnaga, ou a reencontra, como se o quadro devesse no final entrar na própria bisnaga.

Mas não é ainda assim que o quadro funciona. Pois o frio ou o quente de uma cor definem apenas um potencial, que só será efetuado no conjunto das relações com outras cores. Por exemplo, uma segunda cor vem afetar um elemento preciso da foto, um personagem que passa: não somente é mais clara ou mais [346] escura do que a dominante, mas, quente ou fria por sua vez, ela pode aquecer ou resfriar a dominante. Um circuito de troca e de comunicação começa a se estabelecer dentro do quadro, de um quadro para o outro. Seguimos o *Violet de Bayeux*, com uma gama ascendente quente: um homenzinho, atrás, é constituído verde e frio, para, por oposição, aquecer mais o roxo potencialmente quente. Não é suficiente para que a vida passe. Um homem amarelo e quente, na frente, vai induzir ou re-induzir o roxo, fazê-lo passar ao ato por intermédio do verde, e por cima do verde. Mas assim o verde frio está agora sozinho, posto fora do circuito, como se tivesse esgotado sua função de um só golpe. É preciso sustentá-lo, recolocá-lo no quadro, reanimá-lo, reativá-lo no conjunto do quadro, com um terceiro personagem azul frio atrás do amarelo. Acontece, em outros casos, que essas cores secundárias e circulatórias sejam agrupadas sobre um só personagem, que elas dividem em fatias ou em arcos. Acontece também, às vezes, que a foto manifeste um ponto de resistência a sua transformação em quadro vivo. Ela deixa um resíduo, como em *Violet de Bayeux*, onde um último personagem no grupo da frente permanece indeterminado. É ele que será tratado em preto, como um duplo potencial atualizando-se tanto num sentido *e* no outro, ou que pode "fugir" em direção ao azul frio como para o quente roxo. O resíduo encontra-se reinjetado no quadro, se bem que o quadro funciona a partir do desperdício da foto não menos que a foto a partir das cores constitutivas do quadro.

Devemos levar em conta um outro elemento, presente desde o início em todos os quadros, pulando de um quadro para o outro: o pintor preto, no primeiro plano. O pintor que pinta no escuro é ele mesmo preto: silhueta maciça, arcada saliente, queixo duro e pesado, cabelo-corda, ele observa as mercadorias. Espera. Mas o preto não existe, o pintor preto não existe. O preto não é nem um potencial, à maneira de uma cor quente ou fria. Ele é um potencial em segundo grau, porque é um e outro, frio puxado para o azul, quente puxado para o vermelho. Este preto que está aí com tanta força não tem existência, mas uma função primordial no quadro: quente ou frio, ele será o inverso da cor dominante, ou o mesmo que esta cor, para aquecer, por exemplo, [347] o que estava frio. Seja o quadro *Vert Aubusson*: o pintor preto olha e ama o modelo sentado, mulher verde morta e fria. Ela é bonita em sua morte. Então, para tornar esta morte quente, é preciso extrair algo do amarelo incluído neste verde, e para isso insistir no azul como complementar do amarelo, portanto resfriar esse pintor preto para aquecer a morte verde. (Ver também como, em *Rouge de cadmium clair*, as manequins recém-casadas são muito discretamente providas de caveiras, e, em *Violet de Mars*, as mortas porta-maiô são elegantes vampiros envolvidos numa relação variável com a silhueta preta.) Em suma, o pintor preto tem no quadro duas funções, seguindo dois circuitos: silhueta pesada imóvel paranóica que fixa a mercadoria tanto quanto é fixada por ela; mas também sombra esquizo móvel, em deslocamento perpétuo com relação a si mesmo, percorrendo toda a escala do frio e do quente, para aquecer o frio e resfriar o quente, viagem incessante sem sair do lugar.

O quadro e a série dos quadros não querem dizer nada, mas funcionam. Funcionam com pelo menos esses quatro elementos (e há muitos outros): a gama ascendente irreversível da cor dominante que traça no quadro todo um sistema de *conexões*, marcado por pontos brancos; a rede das cores secundárias, que forma, ao contrário, as *disjunções* do frio e do quente, todo um jogo reversível de transformações, de reações, de inversões, de induções, aquecimentos e resfriamentos; a grande *conjunção* do pintor preto, que inclui em si o disjunto e distribui as conexões; e, se for preciso, o *resíduo* de foto que reinjeta no quadro o que ia escapar dele. Uma estranha vida circula, força vital.

É que há dois circuitos coexistentes, imbricados um no outro. O circuito da foto, ou das fotos, que atua aqui como suporte de mercadoria, circulação do valor de troca, e cuja importância está em mobilizar alguns indiferentes. Indiferença dos três planos do quadro: indiferença da mercadoria no último plano, equivalência do amor, da morte ou do alimento, do nu e do vestido, da natureza morta e da máquina; indiferença dos transeuntes, imóveis ou fugitivos, como o homem azul e a mulher verde do *Violet de Mars*, ou o homem que passa comendo diante das noivas; [348] indiferença do pintor preto no primeiro plano, sua equivalência indiferente a qualquer mercadoria e a qualquer transeunte. Mas talvez este circuito de indiferenças respectivas, refletidas uma dentro da outra, trocadas uma pela outra, introduz algo como uma verificação: o sentimento que algo não está certo, não pára de romper o equilíbrio aparente, cada um conduzindo seu próprio negócio na profundidade dividida do quadro, a mercadoria com a mercadoria, os homens com os homens, o pintor com o pintor. Circuito de morte em que cada um vai para seu próprio túmulo, ou já está lá. Mas é neste ponto de ruptura, presente por toda parte, que o outro circuito se conecta, recuperando o quadro inteiro, reorganizando-o, misturando os planos distintos em anéis de uma espiral que traz o fundo para frente, que faz reagir os elementos uns sobre os outros, num sistema de induções simultâneas: circuito vital, desta vez, com seu sol negro, sua cor ascendente, seus frios e quentes radiantes. E sempre o circuito da vida se alimenta do circuito de morte, leva-o consigo para triunfar sobre ele.

É difícil perguntar para um pintor: por que você pinta? A pergunta não tem sentido. Mas como você pinta, como o quadro funciona, e, na mesma ocasião, o que você quer ao pintar? Supomos que Fromanger responde: eu pinto no escuro, e o que eu quero é o frio e o quente, e eu o quero dentro das cores, através das cores. Um cozinheiro pode também querer o frio e o quente, um drogado pode também querer o frio e o quente. Pode ser que, para Fromanger, seus quadros sejam a cozinha dele, ou a droga dele. *Hot* e *cool*, quente e frio, eis o que se pode arrancar da cor como de outra coisa (da escrita, da dança e música, da mídia). Inversamente, pode-se arrancar outra coisa da cor, e nunca é fácil arrancar qualquer coisa que seja. Arrancar, extrair, isso quer dizer que a operação não se faz por si só. Como o mostra Mc Luhan[DLa], quando o meio está quente, nada circula e comunica a não ser pelo frio que comanda qualquer participação ativa, aquela do pintor a seu modelo, aquela do espectador a seu pintor, aquela do modelo a sua cópia. O que conta são as inversões perpétuas do *hot* e do *cool*,

---

[DLa] M. Mc Luhan. *Pour comprendre les médias*, Paris: Mame-Seuil, 1968, pp. 39-50.

segundo as quais acontece que o quente refresca [349] o frio, o frio esquenta o quente: aquecer um forno amontoando bolas de neve.

O que há de revolucionário nesta pintura? Talvez seja a *ausência* radical de amargura, e de trágico, e de angústia, de toda essa merda dos falsos grandes pintores ditos testemunhos de sua época. Todos esses fantasmas fascistas ou sádicos que fazem passar um pintor por crítico agudo do mundo moderno, enquanto ele goza apenas de seus próprios ressentimentos, de suas próprias complacências e daquelas de seus compradores. Às vezes é abstrato, e não é menos sujo e triste, repugnante. Como dizia o guarda-caça ao pintor: "Todos esses tubos e vibrações de chapa ondulada são mais bobos que tudo, e bastante sentimentais; eles mostram muita piedade consigo mesmo e muita vaidade nervosa". Fromanger faz o contrário, algo vital e potente. É talvez nesse sentido que ele não é amado pelo mercado, nem pelos estetas. Seus quadros são cheios de vitrines, ele coloca sua silhueta por toda parte: não há aí, entretanto, nenhum espelho para ninguém. Contra o fantasma que mortifica a vida, que a direciona à morte, ao passado, mesmo quando ele opera com *modern style*: opor ao fantasma um processo de vida sempre conquistado contra a morte, sempre arrancado ao passado. Fromanger sabe da nocividade do seu modelo, da astúcia da mercadoria, da eventual tolice de um transeunte, do ódio que pode cercar um pintor assim que ele tem atividades políticas, do ódio que ele mesmo pode sentir. Mas, dessa nocividade, dessa astúcia, dessa feiúra, desse ódio, ele não faz um espelho narcisístico para uma hipócrita reconciliação generalizada, imensa piedade sobre si mesmo e sobre o mundo. Do que é feio, repugnante, odiento e odioso, ele sabe extrair os frios e os quentes que formam uma vida para amanhã. Imaginemos a fria revolução como devendo aquecer o mundo superaquecido de hoje. Hiper-realismo, por que não, se se trata de arrancar do real triste e opressivo um "mais de realidade" para uma alegria, para uma detonação, para uma revolução. Fromanger gosta da mulher mercadoria, verde-morta, que ele faz viver ao azular o preto do pintor. Talvez até a dama roxa que espera, triste, não se sabe qual cliente. Ele gosta de tudo que pintou. O que não supõe abstração alguma, consentimento algum, mas muita extração, [350] muita força extrativa. É curioso: a que ponto um revolucionário só age em função do que ele ama *no* próprio mundo que ele quer destruir. Só há revolucionário alegre, e só há pintura estética e politicamente revolucionária alegre. Fromanger sente e faz o que Lawrence diz: "Para mim, há alegria num quadro, ou não é um quadro. Os quadros mais sombrios de Piero della Francesca, de Sodoma ou de Goya, exprimem essa alegria indescritível que acompanha a verdadeira pintura. Os críticos modernos falam muito em feiúra, mas eu nunca vi um verdadeiro quadro que me parecesse feio. O tema pode ser feio, pode ter uma qualidade aterrorizante, desesperadora, quase repugnante, como em El Greco. Mas tudo isso é estranhamente varrido pela alegria do quadro. Nenhum artista, nem o mais desesperado, pintou um quadro sem sentir essa estranha alegria que acarreta a criação da imagem[DLb]" – isto é, a transformação da imagem sobre o quadro, a mudança que o quadro produz na imagem.

Tradução de
Christian Pierre Kasper

[DLb] D.H. Lawrence, *Eros et les chiens*, Paris: Christian Bourgois éd., 1969, p. 195.

34: Pensamento nômade[DL]
[1973]

Se perguntarmos o que é ou o que vem a ser Nietzsche hoje em dia, sabemos muito bem a quem é preciso se dirigir. É preciso se dirigir aos jovens que estão lendo Nietzsche, que estão descobrindo Nietzsche. Quanto a nós, já somos muito velhos na maioria aqui. O que é que um jovem descobre atualmente em Nietzsche, que certamente não é aquilo que minha geração descobriu nele, que certamente não era aquilo que as gerações precedentes tinham descoberto? Como é que acontece que jovens músicos de hoje sintam-se ligados a Nietzsche naquilo que fazem, embora não façam absolutamente uma música nietzscheana no sentido em que Nietzsche a fazia? Como é que ocorre que jovens pintores, jovens cineastas sintam-se ligados a Nietzsche? Que se passa, ou seja, como é que eles recebem Nietzsche? A rigor, e olhando de fora, tudo o que se pode explicar é de que maneira Nietzsche exigiu para si mesmo e para seus leitores, contemporâneos e futuros, um certo direito ao contra-senso. Não um direito qualquer, aliás, porque ele tem suas regras secretas, mas um certo direito ao contra-senso a respeito do qual eu gostaria de me explicar logo mais, e que faz com que a questão não seja comentar Nietzsche como se comenta Descartes, Hegel. Eu digo a mim mesmo: quem é hoje em dia o jovem nietzscheano? Será aquele que prepara um trabalho sobre Nietzsche? É possível. Ou então é aquele que, voluntária ou involuntariamente, pouco importa, [352] produz enunciados particularmente nietzscheanos no decorrer de uma ação, de uma paixão, de uma experiência? Isto também acontece. Pelo que conheço, um dos textos recentes mais belos, mais profundamente nietzscheanos, é o texto em que Richard Deshayes escreve: *Viver, não é sobreviver*, exatamente antes de receber uma granada durante uma manifestação[DLa]. Talvez os dois casos não se excluam. Talvez se possa escrever sobre Nietzsche e depois produzir enunciados nietzscheanos no decorrer da experiência.

DL Em *Nietzsche aujourd'hui?* Tomo 1: *Intensités*, Paris: UGE, 10/18, 1973, pp. 159-174. A respeito das discussões, foram mantidas apenas as questões apresentadas a Deleuze e transcritas nas pp. 185-187 e 189-190 da referida publicação. O colóquio "Nietzsche hoje?" desenrolou-se em julho de 1972 no Centro Cultural Internacional de Cerisy-la-Salle.

DLa Estudante de Liceu, de extrema-esquerda, ferido pela polícia durante manifestação em 1971.

Sentimos todos os perigos que nos espreitam nessa questão: o que é Nietzsche hoje? Perigo demagógico ("os jovens conosco"...) Perigo paternalista (conselhos a um jovem leitor de Nietzsche...) E em seguida, sobretudo, perigo de uma síntese abominável. Toma-se como aurora da nossa cultura moderna a trindade: Nietzsche, Freud, Marx. Pouco importa que todo mundo esteja aqui desarmado de antemão. Marx e Freud talvez sejam a aurora da nossa cultura, mas Nietzsche é claramente outra coisa, ele é a aurora de uma contracultura. É evidente que a sociedade moderna não funciona a partir de códigos. É uma sociedade que funciona sobre outras bases. Ora, se consideramos Marx e Freud, não literalmente, mas o devir do marxismo ou devir do freudismo, vemos que eles se lançaram paradoxalmente numa espécie de tentativa de recodificação: recodificação pelo Estado, no caso do marxismo ("vocês estão doentes pelo Estado, e serão curados pelo Estado", não será o mesmo Estado); recodificação pela família (estar doente pela família, curar-se pela família, não a mesma família). É isto que realmente constitui, no horizonte da nossa cultura, o marxismo e a psicanálise, como as duas burocracias fundamentais, uma pública, outra privada, cuja meta é operar bem ou mal uma recodificação daquilo que não pára de se descodificar no horizonte. O caso de Nietzsche, ao contrário, não é absolutamente esse. Seu problema está em outro lugar. Através de todos os códigos, do passado, do presente, do futuro, trata-se para ele de fazer passar algo que não se deixa e não se deixará codificar. Fazê-lo passar num novo corpo, inventar um corpo no qual [353] isso possa passar e fluir: um corpo que seria o nosso, o da terra, o do escrito...

Conhecemos os grandes instrumentos de codificação. As sociedades não variam tanto, não dispõem de tantos meios de codificação. Conhecemos três principais: a lei, o contrato e a instituição. Nós os reencontramos muito bem, por exemplo, na relação que os homens mantêm ou mantiveram com os livros. Existem livros da lei, nos quais a relação do leitor com o livro passa pela lei. Aliás, nós os denominamos mais particularmente códigos, ou livros sagrados. Em seguida há uma outra espécie de livros que passam pelo contrato, a relação contratual burguesa. É esta a base da literatura leiga e da relação de venda do livro: eu compro, você me dá o que ler – uma relação contratual na qual todos, autor, leitor, estão presos. E há ainda outra espécie de livros, o livro político, de preferência revolucionário, que se apresenta como um livro de instituições, sejam presentes ou futuras. Toda espécie de mistura é feita: livros contratuais ou institucionais que são tratados como textos sagrados... etc. É que todos os tipos de codificação estão tão presentes, subjacentes, que os encontramos uns nos outros. Seja um outro exemplo, o da loucura: a tentativa de codificar a loucura é feita sob três formas. Primeiramente, as formas da lei, ou seja, do hospital, do asilo – é a codificação repressiva, é o confinamento, o antigo confinamento que será chamado no futuro a tornar-se uma última esperança de salvação, quando os loucos dirão: "Bons os tempos em que nos confinavam, pois hoje em dia se passam coisas piores". Em seguida, houve uma espécie de golpe formidável, que foi o golpe da psicanálise: entendia-se que havia pessoas que escapavam à relação contratual burguesa tal como ela aparecia na medicina, e essas pessoas eram os loucos, porque estes não podiam ser partes contratantes, eram juridicamente "incapazes". O golpe genial de Freud foi fazer passar sob a relação contratual uma parte dos loucos, no sentido mais amplo do termo, os neuróticos, e explicar que se podia fazer um contrato especial com eles (donde o abandono da hipnose). Ele é o primeiro a introduzir na psiquiatria, e é nisto finalmente que consiste a novidade psicanalítica, a relação [354] contratual burguesa que até então fora excluída dela. E, em seguida, existem ainda as tentativas mais recentes, cujas implicações políticas e às vezes ambições revolucionárias são evidentes, as tentativas ditas institucionais. Encontra-se aí o tríplice meio de codificação: ou bem será a lei, e se não for a lei será a relação contratual, e se não for a relação contratual será a instituição. E sobre essas codificações florescem nossas burocracias.

Diante da maneira pela qual nossas sociedades se descodificam, pela qual os códigos escapam por todos os lados, Nietzsche é aquele que não tenta fazer recodificação. Ele diz: isto ainda não foi longe o bastante, vocês são apenas crianças ("A igualização do homem europeu é hoje o grande processo irreversível e deveríamos ainda acelerá-lo"). No nível daquilo que escreve e do que pensa, Nietzsche persegue uma tentativa de descodificação, não no sentido de uma descodificação relativa que consistiria em decifrar os códigos antigos, presentes ou futuros, mas de uma descodificação absoluta – fazer passar algo que não seja codificável, embaralhar todos os códigos. Embaralhar todos os códigos não é fácil, mesmo no nível da mais simples escrita e da linguagem. Só vejo semelhança com Kafka, com aquilo que Kafka faz com o alemão, em função da situação linguística dos judeus de Praga: ele monta, em alemão, uma máquina de guerra contra o alemão; à força de indeterminação e de sobriedade, ele faz passar sob o código do alemão algo que nunca tinha sido ouvido. Quanto à Nietzsche, ele vive ou se considera polonês em relação ao alemão. Apodera-se do alemão para montar uma máquina de guerra que vai passar algo que não é codificável em alemão. É isso o estilo como política. De um modo mais geral, em que consiste o esforço de um tal pensamento, que pretende fazer passar seus fluxos por debaixo das leis, recusando-as, por debaixo das relações contratuais, desmentindo-as, por debaixo das instituições, parodiando-as? Volto rapidamente ao exemplo da psicanálise. Em que uma psicanalista tão original quanto Melanie Klein permanece, todavia, no sistema psicanalítico? Ela mesma o diz muito bem: os objetos parciais dos quais nos fala, com suas explosões, seus fluxos etc., são da ordem do fantasma. Os pacientes trazem estados vividos, intensamente vividos, e Melanie Klein os traduz em [355] fantasmas. Existe aí um contrato, especificamente um contrato: dê-me seus estados vividos, eu lhe devolverei fantasmas. E o contrato implica uma troca, de dinheiro e de palavras. A esse respeito, um psicanalista como Winnicott mantém-se verdadeiramente no limite da psicanálise, porque tem o sentimento de que esse procedimento não convém mais num certo momento. Há um momento em que não se trata mais de traduzir, de interpretar, traduzir em fantasmas, interpretar em significados ou em significantes, não, não é isso. Há um momento em que será necessário partilhar, é preciso colocar-se em sintonia com o doente, é preciso ir até ele, partilhar seu estado. Trata-se de uma espécie de simpatia, de empatia, ou de identificação? Mesmo assim, isso é seguramente mais complicado. O que nós sentimos é antes a necessidade de uma relação que não seria nem legal, nem contratual, nem institucional. Com Nietzsche, é isso. Nós lemos um aforismo, ou um poema de *Zaratustra*. Ora, materialmente e formalmente, tais textos não são compreendidos nem pelo estabelecimento ou aplicação de uma lei, nem pela oferta de uma relação contratual, nem por uma instauração de instituição. O único equivalente concebível seria talvez "estar no mesmo barco". Algo de pascaliano voltado contra Pascal. Embarcou-se: uma espécie de jangada da Medusa, há bombas que caem à volta, a jangada deriva em direção a riachos subterrâneos gelados, ou então em direção a rios tórridos, o Orenoco, o Amazonas, pessoas remam juntas, que não supõem que se amam, que se batem, que se comem. Remar juntos é partilhar, partilhar alguma coisa, fora de qualquer lei, de qualquer contrato, de toda instituição. Uma deriva, um movimento de deriva, ou de "desterritorialização": eu o digo de uma maneira muito nebulosa, muito confusa, já que se trata de uma hipótese ou de uma vaga impressão sobre a originalidade dos textos nietzscheanos. Um novo tipo de livro.

Quais são, pois, as características de um aforismo de Nietzsche, para dar esta impressão? Há uma que Maurice Blanchot evidenciou particularmente em *A conversa infinita*[DLb]. É a relação com o fora. De fato, quando se abre ao acaso um texto de Nietzsche, é uma das primeiras vezes que não passamos mais por uma interioridade, seja a [356] interioridade da alma ou da consciência, a interioridade da essência ou do conceito, ou seja, daquilo que sempre fez o

---

[DLb] M. Blanchot, *L'Entretien infini*, Paris: Gallimard, 1969, pp. 227 ss..

princípio da filosofia. O que faz o estilo da filosofia é o fato de que a relação com o exterior é sempre mediatizada e dissolvida por uma interioridade, em uma interioridade. Nietzsche, ao contrário, funda o pensamento, a escrita, sobre uma relação imediata com o fora. O que é uma bela pintura ou um desenho muito belo? Há um quadro. Um aforismo também é enquadrado. Mas a partir de que momento se torna belo o que está no quadro? A partir do momento em que se sabe e se sente que o movimento, que a linha que é enquadrada vem de outro lugar, que ela não começa nos limites do quadro. Ela começou acima, ou ao lado do quadro, e a linha atravessa o quadro. Como no filme de Godard, pinta-se o quadro *com* a parede. Longe de ser a delimitação da superfície pictórica, o quadro é quase o contrário, é o estabelecimento de uma relação imediata com o fora. Ora, conectar o pensamento ao fora é o que, ao pé da letra, os filósofos nunca fizeram, mesmo quando falavam de política, mesmo quando falavam de passeio ou de ar puro. Não basta falar de ar puro, falar do exterior, para conectar o pensamento diretamente e imediatamente ao fora.

"... Eles chegam como o destino, sem causa, sem razão, sem consideração, sem pretexto, estão aí com a rapidez do raio, tão terríveis, tão repentinos, tão convincentes, tão *outros* para serem até mesmo um objeto de ódio..." É o célebre texto de Nietzsche sobre os fundadores de Estados, "esses artistas com olhar de bronze" (*Genealogia da moral*, II, 17). Ou será que é Kafka, o de *A Muralha da China*? "Impossível chegar a compreender como penetraram até a capital, que está todavia tão longe da fronteira. Entretanto, estão aí, e cada manhã parece aumentar seu número (...). Conversar com eles, impossível. Não sabem nossa língua (...) carnívoros também seus cavalos!"[DLc]. Dizemos, então, que tais textos são atravessados por um movimento que vem do fora, que não começa na página do livro nem nas páginas precedentes, que não cabe no quadro do livro, e que é [357] absolutamente diferente do movimento imaginário das representações ou do movimento abstrato dos conceitos tais como eles acontecem habitualmente através das palavras e na cabeça do leitor. Alguma coisa salta do livro, entra em contato com um puro fora. É isto, creio, o direito ao contra-senso para toda a obra de Nietzsche. Um aforismo é um jogo de forças, um estado de forças sempre exteriores umas às outras. Um aforismo não quer dizer nada, não significa nada, não tem significante como não tem significado. Seriam maneiras de restaurar a interioridade de um texto. Um aforismo é um estado de forças, cuja última força, ou seja, ao mesmo tempo a mais recente, a mais atual e a provisória-última, é sempre *a mais exterior*. Nietzsche o diz muito claramente:

DLc F. Kafka, *La Muraille de Chine et autres récits*, Paris: Gallimard, 1950, col. "Du Monde entier", pp. 95-96.

se você quiser saber o que eu quero dizer, encontre a força que dá um sentido, se for preciso um novo sentido ao que eu digo. Conecte o texto a essa força. Desta maneira, não há problema de interpretação de Nietzsche, há apenas problemas de maquinação: maquinar o texto de Nietzsche, procurar com qual força exterior atual ele *faz passar* alguma coisa, uma corrente de energia. A esse respeito, todos nós encontramos o problema levantado por certos textos de Nietzsche que têm uma ressonância fascista ou anti-semita... E já que se trata de Nietzsche hoje, devemos reconhecer que Nietzsche inspirou e inspira ainda muitos jovens fascistas. Houve um momento em que era importante mostrar que Nietzsche era utilizado, desviado, completamente deformado pelos fascistas. Isto foi feito na revista *Acéphale*, com Jean Wahl, Bataille, Klossowski. Mas hoje talvez isto não seja mais um problema. Não é no nível dos textos que é preciso lutar. Não porque não se possa lutar nesse nível, mas porque essa luta não é mais útil. Trata-se antes de encontrar, de assinalar, de reunir as forças exteriores que dão a tal ou qual frase de Nietzsche seu sentido liberador, seu sentido de exterioridade. É no nível do método que se coloca a questão do caráter revolucionário de Nietzsche: é o método nietzscheano que faz do texto de Nietzsche, não mais alguma coisa a respeito da qual seria preciso se perguntar "é fascista, é burguês, é revolucionário em si?" – mas um campo de exterioridade em que se defrontam forças fascistas, burguesas e revolucionárias. E se colocarmos deste modo o problema, a resposta [358] que está necessariamente em conformidade com o método é: encontre a força revolucionária (quem é além-do-homem?). Sempre um apelo a novas forças que vêm do exterior, e que atravessam e recortam o texto nietzscheano no quadro do aforismo. O contra-senso legítimo é isto: tratar o aforismo como um fenômeno à espera de novas forças que venham "subjugá-lo", ou fazê-lo funcionar, ou então fazê-lo explodir.

O aforismo não é somente relação com o fora; tem, como segunda característica, a de ser uma relação com o intensivo. E é a mesma coisa. Sobre este ponto Klossowski e Lyotard disseram tudo. Esses *estados vividos* de que eu falava há pouco, para dizer que não se deve traduzi-los em representações ou em fantasmas, que não se deve faze-los passar pelos códigos da lei, do contrato ou da instituição, que não se deve converter em moeda, que é preciso, ao contrário, fazer deles fluxos que nos levam cada vez mais longe, mais para o exterior, são exatamente as intensidades. O estado vivido não é algo subjetivo, ou não o é necessariamente. Não é algo individual. É o fluxo, e o corte do fluxo, já que cada intensidade está necessariamente em relação com uma outra de tal modo que alguma coisa passe. É o que está sob os códigos, o que lhes escapa, e o que os códigos querem traduzir, converter, transformar em moeda. Mas Nietzsche, com sua escrita de intensidades, nos diz: não troquem as intensidades por representações. A intensidade não remete nem a significados que seriam como a representação de coisas, nem a significantes que seriam como representações de palavras. Então, qual é a sua consistência ao mesmo tempo como agente e como objeto de descodificação? É o que há de mais misterioso em Nietzsche. A intensidade tem algo que ver com os nomes próprios, e estes não são nem representações de coisas (ou pessoas), nem representações de palavras. Coletivos ou individuais, os pré-socráticos, os romanos, os judeus, o Cristo, o Anticristo, Júlio César, Bórgia, Zaratustra, todos esses nomes próprios que passam e retornam nos textos de Nietzsche, não são nem significantes nem significados, mas designações de intensidade, sobre um corpo que pode ser o corpo da Terra, o corpo do livro, mas também o corpo sofredor de Nietzsche: *todos os nomes da história, sou eu...* Há uma espécie de nomadismo, de deslocamento perpétuo de intensidades designadas por nomes próprios, e que penetram umas nas outras ao mesmo [359] tempo em que são vividas sobre um corpo pleno. A intensidade só pode ser vivida em relação com sua inscrição móvel sobre um corpo, e com a exterioridade movente de um nome próprio, e é por isso que o nome próprio é sempre uma máscara, máscara de um operador.

O terceiro ponto é a relação do aforismo com o humor e a ironia. Aqueles que lêem Nietzsche sem rir, e sem rir muito, sem rir freqüentemente, e sem dar gargalhadas às vezes, é como se não lessem Nietzsche. Isto não é verdadeiro somente em relação a Nietzsche, mas em relação a todos os autores que fazem precisamente este mesmo horizonte de nossa contracultura. O que mostra nossa decadência, nossa degenerescência, é a maneira pela qual experimentamos a necessidade de situar a angústia, a solidão, a culpabilidade, o drama da comunicação, todo o trágico da interioridade. Mesmo Max Brod, todavia, conta como os ouvintes eram tomados pelo riso quando Kafka lia *O Processo*. E também Beckett é difícil ler sem rir, sem passar de um momento de alegria a um outro momento de alegria. O riso, e não o significante. O riso-esquizo ou a alegria revolucionária é o que sobressai dos grandes livros, em vez de angústias de nosso pequeno narcisismo ou terrores de nossa culpabilidade. Pode-se chamar isso de "cômico do além-do-humano", ou então "palhaço de Deus", há sempre uma alegria indescritível que jorra dos grandes livros, mesmo quando eles falam de coisas feias, desesperadoras ou terríveis. Todo grande livro opera já a transmutação e faz a saúde de amanhã. Não se pode deixar de rir quando se embaralham os códigos. Se você colocar o pensamento em relação com o fora, nascem os momentos de riso dionisíaco, é o pensamento ao ar livre. Acontece com freqüência a Nietzsche encontrar-se diante de algo que considera repugnante, ignóbil, de causar vômito. E isto o faz rir, ele faria mais ainda se fosse possível. Ele diz: mais um esforço, ainda não está nojento o bastante, ou, então, é formidável como isto é nojento, é uma maravilha, uma obra-prima, uma flor venenosa, enfim, "o homem começa a tornar-se interessante". Por exemplo, é assim que Nietzsche considera e trata aquilo que chama de a má consciência. Então há sempre comentadores hegelianos, comentadores da interioridade, que não possuem o senso do riso. Eles dizem: vejam, Nietzsche leva a sério a má consciência, [360] faz dela um momento do devir-espírito da espiritualidade. A respeito daquilo que Nietzsche faz da espiritualidade, eles passam por cima porque sentem o perigo. Portanto, vê-se que, se Nietzsche dá direito a contra-sensos legítimos, todos aqueles que se explicam pelo espírito do sério, pelo espírito do pesado, pelo macaco de Zaratustra, ou seja, pelo culto da interioridade. O riso em Nietzsche remete sempre ao movimento exterior dos humores e das ironias, e este movimento é o das intensidades, das quantidades intensivas, tal como Klossowski e Lyotard o viram: a maneira pela qual há um jogo de intensidades baixas e intensidades elevadas, umas nas outras, a maneira pela qual uma intensidade baixa pode minar a mais elevada e mesmo ser tão elevada quanto a mais elevada, e inversamente. É este jogo de escalas intensivas que comanda as subidas da ironia e as quedas do humor em Nietzsche, e que se desenvolve como consistência ou qualidade do vivido em sua relação com o exterior. Um aforismo é uma matéria pura de riso e de alegria. Se não se encontrou aquilo que faz rir num aforismo, qual distribuição de humores e de ironias, e, do mesmo modo, qual repartição de intensidades, não se encontrou nada.

Existe ainda um último ponto. Voltemos ao grande texto de *A Genealogia*, sobre o Estado e os fundadores de impérios: "Eles chegam como o destino, sem causa, sem razão"... etc.[DLd] Pode-se reconhecer aí os homens da produção dita asiática. Sobre a base de comunidades rurais primitivas, o déspota constrói sua máquina imperial que sobrecodifica o todo, com uma burocracia, uma administração que organiza os grandes trabalhos e se apropria do trabalho excedente ("onde eles aparecem, em pouco tempo há algo de novo, uma engrenagem soberana, que é viva, em que partes e funções são delimitadas e determinadas em relação ao conjunto"...). Mas pode-se perguntar também se este texto não reúne duas forças que se distinguem sob outros aspectos – e que Kafka, por sua vez, distinguia e mesmo opunha em *A Muralha da China*. Com efeito, quando se investiga como as comunidades primitivas segmentárias deram lugar a outras formações de soberania, questão que Nietzsche coloca na

---

DLd *La Généalogie de la morale*, II, § 17.

segunda [361] dissertação de *A Genealogia*, vê-se que se produzem dois fenômenos estritamente correlatos, mas absolutamente diferentes. É verdade que, no centro, as comunidades rurais estão presas e fixadas à máquina burocrática do déspota com seus escribas, seus padres, seus funcionários; mas, na periferia, as comunidades entram noutra espécie de aventura, numa outra espécie de unidade desta vez nomádica, numa máquina de guerra nômade, e se descodificam em vez de se deixarem sobrecodificar. Grupos inteiros que partem, que nomadizam: os arqueólogos nos habituaram a pensar este nomadismo não como um estado primeiro, mas como uma aventura que sobrevém a grupos sedentários, o apelo do fora, o movimento. O nômade com sua máquina de guerra opõe-se ao déspota com sua máquina administrativa; a unidade nomádica extrínseca se opõe à unidade despótica intrínseca. E, todavia, eles são de tal modo correlatos ou interpenetrados que o problema do déspota será o de integrar, de interiorizar a máquina de guerra nômade, e o problema do nômade será o de inventar uma administração do império conquistado. Eles não param de se opor a ponto mesmo de se confundirem.

O discurso filosófico nasceu da unidade imperial através de muitos avatares, esses mesmos avatares que nos conduzem das formações imperiais à cidade grega. Mesmo através da cidade grega, o discurso filosófico permanece numa relação essencial com o déspota ou com a sombra do déspota, com o imperialismo, com a administração das coisas e das pessoas (encontraríamos todos os tipos de provas disto no livro de Léo Strauss e de Kojève sobre a tirania[DLe]). O discurso filosófico sempre esteve numa relação essencial com a lei, a instituição, o contrato, que constituem o problema do Soberano e que atravessam a história sedentária das formações despóticas às democracias. O "significante" é verdadeiramente o último avatar filosófico do déspota. Ora, se Nietzsche não pertence à filosofia, é talvez porque ele é o primeiro a conceber um outro tipo de discurso como uma contrafilosofia. Ou seja, um discurso antes de tudo nômade, cujos enunciados não seriam produzidos por uma [362] máquina racional administrativa que tem os filósofos como burocratas da razão pura, mas por uma máquina de guerra móvel. É talvez neste sentido que Nietzsche anuncia que uma nova política começa com ele (o que Klossowski denomina o complô contra sua própria classe). Sabe-se bem que em nossos regimes os nômades são infelizes: não se recua diante de nenhum meio para fixá-los, eles têm dificuldade para viver. E Nietzsche viveu como um desses nômades reduzidos à sua própria sombra, indo de pensão em pensão. Mas, de outro lado, o nômade não é forçosamente

---

[DLe] L. Strauss, *De la tyrannie*, seguido de *Tyrannie et sagesse*, de A. Kojève, Paris: Gallimard, reedição de 1997.

alguém que se movimenta: existem viagens num mesmo lugar, viagens em intensidade, e mesmo historicamente os nômades não são aqueles que se mudam à maneira dos migrantes; ao contrário, são aqueles que não mudam, e põem-se a nomadizar para permanecerem no mesmo lugar, escapando dos códigos. Sabe-se bem que o problema revolucionário, hoje, é o de encontrar uma unidade das lutas pontuais sem recair na organização despótica e burocrática do partido ou do aparelho de Estado: uma máquina de guerra que não reproduzisse um aparelho de Estado, uma unidade nomádica em relação com o Fora, que não reproduzisse a unidade despótica interna. Eis talvez o que é mais profundo em Nietzsche, a medida de sua ruptura com a filosofia, tal como ela aparece no aforismo: ter feito do pensamento uma máquina de guerra, ter feito do pensamento uma potência nômade. E mesmo se a viagem for imóvel, mesmo se for feita num mesmo lugar, imperceptível, inesperada, subterrânea, devemos perguntar quais são nossos nômades de hoje, que são realmente os nossos nietzscheanos?

Discussão

André Flécheux. – O que eu gostaria de saber é como [Deleuze] pensa fazer a economia da desconstrução, ou seja, como ele pensa contentar-se com uma leitura nomádica de cada aforismo, a partir da empiricidade, e como que de [363] fora, o que me parece, de um ponto de vista heideggeriano, extremamente suspeito. Eu me pergunto se o problema da "já aí" que constitui a língua, a organização estabelecida, o que você chama de "o déspota", permite compreender a escrita de Nietzsche como uma espécie de leitura errática que ela mesma dependeria de uma escrita errática, enquanto Nietzsche aplica a si mesmo o que ele denomina uma autocrítica e que as edições atuais o revelam como um excepcional trabalhador do estilo, para o qual, conseqüentemente, cada aforismo não é um sistema fechado, mas está implícito em toda uma estrutura de remissões. Este estatuto, em seu pensamento de um fora sem desconstrução, talvez se ligue ao da energética em Lyotard.

Segunda questão, que se articula ainda aqui com a primeira: numa época em que a organização estatal, capitalista, enfim, chamem-na como quiserem, lança um desafio que é finalmente aquilo que Heidegger chama da inspeção pela técnica, o senhor pensa sem rir que o nomadismo, tal como o senhor o descreve, constitui uma resposta séria?

Gilles Deleuze. – Se compreendo bem, o senhor diz que há motivos para se suspeitar de mim do ponto de vista heideggeriano. Alegro-me com isto. Quanto ao método de desconstrução dos textos, vejo bem o que ele é, admiro-o muito, mas ele nada tem que ver com o meu. Não me apresento, absolutamente, como um comentador de textos. Um texto, para mim, é apenas uma pequena engrenagem numa prática extratextual. Não se trata de comentar o texto por meio de um método de desconstrução, ou de um método de prática textual, ou de outros métodos, trata-se de ver para que isto serve na prática extratextual que prolonga o texto. O senhor pergunta se acredito na resposta dos nômades. Sim, eu creio. Genghis Khan, é alguma coisa. Ele vai ressurgir do passado? Não sei, em todo caso, sob outra forma. Do mesmo modo que o déspota interioriza a máquina de guerra nômade, a sociedade capitalista não pára de interiorizar uma máquina de guerra revolucionária. Não é na periferia (pois não há mais periferia) que se formam novos nômades. Eu perguntava de quais nômades, se necessário imóveis e no mesmo lugar, nossa sociedade é capaz.

André Flécheux. – Sim, mas o senhor excluiu na sua exposição o que chamava de interioridade... [364]

Gilles Deleuze. – O senhor joga com a palavra "interioridade"...

André Flécheux. – A viagem do dentro?

Gilles Deleuze. – Eu disse "viagem imóvel". Não é uma viagem do dentro, é uma viagem sobre o corpo, se for o caso, sobre corpos coletivos.

Mieke Taat. – Gilles Deleuze, se eu o compreendi bem, o senhor opõe o riso, o humor e a ironia à má consciência. O senhor está de acordo que o riso de Kafka, de Beckett, de Nietzsche não exclui chorar por esses escritores, desde que as lágrimas não sejam as que jorram de uma fonte interior ou interiorizada, mas simplesmente de uma produção de fluxos na superfície do corpo?

Gilles Deleuze. – Certamente, tem razão.

Mieke Taat. – Ainda uma outra questão. Quando o senhor opõe o humor e a ironia à má consciência, não os distingue mais um do outro, como fazia em *Lógica do sentido*, em que um era de superfície e outro de profundidade. O senhor não teme que a ironia possa estar perigosamente próxima da má consciência?

Gilles Deleuze. – Eu mudei. A oposição superfície-profundidade não me preocupa mais em absoluto. O que me interessa agora são as relações entre o corpo pleno, um corpo sem órgãos, e os fluxos que fluem.

Mieke Taat. – Isto não excluiria mais o ressentimento, neste caso?

Gilles Deleuze. – Oh, sim!

Tradução de
Milton Nascimento[NRT]

NRT [Parte da tradução brasileira originalmente publicada em *Nietzsche hoje? – Colóquio de Cerisy*, São Paulo: Brasiliense, 1985, pp. 56-76].

35: Sobre o capitalismo e o desejo
(Com Félix Guattari)
[1973]

Actuel. – *Quando vocês descrevem o capitalismo, dizem: "Não há a menor operação, o menor mecanismo industrial ou financeiro que não manifestem a demência da máquina capitalista e o caráter patológico da sua racionalidade (de modo algum falsa racionalidade, mas verdadeira racionalidade desse patológico, dessa demência, porque a máquina funciona, não tenham dúvidas). Ela não corre o risco de enlouquecer, já é louca de um extremo ao outro desde o princípio, e é daí que deriva a sua racionalidade". Será que isso significa que após esta sociedade "anormal", ou fora dela, possa existir uma sociedade "normal"?*

Gilles Deleuze. – Nós não empregamos os termos "normal", "anormal". Todas as sociedades são ao mesmo tempo racionais e irracionais. São forçosamente racionais pelos seus mecanismos, rodas, sistemas de ligação, e mesmo pelo lugar que reservam ao irracional. Porém, tudo isto pressupõe códigos ou axiomas que não são produtos do acaso, mas que também não possuem uma racionalidade intrínseca. É como na teologia: tudo é perfeitamente racional se se postular o pecado, a imaculada concepção, a encarnação. A razão é sempre uma região talhada no irracional. De modo algum ao abrigo do irracional, mas uma região atravessada pelo irracional, e definida apenas por um certo tipo de relações entre fatores irracionais. No fundo de toda razão, o delírio, a deriva. Tudo é irracional no capitalismo, exceto o capital ou o capitalismo. Um mecanismo da bolsa é perfeitamente racional, podemos compreendê-lo, aprendê-lo, os capitalistas sabem servir-se dele, e, no entanto, é completamente delirante, é demente. É neste sentido que dizemos: o racional é sempre a racionalidade de um irracional. Há algo que nunca foi suficientemente notado n'*O Capital* de Marx: até que ponto está ele fascinado pelos mecanismos capitalistas, precisamente por serem simultaneamente dementes e funcionarem muito bem. Então, que é racional numa sociedade? É – estando os interesses definidos no quadro desta sociedade – a maneira como as pessoas os perseguem, perseguem a sua realização. Mas, por

---

DL Título do editor: "Gilles Deleuze, Félix Guattari", *in* Michel-Antoine Burnier, éd. *C'est demain la veille*, Paris: Ed. du Seuil, 1973, pp. 139-161. Esta entrevista devia aparecer inicialmente no magazine *Actuel*, do qual M.-A. Burnier era um dos diretores de publicação.

baixo, há desejos, investimentos de desejos que não se confundem com os investimentos de interesse, e dos quais os interesses dependem na sua determinação e mesmo na sua distribuição: todo um enorme fluxo, todas as espécies de fluxos libidinais-inconscientes que constituem o delírio desta sociedade. A verdadeira história é a história do desejo. Um capitalista ou um tecnocrata atuais não desejam da mesma maneira que um mercador de escravos ou que um funcionário do antigo império chinês. Que as pessoas numa sociedade desejem a repressão para os outros *e para si mesmas*; que haja sempre pessoas que queiram lixar outras e que tenham a possibilidade de fazê-lo, o "direito" de fazê-lo, é isso que manifesta o problema de um liame profundo entre o desejo libidinal e o campo social. Um amor "desinteressado" pela máquina opressiva: Nietzsche disse coisas belas sobre esse triunfo permanente dos escravos, sobre a maneira como os azedados, os deprimidos, os débeis nos impõem o seu modo de vida.

Actuel. – Justamente, nisso tudo, o que é verdadeiramente próprio do capitalismo?

Gilles Deleuze. – Será que no capitalismo o delírio e o interesse, ou então o desejo e a razão, se distribuem duma maneira totalmente nova, particularmente "anormal"? Creio que sim. O dinheiro, o capital-dinheiro, é um ponto de demência tal que só teria em psiquiatria um equivalente: aquilo a que se chama o estado terminal. É muito complicado, mas farei uma observação de detalhe. Há exploração nas outras sociedades, há também escândalos e segredos, mas isso faz parte do "código", há mesmo códigos explicitamente secretos. No capitalismo, é muito diferente: não há nada secreto, pelo menos em princípio e segundo o código (eis porque o capitalismo [367] é "democrático" e se reclama da "publicidade", mesmo no sentido jurídico). E contudo nada é *confessável*. É a própria legalidade que não é confessável. Por oposição às outras sociedades, é ao mesmo tempo o regime do público *e* do inconfessável. É próprio do regime do dinheiro um delírio muito particular. Veja-se aquilo a que atualmente se chamam "escândalos": os jornais falam muito deles, toda a gente faz questão de se defender ou de atacar, mas é em vão que se procura o que têm de ilegal, tendo em conta o regime capitalista. A folha de impostos de Chaban, as operações imobiliárias, os grupos de pressão e em geral os mecanismos econômicos e financeiros do capital, tudo é em geral legal, exceto as pequenas imperfeições; mais ainda, tudo é público, só que *nada é confessável*. Se a esquerda fosse "racional" contentar-se-ia em divulgar os mecanismos econômicos e financeiros. Sem necessidade de publicar o privado, contentar-se-ia em fazer confessar o que é público. Encontrar-nos-íamos numa demência sem qualquer equivalente nos hospitais. Em vez disso, falam-nos "de ideologia". Mas a ideologia não tem importância alguma: o que conta não é a ideologia, nem sequer a distinção ou a oposição "econômico-ideológico", é *a organização de poder*. Porque a organização de poder é a maneira como o desejo já está no econômico, como a libido investe o econômico, assedia o econômico e alimenta as formas políticas de repressão.

Actuel. – A ideologia é uma aparência ilusória?

Gilles Deleuze. – De maneira alguma. Dizer que "a ideologia é uma aparência ilusória" é ainda a tese tradicional. Põe-se a infra-estrutura de um lado, o econômico, o sério, e depois do outro lado põe-se a superestrutura, de que a ideologia faz parte, e rejeitam-se os fenômenos de desejo para a ideologia. É uma boa maneira de não ver como o desejo trabalha a infra-estrutura, como a investe, como faz parte dela, como a esse título organiza o poder, como o sistema repressivo se organiza. Nós não dizemos: a ideologia é uma aparência ilusória (ou um conceito que designa certas ilusões). Nós dizemos: não há ideologia, é um conceito ilusório. É por isso que tanto agrada ao PC, ao marxismo ortodoxo. O marxismo deu tanta importância ao tema [368] das ideologias para melhor esconder o que se passava na URSS: a nova organização do poder repressivo. Não há ideologia, há tão-somente organização de poder, uma vez dito que a organização de poder é a unidade do desejo e da infra-estrutura econômica. Observem-se dois exemplos. O ensino: em Maio de 1968, os esquerdistas perderam imenso tempo por pretenderem que os professores fizessem a sua auto-crítica como agentes da ideologia burguesa. É estúpido e deleita as pulsões masoquistas dos professores. A luta contra os concursos foi abandonada em proveito da querela ou da grande confissão pública anti-ideológica. Durante esse tempo, os professores reorganizaram sem dificuldade o seu poder. O problema do ensino não é um problema ideológico, mas um problema de organização de poder: é a especificidade do poder docente que aparece como uma ideologia, mas é uma pura ilusão. O poder na escola primária, isso quer dizer alguma coisa, exerce-se sobre todas as crianças. Segundo exemplo: o cristianismo. A Igreja fica muito contente quando a tratam como uma ideologia. Ela pode discutir, isso alimenta o ecumenismo. Mas o cristianismo nunca foi uma ideologia, é uma organização de poder muito original, muito específica, que apresentou formas muito diversas desde o império romano e da Idade Média, e que soube inventar a idéia de um poder internacional. É importante, e de um modo distinto da ideologia.

Félix Guattari. – Passa-se a mesma coisa nas estruturas políticas tradicionais. Encontramos sempre o velho estratagema: grande debate ideológico em assembléia geral e as questões de organização reservadas às comissões especializadas. Estas aparecem como secundárias, determinadas pelas opções políticas, ao passo que, ao contrário, os problemas reais são os da organização, nunca explicitados e nem racionalizados, mas em seguida projetados em termos ideológicos. Surgem aí as verdadeiras clivagens: um tratamento do desejo e do poder, investimentos, Édipos de grupo, "superegos" de grupo, fenômenos de perversão... etc. Em seguida constroem-se as oposições políticas: o indivíduo segue esta opção contra aquela, porque no plano da organização e do poder ele já escolheu e odiou seu adversário.

Actuel. – A vossa análise é convincente para o caso da [369] *União Soviética ou do capitalismo. Mas no detalhe? Se todas as oposições ideológicas mascaram por definição conflitos de desejo, como analisariam, por exemplo, as divergências de três grupúsculos trotskystas? De que conflito de desejo se poderá tratar neste caso? Apesar das querelas políticas, cada grupo parece preencher a mesma função em relação aos seus militantes: uma hierarquia tranqüilizante, a reconstrução de um pequeno meio social, uma explicação definitiva do mundo... Não vejo a diferença.*

Félix Guattari. – Sendo qualquer semelhança com os grupos existentes apenas fortuita, podemos imaginar que um dos grupos se define em primeiro lugar por uma fidelidade às posições condensadas da esquerda comunizante quando da criação da Terceira Internacional. É toda uma axiomática, inclusive em um nível fonológico – a maneira de articular certas palavras, o gesto que as acompanha – e depois as estruturas de organização, a concepção das relações a manter com os aliados, os centristas, os adversários... Isto pode corresponder a uma certa figura de edipianização, um universo intangível e tranqüilizador como o do obcecado que perde todos os seus meios se um só objeto familiar for mudado de lugar. Através dessa identificação com figuras e imagens procura-se atingir um tipo de eficácia que foi a do stalinismo – precisamente na vizinhança da ideologia. Aliás, conserva-se o quadro geral do método, mas procura-se adaptá-lo: "É preciso notar bem, camaradas, que, se o inimigo permanece o mesmo, as condições mudaram". Tem-se, então, um grupúsculo mais aberto. É um compromisso: a primeira imagem, embora mantida, foi barrada, e injetaram-se outras noções. Multiplicam-se as reuniões e os estágios, mas também as intervenções exteriores. Como diz Zazie, há na vontade desejante[NRT] uma certa maneira de lixar os alunos, e, em outros, uma certa maneira de lixar os militantes.

Quanto ao fundo dos problemas, todos esses grupos dizem em geral a mesma coisa. Mas são radicalmente postos em oposição por um *estilo*: a definição do líder, da propaganda, uma concepção da disciplina, da fidelidade, da modéstia, do ascetismo do militante. Como dar conta dessas polaridades sem perscrutar

---

NRT ["Vontade desejante" ("volonté désirante"), como aparece na reedição francesa, e não "verdade, desejante", como aparece na tradução portuguesa].

a economia de desejo da máquina social? Dos anarquistas aos maoístas, o leque é muito grande, [370] tanto político como analítico. Sem contar, fora da reduzida franja dos grupúsculos, com a massa de pessoas que não sabem muito bem como se determinar entre o impulso esquerdista, a atração da ação sindical, a revolta, a expectativa ou o desinteresse... Seria preciso descrever o papel dessas máquinas de esmagar o desejo que os grupúsculos são, esse trabalho de mó e de crivo. É um dilema: ser destruído pelo sistema social ou integrar-se no quadro pré-estabelecido dessas igrejinhas. Nesse sentido, Maio de 1968 foi uma revelação surpreendente. A potência desejante[NRT] atingiu uma tal aceleração que fez explodir os grupúsculos. Estes restauraram-se em seguida e participaram no restabelecimento da ordem com as outras forças repressivas, CGT, PC, CRS[NT] ou Edgar Faure. Não digo isto por provocação. Certamente, os militantes se bateram corajosamente contra a polícia. Mas se deixarmos a esfera da luta de interesse para considerar a função do desejo, é preciso reconhecer que o enquadramento de certos grupúsculos abordava a juventude num espírito de repressão: conter o desejo liberto para o canalizar.

Actuel. – Que é um desejo liberto? Percebo perfeitamente como isso pode ser traduzido no nível de um indivíduo ou de um grupo: uma criação artística, um quebra-quebra, um queimar tudo, ou ainda, de uma maneira mais simples, uma farra ou ainda um relaxo numa preguiça vegetal. Mas depois? O que poderia ser um desejo coletivamente liberto à escala de um grupo social? Apontariam exemplos precisos? E o que significa isso em relação ao "conjunto da sociedade", se é que não recusam esse termo, como Michel Foucault?

Félix Guattari. – Havíamos tomado como referência o desejo em um dos seus estados mais críticos, mais agudos: o do esquizofrênico. E o esquizo que pode produzir alguma coisa, aquém ou além do esquizo internado, adestrado pela química e pela repressão social. Parece-nos que alguns esquizofrênicos exprimem directamente uma decifração livre do desejo. Mas como conceber uma forma coletiva de economia desejante? Decerto não localmente. Custa-me muito imaginar uma pequena comunidade liberta que se manteria no meio dos fluxos da sociedade repressiva, como a adição de indivíduos progressivamente libertos. Em compensação, se o desejo constitui a própria textura da sociedade no seu conjunto, [371] inclusive nos seus mecanismos de reprodução, um movimento de libertação pode "cristalizar" no conjunto da sociedade. Em Maio de 1968,

---
NRT ["Potência desejante" ("puissance désirante"), como aparece na reedição francesa, e não "capacidade desejante", como aparece na tradução portuguesa].
NT Polícia de choque francesa.

a partir de faíscas e choques locais, a perturbação transmitiu-se brutalmente ao conjunto da sociedade, inclusive a grupos que não tinham nem muito nem pouco a ver com o movimento revolucionário, médicos, advogados ou merceeiros. No entanto, foi o interesse que venceu, mas depois de um mês de fogueira. Caminhamos para explosões desse tipo, ainda mais profundas.

Actuel. – *Teria já havido na história uma libertação vigorosa e duradoura do desejo, para além de breves períodos de festas, de massacres, de guerras ou de jornadas revolucionárias? Ou acreditam então num fim da história: após milênios de alienação, a evolução social inverter-se-ia instantaneamente numa revolução que seria a última e que libertaria para sempre o desejo?*

Félix Guattari. – Nem uma coisa nem outra. Nem fim da história definitivo nem excesso provisório. Todas as civilizações, todos os períodos conheceram fins da história: não é forçosamente probatório nem libertador. Quanto aos excessos, aos momentos de festa, também não são tranquilizadores. Há militantes revolucionários preocupados em se sentirem responsáveis, que dizem: sim, excessos "no primeiro estádio da revolução", mas há um segundo estádio, a organização, o funcionamento, as coisas sérias... Ora, não há desejo liberto em simples momentos de festa. Veja a discussão de Victor[DLa] com Foucault no número de *Temps Modernes* sobre os maoístas[1]. Victor consente nos excessos, mas no "primeiro estádio". Quanto ao resto, quanto ao sério, Victor reclama-se de um novo aparelho de Estado, de novas normas, de uma justiça popular com tribunal, de uma instância exterior às massas, de um terceiro apto a resolver as contradições das massas. Encontramos sempre o velho esquema: o destaque de uma pseudo vanguarda apta a operar as sínteses, a formar um partido como um embrião de aparelho de Estado; extração de uma classe operária bem ensinada, bem educada; e o resto é um resíduo, *lumpenproletariado* de que é sempre preciso desconfiar [372] (sempre a velha condenação do desejo). Mas mesmo estas distinções são uma maneira de aprisionar o desejo em benefício de uma casta burocrática. Foucault reage denunciando o terceiro, dizendo que, se houver justiça popular, não passa por um tribunal. Mostra bem como a distinção "vanguarda/proletariado/plebe não-proletarizada" é em primeiro lugar uma distinção que a burguesia introduz nas massas, e de que se serve para esmagar os fenômenos de desejo, para *marginalizar* o desejo. A questão toda está no aparelho de Estado. Seria bizarro contar com um partido ou com um aparelho

---

DLa Pierre Victor era o pseudônimo de Benny Levy, então dirigente da Esquerda proletária (tornada ilegal).
1) Cf. *Les Temps modernes*, "Nouveau Fascisme, Nouvelle Démocratie", nº 310 bis, junho de 1972, pp. 355-366. [NT: Cf. igualmente em português: M. Foucault, *Sobre justiça popular*, Porto (Portugal): A Regra do Jogo Editora, 1974).

de Estado para libertar os desejos. Reclamar uma justiça melhor é como reclamar bons juízes, bons policiais, bons patrões, uma França mais limpa etc. Aqui dizem-nos: como querem unificar as lutas pontuais sem um partido? Como fazer a máquina funcionar sem um aparelho de Estado? Que a revolução tenha necessidade de uma máquina de guerra é evidente, mas isso não é um aparelho de Estado. Que tenha também necessidade de uma instância de análise, análise dos desejos de massas, está certo, mas isso não é um aparelho exterior de síntese. Desejo liberto quer dizer que o desejo sai do impasse do fantasma individual privado: não se trata de o adaptar, de o socializar, de o disciplinar, mas de o ligar de tal maneira que o seu processo não seja interrompido num corpo social, e que produza enunciações coletivas. O que vale não é uma unificação autoritária, mas antes uma espécie de enxameação ao infinito: os desejos nas escolas, nas fábricas, nos quartéis, nas creches, nas prisões etc. Não se trata de sobrepor-se, de totalizar, mas de se ramificar num mesmo plano de báscula. Enquanto se permanecer numa alternativa entre o espontaneísmo impotente da anarquia e a codificação burocrática e hierárquica de uma organização de partido, não há libertação de desejo.

Actuel. – *Poder-se-á considerar que, nos seus inícios, o capitalismo tenha conseguido assumir os desejos sociais?*

Gilles Deleuze. – Certamente, o capitalismo foi e continua a ser uma formidável máquina desejante. Os fluxos de moeda, de meios de produção, de mão-de-obra, de novos mercados, tudo isto é desejo que corre. Basta considerar a soma de contingências que estão na origem do capitalismo para ver até que ponto foi cruzamento de desejos, e que a sua infra-estrutura, [373] a sua própria economia, foram inseparáveis de fenômenos de desejos. E o fascismo também, é preciso dizer que ele "assumiu os desejos sociais", inclusive os desejos de repressão e de morte. As pessoas amotinaram-se por Hitler, pela bela máquina fascista. Mas se a vossa questão quer dizer: será que o capitalismo foi revolucionário nos seus primórdios, será que a revolução industrial coincidiu sempre com uma revolução social? – Não, não me parece. O capitalismo, desde o seu nascimento, esteve ligado a uma repressão selvagem, teve imediatamente a sua organização de poder e o seu aparelho de Estado. Que o capitalismo tenha implicado a dissolução dos códigos e dos poderes sociais precedentes é certo. Mas, nas fendas dos regimes precedentes, ele tinha já estabelecido as engrenagens do seu poder, inclusive do seu poder de Estado. É sempre assim: as coisas não são tão progressivas; antes mesmo que uma formação social se estabeleça, os seus instrumentos de exploração e repressão já lá estão, girando ainda no vazio, mas prontos para trabalhar plenamente. Os primeiros capitalistas são como aves de rapina que esperam. Esperam o seu encontro com o trabalhador, que lhes chega pelas fugas do sistema precedente. É mesmo todo o sentido daquilo a que se chama acumulação primitiva.

Actuel. – Penso, ao contrário, que a burguesia ascendente imaginou e preparou a sua revolução ao longo de todo o século das Luzes. Do ponto de vista da burguesia, ela foi uma classe "revolucionária até o fim", visto que derrubou o Antigo Regime e que ascendeu ao poder. Quaisquer que sejam os movimentos paralelos do campesinato e das populações suburbanas, a revolução burguesa foi uma revolução feita pela burguesia – os dois termos não se distinguem – e julgá-la em nome de utopias socialistas dos séculos XIX ou XX leva, por anacronismo, a introduzir uma categoria que não existia.

Gilles Deleuze. – O que você diz é ainda o esquema de um certo marxismo. Num momento da história, a burguesia seria revolucionária, e teria sido mesmo necessária; seria necessário passar por um estádio do capitalismo, por um estádio da revolução burguesa. Isso é stalinista, mas não é verdade. Quando uma formação social se esgota e começa a fugir por todos os extremos, descodificam-se todas as espécies de coisas, começam a fluir todas as espécies de fluxos não controlados, [374] por exemplo, a fuga dos camponeses na Europa feudal, os fenômenos de "desterritorialização". A burguesia impõe um novo código, econômico e político; pode então pensar-se que ela foi revolucionária. Nada disso. Daniel Guérin disse coisas profundas sobre a revolução de 1789[DLb]. A burguesia nunca se enganou quanto ao seu verdadeiro inimigo. O seu verdadeiro inimigo não era o sistema precedente, mas aquilo que escapava ao controle do sistema precedente, e que ela tinha por objetivo dominar por sua vez. Ela própria devia o seu poder à ruína do antigo sistema; mas só podia exercer esse poder desde que tomasse como inimigos *todos* os revolucionários do antigo sistema. A burguesia nunca foi revolucionária. Ela mandou que fizessem a revolução. Ela manipulou, canalizou, reprimiu uma enorme pulsão do desejo popular. As pessoas foram deixar-se matar em Valmy.

Actuel. – E também em Verdun.

Félix Guattari. – Exatamente. E é isso mesmo o que nos interessa. De onde vêm esses impulsos, essas vagas, esses entusiasmos que não se explicam por uma racionalidade social e que são desviados, capturados pelo poder no próprio momento em que nascem? Não é possível dar conta de uma situação revolucionária através da simples análise dos interesses em presença. Em 1903, o

---

[DLb] D. Guérin, *La Révolution française et nous*, Paris: F. Maspero, reed. 1976. Cf., igualmente, *La Lutte des classes sous la Première Republique: 1793-1797*, Paris: Gallimard, reed. 1968.

partido social-democrata russo debate as alianças, a organização do proletariado, o papel da vanguarda. Bruscamente, quando pretende preparar a revolução, é empurrado pelos acontecimentos de 1905 e tem de lançar-se num comboio em movimento. É que houve cristalização do desejo à escala social sobre a base de situações ainda incompreensíveis. O mesmo se passa em 1917. E também aí os políticos tiveram que apanhar o comboio em movimento, e acabaram por alcançá-lo. Mas nenhuma tendência revolucionária soube assumir a necessidade de uma organização soviética que tivesse permitido às massas encarregarem-se realmente dos seus interesses e do seu desejo. Puseram-se em circulação máquinas, chamadas organizações políticas, que funcionam segundo o modelo elaborado por Dimitrov no VII Congresso da Internacional – alternância de frentes populares [375] e de retrações sectárias – e que chegam sempre ao mesmo resultado repressivo. Viu-se isso em 1936, em 1945, em 1968. Devido à sua própria axiomática, essas máquinas de massa recusam-se a libertar a energia revolucionária. É, disfarçadamente, uma política comparável à do presidente da República ou à dos padres, mas de bandeira na mão. E pensamos que isso corresponde a uma certa posição face ao desejo, a um modo profundo de encarar o eu, a pessoa, a família. Donde um dilema muito simples: ou se chega a um novo tipo de estruturas que conduzam finalmente à fusão do desejo coletivo e da organização revolucionária; ou se continua no impulso presente e, de repressões em repressões, caminharemos para um fascismo ao pé do qual Hitler e Mussolini parecerão uma brincadeira.

Actuel. – Mas qual é então a natureza desse desejo profundo, fundamental, que se percebe ser constitutivo do homem e do homem social, e que se deixa constantemente trair? Por que vai ele investir-se sempre em máquinas antinômicas da máquina dominante, e contudo semelhantes? Quererá isso dizer que o desejo está condenado à explosão pura e sem futuro ou à traição perpétua? Insisto: poderá haver um belo dia na história uma expressão coletiva e duradoura do desejo liberto, e como?

Gilles Deleuze. – Se o soubéssemos, não o diríamos, fa-lo-íamos. Mesmo assim, Félix acaba de falar disso: a organização revolucionária deve ser a de uma máquina de guerra e não a de um aparelho de Estado, a de um analisador de desejo e não a de uma síntese exterior. Em qualquer sistema social houve sempre linhas de fuga; e também endurecimentos para impedir essas fugas, ou então (o que não é a mesma coisa) aparelhos ainda embrionários que as integram, que as desviam, as detêm, num novo sistema em preparação. Seria preciso analisar as Cruzadas sob este ponto de vista. Mas no que respeita a tudo isto, o capitalismo tem um caráter muito particular: as suas linhas de fuga não são apenas dificuldades que lhe sobrevêm, são condições do seu exercício. Ele constitui-se sobre uma descodificação generalizada de todos os fluxos, fluxos de riqueza, fluxos de trabalho, fluxos de linguagem, fluxos de arte etc. Não refez um código, constitui uma espécie de contabilidade, de axiomática [376] de fluxos descodificados, na base da sua economia. Ele liga os pontos de fuga e distribui antecipadamente. Alarga sempre os seus próprios limites, e tem sempre de colmatar as novas fugas em novos limites. Nenhum dos seus problemas fundamentais ele resolveu, não consegue sequer prever o aumento anual da massa monetária de um país. Não pára de transpor os seus limites que tornam a aparecer mais longe. Coloca-se em situações assombrosas em relação à sua própria produção, à sua vida social, demografia, periferia (o terceiro mundo), às suas regiões interiores etc. Há fugas por todo lado, que renascem sempre dos limites deslocados do capitalismo. Sem dúvida, a fuga revolucionária (a fuga ativa, aquela de que fala Jackson quando diz: "não páro de fugir, mas ao fugir procuro uma arma...")[DLc] não é de modo algum a mesma coisa que outros gêneros de fuga, a fuga esquizo, a fuga tóxica. Mas trata-se de fato do problema das marginalidades: fazer com que todas as linhas de fuga se liguem num plano revolucionário. No capitalismo, portanto, há um caráter novo assumido pelas linhas de fuga, e também potencialidades revolucionárias de um tipo novo. Como vê, há esperança.

Actuel. – Vocês falavam há pouco das Cruzadas: é para vocês uma das primeiras manifestações ocidentais de uma esquizofrenia coletiva...

Félix Guattari. – Foi efetivamente um extraordinário movimento esquizofrênico. Bruscamente, num período já cismático e perturbado, milhares e milhares de pessoas fartaram-se da vida que levavam, apareceram pregadores improvisados, os tipos ocupavam aldeias inteiras. Foi só depois que o papado, transtornado, tentou dar um objetivo ao movimento, esforçando-se para dirigi-lo à Terra Santa. Dupla vantagem: desembaraçar-se dos bandos errantes e reforçar as bases cristãs do Oriente Próximo ameaçadas pelos turcos. Isto nem sempre foi conseguido: a cruzada dos venezianos dirigiu-se para Constantinopla, a cruzada das crianças voltou-se para o sul da França, e depressa deixou de comover. Houve cidades [377] inteiras tomadas e queimadas por essas crianças "cruzadas", que os exércitos regulares acabaram por exterminar; foram mortas, vendidas como escravas...

Actuel. – Será possível estabelecer um paralelo com os movimentos contemporâneos: as comunidades e os caminhos para fugir à fábrica e ao escritório? E haverá um papa para os enganar? Jesus-revolução?

DLc Sobre G. Jackson, ver a nota DLb do texto nº 32.

Félix Guattari. – Não é inconcebível uma recuperação por meio do cristianismo. É até certo ponto uma realidade nos Estados Unidos, mas muito menos na Europa ou na França. Mas há já em vista uma nova fase latente sob a forma de tendência naturista, a idéia de que seria possível retirar-se da produção e reconstruir uma pequena sociedade à parte, como se não se estivesse marcado e fechado pelo sistema do capitalismo.

Actuel. – Que papel atribuem ainda à Igreja num país como o nosso? A Igreja esteve no centro do poder na sociedade ocidental até o século XVIII, foi o vínculo e a estrutura da máquina social até a emergência do Estado-nação. Atualmente, privada pela tecnocracia dessa função essencial, aparece também arrastada à deriva, sem ponto de ancoragem e dividida. Podemos perguntar se a Igreja, trabalhada pelas correntes do progressismo católico, não se tornará menos confessional do que certas organizações políticas.

Félix Guattari. – E o ecumenismo? Não será uma recaída? A Igreja nunca foi mais forte. Não há razão alguma para opor Igreja e tecnocracia; há uma tecnocracia de Igreja. Historicamente, o cristianismo e o positivismo sempre se deram bem. O desenvolvimento das ciências positivas tem um motor cristão. Não se pode dizer que o psiquiatra substitui o cura. Também não se pode dizer que o policial substitui o cura. Há sempre necessidade de toda a gente na repressão. O que envelheceu no cristianismo foi a sua ideologia, não a sua organização de poder.

Actuel. – Chegamos justamente a outro aspecto do vosso livro: a crítica da psiquiatria. Poder-se-á dizer que a França está esquadrinhada pela psiquiatria de setor – e até onde se estenderá essa influência?

Félix Guattari. – A estrutura dos hospitais psiquiátricos [378] é essencialmente estatal e os psiquiatras são funcionários. O Estado contentou-se durante muito tempo com uma política de coação e nada fez durante um bom século. Foi preciso esperar a Libertação para que transparecesse uma inquietação: a primeira revolução psiquiátrica, a abertura dos hospitais, os livres serviços, a psicoterapia institucional. Tudo isto conduziu a essa grande utopia da política de setor, que consistia em limitar o número de internamentos e em enviar equipes de psiquiatras ao seio da população como missionários para a selva. Por ausência de crédito e de vontade a reforma atolou-se: alguns serviços modelos para as visitas oficiais, e aqui e ali hospitais nas regiões mais sub-desenvolvidas. Caminhamos para uma crise considerável, da estatura da crise universitária, um desastre em todos os níveis, equipamento, formação do pessoal, terapêuticas etc.

O esquadrinhamento institucional da criança, ao contrário, está muito melhor assumido. Nesta matéria, a iniciativa escapou ao quadro estatal e ao seu financiamento para regressar a associações de todas as espécies, salvaguarda da criança ou associação de pais... Os estabelecimentos proliferam, subvencionados pela Seguridade Social. A criança é imediatamente colocada sob a responsabilidade de uma rede de psicólogos, fixada desde os três anos, seguida pela vida afora. É preciso esperarmos soluções deste tipo para a psiquiatria dos adultos. Diante do impasse atual, o Estado tentará desnacionalizar instituições regidas pela lei de 1901 e, evidentemente, manipuladas pelos poderes políticos e pelos agrupamentos familiares reacionários. Caminhamos de fato para um esquadrinhamento psiquiátrico da França se a atual crise não libertar as suas potencialidades revolucionárias. Espalha-se por todo o lado a ideologia mais conservadora, uma transposição vulgar dos conceitos do edipismo. Nos estabelecimentos para crianças, o diretor é chamado de "titio", e a enfermeira de "mamãe". Cheguei mesmo a ouvir distinções do gênero: os grupos de jogo dependem de um princípio maternal; as salas de trabalho de um princípio paternal. A psiquiatria de setor tem um ar progressista porque abre o hospital. Mas se isto consistir em esquadrinhar o bairro, depressa lamentaremos os antigos asilos fechados. É como a psicanálise: funciona ao ar livre, mas é ainda pior, muito mais perigosa como força repressiva [379].

Gilles Deleuze. – Eis um caso. Uma mulher chega para uma consulta. Ela explica que toma tranqüilizantes. Pede um copo com água. Depois fala: "Compreende, tenho uma certa cultura, estudei, gosto muito de ler, e no entanto: neste momento passo o meu tempo a chorar. Já não posso suportar o metrô... E choro mal leio qualquer coisa... Vejo a televisão, vejo as imagens do Vietnã: já não posso suportar..." O médico não responde grande coisa. A mulher prossegue: "Fiz a Resistência... um pouco: fui caixa para as cartas". O médico pede uma explicação. "Sim, não compreende, doutor? Chegava a um café e perguntava, por exemplo: há qualquer coisa para René? Davam-me uma carta para transmitir..." O médico ouve "René", desperta: "Porque é que disse René?" É a primeira vez que se interessa por uma questão. Até aqui ela tinha falado do metrô, de Hiroshima, do Vietnã, do efeito que tudo isso lhe provocava no seu corpo, o seu desejo de chorar. Mas o médico pergunta apenas: "Olha, olha, René... o que é que René evoca?" René, alguém que re-nasceu?[NT] o renascimento? A Resistência nada significa para o médico, mas renascimento entra no esquema universal, o arquétipo: "Você quer renascer". O médico reencontra-se aí: finalmente, o seu circuito. E força-a a falar do seu pai e da sua mãe.

É um aspecto essencial do nosso livro, e é muito concreto. Os psiquiatras e os psicanalistas nunca prestaram atenção a um delírio. Basta ouvir alguém que

---

NT Em francês: "René – "re-né" : re-nascido.

delira: são os russos que o atormentam, os chineses, já não tenho saliva, alguém que no metrô me enrabou, há micróbios e espermatozóides que se movem por todo o lado. É culpa de Franco, dos judeus, dos maoístas: todo um delírio do campo social. Por que isso não há de dizer respeito à sexualidade de um sujeito, às relações que ele tem com a idéia de chinês, de branco, de negro? Com a civilização, com as Cruzadas, com o metrô? Psiquiatras e psicanalistas, na defensiva, não querem saber disso, de tal modo são indefensáveis. Esmagam o conteúdo do inconsciente em enunciados de base pré-fabricados: "Você fala-me dos chineses, mas o seu pai? – Não, não é chinês. – Então você tem um amante chinês?". Está no nível da tarefa repressiva do juiz de Ângela Davis que assegurava: "O seu comportamento [380] só se explica por ela estar apaixonada". E se, ao contrário, a libido de Ângela Davis fosse uma libido social revolucionária? E se ela estivesse apaixonada por ser revolucionária?

É isto que queremos dizer aos psiquiatras e aos psicanalistas: vocês não sabem o que é um delírio, vocês não perceberam nada. Se o nosso livro tiver um sentido, é por chegar no momento em que muitas pessoas sentem que a máquina psicanalítica já não se move, em que uma geração começa a estar farta dos esquemas que servem para tudo – Édipo e castração, imaginário e simbólico –, que apagam sistematicamente o conteúdo social, político e cultural de toda a perturbação psíquica.

Actuel. – Vocês associam a esquizofrenia ao capitalismo, é mesmo este o fundamento do vosso livro. Há casos de esquizofrenia em outras sociedades?

Félix Guattari. – A esquizofrenia é indissociável do sistema capitalista, ele próprio concebido como uma primeira fuga: uma doença exclusiva. Nas outras sociedades, a fuga e a marginalidade assumem outros aspectos. O indivíduo a-social das chamadas sociedades primitivas não é internado. A prisão e o asilo são noções recentes. Ele é expulso, exila-se para o limite da aldeia e aí morre, a menos que se vá integrar numa aldeia vizinha. Cada sistema tem, aliás, a sua doença particular: o histérico das chamadas sociedades primitivas, as manias depressivas-paranóicas no Grande Império... A economia capitalista procede por descodificação e desterritorialização: tem os seus doentes extremos, isto é, os esquizofrênicos, que, no limite, se descodificam e desterritorializam, mas tem também as suas conseqüências extremas, os revolucionários.

Tradução de
Luiz B.L. Orlandi

36: Cinco proposições sobre a psicanálise[DL]
[1973]

Gostaria de apresentar cinco proposições concernentes à psicanálise. A primeira é a seguinte: a psicanálise, hoje em dia, apresenta um certo risco político que lhe é próprio e que se distingue dos perigos implicados pelo velho hospital psiquiátrico. Este constitui um lugar de enclausuramento localizado; a psicanálise, ao contrário, funciona ao ar livre. A psicanálise tem, de certa maneira, a posição do mercador na sociedade feudal segundo Marx: funcionando nos poros livres da sociedade, não somente no consultório privado, mas nas escolas, nas instituições, no que diz respeito à setorização etc. Este funcionamento coloca-nos numa situação singular em relação à empresa psicanalítica. O fato é que a psicanálise fala-nos muito do inconsciente; mas, de uma certa maneira, é sempre para reduzi-lo, destruí-lo, conjurá-lo, concebê-lo como uma espécie de parasita da consciência. Para a psicanálise, pode-se dizer que há sempre desejos demais. Para nós, ao contrário, não há nunca desejos o bastante. Não se trata, por um método ou outro, de reduzir o inconsciente; trata-se, para nós, de produzir inconsciente: não há um inconsciente que estaria já por aí, o inconsciente deve ser produzido e deve ser produzido politicamente, economicamente, historicamente. A questão é: [382] em que lugar, em quais circunstâncias, com o auxílio de que acontecimentos, pode haver produção de inconsciente? Por produção de inconsciente entendemos exatamente a mesma coisa que a produção de desejo num campo social histórico ou a aparição de enunciados e enunciações de um gênero novo.

Minha segunda proposição é que a psicanálise é uma máquina já pronta, constituída com antecedência para impedir as pessoas de falarem, portanto, de produzirem enunciados que lhes correspondam e que correspondam aos grupos com os quais eles encontram afinidades. Ao se fazer analisar, tem-se a impressão

---

DL. Traduzido do italiano. "Relazione di Gilles Deleuze" e discussões *in* Armando Verdiglione, ed., *Psicanalisi e Politica: Atti del Convegno di studi tenuto a Milano l'8-9 maggio 1973*, Milão: Feltrinelli, 1973, pp. 7-11, 17-21, 37-40, 44-45, 169-172. Por cuidado com a clareza, reformulamos e abreviamos as questões propostas durante a discussão. O texto dessa conferência é retomado de forma bastante diferente em Deleuze-Guattari, *Politique et psychanalyse*, Alençon: Bibliothèque des mots perdus, 1977. Pode-se comparar *in* DRF com "Quatre propositons sur la psychanalyse". [NRT: Texto 8, pp. 72-79].

de falar. Porém, mesmo que se fale à vontade, toda a máquina analítica é feita para suprimir as condições de uma verdadeira enunciação. O que quer que se diga é preso numa espécie de torniquete, de máquina interpretativa, de modo que o paciente nunca poderá ter acesso ao que ele tem realmente a dizer. O desejo ou o delírio (que são profundamente a mesma coisa), o desejo-delírio é por natureza investimento libidinal de todo um campo histórico, de todo um campo social. O que se delira são as classes, os povos, as raças, as massas, as matilhas. Ora, produz-se uma espécie de esmagamento graças à psicanálise, que dispõe de um código pré-existente. Este código é constituído por Édipo, pela castração, pelo romance familiar; o conteúdo mais secreto do delírio, ou seja, essa deriva do campo histórico e social, será esmagado de tal sorte que nenhum enunciado delirante, correspondente ao povoamento do inconsciente, poderá passar através da máquina analítica. Cito apenas dois exemplos: o exemplo célebre do presidente Schreber, cujo delírio diz respeito inteiramente às raças, à história, às guerras. Freud não leva isso em conta e reduz wexclusivamente seu delírio às relações com seu pai. Outro exemplo, o do homem dos lobos: quando o Homem dos lobos sonha com seis ou sete lobos, o que é por definição uma matilha, a saber, um certo tipo de grupo, Freud só pensa em reduzir esta multiplicidade, em [383] reconduzir tudo a um só lobo, que será forçosamente o pai. Toda enunciação coletiva libidinal, que estava presa ao delírio do Homem dos lobos, é esmagada: o Homem dos lobos não poderá sustentar, nem mesmo formular, qualquer dos enunciados que são os mais profundos para ele.

Minha terceira proposição é que, se a psicanálise procede assim, é porque ela dispõe de uma máquina automática de interpretação. A máquina de interpretação pode ser resumida da seguinte maneira: o que quer que se diga, o que se diz quer dizer outra coisa. Não é possível denunciar suficientemente os danos produzidos por essas máquinas. Quando me explicam que o que eu digo quer dizer coisa distinta do que digo, produz-se graças a isso uma clivagem do eu como sujeito. Esta clivagem é bem conhecida: o que digo remete a mim como sujeito de enunciado, o que quero dizer remete a mim (em minhas relações com o analista) como sujeito de enunciação. Esta clivagem é concebida pela própria psicanálise como base da castração, e impede toda produção de enunciados. Por exemplo, em certas escolas para crianças com dificuldades, relativas ao caráter ou mesmo psicopatas, a criança, em suas atividades de trabalho ou de brincadeira, é colocada em relação com seu educador, e é tomada aí como sujeito de enunciado; em sua psicoterapia, ela é posta em relação com o analista ou o terapeuta, sendo aí tomada enquanto sujeito de enunciação. O que quer que ela faça no grupo, na esfera do seu trabalho e de suas brincadeiras, será referido a uma instância superior, a do psicoterapeuta que será encarregado de interpretar sozinho, de sorte que a própria criança é clivada, não pode fazer passar qualquer enunciado do que lhe concerne realmente em suas relações ou com seu grupo. Ela terá a impressão de falar, mas não poderá dizer uma só palavra do que lhe toca essencialmente. De fato, o que produz enunciados em cada um de nós, não se deve a nós enquanto sujeitos, mas a outra coisa, às multiplicidades, às massas, e às matilhas, aos povos e às tribos, aos agenciamentos coletivos que nos atravessam, que nos são interiores e que nós não conhecemos porque fazem parte do nosso próprio inconsciente. A tarefa de uma verdadeira análise, de uma análise antipsicanalítica, é descobrir esses agenciamentos coletivos de enunciação, esses encadeamentos coletivos, esses povos que estão em nós e que nos fazem falar, e a partir dos quais nós [384] produzimos enunciados. É nesse sentido que opomos todo um campo de experimentação, de experimentação pessoal ou de grupo, às atividades de interpretação psicanalítica.

Minha quarta proposição, para ir rápido, é que a psicanálise implica uma relação de forças bastante particular. O livro recente de Castel, *Le Psychanalisme*[DLa], mostra-o muito bem. Essa relação de forças passa pelo contrato, forma burguesa liberal particularmente duvidosa. Ele conduz à "transferência", e culmina no silêncio do analista. Pois o silêncio do analista é a maior e a pior das interpretações. A psicanálise passa por um pequeno número de enunciados coletivos, que são os do próprio capitalismo, concernentes à castração, à falta, à família, e ela tenta fazer passar esse pequeno número de enunciados coletivos próprios do capitalismo por enunciados individuais dos próprios pacientes. Dizemos que é preciso fazer exatamente o inverso, quer dizer, partir dos verdadeiros enunciados individuais, dar às pessoas condições, inclusive condições materiais, de produção de seus enunciados individuais para descobrir os verdadeiros agenciamentos coletivos que os produzem.

Minha última proposição é que não desejamos, no que nos diz respeito, participar de tentativa alguma que se inscreva numa perspectiva freudo-marxista. E isto por duas razões. A primeira é que, finalmente, uma tentativa freudo-marxista procede em geral por um retorno às origens, ou seja, aos textos sagrados, textos sagrados de Freud, textos sagrados de Marx. Nosso ponto de partida deve ser totalmente diferente: não se dirigir a textos sagrados que se deveria mais ou menos interpretar, mas à situação tal como ela é, situação do aparelho burocrático no marxismo, do aparelho burocrático na psicanálise, na tentativa de subverter esses aparelhos. O marxismo e a psicanálise, de dois modos diferentes, falam em

---

[DLa] R. Castel, *Le psichanalisme*, Paris: F. Maspero, 1973.

nome de uma espécie de memória, de uma cultura da memória, e falam também de duas maneiras diferentes em nome das exigências de um desenvolvimento. Acreditamos, ao contrário, que é preciso falar em nome de uma força positiva do esquecimento, em nome do que é para cada um [385] seu próprio subdesenvolvimento, o que David Cooper chama tão bem de o terceiro mundo íntimo de cada um[DLb]. A segunda razão que nos distingue de toda tentativa freudo-marxista é que tais tentativas se propõem sempre a reconciliar duas economias: economia política e economia libidinal ou desejante. Mantém-se também em Reich essa dualidade e essa tentativa de conciliação.

Nosso ponto de vista é, ao contrário, que há apenas uma economia e que o problema de uma verdadeira análise antipsicanalítica é mostrar como o desejo inconsciente investe as formas dessa economia. A própria economia é que é economia política e economia desejante.

Discussão

Um participante levanta uma questão sobre a memória no freudo-marxismo e a força positiva do esquecimento.

Malgrado meu apelo para não voltar aos textos, eu penso em dois belos textos de Nietzsche, que fazem uma distinção entre o esquecimento como força de inércia e o esquecimento como força ativa[DLc]. O esquecimento como força ativa é a potência de acabar por sua própria conta com alguma coisa. Neste caso, o esquecimento se opõe à ruminação do passado que nos liga, do que nos liga a esse passado, mesmo que essa ligação vise desenvolvê-lo, levá-lo mais longe. Portanto, como distinguimos duas formas de esquecimento, das quais uma é uma espécie de força de inércia reativa, e a outra, uma força de esquecimento positiva, é evidente que o esquecimento revolucionário, o esquecimento de que eu falava, é o segundo esquecimento: é ele que constitui uma atividade real ou que pode fazer parte de atividades políticas reais. É da mesma maneira que o revolucionário rompe graças ao esquecimento e que ele permanece impermeável à objeção que se faz a ele constantemente: "Isso existiu, portanto, existirá sempre".

O esquecimento revolucionário pode ser aproximado de um outro tema freqüente, o de uma fuga ativa que se opõe a uma fuga passiva de uma outra espécie. Quando [386], por exemplo, Jackson, em sua prisão, diz: "Sim, pode

---

DLb D. Cooper. *Mort de la famille*. Paris: Seuil, col. "Combats", 1972, p. 25.
DLc *Genealogia da moral*, II, § 1ª; *Considerações extemporâneas*, II, § 1ª.

ser que eu fuja, mas ao longo de minha fuga, procuro uma arma!"[DLd]; isso é a fuga ativa revolucionária oposta a outras fugas, que são fugas capitalistas ou fugas pessoais etc.

Um participante pede um esclarecimento sobre a noção de esquecimento a propósito da relação entre marxismo e freudismo.

No marxismo apareceu desde o começo uma certa cultura da memória; mesmo a atividade revolucionária devia proceder a esta capitalização da memória das formações sociais. É, se se quiser, o lado hegeliano conservado por Marx, inclusive n'*O Capital*. Na psicanálise, a cultura da memória é ainda mais evidente. Por outro lado, o marxismo, como a psicanálise, é invadido por uma certa ideologia do desenvolvimento: desenvolvimento psíquico do ponto de vista da psicanálise, desenvolvimento social ou mesmo desenvolvimento da produção do ponto de vista do marxismo. Antes, por exemplo, em certas formas de luta operária no século XIX, que foram esmagadas pelo marxismo no seu começo (não penso apenas nos Utopistas), o apelo à luta se fazia, ao contrário, pela necessidade de esquecer, a partir de uma força ativa de esquecimento: nenhuma cultura da rememoração, nenhuma cultura do passado, mas um apelo ao esquecimento como condição de experimentação. Certos grupos americanos, hoje, de modo algum se ocupam de um retorno a Freud nem a Marx; ali também há uma espécie de cultura do esquecimento como condição de toda experimentação nova. A utilização do esquecimento como força ativa, para partir do zero, para sair do pesadume universitário que marcou tão profundamente o freudo-marxismo, é algo praticamente muito importante. Enquanto a cultura universitária sempre falou do interior de seu desenvolvimento que ela nos chama a perseguir e a prolongar, a contra-cultura reencontra hoje a idéia de que, se temos algo a dizer, não é em função de nosso desenvolvimento, qualquer que ele seja, mas em função e a partir de nosso subdesenvolvimento. A revolução não consiste no fato de se inscrever no movimento de desenvolvimento [387] e na capitalização da memória, mas na manutenção da força de esquecimento e da força de subdesenvolvimento como forças propriamente revolucionárias.

Um participante (G. Jervis) destaca uma diferença de conteúdo em relação a O Anti-Édipo, *por exemplo o desaparecimento da noção de "esquizo-análise" em favor de "análise antipsicanalítica" e nota uma evolução sensível: não se trata de criticar o Édipo, mas a psicanálise. Qual a razão desta evolução?*

Resposta. – Jervis tem razão. Nem Guattari nem eu não somos muito apegados à continuação nem mesmo à coerência do que escrevemos. Nós desejaríamos o

---

[DLd] Sobre G. Jackson, ver a nota DLb do texto nº 32.

contrário, desejaríamos que a seqüência de *O Anti-Édipo* estivesse em ruptura com o que precede, com o primeiro tomo, e depois, se há coisas que não estão bem no primeiro tomo, não tem importância. Quero dizer que não fazemos parte dos autores que concebem o que escrevem como uma obra que deve ser coerente; se mudamos, é muito bom, então não é preciso que falemos do passado. Mas Jervis diz duas coisas que são importantes: atualmente, nós não responsabilizamos tanto o Édipo, mas a instituição, a máquina psicanalítica no seu conjunto. É evidente que a máquina psicanalítica compreende dimensões além do Édipo, há para nós, portanto, razões para que isso não seja o problema essencial. Jervis acrescenta que a direção de nosso trabalho atual é mais político e que nós renunciamos esta manhã a utilizar o termo esquizo-análise. Gostaria de dizer várias coisas a esse respeito, do modo mais modesto possível. Quando um termo é lançado, e que ele tem um mínimo de sucesso, como aconteceu com "máquina desejante" ou com "esquizo-análise", ou ele é retomado e aí é bem desagradável, é já a recuperação, ou então se renuncia a ele, e é preciso encontrar outros, para deslocar tudo. Há palavras que Félix e eu sentimos que é urgente não mais utilizá-las: esquizo-análise, máquina desejante, é horrível, se nós as utilizamos, estamos presos na armadilha. Não sabemos muito bem, não acreditamos nas palavras; quando utilizamos uma palavra, temos vontade de dizer: se esta palavra não serve a vocês, encontrem outra, a gente sempre se arranja. As palavras são substitutos possíveis ao infinito. Quanto ao conteúdo [388] do que fazemos, é verdade que o primeiro tomo de *O Anti-Édipo* consistiu no fato de estabelecer espécies de dualidades. Havia, por exemplo, uma dualidade entre a paranóia e a esquizofrenia, e pensamos descobrir uma dualidade de regimes entre um regime paranóico e um regime esquizofrênico. Ou então, essa dualidade que tentamos estabelecer entre o molar e o molecular. Era preciso passar por aí. Não digo que nós ultrapassamos isso, mas isso não nos interessa mais. Presentemente, o que nós gostaríamos de tentar mostrar é como um está ancorado ao outro, que um está ligado ao outro. Quer dizer, como, finalmente, é no seio dos grandes conjuntos paranóicos que se organizam pequenas fugas de esquizofrenia. Há por vezes exemplos surpreendentes em política. Tomo o exemplo recente do que acontece na América: há a guerra do Vietnã; ela é gigantesca, é o acionamento de uma gigantesca máquina paranóica, o famoso complexo militar-industrial, todo um regime de signos políticos, econômicos. Todo o mundo diz "bravo", exceto um pequeno número, todos os países dizem "muito bem", isso não escandaliza ninguém. Não escandaliza ninguém, salvo um pequeno número de pessoas denunciadas como esquerdistas. Depois, eis que acontece um pequeno caso, nada muito importante, uma história de espionagem, de roubo, de polícia e de psiquiatria, entre um partido americano e o outro. Há fugas. E toda a brava gente que aceita muito bem a guerra no Vietnã, que aceita muito bem essa grande máquina paranóica, começa a dizer: o presidente dos EUA não respeita mais as regras do jogo. Uma pequena fuga esquizofrênica se implantou no grande sistema paranóico, os jornais perdem a cabeça ou fingem perdê-la. Por que não as ações cotadas na Bolsa? O que nos interessa atualmente são as linhas de fuga nos sistemas, as condições nas quais essas linhas formam ou suscitam forças revolucionárias, ou permanecem anedóticas. As probabilidades revolucionárias não consistem em contradições do sistema capitalista, mas em movimentos de fuga que o minam, sempre inesperados, sempre renovados. Reprovam-nos por utilizarmos a palavra esquizo-análise, e acham que confundimos o esquizofrênico e o revolucionário. Contudo, nós tomamos muitas precauções para diferenciá-los. [389]

Um sistema como o capitalismo foge por todos os lados, ele foge, e depois o capitalismo colmata, faz nós, faz liames para impedir que as fugas sejam muito numerosas. Um escândalo aqui, uma fuga de capitais ali etc. E há também fugas de um outro tipo: há as comunidades, há os marginais, os delinqüentes, há os drogados, as fugas de drogados, há fugas de todo tipo, há fugas esquizofrênicas, há pessoas que fogem de maneira muito diferente. Nosso problema (nós não somos completamente estúpidos, não dizemos que isso será suficiente para fazer a revolução) é: dado um sistema que foge realmente por todos os lados e que, ao mesmo tempo, não pára de impedir, de reprimir ou de colmatar as fugas por todos os meios, como fazer para que essas fugas não sejam simplesmente tentativas individuais ou pequenas comunidades, mas que elas formem verdadeiramente máquinas revolucionárias? E por que razão, até o presente, as revoluções foram tão mal? Não há revolução sem uma máquina de guerra central, centralizadora. Não se luta, não se duela a socos, é preciso uma máquina de guerra que organize e unifique. Mas, até o presente, não existiu no campo revolucionário uma máquina que não reproduzisse, a seu modo, uma outra coisa, ou seja, um aparelho de Estado, o organismo mesmo da opressão. Eis o problema da revolução: como uma máquina de guerra poderia dar conta de todas as fugas que se fazem no sistema sem esmagá-las, liquidá-las, e sem reproduzir um aparelho de Estado? Então, quando Jervis diz que nosso discurso se torna cada vez mais político, creio que ele tem razão, porque, tanto quanto insistimos, na primeira parte do nosso trabalho, sobre grandes dualidades, procuramos no presente o novo modo de unificação no qual, por exemplo, o discurso esquizofrênico, o discurso drogado, o discurso perverso, o discurso homossexual, todos os discursos marginais possam subsistir, que todas essas fugas e esses discursos se implantem numa máquina de guerra que não reproduza um aparelho de Estado nem de Partido. É por isso mesmo que nós não temos mais tanta vontade de falar em esquizo-análise, porque isso resultaria em proteger um tipo de fuga particular, a fuga esquizofrênica. O que nos interessa, é uma espécie [390] de elo que nos leve ao problema político direto, e o problema político direto é quase esse para nós: até aqui, os partidos revolucionários se constituíram como sínteses de interesses em lugar de funcionar como analisadores de desejos das massas e dos indivíduos. Ou então, o que dá no mesmo: os partidos revolucionários se constituíram como embriões de aparelhos de Estado, em lugar de formar máquinas de guerra irredutíveis a tais aparelhos.

Tradução de
Cíntia Vieira da Silva

37: Faces e superfícies[DL]
[1973]

Stefan Czerkinsky. – O pintor sou eu. Eu não sou pintor. Então, não vamos fazer um prefácio. Vamos fazer superfícies, não uma apresentação. Vamos deslizar. É você que vai fazer os desenhos. Eu escrevo os pedaços de escrever. Não mudamos de função, não trocamos nada, não trocamos, não é nada disso...

Gilles Deleuze. – Ufa! Tenho os desenhos, aí estão[DLa]. Quanto pior, melhor funciona. Justamente são monstros de superfície. Como o roxo-marrom. Todas as cores em superfície. Como isto funciona, o roxo?

Stefan Czerkinsky. – Como isto funciona, a terroria? Como isto funciona, um monstro em superfície?

Gilles Deleuze. – A terroria é roxa. A terroria é pinturadesejoescrita com outra coisa ainda, nas beiradas, nos cantos, nos meios e alhures. É o movimento oscilatório Flux Flux Klan conhecido sob a denominação "a grande extorsão do pensamento" e seus membros-órgãos, "os *squatters* do conceito". Ela se propõe:

1º) A constituição sem apoio da terroterapia, ligada à destruição ativa das doenças de nosso tempo: psicopompas, hipocondríocos, esquizófagos, blenofrenias, neurotoses, neurotipias, mortemas, sexoses, fantasmólogos, escatotonias. E a pior do nosso tempo: a deprê glorificadora.

2º) A produção de palavras de ordem e slogans tais como:
– "Cada vez mais inconsciente, mais ainda, produzam inconsciente".
– "Nada para interpretar".
– "Tudo se arranja, porém bem".
– "Obrigação de uma carteira de residência e de uma carteira de trabalho para todos os Franceses, seguida de controles policiais regulares".
– "De dois movimentos, o mais desterritorializado ganha do menos".
– "De cinqüenta movimentos, o mais desterritorializado ganha dos outros".

DL Com Stefan Czerkinsky e J. J. Passera, in *Faces et surfaces*, Paris: Éditions Galerie Karl Flinker, 1973. Trata-se do catálogo de exposição consagrado a um jovem artista de origem polonesa cuja obra – composições monocromáticas – permanece desconhecida (o artista suicidou-se pouco tempo após a exposição).

DLa Seis desenhos de Deleuze – reproduzidos em *Chimères*, nº 21 – figuravam na exposição.

O movimento mais desterritorializado chama-se vetor louco. É o roxo. O inconsciente é roxo, ou o será.

Stefan Czerkinsky. – Quais são as precauções a serem tomadas para produzir um conceito?

Gilles Deleuze. – Você liga a seta, verifica no seu retrovisor se um outro conceito não está ultrapassando; uma vez essas precauções tomadas, você produz o conceito[1]. Quais são as precauções para passar de um campo teórico para um outro?

Stefan Czerkinsky. – Nada mais fácil. Muna-se, portanto, de um porta-conceito feito de material sintético. Pegue uma tela da qual você retira o preparo, ou, mais simplesmente, uma tela não preparada. Coloque-a em sanduíche entre as duas parte de um chassi de madeira, previamente cerrado na perpendicular de seu eixo. O chassi transborda então da tela dos dois lados, formando duas pequenas bacias. Pinta primeiro em um lado, seguindo direções escolhidas (vetores), partindo, por exemplo, dos cantos, como pontos cardeais. Exemplo: você pinta, Norte-Leste, Norte-Sul, Sul-Leste, Sul-Oeste, Norte-Oeste etc. Com vermelho e azul, seja vermelho ou azul, seja misturados fora da tela, seja misturando-se na tela, e para produzir, em todos os casos, seja um roxo, seja um marrom, variáveis. Em seguida, vira para ver o que aconteceu do outro lado, porque a tela despreparada (não oclusa) difundiu a cor. Se for preciso, você supervisiona a difusão com a ajuda [393] de um espelho colocado atrás da tela. Então, você pinta este outro lado seguindo outras direções e outros cantos, com um pincel diferente. Você pode também virar a tela cardealmente, mudá-la de lugar, pendurá-la, trabalhá-la na parede, no chão etc.

Difusão de um lado para o outro, sem cessar. Cada lado vai modificar o outro: vermelho, azul, azul-vermelho/vermelho-azul etc. que dão roxos variáveis (e negativo marrom). Cada lado penetra o outro: o roxo é o país do PENETRAR. Aí você se tornou o passa-cor, o passa-lados, o passa-tempo: o pintor ou a pintura, o nômade.

É dessa maneira que você obtém movimentos de desterritorialização da cor, e de muitas outras coisas, e que você produz intensidades. Você fez com que desse voltas aquilo que não tem espessura.

Não o havíamos dito, mas você tomou a providência de comprar uma tela muito maior do que o chassi, formando uma beirada, uma margem que transborda de cinqüenta centímetros pelo menos. Ela tem vários papéis:

1º) zona de superprodução; 2º) instância de antiprodução; 3º) distância do corpo-tela; 4º) maculações recíprocas, quem é pintor e quem é pintado? (com

---

1) Os conceitos não estão na cabeça: são coisas, povos, zonas, regiões, limiares, gradientes, calores, velocidades.

efeito, a borda terá sido diversamente maculada: segundo o trabalho efetuado, as cores utilizadas, as posições da tela e os vetores escolhidos. O corpo também terá sido maculado, pode-se dizer que ele também é uma borda); 5º) passeios e pisoteamentos; soleiragem tanto para o pintor, a tela, o visitante.

Acontece, às vezes, que uma parte ínfima da tela permanece não pintada, esquecida. Acontece, às vezes, que se esqueça de esquecer. Este buraco: pensamos na Vetuda da Renascença italiana, mas estamos enganados. Pensamos nas mulheres navajos que nunca terminam uma tapeçaria. Elas deixam um buraco, pois, dizem, fazendo esse trabalho com todo seu coração, temem que ele fique preso em malhas demasiadamente perfeitas. Mas estamos ainda enganados. Podemos dizer também que o buraco que circula sobre a tela é um real que se abre sobre um outro real, mas isso é a metafísica e os outros-mundos.

Gilles Deleuze. – Trata-se de uma borda interior que ecoa as bordas exteriores. Ambas constituem a diferença de intensidade pela qual tudo se passa e comunica, negligência [394] da margem e esquecimento do buraco, ambas se respondem. Esquecimento de pintar, negligência em pintar, a tela entre dentro-fora, a tela-tímpano, entendida como signo da pintura, signo a-significante. O buraco-borda é realidade física. É a Realidade. Ah, como os físicos falam coisas bonitas hoje, sobre os fenômenos de borda e os números de buracos. Precisaria ser cientista. Viva Pauli, Viva Fermi. Mas não podemos compreender. Então, é melhor ainda, fazemos igual. Os buracos-partículas, as bordas-partículas: eles mexem[2].

Stefan Czerkinsky. – Não acabou. Depois de ter pintado as telas, fabrica-se uma moeda muito simples: a partir de objetos, de verbos, de gestos, de materiais etc. Fixa-se arbitrariamente relações arbitrariamente equivalentes entre as telas e o que se tornará moeda.

Por exemplo, vou fabricar pequenos objetos, utensílios, madeira em algodão como pequenos bebês, laqueações metálicas como algemas para tecido, plástico azul metalizado rachado bisel, cabelos colocados nas rachaduras e mantidos com argila: uns são bem grandes, os outros realmente bem pequenos. Coloco-os numa mala, uma marmita de ferro; eu fiz isso para crianças num jardim público, isso as divertia muito, é a diferença de tamanho e a acumulação que as faziam rir. Aí, eu os coloco, todos esses pequenos objetoscasuloacolchoados, em relação com as telas roxas. São fetiches ou chaveiros, para as telas-portas, as telas-tendas, as telas-ícones. Isso deve formar um circuito mais amplo. Circuito restrito:

---

2) O buraco-borda e a borda-margem são as duas unidades da pintura, mas de outra coisa também. Um pode ser tomado como a territorialização do outro, o outro sendo então a desterritorialização do primeiro. Mas tudo isso se inverte assim que se dá a volta.

chassi-tela-borda-buraco; circuito amplo: equivalência com um outro sistema de signos, os pequenos objetos-utensílios. O ideal seria pagar as telas com os pequenos objetos, e fazer os pequenos objetos com as telas. Precisaria roubar uns ou os outros, ou os dois ao mesmo tempo. Pode-se colocar a questão: meus utensílios e minhas telas não eram desde o início dinheiro? É isto o terrível: a virtualidade do dinheiro.

Tradução de
Christian Pierre Kasper

38: Prefácio ao livro *L'Après-Mai des faunes*[DL]
[1974]

Prefácio. Ninguém pode escapar dele, nem o autor do livro, nem o editor, nem o prefaciador, a verdadeira vítima, embora não haja necessidade alguma de prefácio. É um livro alegre. Ele poderia se chamar: Como nasceram dúvidas sobre a existência da homossexualidade; ou ainda, Ninguém pode dizer "Eu sou homossexual". Assinado Hocquenghem. Como ele chegou até aí? Evolução pessoal, marcada na sucessão e na diversidade de tons dos textos deste livro? Revolução coletiva ligada a um trabalho de grupo, a um devir do FHAR? Evidentemente, não é mudando, tornando-se heterossexual, por exemplo, que Hocquenghem tem dúvidas sobre a validade das noções e declarações. Permanecendo homossexual *for ever*, continuando assim, sendo homossexual cada vez mais ou cada vez melhor, é que se pode dizer: "mas, afinal de contas, ninguém o é". Isto vale mil vezes mais que a chata e insípida sentença segundo a qual todo mundo o é, todo mundo o seria, bicha inconsciente latente. Hocquenghem não fala nem de evolução nem de revolução, mas de volições[NRT]. Imaginemos uma espiral muito móvel: Hocquenghem nela está ao mesmo tempo em vários níveis, simultaneamente em várias curvas, ora com uma moto, ora chapado, ora sodomizado ou sodomizador, ora travesti. Em um nível, ele pode dizer sim, eu sou homossexual sim, em outro não é isto, em um outro nível é ainda outra coisa. Esse livro não repete o livro precedente, *O Desejo homossexual*[DLa]; ele o distribui, mobiliza-o de modo totalmente distinto, transforma-o.

Primeira volição. Contra a psicanálise, contra as interpretações e reduções psicanalíticas – a homossexualidade vista como relação com o pai, com a mãe,

---

DL "Prefácio" in Guy Hocquenghen, *L'Après-Mai des faunes*, Paris: Grasset, 1974, pp. 7-17. Guy Hocquenghem (1946-1988), escritor, membro do FHAR (Frente homossexual de ação revolucionária, criada em 1970) encontrou Deleuze na Universidade de Vincennes, onde este era "chargé de cours". [NT: professor delegado do ensino superior].

NRT [A tradução de "volution" por "volição" – implicando a raiz "vol" do verbo latino "volere" = "querer" – entra em ressonância com a noção escolástica de "volitione" e, em alguma psicologia, com a idéia de atos de vontade. O desenrolar do texto, porém, desliga as volições da vontade de um sujeito e também de um inconsciente psicanalítico, destacando, isto sim, lances da "progressão de um devir sexual"].

DLa *Le Désir homosexuel*, Paris: Editions Universitaires, col. "Psychotèque", 1972.

com Édipo. Hocquenghem não é contra nada, tendo mesmo escrito uma carta a sua mãe. Mas, isso não funciona. A psicanálise nunca suportou o desejo. É sempre necessário que ela o reduza e que lhe faça dizer outra coisa. Entre as páginas mais ridículas de Freud, há aquelas sobre a *"fellatio"*, a felação: um desejo tão bizarro e tão "chocante" não pode valer por si próprio, é necessário que ele remeta às tetas da vaca, e por aí ao seio da mãe. Ter-se-ia mais prazer em sugar um mamilo de vaca. Interpretar, regressar, fazer regressar. Isso leva Hocquenghem a rir. E talvez exista uma homossexualidade edipiana, uma homossexualidade-mamãe, culpabilidade, paranóia, tudo o que se queira. Mas, justamente, ela cai como chumbo, lastrada por aquilo que oculta e que quer levá-la a esconder o conselho de família e de psicanálise reunidos: ela não se interessa pela espiral, não suporta a prova da leveza e da mobilidade. Hocquenghem se contenta em sinalizar a especificidade e irredutibilidade de um desejo homossexual, fluxo sem objetivo nem origem, caso de experimentação e não de interpretação. Não se é nunca homossexual em função de seu passado, mas de seu presente, uma vez sabido que a criança já era presença que não remetia a um passado. Pois o desejo nunca representa nada, e não remete a alguma coisa recôndita, a uma cena de teatro familiar ou privado. O desejo agencia, maquina, estabelece conexões. O belo texto de Hocquenghem sobre a moto: a moto é um sexo. Em vez de ser aquele que permanece no *mesmo* sexo, não seria, o homossexual, aquele que descobre inúmeros sexos sobre os quais não temos idéia? Mas, inicialmente, Hocquenghem esforça-se por definir esse desejo homossexual específico, irredutível – não por uma interioridade regressiva, mas pelos caracteres presentes de um Fora, de uma relação com o Fora: o movimento particular da paquera, o modo de encontro, a estrutura "anular"[NRT], o intercâmbio e a mobilidade dos papéis, uma certa traição (complô contra sua própria classe, como diz Klossowski?: "foi-nos dito que éramos homens, somos tratados como mulheres; sim, para nossos adversários, somos traidores, fingidos, de má-fé: sim, em toda situação social, a todo momento, podemos afrouxar os homens, somos afrouxeladores e nos orgulhamos disso").

Segunda volição: a homossexualidade não é produção de desejo sem ser, ao mesmo tempo, formação de enunciados. Pois é a mesma coisa, produzir desejo e formar novos enunciados. É evidente que Hocquenghem não fala como Gide,

---

NRT [Há, em francês, o vocábulo "annulaire", com dois enes, significando algo relativo a anel, mas o termo de Hocquenghem, que Deleuze transcreve entre aspas, é "anulaire", com apenas um ene, de modo a sugerir, certamente com algum humor, uma ressonância entre estruturas anais e anulares, da qual não se ausenta a própria idéia de anelo, de desejo intenso, portanto].

nem como Proust, muito menos como Peyrefitte[NT]: mas o estilo é política – e as diferenças de geração também, e as maneiras de dizer "eu" (cf. o abismo de diferenças entre Burroughs pai e filho, quando dizem "eu" e falam da droga). Outro estilo, outra política: a importância de Tony Duvert hoje, um novo tom. É do fundo de um novo estilo que a homossexualidade produz hoje enunciados que não versam, e não devem versar sobre a própria homossexualidade. Caso se tratasse de dizer "todos os homens são bichas", isso não é de interesse algum, é proposição nula que só diverte os débeis. Todavia, a posição marginal do homossexual torna possível e necessário que exista algo a ser dito sobre *o que não é* a homossexualidade: "com os movimentos homossexuais, o conjunto dos problemas sexuais dos homens apareceram". Para Hocquenghem, os enunciados da homossexualidade são de duas espécies complementares. Primeiro, sobre a sexualidade em geral: longe de ser falocrática, o homossexual denuncia, na servidão da mulher *e* no recalcamento da homossexualidade, um único e mesmo fenômeno que constitui o falocentrismo. Este, com efeito, procede indiretamente e, formando o modelo heterossexual de nossas sociedades, rebate a sexualidade do rapaz sobre a moça à qual, no jogo das armadilhas, atribui o papel de primeira caçadora e, ao mesmo tempo, de primeira caçada. Então, que haja uma cumplicidade misteriosa entre moças que preferem moças, entre rapazes que preferem rapazes, entre rapazes que, em vez de moças, preferem uma moto ou uma bicicleta, entre moças que preferem [398] etc., o importante é não introduzir relação simbólica ou pseudo-significante nesses complôs e cumplicidades ("um movimento como o FHAR aparece intimamente ligado aos movimentos ecológicos... *embora isso seja inexprimível na lógica política*"). Donde, igualmente, a segunda espécie de enunciados voltados ao campo social em geral e à presença da sexualidade nesse campo inteiro: escapando do modelo heterossexual, da localização desse modelo em um tipo de relações, assim como da sua difusão em todos os lugares da sociedade, a homossexualidade é capaz de levar a cabo uma micropolítica do desejo e servir, no conjunto, como revelador ou detector das relações de força às quais a sociedade submete a sexualidade (inclusive no caso da homossexualidade mais ou menos latente que impregna os grupos viris militares ou fascistas). Precisamente, a homossexualidade se libera, não quebrando toda relação de força, mas quando, marginal, não é de *utilidade social* alguma: "as relações de força não são aí inscritas no começo pela sociedade, os papéis homem-mulher, comedor-comido, mestre-escravo são instáveis e intercambiáveis a qualquer momento".

NT [Roger Peyrefitte, autor do romance *Les amitiés particulières*. Marseille: Jean Vigneau, 1944].

Terceira volição. Acreditava-se que Hocquenghem estivesse se fixando, cavando seu lugar à margem. Mas o que é essa margem? O que é essa especificidade do desejo homossexual, e estes contra-enunciados de homossexualidade? Um outro Hocquenghem, em um outro nível da espiral, denuncia a homossexualidade como uma palavra. *Nominalismo* da homossexualidade. E, verdadeiramente, não há poder das palavras, mas somente palavras a serviço do poder: a linguagem não é informação ou comunicação, mas prescrição, ordenança e comando. Tu ficarás à margem. É o central que faz o marginal. "Este recorte abstrato do desejo que permite reger mesmo aqueles que escapam, esta submissão à lei do que está fora da Lei. A categoria em questão e a própria palavra são uma invenção relativamente recente. O imperialismo crescente de uma sociedade que quer atribuir um estatuto social a todo inclassificável criou esta particularização do desequilíbrio... Recortando para melhor reinar, o pensamento pseudocientífico da psiquiatria transformou a intolerância bárbara em intolerância civilizada". Eis, contudo, o que acontece de bizarro: quanto menos a homossexualidade é um estado de coisa, mais a homossexualidade é uma palavra, mais é necessário tomá-la ao pé da letra, assumir sua posição como específica, seus enunciados como irredutíveis, e fazer de conta que... Como desafio. Quase por dever. Como momento dialeticamente necessário. Por passagem e por progresso. Nós seremos as bichas loucas, se é isto que vocês querem. Transbordaremos suas armadilhas. Nós os tomaremos ao pé da letra: "É tornando a vergonha mais vergonhosa que se progride. Reivindicamos nossa feminilidade, essa mesma que as mulheres rejeitam, *ao mesmo tempo em que declaramos que estes papéis não têm sentido algum*... A forma concreta dessa luta, ninguém pode escapar dela, é a passagem pela homossexualidade". Ainda uma máscara, ainda uma traição, Hocquenghem reencontra-se hegeliano – o momento necessário pelo qual é preciso passar – Hocquenghem reencontra-se marxista: a bicha como proletária de Eros ("precisamente porque vive aceitando a situação a mais particular, é que tem valor universal aquilo que ele pensa"). O leitor se surpreende. Homenagem à dialética, à Escola normal superior? Homo-hegelianismo-marxista? Mas Hocquenghem já se encontra alhures, em um outro lugar de sua espiral, e diz o que tinha na cabeça ou no coração, e que não se separa de uma espécie de evolução. Quem entre nós não tem que deixar morrer Hegel e Marx em si mesmo, e a infame dialética?

Quarta volição, última figura de dança por agora, última traição. É preciso acompanhar os textos de Hocquenghem, sua posição em relação ao FHAR e no FHAR, como grupo específico, as relações com o MLF. E mesmo a idéia que o desmembramento dos grupos nunca é trágica. Longe de se fechar sobre "o mesmo", a homossexualidade vai se abrir a todas as espécies de relações novas possíveis, micrológicas ou micropsíquicas, essencialmente reversíveis, transversais, com tantos sexos quanto há agenciamentos, não excluindo sequer as novas relações entre homens e mulheres: a mobilidade de certas relações SM[NT], as potências do travesti, as trinta e seis mil formas de amor à Fourier, ou os *n*-sexos (nem um nem dois sexos). Não se trata mais de ser homem ou mulher, mas de inventar sexos, a tal ponto que um homossexual homem pode encontrar numa mulher os prazeres que um homem lhe daria, e inversamente (Proust já opunha à homossexualidade [400] exclusiva do Mesmo essa homossexualidade de preferência múltipla e mais "localizada" que inclui todas as espécies de comunicações transsexuais, aí compreendidas as flores e as bicicletas). Em uma belíssima página sobre o travesti, Hocquenghem fala de uma transmutação de uma ordem a outra, como de um *continuum* intensivo de substâncias: "Nada de intermediário entre o homem e a mulher, ou o mediador universal, é uma parte de um mundo transferido a um outro como se passa de um universo a um outro universo, paralelo ao primeiro, ou perpendicular, ou de viés; ou antes, é um milhão de gestos deslocados, de traços transferidos, de acontecimentos...". Longe de se fechar na identidade de um sexo, essa homossexualidade se abre à uma perda de identidade, ao "sistema em ato de ramificações não exclusivas do desejo multívoco". Nesse ponto preciso da espiral, compreende-se como o tom mudou: não se trata mais absolutamente para o homossexual de se fazer reconhecer e de se colocar como sujeito provido de direitos (deixai-nos viver, finalmente, todo mundo o é um pouco... homossexualidade-demanda, homossexualidade-recognição, homossexualidade do mesmo, forma edipiana, estilo *Arcadie*[DLb]). Trata-se, para o novo homossexual, de exigir ser assim, para enfim dizer: ninguém o é, isto não existe. Vocês nos chamam de homossexuais, de acordo, mas nós já estamos alhures. Não há mais *sujeito* homossexual, mas produções homossexuais de desejo e de agenciamentos homossexuais produtores de enunciados que enxameiam por toda parte, SM e travestis, nas relações de amor tanto quanto nas lutas políticas. Não há mais sujeito-Gide arrebatado dividido, nem mesmo sujeito-Proust ainda culpado, muito menos o lamentável Eu-Peyrefitte. Compreende-se melhor como Hocquenghem pode estar em todas as partes na sua espiral e, ao mesmo tempo, dizer: o desejo homossexual é

NT [Sadomasoquistas].
DLb O Clube Arcadie (1954-1982) era um grupo constituído em torno de André Baudry, o qual estimava que os homossexuais deveriam se reunir na discrição, na "coragem" e na "dignidade". Vinculado à direita, o grupo de Baudry era contra as "escandalosas" manifestações públicas do FHAR.

específico, há enunciados homossexuais, mas a homossexualidade é nada, é tão-somente uma palavra, e, no entanto, levemos a palavra a sério, passemos necessariamente por ela para que restitua tudo o que ela contém de alteridade – e que não é o inconsciente da psicanálise, mas a progressão de um devir sexual por vir.

Tradução de
Daniel Lins

39: Uma arte de plantador[DL]
[1974]

Longa abertura do filme com música de Couperin. Vê-se a câmera mexer, parar em tal cenário ou tal lugar, frente a tal arquitetura.

Vê-se o diretor rir, falar, mostrar alguma coisa; a equipe, agenciar tal ou qual conjunto. Teme-se que seja, mais uma vez, um jeito de, no filme, introduzir o filme que está se fazendo. Felizmente é outra coisa. A abertura não é nem um pouco longa. Há nesse filme uma mobilidade da câmera que parece muito nova. É uma maneira de plantar. Não cravar a câmera sobre seus pés, mas plantá-la rapidamente, em pouca profundidade de um solo ou de um terreno, e transportá-la alhures para replantá-la. Uma arte do arroz: a câmera bica[NT] o solo, de um salto volta a bicá-lo mais além. Nenhum enraizamento, mas bicadas. No próprio filme, a câmera, a equipe e o diretor surgirão de repente bem ao lado de um casal fazendo amor: não é um efeito "literário", nem uma reflexão da filmagem no filme, mas a câmera se vê porque está plantada aí, bicando aí, para logo em seguida ir alhures.

O filme, tudo o que ele mostra, segue esse procedimento sem artifício. O filme e a abertura são a mesma história móvel ocorrendo em dois modos. Um filho se mata, e o pai, feito louco, vai passar por uma série de metamorfoses: em pequeno vadio sádico, em grande mago inquietante, em passeante nômade, em rapaz amoroso. O ator que faz o papel do pai, Patrice Dally, tem uma sobriedade forte, um jeito quase humilde, que multiplica a violência das metamorfoses. O pretexto é uma espécie de inquérito sobre a morte do filho. A realidade é a cadeia quebrada das metamorfoses, que não operam por transformações, mas imponderadamente. Cena muito bonita em que Roger

---

DL In *Deleuze, Faye, Roubaud, Touraine parlent de "Les Autres" – un filme de Hugo Santiago, écrit en collaboration avec Adolfo Bioy Casares e Jorge Luis Borges*, Paris: Christian Bourgois, 1974. Trata-se de uma brochura, distribuída na entrada de uma sala de cinema do *Quartier Latin*, para defender e apoiar o filme de Hugo Santiago que tinha provocado um escândalo no festival de Cannes em 1974.

NT [Deleuze usa aqui o verbo *piquer*, que, além do sentido de picar, denota, em francês, o modo de plantação – pouco profundo – próprio à cultura do arroz. Que o leitor brasileiro mantenha essa denotação, embora ela falte ao uso dos termos picar ou bicar].

Planchon, o mago, saltita em volta de uma moça, para persuadi-la de algo, na praça Saint-Sulpice: Planchon se planta cada vez frente à moça, com movimentos surpreendentes. Cena muito bonita em que o sádico nervoso, Pierre Julien, leva o jogador em todas as direções, altura, profundidade, comprimento, recortando o espaço todo como se fosse com uma faca.

Dir-se-ia uma história plantada em Paris, nem um pouco pesada ou estática, mas com bicadas correspondendo a cada posição de câmera. Essa história vem de outro lugar: vem da América do Sul, vem do conjunto Santiago-Borges-Bioy Casares, carrega uma potência de metamorfose que se encontra também nos romances de Astúrias, ela sai de outras paisagens, da savana, dos pampas, das companhias fruteiras, campo de milho ou arrozal. O ponto mais preciso em que a câmera se insere ou se injeta em Paris é uma pequena livraria, "Das duas Américas", o negócio do pai. Mas não há aplicação alguma disso na história, nenhum simbolismo, nenhum jogo literário como se contasse uma história de índio em Paris. É antes uma história estritamente comum aos dois mundos, um fragmento de cidade e um fragmento dos pampas, ambos muito móveis; um bicando o outro e levando-o consigo. O que parece contínuo em um seria descontínuo no outro, e vice-versa. É admirável a maneira como Santiago filmou o interior do Observatório de Meudon: é toda uma verdadeira cidade metálica e deserta, plantada numa floresta. Tambores saltam na música de Couperin, há gritos agudos de papagaios dentro do hotel Odéon, o livreiro parisiense é verdadeiramente um índio.

O cinema sempre esteve mais próximo da arquitetura do que do teatro. Tudo aqui se define numa certa relação da arquitetura e da câmera. As metamorfoses nada têm que ver com fantasmas: a câmera salta de um ponto para um outro, em volta de um conjunto de arquitetura, como Planchon salta [403] em volta do grande chafariz de pedra. Os personagens do livreiro saltam de um para o outro em volta de Valérie, a heroína que sabe tomar posições próprias à arquitetura. Ora reta, ora curvada, inclinada ou endireitada, observadora em Meudon, ela observa as metamorfoses, ela é ao mesmo tempo a vítima e o líder do jogo, ela forma o centro para os saltos do livreiro. A atuação e a beleza da atriz, Noëlle Châtelet, a estranha "gravidade" da cena de amor detalhada. E a maneira pela qual, ela também, mas de modo completamente diferente do livreiro, mantém sua relação com o outro mundo. Um diz com arquitetura, com olhar e com posição, o que o outro diz com movimentos, com música e com câmera. É curioso ter havido críticos que não gostaram desse filme, nem mesmo enquanto ensaio de um cinema dotado de uma nova mobilidade. O filme precedente de Santiago, *Invasion*, já ia nesse sentido. (Pergunta subsidiária, porque o livreiro chama-se Espinosa? Talvez porque as duas Américas, os dois mundos, a cidade e os pampas, sejam como dois atributos para uma substância absolutamente comum. E isto nada tem que ver com filosofia, é a própria substância do filme.)

Tradução de
Christian Pierre Kasper

[404]
Bibliografia geral dos artigos
1953-1974

Esta bibliografia é a de Timothy S. Murphy, ligeiramente ampliada e modificada. A cada vez, indicamos em qual livro o artigo foi retomado ou reformulado. Os asteriscos precedem aqueles artigos que não foram retomados em alguma obra e nem no presente volume. Não figuram aqui as transcrições de cursos e nem os registros de áudio.

1953

* "Régis Jolivet. – Le problème de la mort chez M. Heidegger et J.-P. Sartre", *Revue philosophique de la France et de l'étranger*, vol. CXLIII, nº 1-3, janeiro-março de 1953, pp. 107-108.

* "K.E. Lögstrup. – Kierkegaard und Heideggers Existenzanalyse und ihr Verhältnis zur Verkündigung", *ibid.*, pp. 108-19.

* "Helmut Kuhn. – Encounter with Nothingness / Begegnung mit dem Nichts", *ibid.*, p. 109.

* "Bertrand Russell. – Macht und Persönlichkeit", *ibid.*, pp. 135-136.

* "Carl Jorgensen. 'Two Commandments'", *ibid.*, pp. 138-139.

1954

* "Darbon. – Philosophie de la volonté", *Revue philosophique de la France et de l'étranger*, vol. CXLIV, nº 4-6 (abril-junho de 1954), p. 283.

"Jean Hyppolite. – *Logique et existence*", *Revue philosophique de la France et de l'étranger*, vol. CXLIV, nº 7-9 (julho-setembro de 1954), pp. 457-460. [405]

1955

"Introduction" em Gilles Deleuze, ed., *Instincts et institutions* (Paris: Hachette, 1953), pp. viii-xi.

* "Émile Leonard. – L'Illuminisme dans un protestantisme de constitution récente (Brésil)", *Revue philosophique de la France et de l'étranger*, vol. CXLV, nº 4-6 abril-junho de 1955), p. 208.

* "J.-P. Sartre. – Materialismus und Revolution", *ibid*, p. 237.

1956

"Bergson 1859-1941" em Maurice Merleau-Ponty, ed., *Les Philosophes célèbres*, Paris: Éditions d'Art Lucien Mazenod, 1956, pp. 292-299.

"La conception de la différence chez Bergson" em *Les Etudes Bergsoniennes*, vol. IV, 1956, pp.77-112.

* "*Descartes, l'homme et l'œuvre*, par Ferdinand Alquié" em *Cahiers du Sud*, vol. XLIII, nº 337, outubro de 1956, pp. 473-475.

1957

* "Michel Bernard – La Philosophie religieuse de Gabriel Marcel (étude critique)", em *Revue philosophique de la France et de l'étranger*, vol. CXLVII, nº 1-3, janeiro-março de 1957, p.105.

1959

"Sens et valuers", em *Arguments*, nº 15, 1959, pp.20-28. Retomado e modificado em *Nietzsche et la philosophie*, Paris: PUF, 1962.

1961

"De Sacher-Masoch au masochisme", em *Arguments*, nº 21, 1961, pp. 40-46. Retomado em *Présentation de Sacher-Masoch*, Paris: Minuit, 1967.

"Lucrèce et le naturalisme", em *Études philosophiques*, nº 1, 1961, pp 19-29. Retomado e modificado em apêndice de *Logique du sens*, Paris: Minuit, 1969.

1962

"250ᵉ anniversaire de la naissance de Rousseau. Jean-Jacques Rousseau, précurseur de Kafka, de Céline et de Ponge", em *Arts*, nº 872, 6-12 de junho de 1962, p. 3. [406]

1963

"Mystère d'Ariane" em *Bulletin de la Société française d'études nietzschéennes*, março de 1963, pp. 12-15. Retomado e modificado em *Critique et clinique*, Paris: Éditions de Minuit, 1993.

"L'Idée de genèse dans l'esthétique de Kant", em *Revue d'Esthétique*, vol. XVI, nº 2, abril-junho de 1963, pp. 113-136.

"Raymond Roussel ou l'horreur du vide", em *Arts*, nº 23-29, outubro de 1963, p. 4.

"Unité de '*A la recherche du Temps perdu*'", em *Révue de Metaphysique et de Morale*, outubro-dezembro de 1963, pp. 427-442. Retomado e modificado em *Marcel Proust et les signes*, Paris: PUF, 1964.

1964

"En créant la pataphysique, Jarry a ouvert la voie à la phénoménologie", em *Arts*, nº 27, maio-junho de 1964, p. 5.

"Il a été mon maître", em *Arts*, nº 28, outubro-novembro de 1964, pp. 8-9.

1965

"Pierre Klossowski ou les corps-langage", em *Critique*, nº 214, 1965, pp.199-219. Retomado e modificado em apêndice de *Logique du sens*, Paris: Minuit, 1969.

1966

"Philosophie de la Série Noire", em *Arts & Loisirs*, nº 18, 26 de jan. -26 de fev. de 1966, pp.12-13.

"Gilbert Simondon. – L'Individu et sa genèse physico-biologique" em *Revue philosophique de la France et de l'étranger*, vol. CLVI, nº 1-3, janeiro-março de 1966, pp.115-118.

"L'homme, une existence douteuse", em *Le Nouvel Observateur*, 1º de junho de 1966, pp.32-34.

"Renverser le Platonisme", em *Revue de Métaphysique et de Morale*, vol. LXXI, nº 4, outubro-dezembro de 1966, pp. 426-438. Retomado e modificado em apêndice de *Logique du sens*, Paris: Minuit, 1969.

1967

"Conclusions: Sur la volonté de puissance et l'éternel retour", em *Cahiers de Royaumont: Philosophie*, vol. VI: *Nietzsche*, Paris, Minuit, 1967, pp. 275-287.[NRT] [407]

"Une théorie d'Autrui (Autrui, Robinson et le pervers)", em *Critique*, nº 241, 1967, pp. 503-525. Retomado e modificado em apêndice de *Logique du sens*, Paris: Minuit, 1969.

NRT [Por me parecerem mais completas, segui aqui as especificações da compilação de Timothy S. Murphy].

"Introduction" à Émile Zola, *La Bête humaine*, em *Œuvres complètes*, tomo VI, Paris: Cercle du Livre Précieux, 1967, pp. 13-21. Retomado e modificado em apêndice de *Logique du sens*, Paris: Minuit, 1969.

* "Introduction génerale" (com M. Foucault) em *Œuvres philosophiques complètes* de F. Nietzsche, Paris: Gallimard, 1967, tomo V: *Le gai savoir. Fragments posthumes (1881-1882)*, p. i-iv.

"L'éclat de rire de Nietzsche", entrevista a Guy Dumur, *Le Nouvel Observateur*, 5 de abril de 1967, pp. 40-41.

"Mystique et masochisme", entrevista a Madeleine Chapsal, *La Quinzaine littéraire*, 1º-15 de abril de 1967, p. 13.

"La Méthode de Dramatisation", em *Bulletin de la Société Française de Philosophie*, 61ª ano, nº 3, julho-setembro de 1967, pp. 89-118.

1968

"Entretien avec Gilbert Deleuze [*sic*]" (Entrevista a Jean-Noël Vuarnet, em *Les Lettres françaises*, nº 1.223, 28 de fev.-5 de março de 1968, pp. 5, 7, 9.

"Le Schizophrène et le mot", em *Critique*, nº 255-256, pp. 731-746. Retomado e modificado em *Logique du sens*, Paris: Minuit, 1969.

1969

"Gilles Deleuze parle de la philosophie", entrevista a Jeannette Columbel, em *La Quinzaine Littéraire*, nº 68, 1º-15 de março de 1969, pp. 18-19.

"Spinoza et la méthode générale de M. Gueroult", em *Revue de Métaphysique et de Morale*, vol. LXXIV, nº 4, outubro-dezembro de 1969, pp. 426-437.

1970

"Schizologie," prefácio a Louis Wolfson, *Le Schizo et les langues,* Paris: Gallimard, 1970, pp. 5-23. Retomado e modificado em *Critique et clinique*, Paris: Minuit, 1993. [408]

"Un nouvel archiviste", em *Critique*, nº 274, março de 1970, pp. 195-209. Retomado e modificado em *Foucault*, Paris: Minuit, 1986.

"Failles et feux locaux": em *Critique,* nº 275, abril de 1970, pp. 344-351.

"Proust et les signes", em *La Quinzaine Littéraire*, nº 103, 1º-15 de outubro de 1970, pp. 18-21. Retomado e modificado em *Proust et les signes*, Paris: PUF, 1964.

"La synthèse disjonctive" (com Félix Guattari), em *L'Arc*, nº 43: *Pierre Klossowski*, pp. 54-62. Retomado e modificado em *L'Anti-Œdipe*, Paris: Minuit, 1972.

1971

"Le troisième chef-d'œuvre: *Sylvie et Bruno*" em *Le Monde*, 11 de junho de 1971, p. 21. Retomado e modificado em *Critique et clinique*, Paris: Minuit, 1993.

* "Gilles Deleuze" (sobre o caso Jaubert), *La Cause du Peuple-J'accuse*, em *Flics*, "L'Article 15", suplemento 28 junho 1971, pp. 1-3.

* "Questions à Marcellin" (com Michel Foucault, Denis Langlois, Claude Mauriac e Denis Perrier-Daville, em *Le Nouvel Observateur*, 5 de julho de 1971, p.15.

1972

"Hume", em François Châtelet, ed., *Histoire de la Philosophie*, tomo 4: *Les Lumières*, Paris: Hachette, 1972, pp. 65-78.

"A quoi reconnait-on le structuralisme?", em François Châtelet, ed., *Histoire de la philosophie*, tomo 8: *Le XXe siècle*, Paris: Hachette, 1972, pp. 299-335.

"Trois problèmes de groupe", prefácio a Félix Guattari, *Psychanalyse et transversalité*, Paris: François Maspero, 1972, pp. i-xi

"Les Intellectuals et le pouvoir" (entrevista com Michel Foucault), em *L'Arc*, nº 49: *Gilles Deleuze*, 1972, pp. 3-10.

"Sur Capitalisme et schizophrénie" (com Félix Guattari), entrevisra a Catherine Backès-Clément, *ibid*, pp. 47-55. Retomado em *Pourparlers*, Paris: Minuit, 1990, sob o título: "Entretien sur *L'Anti Œdipe*".

* "À propôs des psychiatres dans les prisons", *APL informations*, nº 12, 9 de janeiro de 1972, p. 2. [409]

"Ce que les prisonniers attendent de nous..." em *Le Nouvel Observateur*, 31 de janeiro de 1972, p. 24.

* "On en parlera demain: les Dossiers (incomplets) de l'écran" (com Jean-Paul Sartre, Simone de Beauvoir, Claude Mauriac, Jean-Marie Domenach, Hélène Cixous, Jean-Pierre Faye, Michel Foucault e Maurice Clavel), em *Le Nouvel Observateur*, 7 de fevereiro de 1972, p. 25.

"Appréciation", em *La Quinzaine Littéraire*, nº 140, 1º-15 de maio de 1972), p. 19.

"Deleuze et Guattari s'expliquent..." (mesa redonda com François Châtelet, Pierre Clastres, Roger Dadoun, Serge Leclaire, Maurice Nadeau, Raphaël Pividal, Pierre Rose, Henri Torrubia) em *La Quinzaine Littéraire*, nº 143, 16-30 de junho de 1972, pp.15-19.

"Hélène Cixous ou l'écriture stroboscopique", em *Le Monde*, nº 8.576, 11 de agosto de 1972, p.10.

"Capitalismo e schizofrenia" (com Félix Guattari. Entrevista a Vittorio Marchetti), em *Tempi Moderni*, nº 12, 1972, pp. 47-64.

"Qu'est-ce que c'est, tes 'machines désirantes' a toi?". (Introdução ao texto de Pierre Bénichou, "Sainte Jackie, Comedienne et Bourreau", em *Les Temps Modernes*, nº 316, novembro de 1972, pp. 854-856.

1973

"Sur les lettres de H. M." (com Daniel Defert), *Suicides dans les prisons en 1972*, Paris: Gallimard, col. "Intolérable", pp. 38-40.

"Le froid et le chaud", em *Fromanger, le peintre et le modèle*, Paris: Baudard Alvarez, 1973.

"Pensée nomade", em *Nietzsche aujourd'hui?*, tomo 1: *Intensités*, Paris: UGE, 10/18, 1973, pp. 159-190.

"Gilles Deleuze, Félix Guattari", Entrevista a Michel-Antoine Burnier, em Michel-Antoine Burnier, ed., *C'est demain la veille*, Paris: Seuil, 1973, pp. 139-161.

"Bilan-programme pour machines désirantes" (com Félix Guattari), *Minuit* 2, janeiro de 1973, pp. 1-25. Retomado em apêndice à segunda edição de *L'Anti-Œdipe*, Paris: Minuit, 1972. [Nouvelle édition augmentée].

* Contribuição anônima em *Recherches* nº 12, março de 1973: *Grande Encyclopédie des Homosexualités — Trois milliards de pervers*. [410]

* "Responses à un questionnaire sur 'La belle vie des gauchistes'" enviado por Guy Hocquenghem and Jean-François Bizot. Em *Actuel* nº 29, março de 1973.

"Lettre à Michel Cressole", em *La Quinzaine Littéraire*, nº 161, 1º de abril de 1973, pp. 17-19. Retomado em *Pourparlers*, Paris:, Minuit, 1990, sob o título "Lettre à un critique sévère".

"Présence et Fonction de la Folie dans la recherche du Temps perdu", em *Saggi e Richerche di Letteratura Francese*, vol. XII, Rome: Editore, 1973, pp. 381-390. Retomado na edição ampliada de *Proust et les signes*, Paris: PUF, 1976.

"14 Mai 1914. Un seul ou plusieurs loups?" (com Félix Guattari), *Minuit* 5, setembro de 1973, pp. 2-16. Retomado e modificado em *Mille plateaux*, Paris: Minuit, 1980.

"Relazione di Gilles Deleuze" e discussões, em Armando Verdiglione, ed., *Psicanalisi e politica: Atti del convegno di studi tenuto a Milano l'8-9 maggio 1973*, Milão: Feltrinelli, 1973, pp. 7-11, 17-21, 37-40, 44-45, 169-172.

"Le Discours du plan" (com Félix Guattari e Michel Foucault), em François Fourquet e Lion Murard, eds., *Recherches*, nº 13: *Les équipements de pouvoir*, dezembro de 1973, pp. 183-186.

"Le Nouvel arpenteur: Intensités et blocs d'enfance dans '*Le Château*'" (com Félix Guattari), em *Critique*, nº 319, dezembro de 1973, pp. 1.046-1.054. Retomado e modificado em *Kafka: pour une littérature mineure*, Paris: Minuit, 1975.

"Faces et surfaces" (com S. Czerkinsky e J.J. Passera), em *Faces et surfaces*, Paris: Ed. Galerie Karl Flinker, 1973.

1974

"Préface", em Guy Hocquenghem, *L'Après-Mai des faunes*, Paris: Grasset, 1974, pp. 7-17.

"28 novembre 1947. Comment se faire un corps sans organes?" (com Félix Guattari), em *Minuit 10*, setembro de 1974, pp. 56-84. Retomado e modificado em *Mille plateaux*, Paris: Minuit, 1980.

"Un art de planteur", *Deleuze - Faye - Roubaud - Touraine parlent de "Les Autres", un film de Hugo Santiago écrit en collaboration avec Jorge Luis Borges et Adolfo Bioy Casares,* Paris: Christian Bourgois, 1974.

Pequenas adaptações de
Luiz B.L. Orlandi

Índice onomástico

A

ABEL, Niels Henrik. 232
ALBERT, Henri 168
ALQUIÉ, Ferdinand 129, 142, 368
ALTHUSSER, Louis 177, 187, 221, 223, 224, 225, 226, 227, 230, 231, 234, 245, 246
ANAXÁGORAS 208
ANDLER, Charles 168
ARIETI, Silvano. 300, 301, 302
ARISTÓTELES 53, 131, 152
ARPAILLANGES, Pierre 309
ARTAUD, Antonin 101, 104, 134, 145, 258, 287, 295, 303, 304
ASTURIAS, Miguel Angel 114, 115
ÁTILA 288
AXELOS, Kostas 104, 105, 203, 204, 205, 206, 207, 208, 209

B

BACH, Johann Sebastian 83
BACHELARD, Gaston 222, 233
BACON, Francis 211
BALIBAR, Étienne 230, 245
BAMBERGER, Jean-Pierre 99
BARTHES, Roland 221
BATAILLE, Georges 324
BATISTA, Fulgêncio 114
BAUDRY, André 361
BEAUFRET, Jean 129, 150, 151, 161, 165
BECKETT, Sammuel 172, 181, 293, 325, 329
BÉNICHOU, Pierre 307, 308, 372
BENTHAM, Jeremias 269
BEN BARKA, B. 114
BERGSON, Henri 7, 13, 29, 33, 34, 35, 36, 37, 38, 39, 40, 41, 42, 43, 44, 45, 47, 48, 49, 50, 51, 52, 53, 54, 55, 56, 57, 58, 59, 60, 61, 62, 63, 64, 65, 66, 67, 69, 70, 71, 137, 142, 149, 179, 180, 186, 368

BÉRIA, Lavrenti Pavlovitch 278
BERKELEY, George 143
BIANQUIS, Geneviève 158, 168
BIOY CASARES, Adolfo 363, 364, 373
BIRAULT, Henri 157, 158, 165
BIZET, Georges 166
BLANCHOT, Maurice 204, 208, 322
BOPP, Franz 124, 127
BORGES, Jorge Luis 363, 364, 373
BOSCH, Hieronymus 302
BOULIGAND, Georges 129, 148
BOURBAKI, Nicolas 228
BRECHT, Berthold 227
BRETON, Stanislas 129, 151
BROD, Max 325
BRUNSCHVICG, Leon 193
BURCKHARDT, Jakob 156
BURROUGHS, William S. 359
BUTLER, Samuel 182

C

CALDWELL, Erskine 115
CAMPANA 303, 304
CAMUS, Albert 107, 226
CANGUILHEM, Georges 23, 29
CARDAN, Cardan [Cornelius Castoriadis] 252
CARROLL, Lewis 226, 240
CASTEL, Robert 347
CASTRO, Fidel 169
CÉLINE, Louis Ferdinand 7, 73, 76, 368
CHAPSAL, Madeleine 171, 370
CHASE, James Hadley 111, 115
CHÂTELET, François 211, 220, 221, 247, 277, 282, 292, 371
CHÂTELET, Noëlle 364
CIXOUS, Hélène 8, 293, 294, 371
CLASTRES, Pierre 277, 288, 291, 371
CLAUSEWITZ, Karl von 206, 207
COLLI, Giorgio 155, 167, 175
COLOMBEL, Jeanette 185
COOPER, David 348
COUPERIN, François 363, 364
CUVIER, Georges 124, 126, 127
CZERKINSKY, Stefan 353, 354, 355, 373

D

DADOUN, Roger 277, 283, 286, 288, 371
DALCQ, Albert 120
DALLY, Patrice 363
DARWIN, Charles 56
DAVIS, Ângela 343
DEFERT, Daniel 15, 261, 309, 372
DESCARTES, Réne 111, 139, 142, 189, 190, 191, 200, 201, 258, 319, 368
DESHAYES, Richard 319
DIMITROV, Georgi 339
DOMENACH, Jean-Marie 261, 371
DOSTOIEVSKI, Fiodor 166
DOYLE, Conan 112
DUHAMEL, Marcel 111, 115
DUMÉZIL, Georges 233
DURAS, Marguerite 172
DUVERT, Tony 359

E

EHRMANN, Jacques 209
ELUARD, Dominique 261
ENGELS, Friedrich 74
ERNST, Max 182
ESPINOSA, Baruch 8, 11, 104, 179, 182, 185, 186, 189, 190, 191, 193, 194, 195, 196, 197, 198, 200, 365
ÉSQUILO 113
EUCLIDES 181

F

FAULKNER, William 111, 115
FAURE, Edgar 335
FAYE, Jean-Pierre 236, 240, 363, 371, 373
FERENCZI, Sándor 134
FERLINGHETTI, Lawrence 185
FERMI, Enrico 355
FEUERBACH, Ludwig A. 177
FICHTE, Johann Gottlieb 84, 153, 190, 191, 192
FINK, Eugen 209
FLÉCHEUX, André 328, 329
FÖRSTER-NIETZSCHE, Elisabeth 167, 168

FOUCAULT, Michel 8, 15, 99, 100, 101, 109, 123, 124, 125, 126, 127, 156, 158, 166, 167, 168, 177, 178, 221, 223, 225, 226, 227, 235, 239, 240, 241, 243, 244, 246, 257, 261, 262, 265, 266, 268, 269, 270, 272, 273, 298, 309, 335, 336, 370, 371, 372
FOURIER, Charles 290, 361
FRANCO, Francisco 114, 343
FREGE, Gottlob 240
FREUD, Sigmund 63, 105, 154, 166, 168, 171, 173, 176, 177, 187, 234, 237, 251, 270, 282, 287, 291, 297, 298, 320, 321, 346, 347, 349, 358
FROMANGER, Gérard 313, 316, 317, 372

G

GABORIAU, Émile 112
GAEDE, Edouard 166
GALOIS, Évariste 232
GANDILLAC, Maurice 129, 144, 145, 146, 150
GARAUDY, Roger 99
GAST, Peter 168
GATTI, Armand 109, 227
GENET, Jean 109, 310
GIAP, Vo Nguyen 169
GIDE, André 358, 361
GIRAUDOUX, Jean 20
GLUCKSMANN, André 206
GODARD, Jean-Luc 182, 323
GOLDBECK 166
GOMBROWICZ, Witold 109
GOYA, Francisco 317
GRECO, El 318
GREEN, André 238
GRIMM, Jakob 124
GRLIC, Danko 166
GUATTARI, Felix 8, 11, 13, 140, 249, 250, 252, 253, 254, 255, 256, 257, 258, 259, 260, 277, 284, 286, 287, 288, 289, 290, 292, 295, 296, 299, 300, 301, 302, 304, 305, 331, 333, 334, 335, 336, 338, 340, 341, 343, 345, 349, 370, 371, 372, 373
GUÉRIN, Daniel 338
GUEROULT, Martial 8, 159, 189, 190, 191, 192, 194, 195, 199, 200, 201, 370
GUESDE, Jules 290
GUNN, James 115

H

HARTMANN, Eduard von 193

HEGEL, Georg W. Friedrich 23, 24, 26, 55, 60, 127, 131, 142, 151, 153, 186, 187, 207, 308, 319, 360
HEIDEGGER, Martin 104, 107, 109, 150, 205, 207, 209, 328, 367
HÉRACLITE, [ver também: Heráclito] 206
HERÁCLITO 104, 161, 204, 206, 207, 208
HESSE, Hermann 166
HIMES, Chester 115
HITLER, Adolf 114, 169, 337, 339
HOBBES, Thomas 111, 195
HOCQUENGHEM, Guy [HOCQUENGHEN] 357, 358, 359, 360, 361, 372, 373
HOMERO 206
HUME, David 8, 11, 13, 23, 29, 64, 130, 179, 180, 211, 212, 213, 214, 215, 216, 217, 218, 219, 220, 371
HUSSERL, Edmund 107
HYPPOLITE, Jean 7, 23, 24, 25, 26, 27, 29, 367

J

JACKSON, George 310, 340, 348, 349
JAEGER, Marcel 251, 252
JAKOBSON, Roman 221, 231, 240
JARRY, Alfred 7, 103, 104, 105, 114, 209, 369
JASPERS, Karl 303
JAUBERT, Alain 261, 371
JERVIS, Giovanni 349, 350, 351
JOYCE, James 240, 293
JULIEN, Pierre 15, 364
JUNG, Carl 222, 233

K

KAFKA, Franz 7, 73, 107, 109, 172, 174, 249, 293, 321, 323, 325, 326, 329, 368, 373
KANT, Immanuel 7, 11, 23, 24, 75, 79, 81, 82, 83, 84, 85, 86, 87, 88, 89, 90, 91, 93, 94, 95, 97, 127, 134, 142, 143, 146, 153, 178, 179, 181, 182, 190, 211, 215, 369
KEFAUVER, C. Estes 114
KENNEDY, J.F. 313
KHAN, Genghis 329
KHRUTCHEV, Nikita 278
KLEIN, Melanie 322
KLOSSOWSKI, Pierre 109, 156, 162, 164, 168, 172, 175, 324, 326, 327, 358, 369, 370

KOECHLIN, Charles 205
KOJÈVE, Alexandre 290, 327

L

LACAN, Jacques 172, 177, 221, 223, 224, 226, 227, 230, 233, 234, 236, 237, 238, 239, 241, 244, 245, 249, 260, 284, 286, 290, 297
LAING, Ronald D. 259, 303, 310
LALANDE, André 107
LAMARCK, Jean Baptiste 126
LAPOUJADE, David 7, 9, 11, 13
LAUTMAN, Albert 144
LAWRENCE, David Herbert Richards 317, 318
LEBLANC, Maurice 112
LECLAIRE, Serge 230, 234, 245, 277, 283, 285, 286, 287, 288, 291, 371
LEIBNIZ, Gottfried Wilheim 26, 130, 131, 138, 142, 143, 145, 146, 147, 149, 153, 154, 200, 201
LEROI-GOURHAN, André 140
LEROUX, Gaston 112
LÉVI-STRAUSS, Claude 109, 177, 221, 225, 226, 227, 229, 231, 234, 235, 237, 240, 243, 244, 300
LEVY, BENNY [Pierre Victor] 336
LEWIN, Kurt 118
LEWIS, Jerry 179
LÖWITH, Karl 159, 164
LUCKACS, Georges 207
LUCRÈCE (*ver também: Lucrécio*) 368
LUCRÉCIO 179, 282
LYOTARD, Jean-François 144, 275, 276, 324, 326, 328

M

MACHEREY, Pierre 242
MAÏMON, Salomon 84, 85, 153, 154
MALEBRANCHE, Nicolas 146, 192, 200, 201, 258
MALLARMÉ, Stéphane 241
MALRAUX, André 111
MARCEL, Gabriel 159, 166, 368
MARCHETTI, Vittorio 295
MARCUSE, Herbert 205
MARX, Karl 104, 166, 169, 176, 187, 204, 227, 231, 270, 278, 282, 289, 308, 320, 331, 345, 347, 349, 360
MASOCH, Leopold von Sacher 11, 104, 171, 172, 173, 174, 179, 180, 368

Índice onomástico 381

MASSENET, Jules 83
MAURIAC, Claude 261, 371
MAUSS, Marcel 240
McLUHAN, Marshall 316
MERLEAU-PONTY, Jacques 129, 149, 150
MERLEAU-PONTY, Maurice 33, 107, 368
MEYERSON, Ignace 107
MILLER, Henry 181
MILLER, Jacques Alain 234, 240
MONTINARI, Mazzino 155, 167, 175
MORAND, Paul 294
MORGAN, T. 289
MOULOUD, Noël 129, 140, 142
MOZART, W. Amadeus 83, 181
MUGLER, Charles 161
MUSSOLINI, Benito 339

N

NADEAU, Maurice 277, 280, 292, 371
NASSER, Gamal Abdel 169
NERVAL, Gérald de 140, 304
NIETZSCHE, Friedrich Wilhelm 7, 8, 11, 103, 104, 108, 125, 130, 151, 152, 153, 155, 156, 157, 158, 159, 160, 161, 162, 163, 165, 166, 167, 168, 169, 174, 175, 176, 177, 178, 179, 181, 186, 244, 271, 303, 304, 319, 320, 321, 322, 323, 324, 325, 326, 327, 328, 329, 332, 348, 368, 369, 370, 372
NOVALIS, Georg Philipp Friedrich 153

O

ORTIGUES, Edmond 233
OSIER, Jean-Pierre 177
OURY, Jean 249, 258, 259

P

PASCAL, Blaise 105, 208, 322
PAULI, Wolfang 355
PEYREFITTE, Roger 359, 361
PHILONENKO, Aléxis 129, 153, 154
PIERO DELLA FRANCESCA 317
PIVIDAL, Raphael 277, 281, 287, 291, 371
PLANCHON, Roger 364
PLATÃO 24, 26, 37, 38, 48, 53, 55, 59, 60, 139, 140, 154, 181, 204, 216
PLEVEN, René 262, 263, 267, 309, 311

POE, Edgar Alan 236, 237
PONGE, Francis 7, 73, 77, 368
POUILLON, Jean 233
POUND, Ezra 203
PRENANT, Lucy 129, 146, 147, 148
PROCLO 151
PROUST, Marcel 11, 130, 137, 150, 174, 179, 180, 267, 359, 361, 369, 370, 372

Q

QUINCEY, Thomas de 75

R

RAVAISSON, Félix 37, 61
REICH, Wilherm 249, 252, 272, 279, 348
REICHERT, Herbert W. 166
RICARDO, David 124, 127
RICOEUR, Paul 226
RIMBAUD, Arthur 103, 105, 165, 169, 179, 208, 298
ROBBE-GRILLET, Alain 99, 113, 172
ROBINSON, Lewis 191, 369
ROLLAND, Romain 287
ROSE, Edith 262
ROSE, Pierre 290, 371
ROUSSEAU, Jean-Jacques 7, 13, 73, 74, 75, 76, 77, 368
ROUSSEL, Raymond 7, 99, 100, 101, 241, 303, 304, 369
ROVINI, Robert 168
RUSSELL, Bertrand 213, 228, 367
RUYER, Raymond 137

S

SABRAN 166
SADE, D.A.F. (Marquês de) 171, 172, 173
SAINT-JUST, Louis A. 259
SARTRE, Jean-Paul 107, 108, 109, 110, 139, 261, 265, 310, 367, 368, 371
SAUSSURE, Ferdinand de 221
SCHELLING, Friedrich Wilhelm Joseph von 52, 70, 153
SCHLOEZER, Boris de 161, 166
SCHMELCK, Robert 262, 263
SCHOENBERG, Arnold 181
SCHOPENHAUER, Arthur 153
SCHREBER, Daniel Paul 258, 291, 298, 346
SCHUHL, Pierre-Maxime 129, 140

SCHWOB, Marcel 75
SHAKESPEARE, William 114, 180, 223
SIMONDON, Gilbert 7, 117, 118, 119, 120, 121, 369
SODOMA 317
SÓFOCLES 112
SOLLERS, Philippe 236, 240
SOURIAU, Michel 129, 146
SPINOZA (ver também: Espinosa) 189, 191, 370
STALIN, Joseph 278
STEINBECK, John 115
STRAUSS, Léo 327
SUETÔNIO 114

T

TAAT, Mieke 329
TARDE, Gabriel 59
TATI, Jacques 179
TEILHARD de Chardin, Pierre 109, 203
TOSQUELLES, François 249, 259
TROTSKI, Léon 254
TRUJILLO, Rafael L. 114, 169
TURKUS, Burton B. 114

U

ULLMO, Jean 129, 148

V

VALLÈS, Jules 179
VAN GOGH, Vincent 303, 304
VATTIMO, Gianni 157, 166
VELÁSQUEZ, Diego Rodriguez S. 123, 239
VERCORS [Jean Bruller] 261
VIAN, Michèle 261
VICTOR, Pierre 336
VUILLEMIN, Jules 99, 232

W

WAHL, Jean 129, 130, 139, 142, 146, 154, 156, 159, 164, 324
WEIERSTRASS, Karl 228
WEIL, Simone 109
WILLIAMS, Charles 115
WINNICOTT, Donald W. 322

**CADASTRO
ILUMI//URAS**

Para receber informações sobre nossos lançamentos e promoções envie e-mail para:

cadastro@iluminuras.com.br

Este livro foi composto em Agaramond, Cardo Greek e Microsoft e foi impresso nas oficinas da *Meta Brasil Gráfica*, em Cotia, SP, sobre papel off-white 80g.